www.bragelonne.fr

Cinda Williams Chima

Le Roi Démon

Les Sept Royaumes – tome 1

Traduit de l'anglais (États-Unis) par Rosalie Guillaume

Bragelonne

Collection dirigée par Stéphane Marsan et Alain Névant

Titre original : *The Demon King*

Illustration de couverture :
© Larry Rostant *via* Artist Partners Ltd.

ISBN : 978-2-35294-440-9

Bragelonne
35, rue de la Bienfaisance – 75008 Paris

E-mail : info@bragelonne.fr
Site Internet : www.bragelonne.fr

Pour mon père, Franklin Earl Williams

Remerciements

J'ai la grande chance d'être entourée de gens patients, et en particulier, ma famille : Rod, Eric et Keith, qui sont les plus tolérants quand je passe en mode « écrivain femelle un peu cinglé ».
Ami ou parent : *Quand Cinda écrit-elle ?*
Époux d'une patience à toute épreuve : *Tout le temps.*

Mes remerciements aux ateliers d'écriture locaux, Hudson Writers et Twinsburg YA Writers, et à mon groupe de critiques online et parfois en personne, les YAckers, et plus particulièrement à Kate Tuthill, Debby Garfinkle, Martha Peaslee Levine, Jody Feldman et Mary Beth Miller. Vous êtes des déesses, et je suis tout à fait d'accord pour une autre retraite ! Merci également à mes premiers lecteurs du manuscrit complet, dont Marsha McGregor, Jim Robinson, Eric, Rod et Keith. Vos remarques m'ont permis de progresser, et vos suggestions ont rendu l'ouvrage meilleur.

Enfin, bien entendu, je tiens à remercier mon éditrice, Arianne Lewin, et mon agent, Christopher Schelling. Dans ce métier, rien n'arrive jusqu'à ce que quelqu'un ait foi en un livre.

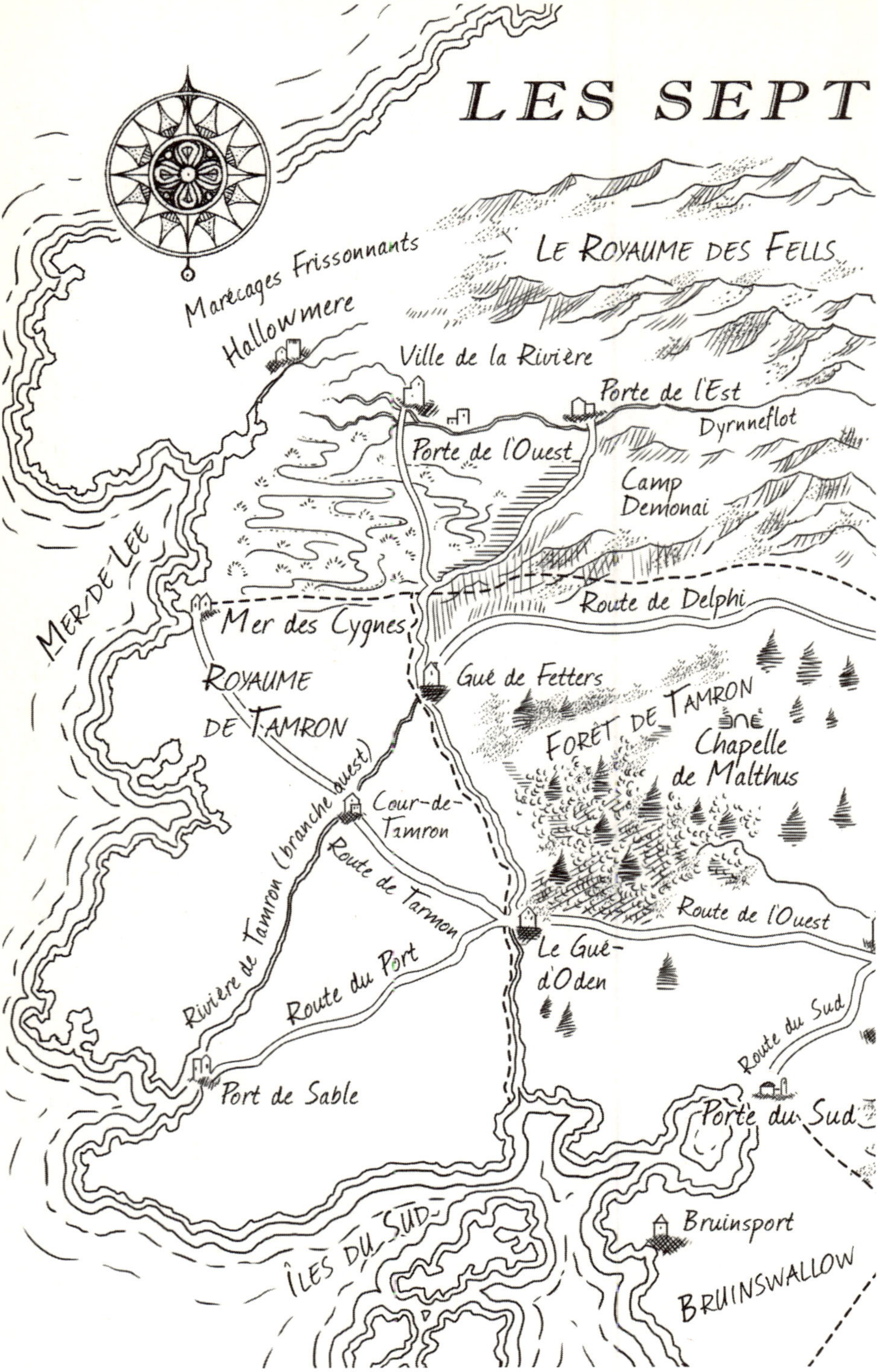
LES SEPT
LE ROYAUME DES FELLS
Marécages Frissonnants
Hallowmere
Ville de la Rivière
Porte de l'Est
Dyrnneflot
Porte de l'Ouest
Camp Demonai
MER DE LEE
Mer des Cygnes
Route de Delphi
ROYAUME DE TAMRON
Gué de Fetters
FORÊT DE TAMRON
Chapelle de Malthus
Cour-de-Tamron
Rivière de Tamron (branche ouest)
Route de Tarmon
Route de l'Ouest
Le Gué-d'Oden
Route du Port
Route du Sud
Port de Sable
Porte du Sud
ÎLES DU SUD
Bruinsport
BRUINSWALLOW

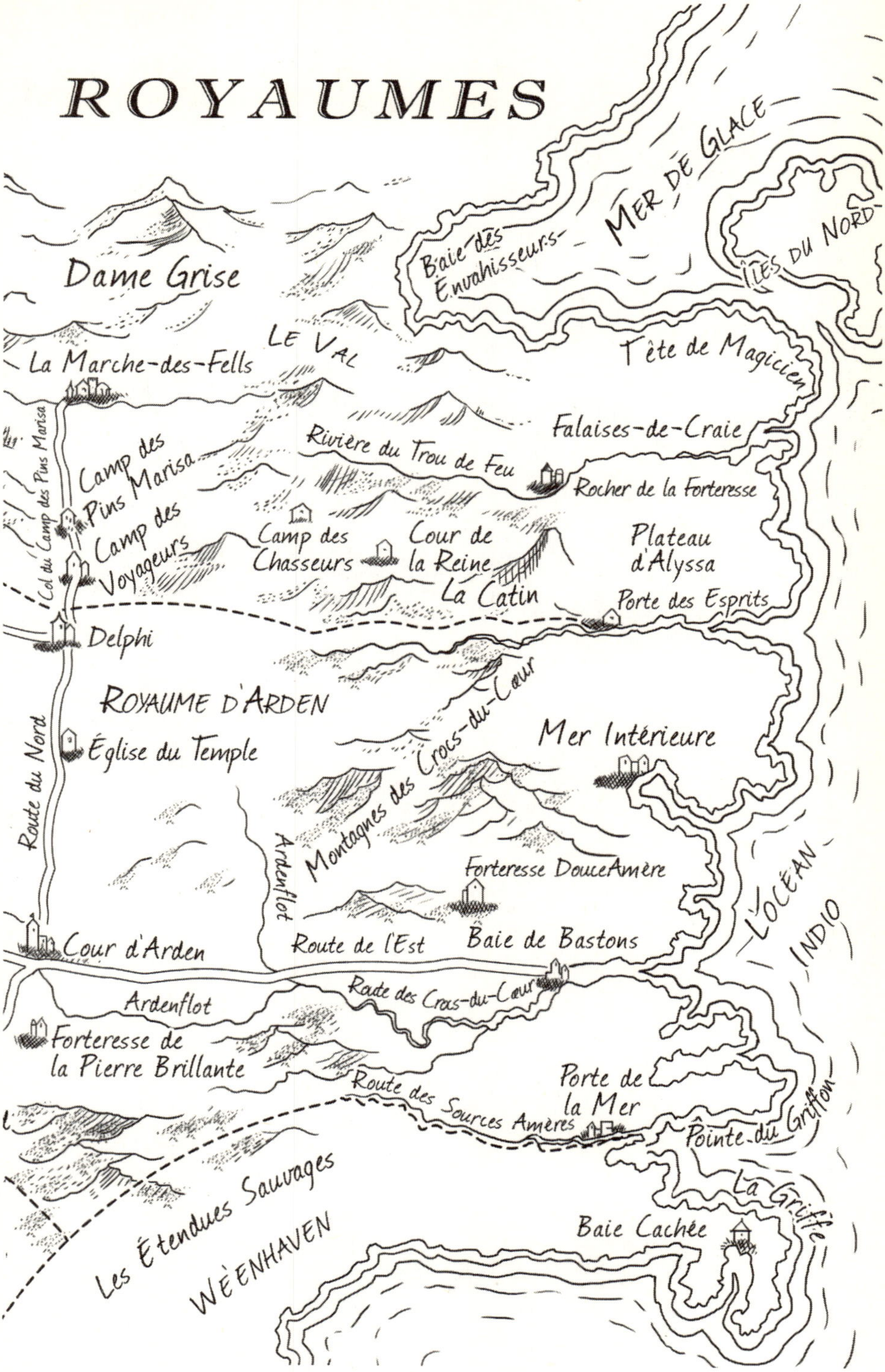
ROYAUMES
Dame Grise
Le Val
La Marche-des-Fells
Baie des Envahisseurs
Mer de Glace
Îles du Nord
Tête de Magicien
Falaises-de-Craie
Rivière du Trou de Feu
Rocher de la Forteresse
Col du Camp des Pins Marisa
Camp des Pins Marisa
Camp des Voyageurs
Camp des Chasseurs
Cour de la Reine
La Catin
Plateau d'Alyssa
Porte des Esprits
Delphi
Royaume d'Arden
Montagnes des Crocs-du-Cœur
Mer Intérieure
Route du Nord
Église du Temple
Ardenflot
Forteresse DouceAmère
L'Océan Indio
Cour d'Arden
Route de l'Est
Baie de Bastons
Route des Crocs-du-Cœur
Ardenflot
Forteresse de la Pierre Brillante
Route des Sources Amères
Porte de la Mer
Pointe-du Griffon
La Griffe
Baie Cachée
Les Étendues Sauvages
Wèenhaven

1

La chasse

Han Alister était accroupi près de la source de boue fumante et il priait pour que la croûte thermale résiste à son poids. Il avait mis un foulard sur sa bouche et son nez, mais ses yeux le piquaient et larmoyaient à cause des vapeurs de soufre qui émanaient de la vase bouillonnante. Il tendit la branche dont il se servait pour fouiller la terre vers un carré de plantes aux fleurs d'un vert bilieux qui poussaient au bord de la source. Il glissa la pointe de la branche sous les racines et les dégagea de la boue, avant de mettre le fruit de sa cueillette dans le sac en daim qu'il portait à l'épaule. Puis, en faisant attention où il mettait les pieds, il se leva et recula pour regagner la terre ferme.

Il y était presque quand un de ses pieds passa à travers la surface fragile et s'enfonça dans la boue grise, collante et surchauffée.

— Par les os maudits d'Hanalea ! s'écria-t-il.

Il se jeta en arrière, espérant ne pas atterrir à plat dos dans un autre tas de boue. Ou, pis, dans une des sources d'eau bleue qui le ferait bouillir en quelques instants.

Heureusement, il tomba sur la terre ferme, parmi les pins lodgepole, le souffle coupé. Il entendit Danseur de Feu dévaler la pente derrière lui en gloussant. Danseur saisit Han par les poignets et le hissa vers un terrain plus sûr, en se penchant en arrière pour éviter de perdre l'équilibre.

— On va changer ton nom, Chasse-Seul, dit Danseur en s'accroupissant près de Han. (Le visage tanné de Danseur arborait une expression solennelle et ses grands yeux d'un bleu vif semblaient innocents, mais les coins de sa bouche frémissaient de rire.) Que dirais-tu de « Patauge-dans-la-Boue » ? ou « Boue » tout court ?

Han ne trouva pas ça drôle. Il jura et arracha une poignée de feuilles pour nettoyer ses bottes. Il aurait dû mettre ses vieux mocassins.

Ses bottes lui avaient épargné une méchante brûlure, mais la droite était pleine de boue puante, et il savait qu'il allait en prendre pour son grade en rentrant chez lui.

« Ces bottes ont été *fabriquées par les clans*, dirait sa mère. As-tu idée du prix qu'elles ont coûté ? »

Et peu importait que ce ne soit pas elle qui les ait payées ! Saule, la mère de Danseur, les lui avait échangées contre le rare champignon tête-de-mort que Han avait trouvé au printemps précédent. Mam n'avait pas été ravie quand il les avait rapportées.

— Des bottes ? avait-elle dit, sidérée. Des bottes fantaisie ? Tu les porteras combien de temps avant qu'elles deviennent trop petites ? Tu n'aurais pas pu demander de l'argent ? ou du grain pour nous remplir l'estomac ? ou du bois, ou des couvertures chaudes pour nos lits ?

Elle avait marché vers lui, brandissant la badine qu'elle semblait avoir toujours sous la main. Han avait reculé, sachant par expérience qu'une vie entière de durs travaux avait doté sa mère de bras musclés.

Il avait fini avec des marques rouges sur le dos et les épaules, mais il avait gardé les bottes.

Elles valaient bien plus que ce qu'il avait donné en échange pour les avoir, et il le savait. Saule avait toujours été généreuse envers Han, sa sœur Mari et Mam, parce qu'ils n'avaient pas d'homme à la maison. À moins de compter Han. Mais la plupart des gens ne le faisaient pas, même s'il avait déjà seize ans et qu'il était presque adulte.

Danseur apporta de l'eau de la source de Feu et la jeta sur la botte boueuse de Han.

— Comment ça se fait que seules les plantes dangereuses qui poussent à des endroits dangereux ont de la valeur ? demanda Danseur.

— Si elles poussaient dans les jardins, qui paierait pour les avoir ? grogna Han en s'essuyant les mains sur ses jambières.

Les bracelets d'argent qu'il portait aux poignets étaient également couverts de boue, qui s'était incrustée dans leur gravure délicate. Il devrait les brosser avant d'arriver chez lui, sinon il allait aussi en entendre parler.

Cette journée frustrante se terminait comme elle avait commencé. Ils étaient partis depuis l'aube, et il avait récolté seulement trois lys sulfureux, un gros sac d'écorce de cannelle, un peu d'herbe-dague et une poignée de millepertuis courant qu'il pourrait faire passer pour de l'herbe à pucelle au Marché-des-Plaines. Sa mère, voyant la bourse vide, l'avait envoyé en mission de cueillette bien trop tôt dans la saison.

— On perd notre temps, dit Han, même s'il avait eu lui-même l'idée de venir là. (Il ramassa un caillou et le jeta dans la boue, où il disparut avec un bruit visqueux.) Faisons autre chose.

Danseur pencha la tête, ses nattes ornées de perles balayant l'air.

— Que voudrais-tu… ?

— Allons à la chasse, dit Han, effleurant l'arc attaché sur son dos.

Danseur fronça les sourcils et réfléchit.

— Nous pourrions essayer le pré des Arbres Morts. Les daims reviennent des plaines. Oiseau les a vus, avant-hier.

— Allons-y !

Han n'avait pas besoin d'y réfléchir à deux fois. C'était la lune maigre. Les pots de haricots, de choux et de poisson séché que sa mère leur avait servis pendant le long hiver n'étaient plus qu'un souvenir. Même s'il avait eu envie d'un repas de haricots et de choux – un de plus ! –, il restait seulement de la bouillie d'avoine, avec un petit morceau de viande séchée pour lui donner un peu de goût. De la viande fraîche pour le repas compenserait largement la piètre récolte de la journée.

Ils partirent vers l'est, loin des sources de boue. Danseur s'éloigna à vive allure le long de la vallée de la Dyrnneflot. Han apprécia de se dégourdir les jambes, et sa mauvaise humeur se dissipa.

Difficile de rester en colère par une journée pareille ! Le printemps s'annonçait partout. Des choux puants, des baisers de demoiselle et des podophylles jonchaient le sol, et Han inspirait à fond l'odeur de la terre tiède libérée de sa gangue hivernale. La Dyrnneflot bouillonnait sur les pierres et grondait au-dessus des cascades, alimentée par les neiges fondues venues des montagnes. La journée se fit plus chaude à mesure qu'ils descendaient, et bientôt Han retira sa veste en daim et remonta ses manches au-dessus des coudes.

Le pré des Arbres Morts avait récemment été la proie d'un incendie. Dans quelques années, la forêt reprendrait ses droits, mais, pour le moment, c'était une vaste étendue de hautes herbes et de fleurs sauvages, émaillée par les troncs calcinés des pins lodgepole. D'autres troncs étaient éparpillés par terre, comme un gigantesque jeu de quilles, et des pins minuscules poussaient entre eux. Les mûres et les ronces profitaient du soleil, là où s'étendait autrefois l'ombre d'une dense forêt de pins.

Une dizaine de daims se régalaient des tendres pousses de printemps. Leurs grandes oreilles chassaient les insectes, et leur pelage roux brillait comme des taches de peinture sur le fond brun et vert du pré.

Le pouls de Han s'accéléra. Danseur était meilleur archer que lui, plus patient, mais Han ne voyait pas pourquoi ils ne pourraient pas chacun attraper un daim. Son estomac perpétuellement vide gargouilla à l'idée de la viande fraîche.

Han et Danseur firent le tour du pré en restant sous le vent, plus bas que la harde de daims. Accroupi derrière un gros rocher, Han prit son arc et tendit la corde avant de la tester avec son pouce calleux. L'arme était neuve, fabriquée pour s'accorder à sa nouvelle stature. Elle avait été faite par les clans, comme tout ce qui alliait beauté et fonctionnalité dans sa vie.

Han se leva et banda son arc, tirant la corde jusqu'à son oreille. Puis il s'arrêta et renifla. La brise apportait une odeur caractéristique de bois brûlé. Il leva les yeux vers la montagne et vit une petite colonne de fumée sur la pente. Il regarda Danseur et leva un sourcil, intrigué. Danseur haussa les épaules. Le sol était saturé d'eau et le feuillage de printemps était vert. Rien n'aurait dû brûler en cette saison.

Les daims sentirent l'odeur eux aussi. Ils levèrent la tête, trépignant avec nervosité, leurs yeux bruns et humides écarquillés. Han regarda de nouveau vers la montagne. Des flammes orange, pourpre et vert dansaient à la base de la ligne de feu, et le vent qui venait du sommet était chaud et chargé de fumée.

Pourpre et vert ? pensa Han. Quelles plantes produisaient de telles couleurs en brûlant ?

Les daims s'agitèrent un moment, comme s'ils ne savaient pas où aller, puis ils se tournèrent d'un bloc et foncèrent vers les garçons.

Han leva précipitamment son arc et tira quand un daim passa à côté de lui. Il le rata. Danseur n'eut pas plus de chance.

Han courut derrière la harde, bondissant par-dessus les obstacles dans l'espoir d'avoir une autre occasion, mais c'était inutile. Il aperçut dans un dernier éclair alléchant les queues blanches des daims quand ces derniers disparurent entre les arbres. Grommelant, il rejoignit Danseur, qui regardait la montagne. La ligne de flammes aux couleurs criardes avançait rapidement vers eux de plus en plus rapidement et laissait une traînée de dévastation calcinée derrière elle.

— Que se passe-t-il ? demanda Danseur. Il n'y a pas d'incendie en cette saison !

Sous leurs yeux, le feu s'intensifia et franchit de petits vallons. Des braises incandescentes atterrirent de part et d'autre, poussées par le vent. Han sentit la peau nue de son visage et de ses mains le brûler. Il se débarrassa de la cendre tombée sur ses cheveux et éteignit des flammèches qui avaient atterri sur son manteau, ce qui l'avertit du danger.

— Viens. On ferait mieux de se mettre à l'abri !

Ils coururent sur la pente, glissant sur le schiste et les feuilles humides, conscients qu'une chute serait désastreuse. Ils se réfugièrent derrière une avancée rocheuse qui perçait la maigre couche de végétation couvrant la montagne. Des lapins, des renards et d'autres petits animaux les dépassèrent, fuyant les flammes. Le feu passa à côté d'eux en sifflant et craquant, consumant avidement tout ce qu'il rencontrait sur son chemin.

À sa suite, trois cavaliers apparurent, tels des bergers poussant les flammes devant eux.

Han les regarda, hypnotisé. Les cavaliers étaient des garçons de son âge, mais ils portaient de splendides manteaux en soie et en laine fine qui effleuraient leurs étriers, et de longues écharpes ornées de symboles exotiques. Leurs montures n'étaient pas des poneys de montagne râblés et hirsutes, mais des chevaux de plaine, aux longues jambes délicates et au cou fièrement dressé, leurs selles et leurs brides ornées d'argent. Han s'y connaissait en chevaux, et il savait que ces bêtes coûtaient un an de salaire pour une personne ordinaire.

Autant dire toute une vie de paie pour lui !

Les jeunes gens chevauchaient d'un air détaché et arrogant, apparemment inconscients du paysage magnifique qui les entourait.

Danseur s'immobilisa, son visage couleur bronze se durcit, et ses yeux bleus devinrent opaques.

— Des ensorceleurs, souffla-t-il, utilisant le terme des clans qui désignait les magiciens. J'aurais dû le savoir.

Des ensorceleurs, pensa Han, partagé entre la peur et l'excitation. Il n'en avait jamais vu de près. Les magiciens ne se mêlaient pas aux gens comme lui. Ils vivaient dans les palais somptueux qui entouraient le château de la Marche-des-Fells, et servaient la reine, à la cour. Beaucoup étaient envoyés comme ambassadeurs dans les pays étrangers… et ce n'était pas un hasard. Les rumeurs sur leurs pouvoirs tenaient les envahisseurs étrangers en respect.

Le plus puissant d'entre eux s'appelait le Haut Magicien, et il était le conseiller et l'homme de main de la reine des Fells.

« Ne t'approche pas des magiciens, disait toujours Mam. Personne ne veut se faire remarquer par ces gens-là. Si tu te frottes à eux d'un peu trop près, tu risques d'être brûlé vif ou d'être transformé en quelque chose de mauvais et d'impie. Les gens ordinaires sont de la poussière sous leurs pieds ! »

Comme tout ce qui était interdit, les magiciens fascinaient Han. Mais cette interdiction était la seule qu'il n'avait jamais eu l'occasion de transgresser, car les ensorceleurs n'avaient pas le droit de pénétrer dans les montagnes des Esprits, sauf pour se rendre à leur chambre du Conseil sur la Dame Grise, qui surplombait le Val. Et ils ne s'aventuraient pas non plus dans le Marché-des-Chiffonniers, le quartier un peu sordide de la Marche-des-Fells qui était le fief de Han. S'ils avaient besoin d'acheter quelque chose au marché, ils envoyaient leurs serviteurs.

De cette manière, les trois peuples des Fells maintenaient une paix précaire : les magiciens des Îles du Nord, les Valiens du Val, et les clans des hauts plateaux.

Tandis que les cavaliers approchaient de leur cachette, Han les observa avec attention. L'ensorceleur de tête avait des cheveux noirs raides implantés en pointe qui lui tombaient jusqu'aux épaules. Il avait de longs doigts ornés de nombreuses bagues, et portait autour du cou, pendu à une lourde chaîne, un médaillon à la gravure complexe, certainement une puissante amulette.

Ses étoles étaient ornées de faucons argentés aux serres tendues. *Des faucons d'argent*, pensa Han. *Probablement l'emblème de sa Maison de magicien.*

Les deux autres avaient les cheveux roux, un même nez large et plat, et des féligres à la gueule ouverte sur leurs étoles. Han supposa qu'ils étaient frères ou cousins. Ils chevauchaient un peu en retrait du magicien aux cheveux noirs, et semblaient sous ses ordres. Ils ne portaient aucune amulette visible.

Han aurait préféré rester caché et les regarder passer, mais Danseur n'était pas de cet avis. Il surgit de l'ombre des rochers, pratiquement sous les sabots des chevaux, qu'il effraya. Les trois cavaliers durent lutter pour rester en selle.

— Je suis Danseur de Feu, annonça Danseur d'une voix puissante dans la langue commune, du camp des Pins Marisa. (Il négligea le discours rituel de bienvenue aux étrangers et alla droit au but.) Ce camp exige de savoir qui vous êtes et ce que font des magiciens sur Hanalea, alors que c'est interdit par le Naéming.

Danseur s'était redressé de toute sa taille, les poings serrés, mais il semblait petit à côté des trois étrangers sur leurs montures.

Quelle mouche a piqué Danseur? se demanda Han, sortant à contrecœur de sa cachette pour rejoindre son ami. Lui non plus n'appréciait pas que les ensorceleurs aient empiété sur leur territoire de chasse, mais il était assez futé pour ne pas s'exposer à leur magie et à leurs sorts.

Le garçon aux cheveux noirs foudroya Danseur du regard, puis sursauta, les yeux écarquillés par la surprise, avant de reprendre son expression de froid dédain.

Connaît-il Danseur? Han regarda l'un, puis l'autre. Danseur ne semblait pas le connaître, lui...

Même si Han était plus grand que son compagnon, le regard des magiciens passa sur lui comme de l'eau coulant sur des rochers, avant de revenir à son ami. Han baissa les yeux sur ses jambières en daim tachées de boue et sa chemise achetée au Marché-des-Chiffonniers, et il envia les beaux vêtements des étrangers. Il se sentit invisible. Insignifiant.

Danseur n'était pas intimidé par les ensorceleurs.

—Je vous ai demandé vos noms, dit-il. (Il désigna d'un geste les flammes qui s'éloignaient.) Ceci m'a tout l'air d'être du feu magique!

Comment Danseur sait-il à quoi ressemble le feu magique? se demanda Han. *Ou bien bluffe-t-il, tout simplement?*

Le garçon à l'emblème du faucon regarda ses compagnons, comme s'il s'interrogeait: fallait-il répondre ou pas? Ses amis n'étant pas d'un grand secours, il se tourna de nouveau vers Danseur.

—Je suis Micah Bayar, de la Maison du Nid d'Aigle, dit-il, comme si le seul énoncé de son nom était censé les faire s'agenouiller. Nous sommes ici sur les ordres de la reine. La reine Marianna et les princesses Raisa et Mellony chassent dans le Val, plus bas. Nous poussons les daims vers elles.

—La reine vous a ordonné de mettre le feu à la montagne pour pouvoir profiter d'une bonne journée de chasse? demanda Danseur, incrédule.

—C'est ce que je viens de dire, non?

Quelque chose dans l'expression du magicien indiqua à Han qu'il ne disait pas exactement la vérité.

—Les daims n'appartiennent pas à la reine, dit Han. Nous avons autant le droit de les chasser qu'elle.

—De toute façon, vous êtes mineurs, dit Danseur. Vous n'êtes pas autorisés à utiliser la magie. Ni à porter une amulette, ajouta-t-il en désignant le médaillon de Bayar.

Comment Danseur sait-il tout ça? pensa Han. Lui-même ignorait tout des règles des ensorceleurs.

Mais Danseur avait marqué un point, car Bayar le regarda d'un œil torve.

— C'est une affaire de magiciens, dit-il, et ça ne vous regarde pas.

— Eh bien, *Micah porte-poisse*, dit Danseur, utilisant le terme insultant des clans pour désigner les magiciens, si la reine Marianna veut chasser le daim en été, elle n'a qu'à venir dans les montagnes ! Comme elle l'a toujours fait.

Bayar haussa un sourcil.

— Pour dormir sur un sol de terre battue, épaule contre épaule avec une dizaine de *parents* crasseux, et passer une semaine sans bain chaud, et rentrer chez elle en puant la fumée de bois et la sueur, couverte de vermine ? (Il éclata de rire, et ses amis avec lui.) Je ne la blâme pas de préférer les conforts du Val.

Il ne sait pas de quoi il parle, pensa Han, qui se souvenait des pavillons confortables et de leurs couchettes, des chants et des récits autour du feu, des festins partagés autour de la marmite commune. Il s'était endormi tant de fois sous des fourrures et des couvertures fabriquées par les clans, avec le son des anciennes chansons pour bercer ses rêves. Han n'appartenait pas aux clans, à son grand regret. C'était le seul endroit où il s'était jamais senti chez lui. Le seul endroit où il n'avait pas l'impression de vivre sur une corde raide.

— La princesse Raisa a été éduquée au camp Demonai pendant trois ans, dit Danseur avec un regard de défi.

— Le père de la princesse, élevé dans les clans, a quelques idées archaïques, répondit Bayar. (Ses compagnons rirent de nouveau.) Moi, je ne voudrais pas épouser une jeune fille qui aurait passé du temps dans les camps. J'aurais trop peur qu'elle ait été… gâchée.

En une seconde, le couteau de Danseur fut dans sa main.

— Répétez ça, porte-poisse ? dit-il d'une voix aussi glaciale que la Dyrnneflot.

Bayar tira brutalement sur ses rênes, et son cheval recula, mettant de la distance entre Danseur et lui.

— Je pense que les femmes ont plus à craindre des porte-poisse que de n'importe qui dans les camps, poursuivit Danseur.

Le cœur battant la chamade, Han avança derrière Danseur et posa la main sur le manche de son propre couteau, en prenant soin de ne pas se placer sur la trajectoire de lancer de son ami. Ce dernier était rapide et savait manier une lame. Mais un couteau contre de la magie ? Et même deux couteaux…

— Du calme, le rouquin. (Bayar se lécha les lèvres, les yeux rivés sur le couteau de Danseur.) Voilà ce qu'il en est. Mon père dit que les filles qui vont dans les camps en reviennent fières et têtues, et qu'elles sont difficiles à gérer. C'est tout.

Il ricana, comme si c'était une plaisanterie qu'ils pouvaient tous partager.

Danseur ne sourit pas.

— Voulez-vous dire que la princesse héritière du trône des Fells a besoin d'être... *gérée* ?

— *Danseur,* le prévint Han.

Son ami ne tint pas compte de l'avertissement.

Han évalua les trois magiciens comme il l'aurait fait pour des adversaires dans un combat de rue. Tous trois portaient de lourdes épées ouvragées qui n'avaient pas beaucoup été utilisées. Les obliger à descendre de cheval, c'est ça qu'il faut, pensa-t-il. Il suffirait de trancher rapidement la sangle de leurs selles. Puis de s'approcher assez pour que leurs épées ne leur servent pas à grand-chose. Une fois Bayar éliminé, les autres prendraient la fuite.

Un des magiciens roux s'éclaircit la voix avec nervosité, comme si le tour que prenait la conversation le mettait mal à l'aise. Il était plus âgé que celui qui devait être son frère ou son cousin, trapu, avec des mains pâles et dodues couvertes de taches de rousseur, qui serraient étroitement les rênes.

— Micah, dit-il dans la langue du Val, indiquant d'un signe de tête la vallée en contrebas. Allons-y. Nous risquons de rater la chasse.

— Un moment, Miphis, dit Bayar, les yeux rivés sur Danseur. Votre nom n'est-il pas Hayden ? demanda-t-il dans la langue commune, utilisant le nom valien de Danseur. Seulement Hayden, n'est-ce pas ? Un nom de bâtard, puisque vous n'avez pas de père.

Danseur se raidit.

— C'est mon nom valien, oui, dit-il, levant la tête d'un air de défi. Mon véritable nom est Danseur de Feu.

— Hayden est un nom de magicien, dit Bayar, tripotant l'amulette pendue à son cou. Comment pouvez-vous être assez présomptueux pour...

— Je ne suis pas présomptueux, dit Danseur. Je n'ai pas choisi ce nom. J'appartiens aux clans. Pourquoi aurais-je choisi un nom de porte-poisse ?

Bonne question, pensa Han en les regardant. Certains membres des clans utilisaient des noms des plaines dans le Val. Mais pourquoi un porte-poisse comme Micah Bayar connaîtrait-il le nom valien de Danseur ?

Bayar s'empourpra, et il lui fallut quelques instants pour parvenir à répondre.

— C'est ce que vous dites, Hayden, dit Bayar d'une voix traînante. Mais peut-être que vous êtes votre propre père. Ce qui signifie que votre mère et vous…

Danseur leva vivement le bras mais, quand son couteau quitta sa main, Han parvint à en dévier la trajectoire. L'arme termina sa course en vibrant dans le tronc d'un arbre.

Allons, Danseur, pensa Han en se ratatinant sous le regard furieux de son ami. Tuer un magicien ami de la reine ne leur vaudrait que des ennuis.

L'ensorceleur Bayar resta un moment immobile, comme s'il n'en croyait pas ses yeux. Puis son visage devint blanc de colère. Il tendit une main impérieuse vers Danseur, saisit son amulette de l'autre et commença à marmonner un sort dans le langage de la magie, en hésitant un peu sur les termes.

— *Micah*, dit le plus mince de ses deux compagnons au féligre en approchant son cheval. Non, ça n'en vaut pas la peine. Le feu, c'était une chose, mais s'ils découvrent que…

— Ferme-la, Arkeda, répondit Bayar. Je vais apprendre le respect à ce manant aux cheveux cuivrés.

L'air contrarié de devoir recommencer de zéro, il se remit à psalmodier le sort.

Voilà à quoi ça mène de vouloir ramener la paix entre les gens, pensa Han. Il prit son arc et encocha une flèche, qu'il dirigea vers la poitrine de Bayar.

— Hé ! *Micah*, dit-il, que pensez-vous de ça ? Fermez-la, ou je tire.

Bayar regarda Han comme si sa présence le surprenait. Comprenant sans doute qu'il serait mort avant d'avoir fini de jeter le sort, le magicien lâcha son amulette et leva les mains.

À la vue de l'arc de Han, Miphis et Arkeda posèrent la main sur la poignée de leur épée. Mais Danseur encocha une flèche dans son arc, et les jeunes garçons levèrent aussi les mains.

— Sage décision, dit Han. Je suppose que les sorts sont moins rapides que les flèches.

— Vous avez tenté de m'assassiner, dit Bayar à Danseur, comme si une telle chose était impensable. Savez-vous qui je suis ? Mon père est le Haut Magicien, le conseiller de la reine. Quand il découvrira ce que vous avez fait…

— Pourquoi ne retournez-vous pas vite à la Dame Grise pour tout lui raconter ? dit Danseur, indiquant d'un signe de tête la piste qui descendait. Allez-y ! Vous n'avez pas votre place, ici. Quittez la montagne. Tout de suite !

Bayar ne voulait pas battre en retraite devant ses amis.

— Souvenez-vous, dit-il à voix basse en tripotant son amulette, que le chemin est long pour descendre de la montagne. N'importe quoi peut arriver…

Diantre, pensa Han. Il avait été trop souvent victime d'embuscades dans les rues et les allées de la Marche-des-Fells. Il en connaissait assez sur les petites brutes de ce genre pour savoir à quoi s'attendre avec Bayar. Ce garçon leur ferait du mal à la première occasion, et il ne s'embarrasserait pas de scrupules.

Han garda son arc tendu et désigna le magicien du menton.

— Vous. Enlevez votre breloque porte-poisse, ordonna-t-il. Et jetez-la par terre.

— Mon médaillon ? dit Bayar en touchant le bijou à l'aspect maléfique pendu à son cou. (Quand Han hocha la tête, il sursauta.) Vous n'êtes pas sérieux ! gronda-t-il en fermant le poing autour de l'amulette. Savez-vous ce que c'est ?

— J'en ai une petite idée, dit Han. (Il lui fit signe avec son arc.) Enlevez-le et jetez-le !

Bayar resta figé mais son visage pâlit.

— Vous ne pourrez pas vous en servir, vous savez ! dit-il en regardant Han, puis Danseur. Si vous le touchez, vous serez incinérés !

— Nous courrons le risque, dit Danseur en jetant un coup d'œil à Han.

L'ensorceleur plissa les yeux.

— Alors, vous n'êtes que des voleurs, ricana-t-il. J'aurais dû m'en douter.

— Réfléchissez une seconde, dit Han. Qu'ai-je à faire d'un machin pareil ? Mais je ne tiens pas à devoir surveiller mes arrières jusqu'à chez moi.

Arkeda se pencha vers Bayar et murmura, dans la langue du Val :

— Il vaut mieux que tu le lui donnes. Tu sais ce qu'on dit, au sujet des rouquins. Ils vous coupent la gorge pour boire votre sang et donnent votre cadavre à leurs loups afin que personne ne retrouve vos os.

Miphis l'approuva vigoureusement du chef.

— Ou alors ils vont se servir de nous pour des *rituels.* Ils nous brûleront vifs, ou nous sacrifieront à leurs déesses.

Han serra les mâchoires pour ne pas montrer sa surprise et son amusement. Les porte-poisse semblaient avoir leurs propres raisons de craindre les clans.

— Je ne peux pas le leur donner, imbécile ! siffla Bayar. Tu sais pourquoi ! Si mon père s'aperçoit que je l'ai pris, nous serons punis tous les trois.

— Je t'avais dit de ne pas le prendre, marmonna Arkeda. Je t'avais dit que c'était une mauvaise idée. Juste parce que tu voulais impressionner la princesse Raisa…

— Tu sais bien que je ne l'aurais pas pris si nous avions le droit d'avoir nos propres médaillons, dit Bayar. C'était le seul que je… Que regardez-vous ? demanda-t-il sèchement, remarquant l'intérêt de Han et Danseur pour la conversation, et s'apercevant, peut-être un peu tard, qu'ils comprenaient la langue des gens des plaines.

— Je regarde quelqu'un qui a déjà des ennuis, et qui s'y enfonce de plus en plus, répondit Han. Et maintenant, jetez l'amulette.

Bayar regarda Han comme s'il le voyait pour la première fois.

— Vous ne faites même pas partie des clans. Qui êtes-vous ?

Han n'allait pas donner son vrai nom à un ennemi.

— On m'appelle Shiv, dit-il, leur donnant le premier nom qui lui passa par la tête. Le seigneur de la rue du Pont-Sud.

— Shiv, dites-vous. (Le magicien essaya de le foudroyer du regard, mais il ne parvint pas à garder les yeux rivés sur lui.) C'est étrange. Il y a quelque chose… Vous paraissez…

Sa voix s'éteignit comme s'il avait perdu le fil de sa pensée.

Han visa le magicien, de la sueur lui coulant entre les omoplates. Si Bayar ne cédait pas, il devrait décider de ce qu'il ferait ensuite. Pour l'instant, il n'en avait pas la moindre idée.

— Je compte jusqu'à cinq, dit-il, gardant son air de garçon des rues. Puis je vous logerai une flèche dans le cou. Un.

D'un mouvement rapide et brusque, Bayar fit passer la chaîne par-dessus sa tête et jeta l'amulette par terre. Elle cliqueta en touchant le sol.

— Essayez un peu de ramasser mon médaillon, dit l'ensorceleur en se penchant en avant. Je vous en défie !

Le regard de Han alla de l'objet à Bayar. Il se demanda s'il devait croire le jeune garçon ou pas.

— Partez ! Filez d'ici ! dit Danseur. Je pense que vous devriez réfléchir à la manière dont vous allez éteindre ce feu. Si vous ne le faites pas, je vous garantis que la reine ne sera pas ravie, qu'elle vous ait demandé de l'allumer ou pas !

Bayar le regarda un moment, la bouche frémissante comme s'il voulait dire quelque chose. Puis il fit brutalement volter sa monture et lui enfonça ses talons dans les flancs. Le cheval et son cavalier foncèrent vers le bas de la pente comme s'ils essayaient, effectivement, de rattraper l'incendie.

Arkeda le regarda partir, puis se tourna vers Danseur.

— Imbéciles ! Comment pourrait-il éteindre le feu sans l'amulette ?

Il fit pivoter son cheval, puis son compagnon et lui suivirent Bayar, à une allure un peu moins folle.

— J'espère qu'il se brisera le cou, marmonna Danseur en regardant partir les trois ensorceleurs.

Han cessa de retenir son souffle et laissa son arc se détendre avant de le remettre en travers de son dos.

— Qu'est-ce que c'était, ces histoires au sujet de ton nom valien ? As-tu déjà rencontré Bayar ?

Danseur fourra sa flèche dans son carquois.

— Où aurais-je rencontré un porte-poisse ?

— Pourquoi a-t-il parlé ainsi de ton père ? insista Han. Comment savait-il que... ?

— Comment le saurais-je ? dit Danseur, l'expression dure et furieuse. Oublie tout ça. Allons-y !

Manifestement, Danseur n'avait pas envie de parler de ce qui était arrivé.

D'accord, se dit Han. Il n'était pas bien placé pour protester. Il avait lui-même bien assez de secrets.

— Et ce truc ? dit Han en s'accroupissant pour étudier prudemment le médaillon, sans oser le toucher. Crois-tu qu'il bluffait ? (Il regarda Danseur, qui observait l'objet à bonne distance.) Je veux dire : penses-tu qu'ils aient besoin de cette chose pour éteindre le feu ?

— Laisse ce médaillon où il est, dit Danseur en frissonnant. Et filons d'ici !

— Ce porte-poisse ne voulait pas abandonner son amulette, dit Han d'un air songeur. Elle doit avoir de la valeur.

Han connaissait des vendeurs d'objets magiques, au Marché-des-Chiffonniers. Il avait traité avec eux une ou deux fois quand il

« travaillait » dans les rues. Une prise comme celle-là pourrait payer un an de loyer.

Tu n'es pas un voleur. Tu ne l'es plus. S'il se le répétait assez souvent, ça finirait peut-être par rentrer…

Mais il ne pouvait pas laisser cet objet. L'amulette avait quelque chose d'à la fois maléfique et fascinant. Le pouvoir en émanait, comme la chaleur d'un fourneau par une froide journée d'hiver, qui lui aurait réchauffé le devant du corps et fait ressentir plus durement le froid sur le reste de sa personne.

Il ramassa une petite branche et souleva l'amulette par sa chaîne. Il la regarda tournoyer sous le soleil, hypnotisé. C'était une pierre verte translucide habilement sculptée pour représenter un enchevêtrement de serpents aux yeux rouges. L'ensemble était couronné par un diamant étincelant taillé en rond, le plus gros qu'il ait jamais vu, et les yeux des serpents étaient en rubis rouge sang.

Han s'était occupé de bijoux de temps en temps, et il savait que la facture de celui-ci était splendide et ses gemmes de première qualité. Mais l'attrait qu'exerçait l'amulette allait au-delà de ses qualités matérielles.

— Que vas-tu faire de ça ? demanda Danseur, derrière lui, d'une voix lourde de désapprobation.

Han haussa les épaules sans cesser de regarder le bijou qui tournait au bout de sa chaîne.

— Je ne sais pas.

— Tu devrais le balancer dans le ravin ! Si Bayar l'a pris sans autorisation, qu'il se débrouille pour expliquer ce qui lui est arrivé !

Han était incapable de le jeter. Ce n'était pas le genre d'objet qu'on avait envie d'abandonner dans la nature, au risque que quelqu'un – peut-être un enfant des camps – le trouve.

Han sortit un morceau de cuir de son sac et l'étala sur le sol. Il laissa tomber l'amulette au centre, l'enveloppa soigneusement et la mit dans son sac. Ce faisant, il se demanda comment ils en étaient arrivés là, à une telle impasse, face à des magiciens ? Quel lien y avait-il entre Danseur et eux ? Peut-être n'était-ce que le dernier épisode d'une longue série de malchances. Han semblait toujours attirer les ennuis, quoi qu'il fasse pour les éviter.

2

Conséquences inattendues

Raisa s'agita impatiemment sur sa selle et regarda autour d'elle. Elle plissa les paupières pour se protéger les yeux du soleil qui brillait sur la piste.

— Ne plisse pas les paupières, Raisa, dit sèchement sa mère.

C'était une des phrases toutes faites que la reine employait en lieu et place de conversation avec sa fille, avec « Tiens-toi droite », « Où vas-tu donc comme ça ? » et la phrase passe-partout : « Raisa *ana*'Marianna ! »

Raisa s'abrita donc les yeux d'une main et examina les bois environnants.

— Allons-y, dit-elle. Ils étaient censés nous rejoindre ici il y a une demi-heure. S'ils ne sont pas capables d'être à l'heure, nous devrions partir sans eux. Nous perdons du temps !

Le seigneur Gavan Bayar fit avancer son cheval et posa une main sur la bride de Friponne.

— Je vous en prie, Altesse, donnez-leur encore quelques minutes. Micah sera cruellement déçu s'il rate la chasse. Il l'attend avec impatience depuis le début de la semaine.

Le séduisant Haut Magicien sourit à Raisa avec le charme exagéré que les adultes réservent aux enfants en présence d'autres adultes.

Micah attendait la chasse avec impatience ? pensa Raisa. *Pas autant que moi ! Lui, il peut aller et venir à sa guise !*

Il est sans doute encore en colère à cause d'hier soir, se dit-elle. *C'est pour ça qu'il nous fait attendre. Il n'a pas l'habitude qu'on lui dise « non ».*

Raisa poussa Friponne du genou, et la jument secoua la tête, délogeant la main du magicien. Elle s'ébroua et fit un écart quand une feuille morte voleta devant elle sur le sol. Elle était aussi pressée de partir que Raisa.

— Moi, je suis souvent en retard, dit Mellony, la jeune sœur de Raisa, faisant avancer son poney. Nous devrions peut-être essayer d'être patients.

Raisa lui jeta un regard furieux. Mellony se mordit la lèvre et détourna les yeux.

— Micah n'a pas dû voir le temps passer, dit le seigneur Bayar en essayant de contrôler son propre cheval, un étalon à l'ossature solide. (La brise ébouriffa sa crinière de cheveux argent striés du rouge des magiciens.) Vous savez comment sont les jeunes gens !

— Vous devriez peut-être lui offrir une montre de gousset pour son prochain jour de naissance, dit Raisa d'un ton acerbe, ce qui lui valut un « Raisa *ana*'Marianna ! » de la part de sa mère.

Je m'en fiche ! pensa-t-elle. Elle trouvait déjà assez ennuyeux d'avoir été coincée au château de la Marche-des-Fells depuis le solstice, enfermée avec des professeurs et obligée de rattraper trois ans de retard de cours sur des sujets sans intérêt.

Par exemple : « Une dame peut discuter avec n'importe qui, quel que soit son âge ou sa position sociale. À table, l'hôtesse doit s'assurer que tout le monde participe à la conversation. Elle doit faire en sorte d'éviter les sujets comme la politique, ou toute autre question potentiellement sensible, et être prête à lancer la discussion sur des questions moins délicates si le besoin s'en fait sentir. »

Si une dame doit faire tout ça, se demanda Raisa, *un homme doit-il agir de même ? Est-ce exigé de lui ?*

Raisa avait changé pendant les trois années qu'elle avait passées au camp Demonai, et sa mère aussi. Désormais, il semblait qu'elles étaient constamment en conflit. Son père, Averill, qui était né dans un clan, avait toujours apaisé les choses entre elles deux. Et voilà qu'il voyageait tout le temps à présent, tandis que Marianna persistait à traiter sa fille comme si elle était une enfant.

Ces temps-ci, Raisa ne pouvait pas s'empêcher d'entendre les rumeurs qui couraient sur la reine. Certains disaient qu'elle prêtait trop peu d'attention aux finances, à la politique et aux affaires de l'État. D'autres affirmaient qu'elle s'intéressait trop au Haut Magicien et au Conseil de la Dame Grise. En avait-il toujours été ainsi, ou Raisa le remarquait-elle uniquement parce qu'elle était plus âgée ?

C'était peut-être à cause de l'influence de sa grand-mère, Elena. La Matriarche du camp Demonai avait une opinion bien arrêtée sur la politique du Val et l'influence grandissante des magiciens, et elle n'avait jamais hésité à l'exprimer pendant les trois années où Raisa avait résidé avec la famille de son père.

Après la relative liberté du camp Demonai, Raisa déplorait de devoir comprimer ses pieds dans les chaussures étroites et ses jambes dans les bas brodés qui avaient la faveur de la cour, sans parler de la transpiration et des démangeaisons provoquées par les robes de petite fille à froufrous que sa mère choisissait pour elle. Elle avait presque seize ans, elle était presque adulte mais, la plupart du temps, Raisa ressemblait à une bonbonnière enrubannée sur pattes.

Mais pas ce jour-là. Elle avait mis sa tunique, ses jambières et ses bottes fabriquées par les clans, et sa veste de cheval qui lui arrivait aux hanches. Elle avait accroché son arc en travers de son dos, et glissé un carquois de flèches dans le fourreau fixé à sa selle. Quand elle avait fait sortir Friponne des écuries, le seigneur Bayar l'avait regardée de haut en bas puis avait tourné les yeux vers la reine pour voir sa réaction.

La mère de Raisa avait pincé les lèvres et poussé un gros soupir, mais elle avait apparemment décidé qu'il était trop tard pour obliger Raisa à aller se changer. Mellony, bien entendu, était, comme sa mère, vêtue d'une élégante veste de cheval et d'une longue jupe fendue. Des cascades de jupons à volants recouvraient ses bottes.

Mellony était le portrait craché de leur mère. Elle avait hérité des cheveux blonds de Marianna et de son teint de pêche, et semblait destinée à devenir aussi grande qu'elle, sinon plus. Raisa tenait de son père, avec ses cheveux noirs, ses yeux verts et sa silhouette menue.

Et elles étaient là, prêtes pour la chasse par une belle journée ensoleillée, et elles perdaient du temps à attendre Micah Bayar et ses cousins, qui étaient en retard !

Micah était un cavalier audacieux et un chasseur doué et déterminé. Même s'il avait à peine seize ans, sa beauté sombre et son air dangereux lui attiraient les faveurs d'une bonne moitié des jeunes filles de la cour.

Depuis que Raisa était revenue à la Marche-des-Fells, il la courtisait avec une intensité flatteuse à laquelle elle avait eu du mal à résister. Le fait que leur romance soit interdite la rendait encore plus attrayante. Le château de la Marche-des-Fells était truffé d'yeux et d'oreilles, mais ils avaient quand même trouvé des endroits où se rencontrer en cachette. Les baisers de Micah étaient enivrants, et ses étreintes lui faisaient tourner la tête.

Mais ce n'était pas tout. Il avait également un humour sauvage et cynique s'exerçant aux dépens de la société qui leur avait donné naissance à tous deux. Il la faisait rire, et bien peu de choses la faisaient rire, ces temps-ci.

Raisa savait qu'un flirt avec Micah Bayar était risqué, mais c'était une façon de se révolter contre sa mère et les contraintes de la vie à la cour. Pourtant, la rébellion avait ses limites. Elle n'était pas, contrairement à Missy Hakkam, une sotte prête à abandonner sa vertu pour un mauvais poème et un baiser sur l'oreille.

Et la patience n'était pas le fort de Micah Bayar. D'où leur dispute de la veille.

Elle avait eu hâte d'aller chasser avec lui, mais elle n'était pas prête à faire le pied de grue toute la journée. Le temps et les occasions lui filaient sous le nez. L'histoire de sa vie.

Edon Byrne et trois de ses soldats étaient prêts, eux aussi, et parlaient tranquillement entre eux. Byrne était le capitaine de la Garde de la reine, le dernier d'une longue lignée de Byrne à avoir occupé ce poste. Il avait insisté pour servir d'escorte pendant la chasse, malgré les objections du seigneur Bayar.

Byrne se tourna vers eux.

— Dois-je envoyer un de mes hommes chercher les jeunes gens, Majesté ? demanda-t-il.

— Vous pourriez tous partir, si ça ne tenait qu'à moi, capitaine Byrne, dit le seigneur Bayar d'une voix traînante. La reine Marianna et les princesses sont parfaitement en sécurité. Il est inutile que vos hommes et vous traîniez derrière nous comme la queue d'un cerf-volant ! Les clans sont peut-être sauvages et imprévisibles, mais ils ne tenteront rien en ma présence.

Il tripota l'amulette pendue à son cou, au cas où Byrne n'aurait pas compris ce qu'il voulait dire. Le Haut Magicien parlait toujours lentement et distinctement quand il s'adressait au capitaine, comme si celui-ci était simple d'esprit.

Byrne soutint le regard du magicien sans ciller, son visage tanné par le vent restant impassible.

— C'est possible, mais ce ne sont pas les clans qui m'inquiètent.

Bayar eut un sourire sans enthousiasme.

— C'est évident, puisque vous et le prince consort n'avez cessé de mettre la jeune princesse Raisa entre leurs mains.

Il grimaça de dégoût.

C'était une autre des choses qui exaspéraient Raisa. Le seigneur Bayar n'appelait jamais son père par son nom. Pour lui, Averill PiedLéger

Demonai était le « prince consort », comme si c'était un poste que n'importe qui à la cour aurait pu assumer. De nombreux aristocrates du Val méprisaient le père de Raisa, parce qu'il était un marchand des clans qui avait contracté un mariage que nombre d'entre eux auraient bien voulu faire.

Pourtant, en réalité, la reine des Fells ne s'était pas mariée à la légère. Averill avait apporté en dot le soutien des clans, qui équilibrait le pouvoir du Conseil des Magiciens. Ce que, bien entendu, le Haut Magicien n'appréciait pas.

— Seigneur Bayar ! dit sèchement la reine. Vous savez parfaitement que la princesse Raisa a été confiée aux clans comme le Naéming l'exige.

Le Naéming était l'accord entre les clans et le Conseil des Magiciens qui avait mis fin à la Rupture – la calamité magique qui avait failli détruire le monde.

— Mais il est certainement inutile que la princesse Raisa passe autant de temps loin de la cour, dit Bayar en souriant. Pauvre petite ! Pensez à toutes les danses, toutes les fêtes, tous les spectacles qu'elle a manqués !

Et tous les cours de couture et d'élocution, pensa Raisa. *Comme c'est dommage !*

Byrne regarda Raisa comme si elle était une jument qu'il comptait acheter, puis dit, à sa manière brusque et directe :

— Elle ne me semble pas avoir pâti de tout ça. Et elle chevauche comme un guerrier demonai.

C'était un sacré compliment, de la part de Byrne. Raisa se rengorgea.

La reine Marianna posa une main sur le bras de Byrne.

— Pensez-vous vraiment que ce soit si dangereux, Edon ?

Elle cherchait toujours à clore rapidement toute discussion un peu vive, même quand ça revenait à mettre un pansement sur un abcès.

Byrne regarda la main de la reine posée sur son bras, puis leva les yeux vers elle. Son visage buriné s'adoucit un peu.

— Votre Majesté, je sais à quel point vous aimez la chasse. S'il faut suivre les daims dans la montagne, le seigneur Bayar ne pourra pas vous accompagner. Les terres frontalières sont pleines de réfugiés. Quand la famille d'un homme meurt de faim, il ne recule devant rien pour la nourrir. Et des armées de mercenaires traversent les montagnes pour rejoindre les guerres ardenines ou en revenir. La reine des Fells serait une capture de grande valeur.

— Est-ce la seule chose qui vous inquiète, capitaine Byrne ? demanda Bayar d'un air soupçonneux.

Byrne ne sourcilla pas.

— Y a-t-il autre chose qui devrait m'inquiéter, mon seigneur ? quelque chose dont vous aimeriez me parler ?

— Nous devrions peut-être y aller, dit la reine Marianna en faisant claquer ses rênes. Micah et ses compagnons ne devraient pas avoir de mal à nous rejoindre.

Le seigneur Bayar hocha la tête, irrité.

Micah va en entendre parler, pensa Raisa. Le Haut Magicien semblait avoir des envies de meurtre particulièrement sanguinaires. Elle poussa Friponne en avant pour prendre la tête de la troupe. Byrne amena son grand cheval bai pour qu'il chevauche à côté d'elle, laissant les autres derrière.

Leur piste grimpait à travers des prés luxuriants émaillés de trientales boréales et de boutons-d'or. Des merles aux ailes rouges s'accrochaient de justesse à des restes desséchés de fleurs de l'année précédente. Raisa absorbait tous ces détails comme un peintre qui aurait été privé de couleurs.

Byrne aussi regardait autour de lui, mais dans une intention différente. Il examinait la forêt des deux côtés de la piste, le dos droit, les rênes pendant entre ses mains. Ses hommes s'étaient déployés en éventail autour d'eux et parcouraient trois lieues chaque fois que le groupe principal en faisait une, afin de surveiller la piste devant eux et derrière.

— Quand Amon rentrera-t-il à la maison ? demanda Raisa, testant sur l'austère capitaine ses capacités durement acquises à entretenir une conversation.

Byrne la regarda un long moment avant de répondre.

— Nous l'attendons incessamment, Votre Altesse. À cause des combats en Arden, il a dû faire un grand détour pour revenir du Gué-d'Oden.

Il y avait plus de trois ans que Raisa n'avait pas vu Amon, le fils aîné de Byrne. Après ses trois années passées au camp Demonai, elle était revenue à la cour pour le solstice et avait appris qu'Amon était parti à la Maison Wien, l'école militaire du Gué-d'Oden. Il avait l'intention de suivre les traces de son père, et les soldats commençaient tôt leur formation.

Amon et elle étaient amis intimes depuis leur enfance, quand, malgré leur différence de rang, l'absence d'autres enfants à la cour les avait poussés à se rapprocher. Le château de la Marche-des-Fells lui avait paru bien vide sans lui, même si elle n'avait pas eu beaucoup l'occasion d'être seule.

Quand je serai reine, pensa Raisa, *je garderai mes amis près de moi.*

C'était un point de plus dans une longue liste de bonnes intentions.

Amon était désormais sur le chemin du retour vers les Fells et parcourait seul les centaines de lieues qui séparaient le Gué-d'Oden du château. Raisa enviait sa liberté. Même dans les clans, elle voyageait toujours avec une escorte. Elle se demanda quel effet ça ferait de choisir son propre chemin, de dormir où et quand elle voulait, chaque journée débordant de possibilités et de risques.

Le groupe de chasseurs tourna vers l'ouest, suivant une piste qui serpentait le long de la vallée. Même s'ils étaient à des centaines de mètres au-dessus de la Dyrnneflot, le grondement des cascades montait jusqu'à eux.

Ils traversèrent un étroit canyon, et la température baissa sensiblement quand les parois de pierre se refermèrent sur eux. Raisa frissonna et ressentit une pointe d'inquiétude, une vibration dans ses os comme si le riche réseau de vie autour d'eux avait été retiré par des doigts invisibles.

Friponne s'ébroua et secoua la tête, arrachant presque les rênes des mains de Raisa. Les ténèbres de chaque côté de la piste semblèrent se condenser pour former des silhouettes grises aux contours mouvants qui avançaient en même temps qu'elle.

Des loups gris, le symbole de sa Maison. Raisa aperçut d'étroites têtes allongées et des yeux d'ambre, des langues pendant entre des crocs acérés. Puis ils disparurent.

On disait que des loups apparaissaient aux reines de sa lignée à des moments décisifs, des périodes de danger ou lors d'occasions à ne pas manquer. Ils n'étaient jamais apparus à Raisa, ce qui n'avait rien d'étonnant, puisqu'elle n'était pas encore reine.

Elle regarda sa mère, qui riait à une remarque du seigneur Bayar. Elle ne semblait pas avoir remarqué quoi que ce soit d'inhabituel.

Si Raisa avait chevauché hors du camp Demonai avec ses amis des clans, ils auraient considéré cette prémonition comme un présage, et ils l'auraient examinée sous tous les angles, comme ils l'auraient fait avec un serpent dans la poussière, pour déterminer sa signification possible. Comme elle appartenait à la lignée du Loup Gris, Raisa était censée posséder le don de double vue, et cette faculté était respectée.

Une voix interrompit ses réflexions.

— Tout va bien, Votre Altesse ?

Surprise, Raisa leva les yeux et croisa le regard inquiet de Byrne, gris comme l'océan sous un ciel d'hiver. Il s'était approché d'elle, avait saisi la bride de Friponne et penchait la tête vers Raisa pour entendre sa réponse.

— Eh bien… ma foi… Je…, balbutia-t-elle, pour une fois à court de mots.

Elle eut envie de dire : « J'ai le sentiment bizarre que nous sommes en danger, capitaine Byrne », ou : « Vous n'auriez pas vu des loups le long du chemin, par hasard ? »

Même si le rude capitaine la prenait au sérieux, qu'aurait-il pu faire ?

— Tout va bien, capitaine, dit-elle. Mais le petit déjeuner est loin, voilà tout.

— Voulez-vous un biscuit ? demanda-t-il, plongeant la main dans sa sacoche. J'en ai dans…

— Non, ça va, dit-elle rapidement. Nous allons bientôt prendre le repas de midi, non ?

Le canyon s'ouvrit sur un ravissant pré en hauteur. La harde y avait été vue la semaine précédente, mais elle était partie. En cette saison, les daims se dirigeaient probablement vers les pâturages plus élevés, et, avec la présence du seigneur Bayar, un magicien, le groupe de chasseurs ne pourrait pas les suivre. Ils se trouvaient déjà un peu trop près des frontières des clans.

Ils s'arrêtèrent pour le repas de midi dans le pré, juste à la sortie de l'étroit canyon. Le repas fut somptueux et raffiné, disposé sur des nappes élégantes, avec du fromage, des viandes froides, des fruits, et des bouteilles de vin et de cidre. Pendant que le reste de la compagnie mangeait, deux des soldats de Byrne partirent en éclaireurs pour chercher des traces de la harde de daims.

Raisa n'avait pas beaucoup d'appétit. Elle était assise, les bras autour des genoux, incapable de se défaire de l'inquiétude qui pesait sur ses épaules et semblait la clouer au sol. Il était à peine midi, mais la journée s'assombrissait déjà, tandis que le jeu d'ombre et de lumière laissait place à des formes grises qui revenaient avec insistance chaque fois qu'elle clignait des yeux pour les chasser.

Elle regarda vers le sommet des arbres. Au sud, le ciel était bleu clair mais, au-dessus d'eux, il était d'un gris laiteux, le disque étincelant du soleil nageant dans un brouillard de plus en plus dense. Raisa renifla, et sentit l'odeur piquante de feuilles en train de brûler.

— Quelque chose brûle ? demanda-t-elle à la cantonade.

Elle avait parlé si bas qu'elle pensait que personne n'avait entendu, mais Byrne se leva et gagna le centre du pré, observant les pentes autour d'eux. Il fronça les sourcils et regarda longuement le ciel, puis les chevaux. Ils étaient agités et tiraient sur leurs rênes.

Raisa eut la conviction croissante que quelque chose allait de travers. L'air semblait lui râper la gorge, et elle toussa.

— Chargez les chevaux, ordonna Byrne à ses hommes, qui commencèrent à plier le camp et à remballer les affaires du pique-nique.

— Oh ! restons encore un peu, Edon ! dit la reine Marianna en levant son verre de vin. C'est si joli, ici ! Peu importe si nous n'attrapons pas de daim.

Le seigneur Bayar était affalé à côté d'elle.

— Je ne peux pas aller plus haut sans violer le Naéming et tout ce qui s'ensuit, dit-il. Mais allez-y, capitaine Byrne, et trouvez un daim pour nos princesses. Je resterai ici pour m'occuper de la reine.

Raisa considéra la scène sous ses yeux : la couverture étalée sous les arbres, le magicien à la beauté ténébreuse qui avait croisé les chevilles, sa main ornée de bagues reposant sur la couverture. Sa mère, blonde et jolie, qui ressemblait à une bonbonnière même dans ses vêtements de cavalière, les joues roses comme celles d'une jeune fille…

Le spectacle rappela à Raisa un tableau du château, un de ces moments figés dans le temps qui incitent à se demander ce qui s'est passé avant, et ce qui se passera après.

— Je reste avec vous, maman, dit Raisa.

Elle s'assit au bord de la couverture et regarda le Haut Magicien dans les yeux, sachant instinctivement qu'ils étaient ennemis. Elle aurait aimé que son père ne voyage pas autant…

Les soldats de Byrne avaient continué à charger les chevaux, qui étaient de plus en plus nerveux et ne leur facilitaient pas la tâche. Le capitaine s'approcha de la reine et du magicien.

— Votre Grâce, je crois qu'il est préférable de rentrer. Il y a un feu tout près, et il se dirige vers nous.

— Un incendie ? dit le seigneur Bayar. Il ramassa une poignée de feuilles humides, la broya dans sa main gantée et laissa tomber la masse détrempée. Comment est-ce possible ?

— Je l'ignore, seigneur Bayar, répondit Byrne. Ça n'a aucun sens, mais il y en a un, et il est au sommet de la pente, derrière nous, sur Hanalea. J'en ai vu rattraper les gens avant qu'ils aient le temps de se mettre à l'abri.

— Mais ça arrive seulement à la fin de l'été, dit la reine Marianna. Pas au printemps.

— Exactement, dit le seigneur Bayar en levant les yeux au ciel. Vous êtes un alarmiste, Byrne.

La reine Marianna, l'air inquiète, effleura le bras de Bayar.

— En effet, je sens de la fumée, Gavan. Nous devrions peut-être écouter le capitaine.

Pendant leur conversation, un crépuscule étrange était tombé sur le pré. Un vent bizarre se leva et poussa la fumée loin d'eux, comme si une bête géante l'avait aspirée. Raisa se leva et entra dans la clairière, regardant en arrière, vers Hanalea. Sous ses yeux, un nuage dense et pourpre passa par-dessus le bord de la pente, accompagné par des flammes orange et vert. Une colonne de feu s'éleva du sol, une tornade de près de vingt mètres de haut. À présent, Raisa pouvait aussi entendre les pins craquant sous la chaleur et le grondement bas de la fournaise.

Elle se serait crue dans un de ces rêves où on essaie de crier, et où il faut plusieurs essais pour arriver à produire un son.

— Capitaine Byrne ! appela-t-elle d'une voix qui lui sembla faible par rapport au rugissement du feu. C'est vraiment un incendie ! Regardez !

À cet instant, une dizaine de daims surgirent d'entre les arbres, traversèrent le pré et filèrent dans le canyon, sans se soucier des chasseurs potentiels sur leur chemin.

Puis Raisa entendit des bruits de sabots, et trois cavaliers firent irruption dans le pré, venant de la même direction que les daims. Leurs chevaux étaient couverts de sueur et avaient les pupilles dilatées. Leurs cavaliers n'étaient guère en meilleur état.

— Il arrive ! Juste derrière nous ! Un feu de forêt ! Fuyez ! cria le cavalier de tête.

Il fallut un instant à Raisa pour reconnaître le sarcastique et froid Micah Bayar sous son masque de suie. Avec lui se trouvaient ses cousins, Arkeda et Miphis Mander.

Tout le monde était debout désormais, le pique-nique oublié.

— Micah ? demanda le seigneur Bayar à son fils. Comment… ? Qu'as-tu… ?

Raisa n'avait jamais vu le Haut Magicien bafouiller ainsi.

— Nous étions en chemin pour vous rejoindre et nous avons vu le feu, haleta Micah, pâle sous la saleté qui couvrait ses joues, les cheveux humides de sueur, des coupures sur les mains et ce qui ressemblait à une vilaine brûlure sur le bras droit. Nous… Nous avons essayé de le combattre, mais…

Byrne amena Vaillante, la jument de la reine Marianna, à côté d'elle.

— Votre Majesté. Vite, je vous en prie. (Il tint fermement la bride de Vaillante d'une main, et de son bras libre aida la reine à monter en selle.) Attention. Tenez-vous bien. Elle est effrayée.

Raisa grimpa sur le dos de Friponne en murmurant des paroles rassurantes à la jument. À une centaine de mètres seulement, la cime des arbres avait pris feu. L'incendie fonçait vers eux, les flammes bondissant d'un arbre à l'autre en une course folle, plus rapidement qu'il semblait possible pour la saison. L'air irrita les poumons de Raisa, qui se cacha la bouche et le nez sous sa manche.

Le seigneur Bayar resta un moment figé, les yeux plissés, regardant Micah et ses cousins, puis les flammes qui arrivaient. Il saisit les rênes de son cheval et grimpa en selle. Il fit avancer sa monture près de celle de Micah, le saisit par son manteau et lui parla, le visage tout près de celui de son fils. Micah hocha la tête, l'air terrifié. Le seigneur Bayar le lâcha brusquement et fit volter son cheval, lui enfonçant ses talons dans les flancs, laissant son fils le suivre ou brûler.

Raisa les regarda, sidérée. Le Haut Magicien pensait-il que Micah aurait pu arrêter le feu, tout seul ? Il était certes puissant, mais il ne possédait même pas d'amulette, et il n'était pas encore allé à l'académie.

— Votre Altesse ! Dépêchez-vous ! cria Byrne.

Tous foncèrent vers l'entrée du canyon.

Si Raisa avait espéré s'abriter là, ses espoirs furent déçus. Certes, ils ne recevaient plus de braises sur la tête, mais un vent horriblement chaud soufflait entre les parois, tellement chargé de fumée qu'elle ne voyait pas le cheval devant elle. Il semblait également étouffer les sons, même si elle entendait vaguement des gens tousser et s'étrangler devant et derrière elle. Le passage était si étroit qu'au moins ils ne risquaient pas de se perdre, mais elle se demanda s'ils ne seraient pas asphyxiés avant de ressortir de l'autre côté.

Byrne la rejoignit.

— Mettez pied à terre et conduisez votre cheval, Votre Altesse, dit-il. L'air est plus frais près du sol. Tenez bien ses rênes !

Il poursuivit son chemin pour avertir les autres.

Raisa descendit du dos de Friponne, enroula les rênes autour de sa main et poursuivit à pied. Byrne avait raison : l'air était plus respirable en bas. La peau de son visage lui semblait sèche et tendue, comme celle d'un poulet rôti. Elle eut envie de se pencher pour se mouiller le visage dans le ruisseau, mais Byrne les poussait sans relâche. Quand ils approchèrent de la sortie, l'air se fit encore plus épais, et les yeux de Raisa s'emplirent de larmes qui lui brouillèrent la vue.

Quand sa vision revint, elle était de nouveau entourée de loups de la taille de petits poneys. Ils s'étaient attroupés autour d'elle, grondant et claquant des mâchoires, leur odeur sauvage faisant concurrence à celle de la fumée, leurs poils raides lui éraflant la peau. Ils se pressaient contre ses jambes comme s'ils voulaient lui faire quitter la piste.

— Hanalea, ayez pitié de moi, murmura-t-elle.

Était-ce une hallucination, ou étaient-ils réels, forcés de partager la piste avec eux à cause des flammes ?

Raisa était tellement concentrée sur la horde de loups qu'elle faillit rentrer dans Micah, qui s'était arrêté brusquement. Les loups disparurent dans la fumée. Devant, elle entendit Byrne jurer abondamment. Elle fourra ses rênes dans la main de Micah et se fraya un chemin parmi les autres pour rejoindre Byrne à l'avant.

— N'avancez pas, Votre Altesse, dit Byrne en la retenant derrière lui.

Elle vit que la piste, après la sortie, était recouverte par les flammes. Le feu s'était séparé le long de la crête et avait envahi les deux côtés des pentes du canyon. Ils étaient piégés.

— D'accord ! dit Byrne d'une voix forte. Que tout le monde aille dans le ruisseau. Allongez-vous, et submergez-vous, autant que possible.

Gavan Bayar avança lui aussi.

— Que se passe-t-il ? demanda-t-il. Pourquoi nous sommes-nous arrêtés ?

Byrne se poussa sur le côté pour que Bayar voie ce qui se passait. Le magicien regarda longuement la fournaise. Puis il se tourna et appela :

— Micah ! Arkeda et Miphis ! Venez ici !

Les trois jeunes gens rejoignirent le magicien. Ils tremblaient, leurs dents claquaient et ils semblaient terrorisés. Bayar enleva ses beaux gants de cuir et les fourra dans sa poche. Puis il en sortit une lourde chaîne en argent, en enroula une extrémité autour de son poignet et l'autre autour de celui de Micah.

— Arkeda et Miphis, attrapez la chaîne, là et là. (Ils la saisirent au milieu, comme s'il s'agissait d'un serpent venimeux.) Ne la lâchez pas, ou vous le regretterez, mais pas pour longtemps !

Il se tourna vers le feu, saisit son amulette de sa main libre et entonna un sort.

Alors qu'il récitait l'incantation, les trois jeunes gens titubèrent et haletèrent comme si on les avait frappés violemment. Les deux au milieu agrippèrent désespérément la chaîne, et tous trois devinrent livides comme s'ils s'étaient vidés de leur sang. Des gouttes de sueur se formèrent sur le front du seigneur Bayar, puis s'évaporèrent sous la chaleur intense. La voix de velours du Haut Magicien s'éleva par-dessus le grondement des flammes, les craquements des arbres calcinés et la respiration haletante des trois garçons.

Finalement, le feu réagit, comme à regret. Les flammes vacillèrent, se ratatinèrent et s'éloignèrent de l'entrée du canyon, comme la marée se retire, laissant derrière elles un paysage dévasté et fumant. Bayar continua à combattre le feu avec ses incantations magiques, jusqu'à ce que les flammes aient entièrement disparu, même s'il faisait toujours aussi sombre qu'au crépuscule. Il laissa glisser la chaîne de son poignet, et fit un dernier geste. Les nuages crevèrent, et la pluie inonda le sol, sifflant quand elle touchait la terre brûlante.

Il y eut un grand soupir de soulagement général, et quelques applaudissements. Comme des marionnettes dont on aurait coupé les fils, Micah et ses cousins s'affalèrent sur le sol et ne bougèrent plus.

Raisa s'agenouilla près de Micah et posa la main sur son front moite et froid. Il ouvrit les yeux et la regarda comme s'il ne la reconnaissait pas. Elle se tourna vers le seigneur Bayar.

— Qu'est-ce qu'ils ont ? Est-ce qu'ils vont s'en remettre ?

Bayar les regarda froidement.

— Oui. Mais j'ose dire que c'est une leçon qu'ils n'oublieront pas de sitôt.

Raisa essaya d'imaginer son propre père l'obligeant à participer à une incantation, sans préparation ni explication, et n'y parvint pas. Mais son père n'était pas un magicien, bien entendu.

Byrne s'était éloigné du canyon et se tenait sous la pluie, donnant des coups de pied aux débris encore fumants.

— C'est bizarre, dit-il. Je n'ai jamais vu un incendie comme celui-là, qui brûle alors que tout est humide.

— Seigneur Bayar, dit la reine Marianna en prenant les mains du magicien, c'était vraiment remarquable ! Vous nous avez sauvé la vie. Merci.

— Je suis heureux de vous servir, Votre Majesté, dit Bayar en se fendant d'un sourire si forcé qu'on aurait pu croire que son visage allait se craqueler.

Raisa regarda Byrne. Le capitaine observait la reine et son Haut Magicien. Il frotta ses joues hérissées de barbe, l'air perplexe.

3

Embuscade

Pendant le chemin du retour au camp des Pins Marisa, Danseur avança les épaules voûtées, son visage habituellement ensoleillé fermé, son langage corporel décourageant toute conversation. Han abandonna après un essai ou deux, et continua à se poser des questions tout seul.

Han ne connaissait rien de la magie, excepté les avertissements solennels de sa mère. Se manifestait-elle dans l'enfance, ou bien plus tard ? Nécessitait-elle des amulettes comme celle qui semblait alourdir son sac ? Les ensorceleurs avaient-ils besoin de suivre des cours, ou avaient-ils une connaissance innée de ce qu'il fallait faire ?

Et surtout, était-ce juste que des gens aient le pouvoir d'obliger les autres à leur obéir, de créer des feux qu'on ne pouvait pas éteindre, ou de transformer un chat en faucon, si on devait en croire les récits ?

De briser le monde au point qu'il ne soit presque plus possible de le réparer…

Les clans connaissaient aussi la magie, mais une magie d'une sorte différente. Saule, la mère de Danseur, était la Matriarche du camp des Pins Marisa, et une guérisseuse de talent. Elle pouvait s'emparer d'une branche sèche et la faire fleurir, faire pousser n'importe quoi dans ses champs sur les flancs de la colline, ou guérir par le toucher ou la voix. Ses médicaments étaient demandés jusqu'en Arden, au loin. Les clans étaient connus pour leur travail du cuir et du métal, et pour leur tradition de fabrication des amulettes et autres objets magiques.

Bayar avait insisté sur le fait que le nom du père de Danseur n'était pas connu. Comment le savait-il, et pourquoi trouvait-il cela important ? De l'avis de Han, Danseur n'avait pas besoin d'un père. Il était totalement intégré dans le clan, entouré de tantes et d'oncles qui l'adoraient, de cousins avec qui chasser, et tout le monde était lié par le sang et la tradition. Même quand Saule était en voyage, il avait toujours un foyer pour l'accueillir, de la nourriture à partager et un lit où dormir.

En comparaison, Han était plutôt orphelin. Il avait seulement sa mère, sa sœur, et un père mort pendant les guerres ardenines. Ils partageaient une unique pièce, au-dessus d'une écurie, dans le quartier du Marché-des-Chiffonniers, à la Marche-des-Fells. Plus il y pensait, plus Han se sentait découragé. Privé de magie, privé de père. Sans perspectives d'avenir. Mam lui avait suffisamment répété qu'il ne ferait jamais rien de bon.

Ils étaient à environ une demi-lieue du camp quand Han s'aperçut qu'on les suivait. Ce ne fut pas difficile : quand il se tourna pour examiner des graines brûlées par l'hiver sur le côté de la piste, il entendit des pas derrière eux, qui s'arrêtèrent brusquement. Un écureuil continua ses invectives du haut de son arbre bien après leur passage. Il se tourna une autre fois et crut apercevoir un éclair de mouvement.

Il sentit un frisson de peur le parcourir. Les magiciens devaient s'être lancés sur leurs traces. Il avait entendu dire qu'ils pouvaient se rendre invisibles ou se transformer en oiseaux pour frapper depuis les cieux. Il baissa la tête, à tout hasard, et regarda Danseur, qui semblait absorbé par ses sinistres pensées.

Han n'allait pas laisser un ennemi choisir le lieu et le moment de l'attaque. Quand ils passèrent la courbe d'une colline, il saisit le bras de Danseur et le tira hors de la piste, derrière un chêne imposant.

Danseur se libéra d'un geste rapide.

— Qu'est-ce que… ?

— Chut ! souffla Han en posant un doigt sur ses lèvres et en indiquant d'un geste à Danseur de rester caché.

Han revint sur ses pas en décrivant un grand cercle, afin de déboucher derrière leur poursuivant. Oui. Il aperçut une silhouette mince vêtue de couleurs forestières, qui se glissait de l'ombre à la lumière, devant lui. Il accéléra et allongea ses foulées, tandis que le sol humide amortissait le bruit de ses pas. Il était presque arrivé, quand sa proie, qui avait dû l'entendre, tourna brusquement vers la droite. Ne voulant pas laisser à l'ensorceleur le temps de jeter un sort, Han s'élança et s'agrippa à lui pendant qu'ils roulaient tous les deux le long d'une petite pente et tombaient dans le ruisseau de la Vieille.

— Aïe !

Han se cogna le coude contre un caillou, dans le lit du ruisseau, et lâcha l'ensorceleur, qui se tortilla et se dégagea, se révélant incroyablement glissant, et avec des rondeurs à des endroits inattendus. La tête de Han se retrouva sous l'eau, et il en avala une bonne quantité. Toussant et crachant, à demi paniqué, il se releva et repoussa ses cheveux mouillés de son front, craignant d'être victime d'un enchantement avant d'avoir le temps de réagir.

Derrière lui, il entendit quelqu'un rire. S'étrangler de rire, en fait.

— Chasse-Seul ! Il fait… encore trop froid… pour prendre un bain !

Han se tourna. La cousine de Danseur, Oiseau Fouisseur, était assise dans le cours d'eau, sa crinière de boucles noires plaquée autour de son visage, son fin chemisier en lin humide collé à sa poitrine et pratiquement transparent. Elle lui sourit sans vergogne et le détailla de la tête aux pieds.

Il résista à la tentation de replonger sous l'eau glaciale. Il sentit, à la brûlure de ses joues, qu'il était rouge comme une tomate. Il lui fallut une minute pour recouvrer sa voix.

— Oiseau ? murmura-t-il, mortifié, sachant qu'il entendrait longtemps parler de cet incident.

— On devrait peut-être changer ton nom, et te baptiser Chasse-les-Oiseaux ! dit-elle pour le taquiner.

— N… Non, bégaya-t-il, levant les mains comme pour repousser un sort.

— Saute-dans-le-Ruisseau ? Visage-Rouge ? insista la jeune fille.

Il avait bien besoin de ça ! Les noms dans les clans changeaient tout le temps, selon l'âge, jusqu'à ce que la personne soit adulte et considérée comme stable. On pouvait s'appeler Pleure-la-Nuit quand on était bébé, Écureuil quand on était enfant, et Lance-des-Pierres en tant qu'adulte. C'était une coutume qui perturbait beaucoup les gens des plaines.

— Non, implora Han. Je t'en prie, Oiseau…

— Je t'appellerai comme je veux, dit Oiseau Fouisseur en se levant et en regagnant la berge. Chasse-les-Oiseaux. Ce sera notre nom secret.

Han resta planté là, impuissant, de l'eau jusqu'à la taille, pensant que c'était elle qui aurait eu besoin d'un nouveau nom.

Oiseau, Danseur et lui étaient amis depuis toujours. Depuis qu'il était petit, Mam l'avait envoyé passer tous les étés au camp des Pins Marisa. Ils avaient campé ensemble, chassé ensemble, combattu ensemble d'innombrables ennemis imaginaires dans les montagnes des Esprits.

Ils avaient étudié sous la houlette du vieux maître archer du camp des Chasseurs, exaspérés de devoir fabriquer un arc avant de pouvoir tirer avec. Il avait été avec Oiseau quand elle avait attrapé son premier daim, puis il avait brûlé de jalousie jusqu'à ce que lui aussi en tue un. Juste après, elle lui avait appris à fumer lentement la viande afin qu'elle dure tout l'hiver. Ils avaient douze ans, à cette époque.

Ils avaient joué au lièvre et au loup pendant des jours entiers. L'un d'eux – le lièvre – se cachait dans les bois et faisait de son mieux pour échapper aux deux autres, en marchant sur des rochers, ou en avançant pendant des lieues dans le lit d'un ruisseau, ou encore en faisant un grand détour par un des camps des montagnes. Si un loup rattrapait le lièvre, ils continuaient ensemble jusqu'à ce que le troisième joueur les trouve aussi.

Oiseau était fantastique pour les randonnées. Elle dénichait toujours les meilleurs sites de campement, abrités des intempéries et faciles à défendre. Elle pouvait faire un feu au milieu d'une pluie battante, et trouver du gibier à n'importe quelle altitude. Ils avaient partagé une couverture pour se réchauffer au cours de nombreuses nuits.

Ils avaient tous les trois goûté pour la première fois du cidre brut au marché d'Automne, et il avait nettoyé le vomi du visage d'Oiseau quand elle en avait un peu trop bu.

Mais, désormais, il se sentait mal à l'aise en sa présence, car elle avait changé. Quand il arrivait au camp des Pins Marisa, il la trouvait souvent assise en compagnie d'autres filles de son âge. Elles le regardaient sans vergogne, puis murmuraient entre elles. S'il tentait de s'approcher, les autres filles gloussaient et se poussaient du coude.

Autrefois, il avait été le chef des rues du Marché-des-Chiffonniers, et les gens prenaient bien soin de ne pas se mettre en travers de son chemin. Il avait eu sa part de filles, aussi. Un seigneur des rues avait le choix. Mais, pour une raison qui lui échappait, Oiseau l'avait toujours déstabilisé. Peut-être parce qu'elle était tellement douée pour tout.

Quand ils étaient plus jeunes, se rouler ensemble dans le ruisseau n'aurait pas porté à conséquence. Désormais, chaque parole entre eux prenait une signification étrange, et chaque acte conduisait à des événements inattendus.

— Oiseau ! Chasse-Seul ! Que s'est-il passé ? Vous êtes tombés dans le ruisseau ? demanda Danseur, qui venait d'apparaître en haut de la pente.

Oiseau essora l'eau de ses jambières.

—Chasse-Seul m'a jetée dedans, dit-elle à son cousin, d'un ton légèrement suffisant.

—Je t'ai prise pour quelqu'un d'autre, marmonna Han.

Oiseau se tourna vers lui, le visage fermé.

—Qui ? demanda-t-elle. Pour qui m'as-tu prise ?

Han haussa les épaules et regagna la berge. Ça aussi... Avant, chacun finissait les phrases de l'autre et ils semblaient communiquer d'esprit à esprit. Désormais, Oiseau était devenue imprévisible et sujette à de bizarres sautes d'humeur.

—Qui ? répéta-t-elle, les mains sur les hanches, décidée à lui tirer les vers du nez. Tu pensais que j'étais une autre fille ?

—Pas une fille, non. (Han retira ses bottes d'un coup sec et vida l'eau qu'elles contenaient. Au moins, une bonne partie de la boue avait disparu...) Nous avons rencontré des ensorceleurs au pré des Arbres Morts. Ils ont fait peur aux daims, et nous nous sommes disputés. Quand je t'ai entendue nous suivre, j'ai cru que c'était l'un d'eux.

Elle eut l'air surprise.

—*Des ensorceleurs ?* Qu'auraient-ils fait là ? Et tu trouves que je leur ressemble ?

—Non, tu ne leur ressembles pas. Je me suis trompé, dit Han.

Leurs regards se croisèrent et il déglutit. Oiseau s'empourpra, et se tourna vers Danseur.

—Qu'avais-tu à dire à un porte-poisse, cousin ? demanda-t-elle.

—Rien, dit Danseur, en jetant un coup d'œil d'avertissement à Han.

—Nous aurions chacun attrapé un daim, sans eux, se sentit obligé de dire Han.

Il le regretta aussitôt quand Oiseau le regarda et haussa un sourcil. Elle disait toujours qu'un daim sur le feu de fumage en valait une harde entière dans les bois.

—Qu'est-ce qui s'est passé ? demanda Oiseau. Quelque chose a brûlé ? J'ai senti de la fumée.

Han et Danseur échangèrent un regard, chacun attendant que l'autre parle.

—Ils ont mis le feu à Hanalea, dit enfin Han. Les ensorceleurs.

—Alors, vous les avez affrontés ? demanda Oiseau en les regardant à tour de rôle. Et après ?

—Après, rien, dit Danseur. Ils sont partis.

—Parfait, dit Oiseau, de nouveau piquée au vif. Ne me dites rien. Je m'en fiche, de toute façon ! Mais vous feriez mieux d'en parler à Saule, au moins. Ils ne devraient pas venir dans les montagnes des Esprits, et encore moins y mettre le feu !

Han frissonna. Le soleil avait disparu et il avait la chair de poule. Autrefois, il aurait enlevé ses vêtements mouillés et les aurait étendus pour qu'ils sèchent. Il regarda Oiseau. Ce n'était plus possible désormais.

— Retournons au camp Marisa, dit Danseur, comme s'il avait lu dans les pensées de Han. Il y aura du feu…

Le ciel s'était chargé de nuages, et un vent glacial soufflait entre les pics, mais la marche rapide de six lieues garda Han au chaud. Les lèvres d'Oiseau avaient bleui, et Han pensa à lui passer un bras autour des épaules pour la réchauffer, mais ça n'aurait pas été facile sur l'étroite piste rocheuse. De plus, elle risquait de l'envoyer balader, encore une fois…

Les chiens les accueillirent alors qu'ils étaient encore à une demi-lieue du camp Marisa. C'était une meute disparate, composée de chiens de berger à long poil, de croisements de loups et de chiens des plaines tachetés, achetés au marché. Puis vinrent les enfants, depuis les bambins au visage rond jusqu'aux gamins de dix ans aux longues jambes, avertis de leur arrivée par les aboiements.

La plupart avaient des cheveux noirs raides, des yeux marron et une peau cuivrée, mais certains avaient des yeux bleus ou verts, comme Danseur, ou des cheveux bouclés, comme Oiseau. Au fil des ans, les Valiens s'étaient pas mal mélangés avec les clans, et avec les envahisseurs, les magiciens aux yeux bleus et aux cheveux blonds venus des Îles du Nord.

Mais il n'y avait pratiquement jamais eu de métissage direct entre les magiciens et les clans. Cela faisait mille ans que les ensorceleurs n'étaient plus autorisés à pénétrer dans les montagnes des Esprits.

Les questions fusèrent de toutes parts, dans un mélange de langue commune et de langue des clans.

— Où vous étiez ? Comment vous vous êtes retrouvés tout mouillés ? Combien de temps vous allez rester ? Chasse-Seul, tu vas dormir dans ton pavillon, cette nuit ?

Même si Han venait souvent au camp Marisa, les filles plus jeunes que lui d'un an ou deux se mettaient toujours au défi de s'approcher de lui et de toucher sa chevelure claire, si différente de la leur.

Oiseau les rabrouait de son mieux. Une fille particulièrement hardie arracha une mèche de ses cheveux, et Han lui courut après en grondant, faisant semblant de lui donner la chasse. La gamine et ses amies se réfugièrent dans les bois, leurs rires s'échappant d'entre les arbres comme la lumière du soleil.

— Qu'est-ce que tu as, là ? Des bonbons ? demanda une gamine minuscule aux longs cheveux tressés en tendant la main vers son sac.

— Pas de bonbons, aujourd'hui, grogna Han. Et ne touche pas à ça ! C'est rempli de rue des montagnes !

Douloureusement conscient de la présence de l'amulette dans son sac, Han le protégea sous son bras. Il avait l'impression de transporter un serpent venimeux, ou un gobelet trop fragile pour qu'on le touche.

Quand ils arrivèrent en vue du camp, ils étaient suivis par une véritable foule.

Le camp des Pins Marisa se dressait comme une sentinelle devant le col qui menait aux plaines en traversant les montagnes des Esprits, au sud. Pour un camp des clans, il était grand, environ une centaine de pavillons de différentes tailles, construits avec assez d'espace entre eux pour qu'il soit possible d'y ajouter des pièces quand la famille s'agrandissait.

Au centre du camp se trouvait le Pavillon Communal, une grande bâtisse qui servait pour les marchés, les cérémonies et les fêtes pour lesquelles les clans étaient réputés. Tout près se dressait le Pavillon de la Matriarche. Danseur et Oiseau y vivaient avec la mère de Danseur, Saule, la Matriarche du camp des Pins Marisa, et un nombre variable d'autres occupants, des amis, des parents et des enfants venus d'autres clans.

Compte tenu de son emplacement stratégique, le camp Marisa était un centre de commerce prospère. L'artisanat de tous les clans des montagnes passait par le camp, et les commissionnaires parcouraient ses célèbres marchés pour acheter ce qui leur plaisait et le revendre à Arden, au sud, à la Cour-de-Tamron et à la Marche-des-Fells, dans le Val.

Les relations entre la reine et les clans étaient tendues, certes, mais cela n'empêchait pas les gens des plaines de rechercher les marchandises des clans, les objets en or et en argent travaillés, le cuir, les pierres précieuses montées sur des bijoux ou des objets décoratifs, les étoffes tissées à la main et les vêtements, les objets d'art et les objets magiques. Les articles fabriqués par les clans ne s'usaient jamais, ils portaient chance à leur propriétaire, et on disait que les amulettes des clans pouvaient gagner le cœur de n'importe quelle jeune fille...

Le camp des Pins Marisa était réputé pour ses médicaments, ses teintures, ses guérisseurs et ses étoffes de qualité. Le camp Demonai était surtout connu pour ses amulettes magiques et ses guerriers. Le clan des Chasseurs produisait de la viande fumée, des fourrures et des peaux, et des armes non magiques. D'autres camps se spécialisaient dans les bijoux non magiques, la peinture et les arts décoratifs.

Dommage qu'on ne soit pas un jour de marché, pensa Han. Un tel jour, ils n'auraient pas beaucoup attiré l'attention. Ce qui aurait tout à fait convenu à Han, qui en avait assez d'expliquer pourquoi ses vêtements étaient trempés. Il fut soulagé de passer le seuil du Pavillon de la Matriarche et d'échapper aux questions incessantes.

Un feu brûlait au centre du pavillon, sans produire de fumée. L'intérieur sentait bon le houx, le pin et la cannelle, et une délicieuse odeur de ragoût émanait du pavillon adjacent, qui servait de cuisine. Han sentit l'eau lui monter à la bouche, comme chaque fois qu'il entrait chez Saule, dont la maison sentait toujours si bon !

Le Pavillon de la Matriarche aurait pu passer pour un petit marché à lui seul. Des bottes d'herbes aromatiques pendaient au plafond, et des coffres, des paniers et des pots s'alignaient le long des murs. D'un côté se trouvaient les peintures, les teintures, et les jarres en terre emplies de perles et de plumes. De l'autre côté s'alignaient les herbes médicinales, les baumes, les toniques et les potions odorantes de toutes sortes, dont beaucoup étaient fabriqués à partir des plantes que Han ramassait.

Des peaux étaient tendues sur des cadres, certaines ornées de dessins. Trois jeunes filles à peu près du même âge que Han étaient accroupies devant l'une d'elles, occupées à passer de la peinture sur le cuir.

Des tentures divisaient le pavillon en plusieurs pièces. Derrière un des rideaux, Han entendit des murmures. Les patients et leurs familles restaient souvent au pavillon pour que la Matriarche puisse les soigner sans avoir à se déplacer.

Saule était assise dans un coin, devant un métier à tisser. Le peigne, au-dessus de sa tête, résonna quand elle l'abattit sur la foule du tapis qu'elle tissait. La trame était large et d'une couleur sombre hivernale, puisque les tisserands travaillaient toujours une saison à l'avance. Les tapis de Saule étaient robustes et beaux, et les gens disaient qu'ils empêchaient les ennemis de franchir le seuil de la maison.

Frissonnant toujours, Oiseau disparut dans une des chambres adjacentes pour se changer.

Saule posa sa navette, se leva et vint vers eux, ses jupes glissant sur les tapis. Soudain, le ressentiment et la colère de Han s'évanouirent, et la journée lui parut plus belle.

Tout le monde était d'accord : la Matriarche du camp Marisa était belle, même si sa beauté allait au-delà des apparences. Certains soulignaient les mouvements de ses mains quand elle parlait, semblables à de petits oiseaux. D'autres louaient sa voix, qu'ils comparaient au chant de la Dyrnneflot coulant paisiblement vers la mer. Sa chevelure sombre, tressée et ornée de perles, lui arrivait presque à la taille. Quand elle dansait, on disait que les animaux se glissaient hors de la forêt pour venir la regarder. Elle pouvait d'ailleurs leur parler, d'esprit à esprit. Elle avait une voix délicieuse. Son toucher guérissait les malades, apaisait ceux qui avaient du chagrin, redonnait le sourire aux gens découragés et rendait les lâches courageux.

Lorsqu'on l'interrogeait, Han avait du mal à décrire à quoi elle ressemblait. Il imaginait qu'elle formait une catégorie à elle seule, telle une nymphe des bois. Elle offrait à chacun tout ce dont il avait besoin pour révéler le meilleur de son être.

Il ne pouvait s'empêcher de la comparer à Mam, qui voyait toujours le pire en lui.

— Sois le bienvenu, Chasse-Seul, dit-elle. Partageras-tu notre feu ? (C'était le salut rituel des invités. Puis elle regarda Han de plus près, et leva un sourcil.) Que t'est-il arrivé ? Tu es tombé dans la Dyrnneflot ?

— Non. Dans le ruisseau de la Vieille.

Saule le regarda de pied en cap et fronça les sourcils.

— Tu es aussi allé dans les lacs de boue, si je ne m'abuse.

— Oui, c'est vrai.

Han regarda ses pieds, embarrassé d'avoir été si peu soigneux avec les belles bottes de Saule.

— Je peux lui donner mes braies d'habitant des plaines, proposa Danseur. (Il observa les longues jambes de Han.) Mais elles seront un peu courtes pour lui.

Comme la plupart des gens des clans, Danseur possédait une ou deux paires de jambières et une paire de braies qu'il portait quand il allait en ville. Danseur serait ravi de lui céder les braies. Il ne portait les inconfortables vêtements des plaines que sous la contrainte.

— Je crois que j'ai quelque chose qui fera l'affaire.

Saule traversa la pièce jusqu'au mur opposé, où s'alignaient les paniers, les coffres et les malles. Elle s'agenouilla près d'un coffre et fouilla dans un tas de vêtements. Elle trouva ce qu'elle cherchait tout au fond, et en sortit une paire de braies usées en épaisse toile de coton. Son regard alla des vêtements à Han.

— Ça devrait t'aller, affirma-t-elle. (Elle lui tendit les braies, avec une chemise en lin délavée qui était toute douce à force d'avoir été lessivée.) Donne-moi tes bottes, ordonna-t-elle, tendant la main. (Un instant, Han eut peur qu'elle veuille les lui reprendre. Elle s'en aperçut, car elle ajouta :) Ne crains rien. Je veux seulement voir ce que je peux faire pour les nettoyer.

Han retira les bottes boueuses et les lui donna, puis il s'esquiva dans la chambre pour se changer. Il enleva ses jambières et la chemise mouillée et mit les braies sèches. Il aurait aimé pouvoir se laver. Comme si son souhait muet avait atteint l'oreille de la Créatrice, Oiseau tira la tenture et entra, portant une bassine d'eau fumante et un linge.

— Eh ! dit-il, content d'avoir enfilé les braies, tu aurais pu frapper.

Ce qui était stupide, bien évidemment, puisqu'il n'y avait pas de porte.

Elle s'était changée aussi et avait mis une jupe et une chemise brodée, et sa chevelure humide séchait et reprenait son allure habituelle de buisson sauvage. Han n'avait toujours pas passé la chemise, et elle regardait son torse et ses épaules comme si elle les trouvait fascinants. Han vérifia s'il avait aussi des traces de boue sur le haut du corps, mais il était propre, du moins à cet endroit-là.

Oiseau se laissa tomber sur la couchette à côté de lui et posa la bassine sur le sol.

— Tiens, dit-elle en lui tendant un morceau de savon parfumé des clans et le linge.

Han roula ses braies au-dessus des genoux et lava la boue qui tachait ses pieds et le bas de ses jambes. Il rinça le linge et se nettoya aussi les bras et les mains. Les bracelets d'argent autour de ses poignets ne cessaient de tourner quand il essaya de les nettoyer.

— Laisse-moi faire.

Oiseau prit une brosse en poils de sanglier, saisit le bracelet de son bras gauche et frotta. Elle se pencha vers lui, arborant cet air absorbé qui indiquait qu'elle se concentrait. Elle avait dû mettre du parfum, car elle sentait bon l'air frais, la vanille et les fleurs.

— Tu devrais les enlever quand tu vas dans la boue, grommela-t-elle.

— Excellente idée, dit-il en levant les yeux au ciel. Essaie un peu de les enlever, toi !

Il tira sur un des bracelets en guise de démonstration. C'était un cercle en argent de sept bons centimètres de largeur, trop petit pour glisser le long de ses mains. Il les portait depuis toujours.

— Tu sais que ces bracelets sont magiques, non ? Sinon, ils seraient devenus trop petits pour toi ! (Elle retira un peu de boue séchée avec un ongle.) Ta mère les a achetés à un colporteur ?

Il fit signe que oui. Cela remontait sûrement à une époque prospère, quand elle avait de l'argent à dépenser pour acheter des bracelets en argent à un bébé. Quand ils ne vivaient pas au jour le jour, comme le disait toujours Mam.

— Elle doit bien se souvenir de quelque chose, insista Oiseau. (Elle ne savait jamais à quel moment s'arrêter.) Tu pourrais peut-être retrouver le colporteur qui les lui a vendus.

Han haussa les épaules, un geste dont il se contentait généralement quand ils parlaient de ça. Oiseau ne connaissait pas Mam. Sa mère ne venait jamais dans les camps des montagnes, elle ne partageait pas les chants et les récits autour du feu. Mam n'aimait pas parler du passé, et Han avait appris depuis longtemps à ne pas poser trop de questions, de crainte qu'elle lui flanque un coup de baguette sur les doigts ou l'envoie au lit sans souper.

Les clans, eux, aimaient les récits. Ils racontaient des histoires sur des choses qui étaient arrivées mille ans plus tôt. Han ne se lassait jamais de les écouter. Entendre une histoire familière des clans, c'était comme se glisser dans un lit bien chaud par une froide nuit d'hiver, l'estomac plein, en sachant qu'on se réveillerait en sécurité, au même endroit.

Oiseau lâcha sa main et s'empara de l'autre. Ses doigts étaient tièdes, savonneux et glissants.

— Ces symboles doivent bien signifier quelque chose, dit-elle en tapotant le bracelet du bout du doigt. Peut-être, si tu savais les utiliser, pourrais-tu… je ne sais pas… lancer des flammes avec tes mains ?

Han pensa qu'il était tout aussi probable qu'il lance des flammes avec son arrière-train.

— Il me semble qu'ils ont été fabriqués par les clans, mais Saule ignore la signification des symboles, dit Han. Et, si elle ne le sait pas, personne ne le sait.

Oiseau abandonna finalement le sujet. Elle lui rinça les mains et les poignets, et les sécha avec l'ourlet de sa jupe. Elle sortit une petite fiole de sa poche, la déboucha et frotta quelque chose sur l'argent des bracelets.

Il essaya de se dégager, mais elle le tenait fermement.

— Qu'est-ce que c'est ? demanda-t-il d'un air suspicieux.

— De la pâte à polir, dit-elle en frottant l'argent avec un chiffon sec, jusqu'à ce qu'il étincelle.

Elle fit de même pour l'autre. Han se laissa faire, même s'il n'avait pas vraiment envie d'attirer l'attention des gens sur ses bracelets, ces temps-ci.

— Tu viendras à la fête d'attribution de mon nom d'adulte ? demanda soudain Oiseau, les yeux toujours baissés sur son travail.

La question le surprit.

— Ma foi, j'en ai l'intention. Si on me le demande.

Il ne lui était jamais venu à l'idée qu'on pourrait ne pas l'inviter. La famille d'Oiseau était importante dans les clans, car elle était la nièce de la Matriarche du camp Marisa. Le passage à l'âge adulte d'Oiseau serait célébré par une grande fête, et Han avait hâte d'y participer.

— Parfait, dit-elle d'un ton décidé.

— C'est dans un mois, non ?

Pour Han, un mois représentait une éternité. Tout pouvait arriver, en un mois. Il ne prévoyait jamais rien à plus d'un jour ou deux d'avance.

— Oui. Pour mon seizième jour de naissance.

Elle lui lâcha enfin les mains et posa les siennes sur ses genoux. Elle sortit ses orteils nus de sous sa jupe et les observa. Elle portait une bague en argent sur le petit orteil droit.

— As-tu décidé de ta vocation ?

Dans les clans, jusqu'à l'âge de seize ans, les garçons et les filles devaient étudier toutes les matières, depuis la chasse, le pistage et la conduite des troupeaux jusqu'au maniement des armes et du métier à tisser, du travail du métal à la guérison et au chant.

À seize ans, ils « renaissaient » dans leur vocation et commençaient leur apprentissage. Chacun devait avoir un métier, même si la notion de « métier » était plus souple dans les clans que dans la cité.

Par exemple, conteur était considéré comme un métier.

Quand Han s'aperçut qu'Oiseau n'avait pas répondu, il répéta :

— T'es-tu décidée pour un métier ?

Oiseau le regarda en face.

— Je deviendrai guerrière, dit-elle en le foudroyant du regard, comme pour le défier de s'y opposer.

— Guerrière ! Mais... qu'en dit Saule ? bafouilla-t-il.

— Elle ne le sait pas, dit Oiseau en enfonçant ses orteils dans le tapis. Ne le lui dis pas.

Saule sera peut-être déçue, pensa Han. N'ayant pas de fille, elle avait probablement espéré qu'Oiseau deviendrait Matriarche et guérisseuse après elle. Même si Oiseau n'était pas vraiment quelqu'un de très compatissant...

— De combien de guerriers le camp Marisa a-t-il besoin ? demanda-t-il.

— Je veux aller au camp Demonai, dit-elle en arrondissant les épaules.

— Vraiment ?

Oiseau visait haut. Les guerriers demonai étaient des combattants et des chasseurs légendaires. On disait qu'ils pouvaient survivre des semaines dans les bois, uniquement grâce au vent, à la pluie et au soleil. Et qu'un seul guerrier demonai était de taille à affronter cent soldats.

Pour sa part, Han les considérait comme des gars arrogants qui ne se mêlaient pas aux autres, ne souriaient jamais et tentaient de faire croire aux gens qu'ils étaient en possession de secrets incroyables.

— Contre qui serais-tu censée te battre ? demanda Han. Tu sais qu'il y a des années que nous n'avons pas eu de guerre, dans les terres hautes.

Oiseau eut l'air agacée par son manque d'enthousiasme.

— Le sang coule abondamment, dans le Sud, dit-elle. Des réfugiés ne cessent d'arriver dans les montagnes. Il est toujours possible que les combats s'étendent jusqu'ici.

On aurait presque dit qu'elle espérait que cela se produise.

Dans le chaos qui avait suivi la Rupture, l'Arden, le Tamron et le Bruinswallow avaient fait sécession et s'étaient séparés des Fells. Désormais, les plaines du Sud étaient en constante guerre civile. Le père de Han s'était engagé en tant que mercenaire, était parti dans le Sud et s'y était fait tuer. Mais, dans le Nord, la paix régnait depuis un millénaire.

— Saule est inquiète, dit Oiseau quand Han ne répondit pas. Certains magiciens affirment qu'ils ont abandonné le pouvoir trop aisément, qu'il serait temps d'avoir de nouveau un roi magicien. Ils disent que les rois magiciens pourraient nous protéger contre les armées du Sud. (Elle eut l'air dégoûtée.) Les gens ont vraiment la mémoire courte !

— Il s'est écoulé mille ans, fit remarquer Han. (Oiseau lui adressa une grimace en guise de réponse.) De toute façon, la reine Marianna ne laisserait pas une telle chose arriver. Ni le Haut Magicien.

— Certaines personnes disent que ce n'est pas une reine forte, dit Oiseau. Pas comme les reines du passé. On murmure que les magiciens sont en train de prendre trop de pouvoir.

Han se demanda qui étaient les « personnes » qui affichaient toutes ces opinions.

— Mais n'as-tu pas peur de te faire tuer ? En devenant guerrière, je veux dire.

Il ne pouvait s'empêcher de penser à son père. Comme sa vie aurait été différente s'il avait vécu !

Oiseau ricana.

— Tu me dis qu'il ne va pas y avoir de guerre, pour m'avertir après que je risque de me faire tuer !

En fait, Han savait qu'Oiseau ferait une excellente guerrière. Elle n'était pas aussi musclée que lui, mais elle était plus douée au tir à l'arc. Meilleure au travail du bois. Meilleure au pistage. D'un seul coup d'œil à un paysage accidenté, elle pouvait dire où les daims s'étaient cachés. Elle était plus douée pour anticiper les mouvements d'un ennemi embusqué. Et, toute sa vie, elle avait été plus rusée que lui.

Et elle n'aimait rien autant que la traque.

Il leva les yeux, et vit qu'elle l'observait, comme si elle avait hâte d'entendre sa réponse.

— Tu seras une guerrière fantastique, Oiseau Fouisseur, lui dit-il en souriant. C'est parfait. Excellent choix.

Il lui prit la main et la serra. Elle lui fit un sourire rayonnant et des larmes perlèrent à ses yeux. Il fut sidéré que son approbation ait autant d'importance pour elle. Il fut encore plus surpris quand elle se pencha vers lui et l'embrassa sur la bouche.

Elle se leva, ramassa la bassine et s'esquiva à travers les tentures.

— Oiseau ! appela-t-il, se disant que, si elle avait envie de l'embrasser, il était parfaitement d'accord.

Mais, le temps qu'il prononce son nom, elle était partie.

Quand Han revint dans la salle commune, Oiseau n'y était plus, et Saule et Danseur étaient assis sur le sol, genoux contre genoux, en train de parler. S'ils ne se disputaient pas, ils n'en étaient pas loin. Han recula, embarrassé, ne voulant pas les déranger. Mais il entendait parfaitement tout ce qu'ils disaient.

— T'attendais-tu que je reste sans rien faire pendant qu'ils brûlaient la montagne ? dit Danseur d'une voix tremblante de colère. Je ne suis pas un lâche !

Han fut choqué. Personne ne parlait jamais sur ce ton à Saule.

— Je m'attends que tu te souviennes que tu n'as que seize ans, répondit calmement Saule. Je m'attends que tu fasses preuve de bon sens. C'était inutile de les affronter. Qu'as-tu accompli ? Ta bravoure a-t-elle éteint le feu ?

Danseur ne répondit pas, mais il avait l'air furieux.

Elle tendit la main et lui caressa la joue.

— Laisse tomber, Danseur, tout comme je l'ai fait, dit-elle doucement. Cela ne te ressemble pas. Avoir une dent contre les magiciens ne t'apportera que des ennuis.

— Ils n'étaient guère plus vieux que Han et moi, dit Danseur obstinément. Ne m'as-tu pas dit que les magiciens devaient avoir seize ans pour aller au Gué-d'Oden ? et qu'ils n'étaient pas autorisés à utiliser la magie avant d'avoir reçu une certaine formation ?

— Ce que les magiciens ont le droit de faire et ce qu'ils font réellement sont deux choses différentes, dit Saule. (Elle se leva et regagna le métier à tisser, où elle tripota la chaîne.) Qui étaient-ils ? Le sais-tu ?

— L'un d'eux s'appelait Micah. Micah Bayar.

Saule avait tourné le dos à Danseur et regardait dans la direction de Han. Il vit donc son visage pâlir subitement quand Danseur prononça ce nom.

— Tu en es sûr ? demanda-t-elle sans se retourner.

— Oui, j'en suis sûr. (Danseur avait l'air troublé, comme s'il avait perçu quelque chose dans la voix de sa mère.) Pourquoi ?

— Il appartient à la Maison du Nid d'Aigle. C'est une puissante famille de magiciens. Et une de celles qu'il ne fait pas bon contrarier. T'ont-ils demandé ton nom ?

Danseur leva le menton.

— Je leur ai *donné* mon nom. J'ai dit que j'étais Danseur de Feu, du camp des Pins Marisa. (Il hésita.) Mais il avait l'air de me connaître sous le nom d'Hayden.

Saule ferma les yeux et secoua la tête. Ce qu'elle dit ensuite surprit Han.

— Et Chasse-Seul ? A-t-il parlé ? Connaissent-ils son nom ?

Danseur pencha la tête, réfléchissant.

— Je ne crois pas. Je ne me souviens pas qu'il se soit présenté. (Il eut un rire amer.) Je pense qu'ils se souviendront seulement de la flèche qu'il pointait vers leur cœur noir de magiciens.

Saule pivota pour faire face à Danseur, et Han ne vit plus son visage.

— Il a pointé une flèche sur eux ? dit-elle, sa voix se fêlant sur le mot « flèche ».

Danseur haussa les épaules.

— Celui qui s'appelait Micah, il avait une amulette. Il était en train de me jeter un sort. Chasse-Seul l'a obligé à s'arrêter.

Han retint son souffle, pensant que Danseur allait dire à Saule qu'il avait pris l'amulette, mais il n'en fit rien.

Saule soupira, l'air troublée.

— Je parlerai à la reine. Cela doit cesser. Elle doit faire respecter le Naéming et tenir les magiciens loin des montagnes. Si elle ne le fait pas, les guerriers demonai s'en chargeront.

C'était sidérant d'entendre Saule parler de ce que la reine devait faire. En l'écoutant, on aurait pu penser qu'elle discutait tous les jours avec elle. D'accord, elle était la Matriarche, mais… Han essaya d'imaginer comment ce serait, de rencontrer la reine.

Votre Très Haute Majesté. Je suis Han Pique-plante. Fouisseur de boue. L'ancien seigneur de la rue des Chiffonniers.

Saule et Danseur étaient passés à un autre sujet. Saule se pencha et posa les mains sur celles de Danseur.

— Comment te sens-tu ?

Son fils retira ses mains et recula un peu.

— Je vais bien, répondit-il sèchement.

Elle le regarda un long moment.

— Tu as pris le mascou volant ? insista-t-elle. J'en ai encore, si tu…

— Oui, je l'ai pris, dit Danseur. Et il m'en reste plein.

— Est-ce que ça marche ? demanda-t-elle, lui prenant de nouveau les mains.

En tant que guérisseuse, elle utilisait le toucher pour faire ses diagnostics, et pour la guérison proprement dite.

Danseur se leva et esquiva ses mains.

— Je vais bien, répéta-t-il d'un ton décidé. Je vais aller trouver Chasse-Seul.

Il se tourna vers le seuil où Han était dissimulé.

— Dis-lui de manger avec nous, dit Saule.

Han fut obligé de battre rapidement en retraite et de revenir dans la chambre. Il n'entendit donc rien de plus. Mais tout le reste de la journée, pendant le repas du soir et plus tard devant le feu, cette conversation pesa sur son esprit.

Il étudia discrètement Danseur. Se pouvait-il qu'il soit malade ? Han n'avait rien remarqué auparavant, et il ne voyait toujours rien, excepté que Danseur semblait un peu moins vif, un peu plus sombre que d'habitude. Mais ça pouvait être mis sur le compte de la confrontation de l'après-midi et de la dispute avec sa mère.

Han connaissait le mascou, qu'on appelait également « sorbier des oiseaux ». Le garçon ramassait du bois et des baies, qui étaient tous deux utilisés par les clans pour fabriquer des médicaments. Le bois, disait-on, convenait à la fabrication d'amulettes et de talismans qui éloignaient le mal. Le mascou volant était particulièrement prisé sur les marchés des clans. Il poussait haut dans les arbres, et Han avait appris à ne pas tenter de faire passer du mascou courant pour la variété des cimes. Auprès des clans, en tout cas.

Saule avait demandé si ça marchait. Quelqu'un avait-il jeté un sort à Danseur ? Saule et lui pensaient-ils que quelqu'un risquait de le faire ? Était-ce pour cela que Danseur avait une dent contre les magiciens ?

Han aurait aimé leur poser la question, mais ils auraient alors deviné qu'il avait écouté en douce. Il garda donc ses interrogations pour lui.

4

La parade des prétendants

Quand Raisa monta finalement l'escalier de marbre incurvé qui menait à la tour de la reine, c'était la fin de l'après-midi. Elle avait mal partout, elle était sale et elle puait la fumée. Mellony était déjà dans son bain. Raisa l'entendit chanter et faire clapoter l'eau quand elle passa devant la chambre de sa sœur. Mellony était toujours si détestablement enjouée !

Raisa s'était installée dans un nouvel appartement depuis son retour du camp Demonai. Il était plus spacieux, mieux conçu et convenait à une princesse héritière de presque seize ans bonne à marier. À l'origine, elle avait habité une suite près de l'appartement de la reine, tapissée de velours et de damas, avec une armoire et un lit à baldaquin en cerisier, si massifs que Raisa se sentait à l'étroit même quand elle était seule.

Raisa avait supplié sa mère de faire rouvrir un appartement situé au bout du couloir, qui était condamné depuis des temps immémoriaux. Il y avait beaucoup d'appartements fermés au château de la Marche-des-Fells, car la cour était plus restreinte qu'à une époque, mais peu étaient aussi bien situés et permettaient d'accéder facilement aux appartements de la reine.

Des serviteurs qui étaient là depuis longtemps disaient que l'appartement avait été abandonné parce que ses larges fenêtres le rendaient froid en hiver et chaud en été. D'autres affirmaient qu'il était maudit, et que c'était à cet endroit que le Roi Démon avait enlevé Hanalea, un millier d'années plus tôt, ce qui avait conduit à la Rupture. Dans cette version des faits, Hanalea elle-même aurait ordonné qu'on ferme l'appartement et que plus personne n'y mette les pieds.

La légende prétendait que le fantôme d'Hanalea apparaissait parfois à la fenêtre, par les nuits d'orage, les mains tendues, les cheveux défaits, appelant Alger Waterlow.

C'est idiot, pensait Raisa. Qui attendrait un démon à une fenêtre, et surtout qui l'appellerait ?

Quand la mère de Raisa avait finalement cédé, et que les charpentiers avaient cassé la barricade, ils avaient trouvé un appartement figé dans le temps, comme si l'occupante précédente avait eu l'intention de revenir. Les meubles étaient cachés sous des housses en tissu pour les protéger du soleil qui passait à travers les fenêtres poussiéreuses. Quand on les avait découverts, ils avaient paru aussi neufs et étincelants qu'un millier d'années plus tôt.

Les affaires de la dernière occupante étaient toujours là, telles qu'elle les avait laissées. Une poupée habillée à l'ancienne mode était assise sur une étagère, dans le coin. Elle avait une tête en porcelaine avec des yeux bleus sans expression et des cheveux blond clair. Des brosses et des peignes encombraient la coiffeuse, leurs poils grignotés par les souris, et des flacons de parfum étaient rangés devant un miroir en argent, leur contenu évaporé depuis longtemps.

Des robes datant d'une époque révolue étaient pendues dans l'armoire, faites pour une jeune fille grande et mince à la taille très menue. Quand Raisa les toucha, certains tissus s'effritèrent sous ses doigts.

Des loups étaient sculptés sur le linteau de la cheminée. Les murs des salles de réception étaient recouverts d'étagères débordant de livres. D'autres ouvrages étaient empilés sur la table de chevet. Les livres de la chambre étaient surtout des romans d'amour, parlant de chevaliers, de guerriers et de reines, écrits dans la forme archaïque de la langue du Val. Dans les salles de réception se trouvaient des biographies et des traités sur la politique, dont l'*Histoire des clans des montagnes*, et une première édition de *Règles et dirigeants de l'époque moderne*, d'Adra *ana*'Doria. Raisa était elle-même en train de le lire péniblement, sous la stricte supervision de ses maîtres.

Hanalea ou pas, les appartements avaient été occupés par une jeune fille, probablement une princesse. *Peut-être est-elle morte,* pensa Raisa, *et ses parents ont conservé son appartement intact en souvenir d'elle.* Cette idée fit naître en elle de délicieux frissons.

Comme l'appartement était situé dans une des tours, il était plus petit que celui qui avait été attribué à Raisa à l'origine. Mais il semblait spacieux, car il offrait une vue de la ville et de la montagne sur trois côtés.

Elle avait tiré le lit dans l'espace entre les fenêtres, et, quand il neigeait, elle avait l'impression d'être la princesse de contes de fées à l'intérieur du globe de neige que son père lui avait rapporté de Tamron, des années auparavant. Par les nuits claires, elle appuyait le front contre la vitre et imaginait qu'elle s'envolait dans un navire ailé au milieu des étoiles.

Pour couronner le tout, elle avait découvert un panneau coulissant dans un des placards, qui ouvrait sur un passage secret. Il serpentait à l'intérieur des murs pendant ce qui semblait des lieues. Le passage donnait sur un escalier conduisant au solarium du toit, un jardin vitré qui était l'endroit favori de Raisa dans tout le château, malgré son état quelque peu délabré.

Quand la jeune fille ouvrit la porte de ses appartements, elle trouva sa nourrice, Magret Gray, qui l'attendait. Magret était une femme impressionnante, grande et large, avec un giron dans lequel plusieurs bébés pouvaient dormir à l'aise.

Bien entendu, Magret n'était plus réellement sa nourrice, mais elle possédait toujours l'autorité tacite que conférait le fait d'avoir changé les couches royales, nettoyé les oreilles royales, et même fessé les arrière-trains royaux. Le bain de Raisa chauffait déjà sur le petit réchaud, et des sous-vêtements propres étaient étalés sur son lit.

— Votre Altesse ! dit Magret, l'air effarée. Vous êtes dans un état épouvantable, c'est sûr ! La princesse Mellony m'a dit que vous étiez plus sale qu'elle, et je ne l'ai pas crue. Je dois des excuses à cette jeune fille !

Ouais, pensa Raisa. *Le jour où je ne serai plus capable de faire pire que Mellony, je me trancherai la gorge !*

Le regard de Raisa tomba sur le plateau en argent où Magret posait les messages, les lettres et les cartes de visite. Les prétendants avaient commencé à tourner autour d'elle comme des mouches autour d'un cadavre depuis que Raisa approchait de son seizième jour de naissance. Chaque jour, il y avait cinq ou six cadeaux sur le plateau, des bijoux ou des fleurs, des miroirs, des trousses de beauté, des vases et des objets d'art, ainsi qu'une dizaine d'invitations et de lettres sur du papier à armoiries, pour la plupart des déclarations d'amour éternel, et des propositions qui allaient de l'innocent à l'indécent.

Certains des cadeaux étaient trop précieux pour qu'elle les accepte. Une fois, un prince pirate vivant de l'autre côté de l'Indio lui avait envoyé un modèle réduit du navire qu'il voulait construire pour elle, afin qu'elle le rejoigne. Le secrétaire de la reine avait poliment refusé la proposition, au nom de Raisa.

Mais elle avait gardé le modèle réduit, et le faisait voguer de temps en temps sur la mare du jardin.

En fait, Raisa n'avait pas la moindre intention de se marier pour le moment. Sa mère était jeune, et elle régnerait encore bien des années. Il était donc inutile pour elle de se précipiter dans la prison du mariage.

Si cela ne tenait qu'à elle, son mariage n'aurait lieu qu'après dix bonnes années de cour assidue…

Ce qui la fit penser à Micah. Il serait présent au dîner. Son cœur s'emballa.

Au milieu du plateau se trouvait une enveloppe à l'aspect ordinaire.

— De qui vient-elle ? demanda-t-elle en la ramassant.

— Je l'ignore, Votre Altesse. Elle était devant votre porte quand je suis revenue après le déjeuner. Veuillez vous asseoir, que je vous enlève ces bottes.

Magret prononça « ces bottes » d'un ton nettement désapprobateur.

Raisa s'assit sur la chaise près de la porte, considérant toujours l'enveloppe. Magret tira sur les bottes, qui laissèrent des taches de boue et de cendre sur le tablier blanc immaculé de la nourrice.

Le nom de Raisa était inscrit sur l'enveloppe, d'une écriture droite et soignée qui lui sembla étrangement familière. Elle l'ouvrit et déplia le mot.

« Raisa, je suis rentré. Viens me voir si tu trouves cette lettre avant le dîner. Je serai à l'endroit habituel. Amon. »

— Amon est rentré ! cria Raisa en se levant, une botte encore à son pied. Elle saisit Magret par le coude et la fit valser dans la pièce, en dépit de ses protestations énergiques. Elle eut l'impression d'être un remorqueur tirant un des grands bateaux dans le port des Falaises-de-Craie.

— Au nom de la sainte Hanalea, *arrêtez*, Votre Altesse ! dit Magret, luttant pour garder sa dignité.

Elle se dégagea et entreprit d'enlever la veste de Raisa.

— Non ! dit Raisa en s'échappant des mains de la nourrice. Attends, Magret. Je dois aller voir Amon. J'ai besoin de savoir ce qu'il…

Magret se planta devant la porte.

— Vous avez besoin d'entrer dans ce bain et de vous laver ! S'il vous voit dans cet état, il sera terrorisé !

— Magret ! protesta Raisa. Allons ! C'est juste Amon ! Peu lui importe si…

— Il a attendu jusque-là, il peut bien attendre encore un peu ! Vous devez assister au dîner dans deux heures, et vous sentez aussi mauvais que si vous aviez fumé de la viande.

Grommelant, Raisa laissa la nourrice lui enlever le reste de ses vêtements et grimpa dans le bain. Elle dut reconnaître que c'était une excellente idée. L'eau chaude picota ses nombreuses égratignures et écorchures, mais elle apaisa et détendit ses muscles endoloris.

Magret plissa le nez lorsqu'elle attrapa à bout de bras la chemise et les jambières brûlées de Raisa.

— Ces choses vont aller directement au Marché-des-Chiffonniers, dit-elle.

— Je t'en prie, Magret, s'écria Raisa, horrifiée. Ne les jette pas ! Ce sont les seuls vêtements confortables que je possède.

À contrecœur, Magret les mit dans le panier à linge sale.

Il fallut deux heures à la nourrice pour rendre Raisa « présentable ». Elle sortit une nouvelle robe, qu'elle avait faite avec une des anciennes de Marianna. Ce fut une agréable surprise, car elle était moins élaborée que celles que sa mère choisissait pour elle : un simple drapé de soie émeraude, avec un décolleté juste assez profond pour être un peu osé.

Magret fit un haut chignon des cheveux encore humides de Raisa, puis lui posa son diadème en or sur la tête. Pour terminer, la nourrice lui mit autour du cou son collier en églantier, un cadeau de son père, Averill PiedLéger. « Églantine » était son nom de camp. Son père l'avait appelée Églantine à cause de sa beauté, disait-il, et aussi de ses nombreuses épines.

Quand Raisa finit par entrer dans la salle à manger, elle était déjà bondée. Un quatuor à cordes se préparait à jouer dans un coin, tandis que des serveurs chargés de plateaux circulaient dans la pièce. Les pique-assiettes habituels de la cour s'étaient attroupés autour d'une table couverte de fromages, de fruits et de vins.

Elle parcourut la pièce du regard à la recherche d'Amon, même si elle ne s'attendait guère à le voir là. Il était peu probable qu'il ait été invité à se mêler à l'aristocratie.

De l'autre côté de la table, Raisa vit sa grand-mère Elena Demonai, la Matriarche du camp Demonai. Elle était avec un petit groupe d'autres gens du clan, portant les robes fluides à la broderie complexe qu'ils réservaient pour les grandes occasions.

Elle rejoignit sa grand-mère, lui prit les mains et inclina la tête au-dessus, à la manière des clans.

— Bonne journée, *Cennestre* Demonai, dit-elle en langue des clans.

— Il vaut mieux parler en langue des plaines, ici, ma petite-fille, répondit Elena, pour que les gens des plaines ne pensent pas que nous échangeons des secrets.

— Avez-vous eu des nouvelles de mon père ? demanda Raisa, toujours en langue des clans.

Exaspérer les gens des plaines était une de ses rares distractions, ces temps-ci.

— Il sera bientôt rentré, dit Elena. Pour la fête de ton jour de naissance, au plus tard.

Son père était parti vers le sud pour une autre de ses expéditions commerciales. Il avait traversé l'Arden pour gagner le royaume de We'enhaven et poursuivre plus loin encore. C'était risqué, mais, en temps de guerre, les marchandises rapportaient gros.

— Je m'inquiète pour lui, dit Raisa. Il paraît que les combats sont féroces, dans le Sud.

Elena lui serra la main.

— Ton père était un guerrier avant de devenir marchand, dit-elle. Il est tout à fait capable de se débrouiller.

Remmenez-moi avec vous à Demonai, eut envie de dire Raisa. *J'en ai déjà assez d'être ici, exposée aux yeux de tous comme un bijou dans un écrin râpé.*

Mais elle se contenta de remercier sa grand-mère et de s'éloigner.

Une dizaine de jeunes courtisans s'étaient approprié un espace devant la cheminée. Depuis le retour de Raisa, de plus en plus de nobles envoyaient leurs rejetons à la cour, sous le nez de la princesse héritière, dans l'espoir de faire au mieux un mariage, et sinon de forger des liens qui pourraient leur être utiles plus tard.

Wil Mathis, un garçon lourdement charpenté, était affalé dans un fauteuil près du feu. Âgé de dix-huit ans, l'héritier de la famille de magiciens du rocher de la Forteresse, un domaine près de la rivière du Trou de Feu, vers les Falaises-de-Craie, était facile à vivre, grégaire, dénué d'ambition et un tantinet paresseux, et donc plus agréable que la plupart de ses congénères. Il préférait passer son temps à chasser, à jouer aux dés et aux cartes, et à flirter avec les filles plutôt qu'à se soucier de politique.

À côté de Wil se tenait Adam Gryphon, qui avait rangé son fauteuil roulant près du feu, lui aussi. Adam était également l'héritier d'une puissante famille de magiciens, mais un accident, dans son enfance, l'avait laissé avec les jambes atrophiées. Il se déplaçait en fauteuil, ou avec une paire de béquilles.

Raisa ne connaissait pas très bien Adam. Il avait passé trois années au loin, à l'école du Gué-d'Oden. Même quand il était à la cour, il semblait préférer la compagnie des livres. Sa langue acérée repoussait ceux qui auraient pu avoir pitié de lui. Ses parents avaient dû le traîner de force à la cour pour la saison.

Les cousins de Raisa, John et Melissa Hakkam, étaient là, ainsi que sa sœur Mellony, que son statut royal autorisait à fréquenter les jeunes gens plus âgés. Les séduisants frères Klemath, Keith et Kip, blonds et l'air un peu stupides, se goinfraient de fromage en riant aux éclats sans aucune raison précise. Leurs parents espéraient sans doute que l'un d'eux attirerait l'attention de Raisa. Ils la courtisaient avec un enthousiasme maladroit, comme une paire de labradors à la langue pendante.

— Puis-je vous apporter un verre de vin, Votre Altesse ? demanda Keith.

— Je vais vous en chercher un, moi aussi, dit Kip en foudroyant son frère du regard.

Ils s'éloignèrent.

Comme si elle allait épouser un type appelé Kip !

Micah était appuyé contre le manteau de la cheminée, avec sa sœur jumelle, Fiona, et entouré par sa clique habituelle de filles énamourées. Melissa et Mellony étaient littéralement suspendues à ses lèvres. Raisa dut reconnaître qu'il avait fière allure. Il portait un manteau de soie noire et un pantalon gris qui faisaient ressortir son étole aux faucons. Il avait les mains bandées, et il était toujours un peu pâle sous sa crinière de cheveux d'un noir bleuté. Pendant que Raisa l'observait, il posa un verre vide sur une table et en saisit un, empli de vin, sur le plateau d'un serveur. Fiona se pencha vers lui et murmura quelque chose, qui, apparemment, ne lui fit pas plaisir. Il la foudroya du regard et se détourna d'elle.

Tous deux magiciens, Fiona et Micah semblaient être des images inversées l'un de l'autre. Ils avaient la même taille et la même fine structure osseuse avec un visage angulaire, et le même esprit acerbe. Mais les cheveux de Fiona étaient d'un blanc pur, comme ses sourcils et ses cils. Et ses yeux étaient bleu pâle, comme une ombre reflétée sur la neige.

Fiona et Micah se disputaient sans arrêt mais, si on contrariait l'un, il fallait compter avec l'autre aussi.

— Vous n'avez pas eu peur, quand vous avez vu le feu ? demanda Missy à Micah, ses yeux bleus écarquillés de frayeur. Moi, j'aurais tourné les talons et couru en bas de la montagne sans hésiter !

Raisa lutta contre l'envie de grimacer, ou d'imiter le comportement mièvre de Missy.

« Une dame garde ses pensées critiques pour elle. »

— *Moi*, j'ai eu peur, dit Mellony en rougissant. Mais Micah est sorti de la fumée et nous a prévenus que le feu arrivait, que nous devions fuir. Il avait déjà été brûlé en essayant d'éteindre l'incendie, mais il n'avait pas peur du tout.

Micah, contrairement à son habitude, ne semblait pas désireux de parler de ses exploits.

— Ma foi, tout s'est bien terminé, en fin de compte. Quelqu'un voudrait-il encore un peu de vin ?

— Mellony n'a-t-elle pas dit que vous étiez arrivé en retard à la chasse ? demanda Missy en redressant les épaules pour mettre en valeur son imposante poitrine. Comment se fait-il que vous vous soyez trouvés entre le feu et la reine ?

Bonne question, se dit Raisa, surprise que Missy y ait pensé. Elle se glissa plus près, le long du mur.

Micah eut l'air de penser qu'il s'agissait d'une bonne question, lui aussi. Il but une longue gorgée de vin et réfléchit un moment.

— Eh bien, euh… nous avons vu le feu d'en dessous, et nous avons pris un raccourci pour essayer de les rattraper avant que…

En levant les yeux, Micah remarqua Raisa et profita de la diversion.

— Mais voici la princesse Raisa, dit-il en plongeant dans une élégante révérence.

Raisa tendit la main. Micah la saisit et la porta à ses lèvres, puis il releva la tête et la regarda dans les yeux, envoyant une once de pouvoir par ses doigts. Raisa sursauta et retira sa main. Les jeunes magiciens laissaient parfois du pouvoir s'échapper malgré eux, mais le sourire suffisant de Micah prouvait qu'il avait agi délibérément.

Raisa lui marcha sur le pied et lui sourit pour lui signifier que cela non plus n'était pas un accident.

Fiona la regarda froidement et sembla devenir encore plus grande quand elle lui fit une révérence brève et glaciale.

D'accord, pensa Raisa, se sentant un peu coupable. *Votre frère a peut-être bu un peu trop de vin, mais, pour être honnête, il m'a sauvé la vie. Il mérite de fêter ça et, de plus, il doit encore souffrir de ses brûlures.*

— Micah est trop modeste, dit Raisa, ce qui était une manière indirecte de s'excuser. Le feu est arrivé sur nous comme un vrai raz-de-marée. Nous avons été piégés dans un étroit canyon, entourés de flammes de toutes parts, et j'ai cru que nous allions tous brûler. Sans Micah, son père et les frères Mander, nous serions morts. Ils ont complètement éteint le feu. C'était formidable. Ils nous ont sauvé la vie.

— Oh ! Micah ! s'exclama Missy en tendant la main vers lui.

Elle interrompit son geste en voyant les bandages, puis lui passa les bras autour du cou et le regarda dans les yeux.

— Vous êtes un héros !

Micah eut l'air délicieusement embarrassé, et il se dégagea aussi promptement que possible, jetant des coups d'œil à Raisa.

Ne vous en faites pas, pensa-t-elle. *Je ne suis pas jalouse. Seulement exaspérée par Missy.*

— Comment ce feu a-t-il démarré, à votre avis ? demanda Missy en remettant ses boucles en place d'un geste maniéré. Il pleut depuis des semaines !

— Père pense que les clans ont peut-être quelque chose à voir là-dedans, dit Micah. Ils sont déterminés à empêcher les gens de grimper dans les montagnes, comme toujours.

— Les magiciens, dit Raisa. Ce sont les magiciens qu'ils veulent empêcher de grimper dans les montagnes. Mais les clans ne mettraient jamais le feu à Hanalea.

Micah baissa la tête.

— Je reconnais mon erreur, Votre Altesse, dit-il. Leurs mœurs vous sont familières, contrairement à moi. (Il se força à sourire.) Cela demeure donc un mystère.

— Moi, je n'ai pas confiance en eux, déclara Missy en regardant en direction de la délégation demonai. Ils se faufilent partout comme des voleurs, et ils murmurent tout le temps des choses en langue étrangère, pour qu'on ne sache jamais ce qu'ils disent. Et tout le monde sait qu'ils enlèvent des bébés pour les remplacer par des démons.

— Ne répétez pas des absurdités, Melissa, répliqua sèchement Raisa. Les enfants élevés dans les clans le sont pour leur bien, pour apprendre les anciennes coutumes. De plus, les clans étaient là les premiers, et s'il existe une langue étrangère parlée chez les Fells, c'est celle du Val.

— Bien entendu, Votre Altesse, dit rapidement Missy. Je ne voulais pas vous offenser. Mais le langage du Val est plus civilisé. C'est celui que nous utilisons à la cour, dit-elle comme si c'était un argument décisif.

Le quatuor avait terminé d'accorder ses instruments, et les premières notes d'une véritable musique dérivèrent jusqu'à eux.

— Voulez-vous danser, Votre Altesse ? demanda soudain Micah.

Derrière lui, les frères Klemath eurent l'air sidérés de ne pas y avoir pensé les premiers.

Wil offrit son bras à Fiona.

— Dame Bayar, ce serait un grand honneur pour moi.

Missy grimaça, déçue d'avoir été mise de côté. Elle regarda autour d'elle, cherchant d'autres possibilités.

Adam Gryphon lui adressa un sourire hargneux.

— Voulez-vous danser, dame Hakkam ? dit-il, en faisant mine de redresser ses cannes.

— Oh ! ah ! je vais peut-être aller me chercher encore un peu de punch ! dit Missy en s'enfuyant vers le bol.

Quel dommage que le handicap de Missy se trouve entre ses deux oreilles, pensa Raisa. Elle aurait voulu dire quelque chose à Adam, mais elle savait qu'il lui répondrait par une vacherie…

Micah lui offrit son bras et la conduisit sur la petite piste de danse. Elle posa une main sur sa taille et saisit délicatement les doigts bandés.

Ils tournoyèrent avec légèreté autour de la piste. Élevé à la cour, Micah était un excellent danseur, malgré les nombreux verres de vin qu'il avait bus et le pied endolori sur lequel elle avait marché. Mais Micah faisait toujours tout à la perfection…

— Comment vont vos mains ? demanda Raisa. Vous font-elles très mal ?

— Ça va.

Il semblait tendu et étonnamment peu loquace.

— Qu'est-il arrivé, ce matin ? Pourquoi étiez-vous en retard ?

— Bandit boitait. Nous avons dû changer un de ses fers, et ça nous a pris plus longtemps que je l'escomptais.

— Vous avez au moins une dizaine de chevaux à la cour. N'auriez-vous pu en prendre un autre ?

— Bandit est mon meilleur cheval de chasse. De plus, comme je vous l'ai dit, ça nous a pris plus longtemps que prévu.

— Votre père a été vraiment dur avec vous, aujourd'hui, dit Raisa.

Micah grimaça.

— Mon père est toujours dur avec moi. (Puis, à la manière de quelqu'un qui change intentionnellement de sujet, il ajouta :) C'est une nouvelle robe, n'est-ce pas ? (Quand elle hocha la tête, il reprit :) Elle me plaît. Elle est différente des autres.

Raisa se regarda. Rien n'échappait à Micah et c'était ce qui le rendait si attirant, entre autres choses.

— Parce qu'elle n'est pas surchargée de rubans et de volants ?

— Hum… (Micah fit semblant de réfléchir.) Peut-être, oui. Et la couleur met vos yeux en valeur. Ce soir, ils ressemblent à des étangs dans une clairière, qui refléteraient le feuillage autour d'eux…

— Le noir met vos yeux en valeur, Bayar, dit Raisa d'une voix mielleuse. Ils brillent comme des étoiles mortes rejetées par les cieux, ou comme des charbons ardents sortis des entrailles de la terre.

Micah la considéra un moment, puis éclata de rire.

— Vous êtes impossible à flatter, Votre Altesse, dit-il. Je ne sais plus quoi faire.

— Laissez tomber, voilà tout. Moi aussi, j'ai été élevée à la cour. (Elle posa sa tête sur la poitrine du jeune homme, sentant sa chaleur à travers la laine de son vêtement, et les battements de son cœur. Ils dansèrent un moment en silence.) Donc, vous partirez pour le Gué-d'Oden à l'automne ?

Le sourire de Micah s'effaça.

— J'aurais aimé pouvoir partir immédiatement. Il faudrait que les magiciens commencent leurs études à treize ans, comme les apprentis soldats.

Micah fréquenterait la Maison Mystwerk, l'école des magiciens du Gué-d'Oden. Il y avait une demi-douzaine d'universités à cet endroit, réunies sur les rives de la rivière Tamron, à la frontière entre Tamron et Arden.

Il devrait y avoir une école pour les futures reines, aussi, pensa Raisa, *où on leur enseignerait des choses plus utiles que les bonnes manières et le langage fleuri.*

— Les clans estiment qu'il est dangereux de mettre la magie entre les mains de magiciens trop jeunes, dit Raisa.

Micah grimaça.

— Les clans devraient apprendre à se détendre un peu ! Je sais que votre père appartient aux clans, mais je ne comprends pas pourquoi ils insistent pour que rien ne change. On dirait que nous sommes tous figés dans le temps, condamnés à payer pour un crime antique dont personne ne se souvient.

Raisa pencha la tête.

— Vous savez pourquoi. Les clans ont réparé la Rupture. Les règles du Naéming doivent éviter qu'elle se reproduise un jour. (Elle marqua une pause, puis ne put s'empêcher d'ajouter :) Vous n'avez pas appris ça à l'école ?

Micah fit un geste de la main qui résumait bien ce qu'il pensait de l'école.

— Il y a trop de choses à apprendre dans une vie ! C'est pour ça qu'on devrait nous remettre nos amulettes à la naissance, pour que nous commencions notre formation le plus tôt possible.

— Ça ne risque pas d'arriver, à cause du Roi Démon.

La musique s'arrêta, et ils s'immobilisèrent sur la piste de danse. Micah saisit le coude de Raisa et la regarda dans les yeux.

— Qu'en est-il du Roi Démon ?

— Ma foi, on dit que le Roi Démon était un genre de prodige, dit-elle. Il est devenu magicien – et a utilisé la magie noire – à un très jeune âge. Et ça a détruit son esprit.

— Ouais. Ça, c'est ce que les clans disent.

C'était une discussion qu'ils avaient eue des centaines de fois, sous une forme ou une autre.

— Les clans racontent ces histoires parce qu'elles sont vraies, Micah. Alger Waterlow était un fou. Toute personne capable de faire ce qu'il a fait…

Micah secoua légèrement la tête sans la quitter des yeux.

— Et si tout ça avait été inventé ?

— « Inventé » ? (Raisa avait élevé la voix, et dut faire un effort pour se contenir.) Ne me dites pas que vous vous êtes rallié aux Révisionnistes.

— Pensez à tout ce que ce récit apporte aux clans, Raisa, dit Micah d'une voix pressante. Les magiciens rongés par la culpabilité et craignant d'utiliser leurs dons innés. Les clans contrôlant les objets qui leur permettent d'exercer leurs pouvoirs magiques. La famille royale obligée de danser comme une marionnette au son de la musique des clans…

— Bien sûr, les clans contrôlent les amulettes et les talismans, dit Raisa. Ce sont eux qui les fabriquent. C'est la division du pouvoir entre la magie verte et la haute magie qui nous a gardés en sécurité, toutes ces années.

Micah baissa encore la voix.

— Je vous en prie, Raisa. Écoutez-moi un instant. Qui sait si la Rupture est réellement arrivée ? ou si les magiciens en étaient la cause ?

Elle le foudroya du regard, et Micah leva les yeux au ciel.

— Peu importe. Venez.

Il lui prit le coude et la conduisit dans une alcôve dont la fenêtre surplombait la cité illuminée.

Tenant délicatement le visage de Raisa entre ses mains bandées, il l'embrassa, d'abord légèrement, puis avec davantage d'intensité. Comme d'habitude, Micah avait changé de sujet, pour aborder un terrain d'entente. La plupart de leurs discussions se terminaient ainsi.

Le pouls de Raisa s'accéléra, et son souffle devint plus rapide. Il aurait été si facile de tomber sous le charme du jeune homme, mais elle n'en avait pas fini avec leur conversation.

Raisa se dégagea doucement et regarda vers la cité. Elle étincelait sous leurs yeux, parfaite à cette distance.

— Avez-vous appris cette théorie sur la Rupture par votre père ? Est-ce l'opinion du Haut Magicien à ce sujet ?

— Mon père n'a rien à voir avec ça, dit Micah. J'ai mes propres idées, vous savez ! Mais il…

Il posa les mains sur son épaule, et le pouvoir crépita sous ses doigts.

— Raisa, j'aimerais que nous puissions…

Il fut interrompu par une clameur dans la salle à manger. Le quatuor se mit à jouer *La Route des Reines*. Raisa et Micah sortirent de l'alcôve à temps pour voir la reine Marianna traverser la pièce au bras de Gavan Bayar. Les danseurs s'écartèrent devant eux et s'inclinèrent profondément. Derrière eux venait la Garde de la reine. Les hommes, conduits par Edon Byrne, resplendissaient dans leurs uniformes de Loups Gris.

Raisa fronça les sourcils à la vue de sa mère paradant avec le séduisant maître du Conseil des Magiciens. Elle aperçut du coin de l'œil sa grand-mère Elena, dont le visage respirait la désapprobation, et elle soupira. Le seigneur Bayar était peut-être un héros, mais ce n'était pas une raison. Les langues s'agitaient déjà suffisamment à la cour sans qu'on les y encourage.

La reine pivota dans un envol de jupes et fit face à la pièce. Elle portait une robe en soie champagne qui soulignait sa chevelure blonde. Des topazes scintillaient dans ses cheveux et à son cou, et des diamants couleur miel ornaient ses mains menues. Elle portait une tiare légère ornée de topazes, de perles et de diamants.

La reine Marianna sourit à l'assemblée.

— Nous allons bientôt passer à table. Mais d'abord, nous devons témoigner notre reconnaissance aux héros présents parmi nous ce soir. Aujourd'hui, grâce à leur courage, ils ont sauvé la lignée des reines fells. (Elle tendit la main sans regarder, et quelqu'un y plaça une coupe.) Micah Bayar, Gavan Bayar, Miphis Mander et Arkeda Mander, voulez-vous avancer, je vous prie ?

Gavan Bayar se tourna gracieusement et s'agenouilla devant la reine. Micah hésita un moment, caché dans l'alcôve. Il regarda autour de lui comme s'il cherchait un moyen de s'échapper. Puis il soupira, quitta Raisa et rejoignit son père. Arkeda et Miphis avancèrent et s'agenouillèrent aussi.

Les serveurs circulaient dans la foule et donnaient des verres à ceux qui n'en avaient pas. Raisa en prit un et attendit.

—Aujourd'hui, ces magiciens m'ont sauvée, ainsi que la princesse héritière et la princesse Mellony, d'un terrible incendie de forêt, grâce à l'utilisation d'une magie extraordinaire et accomplie. Je porte donc un toast à ce lien unique et historique entre la lignée des reines fells et la haute magie qui protège et soutient depuis si longtemps notre royaume en ces temps de guerre.

La reine leva son verre et but, et tout le monde l'imita.

—Parlez du capitaine Byrne, articula silencieusement Raisa à l'adresse de sa mère.

Mais Marianna n'en fit rien.

—Je voudrais aussi accueillir à la cour un jeune homme qui a été comme un fils pour nous. Après une absence de trois ans, il est revenu pour l'été et sera temporairement affecté à la Garde de la reine.

La reine Marianna sourit à un groupe d'officiers et en désigna un.

—Amon Byrne, avancez !

Raisa regarda, sidérée, un des grands soldats approcher et s'agenouiller devant la reine. Edon Byrne tira son épée et la tendit à Marianna.

—Amon Byrne, jurez-vous de protéger et de défendre de nos ennemis la reine, la princesse héritière et tous les descendants d'Hanalea, fût-ce au prix de votre vie ?

—Mon sang vous appartient, Votre Majesté, dit Amon d'une voix grave qui sonna bizarrement aux oreilles de Raisa. Je serais honoré de le répandre au service de la lignée royale.

La reine posa le plat de l'épée sur chacune des larges épaules d'Amon.

—Levez-vous, caporal Byrne, et rejoignez votre capitaine.

Le nouveau caporal se releva, fit une profonde révérence, et recula jusqu'à se tenir à côté de son père, qui ne lâcha pas le moindre sourire.

Raisa resta figée, les mains sur la gorge. Les yeux gris d'Amon étaient tels qu'elle s'en souvenait, ainsi que ses cheveux noirs raides qui lui tombaient sur le front. Presque tout le reste de sa personne avait changé.

—Et maintenant, dit la reine, allons dîner.

Raisa n'eut pas l'occasion de parler à Amon pendant le repas. Elle était assise en bout de table, entre Micah et son père. Arkeda et Miphis occupaient les places d'honneur, de part et d'autre de la reine. Mellony était de l'autre côté, avec Fiona. Assez proches pour qu'elles puissent leur parler se trouvaient aussi les Demonai, et Harriman Vega, un magicien qui était également le médecin de la cour.

En tant que capitaine de la Garde, Edon Byrne était assis à l'autre bout de la tablée, mais ses hommes étaient postés à l'autre extrémité de la pièce, près de l'entrée de la salle de bal. Raisa ne cessait de regarder Amon.

Son visage était plus mince, la structure osseuse plus prononcée. Toute trace des rondeurs de son enfance avait été effacée par le temps passé au Gué-d'Oden. Il dégageait la même puissance que son père, dans un corps plus longiligne, mais il avait gagné des muscles sur le torse et les bras.

De temps en temps, Raisa entrapercevait des aspects du jeune garçon dont elle se souvenait. Il était debout, le dos raide, une main sur la garde de son épée, l'air un peu mal à l'aise. À un moment, elle le surprit en train de la regarder, mais il détourna rapidement les yeux, du rouge montant à ses joues.

Elle se sentait troublée, déconcertée, presque furieuse. Comment Amon avait-il pu devenir un étranger pendant son absence ? S'ils se rencontraient, que lui dirait-elle ? *Par les dents de Leeza ! que tu es grand !*

— Votre Altesse ? (Elle sursauta quand les mots résonnèrent dans son oreille, et se tourna vers Micah Bayar.) Vous avez à peine touché à votre repas, et j'ai le sentiment de parler tout seul, dit-il quand le dessert fut apporté.

L'acidité de sa voix indiquait qu'il était irrité.

— Je suis désolée, dit Raisa. Je suis un peu distraite, je le crains. La journée a été longue, et je suis fatiguée.

Elle trifouilla sa pâtisserie d'un air absent, regrettant de ne plus avoir l'âge d'être envoyée au lit plus tôt.

— Il n'est pas étonnant que vous soyez épuisée, Votre Altesse, après la frayeur de ce matin, dit le seigneur Bayar, tout sourires. Une promenade dans le jardin, après le repas, vous ferait sans doute du bien. Micah serait heureux de vous accompagner.

— Oh ! dit Raisa. C'est gentil à vous de penser à moi, seigneur Bayar, mais, en réalité…

Micah se pencha vers Raisa et murmura à son oreille, afin que personne d'autre n'entende.

— Certains d'entre nous vont se réunir plus tard, dans la salle de jeux de l'aile est, dit-il. Ça devrait être amusant. Rejoignez-nous.

Il posa sa main chaude sur la sienne et la pressa doucement. Comme une promesse.

— Quoi ? demanda distraitement Raisa.

— Vous ne cessez de regarder la porte, siffla Micah entre ses dents. Avez-vous tellement hâte de partir ? ou bien regardez-vous quelqu'un en particulier ?

Raisa sentit son irritation croître.

— Je vous remercierais de vous occuper de vos affaires, *sul'*Bayar. Je regarderai où ça me chante !

— Bien entendu. (Micah lui lâcha la main et enfonça violemment sa fourchette dans son gâteau.) Mais c'est impoli, voilà tout.

— Micah ! s'écria le seigneur Bayar, en foudroyant son fils du regard. Présente immédiatement tes excuses à la princesse héritière !

— Désolé, dit Micah en regardant droit devant lui, tandis qu'un muscle de sa mâchoire tressautait. Je vous prie de me pardonner, Votre Altesse.

Raisa se sentait coincée entre tous ces magiciens, et oppressée par la tension entre Micah et son père. C'était épuisant.

Quand le repas fut terminé, l'orchestre se reforma. Les courtisans danseraient, boiraient et flirteraient jusqu'aux petites heures de la nuit, entre deux divertissements sans grand intérêt. Dans la salle de jeux l'attendait la parade des prétendants. Le moment était venu de filer.

Elle pressa le dos de sa main contre son front.

— Je vais me coucher, annonça-t-elle. J'ai un terrible mal de tête. (Elle repoussa sa chaise. Quand Micah et son père firent mine de se lever aussi, elle les arrêta d'un geste.) Je vous en prie, restez assis. J'aimerais m'esquiver discrètement.

— Êtes-vous sûre que tout va bien ? demanda Micah en regardant d'abord son père, puis Raisa. Pourquoi ne vous raccompagnerais-je pas à vos appartements ?

Comme si elle avait besoin d'aide pour trouver son chemin ! Mais ils avaient souvent utilisé cette excuse pour se retrouver seuls un moment.

Elle se leva.

— Non. Vous êtes les invités d'honneur. Sa Majesté serait déçue, si vous partiez. Encore merci pour tout.

La reine Marianna regarda Raisa d'un air interrogateur. Raisa haussa les épaules et se toucha de nouveau le front, le signe universel qui indiquait une migraine. Sa mère hocha la tête, lui envoya un baiser et se tourna de nouveau vers Miphis, qui avait l'air tout retourné d'être assis à côté de la reine.

Raisa traversa la salle à manger et gagna la porte. Hésitant, elle se retourna et vit que les Demonai la regardaient. Un petit sourire flottait sur les lèvres d'Elena.

Quand elle passa devant Amon et ses camarades, elle ne le regarda pas, mais marmonna :

— L'endroit habituel. Dès que tu pourras.

5

Vieilles histoires

Han retarda autant que possible le moment de quitter le camp Marisa. Le jour suivant, en fin de matinée, il fit ses adieux et descendit d'Hanalea, suivant la Dyrnneflot vers le Val.

Il avait vendu ou échangé tout ce qu'il avait ramassé, excepté le millepertuis sans valeur, qui devrait attendre le Marché-des-Plaines. Les pièces tintaient dans sa bourse, son sac débordait de marchandises : du tissu et des objets en cuir qu'il revendrait à profit, des sachets de remèdes du clan, et assez de viande de daim séchée pour faire un repas. Et l'amulette, cachée au fond du sac.

Il regrettait toujours le daim qu'il aurait pu tuer, mais, tout bien considéré, ça n'était pas si mal pour la saison.

Il espérait que Mam serait du même avis…

En descendant des montagnes, il s'arrêta à plusieurs cabanes isolées, pour demander s'il y avait du courrier à livrer ou des marchandises à apporter au marché, ou des commandes de fournitures qu'il livrerait la prochaine fois qu'il passerait par là. La plupart des occupants des cabanes étaient des gens du clan qui avaient choisi de vivre hors du camp. Il y avait également d'anciens habitants des plaines qui aimaient la solitude, ou avaient de bonnes raisons d'éviter de se faire remarquer par la Garde de la reine. Han gagnait un peu d'argent en transportant le courrier et les nouvelles, et en servant d'agent aux habitants des terres hautes qui n'avaient pas envie de se rendre dans le Val.

Lucius Frowsley était l'un d'eux. Sa cabane se dressait à l'endroit où le ruisseau de la Vieille se jetait dans la Dyrnneflot. Il vivait depuis si longtemps dans les montagnes qu'il semblait en faire partie au même titre qu'un rocher, avec son visage raviné et les vêtements qui pendouillaient sur son corps maigre comme des genévriers sur le flanc d'une colline.

Ses yeux étaient opaques comme un ciel d'hiver. Il était devenu aveugle dans sa jeunesse.

Malgré sa cécité, le vieil homme possédait l'alambic le plus productif des montagnes des Esprits.

Lucius était capable de se déplacer comme une chèvre le long des pistes de la montagne, mais il n'allait jamais à la Marche-des-Fells, s'il pouvait l'éviter. Han lui apportait les commandes, les flacons et l'argent depuis le Val, et rapportait ses produits. Les récipients étaient pleins quand il les descendait, et vides et légers quand il remontait.

Et, pour couronner le tout, Lucius possédait des livres. Pas autant que la bibliothèque du temple, mais plus qu'un seul homme aurait eu besoin d'en avoir. Il les gardait dans un coffre pour les protéger des intempéries. Qu'est-ce qu'un aveugle pouvait bien faire d'une bibliothèque ? Han l'ignorait, mais le vieil homme l'incitait à les lui emprunter, et il le faisait. Parfois, il descendait de la montagne en titubant sous la moitié de son poids en livres.

Cela aussi représentait un mystère : Han aurait dû épuiser sa réserve de livres depuis longtemps, mais Lucius semblait toujours en avoir de nouveaux.

Le vieil homme était grincheux et grossier, et il goûtait peut-être avec un peu trop d'enthousiasme à ses propres produits. Mais il était juste avec Han, disait toujours la vérité, et payait toujours en temps et en heure. Ce qui était rare. Personne n'avait osé voler Gourmettes Alister, le seigneur des rues du Marché-des-Chiffonniers. Mais, depuis qu'il avait changé de vie, Han avait été escroqué plus d'une fois.

Lucius était aussi une source d'information impartiale. Il savait tout, et, contrairement à Mam, il répondait aux questions sans se lancer dans un sermon.

La cabane était vide, tout comme l'appentis de la distillerie, à côté, mais Han savait où chercher. Il trouva Lucius en train de pêcher dans le ruisseau de la Vieille, ce qu'il faisait chaque jour pendant trois saisons sur quatre. C'était une excuse pour s'asseoir au bord du ruisseau et rêvasser en sirotant l'alcool de la bouteille qu'il avait toujours à portée de main. Son chien, un berger aux poils rudes qu'il avait appelé Chien, était affalé sur le sol, à ses pieds.

Quand Han remonta le lit du ruisseau dans sa direction, Lucius lâcha sa canne à pêche et sursauta. Il leva les mains devant lui comme pour se protéger, le visage pâle et effrayé, ses yeux aveugles écarquillés sous ses sourcils broussailleux.

— Qui est là ? demanda-t-il, ses manches voletant autour de ses bras maigres.

Comme d'habitude, il portait de vieux vêtements dépareillés, donnés par le clan ou dénichés au Marché-des-Chiffonniers. Étant aveugle, il se fichait d'assortir les couleurs.

— Hé ! Lucius ! dit Han. C'est seulement moi. Han.

Chien leva la tête et aboya d'un ton approbateur, avant de reposer la tête sur ses pattes, agitant les oreilles pour chasser les mouches.

Lucius baissa les mains, mais il avait toujours l'air inquiet.

— Petit ! dit-il. (Lucius l'avait toujours appelé ainsi.) Tu ne devrais pas surprendre les gens comme ça !

Han leva les yeux au ciel. Il était arrivé en suivant le lit du ruisseau, comme d'habitude. *Décidément, tout le monde est bizarre, aujourd'hui*, se dit-il.

Han s'accroupit près de Lucius et lui toucha l'épaule pour qu'il sache où il était. Le vieil homme sursauta violemment.

— Vous avez attrapé quelque chose ? demanda Han, qui commençait à se sentir exaspéré.

Lucius cligna des yeux comme s'il réfléchissait à une question difficile, puis il tendit la main et sortit du ruisseau un panier à poissons tressé par les clans.

— J'ai pris ces quatre-là, pour l'instant.

— Ils sont à vendre ? demanda Han. Je peux vous en tirer un bon prix, au marché.

Lucius prit un instant de réflexion.

— Non. Ceux-là, je vais les manger.

Han s'installa contre un arbre et étira ses longues jambes, dans leurs braies d'habitant des plaines.

— Vous avez besoin de quelque chose pour aller avec ? demanda-t-il en tapotant son sac. J'ai des piments séchés et des épices de Tamron.

Lucius grogna.

— Non. Le poisson me suffit, petit.

— Des choses pour la Marche-des-Fells ?

— Oui. Je les ai préparées, dans l'enclos du chien.

Leur affaire conclue, Han regarda les rochers qui émaillaient la surface du ruisseau. Lucius avait toujours l'air aussi nerveux et perturbé. Il ne cessait d'incliner la tête dans un sens puis dans l'autre, comme s'il essayait de repérer une odeur ou un léger bruit dans la brise.

— Tu as tes bracelets sur toi, petit ? demanda-t-il soudain.

— À votre avis ? marmonna Han.

Comme s'il avait pu les enlever!

Lucius saisit le bras de Han et remonta sa manche. Il toucha le bracelet d'argent comme s'il voulait déchiffrer les runes. Puis il grogna et lâcha le bras du garçon, marmonnant entre ses dents.

— Qu'avez-vous? demanda Han en remettant sa manche en place.

— Je sens de la magie maléfique, dit Lucius, à sa manière typiquement incompréhensible.

Han pensa à l'amulette dans son sac, mais décida qu'il était impossible que Lucius sache qu'elle était là.

— Que savez-vous de la magie?

— J'en sais un peu, dit Lucius en se frottant le nez. Pas assez, et pourtant trop.

— Et sur les magiciens, que savez-vous?

Lucius resta un moment sans rien dire.

— Pourquoi me demandes-tu ça?

Han le regarda, surpris. La plupart des adultes répondaient habituellement aux questions par des questions, mais pas Lucius.

Quand Han ne répondit pas, le vieil homme saisit l'épaule du jeune garçon dans une poigne d'acier.

— Pourquoi me demandes-tu ça? répéta-t-il.

— Ouille! Eh! allez-y doucement! (Lucius le lâcha.) Danseur et moi nous avons eu une prise de bec avec des magiciens, en haut d'Hanalea, dit Han en se frottant l'épaule.

Il raconta à Lucius ce qui était arrivé.

— Bayar, tu as dit? (Lucius fronça les sourcils et ramassa sa canne à pêche.) Par les ossements ensanglantés de Thea!

Lucius était né sur la montagne appelée Thea, le royaume spirituel de la légendaire reine des Fells. Il avait donc tendance à préférer son nom quand il jurait, alors que la plupart des gens du coin utilisaient celui d'Hanalea.

Han l'avait interrogé à ce sujet, une fois, et Lucius avait répondu qu'Hanalea était un nom trop puissant pour qu'on le prononce à tort et à travers.

— Vous le connaissez? demanda Han.

— J'ai entendu parler de lui. Et surtout de son père. Gavan Bayar est le Haut Magicien. Il a le cœur aussi froid que la Dyrnneflot, et il est ambitieux. Personne n'a envie de se trouver sur son chemin.

Micah Bayar avait mentionné la haute fonction de son père, comme le faisaient toujours les sang-bleu.

— Que pourrait-il vouloir de plus ? demanda Han. Il est déjà Haut Magicien !

— Ma foi, dit Lucius en levant l'extrémité de sa canne pour tester sa ligne, des types comme Bayar ne sont jamais satisfaits. J'imagine qu'il voudrait être Haut Magicien, sans les restrictions et les limitations instaurées par le Naéming. Certains murmurent qu'il voudrait aussi la reine.

Han fut surpris.

— Il veut la reine ? Mais elle a déjà un consort, non ? Quelqu'un de Demonai ?

Lucius laissa échapper un rire.

— Pour un rat des rues, tu me parais bien naïf, petit ! (Il secoua la tête, l'air étonné.) Il faut que tu gardes l'oreille au sol et le nez dans le vent si tu veux survivre, par les temps qui courent.

Han ne voyait pas comment un tel exploit aurait été physiquement possible. Et il se demandait comment faisait Lucius pour savoir tout ce qui se passait, alors qu'il restait tout le temps sur sa montagne. C'était un mystère.

Le rire de Lucius finit par s'éteindre, et il essuya les larmes qui lui étaient montées aux yeux.

— Averill Demonai est le consort de la reine Marianna, oui. Mais c'est un commerçant, et les marchands voyagent beaucoup. Il passe trop de temps loin de chez lui, si tu veux mon avis. Mais personne ne me le demande.

Han essaya de contrôler son impatience. Cette discussion sur la politique était ennuyeuse et ne le concernait pas.

— Les magiciens, demanda-t-il avec insistance, comment obtiennent-ils leur magie ?

— C'est dans leur sang, dit Lucius en caressant la tête de Chien. Ils possèdent le talent à l'état brut, mais ils ne deviennent puissants qu'après avoir étudié et appris à l'accumuler et à le contrôler grâce à une amulette. En fait, jusque-là, ils sont dangereux, comme des poulains pas encore dressés qui ignorent leur propre force.

Han pensa à Micah Bayar, le visage noir de colère, son élégant porte-poisse à la main, marmonnant des incantations.

— Pourquoi ? Doivent-ils prononcer des enchantements pour faire fonctionner leur magie ?

— Ça fait partie de leur apprentissage, oui, dit Lucius. Ce Bayar appartient à la Maison du Nid d'Aigle. Peut-être la famille de magiciens la plus puissante qui existe, depuis la chute des Waterlow.

— Qui sont les Waterlow ? demanda Han. Je n'ai jamais entendu parler d'eux.

— Peu importe. Cette Maison s'est éteinte il y a bien des années. (Lucius ramena sa canne à pêche et tâta l'hameçon.) Je suppose qu'ils ne mordront plus, aujourd'hui. Il est temps que je rentre.

— Lucius ! dit Han. (Il savait, par expérience, que les choses que les gens ne voulaient pas raconter étaient souvent les plus intéressantes.) Qui étaient les Waterlow ? Pourquoi leur Maison s'est-elle éteinte ?

— Petit, tu réussirais à exaspérer un mourant ! (Lucius prit sa bouteille et avala une gorgée, puis il s'essuya la bouche avec une manche noire de crasse.) Tout ça est arrivé il y a mille ans, et n'a désormais plus d'importance. (Han ne répondit pas. Lucius ricana.) La plupart des gamins de ton âge ne s'intéressent pas aux vieilles histoires.

Han gardait toujours le silence.

Lucius poussa un profond soupir et hocha la tête, comme s'il avait pris une décision.

— Bon. Il y a mille ans, il y avait cette puissante famille de magiciens, appelée la Maison Waterlow. Leur emblème était un corbeau, et leurs armoiries de magiciens représentaient un serpent enroulé sur lui-même.

Han sursauta, puis plongea la main dans son sac, d'où il sortit le paquet contenant l'amulette au serpent qu'il avait prise sur Hanalea. Il le soupesa, pensant à ce que Bayar lui avait dit : *« Si vous le touchez, vous serez incinérés ! »*

Lucius tourna son regard aveugle vers Han.

— Qu'as-tu là, petit ? demanda-t-il en tendant la main comme s'il sentait lui aussi la chaleur qui émanait de l'amulette. Donne-moi ça.

Han hésita.

— J'ignore si…

— Donne-moi ça, petit ! dit le vieil homme d'une voix étonnamment forte et autoritaire.

On aurait dit que Lucius était soudain possédé par une autre créature, puissante et irrésistible. Han posa le paquet dans sa main.

— Faites attention, Lucius, ça pourrait…

Lucius déchira le sac de cuir et en sortit le porte-poisse.

Han recula, tendu, prêt à bondir en cas d'explosion.

Rien ne se passa.

Lucius passa ses doigts ridés sur l'amulette, et son visage raviné perdit toute expression sous le choc.

— Où as-tu trouvé ça ? murmura-t-il.

— Bayar l'avait. (Han hésita, se demandant ce qu'il devait dire à Lucius.) Il a essayé de jeter un sort à Danseur avec. Je la lui ai prise. Je ne crois pas qu'il était censé l'avoir…

Lucius éclata d'un rire âpre.

— Par les baisers de la douce Thea ! je suis bien persuadé que non !

— Pourquoi ? Qu'est-ce que c'est ?

Lucius continua à caresser les gravures de ses doigts épais, comme s'il ne croyait pas ce que ses sens lui disaient.

— Elle vient des Waterlow, pour sûr. Leur trésor d'artefacts magiques était légendaire. C'était plutôt une armurerie, d'ailleurs. Personne ne sait ce qu'il en est advenu après la Rupture. (La veine pourpre au-dessus de l'œil droit de Lucius gonfla de manière inquiétante.) Je parierais que ce sale Micah ignorait complètement ce qu'il avait entre les mains. Et maintenant, c'est toi qui l'as. (Lucius tendit l'amulette à Han. Comme ce dernier hésitait, Lucius dit impatiemment :) Prends-la, petit. Elle ne te mordra pas.

Han la saisit prudemment et la soupesa. Elle était agréablement lourde et chaude, vibrant d'un pouvoir que le garçon sentait se diffuser dans sa poitrine et dans les bracelets autour de ses poignets.

Des émotions contradictoires passèrent sur le visage du vieil homme, s'effaçant pour faire place à de l'inquiétude. Il saisit de nouveau le bras de Han, ses longs ongles mordant la chair du jeune homme.

— Bayar sait-il qui tu es, petit ? Sait-il que tu possèdes cet objet ?

Han haussa les épaules, mal à l'aise.

— Je ne lui ai pas donné mon nom, si c'est ce que vous voulez dire. (Comme Lucius n'eut pas l'air rassuré, il ajouta :) Écoutez, je la lui rendrai, si c'est tellement important. D'accord ?

Lucius lâcha le bras du jeune homme et tapota ses cuisses tout en réfléchissant intensément.

— Non, dit-il enfin. Ne la rends pas. C'est trop tard pour ça. Cache-la, et garde-la en sûreté. Il vaut mieux que la Maison du Nid d'Aigle ne récupère pas cette amulette. (Il eut un rire amer.) Et reste loin des Bayar.

Han n'avait jamais vu un Bayar jusqu'à ce jour, et il doutait que ça se reproduise, à moins que Micah revienne sur Hanalea. Avec un peu de chance, ce ne serait pas le cas.

— Parfait. (Il remballa le pendentif et le remit dans son sac. À quoi cela servait-il de poser des questions quand on ne comprenait pas un mot de la réponse ?) Que disiez-vous ? Au sujet des Waterlow ?

— Si tu veux que je te raconte une histoire, ne m'interromps pas. (Lucius se frotta le menton et reprit sa voix de conteur.) Les magiciens sont venus des Îles du Nord. Ils ont débarqué sur la côte est et ont conquis le reste des Sept Royaumes grâce à leur haute magie. La magie des clans ne faisait pas le poids contre la leur. C'est de la magie verte, subtile, qui ne sert à rien dans un combat. C'est la magie la plus puissante qui existe, mais elle est faite pour la guérison, pas la destruction. Les clans la possèdent, parce qu'ils sont en harmonie avec la nature. Les Matriarches et les fabricants d'amulettes ont appris comment puiser à la source de cette magie.

» Ces magiciens ont décidé de s'installer dans le Val. Ils ont épousé les reines de sang et ont régné en tant que rois, mais ils n'étaient pas liés aux reines de la même manière qu'aujourd'hui. La succession se faisait toujours par l'intermédiaire de la lignée féminine authentique. Les problèmes ont commencé pendant le règne d'Hanalea, la plus belle femme qui ait jamais vécu.

Han hocha la tête. Enfin, Lucius parlait de choses familières !

— Hanalea était fiancée à un magicien appelé Kinley Bayar, de la Maison du Nid d'Aigle, qui était aussi puissante à cette époque qu'elle l'est de nos jours. Bayar était destiné à devenir roi. Mais il y avait ce jeune magicien du nom d'Alger, l'héritier de la Maison Waterlow. Alger est tombé follement amoureux d'Hanalea. Ça n'avait rien d'inhabituel. Le problème, c'est qu'Alger était terriblement puissant et habitué à obtenir ce qu'il désirait. Et il n'a vu aucune raison de ne pas avoir Hanalea pour lui tout seul.

» Le Conseil et la Maison du Nid d'Aigle en particulier ont dit « non ». Mais Hanalea avait aussi son idée sur la question. Elle n'aimait pas Bayar, qui était un vieil homme à ses yeux, froid et sans cœur, comme un serpent. Et elle s'intéressait beaucoup au jeune Alger, qui était aussi séduisant qu'elle était belle. Elle s'est enfuie avec lui, et ils se sont terrés dans les montagnes des Esprits avec les alliés d'Alger, une armée de magiciens de la Maison Waterlow et certains de ses amis, les magiciens les plus brillants de leur génération.

» Alger s'est proclamé roi et a épousé Hanalea. Le Conseil ne pouvait pas accepter ça et, donc, les autres Maisons magiques ont marché contre Waterlow et ont assiégé sa forteresse. N'importe qui aurait compris que c'était une cause perdue, mais pas ce garçon. Il étudiait depuis longtemps la magie noire, et il pensait pouvoir invoquer un sort qui mettrait fin au siège et forcerait le Conseil à se retirer, terrorisé.

» Hanalea a tenté de le convaincre de n'en rien faire. Elle voulait se rendre et se remettre entre les mains de la Maison du Nid d'Aigle, mais le garçon était têtu et ne voulut rien savoir. (Lucius eut un sourire triste.) Ce jeune homme était amoureux fou. Trop de pouvoir, et trop peu de connaissances. Ils sont restés ensemble seulement trois mois.

Han s'agita, impatient. Les histoires sur Hanalea et ses nombreux soupirants étaient comme des lés de vieille étoffe, tellement usées par les répétitions qu'on ne pouvait plus les distinguer les unes des autres, ou reconnaître les différents fils.

Lucius regarda dans le vide, ses yeux bleu laiteux ressemblant à des fenêtres peintes qui cacheraient ce qui se trouvait derrière. Han était doué pour comprendre les gens – il le fallait – mais il n'arrivait jamais à déchiffrer Lucius.

— Alors ? Qu'est-il arrivé ? finit-il par demander.

Lucius sursauta, comme s'il avait oublié la présence de Han.

— Ils l'ont tué, bien entendu. Plus tard. Ils l'ont d'abord emmené à la Maison du Nid d'Aigle et ils l'ont torturé pendant des jours. Ils ont obligé cette jeune fille à écouter ses hurlements. Mais c'était trop tard. Les dégâts étaient déjà faits.

Han sursauta, surpris.

— Quels dégâts ? De quoi parlez-vous ?

Lucius leva ses sourcils broussailleux.

— La Rupture, évidemment ! Tu en as entendu parler ? demanda-t-il ironiquement.

— Oui, j'ai entendu parler de la Rupture, dit Han, irrité, mais qu'est-ce que ç'a à voir avec… (Sa voix s'éteignit et il regarda Lucius, se demandant si le vieil homme avait absorbé un peu trop de ses produits.) Attendez ! Vous parlez du Roi Démon ?

Il avait murmuré les deux derniers mots, comme le faisaient généralement les gens, et avait dû résister à l'impulsion de faire un signe pour repousser le mal.

— Il s'appelait Alger, dit doucement Lucius, son corps entier semblant se ratatiner en une flaque de peau ridée et de vêtements ternes.

Le soleil passa derrière un nuage, et il fit soudain froid sur la berge du ruisseau. Han frissonna et referma sa veste.

Le malheureux Alger Waterlow de Lucius était le Roi Démon ?

Impossible !

Le Roi Démon était le monstre de tous les récits terrifiants qu'il avait entendus. Le diable qu'on ne nomme pas, de peur de le faire venir.

Celui qui attendait dans la nuit, au coin d'une rue malfamée, que les enfants méchants passent devant lui.

— C'est faux ! explosa Han, poussé par une indignation vertueuse et une vie entière à écouter des récits. Le Roi Démon a enlevé Hanalea la nuit de ses noces. Il l'a enchaînée dans son donjon quand elle a refusé ses avances. Il l'a torturée avec la magie noire pour essayer de gagner son cœur. Quand elle a résisté, il a brisé le monde.

— C'était un jeune garçon, murmura Lucius en saisissant sa flasque. Ils avaient été amoureux.

— C'était un monstre, insista Han, jetant un caillou dans le ruisseau. Elle l'a détruit.

Il avait vu la frise dans le temple de la Marche-des-Fells. Elle s'appelait *Le Triomphe d'Hanalea*, et était composée d'une série de scènes. Hanalea, enchaînée, défiant le Roi Démon. Hanalea, belle et terrible, maintenant le monde en un seul morceau grâce à la magie verte, pendant que le Roi Démon tentait de le briser. Hanalea debout devant le corps sans vie du Roi Démon, une épée à la main.

Si c'est gravé dans la pierre, c'est forcément vrai, pensa Han.

— Ils l'ont tué, dit Lucius. Et cela a libéré un pouvoir destructeur tel que le monde n'en a jamais connu, avant ou après. (Il soupira, comme si tout cela n'avait pas du tout été la faute du Roi Démon.) Ensuite, les magiciens ont voulu marier Hanalea à Kinley Bayar. (Le vieil homme se redressa, les yeux étrangement clairs. Sa voix habituellement tremblotante résonnait comme celle d'un orateur du temple, et son accent montagnard disparut.) Mais ils avaient du pain sur la planche ! Le monde se brisait et tombait dans le chaos. Des tremblements de terre ont fait s'écrouler leurs châteaux. Des flammes ont jailli du sol. Les océans se sont évaporés et les forêts se sont transformées en cendres. La nuit est tombée, et elle a duré des mois, éclairée seulement par la lueur des incendies qui brûlaient nuit et jour. L'air était devenu irrespirable. Rien de tout ce qu'ils ont invoqué n'a pu arrêter ce qui se passait. Ils ont finalement dû se tourner vers les clans pour leur demander leur aide.

Han sentit la déception enfler en lui. Comment avaient-ils pu s'éloigner autant de sa question d'origine sur les magiciens ? Il avait posé une question sérieuse, et il n'avait récolté en retour que ce récit à dormir debout. Il avait perdu la moitié de la matinée près de la berge du ruisseau, victime involontaire des fantasmes d'un vieillard. Et Mam l'écorcherait vif pour son retard !

— Merci pour l'histoire et tout le reste, dit Han, mais je dois partir. (Il se leva et passa son sac à une épaule.) Je vais prendre les bouteilles dans l'enclos du chien.

— Assis, petit ! tonna Lucius. C'est toi qui as voulu que je commence cette histoire, et maintenant, tu dois écouter la fin !

Grommelant, Han se rassit sur la berge. Il n'avait pas demandé un monologue…

Quand Lucius eut constaté qu'il tenait – presque littéralement – son auditoire, il poursuivit.

— Les clans reconnaissaient la lignée des reines, et Hanalea a donc servi d'intermédiaire. Pense un peu à ce qu'elle a dû éprouver : négocier avec les clans pour le compte des meurtriers de son amant ! (Lucius eut un sourire triste.) Mais Hanalea avait mûri. Elle était forte et intelligente en plus d'être belle. Elle a récupéré le pouvoir de la lignée des Loups Gris. Le Naéming fut le fruit de ces discussions.

Lucius énuméra les grands principes du Naéming sur ses doigts noueux.

— En échange d'avoir guéri le monde, les clans ont beaucoup restreint les possibilités des magiciens. La haute magie et les ensorceleurs ont été interdits de séjour dans les montagnes des Esprits. Ils ont été confinés au Val et aux plaines. Les orateurs des clans ont des temples à la Marche-des-Fells, et, toutes les semaines, les reines doivent s'y rendre pour apprendre la vraie foi. Le Conseil des Magiciens choisit l'ensorceleur le plus puissant des Fells comme Haut Magicien et chef du Conseil, mais il est lié par magie à la terre et à la reine, et il est sous les ordres de cette dernière. Les reines passent une partie de leur enfance dans les camps. (Lucius esquissa un sourire.) Et les magiciens ne sont plus autorisés à épouser nos reines, car cela leur donnerait trop de pouvoir.

— Hanalea a accepté ça ? demanda Han.

On dirait qu'ils ont aussi pas mal restreint les possibilités des reines, pensa Han.

Lucius hocha la tête, comme s'il avait lu dans les pensées de Han.

— La reine des Fells est à la fois la personne la plus puissante et la moins libre de tout le royaume, dit-il. Elle est l'esclave de son devoir, dès qu'elle est en âge de régner.

— Mais elle est la reine, dit Han. Ne peut-elle faire ce qu'elle veut ?

— Hanalea avait appris ce qu'il en coûtait de suivre son cœur, dit Lucius. (Il s'interrompit, la tristesse se peignant sur son visage raviné.)

Elle s'est donc inclinée pour le bien de tous, et elle a épousé quelqu'un qu'elle n'aimait pas.

Han fronça les sourcils. Les récits se terminaient toujours par la destruction du Roi Démon et le triomphe d'Hanalea.

— Alors qui a-t-elle donc épousé ? Bayar était un magicien, donc…

— Le pauvre Kinley Bayar a été victime d'un accident, peu après la Rupture. Elle a épousé quelqu'un d'autre.

Après les riches détails de l'histoire qu'il avait racontée, il semblait étrangement peu enclin à élucider ce dernier point.

Han se leva, hésita, se balançant d'un pied sur l'autre, et se sentit obligé de dire quelque chose.

— Lucius, je suis presque adulte, vous savez. Je suis trop vieux pour les contes de fées.

Le vieil homme resta un long moment silencieux.

— Ne demande pas à connaître la vérité à moins d'être prêt à l'entendre, petit, dit-il en regardant le ruisseau sans le voir. Souviens-toi simplement de ce que je t'ai dit. Cache l'amulette, et reste loin des Bayar. Ils ont déjà trop de pouvoir comme ça. S'ils découvrent que tu possèdes cette amulette, ils te tueront pour la récupérer.

6

La Marche-des-Fells

La cité de la Marche-des-Fells était nichée au bord du Val, une vallée fertile où la Dyrnneflot se frayait un chemin entre les parois rocheuses d'Hanalea et les contreforts ondoyants d'Alyssa, sa montagne jumelle. Les clans, qui vivaient dans les montagnes des Esprits, appelaient souvent les habitants du Val « les gens des plaines ». Les Valiens, quant à eux, regardaient de haut la cité de Delphi et les plaines d'Arden, au sud.

Le Val étincelait comme un joyau incrusté dans la montagne, protégé par les grands pics qui étaient, disait-on, la demeure de reines disparues des hauts plateaux. Il était réchauffé tout au long de l'année par des sources thermales qui bouillonnaient sous le sol et coulaient par des fissures dans la terre.

Les véritables gens des plaines, les citoyens de Tamron et du royaume d'Arden, au-delà de la porte du Sud, murmuraient que les montagnes des Esprits étaient hantées par des démons, des sorcières, des dragons et d'autres créatures effrayantes, et que le sol même était du poison pour tout envahisseur.

Les montagnards ne faisaient rien pour dissiper ces rumeurs.

Le professeur de Han, Jemson, affirmait qu'avant l'arrivée des magiciens et la Rupture du monde les Sept Royaumes formaient un seul grand pays gouverné par la Marche-des-Fells. Le grain venu d'Arden, de Bruinswallow et de Tamron emplissait ses greniers. Les poissons des côtes et le gibier des montagnes des Esprits, ainsi que les gemmes et les minerais des montagnes, ajoutaient à sa prospérité. La reine et sa cour étaient des mécènes qui soutenaient tous les arts, et la cité construisait des salles de concert, des bibliothèques, des temples et des théâtres dans tout le royaume.

Même si les dernières années avaient été dures, la cité de la Marche-des-Fells se raccrochait toujours, tant bien que mal, aux vestiges de son glorieux passé. Elle était émaillée de bâtiments somptueux qui dataient d'avant la Rupture. Le château de la Marche-des-Fells avait échappé par miracle à la destruction générale, comme les temples des orateurs et d'autres bâtiments publics.

Ainsi, quand Han prit le dernier tournant de la piste des Esprits et regarda vers sa cité natale, il fut accueilli par une forêt urbaine de flèches de temples et de dômes couverts de feuilles d'or, luisant sous les derniers rayons du soleil couchant. Il ne put s'empêcher de penser que la ville paraissait plus belle quand on la voyait de loin.

Le château de la Marche-des-Fells dominait le paysage, un monument de marbre et de pierre aux tours élancées. Il était isolé, entouré par la Dyrnneflot, et aussi intouchable que ceux qui vivaient entre ses murs.

On l'appelait la Cité des Lumières, malgré ses longues nuits hivernales. Il y avait même une période, aux environs du solstice, où le soleil ne se levait pas du tout. Mais, tous les autres jours, le soleil illuminait la porte de l'Est au matin, et semblait embraser la porte de l'Ouest le soir.

La piste des Esprits serpentait jusqu'à la cité et débouchait sur une place, la première d'une longue série, héritage d'un architecte royal du temps jadis. Les places étaient reliées entre elles par la route des Reines, un grand boulevard qui traversait toute la ville et se terminait devant le château de la Marche-des-Fells.

Han n'emprunta pas la route des Reines. Même s'il n'aimait pas trop ça, il avait à faire dans le quartier du Pont-Sud. Il tourna dans une série de rues de plus en plus étroites qui s'enfonçaient dans une partie de la ville que la reine ne visitait jamais. Une fois passé le boulevard, les bâtiments étaient plus pauvres. Les rues grouillaient de gens au visage fermé et à l'air méfiant, se mêlant les uns aux autres, proies et prédateurs. Des ordures pourrissaient dans les caniveaux et débordaient des poubelles.

L'air puait un mélange de chou en train de cuire, de fumée de bois, d'eaux sales et d'excréments déversés dans les rues. Ce serait pire en été quand, à cause de la chaleur, l'air se chargerait d'effluves nocifs, qui donneraient le croup aux bébés et feraient cracher du sang aux vieux.

Au marché du Pont-Sud, Han parvint à se débarrasser de son millepertuis à un prix très correct, étant donné qu'il n'avait aucune valeur. Il aurait pu le vendre au Marché-des-Chiffonniers, mais il n'avait pas envie de prendre ce risque si près de chez lui, où quelqu'un aurait pu le reconnaître.

Il quitta les lieux et arbora son « visage des rues », puis il avança d'un pas décidé et rapide, dépassant les filles de joie, les escrocs et les voyous qui hantaient les rues, prêts à se jeter sur quiconque montrait le moindre signe de faiblesse ou de peur.

— Hé ! petit ! appela une femme.

Il l'ignora, tout comme le noble enrubanné qui tenta de l'attirer dans une allée.

Le Pont-Sud était l'infection qui couvait sous la peau en apparence saine de la cité. On n'y venait pas de nuit, à moins d'être robuste et bien armé, et entouré d'amis robustes et bien armés. Mais de jour le quartier était relativement sûr, si on se servait de sa tête et qu'on ne relâchait jamais son attention. Han voulait quitter le Pont-Sud avant le crépuscule.

Certes, le district où il vivait pouvait être considéré lui aussi comme un endroit dangereux. Mais, au Marché-des-Chiffonniers, il savait quelles personnes et quels endroits éviter. Et il lui suffisait de quelques pas pour disparaître dans le labyrinthe de ruelles et d'allées qu'il connaissait si bien. Au Marché-des-Chiffonniers, personne ne le trouvait s'il ne voulait pas être trouvé.

Il se dirigea vers *Le Tonnelet et la Couronne*, une taverne décrépite qui s'accrochait comme une moule au bord de la rivière. La rive, en dessous, avait été minée par des siècles de crues printanières, et semblait à deux doigts de s'écrouler dans la rivière. Il avait bien choisi son heure d'arrivée : les clients de la soirée étaient en train de remplir la salle commune. Il serait parti avant que les choses deviennent un peu trop agitées à son goût.

Han donna les bouteilles de Lucius à Matieu, le patron de la taverne, et reçut en retour une bourse bien remplie.

Matieu rangea les bouteilles à l'arrière du bar, hors d'atteinte de ses clients les plus agressifs.

— C'est tout ce que tu as ? J'aurai vendu ça en un jour ou deux ! Ce truc se boit comme du petit-lait, tu sais !

— Pitié ! Il y a des limites à ce que je peux porter ! répondit Han en grimaçant et en massant ses épaules douloureuses.

Toutes les tavernes de la Marche-des-Fells réclamaient les marchandises de Lucius. Ce dernier aurait pu tripler sa production et tout vendre, mais il avait décidé de n'en rien faire.

Matieu le regarda d'un œil interrogateur, puis fouilla dans la bourse attachée sous son gros ventre. Il en sortit une pièce et la mit dans la main de Han, refermant ses doigts dessus. D'après sa forme et son poids, c'était une « fillette », une pièce princesse.

— Tu pourrais peut-être lui parler, et le convaincre de m'envoyer davantage de bouteilles.

— Ma foi, je peux essayer, mais il a beaucoup de clients de longue date, vous savez... (Han haussa les épaules. Il avait repéré sur le comptoir un plat de friands à la viande, que sa sœur, Mari, adorait.) Euh... Matieu... Vous allez en faire quoi, de ces friands ?

Han quitta *Le Tonnelet et la Couronne* en sifflotant, plus riche d'une fillette, et avec quatre friands au porc enveloppés dans une serviette. La journée semblait se terminer plutôt bien, finalement.

Il tourna dans l'allée des Briquetiers et se dirigea vers le pont qui enjambait la Dyrnneflot et qui l'emmènerait au Marché-des-Chiffonniers. Il était presque au bout du pont quand la lumière baissa, comme si un nuage passait devant le soleil.

Il leva la tête, et vit que la sortie de l'allée était bloquée par deux silhouettes.

Une voix familière résonna entre les murs de pierre, de chaque côté du passage.

— Eh bien, qu'est-ce qu'on a, là ? Un Chiffonnier sur notre territoire ?

Malédiction. C'était Shiv Connor et sa bande de Sudistes !

Han pivota, voulant battre en retraite par où il était arrivé, et vit que deux autres comparses lui barraient le chemin. Cette rencontre n'était donc pas le fruit du hasard. Ils l'avaient attendu et avaient choisi cet endroit exprès.

Les Sudistes étaient six, quatre garçons et deux filles, le plus jeune ayant un an ou deux de moins que Han, et le plus vieux un an de plus. Il n'aurait aucune marge de manœuvre dans l'étroite allée, et aucun moyen de protéger ses arrières. C'était une marque de respect, une façon de lui montrer qu'on ne l'avait pas oublié au Pont-Sud.

Enfin, on pouvait voir les choses comme ça...

Autrefois, il aurait eu ses seconds avec lui. Il ne se serait jamais fourré dans un tel pétrin.

Il envisagea un instant de dire qu'il n'appartenait plus aux Chiffonniers, mais cela ferait simplement de lui une victime facile, quelqu'un sans protection ni territoire.

Han saisit le manche de son couteau et le sortit, sachant que ça ne lui servirait pas à grand-chose. S'il se faisait voler sa bourse et recevait une raclée mémorable, il pourrait s'estimer heureux.

Han s'adossa au mur de l'allée.

—Je ne faisais que passer, dit-il, levant le menton, affichant une confiance en lui qu'il était loin de ressentir. Je ne voulais manquer de respect à personne.

—Ouais ? Eh bien, Gourmettes, moi, je ne suis pas de cet avis.

Shiv et sa bande formaient un large demi-cercle autour de Han. Le seigneur de la rue était roux aux yeux bleus, et son visage était pâle et imberbe comme celui d'une fille de joie, marqué seulement par le symbole pourpre de sa bande sur la joue droite, et par une vieille cicatrice – un coup de couteau – qui lui tirait le coin de l'œil gauche vers le bas.

Shiv n'était pas physiquement impressionnant, et il avait le même âge que Han. Mais il régnait en vertu de son habileté au couteau, et parce qu'il était prêt à arracher le cœur de n'importe qui pendant qu'il dormait. Ou à n'importe quel autre moment. Son manque total de sens moral le rendait puissant.

La lame de Shiv étincela dans la faible lumière de la rue. Il avait des cicatrices sur les mains : il avait été marqué comme voleur par les Vestes Bleues, avant de devenir plus futé. C'était la meilleure lame de tout le Pont-Sud, et la seule personne plus douée que lui au Marché-des-Chiffonniers était une fille : Cat Tyburn, qui avait remplacé Han en tant que seigneur de la rue des Chiffonniers.

—Tu as fait des affaires dans le Pont-Sud, et on veut une partie des bénéfices. On t'avait prévenu, dit Shiv.

Le reste de sa bande avança en souriant.

—Écoute, je ne suis pas le trésorier, dit Han, retrouvant ses vieux réflexes de baratineur. Qui me ferait confiance pour ce job ? Je livre, c'est tout. Ils s'arrangent de leur côté.

—De la marchandise, alors, dit Shiv.

Ses gars approuvèrent sa démarche d'un air enthousiaste. Comme si Shiv allait partager !

Han ne quitta pas le couteau de Shiv des yeux et ajusta sa position en conséquence.

—Lucius ne paiera ni taxe ni pot-de-vin. Et, si je roule quelqu'un, je suis fichu.

—Moi, ça me va ! dit Shiv en souriant. Il aura besoin de quelqu'un pour te remplacer. Pourquoi pas nous ?

Vraiment ? pensa Han. *Lucius ne travaille pas avec n'importe qui.*

Mais ce n'était pas le moment de dire ça.

—D'accord, dit-il comme à regret. Je vais lui parler, et on verra ce qu'on peut négocier.

Shiv sourit.

— Voilà un gars futé !

Ce devait être une sorte de signal, car soudain ils se jetèrent tous sur lui. La lame de Shiv jaillit vers le visage de Han. Il para, mais ceux qui se trouvaient à côté de lui lui saisirent les bras et lui cognèrent le poignet contre le mur jusqu'à ce qu'il lâche son couteau. Puis un garçon plus âgé, un gars des Îles du Sud, décida de casser le mur avec la tête de Han. Ce dernier comprit qu'il était fichu, peut-être pour de bon, si le garçon continuait comme ça. Il se laissa tomber, entraînant son assaillant avec lui. Shiv lui flanqua un solide coup de pied dans les côtes, et quelqu'un d'autre le frappa au visage. Douloureux, mais pas mortel.

Finalement, on le hissa sur ses pieds et on le maintint debout pendant que Shiv le fouillait. Il résista à la tentation de lui cracher au visage ou de lui flanquer un coup de pied à un endroit sensible. Il espérait encore survivre à cette rencontre.

— Où est ton magot ? demanda Shiv en retournant les poches de Han. Où sont tous ces diamants, ces rubis et ces pièces d'or dont tout le monde parle ?

Il n'aurait servi à rien de dire à Shiv que le fameux magot n'était rien d'autre qu'une légende urbaine.

— Je ne l'ai plus, dit Han. Je l'ai dépensé, on m'en a volé une partie, et j'ai payé mes gars avec le reste. Je n'ai plus rien.

— Tu as ces trucs, dit Shiv en remontant les manches de Han pour exposer les bracelets d'argent. J'ai entendu dire que tu étais un type de la haute, Gourmettes !

Il saisit le poignet droit de Han et tira sur le bracelet, lui disloquant presque l'articulation. Furieux, le chef de bande appuya la pointe de son couteau sur la gorge de Han, qui sentit du sang couler sous sa chemise.

— Enlève-les.

Les bracelets avaient été le signe distinctif de Han quand il était le seigneur de la rue des Chiffonniers. Shiv les voulait comme trophées.

— On ne peut pas les enlever, dit Han, persuadé à cet instant qu'il allait mourir.

— Vraiment ? dit Shiv, son visage tout proche de celui de Han, l'air émoustillé par ce qu'il envisageait, des larmes perlant à son œil gauche endommagé. Alors, je vais te couper les mains, et on verra bien s'ils glisseront par-dessus les moignons. (Il regarda ses gars, et les autres Sudistes éclatèrent d'un rire un peu gêné.) Mais ne t'en fais pas,

Moignons, nous t'accorderons le droit de mendier de ce côté du pont. Moyennant une partie de tes gains, bien entendu.

Son rire, aigu et légèrement dérangé, sonnait faux.

Shiv enleva son couteau de la gorge de Han et continua à le fouiller, pour lui laisser le temps de réfléchir à ses menaces. Il trouva la bourse et la coupa, enlevant un peu de chair avec. Il fourra son butin sous sa chemise, puis saisit le sac de Han et le fouilla aussi, jetant ses marchandises sur le sol. Le moral de Han baissa encore d'un cran. Il ne pouvait pas manquer de voir la bourse de Matieu. Et jamais Han ne pourrait rembourser une somme si importante.

Mais ça ne serait plus son problème, une fois qu'il se serait vidé de son sang...

Pourtant, ce ne fut pas la bourse de Matieu que Shiv tira du sac, mais l'amulette de Bayar enveloppée dans son morceau de cuir.

— Qu'est-ce que c'est que ce truc, Gourmettes ? demanda Shiv, les yeux écarquillés par l'avidité. Ça a de la valeur, j'espère ?

Il déplia le morceau de cuir et toucha l'amulette du bout du doigt.

Une lumière verte balaya l'allée, aveuglant temporairement Han. Il y eut une explosion assourdissante, et Shiv et ses Sudistes furent projetés contre le mur opposé, où ils s'écrasèrent comme des poupées de chiffon. Han tomba à genoux, des tintements dans les oreilles.

Il vit l'amulette par terre, juste devant lui, apparemment intacte, émettant toujours une étrange lueur verte. Après un moment d'hésitation, Han posa le morceau de cuir dessus et la remit dans son sac.

Quand il se releva, il entendit des ordres et le martèlement de bottes à l'extrémité sud de l'allée. Il se tourna, et vit que des soldats en veste bleue bouchaient l'entrée de l'allée. La Garde de la reine. Han avait eu des problèmes avec la Garde, autrefois. C'était le moment de filer.

Il regarda Shiv, qui s'était péniblement assis et secouait la tête d'un air sonné, entouré par ses gars. Il ne pourrait pas récupérer sa bourse, mais il avait toujours celle de Matieu, et les soldats ralentiraient peut-être les Sudistes. Il avait une chance de s'en sortir vivant, et il n'allait pas la laisser passer.

Han courut dans la direction opposée aux soldats, vers la rivière. Derrière lui, il entendit des cris, des menaces, l'ordre de s'arrêter. Il pensa se réfugier dans le temple du Pont-Sud, à l'extrémité ouest du pont, mais il décida qu'il ferait mieux d'essayer de mettre les voiles. Il s'éloigna de l'allée et passa devant le temple, se fraya un chemin dans la file qui attendait pour emprunter le pont, et fonça. Il ne s'arrêta de courir qu'une fois sur le territoire des Chiffonniers, puis il fit des détours pour s'assurer qu'on ne le suivait pas.

Il déboucha finalement sur la rue des Pavés et son dallage irrégulier. Maintenant qu'il se sentait en sûreté, il examina les dégâts. Il avait mal partout, et il sentait le côté droit de son visage enfler. Il ne pouvait presque plus ouvrir son œil droit. Une douleur aiguë au flanc suggérait qu'il avait une côte cassée. De ses doigts, il explora avec précaution l'arrière de sa tête. Il trouva du sang dans ses cheveux, et une bosse grosse comme un œuf d'oie.

Ç'aurait pu être pire, se dit-il. Au moins, il pourrait se bander les côtes, et rien d'autre ne semblait cassé. Sans argent pour aller voir un médecin, un os cassé restait cassé, ou guérissait comme il pouvait. Les choses marchaient comme ça, au Marché-des-Chiffonniers. Sauf si Han arrivait à remonter sur Hanalea et à se confier aux bons soins de Saule.

Il s'arrêta au puits, au bout de la rue, et fit couler de l'eau sur sa tête pour rincer le sang et se recoiffer avec les doigts. Il ne voulait pas faire peur à Mari.

Pendant ce temps, il essaya de reconstituer ce qui s'était passé dans l'allée des Briquetiers. Comme il s'était cogné la tête, il n'en était plus très sûr. Mais il aurait juré qu'il avait vu Shiv prendre l'amulette, et qu'elle avait explosé, comme Bayar le lui avait dit.

Il sentait le poids inquiétant du porte-poisse dans son sac. Danseur avait sans doute raison. Il aurait probablement dû enterrer l'objet. Mais, sans le talisman au serpent, il aurait de graves ennuis à l'heure actuelle. Il serait peut-être même mort.

Ha! pensa-t-il. *Ne te fais pas d'illusions. Tu as de gros problèmes, quoi qu'il en soit!*

Il arriva à l'écurie au bout de la rue. Ça ne servait plus à rien de reculer. À l'intérieur, il renifla l'air. Aucune odeur de souper, mais la puanteur du purin, de la paille humide et des corps tièdes des chevaux. Le lendemain, il lui faudrait nettoyer les stalles. S'il arrivait à se tirer du lit…

Quelques chevaux sortirent la tête de leur box et hennirent en le reconnaissant, espérant une friandise.

— Désolé, dit-il. Je n'ai rien.

Il grimpa lentement le vieil escalier de pierre qui conduisait à la pièce qu'il partageait avec sa mère et sa sœur de sept ans.

Han ouvrit doucement la porte. Par habitude, il explora la chambre du regard pour détecter tout signe de danger avant que ce dernier lui saute dessus. Le lieu était froid et sombre, le feu était presque éteint.

Aucun signe de Mam.

Mari était allongée sur sa couchette près de la cheminée, mais elle était probablement réveillée, car elle leva la tête dès qu'il entra. Un grand sourire éclaira son visage, et elle se jeta sur lui, l'entourant de ses bras maigres et fourrant sa tête contre sa taille.

— Han ! Où tu étais ? On était si inquiètes !

— Tu devrais être en train de dormir, dit-il en lui tapotant maladroitement le dos et en lissant sa chevelure couleur filasse. Où est Mam ?

— Dehors, elle te cherche, dit Mari en frissonnant et en claquant des dents, de froid ou de peur. (Elle regagna son lit près du feu et enroula la couverture élimée autour de ses minces épaules. Elle semblait ne jamais avoir assez de graisse sur les os pour combattre le froid.) Elle est dans un état ! On avait peur que quelque chose te soit arrivé.

Malédiction ! pensa-t-il, se sentant coupable.

— Où est-elle allée ?

— Elle a été dehors toute la journée, en revenant ici de temps en temps.

— Tu as dîné ?

Elle hésita, faillit mentir puis secoua la tête.

— Mam va rapporter quelque chose, je pense.

Han serra les lèvres pour ne rien dire. La confiance de Mari était précieuse à ses yeux, comme un rêve qu'il aurait voulu ne jamais oublier. Elle était la seule personne du Marché-des-Chiffonniers qui avait toujours cru en lui.

Il gagna le foyer et prit une petite branche sur leur maigre provision. Il la posa dans le feu et s'assit à côté de sa sœur, le visage détourné de la lumière des flammes.

— C'est ma faute si tu n'as rien eu à manger, dit-il. J'aurais dû rentrer plus tôt. J'avais dit à Mam que je te rapporterais quelque chose.

Il plongea la main dans sa poche et en sortit la serviette contenant les friands. Il les déballa et en donna un à Mari. Les yeux bleus de la fillette s'écarquillèrent. Serrant le friand dans ses mains, elle regarda son frère, pleine d'espoir.

— J'ai le droit d'en manger un gros morceau ?

Han haussa les épaules, embarrassé.

— Tu peux tout manger. J'en ai rapporté d'autres pour Mam et moi.

— Oh !

Mari déchiqueta le friand et l'avala en grandes bouchées avides. À la fin, elle se lécha les doigts. De la sauce épicée tachait les contours de sa bouche, et elle passa sa langue sur ses lèvres pour ne pas perdre la moindre miette.

Han aurait voulu avoir sept ans de nouveau, quand un friand au porc suffisait à le combler de bonheur.

Il lui en donna un second, mais, en le prenant, elle remarqua ses contusions.

—Qu'est-ce qui t'est arrivé? Tu es tout enflé. (Elle toucha son visage avec sa petite main, comme s'il avait été aussi fragile qu'une coquille d'œuf.) Et ça tourne au violet.

À cet instant, il entendit le pas inégal de sa mère dans l'escalier. Han se leva et s'adossa contre le mur, se dissimulant dans l'ombre. Un instant plus tard, la porte s'ouvrit à la volée.

La mère de Han se tenait sur le seuil, ses épaules voûtées en permanence par une vie entière de malheurs. À l'étonnement de Han, elle portait le manteau neuf qu'il s'était acheté au Marché-des-Chiffonniers, une quinzaine de jours plus tôt, pensant qu'il lui serait bien utile l'hiver suivant. Sur elle, il balayait presque le sol, et elle avait enroulé une écharpe autour de son cou. Mam portait toujours des quantités de vêtements superposés, même quand il faisait bon, comme une sorte d'armure.

Elle déroula l'écharpe et libéra sa longue chevelure claire. Elle avait des cernes noirs sous les yeux, et semblait plus découragée que d'habitude. Elle était jeune: à la naissance de Han, elle était à peine plus âgée que son fils l'était actuellement, mais elle faisait bien plus que son âge.

—Je n'ai pas réussi à le trouver, Mari, dit-elle d'une voix brisée. (Han fut sidéré de voir des larmes rouler sur ses joues.) Je suis allée partout, j'ai demandé à tout le monde. Je suis même allée voir la Garde, et les soldats se sont moqués de moi. Ils m'ont dit qu'il était sans doute en taule, et que c'était bien fait pour lui. Ou qu'il était mort.

Elle renifla et s'essuya le visage avec sa manche.

—Euh… Mam…, bégaya Mari en regardant en direction de Han.

—Je lui ai pourtant répété de ne pas traîner dans les rues, de ne pas se mêler aux bandes, de ne pas transporter de l'argent pour le vieux Lucius, mais il ne m'écoute pas, il pense que rien ne peut l'atteindre, il…

Je suis vraiment un chien, pensa Han. *Je suis une ordure.* Plus il attendait, pire ça serait. Il sortit de l'ombre et avança.

—Je suis là, Mam. (Il se racla la gorge.) Désolé d'être en retard.

Mam le regarda, pâle comme un linge, portant la main à sa gorge comme si elle avait vu un fantôme.

— Où… Où… ?

— Je suis resté dormir au camp Marisa, expliqua Han. Et j'ai eu quelques ennuis sur le chemin du retour. Mais j'ai rapporté le souper.

Il lui tendit la serviette avec les deux friands de porc, en offrande de paix.

Elle traversa la pièce et fit valser la serviette de sa main.

— Tu as rapporté le souper ? C'est tout ce que tu trouves à dire ? Tu disparais pendant trois jours, je suis folle d'inquiétude, et tu as « rapporté le souper » ?

Elle éleva la voix, et Han lui fit signe de parler moins fort. Ils n'avaient pas besoin de réveiller leur propriétaire, qui vivait à côté, et de lui rappeler qu'ils n'avaient pas payé le loyer.

Elle avança, et il recula jusqu'à être acculé à la cheminée. Elle agita un doigt accusateur devant son visage.

— Tu t'es encore battu, pas vrai ? Qu'est-ce que je ne cesse de te dire ?

— Non, dit-il sans grande conviction, en secouant la tête. Je… J'ai trébuché sur un trottoir et je suis tombé à plat ventre, dans la rue.

— Tu devrais mettre un chiffon mouillé sur ça, dit Mari, depuis son lit. (Sa voix tremblait, comme toujours quand elle était bouleversée.) Mam, tu dis toujours que ça fait diminuer l'enflure.

Han regarda Mam. Il aurait préféré que lui et elle ne se disputent pas devant Mari mais, quand on vit dans une seule pièce au-dessus d'une écurie, il n'y a aucun autre endroit où aller.

— Qui c'était, cette fois ? demanda Mam. Les bandes ou la Garde ? Ou bien tu as fourré ta main dans une ou deux poches de trop ?

— Je ne vole plus les bourses, protesta Han, blessé. Et je ne plonge plus les mains dans les poches des autres ! Je ne…

— Tu as dit que tu allais cueillir des plantes pour le marché du Val, dit Mam. Es-tu seulement monté sur Hanalea ? Ou bien as-tu traîné dans les rues pendant tout ce temps ?

— Je suis allé sur Hanalea, dit Han, luttant pour garder son calme. Danseur et moi avons passé toute la journée à ramasser des herbes médicinales sur la montagne.

Mam le dévisagea, puis tendit la main.

— Dans ce cas, tu dois avoir de l'argent pour moi.

Han pensa à sa bourse, désormais en possession de Shiv. Il avait toujours l'argent de Lucius, mais – comme il ne cessait de le répéter – il n'était pas un voleur. Il déglutit péniblement et regarda le sol.

— Je n'ai pas d'argent, dit-il. On me l'a pris au Pont-Sud.

Le souffle de Mam siffla dans sa gorge comme s'il venait de lui confirmer ses pires craintes.

— Tu es maudit, Hanson Alister, et tu finiras mal, dit-elle. Pas étonnant que tu aies des ennuis, à force de traîner toute la journée dans les rues. Quand on fraie avec les bandes, qu'on passe son temps à voler et à cambrioler...

— Je ne suis plus avec les Chiffonniers, l'interrompit Han. Je te l'ai promis l'automne dernier, et j'ai tenu parole.

Mam continua comme s'il n'avait rien dit.

— Quand on s'acoquine avec des misérables comme Lucius Frowsley ! Nous sommes peut-être pauvres, mais, au moins, nous avons toujours été honnêtes !

Quelque chose céda à l'intérieur de Han, et, quand il ouvrit la bouche, il ne put retenir ses paroles.

— Nous sommes honnêtes ? L'honnêteté ne nous remplira pas le ventre ! L'honnêteté ne paie pas le loyer ! C'est moi qui nous permets de vivre depuis un an, et c'est bien plus difficile quand on est honnête ! Si tu crois pouvoir nous épargner la prison pour dettes rien qu'en faisant des lessives et en ramassant de vieilles fringues, vas-y ! Et, si on va en prison, qu'est-ce qui arrivera à Mari, d'après toi ?

Mam resta coite, les yeux très bleus, les lèvres aussi pâles que le reste de son visage. Puis elle ramassa une baguette dans la pile de bois à brûler et se tourna vers lui. Instinctivement, il lui saisit le poignet et le maintint. Ils se foudroyèrent un long moment du regard, unis par la colère et le sang qui coulait dans leurs veines. Lentement, la colère s'effaça, ne laissant plus que les liens du sang.

— Je ne te permettrai plus de me frapper, dit Han doucement. J'ai déjà été battu une fois, aujourd'hui. Ça suffit.

Plus tard, Han, allongé sur son matelas de paille, dans le coin, entendit les souffles réguliers qui indiquaient que Mam et Mari étaient enfin endormies. Tous ses os le faisaient souffrir, et la peau de son visage lui donnait l'impression d'être sur le point d'éclater. De plus, il avait de nouveau faim. Mam et lui s'étaient partagé les deux derniers friands à la viande, mais, ces temps-ci, tout ce qu'il mangeait semblait s'évaporer avant d'atteindre son estomac.

Son esprit tournait en rond, comme une souris dans un labyrinthe. Il n'était certes pas un philosophe. Il avait peu de temps libre pour rêver.

Il n'était pas du genre à essayer de réconcilier les âmes contradictoires qui vivaient en lui.

Il y avait Han Alister, fils et grand frère, soutien de famille, « commerçant » et voyou à ses heures. Il y avait Chasse-Seul, qui avait été adopté par le camp Marisa et aurait aimé rejoindre les clans pour de bon. Et enfin, Gourmettes, petit malfaiteur et baroudeur, autrefois seigneur des rues de la bande des Chiffonniers et ennemi des Sudistes.

D'un jour à l'autre, il quittait une de ses peaux pour en endosser une autre. Pas étonnant qu'il ait du mal à savoir qui il était réellement.

Il se tortilla sur le sol dur. Normalement, il utilisait son sac comme oreiller, mais il n'était pas sûr que ce soit prudent, avec l'amulette à l'intérieur. Le porte-poisse occupait son esprit comme un méchant mal de dents. Et s'il explosait et les tuait tous les trois ? ou, pire, les laissait en vie mais sans toit au-dessus de la tête ?

Les paroles de Lucius lui revinrent à l'esprit : *« Cache l'amulette, et reste loin des Bayar. S'ils découvrent que tu possèdes cette amulette, ils te tueront pour la récupérer. »*

Finalement, il sortit l'objet du sac, toujours enveloppé dans son morceau de cuir. Vêtu seulement de ses braies, il descendit discrètement l'escalier, traversa l'écurie et gagna la cour glaciale. À une certaine distance du bâtiment se dressait une forge, construite à l'époque où un forgeron habitait là. C'était la cachette de Han depuis qu'il était assez grand pour avoir des secrets. Il tira une pierre descellée à sa base et fourra l'amulette dans le creux avant de remettre le bloc à sa place. Se sentant soulagé, il regagna l'écurie et grimpa l'escalier, son esprit travaillant furieusement.

Le lendemain, décida-t-il, il retournerait voir Lucius pour lui donner sa bourse, et, espérait-il, se faire payer. La somme suffirait peut-être à calmer le propriétaire pendant un moment, surtout s'il nettoyait de nouveau l'écurie.

Assis sur son matelas, il plongea la main dans la poche de ses braies et en sortit la pièce princesse que Matieu lui avait donnée plus tôt. Il la tourna vers le feu qui s'éteignait doucement, et les flammes soulignèrent la silhouette gravée dessus.

C'était la princesse Raisa *ana*'Marianna, l'héritière du trône du Loup Gris des Fells.

— Eh ! fillette, murmura-t-il en passant son doigt sale sur l'image, j'aimerais en voir plus des comme toi.

Elle était de profil, immortalisée dans le froid métal, son cou gracieux tendu, ses cheveux remontés et tenus par un diadème. Probablement fière et hautaine comme sa mère, la reine Marianna.

Non, pensa Han sarcastiquement, *c'est trop de travail d'aller chasser le daim sur les plateaux. Nous préférons nous faire livrer les daims à nos pieds, et peu importe si ça implique de mettre le feu à la montagne.*

Une princesse n'avait pas besoin de s'inquiéter, que ce soit de garder un toit au-dessus de sa tête, de trouver son prochain repas, ou de savoir si elle risquait de se faire attraper et tabasser dans la rue.

Une princesse n'avait à s'inquiéter de rien.

7

Dans le jardin de verre

Raisa se hâtait le long du couloir, ses chaussons de danse glissant sans bruit sur le sol de marbre. Elle avait eu l'intention de revenir à ses appartements pour se changer, mais elle s'était demandé ce qu'elle pourrait mettre. Ses jambières et sa tunique des clans étaient dégoûtantes, elle n'avait plus de vêtements de jeu, et, de toute façon, en voyant ce nouveau et solennel Amon dans son uniforme de gala, elle se sentait obligée de porter quelque chose de plus habillé. Mais s'il s'était changé, et portait des braies et une chemise ? Elle se sentirait idiote en robe.

Un moment. Elle était la princesse héritière et elle venait de quitter la salle de bal. Pourquoi aurait-elle dû se sentir idiote ? Qu'est-ce qui lui prenait ?

Magret l'attendait en buvant une tasse de thé, sa chevelure grise tressée pour la nuit.

— Je ne m'attendais pas que vous reveniez si tôt, Votre Altesse, dit-elle en se levant et en faisant une révérence. Je pensais que vous seriez partie plus longtemps.

— Je repars de ce pas. Je vais voir Amon, dit Raisa en s'asseyant devant son miroir pour enlever son diadème.

Elle avait décidé de garder la robe mais de défaire sa coiffure élaborée. Puis elle…

— Maintenant ? dit Magret. À cette heure-ci ?

Raisa leva les yeux vers elle.

— Ma foi, oui. (Quand Magret fronça les sourcils, elle ajouta :) Qu'y a-t-il ?

— Vous ne pouvez pas aller retrouver un jeune homme toute seule au milieu de la nuit !

Qu'est-ce que Magret n'avait pas compris ?

— C'est *Amon*, Magret ! Nous restions dehors toute la nuit, tout le temps ! Te souviens-tu du jour où la cuisinière nous a trouvés sous la table des pâtisseries, à l'aube ? Nous voulions être prêts quand les brioches à la cannelle sortiraient du four.

Raisa passa un peigne dans sa chevelure rebelle, se disant qu'Amon ne tiendrait plus sous la table des pâtisseries, désormais. Pas avec ses longues jambes.

— Vous ne sortirez pas sans chaperon à cette heure-ci, insista Magret.

— J'ai déjà dit que j'irais le retrouver, dit Raisa en tressant ses cheveux. Personne ne le saura, de toute façon.

— Si vous y allez, j'en parlerai à dame Francia, qui n'hésitera pas à déranger la reine sur-le-champ, dit Magret en avançant le menton d'un air triomphant.

— Tu ne ferais pas ça, dit Raisa, désormais désolée de ne pas être allée tout droit au rendez-vous.

— Je le ferais, Votre Altesse, n'en doutez pas. Vous aurez seize ans en juillet, et vous serez en âge de vous marier. Ça me coûtera ma tête si quelque chose vous arrive ! C'est un soldat, après tout !

— Par le sang d'Hanalea ! Je ne vais épouser personne, Magret. Pas avant bien longtemps.

Et avant, je prendrai une centaine d'amants, juste pour faire causer, eut-elle envie d'ajouter. *De plus, je risque davantage de problèmes avec Micah dans la salle de jeux, ou sous le nez de ma mère dans la salle du banquet, qu'avec Amon !*

Elles se dévisagèrent un long moment.

— D'accord, dit Raisa. Viens avec moi, alors.

Magret regarda sa robe de chambre. Apparemment, elle avait pensé que sa journée était finie.

— Sérieusement, Votre Altesse, je ne pense pas que...

Raisa prit son air de princesse impérieuse.

— Si tu insistes pour me suivre, tu devrais au moins préparer un plateau pour Amon. Il était de garde à la porte pendant le repas, et il n'a donc pas mangé.

Un quart d'heure plus tard, après pas mal de protestations, elles quittèrent les appartements de Raisa, qui avait pris la tête. Magret suivait, la désapprobation peinte sur son visage, portant un lourd plateau d'argent.

Elles grimpèrent une série de marches qui devenaient de plus en plus étroites.

— Vous allez le retrouver sur le toit ? demanda Magret, essoufflée, à deux volées de marches derrière Raisa.

— Dans le jardin de verre, dit Raisa en s'arrêtant sur le dernier palier pour attendre Magret.

Il aurait été bien plus facile de grimper par l'escalier secret, mais c'était quelque chose qu'elle ne voulait pas dévoiler à Magret.

Elle n'avait rien dit à Micah, non plus. Une fois le secret révélé, il était impossible de revenir en arrière si les choses se compliquaient.

La serre avait certainement été un endroit magnifique autrefois, conçu par quelqu'un qui adorait les jardins. Elles entrèrent par de grandes portes en bronze décorées de plantes grimpantes, de fleurs, d'animaux et d'insectes coulés dans le métal. À l'intérieur, l'air était humide et sentait la terre, les fleurs et les plantes en train de pousser. Le sol d'ardoise noire accumulait la chaleur pendant la journée, et la restituait la nuit. De l'eau chaude venue des sources thermales circulait dans des tuyaux, contrôlés par une série de vannes afin que la température puisse être ajustée aux besoins des plantes issues d'un environnement tropical, désertique ou tempéré.

La reine Marianna se souciait peu des jardins, car elle préférait ses fleurs disposées dans des vases, mais Raisa partageait avec son père une passion pour le jardinage. Lors des rares occasions où il restait au château de la Marche-des-Fells, ils passaient des heures ensemble à planter des rejets ou à éclaircir des plants.

Comme ils avaient été absents tous les deux les trois dernières années, le jardin avait été négligé et envahi par la végétation, les plantes les plus robustes ayant étouffé les variétés plus délicates. Des panneaux étaient brisés çà et là et réparés à la va-vite. Certaines parties du jardin étaient désormais trop froides pour la plupart des plantes, excepté celles de la région.

Raisa conduisit Magret à l'entrée du labyrinthe. Amon l'attendrait dans un des passages latéraux, dans un pavillon situé près de la fontaine.

J'imagine qu'il nous faudra trouver un autre endroit pour se voir, pensa Raisa, *maintenant que Magret connaît celui-ci.*

Même si elle ne serait peut-être pas capable de retrouver le chemin toute seule.

Raisa se fraya un chemin le long des tunnels feuillus d'un pas assuré, Magret sur les talons, comme si elle avait peur que Raisa s'enfuie et l'abandonne au beau milieu de nulle part. Les parois de buis s'étaient presque réunies à certains endroits, et elles durent écarter des branches entremêlées pour passer.

— Vous allez abîmer cette robe alors que c'est la première fois que vous la mettez, se plaignit Magret en passant le doigt sur une éraflure dans la jupe en satin de Raisa.

Cette dernière entendit Amon avant de le voir. Il faisait les cent pas en marmonnant entre ses dents. Au début, elle crut qu'il grommelait parce qu'elle était en retard, mais il semblait plutôt s'entraîner à prononcer un discours.

— Votre Altesse, puis-je dire combien je suis honoré que… ? Ah !… combien je suis heureux que vous vous souveniez de moi… ? Gaaah ! (Il se racla la gorge.) Votre Altesse, j'ai été sidéré – non, surpris – quand vous m'avez parlé, et j'espère que vous considérerez que notre amitié… Par les ossements ensanglantés d'Hanalea ! jura-t-il en se flanquant une tape sur le front. Quel idiot tu es !

Raisa leva la main pour indiquer à Magret qu'elle devait l'attendre là où elle se trouvait, puis elle avança.

— Amon ?

Il sursauta et pivota, posant instinctivement la main sur la poignée de son épée. Il tenta de transformer son geste en une élégante révérence, tendant le bras vers elle tout en s'inclinant.

— Votre Altesse, grommela-t-il en se redressant. Vous… Euh… Vous avez l'air en forme.

— « Votre Altesse » ? (Elle marcha vers lui, le menton levé impérieusement, ses robes en satin tourbillonnant autour d'elle.) « Votre Altesse » ?

— Eh bien…, dit-il en s'empourprant, je… Ah !…

Elle lui prit les mains et leva la tête (haut !) pour regarder, au-delà du menton carré des Byrne et du nez droit, directement dans ses yeux gris.

— Malédiction, Amon, c'est moi. Raisa ! M'avez-vous une seule fois dans votre vie appelée « Votre Altesse » ?

Il réfléchit à la question.

— Si je me souviens bien, oui, à plusieurs occasions, vous m'avez obligé à vous appeler ainsi.

Elle rougit.

— Sûrement pas !

Il haussa un sourcil, une expression dont elle se souvenait parfaitement. C'était tout à fait exaspérant !

— D'accord, reconnut-elle. Peut-être une ou deux fois.

Il haussa les épaules.

— Il vaut sans doute mieux que je m'habitue à vous appeler comme cela, dit-il, si je dois vivre à la cour.

— Je suppose, dit-elle.

Ils restèrent ainsi un moment, se tenant maladroitement les mains. Elle prit soudain conscience de ce contact et sentit son cœur s'affoler.

— Eh bien, répéta-t-il, vous avez l'air… en forme.

Il semblait ne pas savoir où poser les yeux, ce qui lui donnait un regard plutôt sournois.

— Et vous avez l'air… grand ! dit-elle en retirant vivement ses mains. Avez-vous faim ? Magret a apporté un souper pour vous.

Il sursauta et regarda autour de lui, posant les yeux sur Magret, qui boudait près d'un vieil arbre. Il leva de nouveau le sourcil.

— Vous avez amené Magret avec vous ? Ici ?

Raisa haussa les épaules.

— Sinon, elle ne m'aurait pas laissé venir. C'est dur, ces temps-ci !

— Oh ! (Il hésita.) Ma foi, j'ai faim, c'est vrai, reconnut-il.

Raisa fit signe à Magret de poser le plateau sur une petite table en fer forgé près de la fontaine. Cette dernière alluma les torches puis s'assit sur un banc, assez près pour pouvoir entendre ce qu'ils disaient.

— Je vous en prie, dit Raisa à Amon. Asseyez-vous.

Elle s'assit dans un fauteuil et prit une petite grappe de raisin à grignoter, même si elle avait mangé suffisamment au dîner. La nourriture lui offrait une distraction. Elle lui donnait une contenance.

Amon retira soigneusement sa veste d'uniforme et la posa sur le dossier de son fauteuil. Il portait une chemise d'un blanc immaculé. Il remonta les manches au-dessus des coudes, exposant ses bras musclés et bronzés.

— Désolé, dit-il en s'asseyant. À la Maison Wien, nous faisons notre propre lessive, alors j'essaie de ne pas tremper mes manches dans la soupe.

Il attaqua avec enthousiasme le pain, le fromage et les fruits que Magret avait apportés, et fit descendre le tout avec du cidre.

À un moment, il leva les yeux et vit que Raisa le dévisageait.

— Excusez-moi, dit-il en s'essuyant précipitamment la bouche avec une serviette. J'ai fait un long chemin aujourd'hui. Je meurs de faim, et j'ai l'habitude de manger dans des baraquements. C'est… une sorte de mêlée générale !

Pour Raisa, c'était un soulagement de parler avec quelqu'un qui n'essayait pas de la flatter, qui disait ce qu'il pensait. Qui n'était pas doucereux au point qu'elle se sente elle-même maladroite et grossière.

— Alors, dit-elle, vous êtes affecté à la Garde, cet été ?

Il hocha la tête, mâcha et avala.

— Oui, et tous les étés suivants.

— Aurez-vous beaucoup de travail ?

— Oui. Mon père s'assurera que la reine en ait pour l'argent que lui a coûté ma formation. (Il leva les yeux au ciel.) Je pourrai peut-être vous voir si on m'affecte à votre garde personnelle. Mais c'est peu probable, pour ma première année de service.

— Oh ! dit Raisa, déçue.

Elle se sentait seule depuis son retour du camp Demonai. Il y avait Micah, bien entendu, mais, avec lui, elle ne pouvait pas vraiment se détendre, même pas quand elle avait un chaperon.

Elle avait espéré passer l'été à s'amuser avec Amon, tel qu'elle se souvenait de lui. Il ne lui était pas venu à l'idée qu'il serait si différent, ou qu'il n'aurait pas de temps libre.

— J'espérais que nous pourrions chevaucher jusqu'aux chutes du Trou de Feu un de ces jours. J'ai entendu dire qu'il y a un nouveau geyser, qui grimpe à quinze mètres de haut.

— Vraiment ? dit Amon en penchant la tête. Et vous n'êtes pas allée le voir ?

— Je vous attendais. Vous souvenez-vous de la fois où nous avons nagé, aux sources du Démon ?

Ils avaient pêché la truite dans la rivière du Trou de Feu et avaient fait cuire leurs prises dans une des fissures de vapeur chaude qui émaillaient le paysage.

— Ah ! dit-il, l'air mal à l'aise, la reine n'apprécierait sans doute pas que nous partions chevaucher ensemble, seuls !

— Pourquoi ?

— Pour plusieurs raisons. (Il s'interrompit, et, voyant qu'elle attendait, il reprit :) D'abord, c'est plus dangereux qu'autrefois.

Raisa eut un geste d'impatience.

— Tout le monde dit ça.

— Parce que c'est vrai.

— Et quoi d'autre ?

— Je suis un soldat, et je suis majeur. Vous serez majeure aussi, au milieu de l'été. C'est différent. Les gens jaseraient.

Raisa grogna de dégoût.

— Les gens jaseront, quoi qu'il en soit. (Mais elle savait qu'il avait raison. Après un silence embarrassant, elle changea de sujet.) Parlez-moi du Gué-d'Oden.

— Eh bien… (Amon hésita, comme pour s'assurer qu'elle avait vraiment envie qu'il en parle.) L'académie est partagée en deux par la rivière Tamron. La Maison Wien, l'école des guerriers, est d'un côté, et Mystwerk, l'école des magiciens, de l'autre. J'imagine qu'au début on a pensé qu'il valait mieux séparer les deux. Ces écoles étaient les deux premières mais, maintenant, il y en a aussi d'autres.

» Il y a cinquante élèves de première année à la Maison Wien, tous les ans. Ils viennent de partout, de Tamron, de la Marche-des-Fells et d'Arden, et aussi de Bruinswallow. Les pays de certains étudiants sont en fait en guerre les uns contre les autres, mais ils ne sont pas autorisés à apporter leurs conflits sur le campus. Il existe un pacte appelé la Paix du Gué-d'Oden, qui est appliqué très strictement. Le Gué-d'Oden est une sorte de petit royaume à lui seul. Il est situé à la frontière de Tamron et d'Arden, mais il n'appartient à aucun de ces deux pays.

— Où logez-vous ? demanda Raisa en enlevant ses chaussures et en croisant les jambes sous sa robe, pendant que Magret la foudroyait du regard.

— Chaque classe loge dans un dortoir commun jusqu'à ce que les élèves soient bien formés, dit Amon. Ensuite, nous pouvons choisir notre propre résidence.

— La proportion de filles et de garçons est-elle équilibrée, à la Maison Wien ? demanda Raisa, l'air de rien.

— Non. Les Fells envoient des filles, mais, dans le Sud, les choses sont différentes. Ils ont d'étranges idées sur ce que les filles peuvent faire. On dit que c'est à cause de l'influence de l'Église de Malthus.

— Ah ! dit Raisa, approuvant gravement cette remarque, comme si elle comprenait.

Amon semblait tellement instruit comparé à elle, il avait l'air si expérimenté, et elle était la princesse héritière du royaume ! N'aurait-elle pas dû être elle aussi informée de ces choses ? Sa mère, la reine, les connaissait-elle ? Peut-être pas. Marianna non plus n'avait jamais voyagé en dehors du royaume.

Raisa éprouva le soudain désir d'aller quelque part, n'importe où, hors de la Marche-des-Fells.

— Donc, il y a environ trois quarts de garçons et un quart de filles, dit Amon. Et les filles s'en sortent plutôt bien. Être un guerrier n'est pas seulement une question de force brute, comme certains dans le Sud s'en sont aperçus.

Il éclata de rire.

— Que faites-vous, alors ? demanda-t-elle. Est-ce que vous restez assis à étudier, ou… est-ce que vous vous entraînez, ou quoi ?

Oui, pensa-t-elle en le regardant à la dérobée. *Comme si rester assis à étudier donnait ce genre de musculature !*

— Certains enseignements sont théoriques, d'autres sont pratiques, dit Amon, qui semblait content de l'intérêt qu'elle lui témoignait. Nous avons des cours de stratégie, de géographie, d'équitation, de maniement des armes, ce genre de choses. Nous étudions les grandes batailles de l'histoire et nous analysons leur déroulement. Et, plus on progresse, plus on a d'applications pratiques.

— J'aimerais tant pouvoir y aller, laissa échapper Raisa.

— Vraiment ? (Amon eut l'air surpris.) Eh bien, ce serait trop dangereux. Ces temps-ci, rien que d'aller et revenir de l'école représente un défi.

— Pourquoi ?

Raisa tripota son collier en églantier. Peut-être que le fait d'avoir un père commerçant avait avivé son désir de connaître des pays étrangers.

— Vous savez qu'il y a une guerre civile en Arden. Cinq frères se disputent le trône, et chacun dispose d'une armée. Donc, quand on est en âge de combattre, dans le Sud, même si on ne fait qu'y passer, on risque d'être enrôlé de force dans l'armée de quelqu'un. Et leur définition de l'« âge de combattre » est assez large : entre dix et dix-huit ans !

Il se leva et s'étira, massant les muscles de ses cuisses comme s'ils lui faisaient mal.

— En plus, on ne sait jamais quand on traverse un front ennemi, ou quand on arrive en plein milieu d'une bataille. Et il y a partout des déserteurs, et des bandes de mercenaires cherchant un nouvel employeur. Ces temps-ci, les gens n'essaient même plus de savoir qui vous êtes avant de vous poignarder.

— Mon père est en Arden, dit Raisa en frissonnant. Le saviez-vous ?

— Oui, mon père me l'a dit. (Il s'interrompit, comme s'il regrettait de lui avoir raconté tout ça.) C'est un Demonai, et il a été guerrier, autrefois. Je suis sûr que tout ira bien pour lui. Quand doit-il revenir ?

Raisa secoua la tête.

— Je l'ignore. J'aimerais qu'il rentre. Je me sens… mal à l'aise, vous savez ? Comme si quelque chose allait arriver.

Raisa pensa à ce qu'Edon Byrne avait dit, sur l'absence de lois dans les campagnes, et la nécessité d'emmener la Garde même pour une simple partie de chasse. Que se passait-il d'autre qu'elle ignorait ?

— À votre avis, que devrions-nous faire différemment ? demanda-t-elle. Je parle des guerres.

Il s'empourpra.

— Ce n'est pas à moi de…

— Je me fiche de savoir si c'est à vous de me répondre ou pas ! (Elle se pencha vers lui.) Je veux savoir ce que vous pensez. Entre nous.

Amon la regarda, comme s'il se demandait s'il devait la croire.

Quand je serai reine, pensa Raisa, *les gens n'auront pas peur de me dire ouvertement ce qu'ils pensent.*

— Juste entre nous ?

Elle acquiesça.

— Ma foi, dit-il sans détourner ses yeux gris. Mon père et moi en avons parlé. La guerre civile d'Arden ne durera pas éternellement. Ne serait-ce que parce qu'ils finiront par tomber à court de soldats. Un de ces maudits frères Montaigne va finir par l'emporter, et, quand il le fera, il aura besoin d'argent. Il cherchera au nord, au sud et à l'ouest de nouvelles terres à conquérir. Nous pensons que nous pourrions faire certaines choses dès maintenant pour nous protéger à l'avenir.

— Comme quoi ? demanda Raisa.

— Nous débarrasser des mercenaires, dit Amon. Ils se vendent au plus offrant, et les frères Montaigne sont fichtrement fourbes. Nous avons besoin d'une armée dont la loyauté soit au-dessus de tout soupçon, composée uniquement de natifs du pays. Même si elle est plus petite. Sinon, la reine pourrait être renversée par ses propres soldats.

— Mais, dit Raisa en se mordant la lèvre, où trouverions-nous des recrues ? Les temps sont durs. Qui se porterait volontaire ?

Il haussa les épaules.

— Des hommes de la Marche-des-Fells vendent leur épée à Arden, pendant que nous faisons venir des ennuis potentiels du sud. Pourquoi payer des étrangers pour combattre en notre nom ? Il faut donner aux gens une raison de rester chez eux, où est leur place.

— Quelle raison ?

— Je l'ignore. Il faut qu'ils puissent se battre pour quelque chose, qu'ils croient en quelque chose. Qu'ils aient une vie décente. (Il leva les mains au ciel.) Qu'en sais-je, moi ? Je ne suis pas un expert, seulement un cadet, mais c'est ce que pense mon père.

— Savez-vous si… le capitaine Byrne a parlé de tout ça à la reine ? demanda Raisa.

Amon détourna le regard et baissa ses manches avec une attention exagérée.

— Il a essayé. Mais la reine Marianna a de nombreux conseillers, et mon père est seulement le capitaine de la Garde.

Raisa eut le sentiment qu'il ne lui avait pas tout dit, loin de là.

— Et le général Klemath ? Qu'en pense-t-il ?

Klemath était le père de Kip et Keith, ses soupirants maladroits.

— Eh bien, c'est lui qui a fait venir les mercenaires, dit Amon en se frottant le nez. Il est peu probable qu'il soutienne l'idée d'un changement.

— Nous avons des magiciens, dit Raisa, pensant que c'était ce genre de conversation qu'elle devrait avoir avec sa mère. Nous avons le seigneur Bayar et le reste du Conseil. Ils nous protégeront contre les gens des plaines.

— Oui, dit Amon, en supposant qu'on puisse leur faire confiance.

— Votre séjour dans le Sud vous a rendu cynique, dit Raisa en se frottant les yeux, car la journée avait été longue. Vous ne faites confiance à personne.

— C'est comme ça qu'on reste en vie, dans le Sud, dit Amon en regardant la fontaine.

Raisa étouffa un bâillement.

— C'est aussi comme ça qu'il faut faire avec les prétendants. On ne peut accorder sa confiance à aucun d'entre eux.

Amon leva brusquement la tête.

— « Les prétendants » ? Ça a déjà commencé ?

— « Déjà » ? dit Raisa en haussant les épaules. J'ai presque seize ans. Ma mère s'est mariée à dix-sept.

Amon eut l'air horrifié.

— Mais *vous* n'avez pas besoin de vous marier immédiatement, n'est-ce pas ?

— Non. Je ne suis pas près de me marier, assura-t-elle. Pas avant des années, ajouta-t-elle en voyant qu'Amon n'avait pas l'air rassuré. Ma mère est jeune, et elle régnera encore longtemps.

Raisa était contente de tenir le rôle de l'experte, pour une fois. Elle attendait avec impatience d'être courtisée, mais le mariage, c'était une tout autre affaire.

— Rai. Serez-vous obligée d'épouser un vieil homme ? demanda Amon avec le franc-parler caractéristique des Byrne. Non que votre père soit… Mais il est quand même bien plus âgé que la reine.

— Ça dépend. Je pourrais épouser quelqu'un de la lignée royale des clans, ou même un roi ou un prince de Tamron ou d'Arden. Et ça pourrait être un vieil homme, oui. C'est une bonne raison pour repousser le mariage le plus possible.

Sa mère avait-elle jamais aimé son père ? se demanda Raisa. Ou avait-ce été une union purement politique ? Avant son départ pour Demonai, il lui semblait qu'ils formaient davantage une famille qu'à présent. L'aversion de Raisa pour le mariage avait-elle quelque chose à voir avec ce qu'elle avait perçu entre ses parents ?

Elle leva la tête et vit qu'Amon la regardait. Il détourna les yeux, mais elle avait eu le temps de voir la compassion sur son visage.

Il était si différent de Micah ! Micah la grisait, il défiait en permanence tout ce en quoi elle croyait. Amon était rassurant, comme une paire de vieux mocassins. Et pourtant, les changements en lui étaient étonnants.

Elle regarda Magret. La nourrice dormait à poings fermés, allongée sur un banc du jardin, la bouche ouverte, et elle ronflait.

— Eh bien, dit Amon en suivant son regard, elle nous a laissés en plan. Et je suis de service, demain à l'aube. Avec votre permission, je vais vous souhaiter une bonne nuit.

Il a l'air mort de fatigue, pensa Raisa avec un sentiment de culpabilité.

— Bien sûr. Mais d'abord, je dois vous montrer quelque chose. (Elle n'avait pas envie de le laisser partir, comme si elle espérait toujours négocier avec lui une sorte de traité.) Il y a un passage secret, une sorte de raccourci. Nous pouvons partir par là.

Amon hésita, sourcils froncés.

— Où débouche-t-il ?

— Vous verrez, dit Raisa mystérieusement.

Amon désigna Magret du menton.

— Et elle ?

— Laissons-la dormir. Elle a l'air bien installée.

— Elle ne retrouvera peut-être pas le chemin du retour, toute seule.

— Je vous promets que je viendrai la chercher au matin, dit Raisa.

Elle prit une torche sur son support et avança d'un pas décidé entre les murs de verdure, sans regarder si Amon la suivait. Mais elle entendit bientôt le crissement de ses bottes sur les graviers du sentier.

Ils tournèrent en rond jusqu'à arriver au centre du labyrinthe. À cet endroit, un temple en fer forgé délicatement ouvragé se dressait, solitaire, au milieu d'un enchevêtrement de roses fanées et de jardins de senteurs transformés en forêt vierge. Du chèvrefeuille et de la glycine s'entortillaient sur les treillis et couvraient le toit, pendant presque jusqu'à terre, et conférant au temple un air de grotte vivante, ou de tonnelle pour amoureux. Même Raisa dut baisser la tête pour y entrer.

Le sol était jonché de feuilles et de brindilles. D'un côté se dressait un autel dédié à la Créatrice, au centre d'un demi-cercle de bancs de pierre qui pouvaient accueillir une dizaine de fidèles au plus.

Un vitrail, de l'autre côté, représentait Hanalea en plein combat, l'épée au clair, la chevelure au vent. Le jour, quand le soleil brillait, il envoyait des rivières de couleur inonder le sol de pierre.

Au milieu des pavés de pierre du sol, on voyait une plaque de métal gravée de roses sauvages. Raisa s'agenouilla et nettoya les débris avec sa manche.

— Là-dessous, dit-elle. Il faut soulever la trappe.

Amon posa sa torche dans un support mural et saisit l'anneau au centre de la plaque. Il tira dessus en s'arc-boutant. Des charnières grincèrent, et la plaque se souleva, libérant une bouffée d'air humide et froid à l'odeur de renfermé.

Amon regarda Raisa.

— Quand êtes-vous passée par là pour la dernière fois ?

Raisa haussa les épaules.

— Il y a deux mois, environ. C'est difficile, parce qu'il y a tout le temps des gens dans le coin.

— Je passe le premier, dit Amon en jetant un coup d'œil sceptique à sa robe de soirée, ça vaut mieux. Qui sait ce qui a pu entrer là-dedans depuis votre dernière visite.

— Il y a une échelle sur le côté, dit Raisa.

Amon s'appuya des deux côtés de l'ouverture et se laissa glisser jusqu'à ce que ses pieds touchent les premiers barreaux. Puis il descendit, et sa tête et ses épaules disparurent sous le niveau du sol. Il s'arrêta et tendit la main. Raisa y plaça une torche, et il recommença à descendre, jusqu'à atteindre le sol, deux étages plus bas.

Il leva la tête, et elle vit son visage dans la lumière de la torche, qui semblait très loin d'elle.

— C'est une longue descente, dit-il. Je ne pense pas que ce soit une très bonne idée.

— Pas de problème, dit-elle avec plus de confiance qu'elle en éprouvait. Je suis déjà montée et descendue plusieurs fois.

Mais jamais avec des chaussons et une robe en satin ajustée, aurait-elle pu ajouter.

Mais elle n'en fit rien.

— Repartons par le chemin que nous avons pris à l'arrivée, dit Amon en posant le pied sur le premier barreau. Vous me montrerez le passage une autre fois, quand vous serez... euh... habillée pour.

— Quand aurons-nous une autre occasion ? demanda Raisa, têtue. Comme je l'ai dit, il y a en permanence des gens dans le coin, et vous travaillerez tous les jours.

Elle savait qu'elle n'était pas raisonnable, mais elle était fatiguée, et elle se sentait trahie. Elle devrait passer un été de plus seule, alors qu'elle avait escompté avoir Amon comme compagnon d'aventures.

— Je remonte, l'avertit Amon en saisissant le barreau à deux mains.

— Je descends, dit Raisa à voix haute, se tournant pour trouver le premier échelon avec le pied.

— Attendez une minute, d'accord ?

Il disparut. Elle l'entendit se déplacer en bas, et vit la lumière de la torche se refléter sur les murs.

Il reparut au pied de l'échelle et leva la tête. Il avait une grosse trace de saleté sur la joue droite.

— Tout va bien. Il y a quelques rats, c'est tout. Descendez, mais soyez prudente.

C'était plus facile à dire qu'à faire. Les barreaux étaient espacés et difficiles à atteindre pour quelqu'un de sa taille, même dans de bonnes conditions. Avec sa robe, c'était presque impossible. Ses chaussons en soie glissaient sur les échelons de métal. Elle releva le bas de sa robe jusqu'aux genoux, la soulevant d'une main et se tenant à l'échelle de l'autre, se demandant de quoi elle avait l'air, vue d'en dessous.

Elle était à mi-chemin quand elle perdit sa prise sur l'échelle glissante. Elle resta un instant en équilibre instable avant de tomber en hurlant.

Elle atterrit avec un bruit sourd dans les bras d'Amon. Il tituba et fit quelques pas en arrière. Elle crut un instant qu'ils tomberaient tous les deux, mais il recouvra l'équilibre et s'adossa au mur, la respiration entrecoupée, la serrant contre la laine humide de sa veste d'uniforme. Elle entendait son cœur battre la chamade contre son oreille.

— Par les os ensanglantés d'Hanalea ! jura-t-il, le visage à quelques centimètres du sien, son regard gris agité comme l'océan Indio en hiver. (Il était livide.) Êtes-vous folle, Raisa ? Vous avez envie de vous tuer ?

— Bien sûr que non ! dit-elle sauvagement. (La frayeur qu'elle venait d'avoir la rendait hargneuse.) J'ai glissé, c'est tout. Posez-moi par terre.

Mais il semblait décidé à lui faire un sermon à courte distance.

— Vous n'écoutez jamais ! Il faut toujours que vous n'en fassiez qu'à votre tête, même si ça signifie vous briser le cou !

— Je ne cherche pas toujours à n'en faire qu'à ma tête, dit-elle.

— Ah ouais ? Et la fois où vous avez voulu à tout prix chevaucher cet étalon des plaines ? Comment s'appelait-il, déjà ? Désir de Mort ? Fils du Diable ? Vous êtes passée par-dessus la barrière pour le monter, et il avait le dos si large que vos jambes ne descendaient pas sur ses flancs, mais rien à faire, il fallait que vous essayiez ! (Il ricana.) La chevauchée la plus courte de l'histoire !

Elle se souvenait à présent qu'Amon avait l'exaspérante habitude de lui rappeler de vieilles histoires qu'elle aurait préféré oublier. Raisa se débattit et lui flanqua des coups de pied pour qu'il la lâche. Il était décidément bien plus fort que dans son souvenir. Alors qu'elle était plus petite que lui, elle avait toujours réussi à le tenir en respect, ne serait-ce que par la force de son caractère.

— Vous ne réfléchissez jamais aux conséquences, dit Amon. Si vous vous brisez le crâne et que je sois impliqué dans l'affaire, mon père m'écharpera sans laisser la moindre miette aux corbeaux.

— Qu'est-il arrivé à : « Si vous permettez, Votre Altesse » et à : « Avec votre permission, Votre Altesse » ? demanda Raisa. Pour la dernière fois, posez-moi, ou j'appelle la Garde.

Amon cligna des yeux, et elle ne put s'empêcher de remarquer qu'il avait des cils très fournis. Il la posa délicatement sur le sol et recula d'un pas.

— Mes excuses, *Votre Altesse*, dit-il, le visage soudain dur. Dois-je partir ?

La colère de Raisa s'envola aussi vite qu'elle était arrivée, remplacée par le remords. Ses joues s'empourprèrent. Comment pourraient-ils rester amis si elle ne cessait de lui flanquer son rang au visage ?

— Je suis désolée, murmura-t-elle en posant une main sur son bras. Merci de m'avoir sauvé la vie.

Il continua à regarder droit devant lui.

— C'était mon devoir, Votre Altesse, en tant que membre de la Garde de la reine.

— Arrêtez ça, d'accord ? dit Raisa, désespérée. J'ai dit que j'étais désolée.

— Les excuses ne sont pas nécessaires, Votre Altesse, répondit Amon en regardant la main posée sur sa manche. Maintenant, s'il n'y a rien d'autre que…

— Je vous en prie, ne partez pas, Amon, dit Raisa en le lâchant. (Elle baissa les yeux sur ses chaussons abîmés.) J'ai vraiment besoin d'un ami, même si je ne le mérite pas. (Elle se racla la gorge.) Croyez-vous que ce soit possible ?

Il y eut une longue pause. Puis Amon mit deux doigts sous son menton, et elle leva la tête pour le regarder. Des larmes coulèrent sur ses joues. Il se pencha vers elle, tout près, et, avant qu'elle sache ce qu'elle faisait, elle lui glissa les bras autour du cou et l'embrassa sur les lèvres.

L'idée de s'embrasser avait dû lui traverser l'esprit, à lui aussi, parce qu'il la serra contre lui, les mains sur sa taille, si étroitement que les pieds de la jeune fille quittèrent presque le sol. Il lui rendit son baiser avec une intensité et une habileté surprenantes. Ses lèvres étaient un peu gercées par les intempéries, mais d'une manière plaisante, et Raisa n'était pas prête à arrêter quand il interrompit leur baiser et recula, ses yeux gris écarquillés d'inquiétude.

— Je suis désolé, Votre Altesse, haleta-t-il, rouge comme une pivoine. Pardonnez-moi. Je... Je ne voulais pas...

— Appelez-moi Raisa, dit Raisa en s'approchant de lui.

— Je vous en prie... Raisa. (Il la saisit par les épaules et la tint à bonne distance.) Je ne sais pas ce qui m'a... Nous ne pouvons pas faire ça.

— C'était seulement un baiser, dit-elle, blessée. Ce n'est pas la première fois qu'on m'embrasse.

Il y avait Micah, bien entendu, et, avant lui, Reid MarcheNuit Demonai, un des séduisants guerriers du camp Demonai. Et Wil Mathis, avec sa bouche mollassonne, Keith Klemath (mais pas Kip !) et sans doute un ou deux autres.

— Ça n'aurait jamais dû arriver. Je suis un soldat, et j'appartiens à la Garde. Si mon père...

— Assez, avec votre père, grommela Raisa. Il n'a pas besoin de tout savoir.

— Il sait des tas de choses. J'ignore comment il fait. Et moi, je saurai...

Amon tâtonna maladroitement dans sa poche, en sortit un mouchoir et le tendit à Raisa, qui comprit que, les baisers, c'était terminé.

Pour le moment, du moins.

— Quand je vous ai vue, au dîner, vous aviez vraiment l'air d'une princesse, dit-il, détournant poliment le regard de son visage gonflé par les larmes. Je l'ai toujours su, bien entendu, mais vous sembliez différente de mon souvenir. Plus... lointaine. Pas ce que j'attendais.

— Vous aussi, vous aviez l'air différent, dit Raisa en s'essuyant les yeux. Je ne vous avais même pas reconnu jusqu'à ce que ma mère vous appelle. (Elle eut un sourire mouillé.) Vous… Vous êtes très beau, vous savez ? Vous devez avoir beaucoup de petites amies.

Elle ne pouvait s'empêcher de penser qu'il avait pratiqué l'art d'embrasser depuis la dernière fois qu'ils s'étaient vus.

Il haussa les épaules, l'air embarrassé.

— Il n'y a pas beaucoup de temps pour les petites amies, au Gué-d'Oden, dit-il.

— Magret dit que je suis volontaire et gâtée. Ma mère dit que je suis têtue. C'est vrai, j'essaie de faire les choses à ma façon, mais je crois que c'est parce que je ne fais *jamais* ce que je veux en ce qui concerne les sujets importants. (Elle le regarda.) Je ne pourrai pas choisir où je vivrai, qui j'épouserai, ni même qui seront mes amis. Mon temps ne m'appartiendra jamais. (Elle se moucha, désolée pour le mouchoir d'Amon.) Ce n'est pas que je ne veuille pas être reine. Je le veux. Mais je ne veux pas être comme ma mère.

— Eh bien, ne le soyez pas, dit Amon comme si c'était la chose la plus simple du monde.

— Mais la plupart des filles voudraient être comme elle, dit Raisa en jetant des regards coupables autour d'elle, comme si quelqu'un pouvait l'entendre dans ce tunnel humide et froid. Et j'ignore comment être différente. Je ne veux pas être à la merci de mes conseillers. Mais comment fait-on pour découvrir les choses, pour apprendre ? À part à jouer du luth ou à broder, je veux dire ! Au moins, je sais monter à cheval, trouver mon chemin dans les bois et tirer à l'arc, grâce au temps que j'ai passé au camp Demonai. Et mon père m'a appris toutes les ficelles du métier de commerçant. Mais ça et la broderie, ce n'est pas suffisant pour devenir une bonne reine.

— Ma foi, je ne suis pas un érudit, dit Amon en s'appuyant contre le mur, apparemment rassuré sur l'humeur de Raisa, mais il y a des gens à la Marche-des-Fells qui savent des choses. Les orateurs des temples, par exemple. Et il y a de grandes bibliothèques dans ces lieux.

— J'imagine, dit Raisa. Mais c'est tellement compliqué, simplement pour y aller ! Parfois, j'aimerais être invisible. (Elle se tortilla avec nervosité.) J'ignore même tout de ce qui se passe dans le monde. Les conseillers de ma mère lui disent ce qu'elle a envie d'entendre, ou alors ils intriguent pour faire avancer leurs propres affaires. Les gens disent qu'elle les écoute trop.

Parmi « les gens », il y avait Elena, sa grand-mère.

— Et maintenant, qui est cynique ? demanda Amon. Vous devriez peut-être vous trouver quelqu'un qui ait des yeux et des oreilles fiables.

Il bâilla et se frotta les yeux.

— Oh ! s'exclama Raisa, gênée. Je suis désolée. Vous avez dit que vous deviez vous lever tôt.

Une demi-heure après avoir décidé de se corriger, elle faisait de nouveau preuve d'égoïsme et manquait totalement d'égards envers lui. Elle tenta d'ignorer la voix dans sa tête qui disait : *C'est la prérogative des reines.*

— Suivez-moi, on y va !

Elle prit une torche et ouvrit la marche dans le tunnel, essayant de ne pas prêter attention aux bruits furtifs des rats et aux yeux brillants des créatures qui la regardaient depuis les irrégularités des murs, puis se dispersaient à leur approche.

Amon n'eut pas de mal à la suivre, avec ses longues jambes.

— Qui a fait ce passage ? demanda-t-il. Et qui d'autre le connaît ?

Raisa enleva une toile d'araignée de son visage.

— Je l'ai trouvé après mon retour de Demonai. Il est vraiment ancien. J'ignore qui l'a construit, et je ne crois pas que quelqu'un d'autre le connaisse. Je n'en ai parlé à personne à part vous.

Ils arrivèrent enfin à la salle de pierre grossièrement taillée qui marquait la fin de leur voyage.

— Nous y sommes, dit Raisa en posant la torche dans un support, près de la porte. Elle fit glisser un panneau et poussa sur le côté l'armoire qu'elle avait placée devant l'entrée.

— Où sommes-nous ? demanda Amon, intrigué.

— Vous verrez, dit Raisa en se faufilant au milieu d'un dédale de chaussures et de bottes, écartant les robes vaporeuses pendues à des cintres.

Sa chambre était glaciale et sombre, car le feu était presque éteint. Sa chemise de nuit était toujours posée sur le lit.

Amon sortit du placard derrière elle et regarda autour de lui. Il écarquilla les yeux, et eut l'air légèrement paniqué.

— Raisa… c'est votre chambre ?

— Oui, dit Raisa d'un ton désinvolte.

Elle gagna la cheminée et posa une bûche sur le feu.

— Par le sang du démon ! jura Amon. Il y a un passage secret à l'intérieur des murs, qui mène à votre chambre ? Et ça ne vous inquiète pas ?

— Non. Pourquoi, ça devrait ?

Elle ne s'était jamais réellement inquiétée, car elle avait été trop absorbée par le côté pratique de la chose, le fait de pouvoir aller et venir sans avoir à passer sous les yeux de tout un chacun dans les couloirs animés du palais.

— Quelqu'un a construit ce passage, dit Amon. Qui d'autre pourrait être au courant ?

— Cet appartement a été fermé pendant des centaines d'années, dit Raisa. Mille ans, peut-être. Vous auriez dû voir à quoi il ressemblait avant qu'on le nettoie. Oui, quelqu'un a construit ce passage, mais cette personne est morte depuis très longtemps.

Amon examinait le panneau coulissant, passant les doigts sur les moulures en bois qui l'entouraient.

— Vous devriez le faire murer, Raisa. Le fermer de manière définitive.

— Vous vous inquiétez trop, dit Raisa. Je suis là depuis trois mois, et aucun monstre n'est entré dans ma chambre !

— Je suis sérieux. Je vais en parler à mon père.

— Vous n'en ferez rien ! dit Raisa. Vous m'avez promis que vous n'en parleriez à personne.

Il pencha la tête.

— Je ne me souviens pas d'avoir promis quoi que ce soit.

— Bref, continua-t-elle, je verrai s'il est possible de poser un verrou dessus. Ça devrait faire l'affaire. (Elle gagna le petit garde-manger, réticente à l'idée qu'il s'en aille.) Voulez-vous autre chose à manger ?

Il secoua la tête et sourit, d'un air un peu misérable.

— Je ferais mieux de partir. Nous ne voulons pas que quelqu'un me surprenne ici.

Raisa leva la tête.

— J'imagine que non.

Elle se sentait plongée dans la plus totale confusion. D'une part, elle regrettait l'Amon qu'elle avait connu dans son enfance, et cette amitié qui ne serait plus jamais la même. D'autre part, elle se sentait grisée par les possibilités qui s'offraient à elle, et elle éprouvait une fascination certaine envers ce nouvel Amon et tout ce qu'il disait ou faisait.

Elle l'accompagna à la porte, et ils sortirent dans le couloir.

— Merci pour le dîner, dit-il. J'en avais vraiment assez de la nourriture du Sud. (Il s'éclaircit la voix.) N'oubliez pas, pour le tunnel.

— Désolée de vous avoir fait veiller si tard, dit Raisa, sans rien promettre. Mais je suis vraiment heureuse que vous soyez revenu à la maison.

Elle posa une main sur son bras pour garder l'équilibre, puis elle se dressa sur la pointe des pieds et l'embrassa sur la joue.

— C'est donc là que vous étiez, toute la soirée, dit quelqu'un d'une voix aussi froide que le baiser d'un démon.

Raisa s'éloigna brusquement d'Amon et se tourna, tout en se disant que réagir comme une coupable était la dernière chose à faire.

C'était Micah Bayar, dont les yeux noirs étincelaient dans la lumière des appliques. Une forte odeur de vin indiquait qu'il avait bu.

— Que faites-vous ici ? demanda Raisa, sachant que la meilleure défense, c'est l'attaque. À rôder dans la tour de la reine, au milieu de la nuit ?

— Je pourrais poser la même question à ce soldat, dit Micah. Il me semble... déplacé, ici.

— Son Altesse m'a demandé de la raccompagner à ses appartements, dit Amon, utilisant sans le savoir la même excuse que Raisa et Micah. Je partais.

— C'est ce que je vois, dit Micah. Je pensais que vous aviez mal à la tête ? demanda-t-il à Raisa.

— C'était le cas. (Elle se tourna vers Amon.) Bonne nuit, caporal Byrne, et merci.

Elle se tourna pour entrer dans ses appartements, mais Micah lui saisit le bras, et le pouvoir qui filtrait de ses doigts la piqua.

— Un moment, dit-il. Ne partez pas comme ça. J'ai besoin de comprendre quelque chose.

Raisa essaya de se dégager.

— Micah, je suis vraiment fatiguée. Ne pouvons-nous en parler demain ?

— Je crois que nous devrions en parler maintenant, dit Micah, foudroyant Amon du regard. Pendant que nous sommes tous là.

— Lâchez-moi ! dit Raisa, essayant de détacher ses doigts de son bras.

Soudain, l'épée d'Amon jaillit dans sa main, pointée sur Micah.

— *Sul*'Bayar, dit Amon, la princesse héritière vous a demandé de la lâcher. Je vous suggère d'obtempérer.

Micah cligna des yeux et regarda sa main comme s'il était étonné de la voir là. Il lâcha la jeune fille et recula d'un pas.

— Raisa, dit-il, écoutez, je ne voulais pas...

— *Vous*, écoutez-moi ! dit sèchement Raisa. Je ne vous appartiens pas. Je n'ai pas à être soumise à un interrogatoire si je décide de passer un peu de temps avec un ami. Je ne vous dois aucune explication.

Amon rangea son épée.

— Votre Altesse, il est tard, et nous sommes tous fatigués. Pourquoi n'allez-vous pas vous coucher, pendant que nous partons, tous les deux. N'est-ce pas ?

Raisa déglutit et recula sur le seuil de ses appartements, à l'abri. Amon posa une main sur l'épaule de Micah et le poussa le long du couloir. Mais le regard que Micah jeta à Raisa par-dessus son épaule disait que cette histoire n'était pas terminée.

8

Des leçons à apprendre

— Mari, dépêche-toi ou on va être en retard ! dit Han. (Il entendait les cloches des temples sonner à travers la cité pour marquer la demie.) Et passe-toi un peigne dans les cheveux, s'il te plaît. Ils ressemblent à un nid de rats.

— Mais je ne veux pas aller à l'école, grommela Mari en attachant ses lacets. On pourrait pas aller voir Lucius ? Il m'apprend à pêcher.

— Il pleut. En plus, Mam n'aime pas que tu ailles voir Lucius. Elle pense qu'il a une mauvaise influence sur toi.

— Mam n'aime pas non plus que tu ailles voir Lucius, répliqua Mari en démêlant les nœuds de ses cheveux. Et tu continues d'y aller.

— Quand tu auras mon âge, tu pourras exaspérer Mam autant que tu voudras, dit-il, pensant que Mari était trop futée pour son propre bien, et qu'elle parlait un peu trop.

Ça lui causerait des ennuis, pour sûr. Il en savait quelque chose !

Il prit le peigne des mains de Mari et s'en servit, autant que de ses doigts, pour remettre de l'ordre dans la tignasse de sa sœur.

— Mam n'en saurait rien, de toute façon, insista Mari, en sursautant quand il tirait un peu trop fort sur un nœud. Elle ne reviendra pas du château avant tard ce soir.

— Ferme-la, Mari, dit Han, décidé à ne pas se laisser attendrir. Si tu ne sais pas lire, écrire et compter, tu te feras escroquer toute ta vie. Et comment tu feras pour apprendre tout le reste ?

— Mam ne sait ni lire ni écrire, et elle a un travail, pour la reine !

— C'est pour ça qu'elle veut que tu ailles à l'école, dit Han.

Cela faisait deux semaines que Han avait rapporté l'amulette chez lui, et leur vie avait pris un rythme différent. Mam avait un nouveau travail, dans la buanderie du château de la Marche-des-Fells. C'était de l'argent sûr, mais elle devait partir bien avant l'aube pour parcourir le long chemin qui traversait la ville et ses nombreux ponts. Elle ne revenait jamais avant la nuit, et ils étaient donc seuls pour le souper. Mais, au moins, il y avait à souper…

C'était désormais le travail de Han d'emmener Mari à l'école et d'aller la chercher, ce qui ne l'aidait pas à faire son circuit pour le compte de Lucius. Une ou deux fois, il l'avait emmenée avec lui pendant sa tournée. Ce jour-là, il avait l'intention de laisser Mari en classe, de s'arrêter au *Tonnelet et la Couronne* et à plusieurs autres tavernes du Pont-Sud, d'aller à la cabane de Lucius et d'en revenir avant que Mari sorte de cours. C'était risqué, car les Sudistes lui tendraient peut-être une autre embuscade, mais il n'avait pas le choix.

Han mouilla un chiffon dans la bassine et nettoya le visage de Mari, pour que les orateurs du temple ne pensent pas qu'elle était négligée. Il ne pouvait pas faire grand-chose pour ses vêtements, mais elle n'était pas la seule élève à faire ses courses dans la poubelle…

—Allons-y.

Il faisait encore noir dans les ruelles et les allées étroites du Marché-des-Chiffonniers. Il avait plu abondamment toute la nuit. Han avait été réveillé par de l'eau qui dégoulinait sur son visage à travers les fuites du toit. Il y avait des flaques partout, et les caniveaux débordaient, mais la pluie s'était calmée et n'était plus qu'une bruine exaspérante. Han tira Mari à l'abri sous son manteau bien trop grand, et ils avancèrent en titubant comme un malhabile animal à quatre pattes.

—Je ne comprends pas pourquoi il faut aller si tôt à l'école, dit Mari. On a toute la journée pour apprendre !

Han la tira sur le côté pour éviter qu'une charrette de boulanger l'inonde d'eau boueuse de la tête aux pieds.

—Comme ça, les apprentis peuvent à la fois suivre leurs cours et aller au travail, dit-il.

Le temple du Pont-Sud se dressait à l'extrémité éloignée du quartier. Han pensait souvent que celui qui avait bâti le château de la Marche-des-Fells avait dû participer aussi à la construction du temple du Pont-Sud. Ses tours impressionnantes semblaient percer le ciel, et rappelaient qu'il existait un monde au-delà du Marché-des-Chiffonniers et du Pont-Sud, même si on ne pouvait pas y accéder.

L'encadrement en pierre de la porte était sculpté de feuilles, de plantes grimpantes et de fleurs. Des gargouilles s'élançaient de chaque côté du bâtiment, et les goulottes étaient couronnées de créatures fantastiques qui avaient dû périr lors de la Rupture, parce qu'on n'en voyait plus, désormais.

Le clos du temple abritait des bibliothèques et des dortoirs pour les Consacrés, ainsi que des jardins et des cuisines. Mais ce n'était en aucun cas un cloître, car il accueillait les citoyens des quartiers environnants et nourrissait leur corps en même temps que leur esprit.

N'importe qui pouvait entrer dans les bâtiments du temple et y voir des œuvres d'art qui avaient été collectées pendant plus de mille ans. Il y avait des peintures, des sculptures et des tapisseries aux couleurs si vives qu'elles semblaient vibrer.

Han et Mari entrèrent par la porte latérale au moment où les grandes cloches sonnaient l'heure. Ils s'ébrouèrent comme deux énormes chiens, répandant des gouttes d'eau sur le sol d'ardoise de l'entrée.

Les cours avaient lieu dans une des chapelles latérales. Quand ils entrèrent, l'orateur Jemson était sur l'estrade et parcourait ses notes. Derrière lui, des peintures issues des collections du temple et destinées à illustrer son cours étaient posées sur des chevalets.

Une dizaine d'élèves se tortillaient sur des coussins pris sur les bancs du sanctuaire. C'était un groupe hétéroclite de filles et de garçons dont l'âge allait de sept, comme Mari, à dix-sept ans. Certains portaient des vêtements de travail, ce qui signifiait qu'ils se rendraient à leur activité après les cours.

Jemson, se dit Han. Le sujet serait donc l'histoire.

— De l'histoire, marmonna Mari comme si elle l'avait entendu penser. Pourquoi avons-nous besoin de connaître ce qui est arrivé avant notre naissance ?

— Pour devenir intelligents et ne pas commettre de nouveau les mêmes erreurs, dit Han en souriant à Jemson.

C'était une des maximes favorites de Jemson, et Han savait que son ancien professeur l'aurait appréciée.

— Hanson Alister ! dit Jemson en contournant son bureau et en se dirigeant vers eux, sa robe tourbillonnant autour de ses jambes maigres. Ça faisait longtemps ! À quoi devons-nous le plaisir de votre visite ?

— Euh… en fait…, dit Han en bégayant, gêné de sentir le regard de Mari sur lui. En fait, je ne reste pas. J'ai des choses à faire…

— Il pense qu'il est déjà assez intelligent, dit Mari en se rongeant un ongle.

— Ce n'est pas ça, dit Han. C'est seulement que je travaille, maintenant, et que…

— C'est dommage, l'interrompit Jemson. Nous allons discuter de la Rupture et de la manière dont elle a été représentée dans l'art à travers les âges. Absolument fascinant !

Jemson pensait que tout sujet historique était fascinant. Et c'était contagieux.

Pourtant, cette fois, Han avait ses propres raisons d'être intéressé par la Rupture. L'histoire que Lucius lui avait racontée tournait toujours dans sa tête et semait la pagaille sur son passage. Et, enterré sous la forge, dans la cour devant chez lui, se trouvait un objet qui pouvait bien faire partie de cette histoire. Han voulait qu'on lui confirme ce qu'il savait être vrai.

Sauf que…

— L'ennui, c'est que j'ai à faire au Pont-Sud, et je ne peux pas emmener Mari avec moi. Alors, j'avais pensé y aller pendant qu'elle serait à l'école.

Jemson le regarda. Il avait sans doute remarqué son œil pourpre et sa pommette meurtrie, mais il n'éprouva pas le besoin d'en parler. C'était une des choses que Han appréciait au sujet de Jemson.

— Je vois. Ma foi, la plupart des affaires, au Pont-Sud, ne commencent pas si tôt, dit sèchement l'orateur.

Exactement. Et Han comptait sur le fait que les Sudistes seraient encore endormis. Au moins, il semblait moins probable qu'ils lui tombent dessus à cette heure de la journée.

Avant, tu n'avais jamais peur d'avoir des ennuis, pensa-t-il. *Au contraire, tu les cherchais !*

— Je vais vous dire, ajouta Jemson, faisant preuve de son habituelle insistance. Restez pendant ce cours, et ensuite Mari ira avec les orateurs dans la bibliothèque pendant que vous vous occuperez de vos affaires. Nous lui donnerons à souper, si nécessaire. (Il marqua une pause, puis ne put s'empêcher d'ajouter :) Vous serez prudent, n'est-ce pas ? Dans l'intérêt de Mari, sinon dans le vôtre ?

— Je suis toujours prudent, dit Han en regardant sa sœur. Et je suppose que je peux rester un peu.

Ce n'était pas comme s'il avait passé l'âge de fréquenter l'école. Il y avait des garçons plus âgés que lui dans cette classe.

— Excellent. Spectaculaire, en fait ! (Jemson prit son air le plus professoral et se tourna vers le reste de la classe.) Hier, nous avons parlé des événements qui ont conduit à la Rupture. Aujourd'hui, nous parlerons de certaines des personnes impliquées. Qui peut m'en citer une ?

— Eh bien, avança une petite fille, il y avait la reine Hanalea.

— Très bien, Hannah ! dit Jemson, aussi enthousiaste que si elle avait révélé comment transformer la bouse en or. Il y avait la reine Hanalea, pour qui nous remercions la Créatrice tous les jours.

Il tourna un des chevalets pour montrer une peinture. Han la reconnut aussitôt : *Hanalea bénissant les enfants.* La reine légendaire avait l'air d'avoir treize ou quatorze ans. Elle était assise devant une harpe, vêtue de blanc, comme une Consacrée, sa chevelure étincelante tressée, le teint d'un rose crémeux, comme de la porcelaine. Elle ressemblait à une des poupées de luxe qu'on voyait dans les vitrines, le long de la route des Reines. Celles qui faisaient tant envie à Mari, et qu'elle n'aurait jamais.

Sur l'image, Hanalea tendait les mains vers un groupe de jeunes enfants en souriant d'un air bienveillant, la lueur qui émanait d'elle illuminant leurs visages ravis.

— Voici Hanalea jeune fille, avant les terribles événements que nous…

— Excusez-moi, orateur Jemson, dit Han. Le peintre… connaissait-il Hanalea ?

Jemson le regarda d'un air surpris, interrompu au milieu de sa phrase.

— Pardon ?

— Quand ce portrait a-t-il été peint ? demanda Han. Est-ce qu'il a été exécuté d'après nature, ou seulement d'après l'idée que quelqu'un se faisait d'Hanalea ?

Jemson sourit.

— Maître Alister, vous nous avez bien manqué dans ces cours ! Ceci a été peint par Cedwyn Mallyson, l'Année Nouvelle 505. Qu'est-ce que cela nous indique ?

Un garçon à l'air sérieux et aux vêtements élimés, qui portait un col d'employé, répondit :

— Il a été peint plus de cinq cents ans après la Rupture. Le peintre n'a pas pu la connaître.

— Il est donc possible qu'elle ait été totalement différente, dit Han.

— En effet. Que peut-on en déduire ?

Cette remarque amorça une discussion sur ce que Jemson appelait le « contexte social », la manière dont la religion et la politique influencent l'art, et la façon dont l'art, à son tour, modèle l'opinion. L'enthousiasme de Jemson passa au-dessus de la tête de certains des élèves les plus jeunes, qui eurent l'air à la fois déconcertés et excités.

— Comme Hanalea avait du sang des clans, quelles sont les chances qu'elle ait eu les yeux bleus et les cheveux blonds ? demanda Jemson. Il paraît plus probable qu'elle ait été brune de teint et de chevelure.

— Est-ce qu'il existe des peintures d'Hanalea réalisées par des gens qui l'ont connue, monsieur ? demanda Han.

— Je l'ignore, dit Jemson. Il en existe peut-être, dans les archives mêmes du temple. Pourquoi ne pas faire quelques recherches là-dessus et préparer un rapport pour la classe ?

Jemson était comme ça. Il embarquait toujours ses élèves dans des projets qui nécessitaient de passer du temps à la bibliothèque… et de revenir en classe un autre jour.

— D'accord. Peut-être, dit Han.

Jemson hocha la tête, sachant qu'il valait mieux ne pas insister.

— Donc, il y avait Hanalea, telle qu'elle est représentée dans l'histoire et l'art. Qui d'autre a joué un rôle ?

— Le Roi Démon, dit Mari en frissonnant.

Plusieurs élèves firent le signe de la Créatrice, pour repousser le mauvais œil.

— En effet. Le Roi Démon qui, à lui tout seul, a changé le destin du monde en le détruisant presque.

Jemson tourna de façon théâtrale un autre chevalet. Ce tableau-là, si Han s'en souvenait correctement, s'appelait *La Folie du Roi Démon.* Il était peint dans des tons pourpres et rouge criard et montrait une silhouette vêtue d'une robe à capuchon, entourée de flammes. Ses bras étaient levés, et ses yeux de fanatique brillaient sous l'ombre du capuchon. C'était la seule partie de son visage qui était visible. Mais le regard de Han tomba sur la main droite squelettique du démon, qui tenait une amulette verte luisante. Un enchevêtrement de serpents. L'estomac de Han se noua.

— Certains affirment qu'il était l'incarnation du Destructeur, dit Jemson. D'autres qu'il avait été séduit par le Mal, rendu ivre par le pouvoir associé à la magie noire. Et personne ne doute qu'il était incroyablement doué.

— Qu'est-ce qu'il tient à la main ? demanda Han.

Jemson regarda le tableau.

— C'est une amulette qu'on voit souvent sur les peintures se rapportant au Roi Démon. On pense qu'elle est un lien direct avec la magie noire.

— Qu'est-ce qu'elle est devenue ? Où est-elle, maintenant ? demanda Han.

Jemson se tourna et fronça les sourcils, comme s'il cherchait à déterminer l'origine de toutes ces questions.

—Je l'ignore. Il est probable qu'elle ait été détruite par les clans immédiatement après la Rupture, comme beaucoup d'objets magiques puissants. De toute manière, l'histoire a perdu sa trace.

—Quand ce tableau a-t-il été peint ? demanda Han. Et par qui ?

Jemson se pencha et lut le cartouche en cuivre au bas de l'œuvre.

—L'artiste était Mandrake Bayar, et la peinture remonte à l'An Nouveau 593. (Il plissa les yeux pour mieux lire l'inscription.) C'était un cadeau de la famille Bayar.

—Bayar ? (Le cœur de Han s'emballa.) Mais comment l'artiste aurait-il pu être au courant, pour l'amulette, si le tableau a été peint si longtemps après sa destruction ?

Les autres élèves le regardaient, intrigués, mais peu lui importait.

Jemson haussa les épaules.

—C'est un élément habituel dans les représentations du Roi Démon. Je suppose qu'elle a été copiée d'après des travaux antérieurs.

Peut-être, pensa Han. *Ou peut-être a-t-elle été peinte d'après l'objet lui-même...*

—Quel était son nom ? demanda Han.

—Le nom de qui ? demanda Jemson, sourcils froncés.

—Celui du Roi Démon. Il devait bien avoir un autre nom. Celui d'avant.

—En effet, dit Jemson, l'air toujours intrigué. Son nom de naissance était Alger Waterlow.

Pour Han, le temple du Pont-Sud était, à tous les sens du terme, un sanctuaire. Il lui donnait accès à un territoire ennemi, et il représentait un refuge contre la rue, quand il en avait besoin. Il ne put s'empêcher de se sentir nerveux en quittant la sécurité de ses murs et en s'aventurant dans le Pont-Sud. C'était sa première visite depuis son affrontement avec les Sudistes, dans l'allée des Briquetiers.

Mari l'avait supplié de l'emmener. Tout ce qu'il faisait semblait la fasciner, que ce soit ennuyeux, dangereux ou secret. Avant de la laisser à la bibliothèque, il lui avait fait promettre d'y rester. Il avait autre chose à faire que fouiller tout le Pont-Sud pour la retrouver.

Il évita l'allée des Briquetiers, à tout hasard, et suivit la rivière à l'ouest du pont, plissant le nez à cause de la puanteur. Si les Sudistes lui tombaient dessus, il pourrait sauter dans la Dyrnneflot. Quiconque craignait pour sa vie n'oserait pas le suivre dans cette véritable fosse d'aisances, se dit-il. La rivière immaculée qui émergeait des montagnes des Esprits, à l'est, devenait un égout à ciel ouvert à la Marche-des-Fells. C'était une épine dans le pied des clans, pour qui la rivière était sacrée.

Les rues étaient étrangement calmes, même pour cette heure matinale, et la Garde de la reine était plus présente que d'habitude. Han se dissimula aux regards de plusieurs patrouilles de Vestes Bleues, et il dut modifier constamment son trajet pour éviter des groupes de soldats aux coins des rues. Au Pont-Sud, coupable ou pas, on évitait la Garde. C'était une tradition qui remontait à d'innombrables générations.

Quand il arriva au *Tonnelet et la Couronne*, il était presque midi. Normalement, la taverne était bondée à cette heure mais, ce jour-là, elle était à moitié vide. Matieu se tenait derrière le comptoir et débitait d'un air morose un gigot de mouton en tranches.

— Hé ! Matieu, dit Han, je suis venu chercher les bouteilles vides.

Matieu se figea et regarda Han comme s'il avait vu un démon. Il glissa son couteau dans la poche de son tablier, prit les bouteilles et les posa sur le comptoir sans détourner les yeux de Han.

— Qu'est-ce qui se passe ? demanda Han en mettant les bouteilles dans son sac. C'est bizarre, dans la rue. Il n'y a personne à part les soldats de la Garde, et eux, on ne peut pas les rater !

— Tu n'as pas entendu les nouvelles ? demanda Matieu.

— Quelles nouvelles ?

— Une demi-douzaine de Sudistes ont été descendus la nuit dernière, dit Matieu en sortant de nouveau son couteau. Et c'est beaucoup, même pour un quartier comme celui-là. Les cadavres étaient éparpillés au bord de l'eau, laissés là pour qu'on les voie. Tout le monde est inquiet, et pense que la guerre des bandes a recommencé.

— Descendus comment ? demanda Han en le regardant.

— C'est ça le plus bizarre, dit Matieu. Ils n'ont pas été poignardés ou tués à coups de bâton, comme c'est le cas d'habitude. Ils ont été torturés puis garrottés.

— Peut-être quelqu'un qui cherchait leur planque, dit Han, essayant de garder un ton neutre, ce qui n'était pas facile avec la gorge si sèche.

— Possible. (Matieu agita son couteau en direction de Han, partagé entre la curiosité et la prudence.) Je pensais que tu saurais peut-être quelque chose…

— Moi ? dit Han en fermant son sac. Pourquoi saurais-je quelque chose ?

— Tout le monde sait que tu es le chef des Chiffonniers. Et tout le monde sait que les Sudistes t'ont battu, l'autre nuit. Ça ressemble à une vengeance, pour moi.

— Eh bien, tout le monde se trompe, dit Han. Je ne fais plus partie des bandes.

— D'accord..., dit Matieu. Mais souviens-toi que je ne veux pas d'ennuis.

Han remit son sac sur son épaule.

— Croyez-moi, je n'en veux pas non plus.

Mais les problèmes avaient le chic pour lui tomber dessus. En sortant du *Tonnelet et la Couronne*, il eut juste le temps de remarquer qu'il s'était remis à pleuvoir avant que quelqu'un le saisisse au collet et le plaque contre le mur de pierre de la taverne.

Maudits Sudistes ! Il flanqua des coups de pied et se débattit pour être moins facile à toucher, s'attendant à tout moment à sentir un couteau lui entrer dans le corps. Mais son assaillant le maintint contre le mur d'une main et lui arracha son sac de l'autre. Les bouteilles tintèrent quand le sac tomba. Puis il fut fouillé d'une main, et le type le délesta de ses nombreux couteaux. Et de sa bourse.

Puis son attaquant le retourna brutalement et l'écrasa contre le mur. Han se retrouva nez à nez avec quelqu'un qu'il connaissait bien. Le teint cireux et l'air maladif, avec des lèvres cruelles découvrant des dents pourries, l'homme avait une haleine abominable.

C'était sa vieille némésis, Mac Gillen, sergent de la Garde de la reine. Et, derrière lui, une demi-douzaine d'autres Vestes Bleues.

— Eh ! rendez-moi ma bourse ! dit Han d'une voix forte, pensant qu'il valait mieux en parler tout de suite et avec insistance.

Gillen lui flanqua un bon coup dans l'estomac, et Han en eut le souffle coupé.

— Alors, Gourmettes, on dirait que tu as réussi ton coup, cette fois ? dit Gillen, profitant que Han ne pouvait pas parler. Je savais qui était responsable, et je savais où te trouver. J'ai juste dû attendre un peu !

— Je ne sais pas... de quoi... vous parlez, haleta Han, courbé en deux, les bras protégeant son estomac.

Gillen lui saisit les cheveux et tira sa tête en arrière pour que leurs visages soient à la même hauteur. Le sergent avait grossi depuis la dernière fois que Han l'avait vu, et son uniforme sale bâillait entre les boutons.

Il y a au moins quelqu'un qui mange à sa faim, au Pont-Sud, pensa Han.

— Qui t'a tabassé, Chiffonnier ? Ce seraient pas les Sudistes, par hasard ?

— Non, dit Han, retombant dans sa vieille habitude d'empirer une situation déjà peu brillante. C'était la Garde. J'ai refusé de payer.

Tout le monde savait que les Vestes Bleues laissaient les gens tranquilles quand on payait la personne adéquate pour être protégé. Et Gillen était la « personne adéquate ».

« Vlan ! » Gillen abattit son bâton sur la tête de Han, qui tomba à genoux, se mordit la langue et vit trente-six chandelles. Il se couvrit la tête avec les bras.

— Arrêtez ça ! cria quelqu'un que Han ne vit pas.

Un des autres gardes, peut-être, ou Matieu, venant à sa rescousse ?

Mais Gillen était fou de rage et toute son attention se portait sur Han.

— Tu as buté ces Sudistes, non, Alister ? Toi et tes copains.

« Vlan ! » Le coup tomba sur l'avant-bras de Han avec une force inouïe, et il hurla.

— Maintenant, tu vas avouer, et tu te balanceras au bout d'une corde pour ce que tu as fait, et moi, je serai là pour te regarder !

— Je vous ai dit d'arrêter ça !

La même voix, cette fois juste au-dessus d'eux. Surpris, Han essuya le sang qui coulait dans ses yeux. Il vit le bâton s'abattre de nouveau, mais l'objet n'atteignit jamais sa cible. Il s'envola de la main de Gillen, qui glapit de douleur. Han s'affala contre le mur, les yeux fermés, la tête roulant sur le côté. Mais, en même temps, il se prépara à se remettre sur ses pieds.

— Si vous le frappez encore, je vous brise le crâne, dit son bienfaiteur. Reculez !

— Vous vous prenez pour qui ? beugla Gillen. Je suis le chef, ici ! Je suis le sergent, et vous êtes seulement caporal.

— Reculez, *sergent* Gillen, dit le caporal d'un ton sarcastique. Dans la Garde de la reine, *sergent*, on ne fait pas avouer les prisonniers en pleine rue à coups de bâton.

— C'est vrai, dit un autre des Vestes Bleues en ricanant. D'habitude, on les ramène au poste de garde avant de les tabasser.

— Ça va aller ?

Un soldat s'accroupit près de Han et le regarda d'un air anxieux. Han entrouvrit les yeux et vit avec étonnement que son sauveteur était jeune, à peu près de son âge. Le visage presque enfantin du jeune garde était pâle de colère, et une boucle de cheveux noirs raides tombait sur son front.

Han cligna des yeux pour essayer de ne plus voir double, et ne répondit pas.

— Vous auriez pu le tuer, dit le caporal en regardant Gillen, le visage tordu par le dégoût.

Euh..., pensa Han, *ce type a dû se tromper de vocation en entrant dans la Garde.* Au moins, il ne manquait pas de cran, pour s'opposer ainsi à Gillen.

— Écoutez-moi bien, Byrne, dit Gillen. Vous êtes peut-être le fils du commandant, et vous allez peut-être à l'académie, mais ça ne veut rien dire. Vous êtes juste un gamin, et vous ne connaissez pas ces rues comme nous. Ce gars est un tueur sans scrupules et un voleur. Mais il n'avait jamais été pris la main dans le sac jusqu'à ce jour.

Byrne se leva et fit face à Gillen.

— Quelle preuve avez-vous ? Il a été battu ? C'est tout ?

Excellent, pensa Han, soutenant mentalement le caporal au sang bleu. Mais il se garda de dire quoi que ce soit.

Gillen poussa Han du bout du pied, sans prendre trop de précautions.

— On l'appelle Gourmettes, dit-il. Il est le chef d'une bande appelée les Chiffonniers. Ça fait des années qu'ils se tirent dans les pattes avec les Sudistes. Il y a deux jours, les Sudistes ont coincé Gourmettes tout seul dans l'allée des Briquetiers. Si la Garde n'était pas arrivée, il serait mort. (Gillen passa sa langue pâle sur ses lèvres gercées.) Si on les avait laissé finir le boulot, on aurait rendu service à la communauté. Ces pauvres diables qu'on a trouvés hier... Vous avez vu ce qu'on leur a fait. C'étaient forcément les Chiffonniers. Personne d'autre n'aurait osé s'en prendre aux Sudistes. C'est une vengeance, c'est sûr, et voilà le type qui en est responsable !

Le caporal Byrne regarda Han et déglutit.

— D'accord. Nous l'emmenons pour l'interroger. Il avouera, ou pas. Mais on ne le battra pas. Une confession obtenue en brutalisant quelqu'un n'a aucune valeur. Les gens diraient n'importe quoi pour qu'on cesse de leur taper dessus.

Gillen cracha par terre.

— Vous apprendrez, caporal. On ne peut pas dorloter un rat des rues. Il se retournerait contre vous, et il a de sacrées dents, croyez-moi ! (Il se tourna vers les autres Vestes Bleues.) Emmenez-le, les gars. On s'occupera de lui au poste de garde.

La manière dont il prononça ces mots donna des frissons à Han. Le charitable caporal Byrne ne serait pas toujours là...

— Autre chose, sergent, dit Byrne. Vous devriez peut-être lui rendre sa bourse.

Gillen jeta un regard si haineux à Byrne que Han, en dépit de tout, eut du mal à se retenir de rire. Le sergent plongea la main dans sa poche et en sortit la bourse de Han. Il la fouilla ostensiblement pour vérifier qu'il n'y avait pas d'arme à l'intérieur, puis la fourra rageusement dans la poche de Han.

Impossible de dire combien de temps elle y resterait...

Deux Vestes Bleues saisirent les bras de Han et le mirent debout, et la douleur manqua de l'aveugler. Son bras gauche lui donnait l'impression d'être emballé dans des morceaux de verre. Ils passèrent ses coudes sur leurs épaules et le tirèrent entre eux. Han se laissait traîner, aussi mou qu'une poupée de chiffon, et luttait pour ne pas s'évanouir, l'esprit travaillant furieusement.

Les Chiffonniers pouvaient-ils réellement avoir tué six des Sudistes ? Et pourquoi auraient-ils fait ça ? Pas pour lui, pas même en souvenir du bon vieux temps. Un crime si fou attirerait forcément l'attention de la Garde, tout le monde le savait.

Si ce n'était pas eux, qui ?

Quoi qu'il soit arrivé, il ne pouvait pas s'attendre à être traité correctement, au poste de garde. Ils avaient besoin d'un bouc émissaire. Ils l'obligeraient à avouer, et il finirait au bout d'une corde. Il pensa à Mari qui l'attendait au temple, à Mam qui lavait le linge au château de la Marche-des-Fells. Ce seraient elles qui paieraient. Il ne pouvait pas laisser une telle chose se produire.

Ils étaient arrivés au temple du Pont-Sud et empruntèrent le pont pour traverser la rivière. Han gémit à haute voix et traîna ses pieds dans la poussière comme pour se redresser.

— Eh ! tiens-toi tranquille ! dit un des Vestes Bleues en resserrant sa prise sur le bras de Han.

Han gémit de nouveau.

— Ouille ! ma tête ! Ça fait mal ! (Il essaya de se libérer les bras.) Lâchez-moi ! Je ne me sens pas bien ! (Il laissa une trace de panique colorer sa voix.) Je suis sérieux ! Je vais vomir !

Il ferma la bouche et enfla les joues comme s'il se retenait.

— Ah non ! tu ne vas pas gerber sur moi ! dit le garde.

Il saisit le col de Han et la ceinture de ses braies, et le poussa jusqu'au muret de pierre qui bordait le pont.

— Allez, vomis dans la rivière, petit, et fais vite !

Han posa fermement sa main valide sur le mur, puis il flanqua un violent coup de tête au visage du garde. Le Veste Bleue hurla et le lâcha, du sang giclant de son nez cassé. Han se hissa sur le muret et s'y accroupit, observant les débris qui flottaient à la surface de la rivière.

— Arrêtez-le ! hurla Gillen. Il va filer !

Des mains effleurèrent Han quand il se lança du haut du muret et fit un plongeon qui l'emmena aussi loin que possible des jetées de pierre du pont. Il parvint à ne pas heurter un des nombreux bateaux qui encombraient l'étroit canal, et glissa dans l'eau plus près de la berge nord. Il refit surface et cracha une gorgée d'eau sale, le cœur au bord des lèvres, pour de bon, cette fois.

Heureusement, il savait nager, grâce aux nombreux étés passés dans les clans. Peu de garçons des villes en étaient capables.

— Il est là ! entendit-il Gillen crier. Toi, dans l'eau ! Cinq fillettes à celui qui l'attrapera !

Cinq fillettes ! Pour ce prix, il aurait presque eu envie de se rendre !

Han replongea sous l'eau et nagea à l'aveuglette vers la berge, du côté du Marché-des-Chiffonniers, battant vigoureusement des pieds pour compenser l'engourdissement dans son bras droit, les yeux fermés pour les protéger de l'eau glauque. Quand il sortit la tête pour vérifier sa position et corriger sa difficile progression, une clameur lui apprit qu'on l'avait repéré. Il se laissa couler de nouveau sous la surface et parvint à se perdre au milieu des bateaux et des détritus flottants.

Il atteignit enfin les quais du côté du Marché-des-Chiffonniers, se glissa en dessous et pataugea dans les eaux peu profondes où les planches rencontraient la rive. Puis il se blottit sous les piliers, tremblant et claquant des dents.

Le bruit des recherches s'évanouit comme la Garde se déployait de plus en plus loin. Finalement, Han n'entendit plus rien. Il attendit quand même que la nuit tombe avant de se glisser hors de sa cachette et de regagner la berge.

9

Des yeux et des oreilles

Le lendemain du feu sur la montagne, Raisa passa la matinée avec son professeur de langues, à essayer de maîtriser les voyelles coulantes du Sud. Le tamrien était un langage trop vague, qui favorisait l'imprécision et les doubles sens. Fait pour la politique ! Raisa préférait de loin la signification précise de la langue du Val, ou les subtiles nuances de celle des clans.

Comme ils terminaient, le messager de la reine apporta une requête : Raisa devait rejoindre sa mère à midi, dans sa suite. C'était suffisamment inhabituel pour que Raisa se demande dans quel genre d'ennuis elle s'était fourrée.

Quand le chambellan privé de la reine fit entrer Raisa dans ses appartements, elle vit une table dressée pour deux. Sa mère était assise près du feu, sa chevelure claire dénouée, ses épaules drapées d'un châle en soie scintillante. La reine semblait avoir toujours froid. Elle souffrait comme une délicate fleur des plaines transplantée sous un climat inhospitalier. Comparée à elle, Raisa se faisait l'effet d'un solide lichen montagnard, sombre et têtu, rampant au ras du sol.

Raisa fit une révérence, regardant autour d'elle.

— Maman ? Il n'y a que nous deux ?

Marianna tapota le siège à côté d'elle.

— Oui, ma chérie. Il semble que nous ayons à peine eu l'occasion de parler depuis ton retour de Demonai.

Que la Créatrice soit remerciée ! pensa Raisa. En effet, dernièrement, elle n'avait jamais pu se retrouver seule avec sa mère. Le seigneur Bayar était tout le temps présent. C'était l'occasion de lui parler du problème des mercenaires. Peut-être pourrait-elle même persuader sa mère d'intervenir et d'ordonner au capitaine Byrne d'affecter Amon à sa garde personnelle.

Raisa s'assit près de sa mère, et Marianna servit du thé.

— Est-ce que tu vas bien, après cette horrible peur que nous avons eue, sur Hanalea ? demanda la reine. J'ai eu du mal à trouver le sommeil, la nuit dernière. Dois-je demander au seigneur Vega de s'occuper de toi ?

Harriman Vega était le médecin de la cour.

— Tout va bien, mère, dit Raisa. Quelques bleus et bosses, c'est tout.

— Grâce aux Bayar, dit Marianna. Nous avons tant de chance d'avoir le Haut Magicien ! Et le jeune Micah semble avoir hérité des talents de son père, ne crois-tu pas ? et de son charme ! ajouta-t-elle en riant comme une gamine.

— Ils sont impressionnants, ces Bayar.

Raisa but une longue gorgée de thé et se souvint de sa rencontre avec Micah dans le couloir. Elle se demandait si elle devait en parler à sa mère, et quand.

— Comment se passent tes études ? demanda Marianna. J'avais peur que tu aies oublié tout ce que tu savais, après avoir été isolée dans les camps si longtemps, mais j'ai de bons rapports de tes maîtres.

Elle avait l'air légèrement étonnée.

— Ma foi…

Raisa s'agita, mal à l'aise.

Vous avez épousé un homme des clans, maman, pensa-t-elle. *Vous souvenez-vous pour quelle raison ?* Quand ses parents étaient ensemble, il semblait que oui. Mais, désormais, sa mère semblait plutôt se faire la porte-parole des calomnies de Gavan Bayar.

— Je ne pense pas avoir souffert de mon séjour à Demonai, dit Raisa. Vous savez que les clans sont formidables pour la lecture, les récits, la musique et la danse. Et même l'encodage. J'ai aussi passé pas mal de temps à travailler sur les marchés.

— Je ne peux pas dire que j'approuve cette activité, dit Marianna en fronçant les sourcils. La future reine des Fells, apprenant à devenir boutiquière ?

— Oh ! maman, j'ai appris tant de choses ! dit Raisa. À déchiffrer les intentions des gens, à savoir quand je devais céder et quand il ne fallait pas démordre d'un prix. Il faut être capable de juger la qualité sur le tas, et de décider quel doit être le meilleur prix. Et on apprend aussi à ne pas conclure un mauvais marché, même si on veut vraiment l'objet en question.

Raisa se pencha, les mains crispées sur ses jupes, essayant de faire comprendre à sa mère comment l'équilibre délicat d'une négociation commerciale l'avait inspirée. Comment un coup d'œil, ou un voile de sueur sur la lèvre supérieure d'un marchand révélaient plus de choses qu'il l'aurait souhaité. Et comment se débarrasser de l'avidité et du désir lui permettait de présenter un visage impassible dans le monde agité des marchés.

La reine l'écouta en tripotant son bracelet, mais Raisa vit que tout cela lui passait au-dessus de la tête. La jeune fille se renfonça dans son siège.

— De toute façon, ce n'était pas une perte de temps, dit-elle d'un ton léger.

— Je te crois sur parole, dit Marianna. (Elle s'interrompit quand Claire apporta un plateau d'argent, le posa sur la table et ressortit. La reine se leva.) Allons manger, veux-tu ?

La mère de Raisa semblait trouver plus facile de dire ce qu'elle pensait quand il y avait de la nourriture entre elles.

— Ton seizième jour de naissance arrive, dit-elle abruptement quand Raisa coupa son soufflé au poisson.

— Oh ! vraiment ? Je ne m'en étais pas aperçue ! dit Raisa, en levant les yeux au ciel. Magret se brise l'échine à rapporter tous les cadeaux des prétendants.

Sa mère sourit.

— Nous nous attendons que tes débuts attirent une attention considérable, dit-elle, à l'aise maintenant que la discussion tournait autour du mariage et des festivités. Compte tenu des guerres, dans le Sud, les successions sont, dirais-je, remises en question. De nombreux princes du Sud vont essayer d'épouser une princesse du Nord afin de consolider leur position chez eux, et se ménager un refuge, au cas où le pire surviendrait. (Elle regarda Raisa.) Nous ne voulons pas tomber dans ce piège.

— Que voulez-vous dire ? demanda Raisa, la fourchette à mi-chemin de sa bouche.

Elle n'avait jamais entendu sa mère prononcer deux phrases à la suite concernant la politique.

— Eh bien, tu ne sais pas comment les choses tourneront. Selon l'issue de la guerre, tu pourrais avoir épousé un roi ou un fugitif.

Raisa haussa les épaules.

— Je serai reine à mon propre titre. Je n'ai pas besoin d'épouser un roi.

—Précisément! dit Marianna en souriant.

—Je ne comprends pas, dit Raisa. « Précisément » quoi ?

—Nous devrions éviter une alliance avec le Sud, dit Marianna. Les choses sont trop instables. Il y a peu à gagner et beaucoup à perdre. Nous pourrions être entraînés dans leur guerre.

—Ma foi, dit Raisa, pensant à ce qu'Amon avait dit, les guerres dans le Sud ne dureront pas éternellement. Nous devrions peut-être attendre de voir qui l'emportera, puis décider quelle alliance serait la plus avantageuse. Un mariage avec quelqu'un du Sud sera peut-être exactement ce que nous voudrons. Nous pourrions avoir besoin d'amis, quand ils tourneront leur attention vers nous.

Marianna la regarda comme si elle avait parlé tamrien.

—Mais nous ignorons quand cela arrivera, dit-elle. Nous ne pouvons pas nous permettre de rester les bras croisés en attendant.

—Nous pourrions nous y préparer dès maintenant, dit Raisa. Beaucoup de nos gens sont partis comme mercenaires dans le Sud, puisque la paie y est bonne. Ne serait-ce pas une bonne idée d'essayer de les faire revenir et de les utiliser pour grossir les rangs de notre propre armée ?

La reine enroula son châle plus étroitement autour d'elle, comme s'il lui servait d'armure.

—Nous n'avons pas l'argent pour faire ça, Raisa, dit-elle.

—Nous pourrions nous débarrasser des mercenaires étrangers que nous avons actuellement, dit Raisa. Cela débloquerait des fonds.

—C'est plus facile à dire qu'à faire, dit la reine. Ils ont des postes de commandement. Le général Klemath compte sur eux pour...

—Je n'ai pas dit que ce serait facile, l'interrompit Raisa. Mais je pense que c'est une chose à considérer. Ça coûte plus cher de payer des soldats étrangers, et les gens combattent mieux quand ils défendent leur propre nation et leur famille. Et le fait d'avoir tous ces étrangers ici pourrait être dangereux.

—D'où viennent ces idées ? demanda Marianna en fronçant les sourcils. Est-ce quelque chose que tu as entendu au camp Demonai ?

C'était le code qu'employait la reine pour demander : « Est-ce quelque chose qu'a dit ton père ? ou ta grand-mère Elena ? »

« Entre nous », avait dit Amon. Et elle ne voulait pas lui créer d'ennuis, ni au capitaine Byrne.

—Non. C'est seulement quelque chose à quoi je réfléchis depuis un moment.

— En ce moment, tu devrais te consacrer à tes études, dit Marianna. Je m'occuperai de réfléchir à quelle serait la meilleure alliance, pour toi et pour les Fells. Nous ne pouvons pas retarder ton mariage jusqu'à ce que les gens du Sud cessent de se battre, ce qui peut très bien ne jamais se produire.

— Mais il n'y a pas d'urgence, dit Raisa. Vous vous êtes mariée jeune, mais il n'y a aucune raison pour que je fasse de même. Vous gouvernerez encore longtemps. Je serai probablement une vieille femme entourée de ses petits-enfants quand je monterai sur le trône.

Marianna tripota son châle.

— Je ne sais pas, dit-elle doucement. Parfois, je pense que je ne serai plus longtemps de ce monde.

C'était une vieille arme que Marianna utilisait depuis que Raisa était petite. Et elle était toujours efficace.

— Arrêtez ça ! dit sèchement Raisa. (Puis elle ajouta :) Je vous en prie, ne dites pas ce genre de choses, maman. Je ne le supporte pas.

Quand elle était enfant, Raisa se glissait parfois hors de la nurserie pour regarder sa mère dormir. Elle craignait qu'elle cesse de respirer si elle n'était pas là pour intervenir. Le fait qu'il y ait quelque chose d'éthéré, de presque surnaturel chez sa mère renforçait les craintes de Raisa. Pourtant, elle savait que Marianna était parfaitement capable d'utiliser cette tactique pour arriver à ses fins.

— J'aurais l'esprit plus tranquille si la question de ton mariage était réglée, dit Marianna en soupirant.

Raisa n'avait aucune intention de régler quoi que ce soit dans l'immédiat. Le mariage était seulement une autre forme de prison, à retarder le plus longtemps possible.

Elle avait espéré passer une longue saison à flirter, se faire faire la cour et échanger des baisers passionnés et des déclarations d'amour lors de rencontres clandestines.

Négociation. Compromis. Passer à autre chose.

Passer à autre chose. Excellent ! Cette tactique avait toujours bien fonctionné, avec la reine.

— J'ai réfléchi à ma fête de jour de naissance, dit Raisa, même si elle n'y avait pas vraiment pensé jusque-là. J'ai quelques idées pour ma robe, et je voulais savoir ce que vous en pensiez.

Elles passèrent donc une demi-heure à discuter du pour et du contre du satin opposé à la dentelle, du noir opposé au blanc et du blanc opposé au vert émeraude, des volants opposés aux jupons multiples, des tiares opposées à la résille perlée ou aux filets scintillants. Puis elles discutèrent pour savoir s'il valait mieux organiser la fête sous une tente, dans le jardin, ou bien dans la Grande Salle.

— Il faudra que nous rencontrions la cuisinière en chef pour discuter du menu, dit Marianna, une fois le sujet presque épuisé. Si nous prenons des décisions immédiatement, cela nous épargnera beaucoup de soucis, le moment venu. Bien entendu, une partie du choix dépendra de la liste des invités…

— Amon attend la fête avec impatience, dit Raisa, pour ramener la conversation vers un sujet qu'elle appréciait davantage. Je suis heureuse qu'il soit revenu.

— Je voulais te parler d'Amon Byrne, dit la reine de son ton qui n'annonçait jamais rien de bon.

— Que vouliez-vous me dire à son sujet ? demanda Raisa, déjà sur la défensive.

— Magret m'a dit que le caporal Byrne et toi aviez eu un rendez-vous secret tard la nuit dernière, dans le jardin de verre, dit Marianna en tripotant une de ses bagues.

— La rencontre n'avait rien de secret, dit Raisa. Nous ne nous étions pas vus depuis trois ans. Nous voulions échanger quelques nouvelles, et je n'ai pas eu l'occasion de lui parler pendant le repas.

— Tu as dit au seigneur Bayar que tu avais mal à la tête, dit Marianna.

— Et c'était vrai, mentit-elle. Et alors ?

— Puis tu t'es esquivée pour rencontrer le caporal Byrne, dit la reine. De quoi cela a-t-il l'air ?

— Je suis restée un moment avec lui dans un lieu public, avec ma nourrice, dit-elle en élevant la voix. Dites-moi à quoi ça ressemble !

— Magret a dit que vous étiez partis tous les deux en la laissant dans le labyrinthe.

— Magret s'est endormie sur le banc, et nous avons décidé de ne pas la déranger, dit Raisa. Vous savez comment elle est quand on la réveille. Je suis retournée la chercher au matin.

Et merci pour la discrétion ! Magret avait été plutôt grincheuse et s'était plainte de douleurs variées dans ses vieux os pour avoir dormi toute la nuit sur le banc. Ce qui expliquait peut-être pourquoi elle avait couru tout raconter à la reine. Raisa avait escompté qu'elle ne dirait rien pour dissimuler le fait qu'elle s'était endormie en service. On ne pouvait jamais savoir ce que feraient les gens…

Marianna s'éclaircit la voix.

— Puis le caporal Byrne a été vu quittant ta chambre, plus tard dans la nuit.

Raisa repoussa violemment sa chaise.

— Qui vous a dit ça ? Vous a-t-on fait un rapport sur moi, ce matin ? Est-ce que vous me faisiez suivre ?

— Non, je ne te faisais pas suivre, dit Marianna d'un ton raisonnable. Mais le Haut Magicien est venu me trouver ce matin. Il m'a dit que Micah est venu te voir, puisque tu ne te sentais pas bien, et il vous a vus, le caporal Byrne et toi, devant tes appartements...

Et ce fait méritait une visite du Haut Magicien ? En quoi cela le regardait-il ?

— Donc, pas de problème si Micah vient rôder devant ma porte, mais Amon...

— Micah s'inquiétait pour toi, ma chérie. Il est compréhensible que...

— Micah m'a pratiquement agressée dans le couloir, mère. Il avait bu, et il m'a attrapée par le bras. Amon a dû le raccompagner à sa chambre !

— Ne dramatise pas inutilement, Raisa ! dit sèchement Marianna. Micah a été surpris, voilà tout, quand il a découvert que le caporal Byrne et toi aviez eu... un rendez-vous galant !

Le côté ironique de la chose était que Raisa et Micah s'étaient eux-mêmes rencontrés en cachette. Et un mariage entre eux était expressément interdit par le Naéming. Cette conversation n'avait pas de sens.

Raisa se leva, sa serviette glissant de ses genoux. Elle aurait dû savoir que sa mère ne la soutiendrait pas contre les Bayar. Elle devrait se débrouiller seule, comme d'habitude.

— Nous parlons *d'Amon*, dit Raisa. Il a mangé à notre table des centaines de fois. Pourquoi l'appelez-vous « caporal Byrne » ? Et, en ce qui concerne Micah, posez des questions autour de vous. Il s'est fait beaucoup d'« amies » parmi les dames d'honneur et les servantes. En fait, on dit que...

— Micah Bayar appartient à la Maison du Nid d'Aigle, une famille noble et respectée, dit la reine. Elle fait partie du Conseil depuis plus de mille ans. Mais les Byrne, eux...

— N'ajoutez rien ! l'interrompit Raisa. Edon Byrne est le capitaine de votre Garde. Vous n'oseriez pas dire qu'Amon n'appartient pas à une famille respectée ?

— Bien sûr qu'Amon vient d'une famille respectée, dit Marianna en tortillant une mèche de ses cheveux. Mais c'est un soldat, comme son père, comme tous leurs ancêtres. Ils sont doués pour ce qu'ils font. Mais c'est tout. Ils ne seront jamais que des soldats. (Marianna marqua une pause pour que Raisa comprenne bien.) Je sais qu'Amon était ton ami. Mais, maintenant que tu es plus âgée, tu dois comprendre les différences qu'il y a entre vous, et que tout cela est impossible.

— Que *quoi* est impossible ? dit Raisa, frémissant d'indignation. Je n'ai pas l'intention de l'épouser ! Et je connais mon devoir envers la lignée royale. Mais Amon est mon ami et, même s'il devait devenir plus que ça, ça ne regarde personne d'autre que moi, tant que ça n'affecte pas la succession. Et ça ne l'affectera pas.

— Mais ça pourrait, dit sa mère. As-tu idée de l'impression que tout cela donne, au moment où nous préparons ton mariage ?

Raisa ouvrit la bouche et les mots sortirent comme s'ils avaient été retenus trop longtemps.

— Si vous vous inquiétez de l'impression que donnent les choses, vous devriez plutôt vous faire du souci à votre sujet et à celui du Haut Magicien !

Marianna se leva d'un bond, le châle tombant sur le sol.

— Raisa *ana*'Marianna ! que veux-tu dire ?

Le ton raisonnable n'était plus qu'un souvenir.

— Je veux dire que les gens jasent à votre sujet et à celui du seigneur Bayar. Qu'ils disent qu'il a trop d'influence. Et... qu'il serait temps que mon père rentre à la maison. (Elle déglutit péniblement, les larmes aux yeux.) Et moi aussi, je souhaiterais qu'il revienne. (Elle fit une révérence.) Avec votre permission, Majesté.

Elle n'attendit pas la réponse de sa mère, tourna les talons et s'enfuit de la pièce. Avant d'être hors de portée d'oreilles, elle entendit la reine lui crier, d'une voix hystérique :

— Je parlerai de tout ça au capitaine Byrne !

Comme tout le reste dans la vie de Raisa, le temps qu'elle passait au temple était prescrit par le Naéming. Quatre jours par mois, disait le Naéming, la reine et la princesse héritière devaient se rendre au temple. Il pouvait s'agir d'un jour par semaine, ou de quatre jours d'affilée.

Au camp Demonai, fréquenter le temple était un privilège, pas une obligation. Quatre jours dans le Pavillon de la Matriarche, en compagnie d'autres personnes, ou quatre jours dans le temple de la forêt, à méditer sur la Créatrice et toutes les merveilles du monde naturel. À la fin de ces journées, Raisa se sentait toujours plus forte, pleine d'espoir, en un sens plus centrée sur elle-même, et sûre de ce qu'elle devait faire.

Mais, à la cour de la Marche-des-Fells, il y avait trop de distractions. La mère de Raisa fréquentait le temple, comme exigé, mais elle en faisait une sorte de fête, et venait entourée de ses dames d'honneur, de musiciens, d'amuseurs et de serviteurs chargés de nourriture et de boissons. Après tout, disait Marianna, la musique, la nourriture, la boisson et les commérages étaient également l'œuvre de la nature, et valaient bien qu'on les célèbre. La seule différence entre ces visites et une journée à la cour était l'absence très remarquée des magiciens et la présence des orateurs, qui considéraient ce tintamarre avec désapprobation, mais ne pouvaient pas dire grand-chose. Marianna et ses dames d'honneur se moquaient d'eux derrière leur dos.

Parfois, Raisa avait l'impression que la vie à la cour était conçue pour empêcher les gens de trop réfléchir à quoi que ce soit en particulier.

Pourtant, il y avait des choses auxquelles il aurait fallu penser...

Après la dispute avec sa mère, Raisa n'était pas d'humeur à faire la conversation. Elle se réfugia donc dans le petit temple, au milieu du labyrinthe de la serre. Le soleil coulait à flots par le toit. Elle ouvrit les panneaux de verre pour laisser entrer l'air printanier, et s'installa sur le banc de pierre.

Pendant un moment, son esprit fonctionna furieusement, des images de Micah Bayar et d'Amon Byrne, de sa mère et de Gavan Bayar se pourchassant dans son esprit. Puis elle se calma et examina ses pensées plus soigneusement.

« Occupe-toi du cheval que tu montes avant d'essayer de maîtriser celui d'un autre, disait toujours sa grand-mère, Elena Demonai. Et assure-toi d'avoir une bonne assise avant de le faire. »

En l'espace d'une journée, elle avait embrassé deux garçons, Amon et Micah. Tous deux très séduisants, chacun à sa façon. Et les deux lui étaient interdits.

Était-ce pour cela qu'ils l'attiraient ? Parce qu'ils lui étaient interdits ? Parce que ainsi elle n'était pas obligée de réfléchir à l'horrible question de son mariage ? Parce qu'elle en avait assez de toujours faire ce qu'on lui disait ?

D'une certaine façon, elle était, en fait, fidèle à son héritage. Les reines du Loup Gris étaient bien connues pour leurs aventures galantes. Et la plus célèbre était, bien entendu, Hanalea. Il existait même un livre rapportant ses conquêtes, et Raisa avait surpris Magret en train de le lire.

L'esprit de Raisa dériva du badinage à la politique. « Des yeux et des oreilles », avait dit Amon. Elle avait besoin d'yeux et d'oreilles dévoués à sa cause.

Des possibilités d'avenir se déroulèrent devant elle. Droit devant, il y avait une grande route qui se prolongeait au loin : ce qui arriverait si elle suivait le plan qu'on avait préparé pour elle. Elle vit un mariage avec quelqu'un que sa mère aurait choisi, et bien plus tôt qu'elle l'aurait voulu. Elle ne voyait pas la fin de cette route-là. Elle se perdait dans les ombres et la distance.

De chaque côté s'ouvraient des passages divergents, aussi étroits et encombrés de végétation que les sentiers du labyrinthe, certains difficiles à trouver, chacun avec ses risques et ses inconnues. Oui, il existait d'autres possibilités, mais aucune n'était facile.

Soudain, pendant qu'elle réfléchissait, les yeux mi-clos, quelqu'un s'installa près d'elle, sur le banc. Elle n'eut pas besoin de regarder pour savoir de qui il s'agissait, et elle poussa un long soupir.

— Bon après-midi, Raisa, dit Elena Demonai. Puis-je me joindre à toi ?

— Bon après-midi, Elena *Cennestre*. Soyez la bienvenue, dit Raisa, utilisant le terme des clans qui signifiait « mère ». (Elle ouvrit les yeux.) Comment m'avez-vous trouvée ?

— Cet endroit est très ancien, *lytling*, dit Elena, son visage couleur caramel se plissant en un sourire qui fit ressortir ses yeux verts de voyante. C'est un des rares endroits du Val qui aient du pouvoir. Tu en auras besoin.

Raisa réfléchit à ces paroles. À Demonai, elle avait appris à ne pas toujours poser les questions qui lui venaient à l'esprit, sachant que certaines choses seraient comprises le moment venu.

— Je suis inquiète, grand-mère, dit Raisa. Le chemin devant moi semble assez clair, mais je ne suis pas sûre qu'il soit le bon.

— Dans les montagnes des Esprits, nous trouvons notre chemin grâce au soleil, aux étoiles et autres signes naturels, dit Elena. Ils nous indiquent si nous sommes sur la bonne route, et nous gardent des ennuis. Comment éviter les dangers, dans les plaines ?

Raisa réfléchit un moment.

— Comme dans les marchés. Je cherche un signe de discordance. Quand quelqu'un me dit une chose et que ses yeux, ses mains ou son corps me disent autre chose.

— Et vois-tu des discordances, en ce moment ?

— J'entends les paroles du seigneur Bayar sortir des lèvres de ma mère, dit franchement Raisa. Avant, elle parlait pour elle-même. Et maintenant… je ne suis plus sûre.

Elena acquiesça.

— Quoi d'autre ? demanda-t-elle.

— J'ai l'impression qu'un piège est en train de se refermer sur moi, et j'ignore encore de quoi il s'agit. (Raisa hésita.) J'ai vu des loups sur Hanalea, l'autre jour, pendant l'incendie, mais maman n'a pas semblé les remarquer.

— Des loups, murmura Elena. La lignée des Loups Gris est en danger, et la reine ne le voit pas. (Elle regarda Raisa.) Selon le Naéming, le Haut Magicien est subordonné à la reine. Le seigneur Bayar n'agit pas comme un magicien subordonné. Quelque chose ne va pas.

— Que puis-je faire ? demanda Raisa.

— La reine accepterait-elle de venir au camp Demonai ? Pourrais-tu l'en persuader ?

Raisa secoua la tête.

— Je l'ignore, dit-elle. Je ne pense pas, non. Elle n'est pas très contente de moi, en ce moment. Dès que j'essaie de lui parler du seigneur Bayar, elle se met en colère.

— Tu dois continuer d'essayer, *lytling*, dit Elena. Tente de la persuader de venir au temple de Demonai. Et méfie-toi des Bayar. Le jeune Bayar est charmant et bien de sa personne, mais garde tes distances. Ne te laisse pas embobiner.

— Non, grand-mère, dit Raisa.

— J'ai un cadeau pour toi, dit Elena.

Elle sortit une bourse en daim de sa tunique et la lui tendit.

Raisa défit le cordon et renversa le contenu dans sa main. Au bout d'une chaîne pendait un lourd anneau terni par le temps, et gravé de loups courant en une ronde sans fin. Elle vit aussitôt qu'il était trop grand pour ses doigts.

Raisa regarda Elena.

— Cette chaîne… a l'air très ancienne, parvint-elle seulement à dire.

Elena la prit, ouvrit le fermoir avec une dextérité surprenante et attacha la chaîne autour du cou de Raisa.

— Elle a autrefois appartenu à Hanalea, dit soudain Elena.

— Hanalea ? Mais… elle a l'air trop grande pour…

— La bague est ce que nous appelons un talisman. Il offre une certaine protection contre les enchantements des magiciens. Ne l'enlève jamais.

» Et maintenant, dit Elena en se levant, je vais faire de mon mieux pour que ton père revienne à la maison.

Un peu plus tard, Raisa bâilla et ouvrit les yeux. Elle était seule dans le labyrinthe, affalée sur le banc, un vent du sud agitant sa chevelure. S'était-elle endormie ? Est-ce que tout cela n'avait été qu'un rêve ?

Mais la bague aux loups en train de courir pesait lourdement sur la chaîne autour de son cou.

10

De retour dans le labyrinthe

Raisa envoya un messager aux baraquements, demandant à Amon de la rejoindre dans le labyrinthe du temple ce soir-là, à l'heure des vêpres, mais il envoya une réponse disant qu'il était de service. Elle essaya le soir suivant, avec le même résultat. Après un troisième refus, elle menaça de le rejoindre dans les baraquements, et il accepta de venir.

Pendant ce temps, Micah lui avait envoyé un extravagant bouquet de fleurs et plusieurs mots suggérant une rencontre. Elle les ignora. Ça lui apprendrait à courir raconter n'importe quoi à son père.

Cette nuit-là, elle emprunta le passage secret avec plus d'assurance. Elle avait une torche allumée, et elle faisait assez de bruit pour que les rats se cachent à son approche. Et elle avait mis des vêtements plus pratiques : une de ses jupes fendues de cavalière, des bottes et une veste ajustée. Cela lui facilita l'ascension de l'échelle qu'elle gravit la torche entre les dents comme un pirate.

Quand elle repoussa la plaque de métal du passage, Amon se dressa d'un bond et sortit son épée. Il pivota sur ses talons.

— Par les os d'Hanalea ! Rai, dit-il en secouant la tête et en rengainant son arme. Je pensais que vous alliez bloquer ce passage.

— Je n'ai jamais dit que je le ferais, répondit-elle en se laissant tomber sur le banc. J'aime avoir une sortie de secours. (Elle leva la tête vers lui.) Ne commencez pas. Asseyez-vous, je vous en prie. Vous me regardez de haut comme un prêtre des plaines.

Il s'assit sur le banc et se serra dans le coin le plus éloigné, comme si elle avait été contagieuse. Il était tout raide, presque au garde-à-vous, les mains sur les genoux.

— Pourquoi m'avez-vous évitée ? demanda Raisa abruptement.

— Je ne vous ai pas… (Il s'interrompit quand elle le foudroya du regard.) D'accord, je vous ai évitée. C'est que… j'ai eu une conversation avec mon père.

— Qui a dit quoi ?

— Eh bien… (il s'empourpra)… beaucoup de choses. La principale étant que je faisais désormais partie de la Garde, et que ça signifiait que j'étais de service toute la journée, tous les jours. Pour faire correctement notre travail, qui est de protéger la famille royale, nous devons garder une certaine… distance. (Il s'éclaircit la voix.) Et, franchement, j'ai compris ce qu'il voulait dire.

— Compris quoi ? Que je ne suis pas autorisée à avoir des amis ?

Raisa savait qu'elle était injuste, mais elle n'était pas d'humeur à jouer franc-jeu, et il était la seule cible disponible. En outre, c'était seulement quand elle le mettait en colère qu'il abandonnait son attitude de soldat irréprochable et redevenait l'Amon qu'elle connaissait.

— Bien entendu, nous sommes amis, mais nous…

— … n'avons pas le droit de nous parler, c'est ça ?

Raisa saisit sa tresse et entreprit de la refaire.

— Nous pouvons nous parler, bien sûr, mais…

— … seulement dans une pièce bondée ? (Elle se glissa vers lui.) Ça, c'est trop près ? (Elle approcha encore.) Et ça ?

Elle continua jusqu'à ce que leurs hanches se touchent.

— Raisa, me laisserez-vous au moins finir une phrase ? grommela-t-il, mais sans s'éloigner. J'ignore d'où ça vient, mais papa m'a dit que les gens jasaient à notre sujet. Il m'a menacé de m'envoyer en poste aux Falaises-de-Craie s'il entendait d'autres ragots sur nous.

Raisa posa une main sur son bras.

— Il ne ferait pas ça.

Le port des Falaises-de-Craie était sur l'océan Indio, à des centaines de lieues.

Amon leva un sourcil.

— Il le ferait, n'en doutez pas. Donc, si c'est ce que vous voulez…

— Allez-vous laisser Micah Bayar décider de qui j'ai le droit de voir et à qui je peux parler ?

— Comment ?

— Micah a dit à son père qu'il nous avait vus, l'autre nuit, devant mes appartements. Le seigneur Bayar a parlé à la reine, et la reine a parlé à votre père.

— La reine est impliquée là-dedans ? (Il repoussa ses cheveux en arrière, l'air sidéré.) Je ne comprends pas. Je me demandais si vous et Micah étiez, vous savez… (Ne trouvant pas ses mots, il s'interrompit et se racla la gorge.) La nuit dernière, je ne savais pas si…

Définitivement à court de mots, il se mit à contempler ses mains.

Raisa n'avait pas vraiment envie de discuter de ce sujet avec Amon Byrne.

— Ne vous occupez pas de Micah. Il est un peu trop habitué à n'en faire qu'à sa tête. Il se passe quelque chose. Je n'ai pas encore découvert quoi. Mais j'ai besoin d'amis auxquels je puisse faire confiance. J'ai besoin de quelqu'un qui soit de mon côté.

— Je suis de votre côté, Rai, dit doucement Amon. Toujours. Vous le savez.

Raisa lui prit la main.

— Alors, aidez-moi.

Il la regarda, inquiet.

— Vous aider de quelle manière ?

— J'ai besoin d'yeux et d'oreilles. J'ai besoin de savoir ce qui se passe. Dans le royaume, dans la maison du Conseil des Magiciens, dans les montagnes de la Dame Grise, partout. J'ai l'impression d'être un canari en cage. Je ne vois que les quatre murs qui m'entourent, et, pendant ce temps, le château est assiégé et mes ennemis se rapprochent.

— Quoi ? (Il la regarda de plus près, cherchant probablement des signes de folie ou d'ivresse.) De quoi parlez-vous ?

— Vous savez que, parfois, les reines de sang ont des visions qui prédisent l'avenir. (Amon hocha la tête.) Eh bien, je me sens comme le jour de l'incendie, sur Hanalea. Je suis piégée, les flammes m'entourent de toutes parts et je n'ai nulle part où aller.

— Euh…, dit Amon, comment pouvez-vous savoir s'il s'agit d'une véritable vision ? Je veux dire : j'ai des cauchemars, parfois, mais ça n'est rien de plus.

— Il est possible que j'imagine des choses, dit Raisa, mais je ne peux pas courir ce risque.

— En avez-vous parlé à la reine ? Il me semble que ce serait par là qu'il faudrait commencer.

— L'ennui, c'est que je pense qu'elle fait peut-être partie du problème. J'ai essayé de lui parler, et nous finissons toujours par nous disputer.

Elle se tut en voyant l'expression troublée d'Amon. Amon et elle avaient toujours partagé leurs problèmes. Mais, désormais, elle avait le sentiment de lui demander de prendre son parti contre la reine à qui il avait juré allégeance.

— Nous n'avons pas grand-chose, pour commencer. Un sentiment, une impression..., dit-il enfin.

— Et la façon bizarre dont les gens se comportent, ajouta Raisa. L'autre jour, ma mère ne cessait de répéter que je ne devais pas épouser un prince du Sud, que les choses sont trop instables pour le moment, dans le Sud.

— Peut-être est-ce seulement de l'inquiétude au sujet de votre âge, de vos débuts prochains, et tout ça, dit Amon en écartant les mains. Tous les parents ont des problèmes avec ça. Je me souviens, quand ma sœur Lydia a fêté son jour de naissance. Papa interrogeait et terrorisait tous les garçons qui s'approchaient d'elle.

— Je ne sais pas. En même temps, on dirait qu'elle a hâte que je me marie. Elle dit qu'elle aimerait que cette question soit réglée, qu'elle ne sera peut-être plus très longtemps de ce monde, comme si elle savait quelque chose que j'ignore. Alors même que je n'ai pas encore fêté mon jour de naissance, et qu'il n'y a aucun candidat en vue.

— Mais... vous avez dit que vous ne vous marieriez pas avant des années, dit Amon, d'un ton presque accusateur.

— Si j'ai mon mot à dire. (Elle frissonna.) Je ne veux pas me marier. Je n'ai que quinze ans.

— Et moi, seulement dix-sept, dit Amon. Et je retournerai à l'académie à l'automne. Que voulez-vous que je fasse ? Qui dois-je espionner ?

— Il ne s'agit pas exactement d'espionner. Par exemple, je reçois des informations des gens du camp Demonai que je ne peux avoir de personne d'autre. Ils ne me flattent pas. Ils ne me traitent pas comme une icône à la tête vide. D'une certaine manière, ils me respectent davantage que n'importe qui d'autre.

— Quel genre d'informations attendez-vous de ma part ?

Raisa se redressa sur son siège.

— Eh bien, si des ennuis arrivent, j'imagine qu'ils peuvent venir de deux directions. Soit des guerres, dans le Sud, soit du Conseil des Magiciens.

— Et les gens de la Marche-des-Fells ? S'ils fomentaient une rébellion ? demanda Amon.

— Pourquoi feraient-ils ça? demanda Raisa en fronçant les sourcils. Les gens adorent la reine. Chaque fois que nous allons dans la cité, ils l'acclament et jettent des fleurs sur notre chemin.

Amon secoua la tête, comme s'il avait pitié d'elle.

— Quoi ? demanda sèchement Raisa, aussitôt exaspérée.

— Pour commencer, les gens vivent dans la misère et meurent de faim, et, d'après ce que j'ai vu, la Garde de la reine passe le plus clair de son temps à les malmener.

— Non, dit Raisa d'un ton convaincu. La Garde est là pour protéger les gens.

— Raisa, êtes-vous déjà allée au Pont-Sud ?

— Bien entendu ! Je suis allée au temple qui s'y trouve, et j'ai traversé ce quartier des dizaines de fois. D'accord, il est un peu vétuste, mais...

— Voyons... Vous l'avez traversé dans une voiture, en empruntant la grande route, avec une suite, et vos gardes disposés de chaque côté de la rue.

— Oui, c'est bien ça, reconnut-elle à contrecœur.

— Il est impossible de voir ce qui se passe réellement, quand on est ainsi... protégé. Je suis de patrouille, à pied, dans le Pont-Sud et le Marché-des-Chiffonniers, depuis deux semaines. Laissez-moi vous raconter ce qui est arrivé cette semaine. Six personnes ont été assassinées, hier, au Pont-Sud. Quatre garçons et deux filles, tous de notre âge. Ils ont été torturés et étranglés.

— Par la douce Hanalea ! murmura Raisa. Je n'ai pas entendu parler de ça. Qui ferait une chose pareille ?

— Bonne question. Ils appartenaient tous à une bande des rues appelée les Sudistes. Le sergent Gillen pense qu'une bande rivale, les Chiffonniers, les a descendus pour se venger.

— Se venger de quoi ? demanda Raisa, fascinée malgré elle.

— Les Sudistes ont battu le chef des Chiffonniers il y a quelques jours, un garçon surnommé Gourmettes. Il porte deux bracelets en argent qui sont pour ainsi dire son insigne. Gillen savait où le trouver, et nous l'avons capturé alors qu'il sortait d'une taverne, un peu plus tôt. (Amon se passa nerveusement la main dans les cheveux.) Il a notre âge, et Gillen pense qu'il a assassiné six personnes.

— Vous l'avez donc interrogé ? Qu'avait-il à dire pour sa défense ?

— Eh bien, la première chose que Gillen a faite a été de lui voler sa bourse. Puis il l'a assommé à coups de bâton, dit Amon.

— *Quoi ?* (Raisa secoua la tête comme pour nier l'évidence.) Pourquoi aurait-il fait ça ?

Amon haussa les épaules.

— Gillen est une brute et un voleur. Je l'ai obligé à arrêter, et je suis probablement sur sa liste noire, maintenant. Si mon père n'avait pas été capitaine, je crois que Gillen aurait battu ce garçon à mort. Il m'a dit que j'étais nouveau, que je ne connaissais pas les rues mais que j'apprendrais.

— Donc, ils font ce genre de choses tout le temps ?

— Oui. Plusieurs fois déjà, depuis que je suis avec eux.

— Qu'est-il arrivé après ? Avec Gourmettes ?

— J'ai insisté pour que nous le ramenions au poste de garde pour l'interroger en bonne et due forme. Mais il a réussi à filer pendant que nous traversions le pont Sud. Il a sauté dans la rivière. Il s'est peut-être noyé. (Amon eut un sourire amer.) Ce Gourmettes n'est pas idiot, quoi qu'il ait fait. Si on me ramenait au poste de garde pour y être interrogé par Mac Gillen, moi aussi je ferais n'importe quoi pour m'échapper. Bien entendu, maintenant, Gillen et les autres pensent que c'est ma faute s'il s'est enfui. Et ils ont sans doute raison.

Il soupira.

Raisa se pencha pour essayer de déchiffrer l'expression d'Amon.

— Croyez-vous qu'il était coupable ?

Amon regarda l'eau.

— Ça semble probable. Mais on ne découvre pas la vérité en torturant les gens. (Il leva la tête.) Les faits sont là : les gens du Pont-Sud et du Marché-des-Chiffonniers ont une peur bleue de la Garde de la reine, et pour de bonnes raisons. (Son regard se durcit.) Moi, j'aimerais attacher Mac Gillen et l'abandonner toute une nuit dans une allée du Marché-des-Chiffonniers. On verrait ce qu'il resterait de lui au matin.

Amon est en train de changer, pensa Raisa. *Il me semble que je ne le connais plus. Il a vu, fait et appris des choses pendant que j'étais ici, comme une fleur enfermée dans une serre, à apprendre quelle fourchette utiliser.*

Elle posa une main sur son bras.

— Je m'occuperai de faire renvoyer Gillen, promit-elle.

Amon sourit, son premier vrai sourire de la soirée.

— Oh ! vous allez dire à la reine que vous papotiez avec moi et que j'ai suggéré que nous nous débarrassions de Gillen ? Je ne pense pas, non ! (Il secoua la tête.) Et ce n'est pas nécessaire. J'en ai déjà parlé à mon père. S'il y a quelque chose à faire, il s'en occupera. Mais la Garde est pleine de types comme Gillen. C'est un refuge pour les voyous. Et un capitaine ne peut pas faire tout ce qu'il veut. Avant, c'était différent.

Raisa se leva et marcha de long en large.

— C'est exactement de ça que je parle. Comment puis-je être la princesse héritière du royaume et ignorer ce qui se passe ? (Elle s'arrêta de marcher.) Vous dites que les gens meurent de faim ?

Amon acquiesça.

— Oui. Vous savez qu'il ne pousse pas grand-chose, ici. Le Val est fertile, mais il n'y a pas beaucoup d'autres terres arables, et nos hivers sont trop longs. Nous ne pouvons pas manger l'or, l'argent ou le cuivre. Nous avons toujours dépendu de nos échanges commerciaux avec Arden, Tamron et les autres royaumes du Sud pour notre grain. Avec les guerres qui s'éternisent, le peu de nourriture qui arrive dans le Nord est trop cher pour la plupart des gens. (Il s'interrompit et reprit, sans ambages.) Vous avez largement de quoi manger, certes, mais ce n'est pas une raison pour en déduire que c'est le cas de tout le monde.

Raisa se sentit blessée.

— Je ne veux pas être ce genre de reine. Inconsciente, égoïste et superficielle, et…

— Vous ne le serez pas, dit rapidement Amon. Ce n'est pas ce que je voulais dire.

— Si, c'était ça. Et je le mérite. Je dois trouver un moyen d'aider les gens.

Mais que pouvait-elle faire ? Elle vivait dans un palais, un festin l'attendait tous les soirs, et elle avait une armoire débordant de vêtements, mais elle n'avait pas d'argent à elle.

Elle aurait pu essayer de parler à la reine, mais elle n'avait pas abouti à grand-chose en tentant de communiquer avec elle, un peu plus tôt dans la semaine. Si elle se fondait sur cette conversation, sa mère entendait probablement dépenser tout l'argent supplémentaire qu'elle pouvait avoir pour organiser un mariage.

De plus, Raisa voulait faire quelque chose par elle-même. Quelque chose d'important, qui symboliserait la reine qu'elle avait l'intention de devenir.

Depuis son retour de Demonai, elle se sentait totalement inutile.

Elle pourrait peut-être vider ses placards et vendre ses vêtements au Marché-des-Chiffonniers, puis se servir de la recette pour acheter de la nourriture aux gens qui n'en avaient pas ? Mais cela ne rapporterait pas beaucoup d'argent…

Puis elle eut une idée. Plus elle y pensait, plus elle était convaincue qu'il s'agissait de la chose à faire.

Elle regarda Amon.

— Merci de m'avoir dit la vérité. Et maintenant, accepterez-vous de m'aider ?

Il la regarda, l'air soupçonneux.

— De quelle manière ?

— Pourriez-vous apporter un message à Demonai et le donner à ma grand-mère Elena ?

Il hésita.

— Il faudrait que je connaisse la teneur du message.

— Je vais lui demander d'envoyer un de ses meilleurs marchands me rencontrer au temple du Pont-Sud, après-demain.

— Pourquoi au Pont-Sud ? demanda Amon. Ne pourrait-il pas venir ici ?

— Il y aura moins de risques qu'on me reconnaisse, au Pont-Sud. Et il y a quelqu'un, au temple, avec qui je veux m'entretenir. Avez-vous entendu parler de l'orateur Jemson ?

— Oui, dit Amon, comme s'il était étonné que Raisa connaisse l'orateur au franc-parler. Tous ceux qui sont allés au Pont-Sud le connaissent. Mais… comment allez-vous faire pour vous y rendre ?

Elle haussa les épaules.

— J'irai déguisée. Vous avez dit que je devrais sortir davantage et voir ce qui se passe réellement dans la cité.

— Quoi ? dit Amon, l'air inquiet. Je n'ai pas exactement… Vous ne pouvez pas aller seule au Pont-Sud ! Peu importe avec quel déguisement.

— Alors, venez avec moi, dit-elle en souriant. Ce sera une aventure, comme au bon vieux temps.

— Une personne ne suffira pas à vous protéger. (Il lui saisit les doigts impulsivement, comme s'il pouvait la convaincre de changer d'avis en l'attirant vers lui. Sa main était chaude, avec une paume calleuse.) Allons, Raisa, pourquoi voulez-vous y aller seule ? Inventez un prétexte. Dites que vous voulez aller au temple pour faire vos dévotions.

— Non. Ça signifierait faire le déplacement avec une suite, vous vous souvenez ? Des gardes armés, une voiture, une flopée de gens. Je veux des réponses honnêtes. Et je ne les obtiendrai pas si je débarque avec une escorte.

— Si vous allez au Pont-Sud, vous aurez besoin d'un garde armé. (Comme elle ne répondait pas, il demanda :) Qu'avez-vous l'intention de faire ?

— Je ne veux pas en parler avant de savoir si ça marchera.

— Et si je ne peux pas me libérer ? Je risque d'être de service tout le reste de la semaine.

Elle se leva.

— J'irai, avec ou sans vous. Si vous voulez m'accompagner, trouvez-vous après-demain à l'extrémité du pont-levis, aux vêpres.

— Vous voulez y aller *de nuit* ? demanda Amon en la regardant comme si ses pires craintes s'étaient réalisées.

— Oui, dit Raisa. Il y aura moins de risques qu'on me reconnaisse, dans le noir.

— Vous risquez aussi davantage de vous faire trancher la gorge. Ou pire. (Il se leva, espérant que sa stature l'aiderait à l'intimider pour qu'elle change d'avis.) C'est vraiment une très mauvaise idée. Laissez tomber, Raisa, ou je le dirai à mon père et il postera quelqu'un pour vous intercepter.

Raisa le regarda dans les yeux, même si elle dut lever la tête pour ça.

— Et si vous faites ça, j'attendrai et j'irai un autre jour, seule.

C'était ainsi qu'ils se comportaient depuis l'enfance, et ils avaient du mal à agir différemment. Elle avait les idées hardies ou dangereuses, et il fournissait la force physique pour les réaliser.

Ils se défièrent un long moment du regard.

— Je n'arriverai peut-être pas à contacter Elena, grommela Amon.

Et elle sut qu'elle avait gagné.

Mais… pourquoi abandonnait-il si aisément ? Elle le regarda attentivement. Il avait détourné les yeux, ce qui signifiait qu'il préparait un plan de son cru.

D'accord. Elle s'en arrangerait. Elle tendit le cou pour lui poser un chaste baiser sur la joue, mais il tourna la tête au même instant, et les lèvres de Raisa atterrirent tout près de sa bouche. Elle recula d'un bond et ils se dévisagèrent. De près, le visage était d'Amon couvert d'une barbe naissante à l'aspect plaisant.

— Bon, dit-elle en se levant, un peu troublée. Merci d'être venu ce soir. J'ai l'impression que vous êtes mon seul ami.

Elle gagna l'ouverture du tunnel au centre du petit temple.

— Même si vous ne pouvez pas venir au Pont-Sud, retrouvez-moi ici dans une semaine, et je vous dirai comment les choses auront tourné.

— Si vous êtes encore en vie, dans une semaine, marmonna-t-il.

Elle lui décocha un sourire.

— Remettez la plaque en place pour moi, voulez-vous ?

Elle commença à descendre l'échelle, se sentant enfin vivante depuis son retour à la cour.

Pourtant, elle éprouvait une pointe de culpabilité. Ce n'était pas juste d'en demander autant à Amon, et elle le savait. Il avait beaucoup plus à perdre qu'elle. Il appartenait à la Garde de la reine et lui avait juré allégeance. Son propre père, le capitaine de la Garde, lui avait dit de garder ses distances avec Raisa.

Mais ce n'était pas comme si elle lui avait demandé de commettre une trahison. Elle était la princesse héritière, et il était également à son service.

Pourtant, il avait déjà des ennuis à cause d'elle. Les Bayar étaient connus pour être de dangereux ennemis, et Micah chercherait sûrement une occasion de faire payer Amon pour son attitude. Et tous ses raisonnements ne changeaient rien au fait que ce serait le caporal qui pâtirait si leur escapade était découverte. Être envoyé aux Falaises-de-Craie ne serait pas la pire de ses punitions.

11

Sanctuaire

Les cloches du temple du Pont-Sud sonnèrent quatre fois. Le son se réverbéra sur les pavés, annonçant qu'il était 4 heures, et que toute personne raisonnable devait se trouver bien à l'abri dans son lit. Les torches de chaque côté de l'entrée des bénédictions brûlaient toujours, prêtes à accueillir les gens dans le besoin à n'importe quelle heure du jour ou de la nuit. À cet instant précis, Han aurait préféré être caché par l'obscurité.

Tout en se tapissant dans l'ombre du bâtiment, il leva le heurtoir décoré et le laissa retomber contre la porte une seconde fois. Il regarda par-dessus son épaule, s'attendant à tout moment à sentir la poigne ferme d'un garde sur son bras, ou le contact froid d'une lame.

Il entendit des pas à l'intérieur, suivis par le cliquetis du verrou, et la porte s'ouvrit. Une Consacrée en robe blanche le regarda avec des yeux ensommeillés. Elle semblait avoir environ l'âge de Han.

— Que la Créatrice vous bénisse, dit-elle en bâillant, puis elle écarquilla les yeux quand elle le vit de plus près. Que vous est-il arrivé, mon gars ? demanda-t-elle, son accent du Pont-Sud refaisant surface. Vous vous êtes battu ?

Sa curiosité l'avait complètement réveillée.

— J'ai besoin d'un abri, dit Han, qui ajouta : je vous en prie, quand il vit qu'elle restait figée. Je vous le jure sur la Créatrice, je n'ai pas l'intention de faire du mal à qui que ce soit.

Il tituba, et elle lui passa un bras autour de la taille pour l'aider à s'asseoir sur un banc de pierre, dans l'entrée.

Elle recula promptement, époussetant ses robes.

— Vous puez ! dit-elle en grimaçant.

— Désolé. Je suis tombé dans la rivière, dit-il en fermant les yeux quand une vague de vertige l'envahit.

— Qu'est-ce que vous avez au bras ?

Il ne répondit pas à la question.

— Pourriez-vous appeler l'orateur Jemson, je vous prie ? C'est important.

— Ma foi, je ne crois pas qu'il aimerait être réveillé à cette heure-ci, dit-elle. Je ne pourrais pas lui donner un message, demain matin ?

Han garda les yeux fermés et ne répondit pas. Il l'entendit partir après un moment. Il dormait presque quand il entendit la voix de basse de Jemson se rapprocher.

— Est-il grièvement blessé, Dori ? Vous êtes sûre que ce n'est pas un de nos étudiants ?

— Même si c'était le cas, je ne crois pas que je l'aurais reconnu. Il est dans un tel état !

Han ouvrit les yeux et vit Jemson le regarder, grand et l'air sévère.

— Maître Alister. Que la Créatrice soit remerciée ! Vous êtes en vie. J'avais craint le pire.

— Où est Mari ?

— Elle dort, à l'abri dans le dortoir. Les Consacrés se sont chargés d'elle. J'ai fait prévenir votre mère afin qu'elle ne s'inquiète pas.

Han s'assit péniblement à cause de son bras inutilisable.

— Vous devez lui faire quitter le Pont-Sud et la ramener au Marché-des-Chiffonniers, dit-il. Personne ne doit savoir où j'habite, ou même que j'ai une sœur.

Jemson regarda Dori, qui écoutait avec une attention avide.

— Ce sera tout, Dori. Retournez vous coucher. Je m'occupe de tout.

Dori partit en traînant les pieds, et en jetant de nombreux coups d'œil en arrière.

L'orateur s'agenouilla devant Han pour pouvoir le regarder dans les yeux.

— Dites-moi, Hanson, avez-vous quelque chose à voir avec ces assassinats ? demanda-t-il d'une voix sévère. Je dois savoir la vérité.

— Non, monsieur, murmura Han, je vous le jure.

— Une idée sur qui aurait pu faire ça ? ou pourquoi ?

— Non. Mais on m'accuse. La Garde de la reine est à mes trousses. (Il regarda ses chaussures.) Je suis désolé de vous mêler à ça, et je partirai si vous me le demandez. Mais… je ne peux pas rester dans la rue, et je n'ai aucun endroit où aller. Si j'arrivais à rejoindre le camp Marisa, je pourrais rester hors de vue pendant un moment, mais, d'abord, j'ai à faire ici.

—Je n'aime pas ça, dit Jemson. Ce matin aussi, vous avez dit que vous aviez des choses à faire, et vous revenez couvert de sang et pourchassé par la Garde. Je pense que vous devriez rester tranquille.

—Mais je dois découvrir qui a descendu les Sudistes, dit Han. Si ce sont les Chiffonniers, j'ai besoin de le savoir. Je ne peux pas rester éternellement dans les montagnes. Je ne peux pas laisser Mam et Mari se débrouiller seules.

—Nous verrons. En attendant, vous avez besoin de soins. Si je ne m'abuse, ce bras est cassé.

Han soutenait son bras blessé avec l'autre. Il était enflé du coude au poignet, et prenait une vilaine couleur bleu-vert. Son bracelet d'argent, devenu très serré, lui entrait dans la chair.

—Je n'ai pas les moyens de payer un guérisseur, dit Han. Peut-être que, si on le bande, ça pourra attendre que j'arrive au camp Marisa.

—En fait, il y a quelqu'un ici qui pourrait vous aider, je crois, dit l'orateur. Pouvez-vous marcher ?

Quand Han fit signe que oui, Jemson dit :

—Suivez-moi.

Jemson aida Han à se lever et le conduisit le long du couloir. D'une main, il soutenait le coude valide de Han, et portait une torche de l'autre. Les corridors habituellement bruyants étaient étonnamment silencieux au milieu du temple endormi. Jemson et Han passèrent devant le sanctuaire et les salles de cours, et arrivèrent aux dortoirs, où les Consacrés et les locataires demeuraient.

Ensuite, ils traversèrent une cour baignée de rayons de lune, et Jemson ouvrit la porte d'une pièce qui donnait sur le jardin des guérisseurs. Elle contenait deux lits d'une personne, une table, une chaise droite, un fauteuil à bascule, une malle, une baignoire ainsi qu'un évier et une bassine.

Jemson posa la lampe sur la table.

—Allongez-vous et reposez-vous. Je reviens tout de suite.

Han se laissa tomber sur le lit avec soulagement. Il se sentit coupable parce qu'il était encore sale de son plongeon dans la rivière, mais il était trop fatigué pour faire quelque chose à ce sujet. Avoir un refuge, un endroit où dormir quelques heures, était déjà une bénédiction. Son bras le faisait souffrir, mais il était tellement épuisé qu'il s'enfonça dans une sorte de sommeil éveillé. Il lui sembla que quelques minutes seulement s'étaient écoulées quand il se réveilla en sursaut. Quelqu'un était entré dans la pièce et s'était assis sur son lit. Il chercha à tâtons un couteau qu'il ne possédait plus.

— Chasse-Seul, que t'ont fait les gens des plaines ?

Saule posa son sac de guérisseuse à côté de lui, et posa une main fraîche sur son front brûlant.

— Saule ? (La bouche de Han était si sèche qu'il eut du mal à prononcer son nom.) Que faites-vous ici ?

Saule ne venait jamais en ville. Elle disait que ça la vidait de toute sa magie.

— J'avais à faire à la Marche-des-Fells, dit-elle.

Elle examina délicatement son bras, et son toucher était comme de l'eau fraîche qui emportait la douleur avec elle. Elle se leva, remplit un verre d'eau et y dilua le contenu d'une bourse décorée de perles.

— Bois, dit-elle. C'est de l'écorce de bouleau. Ça soulagera la douleur.

C'était de l'écorce de bouleau et de l'algue chevelue, et peut-être encore autre chose, parce qu'il lui sembla qu'il avait des hallucinations.

Une porte s'ouvrit et se ferma, et il crut entendre Danseur dire :

— Qu'est-il arrivé à Chasse-Seul ? Qui lui a fait ça ? Laisse-moi le voir.

Puis la voix de Saule s'éleva, comme si elle essayait de le persuader de partir. Des pas rapides, et Danseur apparut au-dessus de lui, les yeux écarquillés, essoufflé et le visage luisant de sueur, les cheveux plaqués en longues mèches humides. Il portait une robe de Consacré qui contrastait avec sa peau sombre.

— Chasse-Seul, murmura-t-il en tendant la main vers le visage de Han.

La peau de Danseur sembla prendre feu, et des flammes jaillirent de son corps. Han se protégea le visage de son bras valide. Puis Saule et Jemson tirèrent Danseur hors de la vue de Han.

— Tu ne peux pas l'aider, Danseur, dit Saule d'un ton urgent. Va avec Jemson, et laisse-moi travailler.

— Danseur ! cria Han en essayant de se lever.

La drogue l'en empêcha. Danseur était malade ! Danseur était en feu. Danseur de Feu.

Saule revint peu après. Il essaya de lui parler, de lui demander ce qui se passait, mais il ne parvint pas à articuler les mots. Il se rendit vaguement compte que Saule remettait son bras en place, disait quelque chose, puis lui posait une attelle et l'attachait contre son corps. Ensuite, il plongea dans le sommeil.

Il se réveilla tard dans l'après-midi. Le soleil filtrait par la fenêtre, les oiseaux chantaient, et le parfum des fleurs dérivait à travers la porte ouverte. Tout allait bien.

Il se regarda. On l'avait lavé, et il portait la robe blanche des Consacrés. Sa bourse était posée sur la table, mais ses vêtements avaient disparu. Son bras avait considérablement désenflé. Il était attaché contre sa poitrine, et seule une gêne persistante lui rappelait l'atroce douleur de la veille. Avec un peu de chance, il pourrait se servir de son bras dans une semaine. Ce n'était pas la première fois que Saule le soignait.

Des images passèrent dans son esprit comme des taches de peinture humide. Le bâton de Gillen descendant vers son crâne. Danseur en feu. Le visage inquiet de Saule.

Il balança ses jambes hors du lit et se leva en tremblant. Il s'aperçut qu'il mourait de faim. C'était un effet secondaire de la guérison rapide. Elle vous laissait affamé. Il alla à la porte, pieds nus, et regarda dans le jardin. Il vit Dori se diriger vers lui, portant un plateau à l'aspect engageant.

— Mère Saule a dit que vous voudriez quelque chose à manger, dit Dori. Je suis contente de voir que vous allez beaucoup mieux.

Elle porta le plateau dans la chambre de Han et le posa sur la table. Puis elle s'assit sur un des lits, releva les genoux et appuya les pieds sur le cadre du lit, comme si elle avait l'intention de rester un moment. Elle avait un visage rond assez joli, un peu gâché par des yeux bleus trop petits et une bouche au pli amer. Sous les robes, il ne voyait pas grand-chose de son corps, mais elle avait quand même l'air assez rondelette.

— Merci beaucoup, dit Han en s'asseyant sur l'autre lit.

Il prit la serviette sur le plateau. Il avait eu peur qu'on lui serve de la bouillie ou une autre nourriture de malade, mais il y avait un bon morceau de fromage, du pain noir et quelques fruits. Il s'y attaqua et fit passer le tout avec de grands verres d'eau.

— Je m'appelle Dori, dit la jeune fille en se penchant le plus près possible de Han, comme si elle était jalouse de l'attention qu'il accordait à la nourriture. Et vous, vous êtes Gourmettes Alister. J'ai entendu parler de vous. Comme tout le monde !

— Ravi de vous rencontrer, dit-il, la bouche pleine.

— Je suis une Consacrée de première année, dit-elle. Avant, je vivais dans l'allée des Mûres.

— Hummm…, dit Han. (Comme elle continuait à le regarder d'un air interrogateur, il ajouta :) Comment avez-vous décidé de devenir une Consacrée ?

— Oh ! c'était une idée de ma mère, dit Dori. Une bouche de moins à nourrir. C'était ça, ou bonne à tout faire.

— Ah ! et ça vous plaît ?

— C'est pas mal, je suppose. (Elle tirailla ses robes d'un air découragé.) Mais j'en ai assez de porter ça tout le temps. J'aimerais au moins qu'elles aient des couleurs différentes. (Elle se pencha et demanda d'un ton de conspiratrice :) C'est comment, d'être le chef des Chiffonniers ? J'ai entendu dire qu'il y avait une prime de mille fillettes sur votre tête.

— Ce n'est pas de moi qu'il s'agit, dit Han en pensant qu'il devrait l'écrire sur le devant de sa robe. Les gens font tout le temps cette erreur. Je n'appartiens pas aux bandes.

— Oh ! dit Dori, déçue. Alors, vous n'avez jamais tué personne, je suppose ? (Après un instant de réflexion, elle ajouta :) Mais vous avez les cheveux blonds, comme lui. Je n'avais jamais vu un garçon avec les cheveux si clairs. Ils sont presque aussi clairs que les miens. Regardez !

Elle enroula une mèche de cheveux autour de son petit doigt et lui tendit l'ensemble pour qu'il l'examine.

Han termina le fromage et le pain, et se lécha les doigts.

— Merci pour le repas, dit-il.

Il bâilla et s'allongea sur le lit, espérant qu'elle comprendrait l'allusion et partirait.

Mais elle s'approcha de lui et s'assit sur le bord de son lit. Puis elle saisit sa main valide et remonta sa manche.

— Vous avez les bracelets en argent, dit-elle d'un ton sévère, comme s'il avait essayé de la voler. Vous êtes Gourmettes Alister, forcément !

— Quelle importance ? dit-il.

Pour la millième fois, il aurait tant voulu pouvoir enlever ces bracelets !

— On dit que vous avez les Vestes Bleues dans votre poche. On dit que, dans votre planque secrète, vous avez un trésor, des diamants, des rubis, des émeraudes volés aux nobles, et que vous vous habillez d'or, et que vous retenez prisonnières de belles femmes riches pour demander une rançon, et qu'elles tombent toutes amoureuses de vous et refusent que vous les libériez.

— J'ignore comment ces rumeurs ont commencé, dit Han, souhaitant désespérément qu'elle s'en aille.

— Et, quand vous les laissez partir, vous leur dites de choisir quelque chose dans votre trésor, et elles prennent une bague ou un collier, et n'acceptent de l'abandonner pour rien au monde, et elles dorment avec en le mettant sous leur oreiller. Et certaines se consacrent au temple après, parce que plus personne ne peut les intéresser après qu'elles vous ont connu.

Han aurait éclaté de rire, si son instinct ne lui avait pas hurlé : « Danger ! »

— Réfléchissez, dit-il. J'ai seulement seize ans. Comment ça pourrait être vrai, tout ça ? De plus, je ne suis plus dans le coup.

Elle le regarda avec des yeux aussi bleus et aussi vides qu'un ciel sans nuages.

— Je n'y crois pas. Pourquoi auriez-vous tout abandonné ?

Han se souciait peu d'expliquer ses raisons à Dori. Toute son existence, il avait connu une guerre intérieure. La vie de la rue était séduisante. Elle donnait l'impression qu'on était puissant, parce qu'on contrôlait la vie, la mort et le commerce, dans un rayon de quelques pâtés de maisons. Parce que les gens traversaient la rue quand ils vous voyaient. Parce que toutes les filles voulaient sortir avec un seigneur de la rue.

Et l'histoire se transformait en légende, jusqu'à ce qu'on ne sache plus qui on était et de quoi on était capable. Les violentes batailles pour le territoire, le butin et la survie étaient comme une drogue, et l'école et la famille devenaient une toile de fond sans intérêt comparée à l'excitante réalité de la rue.

Il avait été bon dans ce rôle. Follement bon. Ou peut-être seulement fou. Il avait fait des choses auxquelles il n'aimait pas repenser.

La voix de Dori interrompit sa rêverie.

— Avez-vous une chérie ? demanda-t-elle en lui serrant la main. Parce que, moi, je n'ai pas de chéri.

Han comprit que la conversation prenait un tour dangereux, mais, à cet instant, quelqu'un arriva sur le seuil, comme un petit ange envoyé par les cieux.

— Han !

C'était Mari. La raison pour laquelle il avait abandonné son ancienne vie.

Dori retira vivement sa main et retourna sur l'autre lit. Han se redressa, et sa petite sœur se jeta dans ses bras… enfin, dans *son* bras.

— On m'a dit que tu as été blessé. Qu'est-il arrivé à ton bras ? Où es-tu allé, hier ? Pourquoi n'es-tu pas revenu ?

— J'ai été attaqué dans la rue, dit Han, sans mentir. Je vais peut-être devoir m'éloigner pendant quelque temps. Mais, avant, je te ramènerai à la maison.

— Où habitez-vous ? demanda Dori en les regardant à tour de rôle.

— Dans la rue des Pavés, au-dessus de l'écurie, dit Mari avant que Han puisse l'en empêcher.

Il ignorait pourquoi il aurait tant voulu l'arrêter, mais il n'avait pas envie que Dori sache où le trouver. En supposant qu'il puisse un jour rentrer chez lui…

— Tu as l'air bizarre dans ces robes, dit Mari. Et tes cheveux sont tout hérissés. (Elle se mouilla un doigt et essaya de les lisser.) Maître Jemson m'a envoyée voir si tu étais réveillé. Tu dois aller le retrouver dans son bureau. « Tout de suite », il a dit, si tu en es capable.

Elle le tira par la main.

— Ah ! d'accord. À plus tard, Dori, dit Han, pensant : *le plus tard possible, ou jamais !*

Le bureau de l'orateur Jemson débordait de livres. Il y en avait sur toutes les surfaces planes, et dans des bibliothèques qui atteignaient le plafond. Des parchemins roulés étaient rangés dans des niches, et d'autres étalés sur son bureau, tenus par des pierres. Des cartes de lieux lointains étaient épinglées aux murs. Il régnait dans la pièce une odeur de cuir, de poussière, d'huile de lampe et de savoir.

Quand Han était petit, il passait des heures d'affilée à explorer la bibliothèque de Jemson. L'orateur ne l'embêtait jamais pour qu'il se lave les mains avant de toucher les volumes aux reliures dorées, ou pour qu'il fasse attention en tournant les pages fragiles. Il ne lui disait jamais de ne pas renverser d'encre quand il recopiait des passages, ni de ne pas toucher aux illustrations peintes à la main. Il ne lui enlevait jamais de livres sous prétexte qu'ils étaient trop compliqués, pas de son âge ou trop épais.

L'amour des livres de Jemson était contagieux, et Han en prenait soin, même s'il n'en avait jamais possédé personnellement.

L'orateur était assis à son bureau et encrait un parchemin, sa théière sur un petit réchaud, derrière lui. Sans lever la tête, il dit :

— Asseyez-vous, maître Alister. Maîtresse Mari, l'oratrice Lara donne un cours dans le studio d'art, cet après-midi. Allez la rejoindre pendant que je parle avec votre frère.

Mari se raidit et fit mine de protester, mais Han lui tapota maladroitement l'épaule.

— Vas-y. Ne t'en fais pas, je viendrai te chercher quand j'aurai terminé.

Han resta assis en silence un moment, pendant que Jemson finissait son travail. Quand ce fut fait, il saupoudra la page de sable et la mit de côté. Puis il regarda Han.

L'orateur avait l'air plus vieux que la veille, comme si son visage avait été creusé par de nouveaux chagrins ou de nouvelles déceptions.

— Voulez-vous un peu de thé, maître Alister ? demanda-t-il en prenant une tasse sur une étagère de son bureau.

Han se pencha.

— Qu'y a-t-il ? Qu'est-il arrivé ?

Jemson versa du thé dans la tasse.

— On a trouvé deux autres cadavres, ce matin, dit-il.

— Des Sudistes ?

Jemson hocha la tête.

Han se passa la langue sur les lèvres, son repas pesant soudain lourd sur son estomac.

— Pareil qu'avant ?

— Oui. Ils avaient été torturés. Brûlés à différents endroits. Il est difficile de dire ce qui les a tués. Peut-être sont-ils morts de peur.

— Vous avez vu les corps ?

Jemson faisait tourner sa tasse entre ses mains.

— Ils ont été apportés ici, espérant que nous pourrions les identifier. Je les connaissais tous les deux. Josua et Jenny Marfan. Frère et sœur. Ils venaient au temple, avant que je les perde à cause de la rue. J'avais toujours espéré qu'ils abandonneraient cette vie un jour, comme vous l'avez fait.

L'orateur le regarda longuement, et Han comprit qu'il attendait qu'il dise quelque chose. Jemson pouvait inciter quelqu'un à confesser n'importe quel crime grâce à ses silences. Han pensait souvent que la Garde ferait mieux de louer ses services, plutôt que de battre les gens pour qu'ils avouent.

— Comme je vous l'ai déjà dit, je ne sais rien sur ce qui est arrivé, dit Han. Vous savez que je n'ai personnellement pris aucune part à l'affaire, puisque j'étais ici toute la nuit. La Garde accusera les Chiffonniers, mais, pour moi, ça n'a pas de sens. S'ils avaient voulu prouver quelque chose, six Sudistes morts auraient suffi. Pas de raison d'en tuer deux de plus. À moins qu'ils aient décidé d'éliminer tous les Sudistes.

Jemson leva un sourcil.

— Cela vous semble-t-il une possibilité ?

Han haussa les épaules.

— C'est peu probable. Le Marché-des-Chiffonniers est un meilleur territoire, plus près du château de la Marche-des-Fells, où plus d'argent circule, des pigeons plus faciles, aux bourses mieux remplies. Ici, ils ont Mac Gillen qui les saigne à blanc. Il collecte des pots-de-vin depuis des années. Gillen prétend qu'on peut l'acheter, mais il n'hésite pas à trahir quelqu'un s'il a besoin d'un bouc émissaire. Il a des relations en haut lieu, paraît-il, donc j'imagine qu'il ne se fera jamais coincer. Ce que je veux dire, c'est que ça ne vaut pas le coup d'essayer de s'emparer du territoire des Sudistes.

Han souffla sur son thé et avala une gorgée.

— Au Marché-des-Chiffonniers, on peut composer avec la Garde. La plupart de ses membres sont des gens du quartier, et ils préfèrent rester assis à leur poste pour jouer aux dés et aux cartes. Personne n'essaie de se faire un nom. Si on passe un marché avec eux, ils s'y tiennent. S'ils acceptent des pots-de-vin, ils laissent les gens tranquilles, sauf s'ils font quelque chose d'énorme sur quoi ils ne peuvent pas fermer les yeux. C'est pour ça que ces meurtres sont stupides.

— « Stupides », répéta Jemson, regardant Han comme s'il parlait une langue étrangère.

— Eh bien, oui ! Il n'y a rien à y gagner, excepté le droit de se vanter, et ça fait venir les Vestes Bleues. Il faut être plus intelligent que ça. Quand je dirigeais les Chiffonniers, on… (Il s'interrompit quand il vit l'expression de Jemson.) Dites-le, grogna-t-il. Dites ce que vous pensez, quoi que ce soit !

— Vous dites que les Chiffonniers n'avaient rien à y gagner. Mais je pense qu'il existe d'autres raisons de ne pas assassiner les gens, dit doucement Jemson.

— Ouais, c'est vrai. Je peux vous raconter tout ce que vous avez envie d'entendre, vous savez. Mais là, j'étais simplement honnête avec vous.

— Je sais, et j'apprécie. (Jemson se frotta le front.) Pardonnez-moi. Parfois, j'ai du mal à accepter que… Maître Alister, je vois que votre réputation de chef et de stratège est méritée. Et toutes les qualités qui ont fait de vous un excellent seigneur de la rue pourraient vous emmener où vous voulez. Le commerce. L'armée. La cour de la Marche-des-Fells. (Il soupira.) *Devraient* vous emmener. Mais trop des enfants dont je m'occupe finissent morts. C'est un tel gâchis !

— Les *lytlings* qui viennent au temple du Pont-Sud sont les plus intelligents de tous, dit Han, pensant à Mari. Mais il n'y a rien pour eux, excepté les bandes. Certains y entrent parce que ce sont des brutes-nées. Un tas d'autres le font parce que c'est comme ça qu'on survit. On peut nourrir une famille avec les gains d'une bande, si on a le bon seigneur de la rue. (Il eut un demi-sourire.) Et, si on se fait tuer, on n'a plus besoin de regarder les membres de sa famille manger de l'argile pour se remplir le ventre.

» Est-ce que vous savez à quel point c'est dur pour moi, depuis que j'ai quitté la bande ? Je travaille trois fois plus pour gagner moitié moins. Les Sudistes ont toujours une dent contre moi, et les Chiffonniers ne savent pas quoi penser de moi. Il ne se passe pas un jour sans que je me demande si je n'aurais pas mieux fait de rester avec eux.

— Pourquoi les avoir quittés, alors ? demanda Jemson. (Il se racla la gorge.) Puisque vous étiez si… doué pour cette vie.

— Mari, dit Han sans détours. Je ne voulais pas de *cette* vie pour elle. Et, quand on appartient à une bande, aimer quelqu'un, c'est comme mettre son cœur sur un plateau et le servir à ses ennemis. Quand j'étais avec la bande, je n'allais jamais voir Mam et Mari, et je me comportais comme si je les détestais. Je leur envoyais de l'argent, mais je faisais très attention. J'avais des gars qui surveillaient la maison. Il suffit d'un moment d'inattention, d'un gars des rues qui a envie de se faire un nom. Le moment arrivait où Mari aurait dû se joindre à la bande, pour sa propre sécurité.

— Qu'espérez-vous, pour Mari ? demanda doucement Jemson.

— Je ne sais pas. Ça dépend de ce qu'elle veut, elle. (Han désigna d'un geste ce qui se trouvait autour de lui.) Ici, ça lui plaît. Peut-être voudra-t-elle devenir oratrice, un jour. Je pense qu'elle ferait un bon professeur, ou une bonne employée. Elle pourrait peut-être trouver un travail au château. Elle a l'oreille musicale. Si seulement elle avait l'argent pour aller au conservatoire du Gué-d'Oden… (Han regarda Jemson.) C'est ça, le truc. J'aimerais qu'elle ait le choix.

Jemson acquiesça.

— Mari est très intelligente. Comme vous. (Il s'interrompit.) Mais, pour le moment, vos options sont limitées. La Garde va retourner le moindre caillou pour vous trouver. Même si les victimes sont des membres d'une bande, huit morts, ça fait beaucoup.

— J'ai prévu d'aller au camp Marisa et d'y rester un moment, dit Han. Mais, d'abord, je dois découvrir qui a réellement commis ces meurtres.

— Maître Alister, ce n'est pas votre travail de découvrir qui a tué ces enfants, dit Jemson. J'ai investi trop de temps et d'efforts dans votre éducation. Je ne tiens pas à vous enterrer dans le jardin du temple.

— Je ne peux pas me permettre de me cacher éternellement dans les montagnes des Esprits, dit Han. À moins que je découvre quelque chose, la Garde ne cherchera pas un autre coupable que moi. C'est déjà assez dur de gagner ma vie, sans avoir les Vestes Bleues sur le dos. (Jemson ne dit rien, et Han continua sur sa lancée.) Je voudrais parler aux Chiffonniers, voir s'ils savent quelque chose. Et, si je peux contacter les Sudistes, je le ferai. Ils ont peut-être de nouveaux ennemis que je ne connais pas.

Jemson poussa un gros soupir.

— J'imagine que je ne pourrai pas vous convaincre de renoncer à faire ça.

— Je dois me débrouiller pour m'innocenter. Et je ne sais pas comment m'y prendre autrement.

— D'accord. (Jemson sortit un sac en toile de sous son bureau.) C'est pour vous.

Han prit le sac et le soupesa.

— Qu'est-ce que c'est ?

— C'est de la part de Saule.

— Où est-elle ? demanda Han en regardant autour de lui comme si elle allait apparaître.

Saule savait passer inaperçue quand elle le souhaitait. Il avait espéré qu'elle jetterait un autre coup d'œil à son bras. Une autre imposition des mains l'aurait peut-être guéri plus vite.

— Elle est retournée au camp Marisa. Ses affaires sont terminées, ici. Mais elle a dit que vous pouviez venir et rester avec elle aussi longtemps que vous le voudrez.

Han fronça les sourcils.

— Danseur était là, lui aussi. N'est-ce pas ? J'ai bien cru l'avoir vu.

Jemson hésita un instant.

— Oui, il était là avec sa mère. Ils sont repartis tous les deux.

— Il est malade, n'est-ce pas ? demanda Han. Il y avait quelque chose… On aurait dit qu'il brûlait devant mes yeux. Ou alors, je deviens cinglé.

Jemson lissa les plis de sa robe sans croiser le regard de Han.

— Vous étiez réellement dans un drôle d'état, mon garçon. Vous aviez reçu un sacré coup sur la tête.

Les orateurs n'étaient pas censés mentir, mais ils savaient noyer le poisson…

— Alors, qu'y a-t-il dans le sac ? demanda Han, essayant de dénouer le cordon d'une seule main.

Jemson le lui reprit et l'ouvrit.

—Apparemment, Saule vous connaît très bien. Elle a dit que vous ne voudriez pas venir immédiatement, que d'abord vous voudriez régler les choses, ici. (Jemson sortit du sac une bourse plus petite.) C'est du henné et de l'indigo pour vous teindre les cheveux. Ça devrait donner une couleur brun-roux. Avec un peu de chance, ça vous rendra plus difficile à repérer. Il y a également un peu d'argent, et des vêtements des clans. (Il sourit d'un air sarcastique à Han, qui portait une robe de Consacré.) À moins que vous décidiez de rester ici et de prononcer vos vœux.

12

Du pain et des roses

Raisa découvrit que la buanderie du palais était un endroit parfait pour dénicher un déguisement. Les vêtements de tout le monde passaient par là, excepté ceux qui étaient trop délicats pour être lessivés. Et, pour l'instant, ce n'étaient pas des vêtements délicats qu'elle cherchait.

Elle espérait se faire passer pour une femme de chambre ou une gouvernante, mais ce n'était pas facile de trouver ce genre de vêtements à sa taille, car elle était plutôt menue. Après avoir fouillé dans les piles de linge propre, elle se décida pour une longue jupe et un chemisier en lin blanc au corsage ajusté. Elle fut obligée de lacer étroitement les manches pour qu'elles ne lui tombent pas sur les mains, et la jupe traînait un peu sur le sol. Même après avoir attaché ses cheveux longs dans une résille en dentelle, elle se sentit toujours trop facile à reconnaître. Elle était la princesse héritière du royaume. Tout le monde la connaissait. Quelles chances avait-elle de réussir ?

Hanalea n'a pas eu peur, se dit-elle. La reine légendaire, qui était proche de son peuple, s'était souvent promenée anonymement parmi ses sujets. Si elle avait pu le faire, eh bien…

Raisa s'entraîna à marcher d'un pas timide et hésitant, essayant de ne pas se prendre les pieds dans ses longues jupes, et faisant des courbettes tous les trois pas. Elle garda les yeux baissés, murmurant « oui, m'dame » ou « non, monsieur ». Elle cacha son déguisement dans la niche secrète au pied des marches menant au jardin.

Par chance, Magret se mit au lit à midi à cause d'un de ses terribles maux de tête. Raisa considéra que c'était un signe de la Créatrice et fit dire à sa mère qu'elle dînerait dans ses appartements. Puis, en fin d'après-midi, Raisa entra dans la Salle des Embrouillaminis Romantiques.

C'était le nom que Raisa avait donné au petit placard fermé à clé qui jouxtait sa chambre, et où Magret entassait les cadeaux envoyés par les prétendants de Raisa, après avoir enregistré les détails dans un registre que Raisa avait baptisé *Le Grand Livre des pots-de-vin*.

Les présents étaient destinés à célébrer le seizième jour de naissance de Raisa, son entrée officielle dans l'âge adulte et, comme par hasard, sur le marché du mariage.

Des bijoux débordaient d'un coffre en argent envoyé par Henri Montaigne, l'héritier récemment assassiné du trône d'Arden. Au moins un qui n'attendrait pas de retour sur investissement ! Les autres frères Montaigne avaient aussi envoyé des cadeaux, chacun espérant qu'un mariage avec la princesse héritière des Fells soutiendrait sa prétention au trône ou fournirait une source de revenus fiable pour financer les frais de guerre.

Marcus IV, le roi de Tamron, avait envoyé un ensemble somptueux de boîtes à bijoux émaillées et une invitation à venir lui rendre visite dans sa résidence du port des Sables. Les boîtes portaient les initiales « M » et « R » entrelacées. Marcus ne semblait pas gêné par le fait qu'il avait soixante ans, et déjà trois épouses.

La Maison du Nid d'Aigle lui avait donné une tiare et un collier ornés d'émeraudes et de rubis, dont la couleur vive et profonde convenait mieux à ses cheveux noirs et à ses yeux verts que les pierres de lune et les topazes que sa mère choisissait généralement pour elle. Le pendentif représentait un serpent aux étincelantes écailles d'or et d'argent. Les bijoux étaient de style ancien, des biens de famille, peut-être.

Le présent de We'enhaven était un ensemble de bureau en bois tropical incrusté de gemmes. Le camp Demonai avait envoyé des robes de cérémonie faites du daim le plus souple, peint et orné de perles représentant le totem du Loup Gris, et le camp Marisa avait fourni des chaussures de danse assorties et un couvre-lit en fourrure.

Ce qui rappela à Raisa que, alors que son père venait de la royauté des clans, les camps n'avaient pas encore proposé de candidat pour sa main. Elle se demanda s'ils le feraient.

Laissant de côté les articles de la Maison du Nid d'Aigle et ceux des clans, Raisa enfourna les bijoux et les petits objets d'art dans son sac, jusqu'à ce qu'il soit bien plein. Elle prit surtout des articles assez petits et peu reconnaissables, venus de terres lointaines.

Ça ira pour commencer, se dit Raisa. Elle mit le sac sur son épaule et quitta la salle du trésor. Elle gagna l'autre placard de sa chambre, qui renfermait l'entrée du tunnel. Là, elle mit son déguisement et grimpa l'échelle qui menait au solarium.

Le temps qu'elle redescende dans le palais, les lanternes étaient allumées dans les couloirs, et une appétissante odeur de viande rôtie émanait des cuisines. Raisa resta dans les quartiers des serviteurs, mais elle les connaissait mal, et ne cessait de tourner en rond. Elle marchait d'un pas décidé, regardant droit devant elle comme si elle était investie d'une mission importante qui ne souffrirait pas d'interruption. Ce n'était pas facile, car elle ne connaissait pas vraiment le chemin.

Elle venait de passer devant le garde-manger quand elle aperçut, devant elle, la silhouette imposante de Mandy Bulkleigh, la Maîtresse des Cuisines, debout, bras croisés, qui observait les couloirs comme un oiseau de proie.

Enfer, pensa Raisa en accélérant et en baissant la tête.

Bulkleigh la laissa presque passer, puis dit de sa voix de tonnerre :

— Toi, là ! petite !

Raisa ne ralentit pas, ne leva pas la tête. Trois pas de plus, et elle entendit Bulkleigh la rejoindre.

Elle aurait presque eu le temps de s'échapper si elle ne s'était pas pris les pieds dans ses jupes. Elle trébucha, et l'énorme main de Bulkleigh se referma sur son bras et la remit debout.

— Toi ! petite ! es-tu sourde ? demanda la femme.

Raisa résista à son premier instinct, qui avait été de se dégager et de demander à Bulkleigh ce qui lui prenait de parler ainsi à la princesse héritière du royaume, et si ça lui dirait de passer la nuit en cellule.

Mais elle garda le visage détourné, espérant sauver la situation.

— Oui, m'dame ? marmonna-t-elle.

Bulkleigh lui saisit le menton et lui releva le visage.

— Regarde-moi quand je te parle, petite.

Raisa croisa le regard de la cuisinière, s'attendant à voir la stupeur se peindre sur son visage et à connaître la fin prématurée de son aventure.

— Quel est ton nom, petite ? demanda Bulkleigh en la secouant légèrement. Je vais faire un rapport sur toi à l'intendant, tu peux en être sûre ! Impertinente petite chose !

Raisa fut tellement sidérée qu'il lui fallut un moment pour trouver sa voix.

— Euh… R… Rebecca, m'dame, dit-elle. Rebecca Morley, avec votre permission…

Elle plongea dans une révérence maladroite.

— Où allais-tu avec tant de hâte ?

— Ah ! j'allais au marché… pour…

— Peu importe. Il y a plus important. (La cuisinière se tourna et saisit un plateau couvert, qu'elle fourra entre les mains de Raisa.) La princesse héritière prend son repas dans ses appartements, ce soir. Monte-lui ce plateau et laisse-le dans le garde-manger du haut.

— C'est pour la princesse Raisa ? demanda Raisa.

— C'est la « princesse héritière », pour toi, dit Bulkleigh. Et maintenant, file ! ça va refroidir. Si j'ai une réclamation, je t'écorcherai vive. La princesse est très difficile au sujet de sa nourriture !

— Vraiment ? ne put s'empêcher de dire Raisa. Et vous voulez que ce soit *moi* qui lui apporte son repas ?

Elle aurait voulu ajouter : *Ne vous inquiétez-vous donc pas du poison, des assassins, ou…*, mais l'expression de la cuisinière l'en dissuada.

— Vois-tu quelqu'un d'autre dans le coin pour le faire ? dit sarcastiquement la cuisinière. La reine Marianna donne un banquet pour cinquante dans la salle à manger principale. Bien sûr, ç'aurait été plus pratique que Son Altesse daigne descendre manger avec le reste des invités, mais elle ne l'a pas fait. Allez, vas-y !

Raisa redressa les épaules et rebroussa rapidement chemin. Dès qu'elle fut hors de vue de la cuisinière, elle posa le plateau derrière une statue de la reine Madera nourrissant les foules, et quitta les couloirs des serviteurs pour emprunter les couloirs principaux, plus sûrs.

Raisa était soulagée, mais étrangement déçue en même temps. Elle était la princesse héritière de la lignée, mais, en vêtements de servante, elle était apparemment méconnaissable. Dans les légendes, les chefs avaient une aura de pouvoir qui permettait de les reconnaître, même quand ils étaient vêtus de haillons.

Quelle est la nature de la royauté ? se demanda-t-elle. Est-elle comme une robe qu'on enfile, et qui s'évapore une fois enlevée ? Certaines personnes voyaient-elles vraiment plus loin que les beaux atours ? N'importe qui dans le royaume pourrait-il prendre sa place de princesse, pour peu que les accessoires indispensables soient à sa disposition ? Si c'était le cas, cela allait à l'encontre de tout ce qu'on lui avait appris sur les lignées royales.

Elle passa sans autre incident la porte de la tour, avec ses gardes austères, puis sous la herse acérée, et sortit enfin dans la fraîcheur du soir. Les travailleurs qui vivaient hors du château défilaient sur le pont-levis, rentrant chez eux. Les serviteurs les plus jeunes riaient, plaisantaient et flirtaient. Les plus âgés avançaient lourdement, visiblement fatigués.

La lumière de torches clignotait sur la rivière, en dessous, quand elle traversa le pont. Arrivée de l'autre côté, elle s'arrêta et regarda le château, essayant d'imaginer comment les gens de la cité le percevaient, isolé et sévère, comme s'il régnait lui aussi sur la ville.

Amon l'attendait près de la guérite, du côté de la route qui conduisait à la cité. Il regardait les gens qui passaient sur le pont-levis. À la surprise de Raisa, il avait enlevé son uniforme bleu de la Garde et portait un long manteau sur des braies sombres. Quand il se tourna, elle vit la poignée de son épée dépasser.

Si elle avait espéré le tromper, elle fut déçue. Il la repéra à quinze mètres, et la regarda se frayer un chemin dans la foule. Elle s'arrêta devant lui et s'inclina profondément, avec un sourire espiègle.

— Vous êtes en retard, grommela-t-il. J'avais commencé à espérer que vous aviez changé d'avis.

— Appelez-moi Rebecca Morley, jeune monsieur, dit Raisa. De quoi ai-je l'air ?

— Il aurait mieux valu que vous vous habilliez en garçon, dit Amon. Et il aurait mieux valu que vous soyez laide.

Elle devina que c'était une sorte de compliment.

— J'ai abusé la Maîtresse des Cuisines, savez-vous ? dit-elle d'un ton suffisant.

— Humph ! commenta Amon.

— Faisons semblant d'être des fiancés qui se retrouvent après le travail, dit-elle en lui prenant le bras. Pourquoi avez-vous enlevé votre uniforme ?

Il ricana.

— Un garde tout seul est plus une cible qu'une protection. (Amon la conduisit vers la route des Reines.) Nous prendrons cette avenue pour traverser le Marché-des-Chiffonniers, jusqu'au pont.

— J'espérais que nous verrions quelque chose des quartiers que nous traverserons, dit Raisa quand il lui fit emprunter le centre de la rue.

— Vous en verrez plus que vous le souhaiteriez, avant que nous ayons terminé. (Il dégagea doucement son bras droit et la fit passer à sa gauche.) Comme ça, je peux dégainer mon épée, si nécessaire, expliqua-t-il quand elle le regarda, intriguée.

Enfer et damnation ! il est nerveux ! pensa Raisa.

— Qu'a dit Mère Elena ? demanda Raisa, qui devait presque trotter pour rester à la hauteur d'Amon. Pourra-t-elle envoyer un des marchands à notre rencontre ?

— Elle a dit qu'elle verrait ce qu'elle pourrait faire. Elle n'a pas voulu promettre plus.

Je ne peux pas faire ça toute seule, pensa Raisa. *J'ai déjà eu assez de mal à sortir du palais, cette fois-ci…*

Le crépuscule ne durait jamais longtemps dans le Val. Dès que le soleil descendait derrière la porte de l'Ouest, l'obscurité enveloppait rapidement les rues de la cité tout entière. Aux environs du château de la Marche-des-Fells, les allumeurs de réverbères allaient d'une lanterne magique à l'autre, le long de la route des Reines. Mais, plus ils progressaient vers le sud, même sur la Route, moins il y avait de lanternes, et beaucoup étaient cassées.

Près du château, les déchets étaient ramassés et entreposés au loin. Là, les habitants les poussaient simplement dans la rue, et ils restaient à puer sur les trottoirs.

Au début, il y avait beaucoup de monde autour d'eux, mais, peu à peu, ils ne virent plus que deux ou trois passants dans les rues et les allées latérales, et bientôt Raisa et Amon marchèrent seuls. Tous les deux ou trois pâtés de maisons, une taverne déversait sa lumière et sa musique dans la rue, et les clients s'attroupaient devant l'entrée, parlant fort et crachant dans le caniveau, avec des chopes de bière à la main.

Sous certains porches, des jeunes filles se tenaient debout et les regardaient passer. Elles portaient des vêtements voyants et elles étaient très maquillées, mais Raisa devina que certaines étaient plus jeunes qu'elle. Elles regardaient Amon d'un œil intéressé, mais aucune ne lui parla, puisque Raisa était à son bras.

— Est-ce que ce sont des filles de joie ? demanda-t-elle à Amon.

Il grommela quelque chose d'inaudible. Raisa essaya de s'imaginer seule dans ces rues, et elle frissonna. Elle remonta le sac sur son épaule, très consciente de son contenu de valeur, et elle eut de plus en plus l'impression d'être une cible vivante.

Les maisons étaient bien fermées, les volets tirés, comme si les habitants voulaient éviter d'attirer l'attention sur elles en laissant filtrer de la lumière dans la rue.

Une pluie fine se mit à tomber. Amon l'ignora, mais Raisa frissonna et resserra son manteau autour d'elle.

— Où sont donc les gens ? Il n'est pas tard. Ils devraient être dehors, en train de rentrer chez eux.

— La plupart sont trop malins pour se trouver dehors dans ce quartier, une fois la nuit tombée, dit Amon en lui jetant un regard lourd de signification.

—Alors, comment font-ils pour se déplacer ?

—Ils ne se déplacent pas, dit Amon, laconique.

—Et la Garde ? demanda Raisa.

—La Garde ne peut pas être partout, dit Amon. Et, au Marché-des-Chiffonniers, certains affirment que la Garde a été achetée.

—« Achetée » ? dit Raisa, sourcils froncés. Par qui ?

—Comme je vous l'ai déjà dit, par des seigneurs de la rue.

Amon semblait distrait, car il observait la rue autour d'eux. Entre la pluie et le manque de lanternes, il faisait un noir d'encre. Raisa commençait à penser qu'Amon avait eu raison : ce n'était pas une bonne idée de venir ici. Un rat traversa les pavés devant eux, et elle sursauta.

—C'est seulement un rat, dit-il calmement. On s'y habitue.

« Seulement un rat », se répéta-t-elle. Après tout, il y avait aussi des rats dans le palais, à deux ou quatre pattes d'ailleurs. Les choses auraient pu être pires. Bien, bien pires.

Mais, quand le vent fit claquer un volet contre un mur, Amon sortit son épée. Dès qu'il eut identifié l'origine du bruit, il leva les yeux au ciel et rengaina son arme. Mais il laissa sa main sur la poignée.

Comme ils approchaient du Pont-Sud, Raisa regarda de côté, dans une allée où une fenêtre sans volets déversait de la lumière sur le sol. Elle vit un mouvement, comme si quelqu'un marchait à leur hauteur, à un pâté de maisons de distance. Elle regarda mieux et, à l'intersection suivante, elle vit une personne se glisser d'ombre en ombre. Et de même de l'autre côté !

Le cœur de Raisa s'emballa.

—Quelqu'un nous suit, siffla-t-elle en serrant le bras d'Amon.

Mais Amon ne semblait pas inquiet.

—Tout va bien, murmura-t-il. Nous sommes presque au pont. Les Chiffonniers ne nous suivront pas dans le Pont-Sud.

—Mais… ne m'avez-vous pas dit que les Chiffonniers avaient tué une demi-douzaine de Sudistes ? dans le quartier du Pont-Sud ?

Elle dut faire un gros effort pour se rappeler le nom des bandes.

—Restez bien près de moi, murmura Amon, c'est tout.

Raisa fut exaspérée par sa réaction.

—Amon Byrne ! écoutez-moi ! Quelqu'un nous suit. Deux ou trois personnes, de chaque côté de la rue, j'en suis sûre.

Raisa tâtonna sous son manteau et sortit la dague qu'elle portait à sa ceinture.

Amon écarquilla les yeux.

— Où avez-vous trouvé ça ?

— Au camp Demonai. C'est de l'artisanat des clans.

— Eh bien, rangez-la. Vous n'en aurez pas besoin.

Puis elle eut une illumination, comme si toutes les lanternes cassées s'étaient soudain allumées, et elle s'arrêta net.

— Vous savez qui nous suit, n'est-ce pas ? (Elle lui fit face.) N'est-ce pas ? Qui sont-ils ?

— Qui est qui ? Je ne comprends pas de quoi vous parlez, dit-il, regardant à droite et à gauche.

— De qui s'agit-il ? De la Garde ?

Amon arbora un air qu'il espérait sans doute innocent, mais il n'avait jamais su mentir.

— Pourquoi la Garde nous suivrait-elle ?

— Vous, là-bas ! cria Raisa. Montrez-vous ! Je vous l'ordonne !

— Chut ! souffla désespérément Amon.

— Alors, dites-moi qui ils sont.

— D'accord. (Il se racla la gorge.) Ce sont... des amis à moi. Des cadets de mon triple.

En tant que caporal, il commandait un triple de neuf gardes.

— Je vous l'avais dit, je...

— Ils ignorent qui vous êtes, dit Amon. Je leur ai dit que je devais accompagner ma sœur au temple en traversant le Marché-des-Chiffonniers, et je leur ai demandé s'ils voulaient bien nous servir d'escorte. J'ai dit que vous étiez plutôt timide avec les jeunes gens, et qu'ils devraient donc le faire le plus discrètement possible.

Raisa vit bien qu'il était très fier de l'histoire qu'il avait concoctée.

— Votre sœur ? Comment ont-ils pu croire que j'étais votre sœur ? On en ferait deux comme moi, avec elle.

Lydia, la sœur d'Amon, était presque aussi grande que lui.

Il plia nerveusement les doigts.

— Eh bien, vous êtes mon autre sœur... Petite et très croyante. Je leur ai dit que vous étiez entrée au temple comme Consacrée quand vous étiez très jeune. (Amon sembla s'apercevoir qu'il s'empêtrait de plus en plus.) Alors, pouvons-nous... ?

— Appelez-les, dit Raisa d'une voix glaciale. Inutile qu'ils continuent à rôder dans les allées.

— D'accord.

Il lança un long sifflement bas. Il devait s'agir d'un signal prévu, car Raisa entendit bientôt un bruit de course quand les gardes se rapprochèrent d'eux. Elle n'aurait su expliquer ce qui lui passa par la tête, mais elle attendit qu'ils soient à environ trois mètres pour saisir le revers du manteau d'Amon et le tirer vers elle pour un long baiser passionné.

Elle s'aperçut qu'elle aimait embrasser Amon. Il avait des lèvres tièdes et fermes, pas chaudes comme celles de Micah, et pas du tout humides et un peu gluantes comme celles de Wil Mathis. Il fallut un moment à Amon pour rompre le contact, et, quand Raisa regarda autour d'elle, ils étaient entourés par six jeunes cadets en civil d'environ leur âge, qui s'en mettaient plein la vue.

— Ah ! caporal…, dit l'un d'eux, vous aimez beaucoup votre sœur, je vois !

Amon était rouge vif.

— Désolé. Elle a des accès de bizarrerie, de temps en temps. Elle a été frappée sur la tête quand elle était petite.

— Je suis Rebecca Morley, annonça Raisa avec une petite révérence. Qui êtes-vous ?

— Nous nous donnons le nom de Loups Gris, dit une cadette, grande et robuste, un peu plus âgée que Raisa. Ou parfois, la Meute de Loups. Je m'appelle Hallie Talbot.

Les autres donnèrent aussi leurs noms : Garret, Mick, Keifer, Talia et Wode.

Ensemble, ils traversèrent le pont Sud sans autre incident et entrèrent dans l'enclos du temple.

C'était comme pénétrer dans un autre univers. Le bâtiment était entouré de jardins d'herbes aromatiques, de légumes et de plantes à teinture, parcourus de sentiers éclairés par des torches ; un sanctuaire de sérénité au milieu de la misère noire du Pont-Sud.

Une jeune fille aux cheveux blonds, portant la robe longue des Consacrés, les accueillit à la porte avec une révérence.

— Nous sommes attendus, dit Raisa. Nous venons rencontrer l'orateur Jemson.

— Un marchand est déjà arrivé, dit la Consacrée, regardant les cadets dans leurs manteaux trempés comme s'ils étaient des pâtisseries sur un plateau. Il est avec l'orateur Jemson, dans son bureau. Dans le couloir, au fond à droite. Puis-je prendre vos manteaux ?

Ils empilèrent leurs vêtements mouillés dans ses bras, et elle tituba sous le poids.

— Devons-nous attendre ici ? demanda Garret à Amon, redoutant sans doute de se faire entraîner dans une discussion philosophique.

— Oui, répondit Raisa à la place d'Amon.

Amon la regarda.

— Et moi ?

— Venez avec moi, dit-elle. Je crois que vous devriez être informé de mes projets.

— Ce n'est pas trop tôt, marmonna-t-il d'un ton un peu hargneux comme ils tournaient dans le couloir. C'est une grande première !

— Vous pouvez parler, mon *frère* !

Le bureau de l'orateur Jemson rappela à Raisa la bibliothèque du temple du château de la Marche-des-Fells : tapissé d'étagères bourrées de livres, et réchauffé par un bon feu. Deux hommes étaient assis près de la cheminée dans de grands fauteuils confortables, l'un portant les vêtements de marchand des clans, et l'autre les robes d'un orateur. Ils semblaient plongés dans une discussion animée, presque un débat.

Quand ils entrèrent, le marchand se leva et se tourna vers eux.

Raisa s'arrêta net.

— Père ! vous êtes revenu !

— Églantine !

Averill rejoignit sa fille en quelques longues enjambées et la serra dans ses bras. Elle posa son visage contre sa chemise en daim et respira son odeur à pleins poumons. Il sentait toujours bon le dépaysement, le daim, les épices, l'air frais, et les lieux lointains. Par la Créatrice ! il lui avait manqué !

— Je suis arrivé au camp Demonai avant-hier. Quand Mère Elena a dit que tu avais demandé un marchand, je n'ai pas pu résister, et je suis venu. (Il la repoussa légèrement et la regarda en souriant.) Raisa, je t'ai vue en jambières et en robe de bal, mais je dois avouer que je ne t'avais jamais vue vêtue ainsi.

— Je suis déguisée, avoua-t-elle en riant.

Elle posa son sac sur la table et enleva son manteau humide.

— Mais tu portes le cadeau d'Elena *Cennestre* ? dit-il en effleurant l'amulette demonai qu'elle portait autour du cou.

Donc, son père et sa grand-mère avaient parlé d'elle. Elle hocha la tête et sortit l'amulette de la Ronde des Loups de sous son corsage.

— Bien, dit-il.

Il inspira comme s'il allait ajouter quelque chose, mais il se ravisa. Il avait l'air fatigué par le voyage, et ses cheveux grisonnants avaient besoin d'être coupés.

L'orateur Jemson s'était levé aussi et, quand Raisa se tourna vers lui, il s'inclina respectueusement, même s'il avait l'air un peu méfiant.

— Votre Altesse, le seigneur Demonai n'a pas voulu me dire quel était le but de votre visite, mais nous sommes honorés de votre venue au temple du Pont-Sud.

Raisa lui tendit la main, et il la baisa.

— Nous n'avons pas été officiellement présentés, mais je vous ai entendu parler au temple, à plusieurs reprises. J'ai été impressionnée par ce que vous avez dit sur votre école et sur nos responsabilités envers les pauvres. Vous avez suggéré que l'aristocratie pourrait en faire beaucoup plus pour eux.

Jemson s'empourpra, mais il ne détourna pas le regard, ce que Raisa apprécia.

— Ah ! Votre Altesse, j'espère que vous n'avez pas considéré que mes paroles étaient trop durement critiques envers la reine et le Conseil. Mais c'est un sujet qui me tient beaucoup à cœur, et…

— Vos paroles étaient critiques, orateur Jemson, et probablement à juste titre, dit Raisa. Au château de la Marche-des-Fells, nous sommes trop ignorants des problèmes que nos sujets rencontrent tous les jours. Nous ne posons pas de questions, et, même si nous en posons, les gens qui nous entourent nous répondent seulement ce que nous voulons entendre.

— Je suppose que cela est vrai, dit Jemson, à la manière d'un homme qui savait qu'il ferait mieux de se taire mais ne pouvait pas se retenir. Mais, pour nous qui vivons au cœur de cette cité, c'est frustrant de voir à quel point les besoins des gens augmentent, jour après jour. Nous ne pouvons pas nous empêcher de nous demander pourquoi tant d'argent va à l'armée et aux guerres du Sud. Il me semble pourtant que nous n'avons pas d'intérêts dans ce conflit.

— Je n'en sais pas beaucoup à ce sujet, reconnut Raisa, embarrassée. Mais je veux en apprendre davantage pour pouvoir prendre les bonnes décisions, le moment venu. C'est une des raisons de ma visite. Mais je veux également faire quelque chose pour vous aider dans votre ministère.

— Nous aider de quelle façon ? demanda Jemson, perplexe.

Elle regarda Amon, debout près de la porte, comme s'il la gardait.

— Le caporal Byrne a été… très franc avec moi au sujet des problèmes du Pont-Sud et du Marché-des-Chiffonniers. (Elle posa la main sur son sac.) Je voudrais vous fournir quelques fonds pour soutenir votre école et nourrir ceux qui ont faim.

Jemson haussa les sourcils.

— Vous avez transporté un sac plein de pièces d'or à travers le Pont-Sud ? demanda-t-il.

— Eh bien, pas exactement. (Elle regarda son père.) C'est là que vous intervenez.

— J'étais sûr que ma venue avait un but, dit Averill.

Raisa défit le cordon de son sac et déversa son contenu sur la table.

Jemson, Averill et Amon ouvrirent de grands yeux à la vue des bijoux et des objets d'art.

— Père, vous êtes le meilleur marchand que je connaisse, dit Raisa. Pourriez-vous vendre ces objets au meilleur prix possible ? Puis vous donnerez cet argent à l'orateur Jemson, pour ses œuvres.

Averill se pencha et examina les bijoux les uns après les autres, tenant les gemmes devant la lumière. Puis il regarda Raisa.

— Ces objets sont de grande qualité, pour la plupart, dit-il. (Il souleva une broche en diamant, un cadeau d'un petit seigneur de Tamron.) Excepté celui-ci. C'est du verre taillé. (Il pencha la tête.) D'où viennent exactement toutes ces pièces ?

— Eh bien…, dit Raisa avec hésitation. Ce sont des cadeaux pour mon jour de naissance. Ils arrivent par chariots entiers, alors…

Averill éclata du gros rire qu'elle aimait tant.

— Donc, tu vends les rêves de tes malheureux prétendants, Raisa ?

— Ma foi, dit Raisa en haussant les épaules, ce n'est pas comme si j'allais épouser quelqu'un parce qu'il m'a offert une babiole. (Elle fronça les sourcils et poussa la broche de Tamron du bout des doigts.) Et c'est sûr que je n'épouserai pas quelqu'un qui me prend pour une imbécile !

— Alors, j'ai bien fait mon travail, ma fille ! dit Averill en riant de nouveau.

Cela lui fit tant de bien d'entendre quelqu'un rire de bon cœur que Raisa eut le sentiment que les choses n'allaient pas si mal, après tout.

— De toute façon, ce n'est pas comme si j'allais avoir mon mot à dire concernant celui que j'épouserai, dit Raisa à mi-voix. Père, combien de temps vous faudra-t-il, à votre avis, pour transformer tout cela en argent ?

Il réfléchit un moment.

— Au camp Marisa, le jour du marché est dans une semaine. Il attire plus de marchands des plaines, et tu en tirerais sans doute un meilleur prix. Mais, si tu préfères les vendre plus loin d'ici, je les emporterai à Demonai. Tu ne veux peut-être pas que quelqu'un reconnaisse les cadeaux qu'il a choisis pour toi sur l'étal d'un marché.

— Peu importe, dit abruptement Raisa. J'ai gardé les objets qui avaient une valeur historique, personnelle ou politique. La plupart de ceux-ci ont sans doute été choisis par des intermédiaires. Aucun de ces prétendants ne m'a jamais rencontrée, donc ce ne sont pas des symboles d'amour éternel. Ils seront plus utiles ici que cachés dans mon placard.

Le visage de l'orateur Jemson s'était animé.

— Même un peu d'argent pourrait faire une grosse différence, dit-il. Nous avons besoin de tant de choses, à l'école, et il y a tant d'élèves qui pourraient venir, avec un peu d'aide. Nous mettrons des livres entre les mains d'enfants qui n'en ont jamais possédé. Nous l'appellerons le Ministère d'Églantine, en votre honneur, Votre Altesse.

— Surtout pas, dit Raisa, se demandant comment sa mère réagirait à une telle nouvelle. Je préfère que tout cela reste discret. C'est juste une chose que j'ai pensé pouvoir faire par moi-même…

— Mais ne vois-tu pas, Raisa, dit son père, que, si les gens savent que tu soutiens l'école du temple du Pont-Sud, ça deviendra à la mode, à la cour ? Cela attirera davantage de donations. Les gens feront même des dons en ton nom. Si tu es d'accord pour qu'ils le sachent, bien entendu.

— Oh ! oui, j'imagine, si vous croyez que ça peut aider.

Raisa n'y avait pas pensé. Une fois de plus, elle se sentait piégée entre les volontés divergentes de ses deux parents.

— Magnifique ! dit Jemson. Vous pourriez peut-être revenir dans la journée pour rencontrer certains des élèves. Ça leur ferait du bien de voir leur bienfaitrice. Cela leur ferait comprendre qu'ils sont importants, que leurs gouvernants ne les ont pas abandonnés.

Raisa hocha la tête.

— D'accord. J'aimerais bien faire ça. Et peut-être pourrions-nous leur trouver des contrats d'apprentissage dans l'enceinte du château ?

— Nous devrons parler de ça avec ta mère, dit Averill, quand le moment sera venu.

Raisa ne put s'empêcher de se demander ce qui allait arriver, maintenant que son père était rentré. Que savait-il exactement de la relation entre Marianna et Gavan Bayar ?

Au fond, qu'en savait réellement Raisa elle-même ?

Elle prit la main d'Averill.

— Revenez-vous à la cour avec moi, père ? Mère sait-elle que vous êtes arrivé ?

— Oui. J'ai fait prévenir la reine. (Il hésita un instant, puis ajouta :) J'habiterai à la Maison Kendall pendant un moment, jusqu'à ce qu'on me trouve une place dans le château.

La Maison Kendall était dans l'enceinte du domaine royal, mais à une certaine distance du château proprement dit.

— Jusqu'à ce qu'on vous trouve une place ? Et… vos anciens appartements ? Pourquoi ne pouvez-vous y retourner ?

— Apparemment, ils sont en cours de rénovation, et sont inhabitables pour le moment.

Son père arborait son visage de marchand, qui signalait que le moment était mal choisi pour cette conversation.

Mais Raisa ne l'entendit pas de cette oreille.

— Alors, on devrait demander à quelqu'un d'autre de partir, dit-elle. C'est inacceptable. Je vais parler à mère dès que…

— Je parlerai moi-même à la reine Marianna, ma fille, dit Averill. Fais-moi confiance, d'accord ? Après tout, je suis un marchand ! (Il sourit et la regarda dans les yeux.) Églantine, ta mère a besoin de se réhabituer à m'avoir à la maison.

Il en sait plus qu'il l'avoue, pensa-t-elle. *Mon père n'a jamais été un imbécile.*

— D'accord, dit Raisa en se forçant à sourire. Mais, chaque fois que vous aurez besoin de rester au château, vous pourrez venir dans mes appartements. Et venez aussi au dîner, demain soir.

Elle serra son père dans ses bras, n'ayant pas envie de le quitter après sa longue absence.

Elle regarda Amon, qui se balançait d'un pied sur l'autre comme s'il avait hâte de repartir.

— Je pense que c'est tout pour le moment, dit-elle. Le caporal Byrne vous informera quand j'aurai davantage de… euh… de marchandises à vendre.

Ils se tournèrent vers la porte, mais, avant qu'ils y arrivent, quelqu'un entra en trombe. C'était un jeune homme de l'âge de Raisa ou guère plus vieux, avec des cheveux brun-roux ternes, vêtu de jambières et d'une chemise des clans.

— Jemson ! Trois des Chiffonniers se sont fait cueillir par les Vestes Bleues. On dirait qu'elles veulent faire un exemple de… (Il s'interrompit quand il vit les gens assemblés dans la pièce.) Oh ! désolé, monsieur. J'ignorais que vous aviez des invités.

Il regarda Averill, puis Amon, et écarquilla les yeux.

Il les reconnaît, pensa Raisa.

— Nous parlerons de ça plus tard, Hanson, dit rapidement Jemson, en lui désignant la sortie du menton.

Hanson recula vers la porte, mais Amon demanda :

— Un moment ! Qu'avez-vous dit, au sujet des Chiffonniers ?

Le jeune homme le regarda, le visage inexpressif.

— Les Chiffonniers ? Je n'ai rien dit à leur sujet.

— Si, vous en avez parlé, dit Amon en marchant vers Hanson. Nous connaissons-nous ? Votre visage me semble familier.

— Euh… non ! dit le jeune homme. C'est peu probable.

Il était presque aussi grand qu'Amon, mais plus mince, avec des yeux bleus étincelants. Son visage portait des marques de coups récents. Il avait un œil au beurre noir et sa pommette droite était couverte par un bleu pourpre et jaune. Son bras droit était bandé, mais il semblait s'en servir normalement. Il essayait de tenir son visage détourné, comme s'il avait honte de ses blessures.

Ça doit être un des élèves de Jemson, pensa Raisa, avec un soudain sentiment de sympathie.

— Que vous est-il arrivé ? demanda-t-elle en s'approchant pour examiner son visage de près. (Elle lui toucha le bras.) Qui vous a fait ça ?

Hanson s'empourpra.

— C'est rien. Seulement… mon père. Il devient méchant quand il a bu.

À cet instant, Amon posa vivement la main sur le bras d'Hanson et releva sa manche, dévoilant un large bracelet d'argent.

— Alors, Hanson, je crois que nous nous sommes rencontrés, après tout ! On vous appelle parfois Gourmettes, si je ne m'abuse ?

Gourmettes ? Raisa regarda Amon, puis l'autre jeune homme. N'était-ce pas le chef de bande qui avait tué tous ces gens ?

Puis ce fut comme si tout arrivait en même temps. Le jeune homme flanqua un solide coup de poing au visage d'Amon et se dégagea avec une aisance qui dénotait des années de pratique. Amon dégaina son épée et se positionna entre le garçon et la porte, appelant les autres cadets. Alors le garçon appelé Gourmettes saisit Raisa et la tira contre lui. Elle sentit la pointe d'une lame contre sa gorge, et elle essaya de ne pas déglutir.

— Hanson, non ! cria l'orateur Jemson, pâle d'horreur.

— Maintenant, murmura Gourmettes tout près de l'oreille de Raisa, reculez ou je coupe la gorge de la fillette.

Sa voix tremblait un peu, de peur, de nervosité ou d'excitation, Raisa n'aurait su le dire.

Elle pensa aux six personnes tuées dans la rue. Torturées d'abord. Par le beau garçon aux yeux bleus qui tenait le couteau.

—Je vous en prie, dit Jemson. Au nom de la Créatrice, lâchez-la! Vous ne savez pas qui…

—Non, dit Averill en levant une main, les yeux fixés sur Raisa, ne voulant pas que Gourmettes sache qui il avait capturé. Écoutez-moi, dit-il au jeune homme, nous pouvons peut-être passer un marché…

—En voici un, de marché, dit Amon en s'éloignant de la porte. Libérez-la et partez, et vous resterez en vie.

—Avec vous autres, les Vestes Bleues, sur les talons? ricana Gourmettes. Je n'arriverais même pas jusqu'au pont.

Le visage d'Amon s'était durci et ses yeux gris ressemblaient à des blocs de granit.

—Si vous lui faites du mal, je vous jure sur le sang et les os d'Hanalea que vous le regretterez.

Entre-temps, les autres Loups Gris étaient arrivés et s'étaient entassés dans l'entrée.

—Vous, dit Gourmettes aux nouveaux arrivants, allez vous mettre avec les autres.

—Faites ce qu'il dit, ordonna Amon.

Pendant que les cadets obéissaient, Raisa entendait le cœur du Chiffonnier battre la chamade contre son dos et sentait son souffle chaud dans son cou. Il ne cessait d'ajuster sa prise sur le couteau, comme s'il était nerveux.

Surtout, ne lui faites pas peur, pensa Raisa en regardant à tour de rôle Amon, Averill et Jemson, essayant de leur envoyer le message du regard.

—Je ne veux faire de mal à personne, dit Gourmettes. Mais je ne veux pas aller en prison et être torturé pour avouer des meurtres que je n'ai pas commis.

Raisa se raidit, et le garçon resserra sa prise.

—La Garde de la reine ne torture personne, lâcha-t-elle. Vous bénéficierez d'un procès équitable. Si vous n'avez vraiment pas tué ces gens, votre innocence sera reconnue.

Le jeune homme laissa échapper un petit rire.

—Ah! petite! j'aimerais que ça soit vrai. Mais il y a des tas de gens qui entrent en cellule et qu'on ne revoit plus jamais.

Raisa se sentit stupide et naïve. Qu'avait dit Amon, déjà ? « Si on me ramenait au poste de garde pour y être interrogé par Mac Gillen, moi aussi je ferais n'importe quoi pour m'échapper. »

Gourmettes passa un bras autour de la taille de Raisa et la tira vers la porte du bureau.

— Vos clés, monsieur, dit Gourmettes à Jemson. (Il était poli, comme les gentilshommes cambrioleurs des histoires.) Donnez-les à la fillette.

Il a un visage de marchand, lui aussi, pensa Raisa. *Il peut l'arborer à volonté.*

— Hanson, dit l'orateur Jemson, vous faites une erreur. Vous le savez. Vous valez mieux que ça. Libérez la jeune fille.

Gourmettes secoua la tête obstinément.

— Je suis déjà allé en prison. Je n'y retournerai pas.

Malgré tout, Raisa ne put s'empêcher de se demander quelle était la relation entre l'orateur Jemson et ce seigneur de la rue. Jemson semblait le connaître, et avoir confiance en lui, pour quelque obscure raison. Peut-être Hanson-Gourmettes l'avait-il trompé sur sa vraie nature, même si l'orateur n'avait pas l'air crédule.

Jemson sortit un trousseau de clés de sa poche et le donna à Raisa, pendant que Gourmettes la gardait serrée contre lui, la tête coincée sous son menton, le couteau en position. De la sueur coulait entre les omoplates de Raisa et trempait son corsage en lin.

— Je vous en prie, dit Jemson. Ne faites pas ça. Il y a une autre solution.

— Je suis désolé, monsieur, dit le jeune garçon, et sa voix était sincère. Si c'est le cas, je ne la vois pas.

Gourmettes recula dans le couloir, tirant Raisa avec lui.

— Et maintenant, fermez la porte derrière nous. À clé, dit-il comme s'ils étaient des conspirateurs. Ça les ralentira un peu. Puis donnez-moi les clés, et nous mettrons les voiles.

— Non ! cria Amon. Laissez la jeune fille ici. Emmenez-moi à sa place !

Gourmettes regarda Amon, puis Raisa, et secoua la tête.

— Pas question. Elle me causera moins d'ennuis. De plus, elle est plus mignonne que vous.

Encore le visage de marchand, pensa Raisa.

L'expression d'Amon était une promesse de mort… pour commencer.

— J'aurais dû laisser Gillen vous battre à mort, dit-il. Voilà ce que ça rapporte, d'essayer de…

— La clémence n'est jamais inappropriée, mon ami, dit Gourmettes. (Il désigna la porte de la pointe de son couteau.) Allez-y, fillette. Faites ce que je dis. On n'a pas toute la journée.

Raisa obéit, tira la porte et la ferma, les mains tremblant tellement qu'elle eut du mal à mettre la clé dans la serrure. La porte était en bois épais, et la pièce aux murs larges comme ceux d'une forteresse n'avait pas de fenêtres. Derrière le battant, elle entendit des cris et des appels au secours, suivis par le bruit sourd de corps heurtant le bois.

Gourmettes avait raison. Ça les ralentirait. Les Consacrés dormaient à poings fermés de l'autre côté de la cour. Il était peu probable qu'on les entende avant le lendemain. Et des tas de choses pouvaient arriver, d'ici au matin…

Gourmettes lui saisit durement le poignet et l'entraîna vers la porte du temple.

— Laissez… moi… tranquille ! hurla-t-elle en essayant de traîner des pieds pour le ralentir.

Puis elle se laissa tomber par terre.

Jurant à voix basse, Gourmettes rangea son couteau et souleva Raisa. Il la jeta sur son épaule comme un sac de navets. Il était étonnamment fort.

— Maintenant, taisez-vous, marmonna-t-il. Ne m'obligez pas à faire quelque chose que je n'ai pas envie de faire.

Il avait l'intention de l'emmener quelque part et de la torturer, c'était évident. Comme pour les autres. Raisa tâtonna à sa ceinture, trouva le manche de son propre couteau et le sortit. Pourrait-elle réellement le frapper ? Elle le saisit à deux mains, ferma les yeux et s'apprêta à le lui enfoncer dans le dos.

Mais elle se retrouva étalée sur le sol, des étoiles dansant devant ses yeux, car elle s'était cogné la tête sur l'ardoise. Il l'avait laissé tomber sans hésiter. Puis il lui prit le poignet et lui enleva le couteau.

— La prochaine fois que vous voudrez poignarder quelqu'un, conseilla-t-il, faites-le rapidement. Ne passez pas tout ce temps à réfléchir.

Il la fouilla pour vérifier qu'elle n'avait pas d'autres armes. Il lui passa rapidement les mains sur le corsage, les flancs, le dos, et sur les jambes. Il lui enleva même son bonnet en dentelle. Il agissait avec un détachement professionnel, mais elle sentit quand même le sang lui monter au visage au contact de ses mains expertes.

Il était rapide et habile, et ses mouvements étaient assurés. Il trouva la bague d'Elena avec la Ronde des Loups sur la chaîne, autour de son cou, mais il ne la prit pas. Il dénicha aussi la petite bourse emplie de pièces qu'elle avait cachée dans son corsage. Il la soupesa, puis la lui rendit. Elle le regarda, surprise.

Il la remit sur ses pieds et lui rendit son bonnet, l'épousseta avec un respect moqueur, et termina par une bonne tape sur le derrière.

Malgré la sinistre situation, il y avait quelque chose chez lui, une sorte d'humour sauvage, de bravade et d'entêtement qui émouvait étrangement Raisa.

Il n'attend rien de la vie, pensa-t-elle, *parce qu'il n'a jamais rien eu. Et on n'attend rien de lui.* Il était libre d'une manière qu'elle ne connaîtrait jamais.

Tu es une imbécile et une sentimentale, se dit-elle. *Encore plus bête que Missy. Et tu vas sans doute finir violée et tuée par un vulgaire chef de bande.*

Il la regarda de haut en bas, comme s'il réfléchissait à un plan d'attaque.

— Vous n'êtes pas lourde, dit-il. Mais vous êtes sacrément difficile à transporter.

Elle lui tendit la bourse.

— Prenez mon argent, mais laissez-moi ici.

— Je ne veux pas de votre bourse, dit-il, sourcils froncés.

Les mots restèrent comme suspendus dans les airs.

Bon, s'il ne veut pas la bourse... Raisa déglutit péniblement. Mais elle était sûre d'une chose : elle aurait plus de chances de s'échapper si elle restait sur ses deux pieds.

— Je peux marcher, marmonna-t-elle, essayant de recouvrer un peu de dignité.

— D'accord, mais pouvez-vous courir ? demanda-t-il en lui saisissant le poignet et en la tirant hors du temple.

Un moment plus tard, ils couraient sous la pluie, et traversaient le pont Sud en direction du Marché-des-Chiffonniers. À mi-chemin, il lança le trousseau de clés dans la rivière.

Une fois au Marché-des-Chiffonniers, il lui fit quitter la Route et emprunter une rue latérale. Puis ils tournèrent dans une allée, et il sortit un grand mouchoir de sa poche, qu'il utilisa pour lui bander les yeux.

— Vous avez toujours des bandeaux sur vous, à tout hasard ? dit-elle, essayant de ne pas laisser trembler sa voix.

Cette fois, il ne répondit pas. Il lui prit la main et la fit avancer.

Vous ne vous en tirerez pas, eut-elle envie de dire. Hélas, il semblait probable qu'il s'en tirerait, même si elle ne savait pas encore de quel crime on l'accuserait.

13

Les Chiffonniers

Han n'aurait su dire ce qui lui avait pris d'emmener la fille avec lui. Elle était gênante et pas coopérative du tout. Elle le ralentissait, sans compter qu'elle avait essayé de le poignarder avec son élégant couteau. Il aurait traversé le pont Sud et se serait retrouvé en sécurité au Marché-des-Chiffonniers plus tôt, sans elle. Avec un peu de chance, Jemson et les autres ne seraient pas libérés avant le matin, donc il n'avait pas vraiment besoin d'un otage. Et, à présent, il fallait qu'il trouve ce qu'il allait faire d'elle.

Au moins, elle ne le combattait plus activement, et elle trottait à côté de lui, docile, pendant qu'il l'entraînait au cœur du Marché-des-Chiffonniers, tournant dans un tas d'allées secondaires pour qu'elle ne puisse pas retrouver son chemin seule. Il avançait en suivant la carte qu'il avait en tête. Plus ils s'éloignaient de la rue principale, plus l'obscurité était profonde. Ça n'aurait donc pas changé grand-chose pour la fille d'avancer les yeux découverts. Mais il voyait, à la manière dont elle penchait la tête et comptait à mi-voix à chaque tournant, qu'elle essayait de garder trace de leur trajet. Elle cherchait une autre occasion de s'échapper.

Quelque chose chez cette fille l'intriguait. Elle était habillée comme une servante de l'aristocratie dans des vêtements trop grands, elle portait une bourse bien remplie, et elle avait des manières de duchesse. Elle était si sûre d'elle ! Comme si elle était dans son bon droit.

D'où tient-elle cette idée, se demanda-t-il, *qu'elle mérite plus que la part que la vie lui a attribuée ?*

« La Garde de la reine ne torture personne, avait-elle dit, comme si elle était une experte en la matière. Vous bénéficierez d'un procès équitable. »

Désolé, petite, pensa-t-il. *L'expert en la matière, c'est moi. Et je ne suis pas preneur de votre baratin !*

Il récapitula ce qu'il savait sur elle. Elle s'était entretenue avec Jemson, et un marchand des clans qui pouvait être Averill PiedLéger Demonai, le Patriarche du camp Demonai. Cela faisait trois ans que Han ne l'avait pas vu, car, pendant ces trois années qu'il avait passées dans la rue, ses visites au camp Marisa avaient été sporadiques, et le seigneur Demonai s'y rendait rarement. Mais son visage n'était pas de ceux qu'on oubliait.

Le grand jeune homme à l'air sérieux, celui qui l'avait reconnu, c'était le caporal Byrne, qui était avec les Vestes Bleues qui l'avaient attrapé devant *Le Tonnelet et la Couronne.* Et il y avait ces autres cadets qui avaient accouru quand Byrne les avait appelés. Que faisaient-ils tous ici, et sans uniforme ? Jemson n'avait pas l'habitude de recevoir la Garde dans l'enceinte du temple.

Bien entendu, il pouvait simplement s'agir de sa malchance habituelle… Ça, au moins, ça tenait debout.

Le caporal Byrne était-il le fiancé de la gamine ? Il aurait penché pour cette hypothèse, étant donné sa réaction. Han se dit qu'ils étaient peut-être venus se marier, avec ses amis comme témoins. Les orateurs célébraient tout le temps des mariages.

Han repoussa cette idée, car elle ne lui plaisait pas.

La gamine commençait à se fatiguer. Elle respirait bruyamment et traînait les pieds. Il dut la tirer. Il lui fallait un endroit où se cacher un moment. Il se sentait seul et vulnérable, loin de l'abri du temple. Il avait probablement gâché sa seule chance de résoudre le mystère des meurtres.

— Par ici.

Il tira la jeune fille dans une allée, puis emprunta un passage entre deux bâtiments, si étroit qu'ils durent le franchir en biais. Il se terminait dans une petite cour pavée, en partie abritée de la pluie par un avant-toit. Sur le mur d'un des bâtiments se trouvaient les portes d'une cave, fermées par un verrou d'aspect robuste.

Han l'ouvrit en quelques instants. Il fut soulagé de constater qu'il était toujours aussi doué pour crocheter les serrures.

Les charnières grincèrent quand il ouvrit les portes, qui libérèrent une bouffée d'air froid et humide. Personne n'avait dû entrer là depuis qu'il avait quitté la bande. Il conduisit la gamine vers l'escalier.

— Il y a une dizaine de marches pour descendre. (Il lui prit le bras pour lui épargner de tomber.) Tâtez avec votre pied avant de le poser.

Elle hésita sur le pas de la porte.

— Je vous en prie, dit-elle en levant le menton et en redressant les épaules. Ayez pitié de moi. Tuez-moi tout de suite. Je ne vous ai rien fait.

— Je n'ai pas l'intention de vous tuer, laissa échapper Han, surpris.

— Je ne veux pas être torturée ou violée.

— Je ne vais pas vous torturer, dit Han désespérément. Ni... Ni autre chose. J'ai froid, je suis mouillé et fatigué, et je voudrais juste cesser de marcher pendant un moment.

— Je ne veux pas entrer là-dedans, insista-t-elle en frissonnant. Je vous en prie, ne m'y obligez pas.

— Écoutez... (Il défit le bandeau qui lui couvrait les yeux et l'enleva. Puis il lui adressa son sourire le plus charmant.) Ici, c'est... une sorte de planque. Je vous assure qu'elle est plus confortable que la rue, sous la pluie. Et je viens avec vous.

— Vous pensiez me rassurer en disant ça, monsieur... Gourmettes ? dit-elle, recouvrant un peu de son ancien aplomb.

— Comment vous appelez-vous, petite ?

— R... Rebecca Morley, dit-elle en tremblant et en claquant des dents, de froid ou de peur, il n'aurait su dire.

— Rebecca, je ne peux pas vous libérer au milieu du Marché-des-Chiffonniers en pleine nuit, dit-il. Attendez. Je vais allumer une lanterne, mais vous devez me promettre de ne pas filer.

— Tenez-la au-dessus des marches pour m'éclairer le chemin, ordonna-t-elle. (Puis elle ajouta :) S'il vous plaît ?

Elle descendit l'escalier avec beaucoup de dignité, la tête haute, comme une sainte marchant vers l'immolation. Il la suivit, posa la lanterne au milieu de la pièce et ferma les portes derrière eux.

Pour une cave, l'endroit était plutôt confortable. Pas de trônes en or ou de piles de joyaux, ou de femmes prisonnières, comme Dori l'avait imaginé, mais trois couchettes avec des couvertures, et un solide coffre en bois qui contenait des vêtements de rechange, des bougies, et plusieurs pots de haricots secs et de confiture, des biscuits, du sucre et du grain. Le grain était moisi, mais le reste avait l'air en bon état.

De plus, cette cave possédait une sortie arrière, un escalier étroit qui débouchait dans l'entrepôt, un peu plus loin. Han avait toujours apprécié d'avoir une issue de secours.

— Alors, c'est votre planque ? dit Rebecca, l'air déçue.

Elle était en piteux état, comme une gamine des rues qui aurait mal tourné. Sa chevelure s'était dénouée et pendait sur ses épaules en longues mèches humides. Des yeux verts luisaient dans un visage au teint olivâtre, qui suggérait un métissage : les clans et le Val, probablement. Une bouche pulpeuse et appétissante dominait un menton volontaire. L'ourlet de ses longues jupes était taché de boue, et son corsage était trempé.

Mais, quand elle se tourna de profil, elle lui sembla soudain familière. L'avait-il vue au marché, ou… ?

— On s'est déjà rencontrés ? demanda-t-il.

— Je suis sûre que non, répondit-elle en reniflant, l'air misérable.

Par le sang et les os ! pensa-t-il, *ne vous mettez pas à pleurer ! Les choses sont déjà bien assez moches comme ça.*

— Eh ! dit-il, c'est moi qui devrais pleurer ! Grâce à vos Vestes Bleues, je n'ai ni abri, ni travail, ni perspectives d'avenir.

— Vous… Vous auriez mieux fait de penser à ça avant de tuer tous ces gens.

— Je n'ai tué personne, dit-il, blessé. Je vous l'ai dit. Ce n'était pas moi.

Elle ne répondit pas, elle se contenta de croiser les bras en frissonnant.

— Si vous voulez des vêtements secs, dit-il, cherchez dans le coffre et regardez si quelque chose vous va. Je pourrais… euh… tourner le dos. Ou retourner dehors.

Sous la pluie. Qu'est-ce qui lui prenait, de traiter cette gamine avec tant d'égards ?

— Je suis bien comme ça, dit-elle un peu trop vite.

Elle se laissa tomber dans un coin, le dos au mur, et le surveilla avec de grands yeux anxieux.

— Vous voulez manger quelque chose ? Des biscuits ? avec de la confiture ? (Il l'invita d'un geste, comme s'il était l'hôte de la maison.) Ou des biscuits avec du sucre dessus ?

— Non.

Il s'assit, les jambes croisées, à une distance qui, espérait-il, ne lui ferait pas peur.

— Que faisiez-vous, au temple du Pont-Sud ? demanda-t-il.

Elle hésita le temps d'imaginer un mensonge.

— Je me présentais pour un travail.

— Vraiment ? Quel genre de travail ? Que savez-vous faire ?

À voir son expression féroce, il devina qu'elle était très douée pour arracher le cœur aux voleurs et aux kidnappeurs.

— Où habitez-vous ?

Une autre pause.

— Près de l'enceinte du château. Dans la rue Bradbury.

— C'est un quartier chic, dit-il, surpris.

— Je suis servante. Euh… gouvernante. Chez… la famille Bayar.

Elle mentait par petites bribes, inventant visiblement ce qu'elle disait au fur et à mesure. Soit elle n'était pas une bonne menteuse, soit elle se fichait d'être convaincante.

Mais elle avait pris le nom de Bayar quelque part.

— Le seigneur Bayar, le Haut Magicien, c'est ça ? dit-il d'un ton qu'il essaya de rendre désinvolte.

Elle hocha la tête, l'air étonnée qu'il connaisse ce nom.

— Comment sont-ils, ces Bayar ? demanda-t-il en grignotant un biscuit dur. Est-ce vrai qu'ils sont très corrects, une fois qu'on les connaît ?

Elle l'examina avec attention, les yeux étrécis.

— Pourquoi m'avez-vous amenée ici ?

— Comme je vous l'ai dit, j'ai pensé que nous pourrions nous reposer jusqu'au matin, et après…

— Non, dit-elle impatiemment. Pourquoi ne m'avez-vous pas enfermée avec les autres, au temple ?

Han devait reconnaître qu'elle avait du cran. C'était une question risquée, alors qu'elle ignorait à quelle réponse s'attendre.

— J'ai pensé que je pourrais avoir besoin de vous pour traverser le pont, et…

Elle se recroquevilla et le foudroya du regard. Elle ne le croyait pas.

— Je ne sais pas, dit-il seulement. Une idée, sur le moment, je suppose. Est-ce que tout doit avoir une raison logique ?

En fait, il s'était posé la même question. Dans le bureau de l'orateur, elle s'était approchée de lui et avait demandé : « Que vous est-il arrivé ? Qui vous a fait ça ? », avec sur le visage un air presque féroce, comme si elle était totalement de son côté, prête à se battre pour lui. Elle lui avait touché le bras, et il avait senti une sorte de feu lui réchauffer l'intérieur.

Puis Byrne l'avait traité de meurtrier, et elle avait retiré sa main, l'air révulsée. Puis Han s'était retrouvé à la tirer pour traverser le pont. Comme s'il avait pu en quelque sorte la ramener de son côté.

Mais si elle l'avait été, de son côté, à un moment donné, il avait bel et bien tout gâché. L'accusation de six ou huit meurtres représentait un gros obstacle. De plus, il se retrouverait en prison s'il montrait de nouveau son visage dans la Marche-des-Fells. Encore une barrière de taille.

Une barrière à quoi ? Qu'attendait-il donc de cette gamine ? Pensait-il qu'ils pourraient éventuellement sortir ensemble ? Viendrait-elle le voir dans son palais, au-dessus de l'écurie ?

Rebecca ne cessait de lui couler des regards en douce, comme si elle mémorisait chaque détail de son visage. Probablement pour pouvoir le reconnaître si on lui présentait une série de malfaiteurs.

— Où avez-vous trouvé vos bracelets ? demanda-t-elle soudain. Vous les avez volés à quelqu'un ?

On aurait dit qu'elle essayait de le provoquer, comme pour faire cesser le suspense.

— Non, dit-il. Je ne les ai pas volés.

— Vous savez qu'ils nous recherchent, dit Rebecca, comme si c'était une bonne nouvelle. Ils n'arrêteront pas avant de nous avoir trouvés.

— Essayez de dormir un peu, dit-il. C'est ce que je vais faire. Demain, je chercherai un moyen de vous libérer.

Il fouilla dans le coffre et lui dégotta une couverture pas trop malodorante, ainsi qu'une paire de braies et une chemise désormais bien trop petites pour lui, au cas où. Puis il tira une des paillasses vers le bas de l'escalier et s'y installa résolument.

Il mit longtemps à s'endormir. Il entendit un bruissement dans le coin de Rebecca, le murmure du tissu glissant par terre. Elle avait apparemment décidé de se débarrasser de ses vêtements humides et de se changer. Il regarda droit devant lui dans les ténèbres, essayant de ne pas s'attarder sur *cette* image-là. Ça ne pouvait rien apporter de bon.

Elle cessa enfin de bouger, et il entendit un souffle régulier qui lui indiqua qu'elle s'était endormie.

Chaque fois qu'il fermait les yeux, il voyait le serpent vert de l'amulette, comme s'il était gravé à l'intérieur de ses paupières. Il commençait à penser que c'était un objet porte-malheur. Ses problèmes récents avaient commencé quand il l'avait trouvé. Peut-être Micah Bayar l'avait-il maudit quand il était tombé entre les mains de Han. Peut-être devrait-il ignorer l'avis de Lucius, récupérer l'amulette et la rendre à son propriétaire légitime.

Mais, d'après Lucius, les Bayar n'en étaient *pas* les propriétaires légitimes.

Mais pourquoi ne l'auraient-ils pas été ? Ils avaient tué le Roi Démon et lui avaient pris le talisman, n'est-ce pas ?

C'était peut-être ça le problème. L'objet n'était peut-être utilisable que pour la magie noire. Mais tous les instruments de magie noire avaient été détruits après la Rupture, non ?

Il finit par s'endormir, mais le visage du caporal Byrne hanta ses rêves.

Raisa réussit quand même à dormir, alors qu'elle n'aurait pas cru cela possible, emprisonnée dans une cave au sol de terre battue, avec un meurtrier. Elle se réveilla tôt. Elle n'avait pas été violée, mais elle avait mal partout pour avoir dormi affalée dans son coin.

La lampe s'était éteinte, mais une pâle lumière matinale filtrait autour des portes de la cave. Gourmettes dormait, allongé sur sa paillasse, au pied de l'escalier.

Raisa l'observa un moment pour s'assurer qu'il était réellement endormi. Son sommeil était agité. Il marmonnait et s'agitait comme s'il faisait des cauchemars.

Ou comme s'il n'avait pas la conscience tranquille.

Raisa se leva, encore raide, et traversa la cave pour aller le regarder. Endormi, il avait l'air plus jeune, son bras bandé posé sur sa poitrine, son autre bras rejeté sur le côté, ses yeux bougeant sans cesse sous ses paupières contusionnées.

Il était beau garçon malgré les bleus, mais ses cheveux brun-roux ternes n'allaient pas avec son teint. Elle résista à l'envie de passer ses doigts sur la fine ossature de son visage.

Pourquoi porte-t-il des vêtements des clans? se demanda-t-elle. C'était un des nombreux mystères qui resteraient sans réponse.

Pouvait-elle faire confiance à son instinct? Celui qui lui disait qu'il n'était pas capable de commettre les crimes dont on l'accusait? Avait-il réellement l'intention de la libérer? Il ne lui avait pas encore fait de mal, mais cela ne signifiait pas qu'il ne lui en ferait pas.

Au fond, peut-être vaudrait-il mieux qu'elle le laisse lui couper la gorge! Quand sa mère entendrait parler de cette aventure, Raisa serait enfermée à double tour. Amon serait exilé aux Falaises-de-Craie, et tout serait sa faute à elle. En ce moment même, toute la Garde de la reine était probablement en train d'écumer la cité.

Elle avait étalé ses jupes, son manteau et ses jupons sur une chaise pour les faire sécher. Quand elle les toucha, elle s'aperçut qu'ils n'étaient plus trempés, mais raides et encore humides. Elle pensa les remettre, mais se dit qu'elle risquait de réveiller Gourmettes et d'être surprise en train de se changer.

Les braies étaient trop longues et trop larges. Elle dénicha un bout de corde et en fit une ceinture de fortune, puis elle roula les ourlets. La chemise était d'un blanc douteux et pendait jusqu'à ses genoux. Elle la boutonna jusqu'en haut, plissant le nez à l'odeur de sueur masculine qu'elle dégageait. Elle trouva un bout de tissu coloré sur une pile de vêtements, et attacha ses cheveux avec, puis elle remit son manteau sur ses épaules.

Pourrait-elle se glisser dans l'escalier et sortir sans le réveiller ? Elle aurait besoin d'une bonne avance, car il connaissait ce quartier, et elle non.

Le cœur battant si fort qu'elle se dit que le bruit allait sûrement le réveiller, elle passa au-dessus du corps allongé et mit le pied sur la première marche. Puis elle grimpa l'escalier aussi vite qu'elle le put, s'attendant à tout moment à sentir une main se refermer sur sa cheville. Quand elle arriva en haut, elle se retourna et inspira à fond. Il dormait toujours de son sommeil agité.

Raisa tendit les mains et poussa les doubles portes.

Le grincement des charnières déchira le silence matinal. En bas, elle entendit le souffle régulier de Gourmettes s'altérer, suivi par une exclamation ensommeillée.

Elle ne pouvait plus reculer, désormais. Elle se jeta contre les portes pour les ouvrir, et elle cligna des yeux dans la lumière soudaine. Après un bref moment de panique pendant lequel son manteau resta coincé, elle fonça hors de la cave et se mit à courir pour traverser la cour. Elle entendit une exclamation étouffée derrière elle quand elle se glissa dans le minuscule espace entre les bâtiments.

Elle sortit de l'autre côté comme un bouchon sautant d'une bouteille, puis elle se remit à courir dans les rues étroites, tournant à droite et à gauche, sans savoir où elle était ni où elle allait, et ne s'en souciant guère. Elle voulait seulement mettre le plus de distance possible entre elle et son ravisseur.

Elle courut jusqu'à ce qu'un point de côté l'oblige à s'arrêter, à bout de souffle. Elle se blottit dans une allée et reprit sa respiration, à l'affût d'éventuels bruits de poursuite.

Puis elle repartit, en marchant cette fois. Elle voulait essayer de trouver une auberge ou une échoppe ouverte. Peut-être quelqu'un accepterait-il d'aller chercher de l'aide, si elle arrivait à le convaincre qu'il y aurait une récompense à la clé.

Mais les tavernes étaient fermées, et les maisons aussi, à cette heure matinale. Elle essaya de frapper à la porte des habitations les plus prospères, mais personne n'ouvrit. Si quelqu'un la voyait, il était peu probable qu'il la laisse entrer. Elle était dans un état lamentable, sale et il devait être difficile de savoir si elle était une fille ou un garçon.

À l'est, les tours du château de la Marche-des-Fells pointaient vers l'horizon, soulignées par le soleil levant. Le bâtiment royal se dressait à plusieurs lieues de là, plus loin, semblait-il, que le chemin qu'ils avaient parcouru la veille. Elle avait du mal à croire qu'une seule journée s'était écoulée depuis qu'elle avait traversé le Marché-des-Chiffonniers, avec Amon et son escorte secrète.

Elle n'avait pas le choix : elle devait y aller à pied. Elle se dirigea vers les tours, passant par les rues et les allées tortueuses qui lui donnaient l'impression que, pour avancer d'une lieue en droite ligne, elle devait en parcourir deux. On aurait dit le labyrinthe de son jardin du toit, mais bordé de bâtiments décrépits avec un sol pavé couvert de débris divers et de poussière.

Elle traversait une cour quand une petite fille sortit en courant d'une allée voisine, l'air paniquée. Elle était mince, d'un ou deux ans plus jeune que Mellony, avec de longs cheveux blonds tressés.

— M'dame ! au nom de Madeleine la Miséricordieuse, aidez-moi, je vous en prie. C'est ma petite sœur ! Elle est malade !

Raisa regarda autour d'elle pour voir si la petite fille ne parlait pas à quelqu'un d'autre, mais elle était seule dans la cour.

— Moi ? Quel est le problème, avec votre sœur ?

— Elle s'étouffe ! Elle est toute bleue ! (La petite tira Raisa par la main.) Venez, je vous en prie.

Raisa suivit l'enfant dans l'allée, réfléchissant à toute allure. Peut-être pourrait-elle aider ces enfants. La maladie de l'étouffement faisait des ravages depuis un moment. Il y avait des guérisseurs au temple du château, qui avaient réussi à la traiter. Peut-être...

Soudain, la petite fille et Raisa débouchèrent devant un mur de briques. Raisa se tourna et vit qu'elles n'étaient plus seules. Quatre garçons et une fille sortirent des rues adjacentes et les entourèrent. L'estomac de Raisa se contracta douloureusement.

— Hé ! toi ! dit la nouvelle venue en la dévisageant. Où t'étais si pressée d'aller ?

Son accent indiquait qu'elle venait des Îles du Sud. Elle était plus âgée que l'autre fille, environ seize ans, avec la peau sombre et de longs cheveux ondulés tressés en plusieurs sections. Elle avait des pommettes hautes et une bouche généreuse. Elle portait des jambières et un gilet sans manches qui dévoilait des bras musclés et tatoués.

La fille tendit la main et arracha le foulard de fortune de Raisa.

— Qu'est-ce que tu fais avec ça ? demanda-t-elle en l'agitant sous le nez de Raisa. Où tu l'as trouvé ?

Raisa s'aperçut alors qu'ils portaient tous autour du cou des foulards de la même couleur et faits dans le même tissu que le sien.

— Des Chiffonniers ! lâcha-t-elle. Vous êtes des Chiffonniers !

La fille sursauta et regarda à droite et à gauche avant de répondre.

— On n'en est pas. Qui a dit qu'on en était ?

— Est-ce Gourmettes qui vous a envoyés ? demanda Raisa, furieuse de s'être laissé attraper si aisément. Eh bien, dites-lui de ma part que peu m'importe combien de brutes épaisses il envoie à mes trousses, je ne…

— Ferme-la ! dit la fille, l'air à la fois anxieuse et furieuse. Nous, on n'a rien à voir avec ce que fait Gourmettes Alister. Il ne fait plus partie de la bande. Il ne fait plus la loi au Marché-des-Chiffonniers. Et maintenant, voyons ce que tu as dans ton sac, hein ?

Les Chiffonniers se rapprochèrent de Raisa, et elle recula jusqu'à toucher le mur du bâtiment.

Un garçon plus âgé vêtu d'un manteau de velours rouge délavé tendit la main et lui tripota les cheveux. Elle repoussa ses doigts d'une bonne claque. Il sourit, dévoilant une langue rouge vif. Il avait dû mâcher de l'herbe-dague.

— Tu as de la famille, fillette ? quelqu'un qui paierait pour te récupérer ?

Il s'approcha de Raisa, et son haleine chargée lui fit monter les larmes aux yeux. Il semblait nerveux et agité, comme nombre d'intoxiqués à l'herbe-dague.

— Ah ! te voilà, Rebecca !

Tout le monde pivota, et Gourmettes fit son entrée, comme un prince pirate, vêtu de ses jambières et de ses bottes fabriquées par les clans, et d'une veste en daim fatiguée.

Il fit un signe de tête aux Chiffonniers.

— Hé ! Velours, merci de t'être occupé de ma petite copine ! Je te jure, elle ne m'a causé que des ennuis !

Sous les yeux sidérés de Velours, Gourmettes saisit le bras de Raisa et la fit passer derrière lui, s'interposant entre elle et les autres. Il lui mit quelque chose dans la main, et elle sentit du métal froid. Son couteau ! Elle le saisit fermement, ne comprenant plus rien.

Les Chiffonniers regardaient Gourmettes avec l'intérêt avide généralement réservé aux meurtriers, aux adultères, aux rois, aux acteurs et autres personnages célèbres.

Tous, excepté la fille aux tatouages. L'expression de son visage était plus complexe : un mélange de colère, de désir et de trahison.

Elle en pince pour lui, pensa Raisa, *et il l'a repoussée.*

— File de là, Alister, dit la fille tatouée. La gamine est à nous.

— Pas question, Cat, dit-il. Je l'ai vue le premier. C'est pas un butin intéressant pour une criminelle qualifiée comme toi, mais, au moins, elle est jolie.

— C'est elle qui t'a battu ? ricana Cat. Ou c'étaient les Sudistes, comme tout le monde le dit ?

— C'est quoi, ce truc dans tes cheveux, mon vieux ? demanda Velours. Du sang ou de la crasse ?

Gourmettes toucha sa tête, l'air intrigué.

— Oh ! c'est vrai, dit-il, comprenant soudain. J'essayais une nouvelle couleur. T'en penses quoi ?

— Il s'est déguisé, les gars, dit Cat. Il ne peut même plus se montrer dans les rues sous sa véritable identité !

— Tu reviens avec nous, Gourmettes ? demanda un garçon plus jeune d'un ton plein d'espoir. Les parts étaient toujours bonnes quand t'étais seigneur de la rue.

Il se tut brusquement et jeta un coup d'œil nerveux à Cat.

— Non, il ne revient pas, dit Cat en se tournant vers ses camarades, la main posée sur la dague passée à sa ceinture. C'est à cause de lui que Flinn et les autres se sont fait pincer. Gourmettes est comme du poison. Si on s'allie avec lui, les Vestes Bleues vont nous tomber sur le dos.

— Les Vestes Bleues sont sur notre dos de toute façon, dit un garçon plus âgé. On peut plus rien faire, à cause de la Garde. Au moins, Gourmettes s'arrangeait pour les faire tenir tranquilles, grâce aux pots-de-vin.

— Ferme-la, Jonas, dit Cat en le foudroyant du regard.

Et Jonas lui obéit.

— Il y a huit Sudistes sur le carreau, dit Gourmettes. C'était vraiment idiot de faire ça. Vous n'arriverez pas à vous tirer de ce mauvais pas.

On aurait dit que Gourmettes s'était remis dans sa peau de seigneur des rues et parlait une langue étrangère.

— Tu dis ça comme si on avait descendu les Sudistes, dit Cat avec un regard mauvais.

— Qui d'autre ?

Raisa se sentait ignorée. Elle se balançait d'un pied sur l'autre et se demandait quelles chances elle aurait si elle essayait de s'enfuir. Puis elle se concentra davantage sur la conversation.

Cat ricana.

— Nous ? On n'a rien à voir avec ça ! On pense que c'est toi. En tout cas, c'est toi que la Garde accuse.

— Les Vestes Bleues nous accusent tous, dit Gourmettes. Écoute un peu, comment j'aurais fait pour descendre tous ces Sudistes ? à moi tout seul ? (Il sourit.) Toi, peut-être, Cat, mais pas moi. Je suis bon, mais pas à ce point.

Gourmettes est un charmeur, c'est sûr, pensa Raisa.

Cat le regarda avec suspicion.

— Tu n'es pas avec une autre bande ? Les Gardiens ? Les Faiseurs de Veuves ? Les Trafiquants de Sang ?

Gourmettes secoua la tête.

— On a entendu dire que tu rapportais des feuilles de We'enhaven, dit Jonas. Et que tu allais faire un malheur en les vendant aux pirates des Falaises-de-Craie.

— Je ne travaille plus avec les pirates, dit Gourmettes. Ils préfèrent te couper la gorge plutôt que de payer.

— Comment tu te débrouilles, alors ? demanda Cat en levant les yeux au ciel.

Gourmettes se racla la gorge, comme s'il était embarrassé.

— Comme ci comme ça. Je transporte les marchandises de Lucius Frowsley. Je fais un peu de commerce. Je cire les pompes des nobles. (Il toucha son couteau.) Je m'improvise barbier, de temps en temps.

Tous les Chiffonniers éclatèrent de rire, sauf Cat. Gourmettes s'en aperçut.

— Écoutez, dit-il, reprenant son sérieux. Je ne sais pas qui a descendu les Sudistes, mais nous payons tous à cause de ça. J'ai besoin de votre aide. Si vous savez quelque chose…

— Que penses-tu de ça ? dit Cat en se penchant vers lui. Nous te livrons aux Vestes Bleues. Peut-être qu'ils nous ficheront la paix, après ?

— Vous pouvez essayer, dit Gourmettes, l'air imperturbable. (Mais Raisa remarqua qu'il s'était redressé et avait empoigné le manche de son couteau.) Moi, je ne vous vendrais pas à la Garde. Je pense que les gars comme nous doivent se serrer les coudes. Mais c'est juste mon avis.

Les Chiffonniers s'agitèrent et échangèrent des regards nerveux. Certains hochèrent la tête.

J'ai des choses à apprendre de Gourmettes Alister, pensa Raisa. *Il est là depuis dix minutes, et ils lui mangent tous dans la main. Sauf Cat, qui lui en veut pour quelque chose.*

Gourmettes s'approcha de Cat et la regarda dans les yeux.

— Je peux te parler en privé ? lui demanda-t-il d'une voix douce et persuasive. (Son regard passa de la jeune fille aux autres Chiffonniers.) S'il te plaît ?

Elle hésita, puis fit signe à ses compagnons de s'éloigner. Ils gagnèrent le bout de l'allée et attendirent. Velours leur jeta des regards torves.

— Et elle ? siffla Cat en désignant Raisa.

Gourmettes poussa cette dernière vers le fond de l'allée, se plaçant entre elle et la sortie.

— Reste là, grogna-t-il.

Puis il recula de quelques pas pour parler à Cat. Raisa fit semblant de les ignorer, tout en tendant l'oreille pour entendre ce qu'ils disaient.

— C'est qui, et qu'est-ce qu'elle est pour toi ?

— Juste une gamine qui s'est trouvée au mauvais endroit au mauvais moment, dit-il. Je lui ai donné ma parole de la libérer.

— Ta parole ? ricana Cat. Je lui souhaite bien de la chance, alors !

— Cat, dit Gourmettes en tendant les mains, puis en les laissant retomber. Je ne t'ai jamais fait de promesses.

— Non, en effet.

À voir l'expression de Cat, Raisa devina que les serments avaient été implicites à défaut d'être formels.

— Je devais quitter les rues. Je n'avais pas le choix. Ça n'avait rien à voir avec toi.

Cat le regarda, incrédule.

— Rien à voir… avec moi ?… Comment tu expliques ça ?

Gourmettes tenta de réparer sa maladresse.

— Je ne suis pas parti à cause de toi, voilà ce que je voulais dire.

— Tu n'es pas resté pour moi, non plus, cracha-t-elle. De toute façon, qu'est-ce qui te fait croire que je me soucie de ce que tu fais ? Les Vestes Bleues ont pincé trois de mes gars par ta faute. Ils doivent être en train de les torturer pour leur faire dire où tu es. Et ils les tortureront à mort, parce que mes gars ne le savent pas.

Gourmettes se raidit.

— J'ai entendu dire qu'ils avaient pris trois Chiffonniers. Flinn, et qui d'autre ?

— Jed et Sarie, dit Cat.

Gourmettes regarda Raisa et baissa la voix.

— Où est-ce qu'ils les gardent ?

— Au poste de garde du Pont-Sud.

Raisa entendit Gourmettes jurer entre ses dents.

— Malédiction ! Gillen ?

Cat acquiesça.

— Ouais. Comme si tu en avais quelque chose à faire ! (Elle le regarda d'un air de défi, comme si elle s'attendait à être déçue.) Tu sais que je ne bosse pas avec les Vestes Bleues, mais je te dénoncerais sans hésiter pour les sauver.

Gourmettes regarda un moment dans le vague, un muscle tressautant dans sa mâchoire.

— D'abord, je dois m'occuper de la gamine. Tu nous laisses partir ?

Raisa comprit ce qu'il faisait. Il se soumettait à Cat, reconnaissait son statut de chef de bande.

— D'accord, dit-elle d'une voix blanche. File. Mais ne remets jamais les...

— Retrouve-moi cette nuit à l'autre bout du pont Sud, l'interrompit-il. Je t'aiderai à récupérer Sarie et les autres.

Cat le jaugea du regard.

— Et comment est-ce que je saurai que tu ne vas pas nous dénoncer à la Garde ? que tu ne vas pas débouler avec elle ?

Il la saisit par les coudes et la regarda intensément.

— Parce que, cette fois, je te le promets.

Le Marché-des-Chiffonniers se réveillait pendant qu'ils se dirigeaient vers la cité haute. Han devait se débarrasser de la gamine avant de croiser un Veste Bleue un peu trop curieux, ou un autre importun. À présent, du moins, il pensait qu'il pouvait lui faire confiance pour ne pas le dénoncer.

Chaque fois qu'il regardait Rebecca, elle était en train de l'observer de ses yeux verts comme s'il était une énigme qu'elle devait élucider. Il commençait à penser qu'il préférait son regard terrifié de la veille. Qu'avait-elle entendu de ce que Cat et lui avaient dit ?

— Cette Cat, c'était votre petite amie, non ? demanda-t-elle.

— Pas exactement.

Elle leva les yeux au ciel, comme les filles savent si bien le faire.

— Quoi ? demanda-t-il, irrité.

Il contourna une grosse pile d'épluchures de pommes de terre sur le trottoir. On pouvait tomber sur pire que ça, au Marché-des-Chiffonniers.

— Apparemment, elle pensait l'être !

— Eh bien, elle est avec Velours, maintenant. (Il se demanda pourquoi il lui disait ça, et décida de changer de sujet.) Vous savez, ça vous va bien, le pantalon. Vous avez… (il fit un geste évocateur avec les mains)… ce qu'il faut, là où il faut !

Ça lui coupa le sifflet. Elle vira écarlate et la conversation sur les petites amies s'arrêta là.

Mais c'était vrai qu'elle avait belle allure, en pantalon, même si ça n'était pas nouveau pour Han. Les filles des clans en portaient, après tout.

Dans les camps, les conteurs parlaient de minuscules et belles nymphes des bois qui attrapaient les humains et les défiaient avec des devinettes. Rebecca aurait pu être un personnage de ces récits. Elle avait une taille si menue que Han aurait pu l'entourer de ses deux mains, mais il y avait aussi chez elle une certaine ténacité qui l'attirait.

Il lui jeta un coup d'œil à la dérobée, et se demanda comment ce serait, de l'embrasser.

Laisse tomber, Alister, s'intima-t-il. *Tu as déjà assez d'ennuis comme ça.* Qui que soit la fille, elle avait des amis haut placés.

— Je vous accompagne jusqu'à la Route, dit-il en la tirant par la main entre les chariots de livraison, à travers la foule matinale de travailleurs et de boutiquiers. Il y a beaucoup de trafic à cette heure-ci, vous devriez être en sécurité. Vous rejoindrez facilement l'enceinte du château.

— Je peux me débrouiller seule, vous savez, dit-elle en levant le menton.

Il ricana.

— Ouais. Comme quand je vous ai retrouvée, dans l'allée ? Cat et sa bande vous auraient bouffée toute crue.

— Pourquoi m'avez-vous sauvée, alors que je m'étais enfuie ?

Parfois, Rebecca semblait très vive d'esprit, mais, à d'autres moments, elle était vraiment stupide.

— C'est moi qui vous ai obligée à quitter le temple du Pont-Sud. Si vous vous faites égorger, c'est sur moi que ça va retomber. J'ai assez d'ennuis comme ça !

— Vous allez essayer de sauver les Chiffonniers, n'est-ce pas ? Ceux que la Garde a capturés ?

Par les dents d'Hanalea ! Il avait intérêt à se débarrasser de cette fille tant qu'il lui restait un secret ou deux.

— D'où vous vient cette idée ? demanda-t-il.

— Vous allez le faire, non ? insista-t-elle.

— Ce serait fichtrement stupide, non ? dit Han. Vous croyez que je suis idiot ?

— Non. Vous pensez qu'ils ont été pris à cause de vous. Mais c'est faux, si vous êtes innocent !

Elle faillit se prendre les pieds dans l'ourlet trop long de son pantalon, et il la retint par le bras.

— Ah ! maintenant vous pensez que je suis innocent…

— Du meurtre des Sudistes, en tout cas, dit-elle en le foudroyant d'un regard qui laissait clairement sous-entendre qu'il avait d'autres choses à se reprocher. Ils vous attraperont, si vous essayez. Vous le savez. Ils doivent s'attendre à quelque chose de ce genre. C'est sans doute pour ça qu'ils les ont attrapés. Pour vous tirer de votre cachette !

Comme s'il ne le savait pas !

— Ma foi, ça ne vous concerne pas, non ?

Dans quelques pâtés de maisons, il pourrait lui dire adieu et…

Soudain, elle s'arrêta net. Ses yeux étincelaient.

— Ramenez-moi au temple du Pont-Sud, ordonna-t-elle comme si elle était la duchesse du Marché-des-Chiffonniers. J'ai oublié quelque chose.

— Vous avez perdu la tête ? dit-il, plus fort qu'il l'aurait voulu. (Des passants se retournèrent et le dévisagèrent.) Nous en venons ! (Il se força à baisser la voix.) J'ai eu du mal à m'en sortir, et je n'y retournerai pas.

— Vous serez bien obligé d'y retourner, pour libérer les Chiffonniers. Le poste de garde du Pont-Sud est juste à côté de l'enceinte du temple.

Comme s'il ne le savait pas, ça non plus !

— Non. Vous rentrez chez vous. Si vous voulez vraiment m'aider, vous ne direz rien à personne à propos de tout ce qui est arrivé.

Elle serra les lèvres et se redressa de toute sa petite taille.

— D'accord. J'irai au temple du Pont-Sud par mes propres moyens, dans ce cas.

On aurait dit un de ces cauchemars qui allaient de mal en pis, mais desquels on n'arrivait pas à se réveiller. C'était bien sa chance d'avoir pris une cinglée pour otage !

Il regarda autour de lui, mais il était impossible de traîner la fille de force quelque part, avec tous ces gens autour d'eux.

Il eut un instant la tentation de la jeter dans la rivière pour vérifier si elle savait nager. Mais il remonta son col et partit en grommelant derrière elle, en direction du Pont-Sud.

14

Du mauvais côté de la loi

Malgré tous les problèmes qu'elle avait eus depuis deux jours, l'enlèvement, les menaces, le brigandage, la pluie, la saleté et tout le reste, Raisa se sentait ivre de liberté, comme ensorcelée. Elle parcourait les rues en pantalon et en chemise, totalement anonyme, et elle buvait avec avidité les moindres détails du quartier coloré qu'on appelait le Marché-des-Chiffonniers.

« Coloré » était un mot parmi d'autres. Il était aussi puant, bruyant, et terriblement intéressant. Il débordait de possibilités et de risques. La bulle qui protégeait habituellement la princesse héritière des Fells avait éclaté, et une multitude de sensations inconnues la submergeaient, des images, des odeurs et des émotions brutes du royaume qu'elle était destinée à gouverner un jour.

Elle affronta l'idée que c'étaient seulement le contexte et les vêtements qui la rendaient reconnaissable. N'était-elle donc que l'occupante désignée par le hasard d'une place dans la lignée des reines ? Serait-il possible de ramasser n'importe quelle fille dans la rue, de la parer, de la bichonner et de la mettre à sa place ? Avait-elle la moindre capacité naturelle à occuper ce poste ?

Les rues débordaient de gardes, hérissés d'armes et de suffisance. Pourtant, personne ne la reconnut. Aucune rumeur ne courait, comme cela aurait été le cas si sa disparition avait été rendue publique. Intriguée, elle s'arrêta et demanda à un boutiquier qui balayait le seuil de sa porte de lui donner les dernières nouvelles.

— Quelqu'un m'a dit qu'il y avait eu un enlèvement, dit-elle. C'est pour ça qu'il y a tant de gardes dans la rue ?

Le marchand secoua la tête.

— Je ne sais rien d'un enlèvement. C'est à cause de ces meurtres, au Pont-Sud. La Garde fouille toutes les tavernes, les auberges et les entrepôts du Marché-des-Chiffonniers. C'est mauvais pour les affaires, ça ! Si les bandes des rues veulent s'entre-tuer, qu'on les laisse faire ! (Il regarda autour de lui et baissa la voix.) On dit que c'était un coup de Gourmettes Alister. En voilà un qui est vraiment assoiffé de sang !

Raisa ne put s'empêcher de regarder par-dessus son épaule. Gourmettes était à un demi-pâté de maisons derrière elle, comme s'il espérait qu'elle ne le verrait pas, ou qu'il ne serait pas vu en sa compagnie, Raisa n'aurait su le dire.

C'était excitant de savoir qu'il était là, qu'il la suivait, comme dans l'histoire d'Hanalea et du bandit de grand chemin.

Mais ce n'était pas une légende. C'était la réalité, et Raisa avait l'intention de découvrir ce qui se passait réellement.

Les tours du pont se dressaient devant elle. Le poste de garde était situé tout près, du côté pont Sud. C'était une bâtisse de pierre carrée et solide, avec de petites fenêtres à barreaux. Elle se trouvait au centre d'une cour pavée, et il y avait des écuries derrière. La bannière du Loup Gris flottait au-dessus de l'entrée, indiquant qu'il s'agissait d'un avant-poste de la reine dans l'environnement sordide du Pont-Sud.

La queue pour passer le pont était plus longue que d'habitude. Une demi-douzaine de gardes armés se tenaient à chaque extrémité et interrogeaient ceux qui voulaient traverser. L'estomac de Raisa se contracta. Elle serait sûrement reconnue, si quelqu'un avait été envoyé spécifiquement pour la retrouver.

Poussée par une impulsion soudaine, elle entra dans une boulangerie, assez propre et bien tenue, avec à l'intérieur des étalages de brioches, de tourtes à la viande et de pâtisseries. Le garçon derrière le comptoir portait un bonnet en laine rouge pour retenir sa chevelure.

— Bonjour, dit-elle. Je voudrais huit brioches sucrées, enveloppées à emporter. Et votre chapeau.

Après de brèves négociations, Raisa sortit de la boutique avec ses huit brioches, les cheveux cachés sous le bonnet du garçon.

Je vais sans doute attraper des démangeaisons, pensa-t-elle.

Gourmettes l'attendait dehors. Il lui prit le poignet et la tira sous une porte cochère.

— Qu'est-ce. Que. Vous. Faites ? siffla-t-il.

De près, elle vit que ses yeux azur étaient émaillés d'or, que ses cils étaient épais et blonds, et que ses bleus tournaient au pastel. Il avait aussi un peu de barbe sur le menton.

Elle désigna le sac de brioches.

— Je suis une boulangère, dit-elle.

— Ce n'est pas un jeu, dit Gourmettes. Vous devez vous remettre entre les mains des gardes, sur le pont. Dites-leur que vous êtes la fille qui a été enlevée au temple. Et rentrez chez vous.

— J'ai quelque chose à faire d'abord.

— Écoutez-moi. Je ne peux pas traverser le pont pendant qu'il grouille de Vestes Bleues. Je ne pourrai pas vous aider si vous avez des ennuis, dans le Pont-Sud.

— Parfait. Vous en avez fini avec moi. Je me débrouillerai seule, d'accord ? dit Raisa, pensant que, là où elle allait, il ne pourrait rien faire pour elle.

Elle se dégagea et repartit vers l'extrémité du pont. Elle se retourna une fois, et vit qu'il la regardait, les mains fourrées dans ses poches, les sourcils froncés.

Il lui fallut dix bonnes minutes pour traverser. Raisa tapait nerveusement du pied, ayant hâte que ça se termine. Elle n'avait pas l'habitude d'attendre.

Quand elle arriva devant les gardes, elle s'inclina profondément devant eux, comme elle avait vu les autres le faire.

— Quel est ton nom, et que viens-tu faire ici, petite ? demanda le garde en se grattant à un endroit peu séant.

— Rebecca Morley, Votre Honneur, dit Raisa, la tête baissée pour ne pas être reconnue. Je vais vendre des brioches de l'autre côté de la rivière.

— Des brioches, tu dis ? Fais voir.

Raisa ouvrit le sac et le tendit au soldat. L'homme plongea sa patte crasseuse dedans et prit une brioche. Il la mordit, sourit d'un air approbateur, et en attrapa une deuxième.

Raisa s'empourpra, et elle dut faire appel à toute sa volonté pour ne pas lui arracher le sac des mains. Si elle avait vraiment été boulangère, elle aurait dû sortir de ses propres poches le prix de ces deux brioches.

— Elles sont bonnes, dit le garde en lui rendant le sac et en s'essuyant la bouche. Garde-m'en deux autres pour quand tu repasseras le pont.

Il lui fit signe de continuer son chemin, en éclatant d'un rire gras.

Raisa était furieuse. Ainsi c'était ça, le visage de la reine, pour le peuple! Des détrousseurs de pauvres gens. Pas étonnant qu'Amon craigne une rébellion.

Au Pont-Sud, le temple se trouvait d'un côté de la Route, et le poste de garde de l'autre, tels des emblèmes du bien et du mal. Raisa s'appuya contre le mur du temple et étudia le poste de garde. Il semblait imprenable, avec ses fenêtres qui ressemblaient à des yeux malveillants. Impossible que Gourmettes et sa bande entrent et sortent de ce lieu.

Elle pouvait au moins essayer de découvrir si ces Chiffonniers étaient réellement retenus au poste, et s'ils avaient vraiment été torturés.

Elle inspira à fond et essaya de se concentrer sur son objectif, comme Elena le lui avait appris. Puis elle traversa la Route et gagna la porte du poste.

Le garde posté à l'entrée la considéra d'un œil blasé. À l'intérieur, d'autres jouaient aux dés et aux cartes.

— Qu'est-ce que tu veux? aboya le garde.

— Je... Ah!... C'est ma sœur, Sarie..., dit Raisa d'une voix geignarde. Elle a été prise par les Vestes... par la Garde de la reine, l'autre jour, au Marché-des-Chiffonniers. On m'a dit qu'elle était là. Je lui ai apporté à manger.

Elle montra le sac. Le garde le lui prit.

— Je m'occuperai de le lui faire parvenir, dit-il.

Voilà qui ne faisait pas du tout son affaire.

— Je vous en prie, monsieur, insista Raisa. J'espérais pouvoir la voir. Ça fait trois jours, et elle était malade, dernièrement, et trois jours en prison n'ont pas dû lui faire du bien...

— Pas de visiteurs, dit l'homme d'un ton soupçonneux. Tu devrais le savoir, non?

Raisa saisit la manche de l'homme, et il la repoussa d'une claque, attrapant la poignée de son épée.

— Lâche-moi! sale petite...

— Je vous en prie, monsieur, dit Raisa d'une voix tremblante. J'ai un peu d'argent. Pas beaucoup, mais...

Le garde lui jeta un regard soudain intéressé.

— Si tu as de l'argent, montre-le.

— Je vais vous le faire voir, monsieur. Mais peut-être après avoir...

Le garde la saisit par le col de sa chemise et la tira vers lui.

— Ne te moque pas de moi, gamine!

Il leva le poing. La bouche de Raisa se dessécha d'un coup, mais une voix retentit derrière eux.

— Laisse entrer la fille, Sloat. Que je la voie.

Sloat la lâcha et fit un pas de côté.

L'homme qui avait parlé était assis à une table, près du feu. Sur celle-ci traînaient des assiettes sales, des cartes et plusieurs chopes, la plupart vides. Il avait un visage mince et cruel et des cheveux d'un brun terne qui lui arrivaient aux épaules. Il portait l'uniforme bleu de la Garde, et l'insigne sur son col indiquait qu'il était sergent.

— Viens ici, petite, dit-il avec un sourire qui glaça le sang de Raisa.

Elle traversa la pièce et se tint devant l'homme, tête baissée. Pourquoi avait-elle pensé que venir là serait une bonne idée ?

— Alors, tu es la petite sœur de Sarie ?

Elle hocha la tête.

Il lui saisit le poignet et le tordit.

— Parle quand on t'adresse la parole, gamine !

Raisa haleta de douleur, et des larmes lui montèrent aux yeux.

— Oui, monsieur, je suis la sœur de Sarie. Je lui ai apporté à manger, dit-elle en levant le sac de brioches de son autre main, comme un bouclier.

— La Sarie qui est avec les Chiffonniers ? continua le sergent.

Raisa leva rapidement les yeux avant de détourner le regard.

— Les Chiffonniers ? Qu'est-ce que c'est, monsieur ?

Le sergent éclata de rire. Il lâcha son poignet et avala une gorgée de bière.

— Quel est ton nom ?

— Rebecca, monsieur.

— Tu es bien mignonne, Rebecca. Quel âge as-tu ?

Raisa réfléchit rapidement. Plus jeune, ça valait mieux, décida-t-elle.

— Trei… Treize ans, monsieur, dit-elle d'une petite voix, en essayant de retrouver l'air qu'elle avait à cet âge-là.

— Ah ! (Le sourire de l'homme s'élargit.) Tu aimerais voir ta sœur, c'est ça ?

— Oui, monsieur.

Le sergent la prit par le bras.

— Alors, suis-moi.

Sloat marmonna une protestation.

— Sergent Gillen, je lui ai dit qu'il n'y avait pas de visites.

— La ferme, Sloat, dit Gillen. On va faire une exception, dans ce cas-là.

Il la tira le long d'un couloir où s'alignaient des portes en bois à l'aspect solide. Ses pieds touchaient à peine le sol. Raisa pensa tout le long du chemin :

C'est lui, le brutal sergent Gillen, celui dont les Chiffonniers ont parlé. Celui qui, d'après Amon, bat les gens dans la rue. Dans quoi me suis-je fourrée ?

Au bout du couloir, derrière un portail en métal, il y avait une autre porte en bois que Gillen ouvrit avec une grande clé. Il entra avec elle, alluma une torche, puis la propulsa en bas d'un escalier étroit qui menait à une cave.

Raisa frissonna, de froid et de peur. La cave était humide et glacée. Raisa se dit qu'elle devait se situer tout près de la rivière, à cause de la puanteur.

Ou peut-être était-ce l'odeur de la mort qu'elle sentait. C'était un lieu maléfique, où des choses terribles se passaient. Des images de désastres envahirent son esprit. Elle sentit la panique s'emparer d'elle. Elle devait sortir de là !

— Monsieur, vous savez, il vaudrait sans doute mieux que je revienne demain, dit-elle en se tournant vers l'escalier.

— Viens, petite, on est presque arrivés, dit Gillen en la saisissant par le col et en la tirant si fort qu'elle faillit tomber.

Elle comprit instinctivement qu'il ne servirait à rien de révéler soudain qui elle était. En supposant qu'il la croie, il n'aurait rien de plus pressé que de l'étrangler et de la jeter dans la rivière pour éviter qu'elle rapporte cette histoire au château. Un cœur de tueur battait sous l'uniforme bleu qu'il portait.

Elle avait considéré tout cela comme une aventure, quelque chose qu'Hanalea aurait pu faire. Elle avait cru qu'elle comprenait ce qui était en jeu, et elle s'était lourdement trompée.

Hanalea avait-elle eu peur quand elle avait affronté le Roi Démon ? Raisa se sentait effrayée pour deux, en cet instant.

Devant eux, elle vit une grille de métal boulonnée dans la pierre et fermée par un verrou massif. Quand la lumière de la torche illumina la cage, Raisa distingua des mouvements à l'intérieur.

Il s'agissait d'une fille et de deux garçons qui devaient avoir quinze ou seize ans. Ils étaient maigres et crasseux, et ils avaient été battus au point qu'il était difficile de reconnaître en eux des êtres humains. Ils ne s'avancèrent pas vers la grille, mais se rencognèrent comme s'ils espéraient ainsi échapper au regard de Gillen.

Raisa se sentit dégoûtée, et furieuse de constater que Gourmettes Alister avait dit vrai.

—Hé! Sarie, dit Gillen d'une voix doucereuse, en ouvrant la porte, je t'ai amené de la compagnie.

—Partez, murmura une voix au fond de la cage. On peut pas vous dire ce qu'on sait pas. On n'a pas vu Alister depuis des mois.

—Allons, ne sois pas comme ça, dit Gillen d'une voix faussement joyeuse. Il y a quelqu'un ici qui est venu te voir.

—Qui pourrait venir me voir? demanda la voix.

—J'ai la petite Rebecca ici, ma chérie. Elle t'a apporté à manger.

—Qui?

Poussée par la curiosité, Sarie sortit de l'ombre. Elle était large de hanches et d'épaules, et grande pour son âge. Elle ne ressemblait en rien à Raisa.

—Maintenant que ta petite sœur est là, je pense que nous arriverons à quelque chose, dit Gillen avec un sourire de tueur. (Il resserra sa prise sur Raisa.) Ça te déliera peut-être la langue, quand on la mettra elle aussi à la torture.

Sarie regarda Raisa, bouche bée, puis Gillen.

—Par l'enfer! qui est cette fille?

Dans les légendes, la reine Hanalea avait combattu le puissant Roi Démon grâce à sa force de caractère et au pouvoir du bien.

Dans les camps, on disait que les faibles pouvaient vaincre les forts, grâce à la puissance d'un esprit focalisé.

Amon Byrne avait appris à Raisa des techniques de combat des rues, destinées à désarmer un adversaire plus grand et plus fort qu'elle.

Raisa était assez futée pour savoir que ses chances de vaincre quelqu'un comme Gillen étaient très proches de zéro. Mais, quand une personne combat pour sa vie, et qu'elle est décidée à ne pas faire de quartier, ça peut faire une différence.

Quand elle flanqua un coup de pied magistral dans les rotules de Gillen, elle savait qu'elle ne risquait guère de le blesser sérieusement. Mais elle espérait que ce serait suffisant pour le distraire.

Elle y réussit. Il hurla comme un cochon qu'on égorge et s'écroula, se tenant les genoux et lâchant un chapelet de jurons.

—Sur lui! hurla Raisa en se relevant. Venez! Tapez-lui dessus!

Avec la force du désespoir, les trois Chiffonniers se jetèrent sur Gillen et le rouèrent de coups de poing et de pied. On aurait dit un ours attaqué par des coyotes, qui aboyaient, mordaient et grognaient, mais sans faire beaucoup de dégâts.

Les mains de Gillen se refermèrent sur la gorge de Raisa, et il serra. Le souffle lui manqua. Elle se débattit, mais ne parvint pas à se libérer. Le sang rugit dans ses oreilles, et des formes dansèrent devant ses yeux. Des formes de loups…

Puis quelqu'un se jeta sur eux, et la pression autour de son cou disparut.

Haletante, Raisa ramassa la torche encore allumée et l'écrasa contre le visage de Gillen. L'homme hurla de douleur et de rage, et cessa de marteler un des garçons de ses poings. Soudain, il sembla moins intéressé par le combat et plus par la porte. Raisa lui crocheta la cheville, et il s'étala de tout son long. Sarie souleva un lourd pot de chambre en fer et l'abattit sur sa tête.

Gillen resta allongé et ne bougea plus.

15

Drôle d'association

Amon Byrne n'était pas du genre à ressasser. En général, il prenait une décision et il agissait. Mais, cette fois, c'était différent. Il avait beaucoup réfléchi à la situation au cours des deux derniers jours, bien plus qu'il le faisait habituellement en cas de crise.

Ils n'avaient pas été libérés du bureau de l'orateur Jemson avant le matin suivant l'enlèvement de Raisa.

La piste avait eu le temps de refroidir. Amon avait envoyé ses Loups Gris fouiller le Marché-des-Chiffonniers pendant qu'il allait voir son père pour lui avouer ce qu'il avait fait.

Il l'avait trouvé en train de déjeuner, seul, comme à son habitude. Dès que les premiers mots eurent quitté la bouche d'Amon, le capitaine Byrne cessa de manger et écouta, impassible, posant une question de temps en temps.

Quand Amon eut terminé, son père jeta sa serviette sur la table et envoya son ordonnance chercher les officiers de service dans la salle de garnison.

Amon tendit son épée à son père, la poignée en avant.

— Je suis désolé, monsieur, dit-il avec raideur. Je démissionne de mon…

— Garde ça, grogna son père. Tu en auras probablement besoin.

— Monsieur ? bégaya Amon, troublé. Mais… quand la reine apprendra…

— Ce sont de fortes têtes, ces reines du Loup Gris, dit son père. Personne ne le sait mieux que moi. La tâche la plus difficile pour un garde est de dire « non » à sa souveraine quand il sait que cela pourrait entraîner son propre renvoi, son emprisonnement ou son exécution. (Il foudroya

Amon du regard.) Mais, parfois, il faut en avoir le courage. Tu aurais dû, face à la princesse héritière.

—Mais… comment pouvons-nous faire cela, monsieur ? demanda Amon en remettant son épée dans son fourreau. Je veux dire : nous servons la reine, et donc…

—Nous servons la lignée des reines, dit son père. Nous servons le trône. Parfois, un individu peut faire un mauvais choix.

—Mais…, dit Amon, est-ce que ce n'est pas… n'est pas de la… ?

—… de la trahison ? (Le capitaine Byrne eut un léger sourire.) Certains le penseraient, oui. Qui sommes-nous, après tout ?

Le capitaine Byrne se leva, gagna la cheminée et enfonça un tisonnier dans le feu. Les bûches s'effondrèrent dans un jaillissement de flammèches.

—Nous, les Byrne, occupons ce poste à la suite d'un contrat passé avec Hanalea, la première de cette lignée de reines têtues. C'est une position difficile, c'est sûr, mais tout ira bien tant que nous garderons à l'esprit que, ce qui compte, c'est l'intérêt du royaume et l'intérêt de la lignée.

—Mais… tous les membres de la Garde ne sont pas là pour le bien du royaume, dit Amon, pensant à Mac Gillen.

—C'est vrai. À une époque, le capitaine choisissait personnellement chaque homme et chaque femme qui entrait dans la Garde. Ce n'est plus le cas aujourd'hui. La politique s'en est mêlée. Je n'ai pas choisi Mac Gillen, et j'ai été incapable de le faire partir. Et pourtant j'ai essayé.

Qui a choisi Mac Gillen ? aurait voulu demander Amon. Mais il s'abstint.

—Alors, qu'allons-nous faire, monsieur ?

Son père continua un moment à contempler le feu, le visage fermé.

—Nous allons tout risquer pour protéger la lignée.

—Que voulez-vous dire ?

—La princesse héritière fête son jour de naissance cet été. Après ses seize ans, elle sera en âge de contracter une alliance par le mariage. (Il se tourna et s'appuya contre le manteau de la cheminée, l'air plus grave que jamais.) Pour la défense à long terme des Fells, le mieux serait peut-être que la princesse héritière épouse un prince du Sud. Mais ils sont très conservateurs, dans les royaumes du Sud. S'ils découvrent que notre princesse a été gardée prisonnière toute une nuit par un voyou des rues, cela pourrait affecter ses perspectives de mariage.

L'estomac d'Amon se noua. Il pensa à Gourmettes Alister, son couteau posé sur la gorge de Raisa, refusant de changer d'otage.

— Il ne ferait pas ça…, balbutia-t-il. S'il l'a touchée, s'il… Je…

Son père leva la main.

— Les faits sont moins importants que la réputation, quand il s'agit de contrat de mariage, caporal.

Les faits sont importants pour moi, pensa Amon.

— Ils… n'iraient pas jusqu'à nommer Mellony héritière, n'est-ce pas ? Si Rai… Si la princesse héritière a été souillée, dit-il, ne sachant pas très bien qui « ils » pourraient être.

— Ils pourraient essayer, mais nous ne pouvons pas laisser une telle chose se produire. Mellony n'est pas l'héritière de sang, tant que Raisa vit, dit Byrne. Le Naéming ne se préoccupe pas de politique. J'espère que Sa Majesté ne se laissera pas influencer par… Nous avons vraiment besoin d'une reine forte, termina-t-il doucement, en se frottant le front comme s'il lui faisait mal.

— Père, dit Amon, impatient de revenir à la question qui le préoccupait. Quand vous dites que nous allons tout risquer pour protéger la lignée, que voulez-vous dire ?

Son père se tourna vers lui.

— Voici ce que nous allons faire. Nous n'annoncerons pas que la princesse a disparu. Nous demanderons aux gardes de rechercher une certaine Rebecca Morley. C'est bien le nom qu'elle a utilisé, n'est-ce pas ? Cette jeune fille, dont la description correspond à celle de la princesse, a été enlevée au temple du Pont-Sud par Gourmettes Alister. Rebecca, dirons-nous, est une jeune fille de bonne famille qui voulait porter assistance aux pauvres. Nous offrirons une bonne récompense pour toute information.

Amon ne fut pas sûr de comprendre.

— Mais… dirons-nous la vérité à la reine ?

— Non.

Amon n'en crut pas ses oreilles. Son père, l'incarnation du devoir et de la droiture, se proposait de tromper la reine. Si les choses tournaient mal, cela pouvait avoir des conséquences terribles. Les gens penseraient que le capitaine de la Garde avait risqué la vie de la princesse héritière pour protéger son fils. Cela pouvait lui coûter sa carrière.

— Père ! nous ne pouvons pas faire ça. Si les choses se savent…

— Souviens-toi de ce que j'ai dit. Nous avons juré de protéger la lignée, quel qu'en soit le prix. Si ce Gourmettes apprend qui il a enlevé, la princesse sera encore plus en danger. Il risque de prendre peur au point de la tuer aussitôt. Il pourrait lui faire passer la frontière et la vendre à un prince étranger. Ou s'allier aux ennemis du Loup Gris.

—En supposant qu'elle soit encore en vie, se força à dire Amon. Ça fait des heures et des heures…

—Elle est en vie, dit son père. Si la lignée avait été brisée, je le saurais. Et toi aussi tu le sauras, une fois que tu auras été nommé en bonne et due forme. (Il posa les mains sur les épaules d'Amon pour qu'il cesse de poser des questions.) Je sais que la reine t'a enrôlé personnellement dans la Garde, mais n'importe qui peut être enrôlé, comme je l'ai dit. Ça, c'est différent.

Il n'en dit pas plus, mais Amon crut en la parole de son père. Il fut heureux de ne pas devoir ajouter « si Raisa est encore vivante » à la fin de chaque spéculation.

—Mais… comment allons-nous expliquer la disparition de Raisa ? demanda Amon. (Il était mi-soulagé de n'avoir pas à affronter la reine pour le moment, et mi-persuadé que le plan ne marcherait pas.) Les gens ont dû s'apercevoir de son absence. Tout le monde doit commencer à paniquer.

—Averill Demonai nous aidera. Il dira que Raisa est retournée au camp Demonai pour un rituel de pré-jour de naissance, très secret. Très sacré. Le seigneur Bayar sera fou de rage, mais on peut s'en arranger.

Un petit sourire flotta sur son visage.

—Pourquoi Averill ferait-il ça ? C'est son père. Il doit être inquiet !

—Il voudra garder ça secret pour les mêmes raisons que nous. Pour le bien de sa fille, et pour le bien de la lignée.

—Que voulez-vous que je fasse ? demanda humblement Amon, sachant qu'il ne méritait pas de prendre part aux recherches, mais désirant désespérément y jouer un rôle.

—Tu écumeras le Marché-des-Chiffonniers et le Pont-Sud. Tu utiliseras tous tes contacts. Tu parleras de la récompense dans les tavernes et les auberges. Tu connais les rues, tu connais Raisa, et tu peux identifier Gourmettes. C'est important, car la plupart des gardes n'ont jamais vu la princesse en personne.

Les deux jours suivants, Amon parcourut les rues autour des quais, surtout dans le Marché-des-Chiffonniers, puisque c'était le territoire de la bande de Gourmettes et que ce dernier avait été vu quand il avait traversé le pont avec Raisa, immédiatement après l'affrontement dans le bureau. Amon payait des tournées dans les tavernes, mais il ne buvait jamais lui-même. Il demandait aux gens s'ils avaient vu « Rebecca Morley ». Il la décrivait en détail et montrait une esquisse de Raisa que sa sœur, Lydia, avait faite pour lui en secret.

Amon ne ménageait pas ses efforts, ce qui lui épargnait de penser. Quand cela lui arrivait, il était dévoré par la culpabilité.

C'était lui le responsable de la fuite de Gourmettes, le jour où ils l'avaient coincé devant *Le Tonnelet et la Couronne.* Il avait accepté d'accompagner Raisa au temple du Pont-Sud, et c'était donc sa faute si elle s'était trouvée dans le bureau de Jemson au moment où Gourmettes était entré.

Et, finalement, sa décision de faire face à Gourmettes immédiatement, dans le temple, l'avait conduit à enlever Raisa.

Il existait une possibilité, bien entendu, que Raisa ait déjà dit au seigneur de la rue qui elle était. Amon pouvait s'imaginer cette conversation, mais pas ce qui arriverait après, excepté dans ses cauchemars. Il faisait donc de son mieux pour ne pas dormir.

En conséquence, Amon n'était pas très alerte, les jours suivant la disparition de Raisa, tandis qu'il arpentait les rues étroites et les allées du Marché-des-Chiffonniers, mais il s'en moquait.

Il était convenu de retrouver la Meute de Loups au pont, à midi, pour voir si quelqu'un avait des nouvelles. Il n'était pas optimiste. Il approchait de la rivière en marchant dans une allée étroite, quand quelqu'un derrière lui l'appela.

— Caporal Byrne.

Il se retourna. C'était Gourmettes Alister, dans une cour, derrière une grille fermée. Une demi-douzaine d'autres Chiffonniers se tenaient derrière lui. Pas de Raisa.

Amon se rua sur Gourmettes et fut arrêté par la grille, aux barreaux trop resserrés pour qu'il puisse y passer ne serait-ce que la main. Mais Gourmettes recula quand même d'un pas.

— Où est-elle ? demanda Amon, cherchant un moyen de passer de l'autre côté de l'obstacle. Qu'avez-vous fait d'elle ? Si vous l'avez touchée, je vous jure que…

— Vous parlez de Rebecca ? demanda le seigneur de la rue, l'air étonné.

— Oui, Rebecca. (*Ainsi, Alister ignore toujours la véritable identité de Rebecca*, se dit Amon.) Qui d'autre pourrais-je être en train de chercher, espèce de meurtrier, de voleur…

— Elle est dans le poste de garde du Pont-Sud, dit Gourmettes, inclinant la tête en direction de la rivière.

— Au Pont-Sud ? dit Amon, luttant pour contrôler sa voix. Que fait-elle là-dedans ?

— J'ignore ce qu'elle y fait exactement, dit Gourmettes en tripotant son bracelet. Elle y est entrée hier, et elle n'en est pas ressortie. Il se passe quelque chose. J'espérais que vous pourriez peut-être… euh… aller jeter un coup d'œil et vous assurer qu'elle va bien.

Amon ne comprenait plus rien. Le seigneur de la rue omettait de lui dire une chose importante.

— Pourquoi n'irait-elle pas bien ?

Et pourquoi Amon n'avait-il pas entendu dire que Raisa avait été retrouvée ?

Gourmettes haussa les épaules.

— Mac Gillen est là-bas, pour commencer.

Mac Gillen était une brute dans les rues, mais qu'est-ce que ça avait à voir avec Raisa ?

— Comment se fait-il qu'elle soit là-dedans ? dit Amon en choisissant ses mots avec soin, et en essayant de résister à l'impulsion de tambouriner contre la grille qui les séparait. La Garde l'a-t-elle retrouvée, ou a-t-elle réussi à vous échapper, ou… ?

— Ma foi, je pense qu'elle y est entrée pour sauver trois Chiffonniers jetés en prison, dit Gourmettes. Elle ne m'a pas donné de détails.

— Elle est allée sauver… Pourquoi aurait-elle fait ça ? demanda Amon, les mains crispées sur la grille, tout en étudiant le visage du chef de bande.

Était-il en train de mentir ? Et, si c'était le cas, dans quelle intention ?

— J'imagine qu'elle a été attirée par notre mode de vie, dit Gourmettes. C'est tellement fascinant ! Se faire battre un jour sur deux, être arrêté pour des crimes qu'on n'a pas commis, passer de longues nuits en prison, dormir dans l'humidité et le froid. C'est… séduisant.

Il haussa un sourcil.

Amon ne put s'empêcher de penser que Gourmettes avait choisi ce terme exprès. Pourtant, malgré son ton sardonique, le seigneur de la rue avait le visage pâle et anxieux sous la saleté et les bleus, et ses traits étaient tellement tendus qu'ils étaient presque agités de tics nerveux.

Était-il inquiet pour Raisa ?

Non. Il n'en avait pas le droit.

— Pourquoi devrais-je vous faire confiance ? Pourquoi devrais-je vous croire au sujet de quoi que ce soit ? demanda Amon.

Gourmettes cracha par terre.

— D'accord. Si vous avez la trouille d'entrer dans votre propre poste de garde pour sauver votre propre petite amie, j'irai, moi ! Je pensais juste que vous y seriez mieux accueilli.

Ses traits s'étaient durcis, et ses yeux bleus étincelaient de colère.

Amon hésita, ne voulant pas perdre Gourmettes maintenant qu'il l'avait sous les yeux, à défaut de l'avoir sous la main.

— Écoutez, dit Gourmettes en se frottant le menton. Je suis désolé d'avoir enlevé votre petite amie. Je ne veux pas qu'elle soit blessée. Et plus vous attendez, plus ça risque d'arriver. J'ignore ce que je pourrais vous dire d'autre.

— Attendez ici, dit Amon. Ne bougez pas !

Comme s'il avait eu le pouvoir de l'en empêcher.

— D'accord, dit Gourmettes avec un sourire en coin. Allez-y. J'attends ici.

Amon se tourna et partit en courant vers le pont. Il n'avait fait que quelques pas quand il s'entendit appeler de nouveau.

— Amon ! Caporal Byrne ! Où étiez-vous ? Ne devions-nous pas nous retrouver à midi ?

Il se tourna et vit ses cadets du Loup Gris attroupés près du pilier du pont.

— Suivez-moi au poste de garde, dit-il sous le coup d'une impulsion soudaine. J'ai entendu dire qu'il y avait des problèmes.

Ils remontèrent la file de gens qui attendaient pour traverser le pont. Le garde de service les salua.

— Vous êtes les renforts ? demanda-t-il.

— Oui, dit Amon, les renforts. Quel est le problème ?

— J'en sais rien. Une émeute des prisonniers, je crois.

Amon traversa le pont à une allure folle, ce qui empêcha la Meute de Loups de lui poser des questions. La porte du poste de garde était entrouverte, et plusieurs gardes armés de bâtons entouraient la bâtisse. Amon ralentit et approcha avec prudence, par le côté. Quand il regarda à l'intérieur, il vit une poignée de gardes réunis au bout du couloir qui menait aux cellules.

— Que se passe-t-il ? demanda Amon, faisant entrer ses cadets. Où est le sergent Gillen ?

— Caporal Byrne, que la Créatrice soit remerciée ! dit un des gardes, trop heureux de passer la main. Les prisonniers se sont emparés du bloc des cellules, hier matin. Ils ont barricadé la porte et ils gardent le sergent Gillen et quelques autres gardes comme otages.

Amon les regarda, sidéré.

— Comment est-ce arrivé ?

L'homme haussa les épaules.

—Je n'en sais rien. Cette petite est arrivée. Elle cherchait sa sœur, elle disait qu'elle était détenue ici. Le sergent Gillen a emmené la fille dans les cellules.

—Une jeune fille ? Qui voulait-elle voir ?

—Un des Chiffonniers que le sergent Gillen interrogeait. Bref, peu après, l'enfer s'est déchaîné. Les prisonniers demandent qu'on les laisse sortir, sinon ils couperont la gorge du sergent Gillen.

Ma foi, pensa Amon, *ce serait vraiment dommage de sacrifier le sergent Gillen pour le bien du royaume !*

—Qui est leur porte-parole ?

—La fille et sa sœur, j'imagine. Nous ne savions pas quoi faire, alors nous attendions que le capitaine nous envoie ses ordres.

—Le capitaine Byrne m'a envoyé pour… euh… enquêter, dit Amon, passant la tête dans le couloir.

Les prisonniers avaient mis des torches des deux côtés du couloir, ce qui l'empêchait de voir derrière eux.

—Vous ! dans les cellules ! Je suis le caporal Byrne. Je dois vous parler.

—Le caporal Byrne ? Vraiment ?

C'était la voix de Raisa, et Amon faillit s'évanouir de soulagement. Il ignorait ce qu'elle était en train de manigancer, mais elle était en vie, et elle avait échappé à Gourmettes. Il ne lui restait plus qu'à la faire sortir de là sans dévoiler son identité ni soulever des tonnes de questions auxquelles Raisa et Amon ne voulaient pas répondre.

—Oui, dit-il. Euh… qui êtes-vous ?

Ça semblait la question la plus sûre.

—Je suis la sœur de Sarie, Rebecca, dit-elle en hésitant un peu sur le nom.

—Je suis l'officier responsable du poste, dit-il, se sentant idiot. Une trêve, pour que nous nous rencontrions ?

Il entendit un murmure de conversation agitée, puis une autre voix dit :

—Vous entrez. Sans arme. Les mains levées. Si vous tentez quoi que ce soit, je vous saigne comme un porc.

—Je ne ferais pas ça à votre place, caporal, dit quelqu'un derrière lui. Ils vous prendront aussi comme otage. Il vaut mieux les affamer.

Amon sortit son épée et la tendit à un des gardes.

—Je viens, dit-il. Sans arme. Protégé par la trêve.

C'était un point qu'il tenait à leur rappeler.

Il se demanda comment tout ça allait se terminer. Et ce que ferait son père.

Il marcha lentement le long du couloir, les mains levées. Quand il atteignit le portail, il s'arrêta. Une voix rauque de fille lui ordonna :

— Avancez.

Il passa entre les torches, nerveux, s'attendant à tout moment à sentir une lame s'enfoncer dans sa chair.

Quand il entra dans le bloc des cellules, Amon faillit être asphyxié par l'odeur d'urine, de sueur et de sang. Quand ses yeux s'accommodèrent à la pénombre, il vit qu'il était entouré par une vingtaine de prisonniers de tous âges, des enfants jusqu'à un vieil homme cadavéreux aux cheveux emmêlés qui regardait ses mains en marmonnant. Plusieurs étaient affalés contre le mur, l'air malades ou blessés.

Deux prisonniers s'avancèrent. L'un d'eux était une fille assez grande portant un uniforme de garde qui lui allait mal. Son visage était couvert de bleus et elle avait le nez cassé. Et ce n'étaient que les blessures apparentes… À côté d'elle se tenait Raisa, une courte épée à la main, vêtue d'un pantalon et d'une chemise, les cheveux relevés sous un bonnet de garçon, comme l'écuyer d'un chevalier errant. Son cou était couvert de bleus, et elle avait une coupure au-dessus de la pommette. Elle le regarda, ses yeux verts écarquillés, et porta un doigt à ses lèvres.

— Je suis Rebecca, dit-elle, au cas où il aurait oublié. Voici Sarie.

À cet instant, Amon hésitait entre l'envie de la serrer dans ses bras et celle de l'étrangler. Il choisit une troisième option.

— Où sont le sergent Gillen et les autres gardes ? demanda-t-il.

— Ils sont en sécurité, dans les cages, dit Sarie avec un sourire suffisant. Comme les animaux qu'ils sont.

— Que voulez-vous ? demanda Amon.

— Pour commencer, on veut sortir sains et saufs de prison, dit Sarie. Et on veut que la Garde cesse d'essayer de nous faire avouer des choses qu'on n'a pas faites.

— Nous voulons que Gillen soit réaffecté, dit Raisa. Qu'on l'envoie dans les terres frontalières, là où les gens peuvent se défendre.

— Qu'on le tue ! cria quelqu'un dans la foule. Comme ça, pas de risque qu'il revienne !

— Ah ! (Amon se racla la gorge.) Pourrais-je parler à Rebecca une minute ? en privé ?

Sarie regarda Amon, puis Raisa, et secoua la tête.

— Si vous avez quelque chose à dire, dites-le à nous tous.

Amon réfléchit à toute allure.

— D'accord. Je vais pouvoir vous libérer, mais vous devrez abandonner vos armes, et je serai obligé de vous faire sortir escortés par des gardes.

Des protestations s'élevèrent de tous côtés.

— Écoutez-moi ! dit Raisa, qui avait de la voix pour une personne de sa taille. Écoutez. Je sais que vous avez des raisons de détester les Vestes Bleues. Mais je connais le caporal Byrne, et je sais qu'il ne vous mentirait pas. (Puis elle se tourna vers Amon et demanda :) Pourquoi devons-nous abandonner nos armes ?

Amon se pencha et chuchota à l'oreille de Raisa, ignorant les coups d'œil torves des autres.

— Parce que je ne peux pas donner l'impression de vous libérer, dit-il. Les Bayar ont des yeux et des oreilles partout. Ils se fichent des Sudistes morts, mais, si on croit que je relâche des criminels dans les rues, ils s'en serviront contre mon père.

Sarie s'interposa entre eux.

— Qui êtes-vous, d'abord ? demanda-t-elle à Raisa. Comment ça se fait que ce Veste Bleue et vous soyez si copains ? Vous avez dit que Gourmettes vous avait envoyée, mais, pour ce que j'en sais, il pourrait être mort. Je ne l'ai pas vu depuis plus d'un an.

Amon commençait à perdre patience.

— Si vous ne voulez pas venir, d'accord ! Restez ici. Mais Rebecca vient avec moi. (Il y eut des protestations.) C'est ça ou rien.

Des cris retentirent : « Mettez-le en cage avec Gillen ! », et : « C'est ça ou rien ? Alors c'est rien ! »

Sarie leva la main pour réclamer le silence, les yeux rivés sur Amon.

— D'accord, dit-elle. Mais on garde nos surins, cachés sous nos manteaux. (Elle fourra sa dague sous sa veste.) Et je garde la gamine à côté de moi. Au moindre coup fourré de votre part, elle sera la première à y passer.

Elle passa un bras autour de Raisa et la tira près d'elle, l'autre main posée sur son arme.

Le premier mouvement d'Amon fut de lui arracher Raisa et de la ramener vers lui, mais elle le regarda et secoua légèrement la tête, un mouvement si ténu que Sarie ne s'en aperçut pas.

— D'accord, dit-il. Donnez-moi une minute.

Il repartit dans le couloir, douloureusement conscient que son dos constituait une cible idéale.

Quand il arriva dans la salle de garde, les autres soldats le criblèrent de questions, et il dut lever une main pour réclamer le silence.

— Ils réclament une audience avec le capitaine, dit Amon. Pour lui expliquer leurs doléances. J'ai accepté. Nous allons donc les faire sortir sous bonne garde. (Sans tenir compte des murmures de surprise et des protestations étouffées, il regarda la foule et choisit ses cadets.) Mick, Hallie, Garret, Wode, Kiefer, venez avec moi.

— Vous voulez qu'on leur saute dessus dès que vous aurez quitté les cellules ? demanda un des Vestes Bleues en caressant son bâton.

— Non. (Amon regarda autour de lui, croisant le regard de chaque garde.) Personne ne touche à son arme. J'ai l'intention de les faire sortir d'ici sans effusion de sang. Tout soldat qui tente de les attaquer passera en cour martiale.

Il y eut d'autres protestations, mais Amon se dit qu'ils suivraient ses ordres.

Ils formaient une singulière procession, comme les réfugiés d'une guerre mal préparée. Environ vingt-cinq prisonniers boitillaient ou fanfaronnaient au centre, entourés par les cadets d'Amon, des gamins sans poil au menton. Ils défilèrent à travers la salle de garde, en sortirent, traversèrent la cour et empruntèrent le pont Sud. Les gardes les regardèrent passer, intrigués. Les citoyens s'écartèrent sur leur passage, mais certains se penchèrent aux fenêtres pour les observer.

Le cœur d'Amon ralentit un peu quand ils eurent traversé la rivière. Ils prirent la route des Reines jusqu'à être hors de vue du poste de garde.

— Tournez ici, ordonna Amon, en indiquant une rue latérale.

Ils marchèrent encore un peu, tournèrent de nouveau, puis Amon fit arrêter la colonne.

— D'accord, dit-il. Vous pouvez partir. Essayez de ne pas atterrir de nouveau en prison, d'accord ? Ce serait difficile à expliquer.

La plupart des prisonniers se fondirent rapidement dans l'ombre et disparurent.

Mais Sarie le regarda, avant de scruter les alentours, soupçonneuse.

— Juste comme ça ? demanda-t-elle. Vous nous laissez partir ? Comment ça se fait ?

Parce que votre princesse héritière l'a ordonné, eut envie de dire Amon. *Parce que je suis un imbécile. Parce que je ne sais toujours pas dire « non ».*

— Parce que vous avez été maltraités, dit Amon. Parce que certains d'entre nous ne sont pas d'accord pour faire avouer les gens à coups de poing.

— Quel beau discours, caporal.

Surgi de nulle part, Gourmettes venait d'apparaître, avec ses Chiffonniers. Les Loups Gris se tournèrent vers eux, leurs armes au clair.

— On se calme, dit Gourmettes en souriant. Cat et moi, on est seulement venus vous dire bonjour.

Il désigna un autre Chiffonnier, une fille de grande taille originaire des Îles du Sud, avec un visage peu avenant.

— Filons, dit Cat.

Les Chiffonniers, y compris les trois que la Garde avait détenus, se faufilèrent dans les rues adjacentes. Tous sauf Gourmettes.

Il se planta devant Raisa et lui fit une petite révérence.

— Rebecca, dit-il, bravo ! Je suis persuadé que vous êtes une Chiffonnière de cœur !

— Vous vous trompez, dit Amon en s'interposant, si vous voulez dire par là quelqu'un qui vole et enlève les gens.

— Amon, dit Raisa en posant une main sur son bras.

— Je pense que votre petite amie n'a pas l'air si ravie que ça de vous revoir, dit Gourmettes en secouant tristement la tête. Je pensais qu'elle serait folle de joie, et elle ne vous a même pas donné un baiser sur la joue.

— Et moi, je pense que vous devriez payer pour l'avoir enlevée, dit Amon. Je veux savoir ce que vous… (Il déglutit péniblement.) Je veux savoir si vous lui avez fait du mal.

— Je vais très bien, l'interrompit Raisa en lui serrant le bras. Il ne m'a pas touchée.

Amon la regarda dans les yeux. Elle haussa les sourcils pour lui faire comprendre qu'il devait laisser tomber.

— Et les Sudistes morts ? continua Amon, incapable de se retenir. Persuadez-moi que vous n'avez rien à voir là-dedans.

— Vous allez me mettre à la question, comme les autres ? demanda Gourmettes, toujours souriant, mais le visage figé. Vous allez m'arracher les ongles ? m'écraser les… ?

— Arrêtez ça ! dit sèchement Raisa. Amon ne torture pas les gens. C'est lui qui a libéré les membres de votre bande. Sans lui…

— Ce ne sont pas les membres de ma bande, dit Gourmettes.

— D'accord, dit Raisa avec un regard mauvais.

— D'accord, répéta-t-il en levant les yeux au ciel.

Amon commençait à se sentir de trop.

— Vous savez que Gillen ne vous lâchera pas, dit-il à Gourmettes. Vous feriez mieux de vous rendre.

— Vraiment ? Laissez-moi y réfléchir… Non, merci ! Je m'en vais de ce pas ! Bonne chance avec votre petite amie, camarade. Je crois que vous en aurez besoin.

Et, avant que quiconque puisse ajouter quoi que ce soit, il tourna au coin de la rue et disparut.

Fou de colère et d'embarras, mais aussi sonné par le soulagement, Amon siffla pour appeler ses cadets, qui se réunirent autour de lui, nerveux comme des poulains.

— Pour commencer, bon travail, tout le monde, dit Amon. Soyez fiers d'avoir mené cette opération sans verser de sang. (Les cadets se regardèrent en souriant.) Ensuite, personne ne dit un mot à qui que ce soit de ce qui est arrivé ici. Ne posez pas de questions, parce que je n'y répondrai pas. Cela concerne la reine. Moins de gens sont au courant, mieux ça vaut.

Ils firent tous grise mine, voyant s'envoler la perspective de se vanter dans les tavernes et de se faire offrir des tournées gratuites.

— Maintenant, nous ramenons Rebecca dans l'enceinte du château. En route.

Amon conduisit sa petite armée sur la Route et tourna vers le château. Les gardes marchaient à quelques pas devant Amon et Raisa, leur donnant la possibilité de parler en privé.

— Que se passe-t-il ? demanda Raisa. Ma mère est-elle inquiète, ou furieuse, ou les deux ?

— Furieuse, dit Amon. La reine fulmine, et le seigneur Bayar menace le monde entier, mais pas pour les raisons que vous pourriez imaginer. Mon père et le seigneur Averill lui ont dit que vous étiez retournée à Demonai pour une semaine, pour quelque rituel de jour de naissance des clans.

Raisa le regarda, surprise.

— Vraiment ? Pourquoi ont-ils dit ça ?

Amon se racla la gorge.

— Mon père craint que, si les gens apprennent que vous avez passé la nuit avec un seigneur de la rue, vos perspectives de mariage en soient quelque peu… diminuées.

— Je suis la princesse héritière du sang des Fells, déclara-t-elle, les dents serrées, ses yeux verts étincelant. Tout prince ou tout noble des Sept Royaumes devrait être honoré de m'épouser ! Sans poser de questions.

Elle avait parlé fort, et Amon posa un doigt sur ses lèvres.

— Chut ! Je suis d'accord, et mon père aussi, mais les princes du Sud ont des idées un peu… rétrogrades au sujet des femmes. Ils pensent que leurs épouses doivent être… pures… quand elles… Par l'enfer! Raisa, faites-moi confiance, d'accord?

Il avait le visage en feu. Il ne devrait pas avoir cette conversation avec la princesse héritière des Fells. C'était… inconvenant, voilà tout.

—Et nous voulons garder ces options ouvertes puisque nous pensons, je veux dire : père pense, que ce serait peut-être plus avantageux pour vous d'épouser quelqu'un du Sud que quelqu'un du royaume…

—Et il pense ça parce que?…

—Eh bien, parce que nous aurons peut-être besoin d'alliés quand les guerres ardenines seront terminées, dit Amon maladroitement. *Et parce que le seigneur Bayar semble être contre*, ajouta-t-il *in petto*.

—Donc, maintenant, le capitaine de ma Garde et un de ses officiers échafaudent des plans au sujet de mon propre mariage, dit Raisa de la voix calme qui annonçait un orage. Et ils discutent de ma réputation comme deux vieilles commères!

—Bref, dit Amon, espérant mettre rapidement fin à cette conversation, il a pensé qu'il valait mieux éviter tout problème en…

—En mentant à la reine à qui il a juré allégeance?

—En fait, oui.

Amon sentit de nouveau le sang lui monter au visage.

Elle continua à marcher, forcée de faire deux pas chaque fois qu'il en faisait un, les sourcils froncés.

—Donc, personne n'est au courant de mon expédition dans le Pont-Sud, de l'enlèvement et de tout le reste?

—Certaines personnes connaissent des fragments de l'histoire. La Garde cherchait une jeune fille appelée Rebecca. Mes cadets pensent que vous êtes ma… petite amie. (Il regarda Raisa.) Que sait Gourmettes?

Elle haussa les épaules.

—Je pense que lui aussi s'imagine que je suis votre petite amie, dit-elle sèchement.

Amon se sentit un peu plus optimiste.

—Alors, ça va peut-être marcher.

Il la regarda et eut envie de lui demander un compte-rendu de ce qui lui était arrivé depuis qu'elle avait été emmenée de force loin du temple.

Amon était certain que quelque chose s'était passé entre Raisa et Gourmettes, et il n'aimait pas ça. Une nuit avec Alister, et Raisa s'était transformée en une sorte de hors-la-loi.

—Êtes-vous sûre… que…? Sûre que vous allez bien? que Gourmettes n'a pas…?

— Moi ? Je vais bien, dit-elle d'un ton distrait. Mais nous devons faire quelque chose au sujet de la Garde. Elle torture les gens. Ce vieil homme qui est sorti avec nous... il était en cellule depuis quinze ans ! Mac Gillen est une brute sans cœur.

— Alors, vous êtes entrée dans le poste de garde... pour les sauver ?

Amon essayait de comprendre.

— Je suis entrée pour voir si ce que disait Gourmettes était vrai. Il m'a dit qu'il refusait de se soumettre à la justice de la reine parce qu'elle n'existait pas. Et il avait raison.

— Tout le monde n'est pas comme Gillen, dit Amon, ressentant le besoin de prendre la défense de la Garde. Et vous ne pouvez pas croire ce que dit Gourmettes. Il est accusé de huit meurtres.

— Mais c'était vrai. Ce qu'il a dit. Et je ne pense pas qu'il ait commis ces meurtres. Il pense que ce sont les Chiffonniers, et il n'est plus avec eux depuis un an.

C'était peut-être un coup monté, pensa Amon. Mais il n'osa pas le dire à haute voix.

— Si ce n'est pas lui, alors, qui ? demanda Amon.

— Je l'ignore, dit-elle, irritée. C'est vous qui appartenez à la Garde.

— N'oubliez pas, dit-il, qu'il vous a envoyée sauver ses amis. Vous rendez-vous compte que vous auriez pu échapper à un chef de bande, et finir par vous faire tuer par votre propre Garde ?

— Je ne me suis pas échappée. Il m'a laissé partir. Et il ne m'a pas envoyée. J'y suis allée de mon propre chef.

— Mais vous ne pouvez pas courir des risques pareils ! explosa Amon. Les choses sont bien assez instables comme ça. Nous ne pouvons pas risquer un changement de succession.

— La succession, toujours cette maudite succession ! Si vous voulez mon avis, la lignée des reines me fait l'effet d'une corde autour du cou ! marmonna Raisa. Comment pourrais-je être d'une quelconque utilité, si on fait ce genre de choses en mon nom ? Et je compte sur vous pour m'aider à arrêter ça.

Elle poursuivit son chemin en silence, les poings serrés.

16

Des démons dans la rue

Han ignorait s'il devait espérer ou non que sa mère soit à la maison. Il pouvait se passer du temps avant qu'il la revoie, mais il n'avait pas envie d'un autre affrontement dramatique.

En montant l'escalier, il sentit une odeur de chou en train de cuire qui lui fit plisser le nez. Cette senteur était toujours associée aux périodes de vaches maigres.

Quand il ouvrit la porte, Mam et Mari levèrent la tête du livre qu'elles étaient en train de lire.

Un livre ?

— Han ! glapit Mari en se levant d'un bond. (Elle traversa la pièce en courant et s'agrippa à sa jambe comme une lamproie, une bête des lointains océans dont il était fait mention dans l'un des livres de Jemson.) J'ai un livre, à moi toute seule ! L'orateur Jemson me l'a donné. Il a dit que la princesse Raisa les avait achetés pour nous. Il a dit que je pouvais le garder.

— C'est génial, Mari, dit Han distraitement.

Il regarda par-dessus la tête blonde de Mari, espérant avoir une idée de ce qui se passait. L'expression de sa mère était un mélange de soulagement et d'appréhension.

— Que la Créatrice soit remerciée ! dit-elle. (Elle traversa la pièce et prit Han dans ses bras, lui tapotant maladroitement le dos.) La Garde te cherche, dit-elle en lui lissant les cheveux. Elle écume le Marché-des-Chiffonniers et demande à tout le monde si on t'a vu. Le sergent Gillen est fou de rage. Il dit que tu as fait évader des Chiffonniers de prison.

Pourquoi était-ce toujours lui que l'on accusait ?

— Pas exactement, dit-il, pensant que sa mère avait dû être très inquiète pour lui épargner un sermon. Ils sont venus ici ?

— Oui. Mais tu ne peux pas rester ici, tu sais. Ils t'attraperaient, tôt ou tard.

— Je sais. Je retourne au camp Marisa. J'y resterai jusqu'à ce que les choses se calment. (Il hésita avant de demander :) Qu'est-ce que tu fais à la maison ? Je pensais que tu serais au travail.

— Je ne travaille plus dans l'enceinte du château, dit Mam en gagnant le foyer pour remuer le chou. Mais c'est une bonne chose, parce que ce sera plus facile pour moi d'emmener Mari à l'école.

Cela avait été son travail, d'emmener sa sœur et de la confier aux bons soins de Jemson.

— Tu ne travailles plus pour la reine ? (Han détacha doucement Mari de sa jambe, gagna le banc près du feu et la prit sur ses genoux.) Pourquoi ? Qu'est-ce qui s'est passé ?

— J'ai abîmé une des robes de la reine, dit Mam en haussant les épaules. Les perles qui la décoraient étaient en pâte fragile, c'était ça le problème. De toute façon, ça ne me plaisait pas, là-bas. Au château de la Marche-des-Fells, je veux dire. Les gens étaient prétentieux. Au Marché-des-Chiffonniers, au moins, on te traite comme un être humain.

— Mais de quoi vous allez vivre ? demanda Han. J'aurai du mal à venir en ville, à livrer les marchandises de Lucius ou à vendre ce que je récolte sur la montagne.

— On se débrouillera, dit Mam. Il y a toujours les chiffons, et la lessive. Et maintenant, ils distribuent de la nourriture gratuite, au temple du Pont-Sud, deux ou trois fois par semaine. Ça fait partie du Ministère d'Églantine que la princesse Raisa a créé.

— La princesse Raisa ? répéta Han, surpris. (*Que fabriquait la princesse au Pont-Sud ?* se demanda-t-il.) Euh… Je me demande combien de temps ça durera…

— Elle fait du bon travail, dit Mam. Tout le monde dit que c'est une vraie bénédiction. Et ça aidera, jusqu'à ce que je retrouve un boulot stable.

Han pensa à Rebecca Morley. Elle connaissait des gens, dans l'enceinte du château. Peut-être pourrait-elle user de son influence pour que Mam récupère son travail, ou même pour qu'elle obtienne une meilleure place.

Peut-être cherchait-il seulement une excuse pour la revoir.

Non. Il ne pouvait pas révéler ses liens avec Mam et Mari. Il préférait les savoir en sécurité, séparées de sa vie dans les bandes, cachées dans la pièce au-dessus de l'écurie.

— Hanson, dit sa mère sur le ton de quelqu'un qui se lance dans un discours préparé à l'avance. (Han soupira. Il aurait dû savoir qu'il aurait droit à un sermon, tôt ou tard.) Tu ne peux pas te cacher indéfiniment dans les montagnes, dit Mam. Et, apparemment, tu ne peux pas rester ici sans te retrouver dans les ennuis jusqu'au cou. Tu as seize ans maintenant, et tu dois te trouver une vocation. Tu pourrais aller au Gué-d'Oden, intégrer l'école des guerriers, et devenir officier. Pas besoin de piston pour ça, et on a besoin de beaucoup de soldats, de nos jours, ce qui fait qu'on ne pose pas beaucoup de questions.

« Officier » ? La plupart des soldats qu'il connaissait étaient dans la Garde, et ils ne l'accepteraient jamais parmi eux. De plus, il ne se voyait pas assommer des gens dans la rue. Mais… officier dans l'armée régulière ? Il aurait une armure et une épée, et ses ennemis seraient devant lui, à découvert. Il n'aurait pas besoin de regarder tout le temps par-dessus son épaule.

Il y avait quand même un obstacle majeur.

— Ça coûte cher, d'aller au Gué-d'Oden, dit-il. Et on n'a pas d'argent.

Puis une idée lui vint. Il releva ses manches, découvrant les bracelets.

— On pourrait vendre ces trucs, dit-il. Ils devraient rapporter assez pour vivre un an, même plus.

Mam secoua la tête, regardant les bijoux, puis son fils, le visage pâle et tendu.

— Oublie ça. Ils ne sont pas faits pour qu'on les enlève.

Han regarda sa mère, intrigué. Elle savait quelque chose… et il y avait de la peur dans ses yeux.

Il aurait voulu la saisir par les épaules et la secouer. Il aurait voulu crier : *Qu'attends-tu de moi ? C'est ça ou voler ! Je n'ai rien d'autre.* Mais il ne pouvait pas. Pas en présence de Mari.

— Je demanderai de nouveau à Saule, dit-il en remettant ses manches en place. Il doit bien y avoir un moyen.

Oui, il y avait un moyen… Un coup bien préparé, une bourse bien remplie, et Mam et Mari seraient tranquilles pendant un moment. Quelques vols de plus, et il aurait peut-être assez pour aller au Gué-d'Oden.

Il repoussa cette idée.

Il prit son sac à dos et fourra ses braies et ses chemises de rechange dedans. Après un moment d'hésitation, il sortit son foulard des Chiffonniers de sous son matelas. Il pensa à l'amulette cachée dans la cour. Le désir de la toucher de nouveau lui démangeait les doigts. Mais non.

Elle était mieux là où elle était. Si quelque chose lui arrivait, elle reposerait là à jamais, hors d'atteinte des Bayar. C'était toujours ça de pris...

Mam lui tendit un sac de toile.

—Voici du pain et un reste de fromage, pour la route. Dis à Saule que je la remercie de s'occuper de toi. Et dis-lui... que je suis désolée de ne pas pouvoir nourrir mon propre fils.

Sa lèvre inférieure trembla et des larmes perlèrent à ses yeux.

—Ne t'en fais pas, Mam, dit Han. Ça ne dérange pas Saule. Et c'est ma faute si je dois partir.

Mari aussi s'était mise à pleurer, et les larmes inondaient ses joues.

—Tu ne peux pas déjà repartir, dit-elle. Tu viens juste d'arriver.

Han se força à sourire et lui ébouriffa les cheveux.

—Je serai revenu avant que tu t'en aperçoives. Et j'espère que tu me feras la lecture quand je reviendrai.

—Je peux te lire quelque chose tout de suite, dit Mari en saisissant son livre. Reste, et je te montrerai.

—Non. Je dois y aller.

Il n'y avait plus rien à dire. Il partit.

Il faisait désormais nuit noire, et il se faufila dans les rues les moins fréquentées, attentif aux patrouilles de la Garde et autres curieux. À une ou deux reprises, il crut apercevoir un mouvement ou entendre des bruits de pas derrière lui. Mais, chaque fois qu'il se retournait, il ne voyait personne.

Il s'était mis à pleuvoir, une bruine constante et froide qui absorbait la lumière, ajoutant à son abattement. À deux pâtés de maisons de chez lui, il s'arrêta à l'échoppe de Burnet, le boucher. Derrière la boutique, une sorte de longue gouttière conduisait le sang et les abats dans le caniveau. Han y trempa ses braies et sa chemise de rechange, ainsi que son foulard de Chiffonnier.

Il arriva à la rivière, à une lieue à l'est du pont, où il y avait moins de trafic. Il disposa les vêtements ensanglantés sur la berge, en terminant par le foulard, et écrivit dans la boue « GOURMETTES – LE TRAÎTRE ». C'était sommaire, mais ça pourrait peut-être tromper la Garde.

Les cloches du temple du Pont-Sud sonnaient 2 heures quand il traversa le pont, rasant les murs. Au-dessus de l'entrée du temple flottait une bannière qui proclamait « MINISTÈRE D'ÉGLANTINE » et, en lettres plus petites, « PAR LA GRÂCE DE SON ALTESSE, LA PRINCESSE RAISA *ana*'MARIANNA ».

Eh bien, pensa Han, *Son Altesse est partout, on dirait!*

Il resta dans l'ombre du temple le temps de longer deux pâtés de maisons, pensant à Jemson, qui devait dormir, à cette heure-ci.

— Désolé, Jemson, murmura Han. Désolé de vous avoir déçu. Que ça ne vous empêche pas de faire confiance à d'autres.

Les larmes lui montèrent aux yeux et il les essuya, en s'apitoyant un moment sur lui-même.

Les rues étaient désertes et étrangement calmes. Seule la Garde était présente. Il plongea sous une porte cochère à deux reprises pour éviter une patrouille. Heureusement, les soldats faisaient un bruit d'enfer et il était donc facile de les éviter. Il prit à l'est, s'éloignant du temple, et prévoyant de traverser le Pont-Sud par des rues détournées. Il reprendrait la Route dès qu'il serait sorti du Val, en espérant que les patrouilles seraient moins nombreuses. Il crut de nouveau entendre des bruits de pas derrière lui, mais, lorsqu'il regarda par-dessus son épaule, il n'y avait rien.

Tu es nerveux comme un daim, pensa-t-il. *Heureusement que tu quittes la ville...*

Il traversait une petite cour pavée quand elles se matérialisèrent devant lui, trois grandes silhouettes encapuchonnées qui arrivèrent de trois directions différentes, semblant flotter sans bruit au-dessus du sol.

— Par le sang des démons ! marmonna Han en reculant, la bouche asséchée par la peur.

Leurs capuchons cachaient leurs visages (en supposant que ces êtres en avaient un), et ils portaient des gants de cuir noir. Il n'y avait donc rien chez eux qui permette ne serait-ce que de supposer qu'ils étaient humains. Ils semblaient briller à travers la pluie, entourés d'une lumière qui faisait penser à de la sorcellerie.

Il avait entendu parler de choses de ce genre, des démons qui écumaient les rues à la recherche d'âmes pour le Destructeur quand les affaires étaient peu florissantes.

— Ne partez pas si vite, dit l'un d'eux d'une voix sifflante, comme si un serpent avait été doté de la parole. Nous voulons vous parler. Nous cherchons quelqu'un.

— Je... Je ne peux pas vous aider, dit Han, le dos au mur. Je ne sais pas où sont les gens.

Le rire du monstre lui glaça le sang.

— Je pense que si. Je pense que vous pouvez nous aider. En fait, vous aurez très envie de nous aider avant que nous en ayons terminé avec vous.

— Si vous nous aidez, nous vous laisserons partir, dit le plus grand démon. Vous êtes si mignon. Ce serait dommage qu'il vous arrive du mal.

—Qui êtes-vous ? demanda Han, d'une voix que la peur avait rendue aiguë.

—Nous posons les questions, dit Voix-de-Serpent. Nous cherchons un garçon appelé Shiv.

Tout à coup, Han comprit. Les Sudistes morts. Ces créatures étaient responsables. Il pensa aux cadavres brûlés et mutilés, et il lui sembla que ses entrailles se liquéfiaient.

—Je n'ai jamais entendu parler de lui, dit Han en essayant de se glisser le long du mur pour ne pas se laisser encercler.

Mais le plus grand des démons le bloqua de son bras tendu.

—Oh ! je pense que si ! Et je pense que vous allez parler. Mais, d'abord, nous allons vous emmener dans un endroit plus… tranquille.

Les trois démons regardaient de temps en temps par-dessus leur épaule, comme s'ils craignaient qu'on les interrompe. Bizarre. Pourquoi des démons auraient-ils peur de la Garde ?

Le troisième d'entre eux farfouilla sous son manteau, comme s'il cherchait une arme, et Han sut que c'était le moment ou jamais.

—Au meurtre ! À l'assassin ! hurla-t-il. Que quelqu'un appelle la Garde de la reine !

Les démons sursautèrent, et celui qui fouillait dans son manteau sortit sa main et saisit le bras de Han, mais il hurla et le lâcha aussitôt, comme s'il avait été brûlé.

Han continua à hurler, et il entendit bientôt un bruit de course.

—Au nom de la reine, ne bougez pas !

Les démons hésitèrent pendant deux longues secondes, les pointes de leurs capuchons tournées vers Han, puis ils se fondirent dans l'obscurité des rues environnantes.

C'était la deuxième fois en moins d'un mois qu'il était content de voir arriver la Garde. Ce qui en disait long sur le tour qu'avait pris sa vie.

Restait désormais à éviter de se faire prendre. Il enfonça son bonnet trempé sur son front et désigna une direction au hasard, se forçant à parler d'une voix geignarde.

—Ils sont partis par là. Ces sales rats m'ont pris ma bourse et ont menacé de me couper la gorge ! Dépêchez-vous, ou ils vont s'échapper !

Han s'était dit qu'il valait mieux ne pas parler de démons, ou les Vestes Bleues risquaient de ne pas les poursuivre.

Les gardes foncèrent dans la direction indiquée.

—Je vous donnerai une récompense si vous récupérez ma bourse ! cria Han pour faire bonne mesure.

Il partit, les jambes tremblantes, dans une autre direction, se souciant seulement de mettre autant de distance que possible entre lui et l'endroit où il avait rencontré les démons.

En courant, il remarqua que ses poignets étaient chauds. Il remonta ses manches et vit que ses bracelets d'argent luisaient. Que se passait-il ? Les démons avaient-ils fait quelque chose à ses bracelets ? Pouvaient-ils s'en servir pour le pister ? Il essaya désespérément de les ôter. Il s'écorcha les mains, mais les bracelets ne bougèrent pas plus que lors de ses précédentes tentatives.

Des pensées tournoyèrent dans sa tête. Qui étaient ces démons, et pourquoi cherchaient-ils Shiv ? Avait-il commis de si grands péchés que le Destructeur avait envoyé une équipe spéciale de serviteurs pour prendre son âme ?

Ou était-ce une guerre entre les Sudistes ? ou entre les Sudistes et une autre bande ? Si c'était le cas, il parierait sur ceux qui s'étaient alliés aux démons.

Épuisé, il cessa de courir et marcha. Les battements de son cœur ralentirent. Il s'aperçut qu'il était complètement perdu. Il regarda le ciel, mais il pleuvait toujours. Il renifla l'air. La puanteur de la rivière semblait être derrière lui. S'il continuait à s'en éloigner, il devrait bientôt atteindre les murs de la ville.

Un ramdam soudain, derrière lui, le fit s'écarter sur le côté. Un corps vola à côté de lui et tomba lourdement au sol. Han pensa d'abord que les démons étaient revenus, mais la silhouette était bien plus petite que la leur. C'était un jeune garçon qui tenait un couteau. Han souffla de soulagement, avant de comprendre que ses ennuis n'étaient pas terminés, car le garçon se releva d'un bond, souple comme un chat, et fonça vers lui, la lame tendue.

Ce n'est pas possible, pensa Han, découragé. Il eut envie de crier : *Ça suffit, j'en ai assez !*

Le garçon passa sous la lumière d'une lanterne et Han sursauta de surprise. C'était Shiv Connor, les traits tirés et les yeux cernés, toute sa confiance maniaque évaporée.

— Que veux-tu ? demanda Han. Je n'ai rien qui vaille la peine qu'on le vole, aujourd'hui.

À moins que tu veuilles encore essayer de me couper les mains, pensa-t-il, mais il n'allait pas remettre ça sur le tapis.

— Rappelle-les, murmura Shiv, regardant autour de lui comme si quelqu'un pouvait les entendre.

— Que je rappelle qui ? demanda Han, sidéré. J'ignore de quoi tu parles.

— Ces… Ces créatures, dit Shiv en s'humectant les lèvres. Tes démons. Rappelle-les, ou je te plante. Je te tuerai, je le jure. Je n'ai rien à perdre.

— Tu parles de ces… monstres ? demanda Han, qui venait de comprendre. Je ne peux pas les rappeler. Je ne sais même pas ce qu'ils sont.

— Alors, c'est une coïncidence, si on te flanque une raclée et que, tout de suite après, ils se lancent à ma poursuite ?

Shiv essaya de ricaner, mais il eut du mal, tant il était terrorisé.

Han n'en crut pas ses oreilles. On aurait dit que la Créatrice avait décidé de le montrer du doigt en permanence. *C'est lui. Tout est sa faute.*

— Je ne sais pas qui ils sont, dit Han, baissant la voix. Je viens juste d'en rencontrer trois, au nord d'ici, voilà tout.

— Et tu en es sorti vivant ? (Shiv se força à rire.) Tu les as vaincus, c'est ça ?

Han secoua la tête sans parler, les yeux rivés sur le couteau de Shiv, la main posée sur le sien.

— Je peux te tuer, tu sais, dit Shiv sauvagement. Je suis meilleur que toi au couteau.

Il fendit l'air avec sa lame.

Han savait que Shiv avait raison, mais il n'avait pas l'intention de le reconnaître.

— Je ne veux me battre avec personne, dit-il.

Ce qui était la stricte vérité.

— Pourquoi voudrais-tu te battre ? Tu as des démons qui le font pour toi. (Shiv regarda autour de lui, comme si les démons pouvaient apparaître.) Les Sudistes m'ont laissé tomber, tu sais. Pour sauver leur peau ! Il y a déjà huit morts, et ils…

Il s'interrompit et déglutit, comme s'il en avait trop dit.

Han regarda son ennemi avec plus de compassion qu'il aurait cru possible.

— Tu devrais peut-être partir, dit-il. Te cacher quelque part jusqu'à ce que les choses se calment.

— Ça te plairait, hein ? gronda Shiv, de nouveau sur la défensive. Tout le Pont-Sud sous tes ordres. (Il leva ses mains couvertes de cicatrices et désigna les alentours.) J'ai bâti tout ça. J'ai combattu pour ça. C'est mon territoire. Le mien ! Je n'irai nulle part ailleurs.

Sa voix se brisa sur ces derniers mots.

Han se souvint du sifflement de serpent du démon et frissonna.

— Il y a des choses qu'on ne peut pas combattre, dit-il doucement.

Shiv le regarda un moment, les yeux plissés.

— Qu'est-ce que tu as de spécial ? Les gens ne cessent de parler de toi. Ils racontent des histoires. Gourmettes Alister par-ci, Gourmettes Alister par-là. On dirait que tu es fait d'or pur !

Han en resta sans voix. « Fait d'or pur » ? Il venait de mettre en scène sa propre mort, et il s'enfuyait de la ville avec la Garde à ses trousses. Et il n'était même pas capable de nourrir sa mère et sa petite sœur.

Shiv continua sur sa lancée.

— Il faut que je comprenne. Comment tu fais ça ? En conjurant des démons ? Tu as vendu ton âme au Destructeur ? Tu as fait… un pacte avec lui ?

Shiv semblait vouloir désespérément conclure lui aussi un pacte avec les forces obscures.

Han s'impatientait. Il fallait que cette rencontre horrible prenne fin.

— Écoute, peu importe combien de fois tu me le demanderas. Je ne sais pas qui sont ces créatures qui te pourchassent.

Shiv le défia du regard un long moment, puis il sembla se ratatiner.

— D'accord. Tu as gagné. (Inspirant à fond, il se laissa tomber à genoux dans la rue trempée. Il avait l'air tout petit au milieu des ombres des bâtiments. Il baissa la tête et tendit son couteau, le manche en avant, vers Han.) Moi, Shiv Connor, je jure allégeance à Gourmettes Alister, en tant que seigneur de la rue du Pont-Sud et du Marché-des-Chiffonniers. Je… Je lui jure fidélité, et je mets mes lames et mes armes à son service, et je me place sous sa protection. Je promets de lui apporter tous les butins et d'accepter ma part de ses mains, selon ses ordres. Et, si je manque à ma promesse, que je sois déchiqueté par… par…

La voix lui manqua.

Si c'était possible, Han se sentit encore plus misérable.

— Je ne peux pas te protéger, dit-il. Je suis désolé. Je te conseille de filer d'ici.

Il laissa Shiv agenouillé sous la pluie.

17

La guerre des fêtes

Il y avait une quantité de fêtes de jour de naissance en juin. La plupart des gens qui partageaient l'année de naissance de Raisa préféraient en effet éviter d'entrer en compétition avec les festivités prévues pour la princesse héritière, en juillet. Certaines filles espéraient peut-être trouver un bon parti avant que la donne soit modifiée par son entrée sur le marché du mariage, et les plus optimistes des garçons se disaient sans doute : « Pourquoi pas moi comme consort royal ? »

Les cadeaux arrivaient toujours en quantité, et Raisa les envoyait avec un plaisir féroce à son père, et, par son intermédiaire, à l'école du temple. Ce n'était pourtant pas facile. La reine Marianna était très fâchée contre son mari à la suite de la visite supposée de Raisa au camp Demonai. Elle fit comprendre à Averill qu'il n'était pas le bienvenu à la cour, en usant pour cela de tous les moyens dont dispose une reine.

Donc, même si son père était revenu dans le Val, Raisa ne le voyait pas autant qu'elle aurait aimé.

Elle se demandait si son mariage serait identique à celui de sa mère. Les affrontements constants, les alliances à géométrie variable, les objectifs cachés, les luttes d'influence ? Elle aimait ses parents, qui avaient tous deux des caractères bien affirmés, mais ce n'était pas facile d'être prise entre deux feux.

Raisa s'était déjà sentie piégée auparavant mais, désormais, elle avait l'impression d'étouffer. Toutes les choses qu'on attendait de la princesse héritière formaient une cage qui se refermait étroitement autour d'elle. Elle n'était presque jamais seule, et il y avait toujours des espions, des serviteurs, des seigneurs et des dames prêts à rapporter des histoires sur elle. La reine Marianna tenait à s'assurer que son obstinée de fille ne se livrerait plus à des excursions non autorisées.

Souvent, Amon jouait le rôle de courrier. Il apportait des messages et des marchandises à Averill. Raisa s'en inquiétait, car elle savait qu'elle n'aurait pas dû encourager un membre de la Garde à agir à l'insu de la reine.

Cela créait un malheureux précédent pour le jour où Raisa monterait sur le trône.

La reine avait même ordonné à Magret de dormir dans la chambre de Raisa, ce qui lui rendait difficile de rencontrer Amon dans le jardin. Elle avait pu y aller une ou deux fois, quand Magret avait bu du sherry pour soulager ses douleurs osseuses et s'était endormie lourdement. Une fois, Raisa était sortie du placard et avait trouvé Magret éveillée, en train de chercher sous le lit la princesse dont elle avait la charge. Raisa l'avait calmée en lui racontant qu'elle s'était endormie dans le placard en admirant ses nouveaux chaussons de bal.

La seule autre fête de jour de naissance qui rivaliserait d'extravagance avec celle de Raisa serait celle donnée par le seigneur et la dame Bayar en l'honneur de Micah et Fiona. Le mélange de pouvoir magique, de puissance politique et de glamour, le tout saupoudré d'un soupçon d'immoralité, était totalement irrésistible. Les parents usèrent de toute l'influence possible pour s'assurer que leurs rejetons seraient de la fête. Ceux qui avaient été invités étaient en extase ; les moins chanceux étaient socialement ruinés.

Dame Bayar fit savoir que tous les invités devraient être vêtus de noir et de blanc, en l'honneur de ses remarquables enfants. On versa des larmes, on élabora des plans, on hypothéqua des maisons, et chaque morceau d'étoffe noire ou blanche du Val fut réquisitionné.

Les tailleurs et les couturières arrivèrent de tout le royaume, et de la soie et du velours furent acheminés de la Cour-de-Tamron et de We'enhaven, malgré la hausse des prix provoquée par les guerres. On murmurait que le tissu des vêtements des Bayar avait été importé des Îles du Nord, et que de la sorcellerie avait été intégrée au tissage même des étoffes.

— Et si je portais un pantalon vert et pourpre, demanda Raisa lors du dernier essayage, crois-tu qu'ils me barreraient la porte ?

— Tenez-vous tranquille, dit Magret, les dents serrées autour des aiguilles qu'elle coinçait dans la bouche.

Elle se tenait d'un côté de Raisa et la couturière de l'autre, épinglant l'excès de tissu sur les hanches de la jeune fille. Quand elles eurent terminé, la robe noire était si ajustée que Raisa se demanda si elle pourrait la mettre et l'enlever.

La princesse était secrètement ravie de l'exigence des Bayar en matière de couleurs. Normalement, les nuances approuvées pour les jours de naissance des garçons et des filles étaient le bleu, le rose et le vert pastel. Le blanc et le noir étaient trop sophistiqués pour eux, estimait-on.

Elle n'avait plus été seule avec Micah depuis leur altercation devant ses appartements. Ils s'étaient trouvés plusieurs fois à la même table, dans la salle à manger, entourés de courtisans, et avaient échangé des banalités polies sur la nourriture et le temps.

Il avait continué à lui envoyer des petits cadeaux, des notes et diverses propositions, mais elle n'avait jamais répondu. Souvent, elle sentait le poids de son regard à travers une pièce bondée.

Mais elle commençait à se lasser d'en vouloir à Micah. Elle avait décidé que le moment était venu de lui pardonner, en l'honneur de son jour de naissance. Son cœur battit plus vite à l'idée de le revoir, de discuter avec lui, et peut-être d'échanger d'autres baisers en secret. La vie était plus intéressante lorsque Micah Bayar était près d'elle.

Elle était aussi contente, parce que cela lui donnerait l'occasion de voir Amon. Même si Micah et Amon n'étaient pas les meilleurs amis du monde, les Bayar n'oseraient pas exclure les cadets.

Nombre d'entre eux étaient les fils et les filles plus jeunes de membres éminents de la noblesse. Les fêtes de jour de naissance leur offraient une chance de se lier à une fortune grâce au mariage.

— Votre Altesse, il est presque l'heure, dit sa coiffeuse, et je dois m'occuper de votre coiffure.

Raisa s'installa sur un haut tabouret pendant que la coiffeuse arrangeait ses cheveux en une cascade de boucles remontées sur le sommet de sa tête.

Raisa entendit du bruit dans le couloir, devant sa porte, qui s'ouvrit soudain. La reine Marianna entra, resplendissante dans une robe de satin blanc ceinturée de noir. Elle portait un collier de perles et d'onyx de la même couleur.

Elle tourna autour de Raisa, l'inspectant sous tous les angles, les sourcils froncés. Elle tapota d'un doigt désapprobateur la bague d'Elena, qui pendait au bout de sa chaîne par-dessus le corsage de Raisa.

— Tu n'as pas l'intention de porter ça ?

Raisa haussa les épaules.

— Eh bien, j'avais pensé que…

— Et le pendentif en diamant, Votre Altesse ? demanda Magret en fouillant dans la boîte à bijoux de Raisa. Ou le ras-de-cou en perles ? Ce serait ravissant.

— Que t'ont envoyé les Bayar pour ton jour de naissance ? demanda Marianna. Des bijoux, n'est-ce pas ?

— Et voilà ! dit Magret, attrapant une boîte en velours.

Elle l'ouvrit et la tourna vers la reine. C'était le collier aux serpents, en rubis et émeraudes.

— Parfait ! dit Marianna. Tu peux porter cela en leur honneur.

— Euh…, dit Raisa d'un ton incertain, je pourrais peut-être porter les deux.

Elle s'était habituée au poids de la bague entre ses seins, et elle aimait la sentir sur elle.

— Pas question, dit la reine.

Elle enleva la chaîne du cou de Raisa et la posa sur la coiffeuse, puis elle passa au cou de sa fille le pendentif aux émeraudes et le ferma de ses doigts frais et secs.

— Tu es adorable, ma chérie, dit la reine Marianna en l'embrassant sur le front. Et maintenant, partons. Ton père et Mellony nous attendent déjà dans le carrosse.

Parfois, Raisa pensait que tout irait bien entre ses parents si seulement le travail de son père ne l'éloignait pas si souvent du Val. Ils se complétaient admirablement, lui avec son corps nerveux puissamment bâti, sa peau brûlée par le soleil, ses yeux marron sous ses sourcils foncés et ses cheveux argentés, elle avec son attitude réservée et sa silhouette élancée. Il savait la faire rire, et les soucis de la reine semblaient s'envoler quand il était à la maison. Quand il était là, elle semblait avoir des racines solides. Quand il était absent, elle était comme un tremble sur les pentes d'Hanalea, frissonnant et se balançant sous les vents de la politique.

Ce soir-là, Averill portait des robes des clans où les couleurs vives habituelles avaient été remplacées par des pans noir et blanc de soie sauvage, et ses mains étaient ornées de bagues en argent et en onyx.

Le carrosse royal était entouré de toutes parts par la Garde de la reine. Ni Amon ni Edon ne faisaient partie de l'escorte, puisqu'ils étaient invités, eux aussi.

Une longue file de calèches serpentait sur la Vieille Route, qui menait à la Dame Grise. Là où la voie s'élargissait, les autres voitures se rangèrent sur le côté pour laisser passer le Loup Gris.

Le domaine des Bayar était niché dans les contreforts de la Dame Grise, nommée d'après une reine si ancienne que son nom s'était perdu dans les brumes du temps. Plus haut dans la montagne siégeait la maison du Conseil des Magiciens, qui surplombait la cité. De là, les magiciens avaient autrefois gouverné le Val.

Le claquement des sabots sur les pavés leur indiqua qu'ils étaient arrivés. Les valets de pied ouvrirent les doubles portes du carrosse et installèrent le marchepied. Averill sortit le premier, puis se tourna pour offrir son bras à la reine.

Tout l'avant du manoir des Bayar était illuminé par des torches. Dans les jardins, des lumières magiques émaillaient l'obscurité le long des sentiers, et s'entortillaient dans les arbres, créant un spectacle féerique. Des serviteurs portant la livrée du Faucon Plongeant des Bayar étaient réunis dans l'entrée pour prendre les manteaux et diriger les invités.

Le seigneur et la dame Bayar attendaient dans le hall d'entrée, resplendissants en noir et blanc. Raisa et sa mère entrèrent ensemble, comme l'exigeait le protocole, le consort et la princesse Mellony à quelques mètres derrière elles.

Le seigneur Bayar s'inclina profondément, et dame Bayar fit la révérence.

— Votre Majesté, dit-il. Et Votre Altesse. C'est vraiment un grand honneur. Micah et Fiona seront si heureux que vous soyez venues. Vous les trouverez dans la salle de bal. (Puis Bayar inclina courtoisement la tête devant Averill.) Seigneur Demonai, soyez le bienvenu, dit-il. D'après tout ce que j'entends, vos affaires sont prospères.

Raisa se demanda si la remarque était une pique dirigée contre le métier de son père, mais il n'y avait pas trace d'ironie sur le visage du magicien, qui reprit :

— J'espère que nous aurons l'occasion de faire quelques affaires ensemble, dans les semaines à venir. J'enverrai mon agent vous rencontrer, si vous le permettez.

— Ce sera un plaisir, seigneur Bayar, murmura Averill en inclinant la tête.

La salle de bal familière, une pièce froide au sol de marbre, avait été transformée en un espace élégant bordé de petites niches confortables à l'éclairage discret. Des serviteurs circulaient avec des plateaux de nourriture et de boissons, et à l'avant de la salle s'alignaient des rangées de petites tables séparées par des écrans noirs et blancs. Sur chaque table trônaient des chandeliers et des lys noirs et blancs. La bannière du Faucon, en noir et blanc, ornait les murs.

—Oh ! c'est magnifique ! dit Raisa, enchantée. Je n'avais jamais vu la salle ainsi décorée !

La reine Marianna observait les lieux en se mordant la lèvre, occupée sans aucun doute à comparer le décor avec ses propres plans pour le jour de naissance de Raisa.

Micah et Fiona se tenaient à l'autre extrémité de la pièce et accueillaient une procession d'invités. Comme d'habitude, ils se complétaient à merveille. Micah portait un manteau blanc très ajusté, des bottes, un pantalon noir, et une riche étole de la même couleur portant l'emblème du Faucon. Ses cheveux brillants tombaient sur ses épaules. Fiona portait une longue robe noire fendue jusqu'à la hanche, des gants noirs et une étole blanche. Des diamants et du platine scintillaient à sa gorge mince et autour de ses poignets.

Raisa ne put s'empêcher de comparer sa propre petite stature à l'élégante silhouette élancée de Fiona.

Quand ils entrèrent dans la salle, le crieur était en train d'annoncer l'arrivée d'autres invités.

—Dame Amalie Heresford, thanelee d'Heresford, en Arden, dit-il.

La dame Heresford était une jeune fille grassouillette de l'âge de Raisa, avec des cheveux roux, un teint de lait et des taches de rousseur, vêtue dans le style prude des gens du Sud. Avec sa robe noire toute simple et la dentelle noire fixée dans ses cheveux, elle aurait pu être une des pleureuses professionnelles que les riches engageaient parfois pour les funérailles.

Elle gardait la tête haute et les yeux dirigés droit devant elle, comme une ancienne peinture d'Hanalea traversant le champ de démons.

Raisa eut pitié d'elle. La jeune fille avait l'air terrorisée.

Derrière elle suivaient deux personnes qui ne furent pas annoncées : une grande femme carrée engoncée dans des robes noires, et un homme de grande taille vêtu des robes des prêtres. Il avait le visage tordu comme s'il avait senti une mauvaise odeur.

Chez les Fells, il existait une expression : « revêche comme un prêtre des plaines ». *Eh bien,* pensa Raisa, *c'est tout à fait ça !*

—Voilà qui est inhabituel, murmura Averill à Raisa. Les gens du Sud qui envoient leurs femmes dans le Nord, avec seulement une gouvernante et un prêtre comme escorte. Dans le Sud, un mariage avec un magicien serait considéré comme scandaleux. Mais ça montre à quel point les choses vont mal. Le père de dame Heresford, Brighton Heresford, a été exécuté par Gerard Montaigne, un des prétendants au trône d'Arden. Elle est l'héritière du château d'Heresford, mais elle doit épouser quelqu'un de puissant pour l'aider à le conserver. Pour la bonne personne, elle représente un parti intéressant.

Raisa hocha la tête pour remercier son père, mais elle pensa que ces informations auraient dû venir de sa mère.

— Son Altesse royale Marina Tomlin, princesse de Tamron, dit le crieur. Son Altesse royale Liam Tomlin, prince de Tamron.

— Ah ! dit son père. Tamron espère une alliance avec les Fells, pour obtenir une certaine protection contre Arden. Ils vont commencer à négocier avec les Bayar, mais rien ne sera arrêté jusqu'à ton jour de naissance. Ils pourraient marier Liam avec toi, ou Marina avec Micah Bayar. Si ça ne marche pas, Liam pourrait épouser Fiona, et Marina se mariera dans le Sud.

Raisa observa les Tomlin avec intérêt. Ils étaient grands, la peau cuivrée, gracieux et fins comme des chevaux de course. Liam Tomlin avait des cheveux noirs bouclés, un nez fort et un sourire éblouissant. Il portait beaucoup d'argent sur son costume noir et blanc.

À leur manière, les Tomlin étaient aussi impressionnants que les jumeaux Bayar.

Le tour de Raisa et sa mère était arrivé. Le crieur les rejoignit et annonça :

— La reine Marianna *ana*'Lissa des Fells, et sa fille, la princesse héritière Raisa *ana*'Marianna.

Les courtisans se fendirent de révérences dans tous les coins, comme un champ d'herbe noir et blanc coupée par une lame aiguisée.

La mère et sa fille avancèrent, leurs jupes balayant le sol de marbre. Derrière elle, Raisa entendit annoncer l'arrivée de son père et de Mellony. Devant, Micah et Fiona s'agenouillèrent côte à côte dans un halo de lumière, tels un dieu et une déesse descendus des cieux.

Elles arrivèrent enfin au bout de la salle de bal.

— Vous pouvez vous lever, dit la reine.

Ils obéirent dans un froissement de soie et de satin.

Micah se releva gracieusement. La reine Marianna lui tendit la main, et il la baisa.

Il se tourna vers Raisa. Il s'attarda un long moment sur son visage, puis baissa les yeux jusqu'à son corsage, qu'il observa si longtemps qu'elle sentit son visage s'empourprer d'embarras.

— Ah ! dit-il. Vous le portez enfin, Raisa. J'avais peur qu'il ne vous plaise pas.

— Bien entendu, il me plaît, dit-elle en touchant le collier. Il est splendide. Est-ce un bijou de famille ?

— Oui, dit-il en lui lançant un regard d'une telle intensité qu'elle en rougit de plus belle.

Micah était toujours direct, mais, ce jour-là, il s'était départi de son côté habituellement moqueur.

Elle lui tendit la main. Il la pressa contre ses lèvres, en la regardant toujours dans les yeux. Son baiser lui parut brûlant sur sa peau, et la tête lui tourna légèrement.

— Suis-je enfin pardonné, Raisa ?

— Oui, murmura-t-elle, les joues en feu. Vous êtes pardonné.

— Serait-ce mal de ma part de retenir toutes vos danses ? demanda-t-il, lui tenant toujours les doigts.

Elle retira sa main, à regret.

— Vous êtes l'hôte d'honneur, dit-elle. Et vous savez que vous avez des responsabilités. Gagner le cœur des jeunes filles est la partie facile. Mais vous devez danser avec toutes les vieilles dames, les tantes, les grands-mères et les mères. Peut-être même avec certains des pères, maintenant que vous êtes sur le marché du mariage.

Il éclata de rire.

— Gardez quand même quelques danses pour moi, Votre Altesse. J'aurai besoin d'un refuge contre toutes ces tantes et ces grands-mères.

Il soutint son regard un moment de plus, puis il se tourna pour accueillir Mellony et son père.

Raisa dansa avec Miphis Mander, et avec le magicien Wil Mathis, qui passa toute la danse à regarder Fiona par-dessus son épaule. Ensuite, avec Mick Bricker et Garret Fry, des cadets du Gué-d'Oden, qui lui firent maladroitement la conversation et osèrent à peine la toucher en dansant, comme si elle allait se casser. Puis avec son père, qui était aussi doué pour les danses de la cour que pour celles, plus complexes, des clans.

Mais elle ne put détacher ses pensées de Micah, dont la présence attirait son attention comme une lampe dans une pièce sombre. Chaque fois qu'elle le cherchait du regard, il semblait avoir les yeux rivés sur elle.

Kip Klemath lui demanda une danse, puis Keith. Puis Kip de nouveau. Les frères avaient apparemment décidé de se la repasser de l'un à l'autre, comme s'ils se lançaient une balle vêtue de satin, mais, pendant qu'ils se disputaient pour savoir lequel danserait avec elle, elle entendit quelqu'un demander :

— Votre Altesse, m'accorderez-vous la prochaine danse ?

C'était Amon Byrne, dont l'uniforme de cérémonie bleu parfaitement ajusté mettait en valeur la grande taille et les larges épaules.

— Avec plaisir, lui dit-elle en souriant.

Il l'entraîna vers la piste pendant que les frères Klemath se réconciliaient pour protester contre l'enlèvement de leur danseuse.

— Où étiez-vous ? demanda Raisa. Je commençais à penser que vous ne viendriez pas.

— J'ai été retardé. J'avais… quelque chose à faire au Marché-des-Chiffonniers.

Il inspira comme s'il allait ajouter quelque chose, mais il se ravisa.

— Où avez-vous appris à danser ? demanda Raisa. Dans mon souvenir, vous ne saviez pas.

— J'ai appris quelques petites choses, ces trois dernières années, dit Amon.

Si elle espérait plus de détails, elle fut déçue. Ils parcoururent la salle en silence. Il la regardait dans les yeux, puis détournait le regard comme s'il craignait de se trahir.

Amon n'avait jamais été célèbre pour son aisance en matière de conversation galante, mais, ce soir-là, il n'avait absolument rien à dire.

Elle refit une tentative.

— N'avez-vous pas dit que vous n'aviez pas le temps de danser, au Gué-d'Oden ?

— Non. J'ai dit que je n'avais pas le temps d'avoir une petite amie.

Raisa fut étonnée qu'il se souvienne de leur conversation avec autant de précision.

— Alors, où avez-vous appris à danser ? demanda Raisa, avec le sentiment qu'elle devait lui soutirer chaque mot, comme si elle s'efforçait d'ouvrir des moules.

— La Cour-de-Tamron n'est pas loin du Gué-d'Oden. Nous y allions dès que nous avions un jour de repos.

La Cour-de-Tamron, la capitale de Tamron, avait la réputation d'être une cité de débauche où les gens allaient pour trouver des filles faciles, des maisons de jeu et des distractions illicites.

— Oh ! vraiment, caporal Byrne ? dit-elle en levant les sourcils. Et vous y faisiez quoi ?

— Eh bien, je dansais ! Et je jouais aux cartes. Je suis un assez bon joueur, dit-il, presque sur la défensive.

— Oui, bien entendu. Vous êtes un soldat.

Elle essaya d'imaginer Amon faisant la fête dans une taverne, sans y parvenir.

Il semblait perdu dans ses pensées et ne répondit pas. Elle décida de changer de sujet.

— Comment se passent les choses au Pont-Sud ? A-t-on enfin découvert qui a tué ces Sudistes ?

Il sursauta.

— En fait, j'ai des nouvelles, oui, dit-il en détournant le regard.

— Quel genre de nouvelles ?

Amon regarda autour de lui comme s'il craignait qu'on l'entende. La musique s'était arrêtée, et il l'attira vers une des tables privées. Un serviteur leur tendit un plateau. Amon prit deux verres et en donna un à Raisa.

Elle se laissa tomber sur une chaise, soulagée d'accorder un peu de répit à ses pieds.

— J'ai besoin d'un verre, pour entendre cette nouvelle ? demanda-t-elle sarcastiquement en buvant une petite gorgée de vin, consciente qu'elle n'avait encore rien mangé.

— D'abord, mon père a essayé encore une fois de faire expulser Gillen, et il n'y a pas réussi. Il doit avoir des amis puissants.

Raisa posa brutalement son verre sur la table. Un peu de vin gicla sur son poignet.

— Ça suffit ! Ses amis ne peuvent pas être plus puissants que moi. Je vais aller trouver ma mère à ce sujet.

Amon posa une main sur la sienne, puis la retira vivement en regardant autour de lui d'un air anxieux.

— Je vous en prie, Raisa, vous ne pouvez pas parler à la reine de toute cette affaire du Pont-Sud. Faites-moi confiance. C'est impossible. (Il vida son verre et le posa.) Ne vous en faites pas. Nous autres les Byrne, nous sommes têtus. Nous finirons par avoir ce type, un jour ou l'autre.

Mais ça ne suffisait pas à Raisa. À quoi bon être l'héritière du trône si elle n'avait aucun pouvoir réel ?

Elle leva la tête, et vit Amon la regarder avec cette expression particulière. Circonspecte. Comme s'il se sentait coupable.

— Quoi ? demanda-t-elle, irritée.

— Ce seigneur de la rue, Gourmettes…, dit-il en se raclant la gorge.

Des images lui revinrent en mémoire : Gourmettes assis, les jambes croisées, sur le sol de terre battue de sa cachette, lui donnant des biscuits rances à manger. Gourmettes dans ses jambières et sa veste en daim, la lame à la main.

Elle avait souvent pensé à lui depuis son aventure du Pont-Sud. Elle espérait qu'il avait réussi à échapper à la Garde. Et qu'elle le reverrait un jour.

— Oui ? Qu'y a-t-il ?

— Il est mort. Il a été assassiné au Marché-des-Chiffonniers.

— Quoi ? (Elle avait parlé plus fort qu'elle en avait eu l'intention, et Amon sursauta et lui fit signe de baisser la voix.) Quand ? Quand est-ce arrivé ?

Elle eut l'impression que ses entrailles tombaient dans ses talons.

— La nuit dernière, probablement. On a trouvé ses affaires ce matin, sur la berge.

Elle se sentit prise au piège. Trahie. Ce n'était pas possible.

— « Ses… affaires » ? On n'a pas retrouvé son corps ?

— Non. Seulement ses vêtements et son foulard de Chiffonnier. Celui qui l'a tué a dû le jeter dans la rivière.

— Comment savez-vous qu'il s'agissait de ses vêtements, alors ?

— Le meurtrier a gribouillé son nom dans la boue, dit Amon. Une sorte d'avertissement.

Gourmettes Alister était mort. Raisa se souvint de la dernière fois où elle l'avait vu, à un coin de rue au Marché-des-Chiffonniers, et de sa révérence sardonique quand il était parti.

« Je suis persuadé que vous êtes une Chiffonnière de cœur ! » avait-il dit.

Ce n'était pas vrai. Il avait été un esprit libre, et Raisa était la prisonnière de tant de choses et de tant de gens ! La mort était-elle le prix de la liberté ?

— Mais, reprit-elle avec obstination, vous n'êtes pas sûr qu'il soit vraiment mort, si vous n'avez pas trouvé de corps.

— C'était… Il y avait du sang partout, dit Amon en regardant autour de lui comme s'il venait de comprendre que l'endroit était mal choisi pour cette discussion. Je suis désolé, Raisa. Je n'aurais rien dû dire, mais… La bonne nouvelle, c'est que les meurtres vont peut-être cesser, maintenant. La même nuit, on a trouvé un autre corps, celui d'un garçon appelé Shiv Connor, qui était le seigneur de la rue des Sudistes. Il avait été torturé et tué, comme les autres. Nous pensons que l'assassinat de Gourmettes était une vengeance destinée à punir cette mort.

— Ou peut-être n'avait-il rien à voir avec ces meurtres. Peut-être que celui qui a tué ce Shiv a aussi tué Gourmettes. En supposant qu'il soit mort. (Elle leva la tête, l'espoir renaissant dans ses yeux.) Il est rusé. Et s'il voulait seulement nous faire croire qu'il a été tué ? La Garde est après lui depuis une éternité ! Il a peut-être décidé de disparaître pour un certain temps.

Amon ne répondit pas, mais il affichait une expression apitoyée qui rendit Raisa furieuse.

— D'accord ! dit-elle en retenant les larmes qui lui brûlaient les yeux. Vous avez gagné. Il est mort. Vous êtes content ?

Amon la regarda comme si elle l'avait frappé.

— Rai, allons, je n'ai jamais voulu que…

— Je dois aller tenir les engagements de mon carnet de bal, dit-elle en se levant dans un bruissement de satin. Je suis sûre que je suis en retard.

Elle écarta les draperies qui séparaient la table de la piste de danse sans regarder… et se trouva face à face avec Micah Bayar.

Il lui prit le bras pour l'empêcher de tomber.

— Vous êtes là, dit-il. Je vous cherchais. (Il la regarda plus attentivement.) Que se passe-t-il ? Vous pleurez ?

— Oh ! dit Raisa. Tout va bien. J'ai juste mangé un piment.

— « Un piment » ? (Micah éclata de rire.) Le danger rôde partout, ce soir ! Par exemple, la dame Heresford est froide comme un glaçon. J'ai tenté de lui voler un baiser, et ses deux chiens de garde m'ont pratiquement assassiné.

— Et la princesse Marina ? Elle est adorable, dit Raisa, pensant que les mœurs de Tamron conviendraient sans doute mieux à Micah.

Peut-être était-elle un peu trop adorable, d'ailleurs…

— Pour le moment, j'ai envie de danser avec cette princesse, dit-il en s'inclinant gracieusement. J'ai réussi à échapper aux tantes et aux grands-mères. Profitons-en, d'accord ?

Il la conduisit sur la piste de danse comme l'orchestre entamait une valse.

— Pourquoi ne dansez-vous pas avec quelqu'un qui pourrait vous servir à quelque chose ? murmura Raisa pendant qu'ils virevoltaient sur la piste. Missy Hakkam a l'air positivement déprimée, dans son coin. Et vous savez que la princesse Marina est ici pour se trouver un mari.

Tout cela était vrai, et pourtant elle ressentait le besoin de garder Micah Bayar pour elle seule.

— Vous devriez profiter au maximum de cette soirée, dit-elle d'un air dévoué. Elle doit avoir coûté une fortune à vos parents.

— Je profite au maximum de ma soirée, murmura-t-il en la serrant contre lui, un peu plus étroitement que la danse l'exigeait.

Ses doigts la brûlaient à travers le tissu de sa robe. Raisa se sentit de nouveau prise de vertige, comme si le vin lui était monté à la tête.

— Ou peut-être avez-vous déjà fait vos conquêtes ? demanda-t-elle. Un contrat de mariage en perspective ? Une rencontre galante pour plus tard, dans la nuit ?

— Il n'y a qu'une seule conquête que je veuille faire, murmura-t-il à son oreille. Un seul cœur que j'aie envie de gagner.

— Oh ! non, protesta-t-elle faiblement.

Elle aurait voulu dire : « Ne perdez pas votre temps à me flatter », mais elle n'y parvint pas. C'était comme si son sens de la repartie l'avait abandonnée. Elle cessa de lutter et posa la tête sur la poitrine du jeune homme, entendant son cœur battre à travers son manteau. Même son odeur était enivrante.

Je n'ai pourtant bu qu'un seul verre de vin, pensa-t-elle.

Il avait une réponse intelligente à tout ce qu'elle avait à dire. Ils partagèrent trois autres danses, et, chaque fois qu'elle tourbillonnait dans ses bras, elle se sentait sans poids et sans substance, comme si elle était en train de disparaître.

— Pourrions-nous... trouver quelque chose à manger ? demanda-t-elle, pensant que la nourriture l'aiderait peut-être.

— Bien sûr.

Il la conduisit à une table isolée et l'installa sur une chaise. Il laissa ses mains chaudes sur ses épaules nues pendant un long moment.

Elle remarqua à peine qu'il s'absentait. Même la musique lui semblait atténuée, comme si tout le monde était très loin d'elle.

Il revint avec des assiettes et deux autres verres de vin, et elle se réveilla en sursaut, même si elle ne s'était pas réellement endormie. Il approcha sa chaise, sa jambe appuyée contre celle de la jeune fille. Il lui passa un bras autour des épaules et attira sa tête vers son torse. De l'autre main, il lui mit de petits morceaux de nourriture dans la bouche.

Il leva le verre de vin à ses lèvres. Elle essaya de dire « non », mais, avant d'avoir compris comment, elle avait bu.

Il lui prit le menton et l'embrassa. Puis encore, plus longuement, un baiser délicieux. Et encore, et toute résistance la quitta. Il lui embrassa les lèvres, le menton, le creux de l'épaule.

Les baisers de magicien, pensa-t-elle vaguement, *sont des choses dangereuses.*

Elle lui rendit ses baisers, lui entourant le cou de ses bras, comme si elle avait envie de se perdre en lui. Il riait doucement à son enthousiasme, mais sa respiration s'accélérait, et elle vit des taches de couleur sur ses joues.

Peu m'importe qui vous êtes, pensa-t-elle. *Peu m'importe qui je suis censée être. J'en ai assez de suivre toutes ces règles surannées.*

Micah repoussa sa chaise et se leva.

— Venez, dit-il en l'aidant à se lever. Je connais un endroit où nous pouvons aller.

Il la releva doucement, et la stabilisa avec un bras sous son coude.

Elle hocha la tête sans rien dire et s'agrippa des deux mains à son bras pour éviter de tituber. Il la conduisit à travers le labyrinthe de tentes en soie, d'où s'échappaient des murmures de conversation.

Un son s'insinua dans son esprit obscurci. Une voix familière, qui l'appelait, comme venue de très loin.

— Raisa ! où es-tu ?

La main de Micah se resserra sur son bras.

— Ne lui répondez pas, dit-il.

— Mais c'est papa, dit-elle. Il semble inquiet.

— Il veut seulement nous séparer, dit Micah. Comme tout le monde ! Venez. (Il la tira dans la direction opposée.) Allons par ici.

Ils coururent vers la sortie latérale, dépassant Wil Mathis qui flirtait avec une jeune fille dans un coin, et Mellony, qui s'approchait de nouveau du buffet des desserts. C'était excitant, comme une partie de cache-cache en vêtements de bal.

Ils se glissèrent dans le couloir, et tombèrent face à face avec Amon Byrne, qui leur bloquait le chemin.

— Oh ! dit Raisa en glissant sur ses pieds nus pour s'arrêter.

Elle ignorait comment, mais elle avait apparemment perdu ses souliers.

— Encore vous, dit Micah. Comment se fait-il que vous sembliez être partout en même temps ?

Amon ne lui répondit pas.

— Votre père vous cherche, dit-il à Raisa. Vous ne l'avez pas entendu vous appeler ?

— Eh bien, euh… (Elle regarda Micah, car elle ne savait pas vraiment quoi répondre.) nous allions… ailleurs.

— Cela ne vous regarde pas, dit Micah en tirant Raisa comme s'il avait l'intention de passer de force. Ôtez-vous de notre chemin.

Amon ne bougea pas, mais regarda Raisa, puis Micah, sourcils froncés.

—Que lui avez-vous fait ? demanda-t-il. Elle semble être dans une sorte de transe.

Raisa entendit la voix de son père, plus près cette fois.

—Raisa !

—Seigneur Demonai ! cria Amon. Elle est là, dans le couloir ! Avec Micah Bayar. Dépêchez-vous !

—Par le sang et les os ! jura Micah. Quand apprendrez-vous à vous mêler de vos affaires ? Vous me paierez cela.

Il lâcha la main de Raisa et prit un gâteau sur un plateau. Puis il s'appuya contre le mur et attendit.

Soudain, le père de Raisa arriva, le visage aussi sombre qu'un orage sur Hanalea.

—Ah ! je m'en vais, alors, dit Amon en reculant vers la salle de bal.

Les coins de sa bouche frémirent comme s'il retenait un sourire.

—Vous ! Restez où vous êtes jusqu'à ce que j'aie élucidé cette affaire, dit Averill.

Amon se figea.

Averill ramassa l'étole de Raisa, qui était tombée par terre, et la posa sur ses épaules. Ce faisant, il remarqua son collier. Il le regarda un long moment, puis se tourna vers Micah.

—Que faisiez-vous ici, tous les deux ? demanda-t-il en foudroyant le jeune homme du regard.

Micah haussa les épaules et lui montra le gâteau. Il essayait d'avoir l'air décontracté, mais ses mains tremblaient.

—J'encourageais la princesse à manger quelque chose. Je pense qu'elle a bu un peu trop de vin.

—Oh ! vraiment ? Ce serait ça, son problème ?

Averill souleva le menton de Raisa et la regarda dans les yeux. Il avait l'air si étrange qu'elle éclata de rire, puis sursauta quand il serra plus fort.

—Pas si fort, se plaignit-elle en se dégageant. (Elle ne comprenait pas pourquoi il se comportait ainsi.) Micah et moi allions partir.

—Vraiment ?

Averill parut soudain très grand et très impressionnant dans ses robes des clans.

—Je voulais lui montrer la vue qu'on a de la terrasse, dit Micah en avalant le reste de son gâteau.

Il se lécha les doigts. Il avait du sucre en poudre sur les lèvres, et, pour l'en débarrasser, Raisa attira sa tête vers la sienne et l'embrassa. Ses baisers avaient été très agréables. Ils le seraient peut-être davantage, maintenant...

— Raisa, murmura Micah d'une voix pâteuse en l'entourant de ses bras, ignorant l'expression féroce d'Averill.

Micah semblait lui aussi légèrement ivre.

— Raisa ! (Averill l'écarta de Micah et la poussa sur une chaise.) Tu n'es pas dans ton état normal. Je pense qu'il est temps que nous appelions ton carrosse.

— Il est encore tôt, dit Micah. (Il se racla la gorge, regardant Averill, puis Raisa, puis de nouveau Averill.) Je vous en prie, Votre Altesse, restez encore un peu. C'est mon jour de naissance, après tout !

— Pas question, dit Averill d'une voix ferme et sévère. Retournez à votre fête, porte-poisse. Mais avant, je veux savoir où vous avez trouvé ça.

Averill saisit le poignet de Micah et lui souleva la main, mettant en évidence une bague au motif complexe, ornée d'émeraudes et de rubis.

— Lâchez-moi ! dit Micah en essayant de libérer sa main. Cela ne vous regarde pas.

— Si, ça me regarde, en fait, dit Averill en le lâchant. J'ai déjà vu ce motif, mais seulement dans d'anciens manuscrits. Il est antérieur à la Rupture, et, de nos jours, il est interdit.

Micah se frotta le poignet.

— Quelqu'un me l'a envoyé. Un cadeau de jour de naissance. J'en ai une pleine pièce. En quoi cela vous concerne-t-il ?

Raisa essaya de focaliser son regard trouble sur la bague. Elle ne l'avait pas remarquée, avant, mais maintenant qu'elle regardait de plus près, elle vit qu'elle était en forme de serpent enroulé autour du doigt de Micah, avec des rubis en guise d'yeux. Elle lui semblait familière.

Elle toucha son collier. Le pendentif en or qui reposait contre sa peau était assorti à la bague de Micah. Il dégageait une douce chaleur.

Les yeux d'Averill allèrent d'un bijou à l'autre.

— D'où vient ce collier, Raisa ?

— Euh… (Au début, elle fut incapable de se souvenir.) Oh ! c'était un cadeau des Bayar.

Averill saisit le pendentif et le souleva. En dessous, il y avait une marque rouge incrustée dans la chair de Raisa. Une tête de serpent.

Avec un grondement de colère, Averill arracha le collier, brisant le fermoir. Puis il le jeta au visage de Micah, sidéré.

— Qu'espériez-vous accomplir exactement, porte-poisse ? demanda-t-il.

Le regard de Micah se posa sur lui, puis sur le collier brisé, sur le sol. Il avait l'air abasourdi.

— J'ignore de quoi vous parlez.

Raisa se plia en deux, les mains pressées sur sa poitrine. Elle avait l'impression que son père lui avait arraché le cœur.

— Par la miséricordieuse Créatrice ! haleta-t-elle.

Averill la regarda, puis ferma les yeux un instant comme pour se reprendre. Il se tourna de nouveau vers Micah.

— J'appartiens aux clans, vous vous souvenez ? Demonai. Pensiez-vous que je ne le reconnaîtrais pas ? (Averill saisit les revers de la veste de Micah et le secoua violemment.) Elle n'est pas pour vous. Vous avez compris ?

La colère se peignit sur le visage de Micah.

— Pourquoi pas ? Je suis assez bien pour les princesses de Tamron !

— Alors, épousez l'une d'elles ! dit Averill.

— Qui a parlé de mariage ? dit Micah, ses yeux noirs étincelant. Mais, maintenant que vous le mentionnez, pourquoi ne pourrions-nous pas nous marier si nous le souhaitons ? J'en ai assez de vivre selon des règles stupides édictées il y a mille ans !

— Si vous tentez encore quelque chose de ce genre, les clans se remettront à pourchasser les magiciens. En commençant par vous.

— Ils n'ont jamais cessé de pourchasser les magiciens, dit Micah amèrement. Nous savons ce que vous complotez, dans les camps. Nous savons que vous êtes un guerrier demonai. Nous avons nos propres espions. Quant au collier, dit-il en poussant le bijou du bout du pied, tous ces récits d'amulettes magiques maléfiques ne sont rien de plus – des récits. Vous autres Demonai voyez toujours des conspirations magiques là où il n'y en a pas.

Micah se pencha, ramassa le collier et le mit dans sa poche.

— Ramenez-la au château. Moi, je retourne à la fête. (En passant devant Raisa, il se pencha et l'embrassa sur les lèvres. Puis il leva la tête et adressa un sourire en coin à Averill.) Mais j'aime l'embrasser, et, d'après ce que je vois, elle aime ça aussi. Essayez donc de nous tenir à l'écart l'un de l'autre !

Sur ces mots, il partit.

Averill le regarda s'éloigner. Amon se balançait d'un pied sur l'autre, ignorant s'il devait rester ou partir lui aussi.

Raisa se sentait toute retournée. Elle avait l'impression que son corps était un champ de bataille, et que les sensations affluaient et refluaient comme les vagues aux Falaises-de-Craie. Ses lèvres la picotaient encore du baiser de Micah, et elle aurait voulu courir après lui, lui dire qu'elle était désolée que son père se soit comporté comme un dément. Elle avait la tête vide et elle était malade de désir. Elle mit sa tête entre ses genoux et respira à fond, décidée à ne pas s'évanouir.

Amon s'agenouilla devant elle et lui prit les mains.

— Rai... Votre Altesse, dit-il, le visage pâle et anxieux. Puis-je... faire quoi que ce soit pour vous ?

Elle le regarda. Il semblait méfiant mais déterminé, comme s'il craignait qu'elle lui crache au visage, mais qu'il était prêt à courir ce risque.

Au lieu de ça, elle lui vomit dessus. Ainsi que sur elle-même.

Horrifiée, elle essaya de s'excuser, mais il avait l'air si solennel et si grotesque avec du vomi dans les cheveux et sur son bel uniforme bleu qu'elle éclata de rire. Il la foudroya du regard, puis sortit un mouchoir d'une poche et lui essuya soigneusement le visage.

Averill saisit son étole pour éviter qu'elle la salisse.

— Où sont tes chaussures, Raisa ? demanda-t-il en regardant autour de lui.

Elle secoua la tête, perdue. Voilà qu'elle pleurait à chaudes larmes et qu'elle était parcourue de tremblements incontrôlables. Qu'avait-elle donc ?

— Ne me prenez pas mes chaussures, dit-elle en tentant de se lever. Je dois trouver Micah. Je dois... lui dire quelque chose.

— Amon, dit Averill, allez voir la reine et dites-lui... (Il regarda le jeune homme de plus près et changea d'avis.) Non. Je vais aller dire à la reine que la princesse héritière est indisposée. Vous, emmenez Raisa au château de la Marche-des-Fells. Ne laissez personne vous voir. Emmenez-la dans ses appartements et assurez-vous qu'elle y reste, quoi qu'il arrive. Ne la quittez pas des yeux une minute. Restez avec elle jusqu'à mon arrivée.

Il pivota et partit à grands pas.

Amon aida Raisa à se lever, et elle serait tombée de nouveau s'il ne l'avait pas soutenue par le bras.

Amon regarda autour de lui pour voir si quelqu'un les observait, puis il arracha la nappe d'une table proche, expédiant la décoration florale au sol. Il se servit de la nappe pour couvrir Raisa de la tête aux pieds, puis il la souleva dans ses bras.

— Amon ! posez-moi ! protesta-t-elle, se débattant faiblement, la voix étouffée par l'étoffe. Je dois... Je dois aller...

Il mit ses lèvres tout contre son oreille, et elle sentit son souffle chaud à travers la nappe.

— Allons, Rai, dit-il, une pointe de désespoir dans la voix, ne rendez pas les choses plus difficiles qu'elles le sont, d'accord ?

Alors qu'il la portait, Raisa pouvait voir la lumière changer à mesure qu'ils passaient des sombres couloirs aux pièces généreusement éclairées. Finalement, Raisa sentit l'air frais de la nuit et comprit qu'ils étaient dans la cour.

Elle se souvint des baisers de Micah, de ses mains sur ses épaules, et son cœur s'emballa. Le désir monta une fois de plus en elle.

— Non ! dit-elle en se tortillant de nouveau. Je dois... Je dois retourner là-bas et trouver mes chaussures.

Amon siffla, et elle entendit le grincement des roues d'un carrosse arrivant à leur hauteur.

— Qu'est-ce que vous avez là, soldat ? demanda le conducteur en riant. Un souvenir de la fête ?

— Ma sœur, dit Amon d'un ton lugubre. Elle est malade.

Raisa entendit des rires.

— Vous nous la présentez, caporal ? dit une voix.

— Je... ne... suis pas... votre sœur, gronda Raisa. Pourquoi dites-vous toujours ça ?

Amon la hissa dans le carrosse et elle entendit claquer les rênes. Puis ils partirent dans la nuit, de plus en plus loin de la Dame Grise et du fascinant Micah Bayar.

Elle avait dû s'endormir, car, la seconde suivante, Amon était en train de monter un escalier, en la portant toujours dans ses bras. Il tourna et avança d'une centaine de pas dans un couloir, puis la posa avec précaution sur ses pieds. Il la débarrassa de son linceul improvisé comme s'il déballait un cadavre, gardant une main sur son bras pour la stabiliser. Ils étaient devant la porte de ses appartements.

— Lâchez-moi ! dit Raisa, essayant de se libérer. J'ai oublié quelque chose. Je dois retourner à la Dame Grise.

Amon frappa à la porte.

— Ouvrez !

Raisa entendit Magret grommeler de l'autre côté de la porte tandis qu'elle approchait.

La porte s'ouvrit, révélant Magret en robe de chambre.

— Il est donc impossible de dormir un peu dans ce... (Puis elle vit Raisa.) Votre Altesse ! Que vous est-il arrivé ?

— Elle ne se sent pas bien, dit Amon.

— Pouah ! dit Magret en agitant une main pour dissiper l'odeur. Je suis désolée de devoir vous dire ça, mais vous puez tous les deux le vomi ! (Elle regarda Raisa avec suspicion.) Ne me dites pas que vous avez goûté au brandy ?

— Le seigneur Demonai m'a demandé de vous la ramener, dit Amon. Il a dit que vous prendriez soin d'elle.

Magret se rengorgea.

— Bien sûr qu'il a dit ça ! Il connaît la vieille Magret !

Elle prit le bras de Raisa et l'attira à l'intérieur, puis elle fit mine de fermer la porte au nez d'Amon.

— Le seigneur Demonai m'a aussi dit de rester avec elle jusqu'à son arrivée, dit-il obstinément, avançant son pied dans l'entrebâillement de la porte pour l'empêcher de se fermer. Elle… Elle est en danger. Il m'a dit de ne pas la quitter des yeux.

— Vraiment ? dit Magret, prise au dépourvu. Ma foi, je n'aurais jamais cru vivre assez longtemps pour voir des jeunes gens s'inviter dans la chambre d'une jeune fille en plein milieu de la nuit. (Elle l'observa, à la recherche d'un quelconque signe de dépravation, puis elle soupira.) Bon, entrez, alors.

— Magret, dit Raisa d'un ton désespéré, je dois retourner à la fête. Le caporal Byrne m'a enlevée et m'a ramenée ici contre mon gré.

— C'est vrai ? demanda Magret avec une hostilité ravivée.

— C'est vrai, dit Amon avec ce regard direct des Byrne qui pouvait être si convaincant. Mais sur les ordres du seigneur Demonai. Il arrivera bientôt.

— D'accord, dit Magret avec hésitation. Si elle est malade, elle ne peut pas retourner à la fête, n'est-ce pas ?

Amon hocha gravement la tête.

— Non, ça ne serait pas raisonnable.

Raisa les haïssait tous les deux.

— Venez, dit Magret en tirant Raisa vers sa chambre. Je vais vous installer dans votre bain, ma chérie. (Quand Amon fit mine de les suivre, elle l'arrêta.) Vous, caporal, vous resterez assis ici, près du feu.

— Le seigneur Demonai m'a dit de ne pas la quitter des yeux jusqu'à ce qu'il arrive, dit Amon, têtu. Elle n'est pas elle-même.

Magret le regarda férocement.

— Et où pourrait-elle aller, avec vous installé ici, près de la porte ?

— J'ai donné ma parole, dit Amon.

Raisa comprit qu'il pensait au passage qui menait du placard au jardin du toit. Il n'allait pas lui donner l'occasion de s'échapper par là. Raisa maudit le jour où elle avait partagé ce secret avec lui.

Amon fit preuve de l'obstination caractéristique des Byrne, et Magret finit par installer un paravent devant la baignoire de Raisa. Amon s'installa dans un fauteuil près de la fenêtre. Cela lui fit une drôle d'impression de savoir qu'il était de l'autre côté du paravent tandis qu'elle était nue dans son bain.

Une fois déclarée propre par Magret, celle-ci l'aida à mettre sa chemise de nuit, et Raisa sortit de derrière le paravent pour voir Amon, torse nu, ses cheveux humides en bataille, en train de se laver en utilisant une bassine et un pichet. Ses larges épaules et ses bras musclés luisaient sous la lueur du feu. Cette image se superposa à celle du visage anguleux et des yeux noirs de Micah Bayar, et Raisa pensa qu'elle allait de nouveau se sentir mal.

— Par la douce dame martyre ! dit Magret en rougissant et en fermant les yeux, qu'elle ne tarda pas à rouvrir pour mieux observer Amon. Venez, Votre Altesse, allons vous mettre au lit.

Raisa venait de se glisser sous les couvertures quand quelqu'un frappa à la porte. Magret, après un coup d'œil mauvais à Amon en guise d'avertissement, alla ouvrir.

C'était Averill et Elena, tous deux encore vêtus de leurs robes de cérémonie. Elena portait un sac de médicaments orné de perles.

— Merci de votre aide, dit Elena à Magret, qu'elle fit habilement sortir de la pièce. Puis elle gagna le bord du lit de Raisa.

Elle lui sourit et posa une main sur son front.

— Églantine, ma petite-fille, comment vas-tu ?

— Je l'ignore, Elena *Cennestre*, dit Raisa avec feu. Je suis peut-être malade, mais tout le monde autour de moi est fou !

Elle foudroya du regard son père et Amon, qui avait dû trouver une chemise quelque part, car il était de nouveau vêtu. Elena éclata de rire et lui flanqua une claque amicale sur la cuisse. Raisa se sentit aussitôt mieux. Elena arrangerait tout.

— Voyons cette marque que tu portes, dit Elena en défaisant le ruban qui fermait la chemise de nuit de Raisa. Elle écarta le tissu et examina la marque à la base du cou de Raisa. Des ampoules s'étaient formées autour d'une zone de peau rouge et enflammée.

— Est-ce que ça fait mal ?

— Non. Je ne m'étais même pas aperçue qu'elle était là, reconnut Raisa. J'ai dû faire une réaction au pendentif.

— C'est ce qu'on dirait. (Elena étudia la blessure encore un peu, puis sortit un bocal en pierre de son sac.) Ça ne semble pas trop profond. Je ne suis pas aussi bonne guérisseuse que Saule, mais je m'y connais quand même. (Elle déboucha le pot et lui montra la crème vert clair à l'intérieur.) C'est du sorbier des oiseaux, et d'autres herbes. Tu permets ?

— D'accord, dit Raisa, un peu méfiante.

Elena plongea les doigts dans la crème et la passa sur les ampoules du cou de Raisa. Cela dégageait une odeur de pin et d'air pur, et sembla rafraîchir son corps entier. Raisa se renfonça dans ses oreillers et poussa un long soupir. Sa tête cessa de tourner. Alors qu'elle avait été fiévreuse et agitée, elle se sentit soudain calme et l'esprit clair. Le doute, la confusion et le désir la quittèrent lentement, comme des sédiments se déposant au fond d'un lac de montagne.

— Merci, Mère Elena, murmura-t-elle. Je me sens beaucoup mieux.

Elena reboucha le pot et le remit dans son sac.

— Ton père a dit que tu étais avec le magicien Micah Bayar. Que s'est-il passé, entre vous ?

Raisa n'était pas sûre de ce que sa grand-mère voulait savoir.

— Eh bien, nous avons dansé. Et… nous nous sommes embrassés.

— Rien de plus ? demanda Elena, ne quittant pas Raisa du regard.

Raisa, embarrassée, se sentit rougir. Ce n'était pas le genre de conversation qu'elle avait envie d'avoir avec sa grand-mère. Et encore moins avec la Matriarche du camp Demonai. Et surtout pas sous les yeux d'Amon Byrne, qui eut au moins la décence d'avoir l'air gêné.

— Oui, ça s'est arrêté là, dit-elle franchement.

Elena et Averill échangèrent un regard lourd de signification.

— Je ne comprends pas tout ce remue-ménage à mon sujet, dit Raisa. Si j'ai envie de danser avec Micah Bayar, je le ferai ! C'est… un bon danseur, dit-elle maladroitement, et il est charmant.

Amon Byrne leva les yeux au ciel, et Raisa résista au désir de lui tirer la langue.

— Le collier que les Bayar t'ont offert est une amulette de séduction, Raisa, dit Averill. Couramment utilisée avant la Rupture, mais désormais interdite. Elle fonctionne en synergie avec la bague que portait le jeune Bayar pour créer une puissante attirance entre deux personnes.

« Vous le portez enfin, Raisa, avait dit Micah. J'avais peur qu'il ne vous plaise pas. »

— Mais pourquoi aurait-il utilisé cette amulette sur moi ? demanda Raisa. Ça ne lui sert à rien ! (Il y eut un concert de raclements de gorge.) Je veux dire : à part à… vous savez. Quoi qu'il ait dit à la fête, il sait que nous ne pouvons pas nous marier. Il devrait plutôt s'en servir sur la princesse Marina, ou quelqu'un comme ça.

Dès qu'elle eut parlé, elle comprit qu'il n'en aurait pas besoin dans cet objectif non plus. Les mariages politiques étaient ce qu'ils étaient, arrangés par d'autres pour tisser des alliances et renforcer les pouvoirs. La séduction n'avait rien à y voir. Et, même si c'était le cas, Raisa était sûre que Micah Bayar pouvait très bien se débrouiller tout seul.

— C'est bien ça, la question, dit Averill, l'air sombre. Pourquoi aurait-il utilisé cette amulette sur toi ?

« Je connais un endroit où aller », avait dit Micah. Et pourtant…

— Je ne pense pas qu'il savait ce que c'était, dit Raisa. Je crois que tout ça l'a pris par surprise.

— Raisa, dit son père, l'air inquiet, je sais que tu préfères penser du bien des gens…

— Non, dit Raisa en levant une main. Je n'aime pas penser du bien des gens. En fait, je pense souvent le pire à leur sujet. Particulièrement en ce qui concerne Micah Bayar. Mais il a eu l'air totalement sidéré quand vous m'avez arraché le collier et que vous l'avez jeté par terre. Je pense qu'il ignorait totalement qu'il existait un lien entre mon collier et sa bague. Il était persuadé d'être en train de me séduire grâce à son propre charme.

Amon parla pour la première fois.

— Voyons si j'ai bien compris. Vous pensez que c'était une coïncidence si vous portiez tous deux une amulette porte-poisse ?

Il ponctua sa question de ce haussement de sourcil qui énervait tant Raisa.

— Si ce n'était pas lui, quelqu'un d'autre a organisé cette « coïncidence », dit Averill. La question est de savoir pourquoi. Et, s'ils possèdent cette arme, de quoi d'autre disposent-ils ? Et où le gardent-ils ?

— Où est la bague que je t'ai donnée ? demanda soudain Elena. Je t'avais dit de toujours la garder sur toi.

Raisa fronça les sourcils, puis se souvint.

— Oh ! je voulais la garder pour la fête, mais mère a suggéré que je porte à la place le collier d'émeraudes.

Tous la regardèrent.

— Quoi ? demanda Raisa, irritée. Vous pensez que ma mère la reine est impliquée dans une conspiration contre sa propre fille ? Non. Je suis sûre que c'était une question de mode, pas de politique.

— Où est ta bague ? demanda Elena.

— Sur ma coiffeuse, je pense, dit Raisa en désignant le salon d'un geste vague.

— Je vais la chercher, dit Amon.

Il fonça vers l'autre pièce comme s'il était content d'avoir quelque chose à faire. Il revint peu après, la bague serrée dans son large poing. Il la tendit à Raisa.

Elle la remit à son cou. La bague était froide contre sa peau enfiévrée.

— Micah a demandé pourquoi il ne pourrait pas être autorisé à t'épouser, lui rappela Averill. Il a dit qu'il avait l'intention de continuer à te faire la cour.

— De continuer à m'embrasser, dit Raisa. Il a dit qu'il aimait m'embrasser et qu'il avait l'intention de continuer.

— Et toi ? demanda Elena. Tu as l'intention de continuer aussi ?

Raisa en eut soudain assez de toutes ces questions, et d'avoir l'impression d'être une imbécile alors qu'elle faisait de son mieux. Elle était fatiguée.

— Je l'ignore, dit-elle en bâillant. Peut-être.

Quand elle s'endormit, la dernière image qu'elle emporta dans le sommeil fut celle d'Averill, Elena et Amon Byrne, réunis, murmurant des choses. Ourdissant sans doute leur propre conspiration.

18

À la frontière

Han ne s'attendait pas à être le centre de l'attention au camp Marisa. Mais il n'était pas non plus habitué à ce que personne ne s'occupe de lui, et pourtant c'était ce qui se passait. La cérémonie de passage à l'âge adulte approchait. Elle aurait lieu la semaine suivante, et Oiseau passait de longues heures tous les jours enfermée dans le temple des femmes, méditant sur son avenir. Han essaya de se glisser dans le temple pour la voir, se disant qu'elle apprécierait la distraction, puisqu'elle savait déjà quel métier elle voulait faire. Il avait espéré qu'ils recommenceraient à s'embrasser et, pourquoi pas, qu'ils iraient plus loin…

Il se fit chasser sans ménagement.

Même quand Oiseau ne méditait pas, elle passait son temps à préparer la fête de son jour de naissance. Elle n'avait plus le temps de chasser, de pêcher, de nager dans la Dyrnneflot ou le ruisseau de la Vieille. Elle ne voulait pas faire d'excursion sur Hanalea pour camper près du lac ou admirer la vue depuis le sommet.

Comme tout ce qui était interdit, Han se mit à la trouver fascinante. Quand elle traversait le camp dans ses jupes d'été, il ne pouvait s'empêcher de remarquer le balancement de ses hanches et ses rares sourires éblouissants sur son visage à la peau mate. Même des parties banales de son corps, comme ses genoux ou ses coudes, lui paraissaient appétissantes.

Mais il était condamné à la regarder de loin.

Danseur était différent, mais, d'une certaine façon, il allait encore plus mal qu'avant. Il avait toujours été mince, avec une structure osseuse fine, mais, désormais, il avait les joues creuses, presque cadavéreuses. Était-il malade ? Ou était-ce la colère qu'il portait en lui qui faisait fondre sa chair ?

Quel qu'il soit, le problème entre lui et sa mère semblait s'être aggravé. Han habitait avec Saule et Danseur, dans le Pavillon de la Matriarche. Ils se parlaient à peine en public, et, dans le pavillon, la tension était oppressante. Parfois, ils étaient contents de sa présence, comme si c'était une excuse pour ne pas avoir à s'occuper l'un de l'autre. D'autres fois, Han entrait alors qu'ils étaient en pleine conversation, et un lourd silence tombait soudain entre eux. Parfois, il dormait ailleurs, juste pour ne pas avoir constamment l'impression d'être un intrus.

Saule passait aussi des heures en réunion avec les aînés des clans. Une délégation vint de Demonai, sur les pentes est, et tous les aînés s'enfermèrent dans le temple pendant des heures.

Une dizaine de guerriers demonai accompagnaient les visiteurs, et Han trouva des excuses pour passer à côté de leur campement. Ils étaient fiers et mystérieux, l'étoffe de légendes qui étaient antérieures à la Rupture et qui remontaient à la guerre entre les magiciens et les clans.

Dans l'ancien temps, on disait que les Demonai ajoutaient une tresse dans leurs cheveux pour chaque magicien tué. Beaucoup d'entre eux portaient encore des tresses ornées de perles, et on chuchotait que tuer un ensorceleur et prendre son amulette était toujours le prix de l'admission dans leurs rangs.

Comme dans toutes les bandes, pensa Han. *Il faut montrer ce qu'on a dans le ventre pour pouvoir y entrer.*

Les guerriers demonai chevauchaient les meilleures montures et portaient les armes enchantées les plus puissantes fabriquées par les clans. Ils arboraient le symbole demonai autour du cou, un œil d'où sortaient des flammes. On disait qu'ils flottaient au-dessus du sol et ne laissaient aucune trace de leur passage. Han voyait souvent Oiseau assise près de leur feu de camp, mangeant dans la marmite commune. Elle écoutait religieusement ce qu'ils disaient, et, pour une fois, n'avait pas grand-chose à dire elle-même.

Han ne pouvait s'empêcher d'éprouver un pincement de jalousie. Plus qu'un pincement : une vraie douleur. Pour dire la vérité, il se sentait exclu. Pour les nobles de la cité, les fêtes de jour de naissance proclamaient qu'ils étaient adultes et en âge de se marier. Certains d'entre eux entraient en possession de leur héritage à ce moment-là. Les magiciens recevaient leur amulette et partaient pour l'académie du Gué-d'Oden, afin d'explorer les mystères de leur vocation.

Dans les clans, la cérémonie d'attribution du nom d'adulte reconnaissait le jeune comme membre à part entière de la communauté, marquait le début de sa vocation, lui permettait de fréquenter les temples, et servait souvent de départ à la parade des prétendants.

Han, lui, se trouvait dans une sorte d'entre-deux existentiel. Son seizième jour de naissance avait eu lieu quelques mois plus tôt et avait à peine été remarqué. Mam avait rapporté un gâteau au miel de la boulangerie du coin, et lui avait rappelé qu'il devait se trouver un vrai travail. Nulle cérémonie n'avait marqué le passage de Han du statut de *lytling* à celui d'adulte. Il avait simplement « débordé » par-delà la frontière, comme aurait pu le faire une créature rampante.

Han était jaloux, mais Danseur semblait misérable. Avait-il du mal à choisir une vocation ? Saule essayait-elle de le pousser à faire quelque chose dont il n'avait pas envie ?

Il essaya de parler à Danseur, un jour où ils étaient partis pêcher. Au moins, son ami acceptait encore de pêcher avec lui. En fait, il semblait avoir hâte de quitter le camp et de se retrouver dans la montagne. Il saisissait la moindre excuse pour ce faire.

— Bon, dit Han en lançant sa ligne dans l'eau. Oiseau Fouisseur m'adresse à peine la parole. Elle prend tout le temps de grands airs.

Danseur grogna.

— Ne t'en fais pas, elle te parlera. Après la cérémonie.

Danseur posa sa canne à pêche et s'allongea sur la berge, les yeux fermés. Ses paupières semblaient meurtries dans son visage anormalement pâle.

— Si… Si je devais choisir, j'ignore ce que je déciderais de faire, dit Han, ayant l'impression de parler dans le vide pour combler le silence. J'ai déjà eu des tas de vocations.

— Une vocation, c'est différent d'un travail, marmonna Danseur. Crois-moi.

— Différent comment ? demanda Han, encouragé par la réaction de Danseur.

— Une vocation n'est pas quelque chose qu'on applique comme une couche de peinture et qu'on change quand on en a envie. La vocation fait partie de toi. Tu n'as pas le choix. Si tu essaies de faire quelque chose d'autre, tu échoues.

Il y avait une profonde amertume dans sa voix.

Han hocha la tête. Parfois, il lui semblait qu'il n'échapperait jamais à son ancienne vie de seigneur de la rue des Chiffonniers. Quand on était bon à un boulot, quand on se faisait un nom, ça vous collait à la peau et vous hantait pour le reste de vos jours.

Il tripota les bracelets en argent autour de ses poignets. Ils paraissaient symboliser son manque d'options. Si seulement il parvenait à les enlever, il pourrait peut-être se transformer en quelqu'un d'autre. Et, au moins, il ne serait pas si facile à identifier.

— Je suppose que c'est important de comprendre pour quel travail on est fait, dit Han. Et toi, qu'est-ce que tu ferais, si tu avais le choix ?

Danseur ouvrit les yeux et plissa les paupières pour les protéger des rayons de soleil qui filtraient à travers les arbres.

— J'ai toujours pensé que j'aurais aimé entrer en apprentissage auprès d'un orfèvre demonai, comme Elena, et apprendre à fabriquer des bijoux, des amulettes et des objets magiques.

Danseur avait toujours été fasciné par les étals des orfèvres, au marché.

— Tu lui as demandé ?

Danseur ferma les yeux.

— Elle ne veut pas de moi.

C'était étrange. Elena connaissait Danseur. Elle savait qu'il était honnête et qu'il travaillait dur.

— Ah ! est-ce que ta vocation peut... changer ? Es-tu obligé de t'y tenir ? Dois-tu faire la même chose toute ta vie ?

— Ça dépend, dit Danseur. Certains d'entre nous n'ont pas le choix du tout.

Il s'essuya les yeux du revers de la main, puis il se leva et partit dans les bois, abandonnant sur place tout son matériel de pêche.

Une semaine après son arrivée au camp Marisa, Han décida de rendre visite à Lucius Frowsley. Il devait l'informer qu'il ne pourrait plus livrer ses produits à la Marche-des-Fells. Lucius lui confierait peut-être un autre travail, quelque chose qu'il pourrait faire sans aller en ville, mais il savait que c'était peu probable.

Il descendit par la piste des Esprits, puis coupa pour emprunter le chemin qui menait chez Lucius.

La cabane avait l'air déserte, comme d'habitude. Aucune fumée ne sortait de la cheminée. Mais Lucius n'était pas en train de pêcher sur la berge ou de s'occuper de son alambic sur le flanc de la colline. Le feu sous l'alambic était même éteint et les briques étaient froides. Cela n'était encore jamais arrivé. Lucius était lent, mais attentif.

Han entassa du bois sous l'alambic, mais il ne l'alluma pas, et laissa le distillat où il était.

Intrigué, il revint à la cabane de Lucius, qui était le dernier endroit où il s'attendait à le trouver par un bel après-midi de printemps. Inutile de laisser une note, l'aveugle n'avait personne pour la lui lire. Il avait encore un peu d'argent qu'il devait à Lucius, mais il n'avait pas envie de le laisser dans la cabane alors que le vieil homme était absent.

Il frappa à la porte. Une série d'aboiements lui répondit, et le corps compact de Chien heurta la porte.

Il doit être là, pensa Han. Lucius et Chien étaient toujours ensemble.

— Hé ! Chien ! dit-il en poussant la porte de la cabane.

Chien se jeta sur lui et lui débarbouilla le visage avec sa longue langue humide, fou de joie.

— Où est Lucius ? demanda Han, sentant une pointe d'inquiétude.

Quand ses yeux s'accommodèrent à la faible lumière, il vit un mouvement sur le lit, dans le coin.

— Lucius ?

Il n'y avait pas de lampe, bien entendu. Han ouvrit les rideaux pour éclairer la pièce. Le vieil homme était assis sur le lit, blotti contre le mur, une bouteille à la main. Malade, ou ivre, ou quelque chose dans ce genre.

Han regarda autour de lui. La gamelle de Chien était vide, ainsi que son bol d'eau.

— Lucius ? Qu'est-ce qui ne va pas ?

— Qui est-ce ? demanda le vieil homme d'une voix tremblante. (Puis sa voix changea, devint aiguë et pleine de défi.) Lâches ! Êtes-vous venus pour moi aussi ?

— C'est moi, Han, dit Han en hésitant. Vous ne me reconnaissez pas ?

Lucius se cacha le visage sous un bras.

— Partez. Je sais que le gamin est mort. On me l'a déjà dit, alors n'essayez pas de me leurrer. Vous avez eu ce que vous vouliez, alors fichez-moi la paix.

Han rejoignit Lucius et lui tapota maladroitement l'épaule. Le vieil homme recula, s'accrochant à sa bouteille comme à une bouée de sauvetage.

— De quoi parlez-vous ? Je ne suis pas mort. Vous délirez !

Le vieil homme ouvrit ses yeux voilés.

— Vous ne l'avez pas, n'est-ce pas ? Le porte-poisse. Le gamin l'a bien caché, non ? (Lucius gloussa.) Ma foi, je ne l'ai pas non plus, si c'est ça que vous cherchez. Faites ce que vous voulez. Vous pouvez me torturer, mais je ne peux pas vous dire ce que j'ignore.

— Arrêtez, Lucius, dit Han, perdant patience. Je vais vous apporter quelque chose à manger.

Si Lucius n'avait pas nourri Chien, il y avait des chances pour qu'il n'ait rien mangé non plus. Han gagna la pompe dans la cour et remplit un seau d'eau. Il le rapporta à l'intérieur, emplit le bol de Chien et prépara un gobelet pour Lucius.

— Tenez, dit-il en lui enlevant doucement la bouteille. Buvez plutôt ça.

Il fouilla dans son sac, en sortit un biscuit et le mit dans la main de Lucius. Comme le vieil homme restait assis sans réagir, Han en cassa un morceau et le lui mit dans la bouche.

Lucius mâcha mécaniquement, ses joues barbues bougeant en rythme. Chien lapa bruyamment son eau. Han farfouilla dans les placards de Lucius et dénicha un reste de jambon qu'il coupa en morceaux. Il en mit une partie dans la gamelle de Chien, et fit manger le reste à Lucius, entre deux gorgées d'eau.

Chien dévora sa part.

— Ils m'ont dit que tu étais mort, marmonna Lucius, et Han comprit qu'il avait repris ses esprits. J'ai cru que c'était ma faute, pour t'avoir dit de garder le porte-poisse.

— Qui a dit que j'étais mort ? demanda Han.

— Ils ont dit que tu avais été assassiné près de la rivière, continua Lucius. Déchiqueté par des démons.

Han comprit d'un coup.

— Oh ! c'était une mise en scène. Je voulais que les gens me croient mort.

Lucius cessa de mâcher.

— Alors, ils sont après toi ? Les Bayar ?

Encore les Bayar !

— Non. Les Vestes Bleues sont à mes trousses. La Garde de la reine. Elle pense que j'ai tué une dizaine de personnes.

— Ah ! dit Lucius avec un soupir de soulagement. Grâce à la Créatrice, ce n'est rien de pire !

— C'est bien assez grave comme ça ! explosa Han. Je ne peux pas rentrer chez moi. Je ne peux plus travailler. Je suis coincé ici, sur Hanalea.

— Ça pourrait être pire, dit Lucius, mangeant désormais seul. Tu les as tués, ces gens ?

— Non, je ne les ai pas tués ! Vous me connaissez mieux que ça. J'en ai fini avec ces histoires. En tout cas, j'essaie.

— Bon. Donne un peu de temps aux Vestes Bleues. Une fois que le cirque sera terminé, on pourra de nouveau les acheter.

Lucius se lécha les doigts et tâtonna à la recherche de sa bouteille. Han lui mit le gobelet d'eau dans la main.

— Je crois que vous feriez mieux de vous en tenir à ça.

Lucius soupira.

— Alors, tu vas rester au camp Marisa ?

— Pour le moment. Je ne vais plus pouvoir livrer vos produits, pendant un moment. Je suis désolé.

— Où est l'amulette ?

— Elle est cachée. En ville.

Ce qui était ennuyeux, maintenant qu'il y pensait. Elle serait difficile à récupérer.

Lucius toussa et cracha sur le sol, à la manière des vieillards.

— Tu devrais peut-être penser à partir vers le sud, en Bruinswallow ou We'enhaven. Ou vers l'est, aux Falaises-de-Craie, et trouver un boulot sur les quais. Tu y serais plus en sécurité.

— Eh bien, dit Han en tripotant ses bracelets, je pensais plutôt à Arden ou Tamron. C'est plus près. Je pourrais revenir à la maison de temps en temps, pour voir Mari et Mam.

— Il y a une guerre en cours, petit, au cas où tu ne serais pas au courant.

— Je pensais que je pourrais y aller en tant que soldat, dit Han. C'était son idée la plus récente.

Lucius posa violemment le gobelet.

— « En tant que soldat » ? Soldat ? Quelle idée stupide est-ce là ?

Han ne s'était pas attendu à une telle réaction de la part de Lucius.

— Ma foi, ça paie bien, et je n'aurais pas besoin de contracter un contrat d'apprentissage, ou d'aller à l'école…

— Tu as reçu une bonne éducation, petit ! Assez bonne pour savoir que tu n'as pas envie de devenir soldat. Je viens juste de cesser de me sentir coupable parce que je te croyais mort. La vie des soldats ne vaut pas cher, de nos jours. Si tu étais officier, au moins tu aurais une chance.

— Les officiers viennent des académies, dit Han. Je n'ai pas d'argent pour ça. Je pensais pouvoir économiser un peu pendant que je serais soldat, puis aller à l'académie ensuite.

— Pour sûr ! dit sarcastiquement Lucius. Tu crois que la Maison Wien te prendra si tu arrives avec une jambe en moins ? aveugle, comme moi ? ou avec les poumons brûlés par les poisons que le prince d'Arden utilise ? Tu veux finir comme ton père ?

— Vous avez raison, Lucius. J'ai tout un tas d'autres possibilités, dit Han, se demandant pourquoi tout le monde se croyait autorisé à lui faire des sermons, ces derniers temps. Voyons, comment choisir ? Je pourrais devenir récupérateur de chiffons. Ou nettoyeur d'écurie. Ou alors, je pourrais peut-être vendre mes faveurs ? Ça paie bien, et les vêtements...

— Est-ce que Jemson ne veut pas de toi comme professeur ? demanda Lucius.

Comment sait-il tout ça ? se demanda Han.

— Je n'ai aucune envie d'entrer dans les ordres, si c'est ce que vous voulez dire. De plus, j'ai pour ainsi dire brûlé ce pont-là.

Il pensa au caporal Byrne et à Rebecca, avec ses yeux verts qui semblaient vous clouer au mur. Tout ça lui semblait très loin, mais il était prêt à parier que personne n'avait oublié.

Ils se turent, chacun perdu dans ses propres pensées.

— Bizarre qu'ils ne t'aient pas poursuivi. Les Bayar, je veux dire.

— Peut-être le porte-poisse n'a-t-il pas autant de valeur que vous le pensiez, dit Han. (Lucius fronça les sourcils et secoua la tête.) Ou alors, ils ignorent peut-être qui je suis.

— Hum... Nous n'avons plus qu'à l'espérer, mon garçon, dit Lucius.

19

Jour de naissance

Même s'il se sentait exclu de la cérémonie proprement dite, Han ne pouvait s'empêcher d'attendre avec impatience la célébration du jour de naissance.

Tous les ans, au solstice d'été, on donnait une fête pour tous les enfants des clans qui avaient seize ans pendant les mois chauds. À cette occasion, ils recevaient leur nom d'adulte. C'était une des rares fois de l'année où le camp Marisa et le camp Demonai se réunissaient pour des danses, des flirts, et des arrangements de mariages entre les familles des clans. C'était également là qu'on faisait étalage de ses talents culinaires, ce qui en faisait le festin de l'année.

Les maisons d'invités étaient pleines trois jours avant le solstice, et les visiteurs durent se répartir dans les autres pavillons. Même celui de la Matriarche hébergeait certains d'entre eux.

Selon la coutume, Oiseau s'était isolée dans le Pavillon des Acolytes, avec les autres jeunes gens du même âge, mais Danseur avait disparu dans les bois deux jours avant la fête, sans dire un mot à personne. Han voyait que Saule était inquiète. Elle était très occupée à préparer la cérémonie, mais, plusieurs fois, elle sortit et regarda dehors en disant :

— J'ai cru entendre quelqu'un arriver.

Elle sursautait au moindre bruit et dormait mal.

L'insignifiant Han dormait mal lui aussi, car il partageait le sol du pavillon avec six jeunes cousins demonai qui gloussaient, murmuraient et lui arrachaient des mèches de cheveux.

Quand Han sortit du pavillon de la Matriarche, le matin de la cérémonie, des quartiers de chevreuil rôtissaient déjà sur des broches, et l'odeur succulente du porc grillé émanait des feux installés dans le sol. Des longues tables à tréteaux avaient été disposées sous les arbres. Han et les enfants plus jeunes rapportèrent des brassées d'oignons et d'ail sauvages, et des rangées de tartes furent alignées sur le comptoir du pavillon de cuisine afin de refroidir.

Han aida à allumer le feu dans le temple extérieur, transporta des sièges pour les aînés du clan, et flirta avec quelques jeunes filles demonai qu'il n'avait pas vues depuis six mois.

Saule revêtit sa tenue de Matriarche, puis déplia soigneusement les vêtements de Danseur, qu'elle sortit du coffre au pied de son lit. Il y avait des jambières, des mocassins, une chemise souple et une veste en daim à franges, peinte et décorée de perles dans son style distinctif. Han l'observa pour essayer d'en déduire quelque chose. C'était un motif non traditionnel qui semblait manquer d'unité, car il mélangeait les symboles familiers du camp Marisa et de la Matriarche avec du sorbier des oiseaux et des signes magiques.

Saule donna une chemise en daim ornée de perles à Han, avec le symbole du chasseur solitaire brodé sur le dos. Han la remercia, surpris, et Saule secoua la tête.

— Non. Merci à toi d'être l'ami de Danseur de Feu. Il aura besoin de toi, dans les jours qui viennent.

— Que voulez-vous dire ?

— Tu verras, dit-elle en se détournant et en s'asseyant à son métier à tisser comme si ce n'était pas un jour de fête.

Et Danseur n'arrivait toujours pas.

— Voulez-vous que j'aille le chercher ? demanda Han, incapable de supporter l'attente plus longtemps, et désireux de se rendre utile.

— Il viendra, dit Saule en maniant sa navette. Il n'a pas le choix.

La fête commença en fin d'après-midi. Les longues tables débordaient de nourriture, et des chiens circulaient entre elles, espérant qu'on leur donnerait quelque chose. Han n'était pas aussi affamé qu'il l'aurait cru. Il mangea seul, car ses amis étaient tous enfermés dans le temple, se préparant à embrasser leur avenir.

Finalement, au dernier moment, Danseur revint au camp, l'air hagard, et sale comme s'il avait dormi trois jours par terre.

Sans rien dire, Saule lui tendit une bassine, et il fit couler de l'eau sur sa tête et son visage, puis s'essuya avec une serviette. Il s'habilla ensuite pour la cérémonie, avec des gestes secs, sans faire aucun commentaire sur ses nouveaux vêtements.

Han ouvrit la bouche, mais aucun son n'en sortit. Il était furieux contre Danseur, à cause de son comportement. Et il était jaloux de la place que son ami occupait dans le monde, et de la cérémonie qui la confirmerait. Quelle que soit la vocation choisie pour lui, il devait l'accepter. Han aurait aimé que quelqu'un lui dise ce qu'il devait faire du reste de sa vie.

Puis le moment de partir arriva. Les torches étaient déjà allumées quand ils prirent la direction du temple, même si, durant cette journée la plus longue de l'année, la lumière du jour se prolongeait tard dans la nuit. Une douce brise caressa la peau de Han, transportant l'odeur des lys nocturnes et la promesse du bref été des hauts plateaux.

Danseur les quitta en arrivant au temple, pour rejoindre les autres dans le Pavillon des Acolytes. Saule se dirigea vers les aînés, réunis devant le temple. Les adultes portaient les vêtements de cérémonie de leur vocation, qui formaient un jardin de couleurs variées. Han, se sentant stupide, s'assit sur le sol avec les enfants plus jeunes, les jambes croisées pour ne pas gêner le passage.

La cérémonie commença par des discours des aînés des deux camps. Han reconnut Averill PiedLéger, et résista à l'impulsion d'aller se cacher dans les bois. La dernière fois qu'il avait vu le marchand, c'était lors du désastre du Pont-Sud, quand il avait enlevé Rebecca et s'était enfui vers le Marché-des-Chiffonniers.

Tout va bien, se dit Han. Le marchand ne l'avait pas reconnu au temple, et la teinture brun-roux de ses cheveux s'était estompée. Qui se serait attendu à trouver un seigneur de la rue du Marché-des-Chiffonniers à une cérémonie d'attribution de nom d'adulte du camp Marisa ?

Cennestre Elena, la Matriarche du camp Demonai, raconta l'histoire familière de la création des clans, sculptés dans la pierre des Esprits, et animés par le souffle de la Créatrice elle-même. Et la manière dont les reines des Fells, à la fin de leur vie, retournaient dans les montagnes des Esprits et s'installaient dans un des pics, leur demeure pour l'éternité.

Han se détendit au rythme des récits familiers, qui l'apaisèrent, comme ils le faisaient toujours. Pourquoi la vie réelle ne pouvait-elle pas être si ordonnée ? Au lieu de cela, elle ressemblait à un filet de pêche emmêlé, avec des nœuds et des raccords à n'en plus finir.

Par exemple, Averill était le consort de la reine des Fells, le père de la princesse héritière. Han ne pouvait s'empêcher de trouver bizarre ce lien entre les Valiens frivoles qui vivaient entre les murs impressionnants du château de la Marche et les membres des clans des hauts plateaux, dont les camps étaient conçus comme des extensions de la nature, et qui foulaient la terre avec tant de respect.

Le moment arriva pour le premier-né de l'été d'être présenté par son parrain. Marteau-de-Fer, un forgeron, avança, suivi par une grande jeune fille aux larges épaules portant un gilet en cuir et des jambières, décorés de chevaux et de flammes gravés au fer dans le cuir.

Elle doit être demonai, pensa Han, *puisque je ne la connais pas.*

— Qui amènes-tu devant nous, Marteau ? demanda Averill.

Marteau s'éclaircit la voix.

— Cette fille, Bourgeon de Laurier, est venue me voir en disant qu'elle rêvait de métal et de flammes. Elle a été examinée, et c'est une véritable vocation. J'ai accepté d'être son parrain. Elle a médité sur son nom. Je vous présente ForgeFeu.

Il eut un grand sourire, comme si c'était sa propre fille qu'il présentait.

La cérémonie continua. Un apprenti vanneur fut nommé VanneChêne. Un futur conteur devint Diseur d'Histoires. Une joaillière prit le nom d'Oiseau d'Argent.

Un guerrier et une guerrière demonai avancèrent, la tête haute, des couteaux glissés à la ceinture, des arcs accrochés sur le dos. Ils portaient les emblèmes en argent des Demonai au bout de chaînes passées autour de leur cou. Ils étaient vêtus de jambières et de chemises vert et marron qui les rendaient invisibles dans la forêt. Toute personne qui affrontait des magiciens devait avoir un peu de sa propre magie pour les contrer.

Un bruissement de murmures excités parcourut le temple. Les Demonai ne parrainaient pas souvent un nouveau guerrier.

— Qui sont-ils ? demanda une voix derrière Han.

— Reid et Shilo Demonai, chuchota une autre voix.

Tous les guerriers demonai prenaient le nom de Demonai.

Voilà donc Reid MarcheNuit, pensa Han. Le grand guerrier musclé avait à peine un an ou deux de plus que lui, mais il était déjà célèbre. Aussi célèbre qu'un guerrier pouvait l'être en temps de paix.

Shilo était plus petite, et sa silhouette plus trapue. Mais il y avait une ressemblance entre tous les Demonai, une sorte d'arrogance commune.

— Nous avons reçu une pétition, dit Shilo, comme si les guerriers n'avaient pas besoin qu'on les présente. Et nous l'avons acceptée.

Tout ça sans rien expliquer, comme si l'assemblée ne méritait pas qu'on lui expose les mœurs des guerriers demonai.

Les deux Demonai se tournèrent et regardèrent vers la forêt.

Oiseau sortit d'entre les arbres, les yeux baissés, comme il convient à quelqu'un qui reçoit un si grand honneur. Mais Han remarqua la légèreté de ses pas et devina qu'elle était pratiquement en train de flotter. Elle portait déjà le vert et le marron demonai, et sa grâce inconsciente n'avait rien à envier à celle de ses parrains.

Elle s'arrêta devant les deux guerriers.

Ses parrains ne parlèrent pas de son histoire.

— Nous acceptons cette jeune fille, Oiseau Fouisseur, dit Reid, comme candidate guerrière demonai, sous notre parrainage. Si elle réussit, elle recevra un nouveau nom et l'amulette demonai avant le prochain solstice.

Et si elle ne réussit pas ? pensa Han, un peu irrité. *Que lui arrivera-t-il ? Et que doit-elle faire pour réussir ?*

Reid Demonai offrit à Oiseau un arc, un carquois plein de flèches et un couteau avec l'emblème demonai gravé sur le manche. Elle glissa le couteau dans le fourreau accroché à sa ceinture et serra les autres armes contre elle. Puis elle leva la tête et regarda autour d'elle, un sourire étincelant sur les lèvres, la boucle familière tombant sur son front.

Elle est heureuse, se dit Han. *C'est ce qu'elle voulait.*

Ce qui le fit penser à Danseur. Tous les autres jeunes gens nés en été s'étaient présentés. Saule était en grande conversation avec Averill et Elena, et ils avaient tous trois l'air solennels et graves.

— Il reste un dernier jeune homme né en été à nommer, dit Averill. J'appelle Danseur de Feu, aussi connu sous le nom d'Hayden, le fils de Saule, la Matriarche du camp Marisa.

Après un moment de silence tendu, Danseur émergea d'entre les arbres et avança, seul, sa belle veste reflétant la lumière des torches. Son visage arborait l'expression figée qui lui devenait peu à peu familière.

Où est son parrain ? se demanda Han en regardant autour de lui. Il n'y avait personne. Puis Saule avança et se plaça à côté de son fils. Danseur la regarda d'un œil torve, mais ne s'éloigna pas.

Puis *Cennestre* Elena Demonai, leur mère à tous, avança. La lueur des torches creusait les rides de son visage, la carte de sa longue vie. Ses yeux étaient comme des lacs de forêt, reflétant les souvenirs communs.

Elle parla d'une voix profonde de conteuse.

— Je vais vous raconter une histoire au sujet d'une jeune fille née et élevée au camp Marisa.

Typique des clans, pensa Han. Il fallait parfois attendre la fin d'un récit pour comprendre en quoi il était de circonstance. Dans certains cas, il s'agissait seulement d'une histoire qui devait être racontée, bien qu'elle n'ait aucun lien avec la situation présente. Pour Danseur, Han espéra que ce n'était pas le cas, cette fois.

— Le nom de cette jeune fille était Chant d'Eau, et la magie était puissante en elle.

Plusieurs aînés échangèrent des regards lourds de signification. Cette histoire était connue de certains, manifestement.

— Elle était si belle que des jeunes gens venaient de tous les coins des Sept Royaumes pour la voir, en espérant attirer son attention. Et, quand le moment approcha pour elle de choisir sa vocation, tout le monde s'y intéressa, car elle excellait en tout. Elle ne manquait pas de parrains possibles.

À quoi est-ce que ça rime ? se demanda Han. *N'est-ce pas déjà assez moche que Danseur n'ait pas de parrain ? Pourquoi raconter cette histoire maintenant ?*

— Peu avant la cérémonie d'attribution du nom d'adulte de Chant d'Eau, elle se promenait dans les bois un matin, quand elle rencontra un bel étranger, quelqu'un qui n'appartenait pas aux clans, quelqu'un qui n'aurait pas dû être là. (Elle marqua une pause pour souligner ce fait, puis continua.)

» Le jeune homme avait une bague travaillée au doigt, ornée d'émeraudes. Il demanda à Chant d'Eau si elle aimerait l'essayer.

Un grand « Non ! » balaya le temple. La conteuse Elena Demonai tenait son auditoire dans le creux de sa main. Sauf Han, distrait par l'air malheureux de Danseur et la douleur sur le visage de Saule.

— Elle mit la bague et sombra dans un rêve, dit Elena. Quand elle se réveilla, elle était seule dans les bois. La nuit était tombée, et elle frissonnait de peur et de froid. Le jeune homme avait disparu, ainsi que la bague. Chant d'Eau revint au camp, et découvrit peu après qu'elle attendait un enfant.

» Chant d'Eau était près de son terme quand elle assista à sa cérémonie d'attribution du nom d'adulte. Parce que la magie était forte en elle, elle devint l'apprentie d'Elena Demonai, la Matriarche demonai. On lui donna le nouveau nom de Chant de Saule, et tout le monde l'appela « Saule ».

Elena marqua une pause et regarda autour d'elle, et tout le monde devina ce qu'elle s'apprêtait à dire.

— Chant de Saule donna naissance à un fils, qui reçut le nom de Danseur de Feu. Il se tient aujourd'hui devant vous.

Han, sidéré, regarda Saule, puis Danseur, puis Elena de nouveau. C'était donc l'histoire jamais racontée du père absent de Danseur. Le père de Danseur devait être un magicien !

— Danseur a hérité beaucoup de choses de sa mère, dit Elena en souriant tristement à Danseur. Il est un enfant estimé et aimé du camp Marisa. Il a de nombreux talents, et n'aurait pas manqué de parrains en choisissant une vocation. Mais il a hérité des dons de son père aussi, et il doit donc suivre son propre chemin. Danseur a choisi une vocation qu'aucun d'entre nous ne peut parrainer.

Oiseau s'était apparemment tue bien trop longtemps.

— Que voulez-vous dire ? demanda-t-elle, regardant Elena, Averill, puis Saule. Qu'as-tu choisi, Danseur ?

— Ce n'était pas un choix, murmura Danseur.

Reid Demonai comprit soudain.

— C'est un porte-poisse ? dit-il en posant la main sur son couteau. Ici ?

Tout le monde commença à parler en même temps, comme une volée de corbeaux dans un champ de blé.

Saule s'interposa entre Reid et Danseur, mais parla à toute l'assemblée, d'une voix claire et ferme, et presque assez forte pour dominer le vacarme.

— Même si nous ne pouvons pas le parrainer ici, nous avons pris des dispositions pour la formation de Danseur. Il ira au Gué-d'Oden, à l'académie des ensorceleurs, où il apprendra à maîtriser la magie dont il a hérité.

Han se sentit la tête légère quand des scènes et des images lui revinrent à l'esprit. L'humeur morose de Danseur, ces derniers mois. La conversation qu'il avait surprise dans le Pavillon de la Matriarche, quand il s'était demandé si Danseur était malade.

Mais ce n'était pas ça. Il avait pris du sorbier, qui est censé protéger contre la sorcellerie. Danseur avait essayé d'étouffer la magie en lui. Saule avait dû employer tout son talent à cette tâche. Et, si elle n'avait pas réussi… personne ne le pouvait.

Il avait vu Saule et Danseur à la Marche-des-Fells, quand elle l'avait guéri, au temple du Pont-Sud. Peut-être étaient-ils venus consulter les guérisseurs du temple. Ou prendre des arrangements pour le Gué-d'Oden.

Han observa son ami à la recherche de signes de magie. Mais Danseur avait le même air que d'habitude, en plus malheureux. Ses yeux bleus devaient être un héritage de son père. Ils paraissaient si incongrus au regard de sa peau et de ses cheveux foncés.

— Vous allez former un magicien de plus ? dit Reid d'un ton méprisant. Alors qu'il y en a déjà bien trop ?

Elena lui fit face.

— Nous allons donner à Danseur de Feu ce dont il a besoin pour contrôler le don qu'il a reçu.

— Ce n'est pas un don, dit Reid, c'est une malédiction. Et le monde se porterait mieux avec un magicien de moins.

Shilo acquiesça, regardant Danseur comme s'il était une vipère qu'elle aurait trouvée sous son porche.

— Il ne peut pas rester dans les montagnes des Esprits, dit-elle. Le Naéming l'interdit. Vous le savez.

— Ce garçon est resté ici jusqu'à aujourd'hui, dit sèchement Averill. Il peut rester jusqu'à son départ pour le Gué-d'Oden.

Han avait du mal à assimiler tout ça. Danseur allait partir ? Non, on l'exilait ! On le jetait dehors, comme un locataire mis à la porte d'un taudis par son propriétaire.

Il se souvint de la rencontre avec Micah Bayar et ses amis sur Hanalea, quand Danseur avait affronté les jeunes gens et leur avait rappelé cette même règle : les magiciens n'avaient pas le droit de pénétrer dans les montagnes des Esprits.

Mais Danseur… Ne pouvait-on pas faire une exception ? Il était né ici. C'était son foyer !

Han se leva, avec l'intention de dire ce qu'il pensait, même s'il n'en avait aucun droit, n'étant lui-même qu'un invité. Mais Saule croisa son regard et secoua la tête.

Troublé, Han se rassit. Saule allait-elle vraiment accepter qu'une telle chose se produise ? Laisserait-elle son fils être envoyé dans le Sud pour vivre parmi des étrangers ?

Elena se tourna vers Danseur et prit quelque chose dans une bourse attachée à sa ceinture. C'était un objet brillant, qu'elle tendit à Danseur.

C'était une amulette, taillée dans une pierre translucide couleur caramel. Elle représentait un danseur des clans entouré de flammes. Danseur la regarda, l'air étrangement fasciné, comme si c'était un poison qu'il était obligé de prendre.

— Danseur de Feu, dit doucement Elena, les gens des clans sont depuis longtemps les fabricants des objets de la haute magie, même si nous ne pouvons pas les utiliser nous-mêmes. Depuis des centaines d'années, nous connaissons une trêve difficile avec ceux qui peuvent les utiliser. Quand ces objets servent à de mauvaises fins, nous contrôlons leur accès.

Aucun de nous n'a confiance en l'autre, mais chacun dépend de l'autre. Dans sa sagesse, la Créatrice a décidé que ses dons devaient être ainsi répartis, pour nous protéger tous.

Elle glissa la chaîne autour du cou de Danseur, et l'amulette reposa sur sa poitrine. Il se tenait avec raideur, les poings serrés, comme si le moindre mouvement risquait de faire exploser le bijou. Un long moment passa, et l'amulette commença à luire. Comme un écho, quelque chose s'embrasa sous la peau de Danseur, une sorte d'incandescence qui n'était pas visible auparavant.

— Tu es né en été, un enfant de ce camp. Et donc, nous te donnons directement ce cadeau, l'amulette que tu emporteras au Gué-d'Oden. (Elena haussa les épaules.) Malgré tout, nous espérons que tu te souviendras d'où tu viens. Peut-être seras-tu celui qui réunira les magiciens et les clans.

La haine sur le visage de Reid disait que cela ne risquait pas d'arriver.

— Vous devriez garder l'amulette jusqu'à ce que le porte-poisse quitte Hanalea, dit-il. Sinon, personne ne sera en sécurité

— Les aînés ont parlé, Reid MarcheNuit, dit Averill. Danseur de Feu n'a pas de parrain. L'amulette sera son lien avec nous. C'est la seule chose que nous puissions lui offrir, maintenant.

— Ne vous inquiétez pas, dit Danseur. Je n'ai aucun désir d'utiliser ce que m'a légué mon père. Et je serai parti avant que vous vous en soyez aperçus.

Sur ces mots, il arracha la veste que Saule lui avait faite et la jeta dans le feu. Puis il partit à grands pas dans les bois, laissant un lourd silence derrière lui.

20

Saule et Oiseau

Le contrecoup de la cérémonie d'attribution des noms dura plusieurs jours. Danseur disparut de nouveau, et Han passa des heures à le chercher dans les bois autour du camp Marisa. Il explora tous les endroits où ils avaient l'habitude d'aller. Quand il le trouva enfin, à deux jours de marche du camp, dans un abri de chasse sur les berges du lac Fantôme, Danseur ne pêchait pas, ne chassait pas, ne lisait pas. Il était simplement assis et regardait le lac.

Danseur n'avait pas grand-chose à répondre aux suggestions de Han, comme s'il avait déjà épuisé toutes les possibilités.

— On pourrait aller au temple de la Marche-des-Fells, dit Han. Les orateurs connaissent des tas de choses. Peut-être qu'ils pourraient t'aider.

— Nous sommes allés voir Jemson, dit Danseur, lançant un caillou dans l'eau. Il a essayé des choses, mais rien n'a marché. Et puis, tu ne m'as pas dit que tu étais recherché par la Garde, à la Marche-des-Fells ?

Effectivement. C'était un problème.

— Et dans un autre camp ? Il y a peut-être un guérisseur qui aura une idée ?

— Ma mère est la meilleure de tous, tu le sais. Et Elena connaît les autres Matriarches, elle voyage tout le temps. S'il restait quelque chose à tenter, elle le saurait.

— Si tu n'avais pas d'amulette, est-ce que ça ne pourrait pas… rester en sommeil ?

Danseur ne lui fit pas l'honneur de lui répondre.

Han se sentit obligé d'envisager des plans de plus en plus désespérés.

— On pourrait aller dans les Îles du Nord. C'est de là que viennent les magiciens, non ?

— Tu crois que ce serait mieux que de se rendre au Gué-d'Oden ? Traverser l'Indio pour aller dans un endroit que je ne connais pas, trouver les gens qui nous ont envahis il y a des siècles ?

— Tu pourrais… parler au Conseil des Magiciens. Essayer de trouver ton père.

— Je chercherais mon père uniquement si je décidais de le tuer, annonça Danseur, le regard dur.

Sidéré, Han ne dit rien pendant un long moment. Il n'avait jamais vu son ami si amer. Danseur était celui qui voyait toujours le bien chez les gens, celui qui intercédait toujours pour la paix.

— Je viendrai avec toi, dit enfin Han. Au Gué-d'Oden.

— Et tu y feras quoi ?

— J'entrerai dans la Maison Wien, l'école des guerriers.

Danseur le détailla de haut en bas et sourit pour la première fois.

— Toi ? Dans l'armée ? Dans l'armée, tout est question de règlement. Tu ne tiendrais pas une semaine. Tu serais tout le temps en train de poser des questions – « Et pourquoi ci ? Et pourquoi ça ? » Tu ferais aussi bien d'entrer dans les ordres !

— Non, ça pourrait marcher, insista Han. (Plus il parlait de son idée, plus elle lui plaisait.) Toutes les armées adorent enrôler des diplômés de la Maison Wien. Je trouverai bien un poste dans l'une d'elles.

— Et comment paierais-tu tes études ? demanda Danseur. Tu n'as pas d'argent.

— Comment vas-tu payer la Maison Mystwerk ?

— Les camps financent mes études, malgré les objections des guerriers demonai. C'est une façon pour eux de se débarrasser de moi.

— Quel est le problème des Demonai ?

Danseur haussa les épaules.

— Demande-le-leur. Mais tu n'es pas un soldat. J'ignore ce que tu es, mais pas un soldat !

Quand Han revint au camp, il dit à Saule où était Danseur, et lui fit clairement comprendre que Danseur était frustré.

— Ne t'inquiète pas, Chasse-Seul, dit-elle en levant la tête. (Elle remuait un chaudron rempli de laine bleu vif qu'elle teignait, devant le Pavillon de la Matriarche.) Laisse-le tranquille. Danseur a besoin de rester seul quelque temps. Hanalea le calme.

— Et comment fera-t-il quand il sera obligé de partir ? Qu'est-ce qui le calmera, à ce moment-là ?

Han était en colère contre Saule, comme si tout ça était sa faute.

—Il trouvera son chemin. Il le faut, dit simplement Saule.

—Depuis combien de temps savez-vous ? demanda Han. Que Danseur est un porte-poisse ?

Saule s'essuya le front avec son avant-bras.

—Je savais que c'était une possibilité depuis… depuis le début. Mais les magiciens ne se révèlent pas avant un certain âge, et j'espérais que ça n'arriverait pas. J'ai commencé à voir les signes il y a trois ans. Et finalement il les a remarqués, lui aussi, et il est venu me voir.

—Il doit bien y avoir quelque chose que vous pouvez faire.

Après tout, Saule était une guérisseuse douée. Ne pouvait-elle guérir son propre fils ?

On aurait dit qu'elle avait lu dans ses pensées.

—La magie est un don, pas une maladie. Elle ne peut pas être « guérie ». J'ai essayé le sorbier des oiseaux, bien entendu, et certains… talismans. (Elle s'interrompit et regarda son tablier taché de bleu.) J'aurais dû agir plus tôt, quand il était encore bébé. Parfois, il est possible d'empêcher la magie de se manifester, si l'intervention est assez précoce. Sinon, elle est comme un cancer qui se répand jusqu'à ce qu'on ne puisse plus le vaincre sans tuer le sujet.

Ouais, c'est ça, pensa Han. *C'est un don. Comme un cancer.* Saule semblait aussi perturbée que tous les autres membres du clan.

Le moment était peut-être venu d'exposer son idée. Il était nerveux, car Saule lui avait déjà refusé des choses auparavant, mais il espérait qu'elle verrait l'intérêt de sa suggestion.

—J'ai réfléchi, dit-il. J'ai besoin d'un métier, et je ne peux pas retourner à la Marche dans l'immédiat. Je pourrais aller au Gué-d'Oden avec Danseur et entrer à l'académie des guerriers. Nous serions dans des écoles différentes, mais nous pourrions quand même nous voir. Et nous pourrions faire les trajets ensemble. Ce serait plus sûr, pour nous deux.

Saule secoua la tête.

—Tu n'es pas un guerrier, Chasse-Seul, dit-elle d'un ton dédaigneux.

—C'est mon choix, dit Han. Je suis presque adulte. Si j'appartenais au clan, j'aurais déjà reçu mon nom d'adulte.

—Pourquoi me poses-tu la question, alors ?

—J'ai besoin d'argent pour m'inscrire. J'ai demandé à Jemson, et il m'a dit que ça coûtait au moins vingt fillettes par an, plus la pension. Sans compter l'argent du voyage.

Saule le regarda attentivement.

— Me demandes-tu de l'argent ? Pour pouvoir gâcher ta vie à combattre dans les guerres des gens des plaines ?

Ça ne se passait pas bien. Han lui tendit les poignets.

— Je peux payer par mes propres moyens. J'ai seulement besoin que vous m'enleviez ces trucs. Je connais des marchands qui me paieraient une bonne somme pour de l'argent de cette qualité. Ils me rapporteraient bien assez pour payer mes frais de voyage vers le sud et mon inscription.

— Non, dit-elle. Je t'ai déjà dit que je ne pouvais pas te les enlever.

— Saule, je n'ai nul endroit où aller, insista-t-il, prêt à supplier si nécessaire. J'ai besoin de gagner ma vie, et je ne peux pas retourner à la Marche-des-Fells. Il n'y a rien pour moi, là-bas. Danseur va au Gué-d'Oden, et Oiseau au camp Demonai. Tous les autres gens que je connais sont maintenant en apprentissage. Rien ne sera plus pareil.

— Il y a des métiers que tu peux apprendre ici, au camp Marisa, dit Saule. Tu es déjà doué pour les plantes et les potions. Je te prendrai comme apprenti, si personne d'autre ne le fait.

— Je ne peux pas me cacher ici toute ma vie, dit Han.

Il se disait qu'il n'y avait rien de très excitant à faire encore et toujours ce qu'il faisait déjà depuis un bon moment.

— Tu n'es pas un guerrier, Chasse-Seul, et aucune somme ne te permettra de le devenir, dit-elle d'un ton sévère.

Elle jeta le bâton avec lequel elle remuait sa teinture et rentra dans son pavillon.

Han passa les jours suivants à ressasser sa déception. La présence des invités de Demonai était aussi irritante qu'un caillou dans une botte. C'était comme avoir des invités au milieu d'une dispute familiale. Tout ce qu'on désirait était qu'ils s'en aillent pour qu'on puisse vider son sac.

Même s'il ne faisait pas exactement partie de la famille, comme il ne cessait de se le répéter.

Les guerriers demonai, en particulier, lui tapaient sur les nerfs. Oiseau passait tout son temps avec eux, bien entendu, l'air solennelle, à boire les paroles de Reid Demonai.

C'était ça, aussi, le problème : Han était déçu par Oiseau. Elle aurait pu défendre Danseur quand Reid Demonai s'en était pris à lui.

Tout comme Han lui-même aurait pu le défendre, sans s'occuper de l'avis de Saule.

Les guerriers demonai se taisaient quand Danseur passait à côté d'eux, et ils ne restaient pas autour du feu quand il s'y asseyait. Ils le surveillaient constamment, comme s'il avait été un chien enragé ou une araignée venimeuse.

Han ne pouvait s'empêcher de craindre que les guerriers demonai attaquent Danseur s'ils le surprenaient seul. Il décida donc de s'improviser espion. Il traînait près de leur feu, surveillait leurs allées et venues dans le camp et écoutait leurs conversations.

Jusqu'au jour où il se glissa dans la forêt pour suivre Reid Demonai, qui allait probablement soulager un besoin naturel, quand Oiseau lui coupa la route. Elle portait ses vêtements demonai et elle sembla se matérialiser hors des ombres.

— Qu'est-ce que tu t'imagines être en train de faire ? siffla-t-elle.

— « De faire » ? (Il haussa les épaules.) Qu'est-ce que j'ai l'air d'être en train de faire ?

— Tu joues un jeu dangereux, voilà ce que tu fais ! Crois-tu qu'ils ne s'en sont pas aperçus ? Ce sont des guerriers demonai, dit-elle, comme s'il ne l'avait pas remarqué.

Il la regarda d'un air innocent.

— J'arpente ces bois depuis ma petite enfance, dit-il. Si ça les rend nerveux, ils devraient partir.

— Je t'aurais prévenu. La patience de Reid est presque à bout. Il est à deux doigts de te couper la gorge.

— Il peut toujours essayer…

Han essayait de prendre un air indifférent, mais il sentait les battements de son cœur s'accélérer. Un affrontement avec Reid Demonai était une charmante perspective.

— Tu ne comprends pas, dit Oiseau. Ils se sont entraînés pour ça toute leur vie. Ils sont dangereux.

— Vraiment ? Eh bien, moi aussi, je suis dangereux. (Il se faisait l'impression d'être un gamin en train de se vanter dans la cour de l'école, mais il ne pouvait pas s'en empêcher.) À mon avis, ils sont tout en muscles, mais quand il s'agit de cervelle…

— Chut ! dit Oiseau, regardant autour d'elle comme si Reid pouvait être caché derrière un arbre. Suis-moi.

Avec sa grâce féline habituelle, elle le conduisit hors du sentier et dans un petit ravin, à un endroit où deux rochers avaient glissé et formaient un petit abri naturel. Des baisers de demoiselle et de l'ancolie tombaient en cascade des crevasses, et un petit ruisseau coulait au fond de la gorge.

— Assieds-toi, dit-elle en désignant un rocher plat.

Han obéit, et elle s'installa en face de lui.

—J'ai essayé de discuter avec Danseur, dit-elle, mais il refuse de me parler.

—Et tu l'en blâmes? (Puis, après une pause, il ajouta:) J'ai du mal à croire que tu aies envie d'appartenir à un groupe qui traite ainsi tes amis.

Voilà. Il l'avait dit.

Oiseau se mordit la lèvre et regarda ses mains.

—Ce n'est… rien de personnel, dit-elle. Mais c'est pour ça que les Demonai existent. Pour combattre les magiciens. Et la présence d'un… d'un ensorceleur sur Hanalea est un sacrilège.

—Nous parlons de Danseur, dit Han, se souvenant de la façon dont son ami avait défié Bayar et ses acolytes. Il est né ici. Ici, c'est chez lui.

—Je sais. (Elle déglutit péniblement.) Mais pense à ce qui s'est passé quand les porte-poisse ont envahi les Fells. Ils ont été impitoyables. Ils ont passé les *lytlings* au fil de l'épée. Ils ont enlevé notre reine et l'ont forcée à épouser l'un d'entre eux. Ils ont chassé les prêtres des temples, et ils ont instauré un règne de terreur. Mais les clans ont défendu les montagnes des Esprits, qui étaient notre sanctuaire. Sans ça, notre peuple aurait été exterminé.

Joli discours, se dit Han. Il se demanda s'il sortait de la bouche de Reid Demonai. Il les imagina, assis côte à côte près du feu, leurs hanches l'une contre l'autre, Oiseau le regardant dans les yeux, sous son charme… Il se força à repousser cette image.

—C'était il y a bien longtemps, dit Han. Je n'aime pas tellement les magiciens, moi non plus, mais…

—Oui, c'était il y a longtemps, mais nous vivons une époque dangereuse, dit Oiseau. Nous avons une reine faible. Le pouvoir des magiciens grandit. Nous autres, des clans, nous nous sentons moins bien accueillis dans le Val. Nous avons moins d'influence à la cour.

—Averill Demonai est le consort de la reine, dit Han, et le père de la princesse héritière. Si ça, ce n'est pas de l'influence…

—Les apparences peuvent être trompeuses. Reid dit qu'il est plus important que jamais de maintenir les barrières traditionnelles contre les magiciens.

Et je me fiche bien de ce que dit Reid, pensa Han.

—Alors, quel est ton plan? Tu partiras pour Demonai avec eux?

—Oui. Nous partirons bientôt. Mais… Reid ne veut pas s'en aller tant que Danseur est encore ici.

— Eh bien, il n'aura pas à se soucier de lui bien longtemps, dit Han. Une fois qu'il sera parti, nous ne le reverrons peut-être jamais.

Oiseau repoussa ses boucles de son front en sueur.

— Tu crois… que c'est une bonne idée qu'il aille au Gué-d'Oden ? Qu'il suive une formation de magicien ?

Han la regarda, incrédule.

— Quel choix a-t-il ? Tu viens de dire que…

— Il devrait peut-être… simplement s'installer à la Marche-des-Fells, dit Oiseau sans croiser son regard.

— Pour y faire quoi ? demanda Han en se penchant. Il ne vient pas des plaines. Les choses qu'il sait faire n'ont aucune valeur, dans la cité.

— Il pourrait apprendre un métier, dit-elle. Et… nous pourrions lui rendre visite, de temps en temps. (Elle le regarda, de l'espoir dans les yeux.) Peut-être… sans formation… la magie finirait-elle par… le quitter ?

— Tu crois ? ou c'est ce que dit Reid ? Penses-tu que Saule enverrait Danseur au loin si la solution était aussi simple que ça ?

— Non. Mais… les Demonai ne veulent pas que Danseur aille au Gué-d'Oden.

Une vague de colère froide grandit dans l'estomac de Han et l'envahit tout entier.

— Vous ne voulez pas qu'il reste ici, mais vous ne voulez pas qu'il aille au Gué-d'Oden. Vous avez juste envie qu'il disparaisse, c'est ça ?

— Non ! J'aime Danseur. Mais… Reid est inquiet qu'on forme un magicien qui connaît si bien les montagnes des Esprits. Qui connaît les secrets des clans. Et si, quand il revient, il est… du mauvais côté ?

— Je ne connais pas grand-chose à la politique, dit Han d'une voix cassante. J'essaie seulement de m'en sortir. Mais, si tu veux mon avis, vous traitez Danseur comme s'il était un ennemi. C'est le meilleur moyen de le pousser de l'autre côté. Fais ce que tu veux, mais, quel que soit le camp que choisira Danseur, je suis avec lui !

C'est ce qu'il avait essayé de dire à Danseur, pour qu'il sache qu'il n'était pas seul. Que Han viendrait avec lui et l'aiderait s'il le pouvait.

Han leva la tête et vit qu'Oiseau pleurait, des larmes silencieuses glissant sur ses joues. Han ne se souvenait pas de l'avoir jamais vue pleurer.

— Eh ! dit-il après quelques minutes, ne pleure pas ! Nous sommes ensemble depuis toujours. Nous arriverons à trouver une solution.

— Tout ce que je voulais, c'était devenir une guerrière demonai, murmura-t-elle. Et maintenant, quoi que je fasse, je trahis quelqu'un.

— Il te suffit de te souvenir de qui sont tes amis, c'est tout, dit Han. Tu as peut-être quelque chose à apprendre aux Demonai au sujet de la loyauté.

— Je n'ai pas parlé en sa défense lors de la cérémonie, dit-elle en s'essuyant le nez.

— Moi non plus.

Han s'assit à côté d'Oiseau et lui passa un bras autour de la taille. Elle se tourna vers lui et se cacha le visage contre son épaule. Il lui tapota maladroitement le dos, essayant de ne pas faire attention à sa poitrine appuyée contre son torse. Elle sentait le pin, le cuir et l'été dans les hauts plateaux.

Oiseau leva la tête et le regarda, les cils humides et collés. Elle glissa ses bras autour de son cou et attira la tête de Han vers elle. Soudain, ils s'embrassèrent, désespérément, comme si c'était le dernier baiser qu'ils échangeraient de toute leur vie. Il la poussa doucement sur le rocher plat et embrassa ses joues, son nez, ses paupières, chaque partie de son corps qu'il pouvait atteindre, et elle glissa les mains sous sa tunique et l'attira plus près, la paume de ses mains chaude et calleuse contre son dos.

Han n'avait pas été aussi heureux depuis bien longtemps.

21

Du sang et des roses

Le jour suivant la fête des Bayar, la reine fit savoir que Raisa, souffrante, devait rester dans ses appartements et se reposer. Raisa ignorait ce qu'elle devait penser de cette mesure. Traduisait-elle l'inquiétude sincère de Marianna pour la santé de sa fille, et son désir qu'elle soit totalement remise pour sa propre fête ? Était-ce une punition pour avoir été assez sotte pour se laisser prendre au jeu de Micah Bayar ? ou bien une stratégie pour faire monter le suspense avant la fête de jour de naissance de Raisa ?

Raisa envoya plusieurs messages à sa mère, lui demandant une audience, mais Marianna ne répondit pas. Le seigneur Averill ne lui avait-il donc pas dit ce que les Bayar avaient fait ? Il avait dû le lui rapporter. Alors, pourquoi était-elle punie, elle ? Raisa, furibonde, ne tenait plus en place. Mais ça ne servit à rien.

Un panier plein de cartes et d'invitations reposait sur une table, dans le hall d'entrée des appartements de Raisa, mais Magret avait reçu l'ordre de refuser toutes les invitations au nom de la princesse. Quand la nouvelle de sa maladie supposée s'était répandue, des cadeaux et des fleurs avaient afflué, jusqu'à ce que l'odeur mêlée des différents bouquets la rende presque malade pour de bon.

Une douzaine de roses arrivait tous les matins, chaque jour d'une couleur différente, envoyée par Micah Bayar. Comme Magret les refusait, elles s'accumulaient dans l'entrée, jusqu'à ce que la pièce ressemble à une chapelle dédiée à quelque déesse oubliée. Bientôt, Raisa les fit porter à ses dames d'honneur et aux bâtiments des guérisseurs, dans le temple.

Micah lui envoya plusieurs messages lui demandant l'autorisation de lui rendre visite, mais elle ne répondit pas. Magret continuait à dormir dans sa chambre, et un membre de la Garde était posté en permanence devant sa porte. De toute évidence, la reine voulait empêcher toute rencontre clandestine ou toute nouvelle intrigue magique.

Ce qui l'empêchait aussi de voir Amon. Raisa aurait aimé pouvoir emprunter le passage secret du tunnel et grimper dans le jardin, pour le trouver en train de faire les cent pas, ou de l'attendre sur le banc. Elle pensait de plus en plus souvent à lui.

Quand elle ne pensait pas à Amon Byrne, elle était hantée par Han Alister. Le seigneur de la rue lui tendait des embuscades dans ses rêves. Il se pavanait dans la rue comme il l'avait fait au Marché-des-Chiffonniers, avec son esprit acéré et son sourire sardonique. Elle se souvenait de la manière dont il l'avait poussée derrière lui et lui avait mis un couteau dans la main, avant d'affronter six Chiffonniers pour la défendre.

« Si vous voulez poignarder quelqu'un, ne passez pas tout ce temps à y réfléchir », lui avait-il dit.

Et voilà qu'il était mort. Avait-il hésité à un moment critique ? Y avait-il quelque chose qu'elle aurait pu faire différemment, et qui lui aurait sauvé la vie ?

Était-ce son devoir, de lui sauver la vie ?

J'ai besoin d'aller à des fêtes, pensa Raisa. *Comme ça, je ne réfléchirai pas autant !*

Les seules visites qu'elle recevait étaient celles des couturières, des coiffeuses, et de ses bavardes dames d'honneur, qui dormaient jusqu'à midi, puis passaient le début de l'après-midi dans les appartements de Raisa, babillant sans cesse à propos des fêtes auxquelles elles avaient assisté, et des robes qu'elles avaient portées et prévoyaient de porter, avant de se retirer dans leurs appartements pour se préparer à la soirée qui les attendait.

On considérait, à la cour, que c'était un beau coup socialement de recevoir les dirigeants du Sud, même si les temps étaient durs pour eux. Comme Raisa n'était pas disponible, les Tomlin et la dame Heresford étaient promenés de danse en danse et de dîner en dîner, ce qui leur laissait à peine le temps d'aller au petit coin entre deux invitations.

Raisa rata la fête de jour de naissance de Melissa Hakkam, qui vint le lendemain pour tout lui raconter. Missy avait les yeux cernés et elle bâillait, car elle avait veillé jusqu'aux petites heures de la nuit.

— Quel dommage que vous n'ayez pas pu être là ! Mère était tellement déçue, dit Missy. Elle ne cessait de me fourrer dans les pattes cet épouvantable Arno Manhold. Vous imaginez ça ? Dame Melissa Manhold ? Comme c'est peu seyant !

— Qui est-ce ? demanda Raisa sans s'y intéresser, simplement pour arrêter le flot de paroles de Melissa.

— C'est un armateur des Falaises-de-Craie. Enfin, en réalité, il vient des Îles du Nord, et il a au moins cinquante ans ! Il possède dix navires, et il a un tas d'argent, et trois maisons, une à la Marche, une aux Falaises-de-Craie, et un domaine près de la Dyrnneflot, mais ce n'est qu'un *marchand*, et il m'a marché sur les pieds toute la soirée. Et il connaît seulement deux anciennes danses !

— Et s'il possédait *quatre* maisons, dit Raisa, et un chalet de chasse dans les montagnes des Crocs-du-Cœur ? Combien de danses aurait-il besoin de connaître, dans ce cas ?

Missy la regarda sans comprendre.

— Eh bien ! c'est sûr que je n'en sais rien. Moi, j'espère me marier dans le Sud. Le prince Liam est si séduisant ! (Missy poussa un grand soupir et battit des cils.) Et il dit des choses si délicieusement coquines. Et c'est un danseur merveilleux, contrairement aux Klemath. Est-ce que ça sonne bien ? (Elle prit une pose élégante et repoussa en arrière sa chevelure trop abondante.) Princesse Melissa de Tamron.

— Certaines personnes disent que la situation est assez… instable en Tamron, dit Raisa, incapable de résister au plaisir de remettre Melissa à sa place. Elles affirment que la guerre d'Arden risque de s'étendre vers l'ouest.

— Certaines personnes sont sinistres et fatigantes, dit Missy sans se troubler. Nous pourrions être princesses toutes les deux, ne serait-ce pas merveilleux ? Et je pourrais même devenir reine avant vous.

— Le prince Liam s'est déclaré, alors ? Il a parlé à son père ? Quelle nouvelle merveilleuse ! dit Raisa, s'abaissant à la cruauté.

Missy eut l'air troublée.

— Eh bien, non, pas encore. Son père est en Tamron, et le prince Liam est ici, mais, quand il rentrera chez lui, bien sûr…

À cet instant, Magret frappa à la porte de la chambre, entra et fit la révérence.

— Le seigneur Averill Demonai, consort royal, vient vous voir, Votre Altesse.

Magret adoptait toujours un ton officiel quand Raisa avait de la compagnie.

Parfait, pensa Raisa. *Je vais peut-être enfin savoir ce qui se passe.*

— Je ferais mieux de partir, Votre Altesse, dit Missy en se levant et en faisant elle aussi la révérence. Il y a un thé organisé cet après-midi pour dame Heresford. J'aurais aimé que vous puissiez venir.

Elle sortit de la pièce sous le regard renfrogné de Raisa, au moment où Averill entrait.

Raisa embrassa son père.

— Que la Créatrice soit remerciée ! vous êtes là. Je deviens folle, ici, sans rien savoir. Que se passe-t-il ? Les Bayar ont-ils des ennuis ?

Averill prit une profonde inspiration.

— Eh bien, non. Pas exactement.

— Quoi ? demanda Raisa en reculant. Que voulez-vous dire, « pas exactement » ? (Puis elle vit que son père portait ses vêtements de voyage et qu'il avait son sac de marchand sur l'épaule.) Vous partez de nouveau, dit-elle, le cœur lourd.

— Brièvement, dit Averill avec un sourire narquois. La reine a décidé que je devais aller aux Falaises-de-Craie et parler de la sécurité du port avec le commandant de la garnison. Il semble qu'il y ait un problème avec des pirates.

— Pourquoi vous ? demanda Raisa. Et pourquoi maintenant ? On est au milieu de la saison, et ma fête est dans quatre jours seulement.

— En effet, pourquoi ? dit-il d'un ton léger. Ta mère n'est pas contente de moi, ces temps-ci, je le crains. Mais ne t'en fais pas, je serai revenu largement à temps pour ta célébration. Je ne la manquerais pour rien au monde.

— Pourquoi n'envoie-t-elle pas le capitaine Byrne ? marmonna Raisa. Ou le général Klemath ?

— En fait, le capitaine Byrne vient avec moi, dit Averill.

Il marqua une pause, comme pour bien lui faire comprendre la signification de ses mots.

— Elle vous envoie au loin, pendant que j'ai l'impression d'être prisonnière ici, grommela Raisa en faisant les cent pas. Je n'ai même pas eu l'occasion de rencontrer officiellement le prince Liam et la princesse Marina. Je ne comprends pas. N'est-ce pas ce que je suis censée faire en ce moment, assister à des fêtes ? rencontrer des prétendants potentiels ?

— À ton avis, pourquoi fait-elle cela, Églantine ?

Averill regarda par la fenêtre, observant la cité illuminée par le soleil de midi.

Raisa appuya le dos de sa main sur son front, pour soulager le mal de tête que lui donnait toujours Missy.

— Me blâme-t-elle pour ce qui est arrivé à la fête des Bayar ?

— Je lui ai parlé de l'amulette. Il fallait qu'elle sache que ce qui est arrivé n'était pas ta faute. Mais elle semble en colère contre moi pour avoir soulevé cette question.

— En colère contre vous ? Mais pourquoi ?

Raisa se sentait stupide, et elle avait horreur de ça.

Averill soupira.

— Quand elle a demandé des explications au seigneur Bayar, il lui a dit que les porte-poisse étaient des reproductions inoffensives d'anciens objets magiques, qu'ils avaient offert à Micah et à toi des bijoux assortis pour symboliser l'antique connexion entre les reines des Fells et la famille Bayar. (Il se tourna et regarda sa fille droit dans les yeux.) Il a montré à la reine le collier et la bague au serpent, qui étaient, effectivement, d'excellentes reproductions.

Raisa posa la main sur son cou, où une légère rougeur était restée à l'endroit où le pendentif avait reposé. Était-ce possible ? Est-ce que tout cela n'avait été dû qu'à un peu trop de vin et aux baisers de Micah Bayar ?

— Vous dites que vous vous êtes *trompé* ? dit-elle. Que le collier n'était pas réellement… ?

— Non, dit Averill d'un ton qui ne laissait aucune place au doute, je ne me suis pas trompé.

— Pourquoi ma mère n'est-elle pas venue me voir pour me parler de ça ? Pourquoi a-t-elle demandé au seigneur Bayar ?

Averill hésita, comme s'il hésitait entre ce qu'il devait dire et ce qu'il devait taire.

— Le seigneur Bayar a suggéré que Micah et toi vous étiez simplement laissé emporter par votre attirance. Que vous aviez violé les règles du rapprochement entre les magiciens et la lignée du Loup Gris, et que vous aviez donc cherché une excuse.

Raisa saisit un bouquet sur le manteau de la cheminée et l'expédia dans le foyer. Le vase en porcelaine se brisa en mille morceaux. Des lys et des orchidées se répandirent devant la cheminée.

— Votre Altesse ! s'exclama Magret, en passant la tête par la porte. Par la sainte dame ! ajouta-t-elle quand elle vit les dégâts.

— Églantine, dit son père en posant un doigt sur ses lèvres.

Raisa lut le message dans ses yeux. Il disait : *Prends ton visage de marchand.*

Ce ne fut pas facile. Raisa était d'humeur massacrante, mais elle se maîtrisa.

— Tout va bien, Magret. Le vase a glissé. Je nettoierai plus tard.

Averill attendit que la porte se referme avant de continuer.

— Marianna a interdit à Micah de te voir. Il est confiné dans la Maison du Nid d'Aigle. Et elle t'a confinée dans ta chambre. Elle semble penser que c'est une punition adéquate.

— Que dit Micah ? demanda Raisa d'un ton sinistre.

— Rien du tout. Autant que je sache, en tout cas.

Raisa désigna les fleurs.

— Il ne cesse d'envoyer des bouquets. Il veut venir me voir.

— Tu sais que ta mère n'aime pas les ennuis, dit Averill. Elle préfère ignorer certaines choses plutôt que les affronter. Ce n'est peut-être rien de plus que ça.

— J'ai même pensé qu'elle voulait me garder à l'écart des autres fêtes pour rendre la mienne plus mémorable, dit Raisa. Elle semble décidée à en faire la fête de l'année.

En le disant, elle pensa que ç'avait l'air bien futile.

— C'est possible, dit Averill d'un ton peu convaincu. Apparemment, Marianna ne voit pas le besoin de te faire admirer d'ici là. (Il hésita, puis reprit :) Ta mère s'inquiète peut-être que j'envisage pour toi un mariage dans les clans. On a parlé de toi et de Reid Demonai.

— Reid ? (Raisa fronça les sourcils. Reid et elle avaient échangé quelques baisers, partagé quelques longues marches dans les bois et quelques danses aux réunions des clans.) J'aime bien Reid, mais il y a des ragots sur lui et sur toutes les filles de Demonai.

— Ça n'a pas aidé, que je t'aie prétendument emmenée à Demonai sans le lui dire…

— C'est ma faute, et je suis désolée, dit Raisa. C'était stupide d'aller au Pont-Sud sans escorte. Les choses auraient pu tourner bien plus mal.

Elle n'aurait jamais rencontré Han Alister. Et elle n'aurait pas besoin de se sentir coupable de sa mort.

Averill la rassura.

— Parfois, il faut prendre des risques, Raisa. Ce qui semble le plus sûr n'est pas toujours le mieux, à long terme. Ton ministère fait une vraie différence au Pont-Sud et au Marché-des-Chiffonniers. L'orateur Jemson fait des miracles avec l'argent que tu lui as fourni.

— Je voulais aller lui rendre visite, dit Raisa en se remettant à faire les cent pas. Mais tout est si difficile, en ce moment ! Je me sens vraiment prisonnière.

Averill toucha le pendentif demonai autour de son cou.

— Se pourrait-il que ta mère ait déjà une alliance en tête pour toi ?

Raisa pivota brusquement.

— Je lui ai dit que je ne voulais pas me marier avant un bon moment.

— Parfois, les monarques doivent chercher des alliances, que le moment soit idéal ou pas. Je sais que tu as entendu parler des mariages d'enfants, parmi la noblesse, surtout dans le Sud. Et, de toute façon, tu n'es plus une enfant, Raisa.

Raisa étudia le visage de son père, espérant qu'il la taquinait. Mais il avait l'air terriblement sérieux.

— Il y a tellement de choses que je voudrais faire avant de me marier, dit-elle. Avec la guerre en cours, je n'ai même pas eu l'occasion de voyager. J'aimerais aller en Tamron, en We'enhaven et en Arden, pour voir comment ils font les choses, là-bas. Je veux voir le Gué-d'Oden. Je veux aller naviguer sur l'Indio et visiter les Îles du Nord.

— Et te faire capturer par les pirates, à n'en pas douter, dit Averill en riant. Tu me ressembles trop, ma fille. Incapable de tenir en place très longtemps. J'en déduis que ta mère n'a pas mentionné de prétendant spécifique ?

— Non. Mais elle semble opposée à un mariage dans le Sud. Elle dit que les choses sont trop instables, et que je pourrais épouser quelqu'un qui perdrait son trône la semaine d'après. Je lui ai dit que ce n'était pas grave, que j'avais mon propre trône. Et que nous devrions attendre que la guerre soit finie et que tout ça se soit calmé.

— Qu'a-t-elle répondu ? demanda Averill.

— Eh bien, dit Raisa, se remémorant son entretien avec la reine. Elle semble pressée. Vous savez comment elle est. Elle veut que je sois casée.

Soudain, une sourde appréhension envahit la poitrine de Raisa. La reine avait-elle l'intention de la marier avant qu'elle ait eu le temps de faire quoi que ce soit ?

Et avec qui ? Un des Klemath ? Jon Hakkam ? Le mieux qu'on pouvait dire à leur sujet, c'était qu'ils seraient faciles à gérer.

— J'attendrai d'être couronnée, dit Raisa, et ensuite j'épouserai qui je voudrai.

Elle regarda son père d'un air déterminé, et il lui sourit, secouant la tête. Ils savaient tous deux que c'était bien peu probable. Les reines se mariaient pour le bien du royaume.

— En tout cas, sois prudente, Églantine, dit Averill. Tu as de bons instincts. Écoute-les.

— Je le ferai, dit-elle. Bon, je suppose que nous devons nous dire adieu pour quelques jours, ajouta-t-elle en lui prenant timidement la main.

— La prochaine fois que je te verrai, tu seras officiellement adulte, dit Averill. L'héritière désignée du trône du Loup Gris. Brisant tous les cœurs autour de toi, j'en suis sûr !

— Poursuivie par tous les seigneurs boutonneux et ambitieux et les deuxièmes fils entre douze et quatre-vingts ans ! répondit Raisa en frissonnant.

Elle avait attendu avec impatience cette saison de sa vie, pour danser, flirter, recevoir des poèmes d'amour transportés par des amis de confiance, et organiser des rencontres secrètes dans le jardin du toit, mais, en y pensant bien, qui aurait-elle voulu épouser si elle avait le choix ?

Micah était intéressant, mais elle ne lui faisait pas réellement confiance, même si un mariage entre eux était possible.

Personne d'autre ne lui vint à l'esprit, excepté Amon, et cette union-là était également impossible.

Elle leva la tête et vit que son père la regardait avec compassion, comme s'il pouvait lire dans son esprit.

— Garde au moins une danse pour moi, dit-il.

Il l'embrassa sur le front et partit.

À la suite des incidents du Pont-Sud et devant son incapacité de faire expulser Mac Gillen de la Garde, Edon Byrne avait proposé d'affecter Amon à un quartier plus paisible, où Gillen aurait moins d'occasions de se venger.

Amon refusa. Excepté une affectation comme garde personnel de Raisa (qui avait ses propres risques et ses tentations), il n'y avait aucun endroit où il avait envie d'être, à part dans les rues les plus difficiles de la Marche-des-Fells. Au lieu de le réaffecter, Edon transféra donc ses camarades du Gué-d'Oden au poste de garde du Pont-Sud, afin qu'il ait quelqu'un pour surveiller ses arrières.

Une chose était sûre : le Pont-Sud était l'endroit idéal pour apprendre. Amon y apprit plus en deux mois qu'en un an au Gué-d'Oden. Certes, c'était un enseignement différent, qui visait un but différent. Il savait qu'en tant qu'officier il aurait besoin de la théorie, de la stratégie et de l'histoire qu'on lui enseignait à la Maison Wien.

Au Marché-des-Chiffonniers et au Pont-Sud, il apprit à calmer une situation potentiellement violente sans tirer son épée. Il apprit à observer un homme et à prévoir s'il allait s'enfuir ou combattre, à déterminer s'il mentait ou s'il disait la vérité. Il apprit à rassurer une victime afin d'obtenir les informations dont il avait besoin pour retrouver un voleur. Quand des ennuis se préparaient, il sentait le vent tourner.

Amon développa un réseau de résidants qui commencèrent à lui faire confiance et à lui fournir des informations sur les voleurs, ou à l'avertir d'une bagarre des bandes. Les autres soldats du poste de garde – les bons – apprirent qu'il ne les trahirait pas non plus, et ils commencèrent à se tourner vers lui comme s'il était une sorte de chef.

Amon pensait que, l'un dans l'autre, il aidait les gens, en dépit de Mac Gillen. Le mieux était que ses succès à répétition irritaient constamment son sergent.

Une nuit, sa patrouille et lui regagnèrent le poste de garde pour y trouver Edon Byrne qui attendait dans la salle de réunion, des cartes étalées sur une longue table. Il était 2 heures, et des ronflements s'échappaient de la pièce adjacente. Jak Barnhouse, le garde de service, se tordait pratiquement les mains d'inquiétude.

— Je sais que le sergent Gillen voudrait vous parler, s'il était ici, dit le caporal Barnhouse. Mais j'ignore où il est, en ce moment.

— Vous autres, dit Edon aux soldats d'Amon, faites votre rapport au caporal Barnhouse et allez dormir. J'ai besoin de parler en privé au caporal Byrne.

Ils sortirent, en regardant par-dessus leur épaule comme s'ils espéraient que le capitaine changerait d'avis et leur demanderait de rester.

— Assieds-toi, dit le père d'Amon. Repos.

Le visage du capitaine était creusé par des rides de fatigue, et Amon ressentit une pointe d'inquiétude. Il attendit, les mains sur la table, puis demanda :

— Qu'y a-t-il, papa ?

— Je dois te demander une faveur.

— Tout ce que vous voudrez.

— Je sais que… euh… tu préfères ton poste ici, au Pont-Sud. (Il esquissa un sourire.) Mais j'ai besoin que ton triple et toi reveniez dans l'enceinte du château pour servir de garde personnelle à la princesse héritière.

Amon fronça les sourcils, troublé, puis regarda autour d'eux pour s'assurer que personne ne les écoutait.

— Mais… je croyais que vous aviez dit qu'il valait mieux que je garde mes distances, après… après les plaintes des Bayar. Que les gens risquaient de jaser.

— Les gens jaseront, dit Edon après avoir regardé son fils un long moment. C'est un risque. Mais un risque plus grand encore se profile, alors nous nous arrangerons de celui-là.

— Que voulez-vous dire ?

— La reine Marianna nous envoie, Averill Demonai et moi, aux Falaises-de-Craie, pour examiner des rapports concernant l'activité de pirates. Demain.

Amon ne comprenait toujours pas.

— En quoi cela concerne-t-il la princesse héritière ?

— J'ai un mauvais pressentiment à ce sujet, voilà tout, grogna son père en passant une main dans ses cheveux poivre et sel. (Puis il ajouta, comme si c'était une chose qu'il avait du mal à avouer :) Ma connexion avec la reine a été… perturbée. Habituellement, je peux prédire ce qu'elle fera, et deviner ce qu'elle pense, mais dernièrement… Je ne sais trop. Quelque chose a changé. J'ai presque le sentiment qu'elle veut nous éloigner délibérément.

— Pourquoi voudrait-elle faire ça ? demanda Amon.

Il se sentait stupide, à poser toutes ces questions, mais il préférait savoir plutôt que d'essayer de deviner. Et, même si c'était le cas… il s'agissait de la reine, après tout !

Edon se passa une main sur le front comme s'il avait mal à la tête.

— Je ne suis pas sûr qu'elle prenne des décisions avisées, en ce moment. Elle a peut-être de bonnes raisons de faire ce qu'elle fait, mais je ne les comprends pas. Je ferai tout ce que je peux pour protéger la lignée. Et si je me trompe…

Il haussa les épaules.

— Eh bien, dans ce cas… (Amon se leva.) Vous avez envoyé mes hommes au lit, dit-il. Dois-je aller les réveiller et leur dire de se tenir prêts à partir ?

Son père secoua la tête.

— Pas encore. Il y a autre chose. C'est important.

Il fit signe à Amon de se rasseoir.

Étouffant un bâillement, Amon obéit. Il ferait tout ce que son père, le capitaine, lui demanderait, c'était évident. Alors, pourquoi ne pouvaient-ils pas tous aller dormir un peu ?

Son père se racla la gorge.

— Dans les clans, comme tu le sais, il existe une cérémonie d'attribution du nom, par laquelle le jeune est confirmé dans sa vocation. Parmi la noblesse, ici, à la Marche, les fêtes du jour de naissance marquent le passage à l'âge adulte.

— Oui, dit Amon, qui fut tenté d'ajouter : *je sais*. Mais il s'en abstint.

— Nous, les Byrne, avons notre propre rite de passage, dit son père.

— « Nous, les Byrne » ? demanda Amon, pensant que son père plaisantait, mais il ne vit aucune trace d'humour sur son visage. Que voulez-vous dire ?

— Notre famille a un lien spécial avec les reines des Fells, qui remonte à Hanalea. Il est en général transmis à l'aîné de chaque génération, à moins qu'il ou elle refuse. Dans ce cas, il va à l'enfant suivant.

— Le capitaine de la Garde de la reine a toujours été un Byrne, dit Amon. Est-ce cela que vous voulez dire ?

— C'est un Byrne pour une bonne raison. Un soldat du nom de Byrne est mort pour Hanalea quand elle a été enlevée par le Roi Démon. Le fils de ce soldat a aidé à la libérer. Quand elle a récupéré son trône, elle a proclamé que, désormais, le capitaine de sa Garde serait lié à la reine par le sang, afin qu'il soit mieux capable de faire son travail. Le fils de ce soldat a été le premier à être lié à une reine des Fells. C'était ton ancêtre.

— Donc, dit Amon, essayant de comprendre, vous êtes... lié à Marianna. C'est ce que vous dites ?

— Et ma mère était liée à Lissa. Et mon grand-père à Lucia.

— Comment cela fonctionne-t-il ? On prête serment, ou... ?

— C'est plus qu'un serment. Il y a une cérémonie, au temple, un rituel d'attachement. Ensuite, vos destinées sont liées. Nous servons la lignée des reines du Loup Gris. Le lien est impossible à briser. Nous ne pouvons pas sciemment agir contre le bien de la lignée.

— C'est de la *magie*, alors ? demanda Amon.

Son père hocha la tête.

— Qu'arrive-t-il si on agit délibérément contre le bien de la lignée ? demanda Amon.

— Ça n'arrive jamais. C'est là-dessus que tout repose : nous sommes physiquement incapables de le faire.

Cela surprit beaucoup Amon, qui avait toujours considéré sa famille comme la moins magique de toutes celles qu'il connaissait. En fait, il s'était toujours senti isolé et plutôt banal à côté de ceux qui possédaient la magie, comme les magiciens, la royauté des clans, et même les reines.

Les Byrne étaient fiables, solides, honnêtes, loyaux et courageux, et ils travaillaient dur. Le genre d'hommes et de femmes que quiconque voudrait à son côté dans une bataille, ou pour garder le trésor royal. Mais… magique ?

Amon essaya de trouver autre chose à dire que : « Vous êtes sûr ? », ou : « Dites-vous ça sérieusement ? »

— Donc, vous avez des pouvoirs magiques ?

Son père éclata de rire et se frotta le menton, comme s'il était embarrassé.

— Eh bien, c'est une chose subtile.

— La reine… est-elle au courant de tout ça ?

— Non. Les reines ne le savent pas. C'est ainsi que le voulait Hanalea. Elle s'intéressait davantage à la préservation de la lignée du Loup Gris qu'au soutien donné à une reine en particulier.

— Êtes-vous lié à la lignée, ou à une reine particulière ?

— Je suis lié à la lignée, mais, en pratique, chaque capitaine sert une seule reine, à moins que celle-ci mette la lignée en danger. (Il s'interrompit, puis ajouta doucement :) Nous ne discutons pas de cette clause particulière avec nos reines, non plus.

— Donc, il peut arriver que nous agissions contrairement aux intérêts de notre reine afin de servir la lignée ?

— Oui, dit son père. Même si Marianna le sait, je doute qu'elle prenne tout ça au sérieux. Tu sais comment elle est au sujet des temples et de la foi. Pour elle, c'est un peu comme croire aux lutins des jardins.

— Donc, dit Amon, essayant de comprendre où son père voulait en venir, vous choisirez votre successeur quand le moment sera venu.

— Le prochain capitaine servira Raisa. Je t'ai choisi.

Amon resta figé. Ses pensées tourbillonnèrent, un kaléidoscope d'images et de souvenirs.

Comment s'était-il retrouvé là, prêt à assumer le rôle que le destin lui avait attribué ?

Son père l'avait formé à l'épée, à l'équitation, mais pas plus que n'importe quel autre père. Amon avait passé de longues heures autour des baraquements de la Garde et des écuries du château, parce que son père travaillait là, et qu'il s'intéressait aux chevaux, et adorait entendre parler de tactique et d'armement.

Personne ne lui avait jamais dit : « Va au Gué-d'Oden et apprends à devenir soldat. » Mais il l'avait fait. Personne ne lui avait dit : « Engage-toi dans la Garde de la reine. » Mais il l'avait fait. Servir dans la Garde était une tradition familiale, même si nombre de ses oncles et tantes n'avaient pas choisi cette voie.

Mis à part, bien entendu, au moins un par génération.

Depuis qu'il avait été affecté à la Garde, il avait envisagé la possibilité de devenir capitaine s'il se débrouillait bien et restait dans ce corps. Après tout, il était arrivé en tant que caporal, sur la base de ses performances à l'école et des recommandations des amis de son père. Il était un excellent épéiste, le meilleur de sa classe, il excellait dans les études théoriques et recevait des notes élevées lors des opérations sur le terrain. Tout le monde disait qu'il tenait de son père. Et il en était fier.

Mais il avait toujours supposé qu'il avait choisi sa vocation parmi un éventail de possibilités. Que s'il avait voulu devenir marchand, ou forgeron, ou artiste comme sa sœur, il aurait pu le faire. Et voilà qu'il s'apercevait qu'il avait parcouru un chemin étroit où il s'était engagé dès sa naissance, à son insu, déterminé par la magie et un pacte conclu mille ans auparavant.

— Tu as le choix, malgré tout, dit son père, comme s'il avait lu dans ses pensées.

Amon le regarda.

— En quoi ai-je le choix ? Lydia deviendra capitaine ?

— Elle fait partie de la famille Byrne, dit son père.

Amon pensa à son artiste de sœur, assise sur la berge, ses jupes étalées autour d'elle, penchée sur un dessin au fusain...

— Et, si elle refuse, il y a Ira, dit son père, faisant référence au petit frère d'Amon, âgé de dix ans. Mais il est encore jeune, et nous devons choisir un capitaine immédiatement. (Il s'interrompit.) Et tu as aussi des cousins.

— Pourquoi maintenant ? demanda Amon. Il ne peut y avoir qu'un seul capitaine de la Garde, et c'est vous.

Peut-être aurait-il le temps de s'habituer à cette idée, le temps de prendre une décision.

— Je suis inquiet pour la princesse Raisa. En ce moment, nous n'avons aucune connexion directe avec elle, et ma connexion à Marianna semble se dégrader. Si tu es d'accord, le fait de te lier à la lignée d'Hanalea à travers Raisa te donnera une sorte de sixième sens. Tu seras capable d'anticiper les problèmes, de savoir quand elle sera en danger, de prédire ce qu'elle fera. Cela est aussi supposé nous donner une certaine influence sur elles, quand leur sécurité est concernée.

Il eut un sourire narquois.

Ça ne sert à rien, pensa Amon. *De toute façon, elles n'en font qu'à leur tête...*

—Cet engagement est... permanent, je suppose? demanda Amon. Et si je change d'avis?

—Il est permanent, dit son père, tripotant sa lourde bague en or ornée d'un loup qu'il n'enlevait jamais. Une fois que ce sera fait, tu ne changeras pas d'avis. (Il marqua une pause et sourit légèrement.) Ne t'en fais pas. Ce n'est pas comme si tu entrais dans les ordres. Tu peux quand même te marier, avoir des enfants, et tout ça.

Pour continuer la lignée des Byrne, bien entendu.

—Et si les choses en viennent au point de devoir choisir entre la reine et ma famille?

Son père regarda Amon dans les yeux, son regard noisette clair et direct.

—La reine, bien entendu.

Bien entendu. Amon connaissait la réponse au moment où il avait posé la question. En son for intérieur, il avait toujours su où étaient les priorités de son père.

—Et le Gué-d'Oden? Y retournerai-je, ou...?

—Nous verrons où en sont les choses, le moment venu. Peut-être y retourneras-tu. Cela dépendra de ce dont la lignée a besoin. (Son père soupira.) Je voulais que tu termines ta formation avant ta nomination. Mais je ne pense pas que nous puissions prendre le risque d'attendre.

Mais... il y avait cette autre chose, à laquelle Amon avait essayé de ne pas penser. Ses sentiments pour Raisa. En cet instant même, le simple fait de penser à elle fit accélérer les battements de son cœur. Des images lui emplirent l'esprit. Raisa, habillée en garçon, avec ce bonnet ridicule, entrant sans arme dans le poste de garde du Pont-Sud pour sauver les membres d'une bande qui avaient été torturés. Raisa apportant les cadeaux de sa fête de jour de naissance à l'orateur Jemson, pour nourrir les démunis. Raisa, exigeant qu'il l'aide à devenir une meilleure reine.

Raisa dans le jardin, à la lueur des torches, sa chevelure défaite autour de son visage, le menton posé sur son poing, ses yeux verts profonds comme des lacs où il aurait pu se noyer. Raisa flottant dans ses bras, sur la piste de danse, la tête contre son épaule, son petit corps parfait pressé contre le sien pendant qu'il tentait de contrôler les martèlements de son cœur. Il se souvint des deux baisers qu'elle lui avait donnés, probablement sans y attacher d'importance.

Deux baisers qui le réveillaient souvent, la nuit.

Tout en elle le séduisait : son allure, sa façon de parler, de bouger, la personne qu'elle était et celle qu'elle était destinée à devenir.

— Papa, dit-il en regardant la table, le problème, c'est… que j'ai des sentiments pour Raisa – pour la princesse héritière – que je ne devrais pas avoir. Je m'inquiète à l'idée que je pourrais – que nous pourrions – faire quelque chose qui… ferait du tort à la lignée.

Amon déglutit péniblement et regarda son père. Il vit quelque chose qu'il ne s'était pas attendu à trouver dans ses yeux : de la compréhension, sous-tendue par du chagrin.

— Amon, dit-il. Nous aimons les reines du Loup Gris. Mais c'est comme je te l'ai dit. Une fois nommés, nous ne ferons pas de tort à la lignée. C'est notre grande force, et c'est aussi notre fardeau.

Amon regarda son père avec attention. Il pensa à sa mère, morte en donnant naissance à Ira, et se demanda si elle avait été au courant. Selon les normes de son époque, Edon Byrne avait été un bon mari et un père attentif, fidèle à son devoir et à la reine. Il tenait maintenant plus d'un personnage de tragédie, d'un détenteur de secrets.

Et qu'en est-il de mon propre choix ? se demanda Amon. Raisa ne serait jamais sienne, il le savait. Mais, s'il retournait au Gué-d'Oden, puis demandait un poste aux Falaises-de-Craie, la douleur s'effacerait peu à peu, après une bonne dizaine d'années. Après tout, il n'avait que dix-sept ans.

Qu'éprouverait-il en étant constamment avec Raisa pour le reste de sa vie, en tant que capitaine et conseiller, en la voyant se marier, toujours si proche de lui, en sachant qu'il ne pourrait jamais l'avoir ?

Comme son père et la reine Marianna.

Mais s'il disait « non », et que quelque chose arrive à Raisa ? Il ne pourrait jamais se le pardonner.

Son père avait dit qu'il avait le choix, et c'était vrai. Il y avait le bon et le mauvais choix.

Amon saisit les mains calleuses de son père par-delà la table.

— Je le ferai, dit-il.

Son père regarda leurs mains jointes.

— Tu es sûr ?

— Je suis sûr.

— Alors, allons au temple, dit Edon Byrne en se levant.

Il était 4 heures, mais l'orateur Jemson les attendait dans son bureau, vêtu pour la cérémonie.

Son père avait dit à l'orateur qu'ils viendraient. Il savait quelle décision Amon prendrait.

Ce dernier n'avait pas vraiment eu le choix…

— Capitaine Byrne, dit l'orateur gravement. Et caporal Byrne. Ceci est très inhabituel, de présider à la cérémonie pour un père et son fils. Normalement, un capitaine décède avant que le suivant soit nommé.

— Ces temps sont dangereux, dit Edon Byrne. Mais il faut quand même protéger la lignée.

— Oui, il le faut, dit Jemson. (Il regarda Amon.) Vous avez accepté d'être lié à la lignée d'Hanalea ?

— Oui, dit Amon.

Il aurait aimé avoir eu le temps de se laver avant de venir au temple. Il se sentait sale et indigne de la solennité du moment, dans son uniforme taché, après une nuit de patrouille au Marché-des-Chiffonniers.

Comme si Jemson avait lu dans ses pensées, il tendit un paquet de vêtements à Amon.

— Retirez vos habits, et passez ceux-là. Puis rejoignez-nous dans la chapelle de la Dame.

Jemson et son père le laissèrent seul dans le bureau.

Devait-il retirer tous ses vêtements ? ou seulement son uniforme ? Amon ne voulait pas commettre d'erreur. Il réfléchit, puis se déshabilla entièrement. Les robes étaient en coton brut, écru, comme celles que portaient les acolytes. Il se sentit bizarre sous les plis larges et volumineux du tissu, comme s'il avait été encore nu.

Pieds nus, Amon traversa le sanctuaire plongé dans l'obscurité et gagna la petite chapelle de la Dame, à la droite de l'autel. Elle était dédiée à Althea, la patronne des pauvres. Contrairement aux chapelles privées du temple du château de la Marche, avec leurs statues en or, leurs dorures et leurs sols de marbre, la chapelle d'Althea était d'une simplicité extrême, mais visiblement bien entretenue. L'autel en bois brillait d'avoir été ciré à la main, et il y avait des fleurs fraîches de chaque côté de l'image de la dame. Le clair de lune inondait la salle à travers les fenêtres en verre transparent et dessinait leurs motifs sur le sol.

Jemson et le père d'Amon se tenaient de chaque côté d'une longue table. Différents objets y étaient disposés, prêts pour la cérémonie : une grande vasque et un pot en pierre, un couteau étincelant, un petit flacon en cristal, un gobelet en argent. Amon étudia les objets, les questions se bousculant dans son esprit.

Jemson lui sourit.

— Votre rôle est simple, en fait, pour une cérémonie si importante. Nous mêlerons votre sang à celui d'Hanalea, et vous buvez le mélange. Nous versons le reste dans la terre des Fells, pour vous lier à la terre et à la Créatrice. C'est une sorte de sacrifice.

Je rêve, pensa Amon. Les Byrne ne font pas ce genre de choses. Il pensa à ses soldats, endormis dans les baraquements. Il pensa à Raisa, au château de la Marche, ne se doutant pas du lien qui était forgé entre eux. Était-ce honnête de faire une telle chose sans sa permission ? Et si elle n'avait pas envie d'être liée à lui ?

Il se lécha les lèvres.

— Est-ce que… ? S'apercevra-t-elle de quelque chose ?

— C'est possible qu'elle sente quelque chose, oui, dit l'orateur. Ou qu'elle dorme pendant la cérémonie. Même si elle se réveille, elle ne saura pas à quoi l'imputer.

— Avez-vous réellement du sang d'Hanalea, ici ?

Après mille ans ?

— Il provient de ses descendantes, les reines des Fells. (L'orateur posa la main sur le flacon fermé.) Ceci est le sang de la princesse héritière. Je prononcerai les paroles rituelles sur ce sang.

Jemson marqua une pause, comme pour voir si Amon avait d'autres questions. Puis il dit :

— Dénudez votre bras, caporal Byrne.

Amon obéit. Il sentit à peine la piqûre de la lame, et regarda, un peu étonné, son sang couler dans la vasque et former une petite mare au fond.

Jemson leva le flacon en cristal et prononça des paroles dans la langue des clans. Amon comprit seulement les mots « Raisa *ana*'Marianna » et « Hanalea ». Ensuite, l'orateur déboucha le flacon et versa quelques gouttes dans la vasque. Puis il la souleva et fit tournoyer son contenu, en récitant une longue incantation.

Les pensées d'Amon tourbillonnèrent dans sa tête, comme le mélange dans la vasque. Il appuya son bras contre son flanc pour étancher le sang, et sentit son humidité contre sa peau.

L'orateur posa la vasque, plongea le gobelet dedans et le souleva.

Jemson se mit à parler dans la langue du Val.

— Amon Byrne, de la lignée des Byrne, gardiens de la lignée d'Hanalea, nous vous demandons ceci : que vous soyez lié à la lignée des reines, et plus spécifiquement au sang de Raisa *ana*'Marianna, la princesse héritière des Fells. Vous devrez jurer que son sang est votre sang, et que vous les protégerez, elle et sa lignée, jusqu'à ce que la mort vous emporte. Acceptez-vous ?

— J'accepte, dit Amon d'une voix qui lui parut très forte dans le silence de la chapelle.

— Alors, buvez pour sceller le pacte.

Amon prit le gobelet et le porta à ses lèvres, se préparant à sentir le goût salé du sang. Mais le breuvage était doux, comme du vin d'été. Il fut tellement surpris qu'il faillit s'étrangler. Mais il parvint à boire la totalité du contenu du gobelet sans encombre, et le rendit à Jemson.

L'effet fut immédiat et spectaculaire, comme s'il avait été frappé sur la tête par le plat d'une épée. Amon se laissa tomber sur les genoux sous le choc. Des sensations l'inondèrent, irrésistibles, venant de tous les coins du royaume où quelqu'un pensait à la princesse héritière, où quelque chose arrivait qui pourrait influencer son avenir.

Il était 4 heures, mais Micah Bayar était réveillé, et il regardait la Dame Grise de la fenêtre de sa chambre, ses pensées concentrées sur Raisa. Les boulangers de la cuisine du palais enfournaient des gâteaux en pensant à la fête prévue pour la princesse héritière, et se demandaient si elle remarquerait leurs efforts. Averill Demonai s'apprêtait à quitter la cité et s'inquiétait pour sa fille. L'esprit de la reine Marianna était obscurci par une potion pour dormir, mais son sommeil était troublé par des pensées sur l'entrée dans l'âge adulte de sa fille.

— Bloque tout, dit son père. C'est le seul moyen, au début. Tu t'y habitueras.

Amon appuya ses mains sur sa tête et tenta de filtrer une partie des informations. Il se concentra sur la pièce de la tour où dormait Raisa. Le sommeil de la jeune fille était lui aussi perturbé, et Amon fut surpris de découvrir qu'elle pensait à lui et murmurait son nom dans ses rêves.

— Venez, dit l'orateur.

Le père d'Amon l'aida à se relever, lui tenant le bras pour l'empêcher de tomber. Jemson marcha devant eux, portant la vasque. Ils sortirent dans le jardin, où la tache pâle des fleurs nocturnes attira le regard d'Amon, qui sentit la tête lui tourner à cause de leur séduisant parfum.

— Amon Byrne, nous vous lions aux ossements des reines enterrées dans le sol des Fells. Vous êtes lié au royaume comme vous l'êtes aux reines de la lignée du Loup Gris. Vous défendrez ce pays, qui est leur résidence. Vous quitterez peut-être les Fells par moments, mais ils resteront à jamais votre pays.

Jemson versa le sang dans la terre du jardin.

Amon eut l'impression qu'il projetait des racines dans la terre, et dans les eaux souterraines. Il sentit le goût de la Dyrnneflot sur sa langue, et respira le souffle d'Hanalea.

Comme dans un rêve, l'orateur leva la main et glissa la bague du Loup Gris à l'annulaire droit d'Amon. Elle lui allait parfaitement.

Son père le prit dans ses bras, et l'orateur sourit et dit :

— Voilà qui est fait.

22

Mesures radicales

Même si Oiseau passait toujours le plus clair de son temps avec les guerriers demonai, Han et elle trouvèrent de nombreuses occasions de se voir, dans la caverne, dans un abri du lac Fantôme, ou sur les berges du ruisseau de la Vieille. Ils se retrouvèrent même à la cabane de Lucius une ou deux fois, quand Han savait que le vieil homme serait parti à la pêche.

Il n'aurait pas su dire pourquoi ils éprouvaient le besoin de garder leur nouvelle relation secrète. C'était comme s'ils n'avaient pas besoin de se soucier des conflits extérieurs, s'ils gardaient cachée cette partie de leur vie. Ou peut-être cette relation naissante semblait-elle si fragile qu'il fallait la protéger, comme une pousse qui aurait pu se faire piétiner.

Ou peut-être, comme cela s'avéra le cas, étaient-ils poussés par un instinct de préservation.

Oiseau donnait à Han l'impression de faire partie du groupe, d'être moins un étranger, parce qu'elle l'avait choisi. Il aurait aimé qu'elle ne parte pas. Si elle n'était pas partie, il aurait pu s'installer dans la vie des clans et accepter l'offre de Saule de lui apprendre un métier.

Mais, tandis que le départ d'Oiseau pour le camp Demonai et celui de Danseur pour le Gué-d'Oden approchaient, Han avait de plus en plus l'impression d'être assis au beau milieu d'une rivière d'événements sur un banc de sable, qui diminuait rapidement sous lui. Bientôt, il serait seul, abandonné au camp Marisa, pendant que ses amis du clan partiraient pour de nouvelles aventures.

À moins de quitter le camp Marisa et de suivre Oiseau au camp Demonai. Il n'était jamais allé dans ce camp de l'ouest des montagnes des Esprits, et il n'y connaissait personne, à part quelques marchands.

Pourtant, quitte à être exilé, autant découvrir la petite partie du monde à laquelle il avait accès.

S'il ne pouvait pas partir avec Oiseau et les guerriers demonai, il pourrait peut-être travailler avec un marchand qui voyageait entre les deux camps, et la voir ainsi de temps en temps.

Il savait qu'il devrait demander l'autorisation de Saule. Il alla la trouver un matin, pendant qu'elle mélangeait des potions dans la salle principale du Pavillon de la Matriarche.

— Apporte-moi le bol bleu, Chasse-Seul, ordonna-t-elle, désignant ses étagères.

Saule ne laissait jamais les gens rester oisifs quand elle travaillait.

Il le lui donna, et elle versa dans son mortier quelque chose qui ressemblait à de la craie jaune, et le réduisit en une poudre brillante.

— Saule, j'ai pensé que je pourrais peut-être aller au camp Demonai, dit-il en s'accroupissant près d'elle.

Elle ne dit rien, mais transféra la poudre jaune dans une tasse.

— Le commerce y est plus florissant avec Tamron, à cause de la guerre en Arden, ajouta-t-il.

— Va me chercher l'algue chevelue, dit-elle sans lever la tête.

Il prit les branches aromatiques pendues sous l'auvent du pavillon et les lui apporta. Elle arracha les feuilles, une par une, et les mit dans le mortier.

— Donc, je pourrais travailler avec un des marchands, dit-il, troublé par son absence de réaction. Vous pourriez peut-être me présenter à l'un d'eux.

— Je t'ai dit que je te trouverais du travail au camp Marisa, dit Saule.

— Je sais. Merci. Mais je pensais que Demonai pourrait…

— Tu ne peux pas partir avec Oiseau, dit-elle en remuant violemment sa mixture, comme pour souligner ses paroles.

Il en fut étonné. Saule était douée pour déchiffrer les gens, mais il avait pensé qu'Oiseau et lui avaient été discrets. Se pouvait-il que tout le monde sache qu'ils sortaient ensemble ?

— Je ne serais pas obligé de partir avec elle. Je pourrais m'y rendre séparément, ou avec des caravanes de marchandises.

— Ça ne marchera pas, dit-elle en posant finalement le mortier. Toi et Oiseau Fouisseur, je veux dire.

— Qu'est-ce que vous voulez dire ? Nous ne sommes pas… (Le regard qu'elle lui lança le dissuada de mentir.) Pourquoi est-ce que ça ne marcherait pas ?

—Vous n'êtes pas faits l'un pour l'autre.

—Comment pouvez-vous dire ça ? Nous sommes amis depuis toujours !

—Vous étiez amis, enfants. Maintenant, Oiseau a été désignée comme guerrière demonai. Elle doit suivre ce chemin. Toi, tu dois en prendre un autre.

—Je ne comprends pas, dit Han. Elle n'a pas le droit d'avoir des amis ? Ou est-ce parce que je n'appartiens pas aux clans ?

Saule ne semblait pas prendre grand plaisir à cette conversation, elle non plus.

—Les Demonai, c'est une vocation. Tu dois l'accepter. Ce n'est facile pour aucun de nous. Il y a aussi une barrière entre Oiseau et Danseur, qui n'était pas là avant. À cause de qui ils sont. De ce qu'ils sont.

—C'est la faute de Reid Demonai, dit Han, furieux. (Il se dressa face à Saule, comme si ça pouvait l'aider à se sentir plus puissant. Ce ne fut pas le cas.) Je pense que la vraie guerre contre les magiciens s'est terminée il y a mille ans. Depuis, les Demonai vivent sur leur réputation. Ils agitent leurs armes et racontent des histoires, voilà tout !

—Ce n'est pas la faute de Reid Demonai, dit Saule d'une voix qui était comme de la soie enveloppant de l'acier. C'est une tradition bâtie sur plus de mille ans de conflits entre les magiciens et les clans. C'est le rôle des Demonai de rappeler aux magiciens quelle est leur place. Par la force, si nécessaire.

—Alors, ils ont décidé de combattre *Danseur* ? Ils ne peuvent rien trouver de mieux à faire ? Ils font ça parce qu'il est une cible facile ?

Saule mit un long moment à répondre. Han commença à se balancer d'un pied sur l'autre.

—Oui, il est une cible facile, dit-elle enfin, ses yeux noirs débordant de chagrin. Pourquoi penses-tu que je l'envoie au Gué-d'Oden ? S'il reste ici, ils le tueront.

Han cessa de s'agiter et se carra sur ses pieds.

—Alors, vous ne pouvez pas laisser Oiseau partir à Demonai, dit-il. Obligez-la à rester ici.

—Ce n'est plus de mon ressort, dit Saule en reprenant le mortier. Elle a été appelée, et toi, non. Tu ne peux pas aller avec Oiseau. (Elle leva les yeux vers Han.) Pourquoi ne restes-tu pas ici, avec moi, pour apprendre le métier de guérisseur ? Tu connais déjà les plantes, et tu serais plus près de ta mère et de ta sœur.

—Je ne suis pas un guérisseur, grogna Han, pensant qu'il était plus doué pour infliger de la douleur que pour la soulager. J'ignore ce que je suis, mais ça, non.

Il tourna les talons et sortit à grands pas du pavillon.

Oiseau non plus ne l'aida pas. Cette nuit-là, ils étaient allongés côte à côte sur la berge du ruisseau de la Vieille, liés par leurs mains jointes et leurs récents baisers. Le clair de lune tombait sur leurs visages. Pour une fois, le murmure de l'eau sur la pierre ne parvint pas à le calmer.

— Je veux venir avec toi à Demonai, dit-il en regardant les branchages au-dessus de sa tête.

— J'aurais aimé que ce soit possible, dit-elle.

Il avait dit : « Je veux venir », pas : « J'aurais aimé venir. » Il aurait peut-être dû dire : « Je viens avec toi. »

Han ne répondit pas, et Oiseau reprit, en hâte :

— Ce serait difficile. Reid dit que nous voyagerons pendant le reste de l'été, et que j'apprendrai à trouver mon chemin, à manier les armes, et… tout le reste.

— Mais tu serais basée à Demonai, non ? Après la formation ?

— Basée, oui, mais je n'y serai pas souvent. Les guerriers demonai passent la plupart de leur temps à voyager. (Elle se tourna sur le côté et repoussa une mèche du front de Han. Il résista à l'envie de se détourner.) Peut-être… Peut-être qu'une fois que j'aurai vu comment les choses tournent, quand l'été sera fini, tu pourras venir, dit-elle.

— Peut-être, dit-il d'un ton évasif, cherchant à la blesser. Nous verrons.

Cette option lui étant interdite, il repensa à son plan de suivre Danseur au Gué-d'Oden. Il se demanda comment il pourrait faire, alors que tout le monde semblait y être opposé. Il essaya de se passer de l'aide de Saule, et alla voir plusieurs joailliers du camp Marisa pour leur demander s'ils pouvaient lui retirer ses bracelets, et combien ils lui offriraient pour le métal.

Ils essayèrent leurs scies, leurs pinces et leurs couteaux, en vain. Quand il leur dit qu'il se fichait que les bracelets soient endommagés, ils chauffèrent le métal au fer rouge, brûlant les poignets de Han au passage. Mais les orfèvres n'arrivèrent à rien. Le métal ne fut même pas égratigné, et les runes gravées restèrent intactes.

La réponse était toujours la même. Ils étaient intéressés et intrigués par le métal des bracelets, mais ils ignoraient comment les lui enlever. Ou comment ils auraient pu travailler cet argent, de toute façon.

Sa seule autre idée était de récupérer l'amulette cachée dans la cour de l'écurie et de trouver un acheteur. Il ne voyait pas pourquoi il n'aurait pas transformé le porte-poisse en une quantité de fillettes suffisante pour faire vivre Mam et Mari et lui permettre d'aller à la Maison Wien.

En fait, le seul souci était Lucius, qui lui avait dit de garder l'amulette hors d'atteinte des Bayar.

Mais il n'aurait pas à la rapporter aux Bayar. Il connaissait plusieurs receleurs, de l'époque où il était voleur. Il pourrait la vendre au marché du Pont-Sud. Quelle probabilité y avait-il que les Bayar aillent au Pont-Sud ? Ils ne l'avaient jamais fait jusqu'à présent.

Il décida de ne pas écouter la voix dans sa tête qui lui disait que l'amulette n'était pas à lui et qu'il n'avait pas le droit de la vendre. Cela dit, s'il la vendait à la Marche, il y avait toujours un risque qu'elle retourne à ses propriétaires d'origine.

De toute façon, il n'avait eu que de la malchance depuis qu'il avait ramassé l'amulette sur les pentes d'Hanalea. C'était peut-être une occasion de faire tourner la chance et de gagner de l'argent.

Cette idée finit par s'imposer à son esprit, et il considéra qu'il n'avait pas le choix.

Il décida de partir pour la cité en fin d'après-midi, afin d'arriver au moment du changement de la garde, sous le couvert des ténèbres. Il irait droit au Marché-des-Chiffonniers pour prendre l'amulette. Il pourrait être au Pont-Sud au moment où les marchés ouvriraient, et repartir pour Hanalea alors que les Vestes Bleues seraient à peine en train de se réveiller.

Il glissa sa bourse sous sa chemise, contre sa peau. Il s'était fait un peu d'argent en travaillant pour Saule et en faisant des courses pour tous ceux qui étaient prêts à le payer, mais ce n'était pas beaucoup. Il enveloppa un morceau de truite fumée et du pain dans une serviette, et les rangea dans son sac. Puis il mit un bonnet sur ses cheveux blonds, espérant ainsi qu'il se ferait moins remarquer. De toute façon, il faisait frais dans les montagnes. Dans le Val, le temps serait plus chaud, mais, quand les gens le décrivaient, ils ajoutaient toujours : « Le type aux cheveux blonds. »

Il y avait peu de monde sur la piste pour la Marche-des-Fells à cette heure-là, surtout quelques chasseurs et commerçants qui rentraient chez eux. Il contourna le coin de Lucius pour éviter de rencontrer le vieil homme. Il ne l'avait pas revu depuis le jour où il l'avait trouvé à se lamenter sur sa mort tragique. Han se demanda si Lucius avait engagé un autre garçon pour le remplacer. Cette idée le contraria.

Il traversa les portes de la cité au crépuscule, avec une foule d'acolytes du temple local, tous à peu près de son âge. Ils étaient allés ramasser des mûres sur les pentes d'Hanalea.

Il emprunta les rues les plus discrètes jusqu'à arriver au pont Sud. Il semblait que les choses avaient fini par se calmer. Deux Vestes Bleues tombant de sommeil surveillaient chaque extrémité du pont, et personne ne semblait chercher Han Alister.

Une fois de l'autre côté du pont, Han se faufila dans les rues familières du Marché-des-Chiffonniers, en direction de sa maison. Il ne faisait pas encore tout à fait nuit, même si le soleil était descendu en dessous de la porte de l'Ouest. Quelques étoiles émaillaient le ciel. Ici, au nord, les journées étaient longues au milieu de l'été. Les entreprises qui réclamaient le couvert de l'obscurité devaient être réalisées en quelques courtes heures.

Le cœur de Han s'accéléra. Il adorait les nuits d'été dans la cité, quand la musique s'échappait par les portes ouvertes des tavernes et que des vendeurs faisaient griller des saucisses et du poisson sur les trottoirs, et que les ivrognes couchés dans les allées n'étaient pas morts de froid au petit matin. Les filles de joie plaisantaient avec les Vestes Bleues, et les gens se défoulaient, séduits par l'idée que tout pouvait arriver, et que tout arriverait probablement. Les rues étaient plus dangereuses en été, mais, bizarrement, plus conviviales.

La dernière fois qu'il était allé chez lui, le Marché-des-Chiffonniers et le Pont-Sud avaient été anormalement calmes, effrayés par la série de meurtres des Sudistes. Ce jour-là, les choses ressemblaient davantage à ses souvenirs, à l'époque où il dirigeait les Chiffonniers.

En approchant, il vit des drapeaux jaunes accrochés aux portes ou pendus aux fenêtres, qui signalaient la présence de fièvres intermittentes. En été, les drapeaux jaunes fleurissaient dans certains quartiers comme des brassées de sinistres fleurs de la mort, ou comme la mousse jaune vif qui poussait parfois sur les arbres morts.

C'était le côté obscur de l'été.

Pour certains, la fièvre était due à la mauvaise qualité de l'air. Saule affirmait que c'était la faute de la pollution de l'eau. Quoi qu'il en soit, elle se développait seulement dans le Val, et n'affectait jamais les camps des hauts plateaux.

Quand il arriva à l'écurie, il leva la tête vers le deuxième étage, et vit un chiffon jaune accroché à la fenêtre.

Han fonça dans l'écurie et prit les marches quatre à quatre. Quand il ouvrit la porte à la volée, il fut assailli par une odeur de maladie.

Mari était couchée sur sa paillasse, près de la cheminée. L'air était étouffant, mais le feu était allumé, et Mari était enveloppée d'une pile de couvertures, parcourue de frissonnements incontrôlables. Mam était assise sur le sol à côté d'elle, adossée contre le mur. Elle cligna des yeux en voyant Han, comme si elle venait de se réveiller.

— Elle allait mieux, ce matin, dit Mam. Mais la fièvre est revenue.

Elle parla d'un ton détaché, comme si elle était trop fatiguée pour réagir à sa soudaine apparition après un mois d'absence. Sa tresse était à moitié défaite. Son corsage était sale et pendouillait sur son corps, comme si elle était en train de s'user avec le temps.

Han traversa la pièce et s'agenouilla près de Mari. Il posa une main sur son front. Il était brûlant.

— Depuis combien de temps est-elle malade ?

Mam se frotta le front.

— C'est le dixième jour aujourd'hui.

Le dixième jour. Elle aurait déjà dû être en convalescence. En supposant qu'elle guérisse.

— Est-ce qu'elle mange et boit ?

Saule disait que la fièvre desséchait les gens, et qu'il fallait donc les faire boire abondamment. De plus, cette fièvre donnait aussi la courante.

— Non. Elle ne veut rien prendre quand la fièvre est élevée.

— Tu lui as donné de l'écorce de saule ?

C'était toute l'étendue de ses connaissances en matière de guérison : les plantes qu'il ramassait pour Saule et les autres.

— Je lui en donnais. (Mam regarda ses mains.) Mais on n'en a plus. (Elle leva les yeux vers lui, l'espoir renaissant en elle.) Tu as de l'argent ?

— Un peu. Pourquoi ?

— Il y a un guérisseur dans l'allée Catgut. Les gens disent qu'il fait des miracles. Mais il faut le payer.

Han regarda autour de lui. La pièce était encore plus dépouillée que d'habitude. Il n'y avait pas de panier de lessive, et pas trace de nourriture, rien.

Mam lui posa une main sur le bras.

— Tu enverrais ton linge à laver dans une maison où il y a la fièvre ? demanda-t-elle, comme si elle lisait dans ses pensées. Et puis, je n'ai pas pu la laisser seule pour aller chercher du linge.

Un seau d'eau avec une louche était posé près du lit de Mari.

— D'où vient cette eau ? demanda Han.

— Du puits au bout de la rue, comme d'habitude.

Il prit le seau et versa le contenu dans une de leurs marmites, puis la posa sur les flammes.

—Laisse ça bouillir un moment, puis, quand ça refroidira, tu pourras l'utiliser pour laver ton linge.

—Je *sais* faire la lessive, Hanson Alister ! dit Mam, avec un peu de son ancienne énergie.

—Je vais chercher de l'eau à un autre puits, dit-il.

Il alla jusqu'à la pompe de la place Potter, plus haut dans la cité, pour remplir le seau. Il dépensa l'argent qui lui restait pour acheter un peu d'écorce de saule et de la soupe d'orge pour Mari, même s'il dut réveiller l'apothicaire du marché pour se les procurer. L'homme jura et lui demanda un prix fort pour les deux ingrédients.

Quand il eut terminé, l'aube approchait. Mari but un peu d'eau propre, d'écorce de saule et de soupe d'orge, même si elle se plaignait de ne pas avoir faim. Après ça, son état s'améliora un peu, et elle dormit plus paisiblement. Il se dit que le rose de ses joues n'était pas seulement dû à la fièvre, et que cette amélioration n'était pas seulement le calme avant la tempête.

Et voilà. Encore de la malchance, pire que jamais. Ça devait être la maudite amulette. Il devait s'en débarrasser avant que quelqu'un meure.

Il avait besoin d'argent. Mam et Mari aussi, pour le guérisseur et tout le reste. Il ne pouvait pas les laisser vivre au jour le jour pendant qu'il vivait dans un confort relatif au camp Marisa, ou ailleurs. La Garde ne le cherchait pas, pour le moment, mais ça risquait de changer si les soldats apercevaient son cadavre précédemment noyé bien vivant, en train d'arpenter les rues.

Il laissa Mam et Mari dormir et retraversa l'écurie, saluant doucement les chevaux, qu'il avait ignorés en arrivant. Sous le couvert de l'obscurité, il se glissa dans la forge en pierre dans la cour de l'écurie et arracha la pierre qui cachait la niche. Le paquet enveloppé de cuir était toujours là où il l'avait laissé. Il sentit la chaleur qui en émanait avant même de le prendre.

Il déballa soigneusement le paquet, révélant l'amulette au serpent. Elle s'illumina soudain d'une lueur vive, comme si elle avait décidé de trahir le voleur qui s'était emparé d'elle. Il la remballa rapidement et regarda autour de lui pour s'assurer que personne ne l'avait vu.

Il glissa l'amulette dans son sac et le remit à son épaule. Il enfonça son bonnet sur son visage et partit pour le marché du Pont-Sud. Arrivé au pont, il fit un signe de tête aux Vestes Bleues somnolents, passa de nouveau entre le temple et le poste de garde, se demandant ce que Jemson penserait de son ancien élève, et qui Mac Gillen tabassait, ces jours-ci.

Le boucher ouvrait son échoppe. Il possédait une des rares structures permanentes du marché. Le vendeur de champignons installait des paniers de morilles et de champignons bec-de-poule devant son échoppe. Han passa devant eux sans leur adresser la parole et sans croiser leur regard. Normalement, le marché que fréquentait Han était celui du Marché-des-Chiffonniers. Il ne connaissait pas la plupart des commerçants du Pont-Sud, ce qui était une bonne chose pour le moment.

Taz Mackney était un des vendeurs les plus prospères du marché. Son échoppe était plus grande que la plupart des autres, emplie de tissus exotiques, de parfums envoûtants, d'objets d'art rares et de pierres précieuses, brutes ou montées sur des bijoux. Ce que la plupart des gens ignoraient, c'était que la prospérité de Taz dérivait en bonne partie de son trafic d'objets magiques, dont la plupart avaient été volés ou avaient, au mieux, une origine douteuse. Le Naéming interdisait de vendre et d'acheter les talismans et les amulettes fabriqués avant la Rupture, mais, en échange du prix adéquat, Taz pouvait trouver pratiquement n'importe quoi pour un client discret.

Han le savait parce qu'il avait vendu de la marchandise à Taz, autrefois. Il n'obtenait pas toujours le meilleur prix de ce dernier, mais il aimait traiter avec lui parce qu'il avait un magasin permanent, contrairement à la plupart des receleurs qui travaillaient dans le coin. Taz savait que les Chiffonniers pouvaient toujours le retrouver s'il les escroquait. Il était aussi en rapport avec des clients riches qui pouvaient payer très cher pour une pièce rare. Taz possédait une autre échoppe, plus prestigieuse, dans l'enceinte du château, fréquentée par la noblesse, y compris les magiciens.

La sonnette retentit quand Han poussa la porte. Taz était assis au fond de la boutique, sa tête chauve penchée sur un registre.

— Ce n'est pas encore ouvert, grommela-t-il sans lever les yeux. Revenez plus tard.

— Comme vous voulez, dit Han. Mais c'est tant pis pour vous. Je vais voir qui d'autre est prêt à faire affaire avec moi.

Surpris, Taz leva la tête.

— Gourmettes ? Par le sang du démon ! (Il se leva avec une rapidité surprenante pour un homme de sa corpulence. Puis il regarda par la vitrine et indiqua le fond de l'échoppe d'un signe de tête.) Allons dans l'arrière-boutique.

Han le suivit, passant devant des corbeilles pleines de perles et des étagères couvertes de flacons de potions scellés à la cire. Des tapis roulés de couleur vive occupaient les coins, et il y avait partout des boîtes à puzzle, des appliques et des chandelles.

Arrivé à l'arrière, Taz s'installa derrière le grand bureau où, Han le savait, il cachait au minimum trois couteaux et une dague d'assassin. Le marchand portait un long manteau de velours orné de dentelles au niveau du col. Sa bedaine débordait de ses braies et apparaissait entre les plis de son manteau. En voilà un qui mangeait à sa faim !

— J'ai entendu dire que vous étiez mort, dit Taz.

Han prit un air sinistre.

— Je me suis fait descendre par les Sudistes, dit-il. Être mort, ça me plaît bien.

Taz éclata d'un rire tonitruant, celui qui faisait croire aux gens qu'il n'était pas aussi intelligent qu'il l'était en réalité.

— Pigé, mon garçon. À quoi puis-je donc attribuer cette apparition extra-corporelle ?

Taz aimait employer des mots compliqués.

— J'ai une amulette qui pourrait vous intéresser.

— Je croyais que vous n'étiez plus dans le coup, dit Taz, soupçonneux.

Han haussa les épaules.

— C'est exact. C'est un cas spécial. Je m'occupe de ce truc pour un ami.

— Ah ! un ami, bien entendu.

Les yeux de Taz brillèrent de convoitise. Il avait acheté quelques pièces rares à Han, par le passé.

— Ce sera cher, avertit Han. Je ne la lâcherai pas pour une poignée de figues. Si vous êtes à court de liquidités, dites-le.

— Ne vous inquiétez pas pour ça, dit Taz, essayant d'avoir l'air indifférent. Toutefois, je dois vous prévenir que, étant donné les idiosyncrasies du marché actuel, je ne serai peut-être pas en mesure de vous faire une offre très généreuse. Malheureusement, il y a moins de demande pour les objets magiques, depuis quelques mois.

Han sortit l'amulette de son sac. Il prit son temps, ça faisait partie du jeu. Il posa le paquet sur le bureau et écarta délicatement le cuir.

La lumière émanant de la pierre donna au visage de Taz une teinte d'un vert maladif. Le marchand la regarda un long moment, puis demanda dans un murmure :

— Où avez-vous trouvé ça ?

— Comme je vous l'ai dit, ça vient d'un ami. Il quitte le commerce des objets magiques.

Taz tendit la main vers l'amulette, mais Han lui saisit le poignet.

— Ne la touchez pas, dit-il. Elle est dangereuse.

Taz déglutit péniblement.

— D'accord, dit-il, semblant avoir épuisé sa réserve de mots savants. Dommage qu'elle soit si instable. Ce sera plus difficile de la vendre. (Il réfléchit un moment.) Dix fillettes. À prendre ou à laisser.

Han aurait eu l'usage de dix fillettes, mais il savait que le receleur essayait de l'escroquer. Il secoua la tête et commença à remballer l'amulette.

Taz le regarda, puis dit :

— Vingt-cinq.

Han fourra l'amulette dans son sac.

— Merci pour tout, Taz.

Il tourna les talons.

Taz se lécha les lèvres. Des gouttes de sueur apparurent sur son front. C'était la preuve qu'il voulait l'objet, qu'il le voulait vraiment.

— Je pourrais vous dénoncer aux Vestes Bleues, vous savez. C'est dans votre intérêt de trouver un arrangement.

Han haussa les épaules et passa une main sur le mur, près de lui.

— Cet endroit pourrait brûler, vous savez. Peut-être même avec vous à l'intérieur. Ce serait vraiment dommage.

Taz s'éclaircit la voix.

— Je croyais que vous n'étiez plus dans le coup, répéta-t-il.

Han leva les mains.

— Peut-on jamais vraiment laisser tout ça derrière soi ?

Taz l'approuva à contrecœur.

— Gourmettes, vous avez toujours eu le sens du commerce. C'est très rare, pour quelqu'un d'aussi jeune que vous.

Han sourit.

— Merci beaucoup, Taz. Avec ce compliment et trois pièces de cuivre, je pourrai m'acheter une brioche au porc !

— Combien voulez-vous pour l'amulette ?

— Cent fillettes, au minimum. Mais je vais faire un petit tour sur le marché, et je la vendrai au plus offrant, donc vous feriez mieux de viser haut.

Han parla d'une voix désinvolte, tripotant un calice en argent comme s'il envisageait de l'acheter. Il n'avait jamais eu cent fillettes en main, de toute sa vie.

— Écoutez, je ne suis pas en position de vous l'acheter directement pour une telle somme, mais j'ai des clients qui pourraient vouloir faire une offre. Laissez-la-moi en dépôt, et je verrai ce que je peux en tirer.

— Non. Je n'ai que celle-là, et j'ai l'intention de la montrer à plusieurs autres marchands. Je ne la lâche pas sans argent sonnant et trébuchant !

Taz, de toute évidence, ne voulait pas que l'amulette quitte son magasin.

— Où puis-je vous joindre ?

— Vous ne pouvez pas, dit Han. Vous feriez mieux de vous dépêcher. Je ne serai pas en ville bien longtemps. Je reviendrai vous voir après-demain.

23

Jour de naissance, bis

Raisa se réveilla le matin suivant, fatiguée. Elle avait fait des rêves très étranges. Ils semblaient concerner Amon, mais ils lui échappaient chaque fois qu'elle tentait de s'en souvenir. Elle se renfonça sous les couvertures, espérant se rendormir, mais son esprit était trop agité et le sommeil ne vint pas.

Son jour de naissance. Le jour où elle serait officiellement déclarée en âge de se marier. Le jour où elle serait officiellement désignée comme héritière du trône et commencerait sa formation à son rôle de reine.

Et, le soir, le défilé officiel des prétendants commencerait…

Sa robe était posée sur un mannequin, sa silhouette se découpant sur la fenêtre. La forme de la personne qu'elle était censée être. Elle n'avait donné aucune instruction concernant la façon de s'habiller pour sa fête. Elle aurait aimé que les gens soient vêtus de couleurs vives et variées, mais elle pensait que la plupart des invités porteraient du blanc virginal.

Le blanc n'allait pas du tout à Raisa. C'était un des sujets de désaccord entre sa mère et elle. Elle aurait préféré du noir, mais aurait accepté de l'écarlate ou même du vert émeraude, pour faire ressortir ses yeux. Elle s'était retrouvée avec une robe de satin et dentelle champagne qui découvrait ses épaules. Au moins, ce n'était pas une robe de petite fille…

Elle sortit du lit en bâillant, dans sa chemise de nuit, et rejoignit le salon. Magret avait fait préparer le petit déjeuner.

—Je croyais que vous dormiriez plus tard, afin d'être fraîche pour ce soir, dit Magret. J'aurais pu vous apporter le petit déjeuner au lit.

Raisa regarda sa nourrice, sidérée. Elle l'encourageait à faire la grasse matinée pour pouvoir rester debout tard dans la nuit. C'était le monde à l'envers.

— Ma foi, je n'avais plus sommeil, dit-elle en fouillant la pile de cartes, de notes et de lettres dans le panier près de la porte. Des nouvelles de mon père ?

— Non, Votre Altesse, dit Magret. Mais ne vous inquiétez pas. S'il n'est pas déjà arrivé, il doit être en chemin. Il ne raterait pas votre fête.

— Je sais. (Raisa ne pouvait pas se débarrasser d'un sentiment de malaise.) Pourrais-tu envoyer quelqu'un à la Maison Kendall, et faire dire de me prévenir dès son arrivée ?

Son père habitait pour le moment à la Maison Kendall, car il n'était toujours pas dans les faveurs de la reine.

Magret prit Raisa dans ses bras et lui tapota le dos.

— Ne vous inquiétez pas, dit-elle. C'est normal d'être nerveuse, pour son jour de naissance. Vous vous souviendrez de cette soirée toute votre vie.

Il existe des raisons différentes pour se souvenir des choses, pensa Raisa. *Certaines sont bonnes, d'autres mauvaises.*

Le reste de la journée passa dans un éclair, ponctué par les bains, la coiffure, le maquillage…

— À mon avis, il faut moins longtemps pour préparer un navire à partir en mer, se plaignit Raisa quand les jeunes femmes qui lui avaient verni les ongles partirent et que les coiffeuses arrivèrent.

Et toujours pas de nouvelles de la Maison Kendall.

À 6 heures, Raisa mit sa robe, qu'on laça sur elle. Elle tombait en longs plis soyeux à partir d'une taille haute, et elle avait de larges manches romantiques incrustées de dentelle. En fait, elle la trouvait très belle.

Il y avait de nouveau le problème de la bague d'Elena. Raisa était décidée à la porter, mais sa mère lui avait offert un collier de quartz fumé, citrine et topaze pour son jour de naissance, qui allait parfaitement avec sa robe. Raisa enleva la bague de sa chaîne et l'essaya à tous ses doigts. Elle lui avait semblé bien trop grande, la première fois, et elle fut donc surprise de découvrir qu'elle allait parfaitement à son majeur. Ses longues manches la dissimulaient aux regards.

À six heures trente, sa mère entra pour une dernière inspection avant la fête. La robe de la reine Marianna était d'un vert forêt profond qui mettait admirablement en valeur sa chevelure dorée et son teint lumineux. Son collier et sa tiare étaient incrustés d'émeraudes.

Même dans ses splendides atours de jour de naissance, Raisa se sentit insignifiante à côté de sa mère. Qu'est-ce que ça serait, de marcher dans les traces d'une telle reine ? Serait-elle connue comme la petite reine au teint sombre et au mauvais caractère qui avait succédé à la splendide reine aux cheveux d'or ?

La reine Marianna saisit Raisa par les coudes et la tint à bout de bras.

— Oh ! ma chérie, tu es ravissante ! (Ce qui aurait fait davantage plaisir à Raisa si sa mère n'avait pas eu l'air si étonnée.) Je n'arrive pas à croire que ce jour est enfin arrivé. Je veux que tu saches que je désire seulement ce qu'il y a de mieux pour toi. Tu me crois, Raisa, n'est-ce pas ?

Raisa hocha la tête, mais un certain malaise persista en elle.

— Avez-vous vu père depuis son retour ? demanda-t-elle. Il doit m'escorter dans le hall, mais je n'ai pas encore reçu de ses nouvelles.

La reine Marianna fronça les sourcils.

— Vraiment ? J'étais pourtant sûre qu'il serait là.

— Bien sûr qu'il sera là, dit Raisa. C'est mon jour de naissance.

Marianna hésita.

— Oui, c'est vrai, mais souviens-toi que vous avez déjà célébré l'événement, ton père et toi, au camp Demonai. Peut-être pense-t-il qu'il a déjà rempli ses obligations.

Raisa mit quelques secondes pour se rappeler que son père était censé l'avoir emmenée au camp Demonai quand elle avait été enlevée, au Pont-Sud.

— Ce n'est pas une question d'obligation, dit Raisa. Il m'a dit qu'il serait là. Il veut être là. (Elle marqua une pause, puis se lança.) Pourquoi l'avez-vous envoyé aux Falaises-de-Craie, justement maintenant ?

Sa mère lâcha un soupir exaspéré.

— Ce n'est pas si loin que ça, ma chérie. Ça ne devrait pas poser de problème d'y aller et d'en revenir en quatre jours. Ton couronnement est important, mais les affaires du royaume ne peuvent pas s'interrompre pour une semaine à cause de cette cérémonie. (La reine sourit, ses yeux fauves examinant le visage de Raisa.) Ne t'inquiète pas. Je vais l'envoyer chercher à la Maison Kendall, et lui dire de venir te trouver aussitôt, pour te rassurer. (Elle embrassa Raisa sur le front.) Tout ira bien, Raisa, tu verras.

Elle se tourna et quitta la pièce dans un bruissement de soie.

Mais le temps passa, ils devaient bientôt partir pour le temple, et son père n'était toujours pas là. Raisa regarda dans le couloir, et un jeune garde râblé se mit au garde-à-vous devant la porte.

— Votre Altesse, dit le soldat, que puis-je faire pour vous ?

— Oh ! je regardais, c'est tout.

Ils restèrent un moment face à face, mal à l'aise.

— Bon, continuez, dit enfin Raisa.

Elle ferma la porte.

Incapable de rester tranquille, Raisa ouvrit les portes de la terrasse et sortit dans le crépuscule.

Le tonnerre grondait sur Hanalea, Rissa et Althea. De gros nuages couvraient les pics, illuminés par la lueur vert et jaune des éclairs. L'air était lourd de l'odeur de la pluie, presque étouffant, et Raisa sentit se dresser le duvet de sa nuque et de ses bras.

Le vent souffla plus fort, poussant les nuages comme des loups gris rôdant sur les collines lointaines. Raisa courba les épaules. *C'est seulement le trac*, se dit-elle. *C'est tout.*

Magret était aussi nerveuse que Raisa. Elle examinait les notes sur la table, comme si elle allait trouver un mot d'Averill. Elle tourna autour de Raisa, rectifiant une mèche, faisant un commentaire sur son maquillage et tirant sur les dentelles jusqu'à ce que Raisa doive se retenir pour ne pas la rabrouer.

Chaque fois que Magret ouvrait la bouche, un déluge de mots s'en échappait nerveusement.

— Vous avez entendu ça ? Le prince Gerard Montaigne d'Arden est ici. Alors qu'il est en pleine guerre, il vient ici, espérant sans doute rentrer chez lui avec un contrat de mariage en poche. Il est le plus jeune des cinq frères, et j'ignore pourquoi il pense que la princesse des Fells devrait l'honorer ne serait-ce que d'un regard. Le prince Liam, en revanche, est très bien de sa personne, et il a de si bonnes manières ! Il est l'héritier du trône de Tamron, savez-vous ?

Finalement, on frappa à la porte. Raisa se précipita, mais Magret la coiffa au poteau.

Ce n'était pas son père. C'était Gavan Bayar, le Haut Magicien des Fells, resplendissant dans ses atours argent et noir, assortis à sa chevelure argentée et à ses épais sourcils noirs.

— Seigneur Bayar, bafouilla Magret, je pensais... Nous attendions...

Le seigneur Bayar passa à côté de Magret et s'inclina devant Raisa.

— Votre Altesse, vous êtes une véritable vision ! J'aimerais être plus jeune. (Il s'interrompit et la regarda de la tête aux pieds.) Hélas, votre père n'est toujours pas revenu des Falaises-de-Craie, et la reine m'a demandé de vous escorter au temple. (Il lui tendit le bras.) J'en serais très honoré.

Raisa recula.

— Peut-être... arrivera-t-il bientôt.

— Tout le monde est réuni, dit Bayar. Le moment est venu. La reine demande votre présence.

Raisa heurta sa coiffeuse et s'appuya contre elle, soudain prise de vertige. Quelque chose n'allait pas. Tous ses instincts étaient en alerte. La lampe posée sur la table crachota dans la brise qui s'engouffrait par la porte ouverte, et des ombres en forme de loups glissèrent le long des murs.

Le garde râblé se planta dans l'entrée, la main sur son épée.

— Votre Altesse ?

Magret s'interposa entre Raisa et le seigneur Bayar, l'air consternée.

— Son Altesse ne se sent pas bien, dit-elle. Peut-être, si vous lui laissez quelques minutes...

La colère naquit dans les yeux bleus du seigneur Bayar.

— Écartez-vous, ordonna-t-il. Nous n'avons pas quelques minutes. La princesse doit venir immédiatement avec moi, sur ordre de la reine.

— Tout va bien, Magret, dit Raisa, même si elle n'en pensait pas un mot. (Elle se redressa, secoua la tête pour s'éclaircir les idées et fit un signe au garde.) Repos. Je pars avec le seigneur Bayar. C'est gentil à lui d'être venu me chercher. Je suis sûre que papa sera là à temps pour la danse.

Ignorant le bras tendu de Bayar, Raisa remonta ses jupes à deux mains, redressa la tête et partit dans le couloir, marchant devant lui. Le soldat les suivait.

Ce n'était pas évident de devancer les longues enjambées du seigneur Bayar, avec sa robe qui entravait ses pas et ses élégants chaussons. Finalement, elle lui permit de lui saisir le bras. Elle sentit le picotement du pouvoir dans les doigts du magicien.

Prends ton visage de marchand, se dit-elle.

Ils suivirent l'allée couverte qui menait du château à l'église, traversèrent la cour qui représentait la séparation entre l'Église et l'État, entre le sacré et le profane. Le temps se gâtait de plus en plus, et le vent délogea quelques mèches de sa coiffure si soigneusement élaborée. La pluie ne tarderait pas à tomber. Elle se demanda si son père était quelque part, sous l'orage, essayant de rentrer chez lui. Elle fit une prière à la Créatrice, et à Maia, la faiseuse de temps, pour qu'il arrive sain et sauf.

La nef solennelle de la cathédrale du temple était éclairée par des chandelles. Raisa avança le long d'un chemin recouvert d'un tapis rouge, entre les rangs des nobles réunis qui tendaient tous le cou pour apercevoir la princesse héritière. Raisa eut l'impression d'être une mariée entrant dans le temple au bras de son père. Sauf que ce n'était pas son père, et que ce n'était pas son mariage.

Elle s'aperçut que la substitution de dernière minute entre son père et le seigneur Bayar n'avait pas été annoncée. Elle entendit un murmure courir dans la foule, et vit une vague de têtes se tourner. Les commérages habituels. Où était Averill Demonai, pourquoi n'était-il pas là, qu'est-ce que tout cela signifiait ?

Elle aurait voulu taper du pied et dire : *Ce n'était pas comme ça que je voyais les choses.*

Devant elle, elle vit sa mère, assise dans le siège de la reine, ses jupes arrangées autour d'elle, la lourde couronne de cérémonie sur la tête. Et, debout près d'elle, elle fut étonnée de voir l'orateur Jemson du temple du Pont-Sud, resplendissant en robes or et blanc. Même à cette distance, elle put voir la surprise sur le visage de l'orateur quand Raisa entra avec le Haut Magicien.

Puis elle comprit. Son père avait dû prendre toutes les dispositions concernant la foi. C'était probablement lui qui avait demandé à l'orateur Jemson d'officier.

Raisa traversa le temple, faisant de son mieux pour ignorer le magicien à côté d'elle et garder un visage solennel, alors que son cœur battait à tout rompre. Malgré cette distraction, elle saisit plusieurs choses du coin de l'œil : le sourire figé de sa cousine, Missy Hakkam, debout à côté de son frère, le séduisant mais insipide Jon. Kip et Keith Klemath se donnant des coups de coude, probablement en pariant sur qui gagnerait le jeu de la séduction lors de la danse.

Sa grand-mère Elena était là, avec quelques aînés du camp Marisa et du camp Demonai, en robes de cérémonie. Avec les aînés se tenaient plusieurs guerriers demonai, dont Reid MarcheNuit, le prétendant supposé de Raisa.

Quand Raisa passa devant eux au bras du Haut Magicien, Elena se pencha et murmura quelque chose à l'oreille de Reid. Elena était impassible, mais Reid fronça les sourcils.

Miphis et Arkeda Mander étaient placés vers l'avant, à côté de Micah Bayar, un triple de magiciens. Il semblait que le bannissement de Micah avait pris fin. Il était impeccablement habillé, comme toujours, et étonnamment beau, comme toujours, mais il était un peu pâle et avait l'air légèrement fiévreux, comme si quelque chose ne lui convenait pas. Il la suivit de ses yeux sombres jusqu'à l'avant du temple.

Une petite garde d'honneur attendait de chaque côté de l'estrade. Raisa chercha du regard le capitaine Edon Byrne, qui avait accompagné son père aux Falaises-de-Craie. Il n'était pas là, mais Amon s'y trouvait, en uniforme de cérémonie, raide comme un piquet, les mains posées sur la garde de son épée. Il regardait droit devant lui, les joues empourprées, mais elle savait qu'il l'avait vue.

J'ai rêvé de toi, pensa-t-elle.

Elle arriva enfin devant l'orateur Jemson et sa mère. Le seigneur Bayar lui lâcha le bras et se plaça sur le côté, près de sa sœur, la princesse Mellony.

Raisa regarda dans les yeux de Jemson et y lut de la compassion. L'orateur sourit. Cela lui remonta le moral, et elle lui rendit son sourire. Son pouls se calma et ses peurs refluèrent. Elle serait reine, et les reines gouvernaient les magiciens, dans les Fells.

— Mes amis, voici venue la saison des fêtes de jour de naissance, et j'ai déjà présidé à nombre d'entre elles, dit Jemson. C'est toujours un privilège de permettre à un enfant de passer dans le monde des adultes, et d'accueillir un nouveau sujet dans le royaume. Mais, ce jour, nous sommes réunis pour une cérémonie très spéciale, qui s'appuie sur une tradition vieille de mille ans. Aujourd'hui, nous nommerons Raisa *ana*'Marianna, l'héritière d'Hanalea et du trône du Loup Gris.

Jemson parcourut l'assemblée du regard.

— La princesse a déjà prouvé sa compassion, en dépit de son jeune âge. Son Ministère d'Églantine, au temple du Pont-Sud, porte secours à des centaines de personnes, toutes les semaines. Des familles sont nourries et vêtues, et des enfants éduqués grâce à sa générosité. Elle est une héritière digne d'Hanalea !

La reine regarda Raisa, l'air étonnée. Des commentaires parcoururent la foule, comme le vent sifflant dans les branches, en hiver.

La voix de Jemson guida Raisa tandis qu'elle se dédiait à la Créatrice, aux Fells, et à la lignée des reines. Sa mère lui posa les Trois Questions, et elle donna les Trois Réponses d'une voix forte et claire, pour qu'on l'entende jusqu'à l'autre extrémité du temple.

Raisa monta les marches de l'estrade et s'agenouilla devant sa mère. La reine Marianna posa sur sa tête la tiare étincelante du Loup Gris, et dit :

— Levez-vous, princesse Raisa, héritière du trône du Loup Gris.

Dehors, l'orage éclata, et la pluie s'abattit contre les vitraux des fenêtres. Ses ancêtres l'approuvaient. Ou peut-être lui criaient-ils un avertissement ?

Des applaudissements emplirent le temple, sans doute parce que les gens pensaient qu'il était temps d'aller dîner.

La salle de bal principale avait été transformée en une forêt féerique, dont les limites étaient adoucies par des bosquets de petits arbres sans feuilles aux branches étincelantes de lumières magiques. Les tables avaient été installées à un bout, dans un boudoir forestier. Aux arbres pendaient des cages d'argent emplies d'oiseaux chanteurs.

Au dîner, elle était à côté de la reine, en tête de table. Elle avait insisté pour que l'orateur Jemson prenne la chaise située de l'autre côté, qui aurait dû être la place de son père. Elle voulait surtout éviter que le seigneur Bayar s'y installe, et fut étonnée quand la reine accepta immédiatement. Marianna semblait vouloir faire plaisir à sa fille au caractère souvent difficile, et remplir par tous les moyens le vide laissé par l'absence d'Averill.

Alors que le protocole stipulait que les princes du Sud devaient être assis tout de suite après la famille royale, Raisa remarqua que sa mère les avait placés assez loin de la tête de la table. De plus, les Tomlin étaient assis en face d'un étranger, qui, d'après ses vêtements élaborés, devait être Gerard Montaigne, le plus jeune prince d'Arden. Il était mince et avait des cheveux de la couleur du sable humide, et des yeux bleu très pâle, presque incolores.

Elena Demonai et les autres représentants des clans étaient eux aussi placés à l'extrémité opposée de la table de Raisa.

Raisa mangea très peu, endurant le poids de la tiare et de son nouveau titre, et la déception de l'absence de son père. Elle parla aussi très peu, mais l'orateur Jemson, la reine Marianna et le seigneur Bayar compensèrent largement son manque de conversation. Leurs voix ne l'atteignaient pas vraiment, comme de la pluie glissant le long d'une toile cirée.

La reine avait l'air nerveuse et son sourire était forcé. Elle regardait sans arrêt dans la direction de Raisa, comme si elle ne savait pas à quoi s'attendre avec la nouvelle princesse héritière. L'orateur Jemson faisait semblant d'être détendu et bavard, mais Raisa pensa que rien de ce qui se passait ne lui échappait.

— La princesse Raisa a été une merveilleuse ambassadrice pour le trône du Loup Gris, dans la cité, dit-il.

— Vraiment ? dit la reine en tripotant sa serviette de table.

— Oh ! oui. Les musiciens des rues chantent ses louanges. Les enfants de l'école du temple du Pont-Sud posent des guirlandes sous son portrait, dans le sanctuaire, et les Consacrés du temple ont ouvert une nouvelle salle de guérison en son nom.

— J'ignorais tout ça, dit la reine en piquant sa fourchette dans sa caille rôtie, les sourcils légèrement froncés.

— Tout le monde vous rend grâce, Majesté, pour avoir élevé une fille d'une nature si généreuse, ajouta-t-il.

La reine sourit.

Amon Byrne croisa le regard de Raisa à plusieurs reprises depuis son poste contre le mur. Il leva un sourcil, comme pour demander : « Que se passe-t-il ? »

Raisa se détendit un peu quand les tables furent desservies et que les invités gagnèrent la piste de danse. Son carnet de bal était déjà plein, selon le protocole, une fois passé la traditionnelle danse entre le père et sa fille, qui n'eut pas lieu, bien entendu. La soirée passa rapidement, dans un kaléidoscope de visages d'hommes vêtus de couleurs brillantes et une cacophonie de compliments. Et le picotement des mains de magiciens. Sans oublier les Klemath, qui resurgirent régulièrement, à la manière d'un cauchemar.

Elle dansa avec le prince Gerard Montaigne et le trouva froid, véhément et condescendant, une combinaison remarquable pour un garçon à peine plus âgé qu'elle. Il ne fit aucun effort pour la flatter, mais passa directement à la politique.

— Est-ce que ça vous ennuie, princesse, demanda-t-il avec son dur accent des plaines, que je sois le plus jeune de cinq fils, dont quatre sont encore en vie, même si je suis fils de roi ?

— Cela dépend, dit Raisa, incapable de résister. Avez-vous aussi des sœurs aînées ?

Il la regarda un moment, ses yeux aussi pâles et aussi froids qu'un glacier.

— J'ai une sœur aînée, dit-il. Mais, en Arden, la couronne est transmise uniquement par la lignée mâle.

— Je vois. Dans ce cas, espérez-vous épouser une reine pour que vos filles aient un héritage ? demanda Raisa.

— Eh bien, euh… je n'y avais pas pensé, balbutia le prince. Je pensais que ce serait intéressant de… euh… marier nos royaumes… et nos ressources… pour nos fils.

— Je vois. Nos *fils*. Très bien. Il me semble que je n'ai pas répondu à votre question. Vous avez demandé si ça m'ennuyait que vous soyez le plus jeune fils ?

— Oui, dit Gerard Montaigne. Je voulais vous assurer qu'étant donné la situation en Arden ma place dans la fratrie n'est pas un obstacle insurmontable. Si vous pouvez être patiente, Votre Altesse, je peux vous assurer que j'ai l'intention de porter la couronne, en fin de compte.

— Je n'ai aucune raison de m'inquiéter à propos de vos trois frères, dit Raisa. Même si eux ont des raisons d'être inquiets à cause de vous. En revanche, je serais très préoccupée par la succession en Arden s'il paraissait vraisemblable que nous devenions époux.

Heureusement, à cet instant, la musique s'arrêta. Raisa recula et retira ses mains de celles du prince, qui ne semblait pas avoir envie de la lâcher.

— Merci pour la danse, Votre Altesse, dit-elle. Je vous souhaite un bon voyage de retour.

Elle sentit ses yeux transpercer son dos quand elle partit, la tête haute. *Voilà déjà un prince du Sud à rayer de ma liste*, pensa-t-elle. *Ce type me donne des frissons.*

Elle était tendue quand le nom de Micah arriva sur son carnet de bal. Elle ne savait pas à quoi s'attendre. Une proposition, une déclaration d'amour, des murmures de conspirateurs ? Mais elle n'aurait pas dû s'inquiéter. Cette fois, il se comporta en parfait gentilhomme. Il semblait même si distrait et si distant que Raisa lui demanda, assez sèchement, à quoi il pensait, au moment où la musique cessa.

— Je ne pensais à rien, Votre Altesse, dit-il en s'inclinant. À rien du tout. C'est une qualité utile. Je vous la recommande.

Et il s'éloigna d'un pas raide.

Amon fut une autre affaire. Il lui prit les mains si fort qu'elle laissa échapper une exclamation de douleur. Il relâcha sa prise.

— Désolé, dit-il. Que se passe-t-il ? Où est votre père ?

— J'espérais que vous pourriez me le dire. Avez-vous des nouvelles ?

— Un oiseau est arrivé des Falaises-de-Craie, hier, avec un message disant qu'ils étaient partis pour la Marche hier matin, dit Amon. Je m'attendais qu'ils arrivent hier soir. Je n'ai reçu aucune nouvelle depuis. Ils se sont probablement arrêtés quelque part pour la nuit. Avec cet orage, et tout ça.

La pluie crépitait sur le toit de tuiles du temple, et le vent hurlait entre les tours.

— Pourtant… ils auraient dû arriver bien avant que l'orage éclate, dit-elle. J'ai… un mauvais pressentiment à ce sujet. Une intuition. Quelque chose est arrivé. Ou va arriver. Ou les deux.

Elle posa la tête sur l'épaule d'Amon et frissonna.

— Que pourrait-il arriver ? murmura Amon. (Elle sentit son souffle chaud dans le creux de son oreille, et ses mains fermes posées sur son dos, la guidant sur la piste de danse.) Vous êtes ici, au château de la Marche, au milieu d'une fête, avec vos gardes autour de vous. (Il semblait vouloir se convaincre lui-même.) Cette… intuition… est-elle fiable ? Et y a-t-il un moyen de savoir *quoi* ou *quand* ?

Typique d'Amon le pragmatique.

— Je l'ignore, dit Raisa, essayant de voir clair dans ses sentiments.

Elle se sentait étrangement en sécurité ici, dans le cercle des bras d'Amon. Elle était connectée à lui d'une manière qu'elle n'avait jamais connue avant. Comme si un canal s'était ouvert entre eux, et que les émotions y coulaient. Elle aurait voulu continuer à danser avec lui éternellement.

Raisa se racla la gorge et essaya de se concentrer sur cet autre danger, plus nébuleux.

— Magret dit que c'est juste le trac lié à la fête du jour de naissance, et elle a peut-être raison. Mais je me sentirais plus à l'aise si nos pères étaient là. Je m'inquiète que quelque chose leur soit arrivé.

— Nous n'y pouvons rien, hélas, dit Amon. Alors, concentrons-nous sur vous, pour le moment. Si vous êtes en danger, quelle peut être la nature de ce danger ?

Raisa le regarda, craignant qu'il se moque d'elle, mais il avait l'air totalement sérieux.

— Réfléchissons, reprit-il. Quand seriez-vous le plus vulnérable à… disons, des assassins, ou un enlèvement ? Après la fête, vous retournerez dans vos appartements. À ce moment-là, peut-être.

Raisa lui saisit les coudes.

— Restez dans ma chambre cette nuit, Amon, dit-elle impulsivement. Je me sentirais plus en sécurité avec vous à côté de moi.

— Raisa, je ne peux pas faire ça, dit Amon, son expression trahissant un mélange de regret et de sens des convenances.

— Je me fiche bien de ce que les gens penseront, dit Raisa. De plus, Magret sera là. Elle nous servira de chaperon.

— Oui, dit Amon. C'est bien elle qui s'est endormie dans le jardin ? (Il se mordit la lèvre.) Je vais faire venir la Meute de Loups. Nous sommes affectés à votre garde personnelle, à partir de demain.

Raisa le regarda, surprise.

— Vraiment ? Je croyais que votre père voulait que vous restiez loin de moi.

— Il a changé d'avis, dit Amon.

Il parut sur le point d'ajouter quelque chose, mais il referma la bouche et ne dit plus rien pendant un long moment.

— De toute façon, je suis toujours inquiet au sujet du tunnel que vous n'avez pas condamné, dit-il enfin. Quand la danse sera terminée, je vais envoyer certains de mes gars surveiller le couloir qui mène à vos appartements. Il y aura le garde habituel devant votre porte. Moi, j'irai dans le jardin surveiller l'entrée du tunnel. Ça fait une nuit de réglée. Et peut-être que demain nos pères seront de retour.

Ils dansèrent encore un moment en silence, mais Amon avait toujours l'air troublé.

— Qu'y a-t-il ? demanda-t-elle.

— Et s'ils ne reviennent pas ? Je suis censé repartir pour le Gué-d'Oden dans une semaine.

— Déjà ? dit Raisa, sentant la panique l'effleurer. Mais l'été n'est pas fini. On est seulement fin juillet. Il reste tout le mois d'août, et…

— Je dois prendre un chemin détourné pour y aller. Nous devons faire un peu de reconnaissance pour papa. Mais, s'il n'est pas revenu, je ne peux pas vous laisser seule ici.

— Il arrivera, Amon. Ils arriveront tous les deux. Vous verrez.

La musique s'était arrêtée, signalant la fin de la danse. Ils cessèrent à regret de danser. Amon était penché vers elle, leurs visages à quelques centimètres l'un de l'autre. Raisa lui prit les mains et murmura :

— Merci.

Elle se dressa sur la pointe des pieds et lui mit les bras autour du cou, voulant terminer la danse par un chaste baiser, mais ils furent interrompus.

— Votre Altesse ? dit une voix au fort accent, derrière eux. Il me semble que j'ai réservé la prochaine danse.

Raisa pivota et vit qu'il s'agissait du prince Liam Tomlin de Tamron. Il s'inclina.

— Bien entendu, si cela vous dérange…

— Votre Altesse, dit-elle en faisant la révérence, rouge d'embarras. (Elle devait vraiment faire plus attention. D'autant que le prince Liam était un époux possible.) Bien entendu, cela ne me dérange pas du tout. Je suis désolée, j'étais seulement…

— … distraite, dit le prince. Ça arrive.

Il avait un sourire éblouissant souligné par sa peau cuivrée.

Raisa regarda par-dessus son épaule, mais Amon était parti.

Le prince lui prit la main, et l'orchestre entama une valse, par déférence pour le couple royal : c'était une danse que les gens du Sud connaissaient bien. Les musiciens n'auraient pas dû s'inquiéter. Le prince dansait avec la grâce inconsciente de quelqu'un qui a été élevé à la cour.

Il n'était pas particulièrement grand, à côté de Micah ou d'Amon, mais il était extrêmement bien habillé, avec un manteau bleu et des braies blanches qui mettaient en valeur son physique élancé et aristocratique. Tamron était connu pour être l'arbitre des élégances des Sept Royaumes. À côté de l'étincelante Cour-de-Tamron, la Marche-des-Fells était un trou perdu.

— Ce n'est pas souvent que je dois réserver une place dans le carnet de bal de quelqu'un, dit le prince Liam. Et arracher ma partenaire aux bras d'un autre. Voyez à quel point la fortune des Tamron a décliné.

Saisie, Raisa regarda le prince, mais elle ne vit aucune arrogance en lui, seulement de l'humour et de l'autodérision. Elle le trouva aussitôt sympathique.

— Oui. Et moi, j'essaie de m'habituer à l'idée d'être mise en vitrine comme un morceau de viande fraîche, dit Raisa.

Le prince Liam éclata d'un rire étonnamment jovial.

— Vous êtes peut-être d'avis que les princes contrôlent leur propre vie. Je me permets d'avoir une opinion différente de la vôtre. Nous nous pavanons sur la scène, nous improvisons de notre mieux, seulement pour découvrir que le scénario est déjà écrit, et que nous n'y avions rien compris.

— Pas toujours, dit Raisa. Je crois que, parfois, nous pouvons écrire notre propre texte.

— Vous êtes amoureuse de votre soldat, alors ?

La question était comme une lame enfoncée dans le flanc de Raisa, mais elle la dévia.

— Je ne parlais pas d'amour, dit-elle, ajoutant silencieusement : *enfin, pas seulement d'amour.*

— Alors, j'ai une chance, dit-il en tournant la tête pour montrer son superbe profil, encadré par ses boucles noires. Puis il la regarda, comme pour voir si elle avait remarqué.

Elle éclata de rire.

— Vous êtes un excellent poseur, dit-elle.

— C'est l'impression que je voulais donner, répondit-il joyeusement. Tous les autres, ici… ce sont des imposteurs.

— Je ne joue pas un rôle, dit Raisa. Je veux que les gens sachent qui je suis.

— Vous êtes jeune, Votre Altesse, dit le prince Liam, comme s'il était un aîné cynique.

— Pourquoi ? Et vous, quel âge avez-vous ?

— Dix-sept ans, répondit le prince.

Je suis presque aussi âgée que vous, eut-elle envie de dire. Mais elle s'abstint, car cela lui sembla puéril.

— Comment se passe la chasse à l'épouse ? demanda-t-elle. Des perspectives ?

Il rit de nouveau.

— On m'avait bien dit que vous étiez directe.

— Vraiment ? Et que vous a-t-on dit d'autre ?

— Que vous étiez volontaire, têtue et intelligente, dit-il en la regardant dans les yeux. Et aussi la plus belle princesse des Sept Royaumes.

C'était de la flatterie, mais c'était quand même plaisant à entendre.

— Vraiment ? Comment le saurais-je, étant donné que je n'ai jamais quitté les Fells ? Un jour, j'irai en Tamron, et dans les autres royaumes du Sud. Comment avez-vous été affecté par la guerre en Arden ?

— Nous avons choisi d'ignorer la guerre, dit Liam en lui parlant à l'oreille, comme s'il lui confiait un secret. Nous nous distrayons avec des fêtes, des divertissements et autres vices, comme si cela suffisait à la faire disparaître.

— Et pourtant vous êtes ici, à la recherche d'une alliance contre les Montaigne, dit Raisa, contente d'avoir appris tout ça grâce à son père et Amon Byrne.

Liam agita une main couverte de bagues.

— Je cherche une épouse riche pour payer mes dettes de jeu, dit-il. On dit que les reines des Fells sont très frugales, et qu'elles ont toujours les premières pièces frappées à leur effigie.

La musique s'arrêta. Il l'accompagna à une table dans un des bosquets temporaires de sa mère. Raisa fit signe à un serveur de leur apporter des boissons, puis elle enleva ses chaussures. Son carnet de bal était terminé. Le prince Liam avait été le dernier de la liste. Même si l'orchestre jouait encore, et continuerait jusqu'au départ officiel de la princesse héritière, Raisa fut surprise de voir que la salle était presque vide. Elle n'avait pas remarqué qu'il était si tard. Elle avait passé la fête de son jour de naissance sans vraiment s'en apercevoir. Un peu décevant, après les mois d'anticipation fébrile.

Elle revint au présent. Le prince Liam levait son verre.

— Vous êtes *vraiment* la plus belle princesse des Sept Royaumes. (Il leva l'autre main pour arrêter ses protestations.) Je suis très bon juge en la matière, Votre Altesse. J'ai vu plus de princesses que je peux m'en souvenir.

Raisa éclata de rire. Les priorités du prince Liam ne coïncidaient peut-être pas avec les siennes, mais il était charmant.

— Vous devriez nous rendre visite, dit le prince. Tamron n'a pas la beauté naturelle des Fells, mais je pense que vous trouveriez la cité de la Cour-de-Tamron très... intéressante. (Il grimaça.) Même si l'été n'est pas notre saison la plus agréable.

— C'est ce que j'ai entendu dire. Votre père, le roi Markus, m'a invitée à visiter son pavillon près du lac.

— Le pavillon est effectivement très agréable, en été, dit Liam. Mais il peut sembler un peu surpeuplé, surtout quand les trois épouses de mon père sont présentes.

Raisa ne put s'empêcher de se demander s'il avait mentionné volontairement les trois épouses.

— Je préfère passer l'été en ville, pour ma part, dit le prince. Nous dormons pendant les heures chaudes de la journée, et nous restons debout toute la nuit. Bientôt, ce sera l'automne, où les nuits deviennent fraîches et délicieuses, et où la pluie ranime les fleurs. Nous l'appelons « la saison des amours ».

Il posa sa main sur celle de Raisa.

Fais attention, se dit Raisa. *C'est le prince dont Missy Hakkam est tombée raide amoureuse.* Raisa avait tendance à se servir de Missy comme d'une sorte d'indicateur des comportements stupides à éviter.

— Êtes-vous ici pour le compte de votre père, ou pour le vôtre ? demanda Raisa.

Liam éclata de rire, mais il y avait de l'amertume dans sa voix.

— Mon père n'a pas besoin de mon aide pour se marier, dit-il. Je suis ici pour mon propre compte.

— Bien. Alors, quelle est votre position concernant les épouses multiples ? Si vous avez deux ou trois épouses, votre épouse peut-elle avoir plusieurs maris ?

Liam buvait du vin au moment où elle lui posa cette question, et il faillit le recracher sur la table.

— Prin... Princesse Raisa, balbutia-t-il, je pense que l'homme qui vous épousera aura assez à faire sans compliquer les choses avec d'autres épouses.

Raisa rit, mais remarqua qu'il n'avait pas répondu à sa question. Pourtant, il la regardait comme s'il la trouvait fascinante. Son regard allait de sa bouche à ses yeux, puis de ses yeux à sa bouche.

Il se pencha vers elle et posa ses mains sur ses épaules nues, ce qui lui donna la chair de poule.

— À ce stade, je suggère généralement une promenade dans les jardins, mais il pleut toujours à verse, si j'en crois mes oreilles. Peut-être y a-t-il un autre endroit où nous pourrions nous retirer pour parler, loin des oreilles de la cour ?

Raisa se dit alors que Liam était peut-être le danger qu'elle avait pressenti. Mais c'était un danger d'un genre intéressant, après tout.

À cet instant, elle entendit des pas derrière elle. Liam leva la tête et fronça les sourcils.

— Votre Altesse.

Raisa n'eut pas besoin de se tourner pour savoir de qui il s'agissait.

— Votre Altesse, la reine réclame votre présence dans sa chambre privée, dit Micah Bayar. Elle m'a demandé de venir vous chercher.

Raisa le regarda, méfiante. Pourquoi sa mère aurait-elle envoyé Micah la chercher, après tout ce qui était arrivé ? Elle chercha Amon du regard, mais il n'était pas là, ni aucun de ses autres gardes. Elle se demanda s'il était déjà parti dans le jardin du toit.

Micah se tourna vers Liam.

— Votre Altesse, je suis désolé, mais vous devrez excuser la princesse Raisa. Il se fait tard.

— Oui, c'est vrai, dit Liam sans rancœur. (Il sourit à Raisa.) Princesse Raisa, je serai encore ici quelques jours avant de repartir pour Tamron. Je réside à la Maison Kendall. J'espère vous revoir avant de partir.

Il s'inclina et quitta la salle.

Micah le regarda un moment, puis saisit le bras de Raisa pour l'emmener hors de la salle de bal.

Elle se dégagea.

— Je connais le chemin, dit-elle.

Elle partit devant, le laissant la suivre. Elle aurait aimé passer encore un peu de temps avec Liam Tomlin, et elle en avait assez d'être traînée çà et là par les Bayar.

— Que veut ma mère ? demanda Raisa pendant qu'ils dépassaient de petits groupes de gens qui discutaient dans les couloirs. Je ne l'ai pas vue depuis des heures. Je pensais qu'elle était au lit depuis longtemps.

— Pas encore, dit Micah, sans répondre à sa question.

Il paraissait tendu, et Raisa le soupçonna d'avoir encore abusé de la boisson.

Raisa avait pris soin de ne rien boire d'autre que de l'eau, et un peu de punch très dilué. Elle essayait toujours d'apprendre de ses expériences.

Quand ils approchèrent des appartements de la reine, les couloirs se vidèrent. Machinalement, Raisa quitta les corridors publics pour prendre les couloirs plus étroits, privatifs, utilisés par la famille royale. Quand ils passèrent devant la petite bibliothèque installée par son père, Micah dit :

— Raisa, avant que nous entrions, donnez-moi une minute. Je vous en prie.

Elle se tourna vers lui. Il fit un signe de tête vers la bibliothèque.

— Écoutez ce que j'ai à dire. Je vous promets que ça ne sera pas long.

Il tripotait ses manches, étonnamment mal à l'aise.

Elle le crut, malgré ce que lui soufflait son bon sens. Après un long moment, elle le précéda dans la bibliothèque et se plaça derrière une table.

— J'ai essayé de vous voir depuis ma fête, dit-il. Je voulais vous dire que j'ignorais que le collier et la bague étaient ensorcelés.

Donc, il reconnaissait qu'il s'agissait bien de porte-poisse, et que le seigneur Bayar avait menti à la reine.

Raisa croisa les bras.

— Pourquoi devrais-je vous croire ?

— Parce que, comme vous le verrez, je n'ai aucune raison de vous mentir.

Raisa inclina légèrement la tête.

— Que voulez-vous dire par là ?

Il ignora sa question.

— Et parce que j'aimerais croire que je suis capable de séduire une fille par mes propres moyens.

— Ça dépend de la fille, dit Raisa d'un ton acerbe. J'ai entendu dire que vous aviez déjà fait quelques conquêtes, par le passé.

Il eut un demi-sourire et haussa les épaules, lui rappelant pourquoi elle l'avait toujours trouvé si attirant.

— Quand vous... Quand vous avez semblé réceptive, j'ai supposé que vous aviez finalement succombé à mes charmes, dit Micah. Imaginez ma déception quand j'ai appris que vous aviez été ensorcelée non par moi, mais par une amulette.

— Et plusieurs verres de vin, ne put s'empêcher d'ajouter Raisa.

— Non. Le vin ne marche pas sur vous, dit Micah avec un geste de la main. J'avais déjà essayé ça.

Eh bien, pensa Raisa, *vous voilà inhabituellement franc, ce soir !*

— Pourquoi ne pouvez-vous vous contenter d'avoir toutes les autres filles de la cour à vos pieds ? Pourquoi voulez-vous toujours ce que vous ne pouvez pas avoir ?

— Pourquoi ne me demandez-vous pas qui était responsable, pour l'amulette, si ce n'était pas moi ?

— Parce que je n'en ai pas besoin, répondit-elle. Dites-moi, pourquoi votre père voudrait-il que vous me séduisiez ? Essayait-il de provoquer un scandale, de m'empêcher d'épouser un prince du Sud ?

— Ma foi, dit Micah en levant les yeux au ciel, ç'aurait toujours été ça de pris. La dernière chose dont nous avons besoin est que vous épousiez un prince du Sud.

— Il y a une chose que je ne comprends pas. Votre père est lié par magie à la lignée des reines. Comment donc est-il capable d'agir contrairement à son intérêt ?

— Comment savez-vous que c'est le cas ? Qu'il agit à l'encontre de l'intérêt de la lignée, je veux dire.

Il examina les volumes sur les étagères les plus proches. Il passa la main sur le dos poussiéreux des livres, regarda sa paume et l'essuya sur son pantalon. Ce geste le fit soudain paraître très jeune.

— Par le sang du démon ! Micah ! Ensorceler la princesse héritière contre son gré ? C'est de la trahison. Qu'espérait-il accomplir ?

— Mon père pense que nous serons bientôt en guerre, dit Micah. Dès que la guerre civile d'Arden aura pris fin.

C'était exactement ce qu'Amon avait dit.

— Oui ? Et qu'est-ce que ça a à voir avec moi ?

— Nous devons à tout prix vaincre les peuples du Sud. Pour ce faire, nous devrons peut-être rejeter certaines des règles archaïques qui nous ont affaiblis.

— Moi, j'apprécie certaines des anciennes règles, dit Raisa. Comme celles qui condamnent la trahison.

— Vous savez que l'Église de Malthus considère la magie comme une hérésie, n'est-ce pas ? dit Micah. Ils brûlent les magiciens, dans le Sud.

L'Église de Malthus avait la réputation d'être sans humour, austère et conservatrice, Raisa le savait. Mais elle ignorait sa position par rapport aux magiciens.

— Nous aurons besoin de toutes nos armes, si Arden nous attaque, dit Micah. Nous devons l'emporter. Il faut que les clans se rendent à l'évidence. Nous avons besoin d'un accès total aux outils de la magie.

— Vous l'aviez, dit Raisa, la fatigue l'emportant sur la diplomatie. Et vous avez provoqué une catastrophe.

Pourquoi devaient-ils parler de ça, maintenant ? Elle était fatiguée, irritable et perturbée par cette conversation.

— Écoutez, pouvons-nous simplement aller voir ce que veut ma mère, puis aller tous nous coucher ?

Micah repoussa ses cheveux noirs en arrière.

— Je voulais seulement vous dire que rien de tout ça n'était mon idée. J'espère que vous pourrez… que vous garderez ça à l'esprit.

Son intuition la chatouilla de nouveau. Pourquoi Micah Bayar lui tenait-il ce discours, l'emmenait-il voir la reine en pleine nuit ? Et si elle n'avait pas envie d'y aller ?

En fait, elle n'irait pas. Elle retournerait à ses appartements, où Amon l'attendait.

Enfin, en quelque sorte…

Elle fit le tour de la table pour se glisser dans le couloir. Il lut sans doute ses intentions sur son visage, car il lui barra le chemin.

— Venez, maintenant, dit-il. Dépêchons-nous. On nous attend.

— Non, dit-elle en secouant la tête. En fait, je suis épuisée, et je ne me sens pas très bien. Présentez mes excuses à la reine, je vous prie. Je pense que je ferais mieux d'aller me coucher.

Micah soupira.

— Raisa, je suis désolé, mais je dois vous amener à la reine. Si ça peut vous rassurer, aucun de nous deux n'a le choix, d'accord ?

Raisa le regarda et vit qu'il était sérieux. Elle se dirigea vers la chambre privée de la reine, réfléchissant à toute vitesse pour essayer de comprendre ce qui se passait.

« Aucun de nous deux n'a le choix. »

Qui donnait les ordres, alors ? Sa mère ou Gavan Bayar ?

24

Une cérémonie impie

Quatre gardes flanquaient les portes des appartements de la reine. Raisa, la tête haute, passa devant eux, Micah derrière elle. Raisa entendit des voix à l'intérieur, mais, dès qu'elle ouvrit les portes, la conversation cessa et plusieurs personnes se tournèrent vers elle.

La reine Marianna lui sourit, les joues empourprées par l'excitation et le vin, toujours vêtue de la fantastique robe verte qu'elle avait portée pour le dîner. À côté d'elle se tenait Gavan Bayar, également en vêtements de cérémonie, et la sœur de Micah, Fiona, dont le pâle visage brillait de… de triomphe ? de satisfaction ?

Et, comme un dindon dodu au milieu des renards, il y avait l'orateur Horas FougèreRouge, l'ecclésiastique en chef de la cathédrale du temple. Raisa n'avait jamais beaucoup apprécié FougèreRouge, qui, à son avis, passait trop peu de temps à s'occuper de ses ouailles, et beaucoup trop à chercher les bonnes grâces de l'aristocratie.

Lui aussi avait l'air d'avoir un peu trop bu. Il semblait assez frénétiquement jovial.

— Et les voilà enfin ! dit la reine Marianna.

Elle avança et embrassa Raisa, puis Micah.

Raisa regarda la pièce. Elle avait été transformée depuis la dernière fois qu'elle l'avait vue. Il y avait des fleurs partout. Deux bouquets extravagants de lys et de roses de chaque côté d'un autel, des bols de fleurs sur toutes les tables, décorées par d'innombrables chandelles. Une nappe d'autel avait été brodée de roses et de faucons entremêlés. Un motif assez étrange. D'un côté était dressé un buffet couvert de seaux à vin et de verres. On aurait presque dit…

— Comment trouves-tu tout ça, ma chérie ? demanda Marianna en regardant Raisa dans les yeux, comme si elle attendait impatiemment son approbation. Nous avons eu très peu de temps pour tout organiser, mais je crois que tu comprends l'importance de la discrétion. Je sais que ce n'est pas exactement comme ça que tu t'étais imaginé les choses, mais…

La bouche de Raisa était si sèche qu'elle eut du mal à parler.

— Qu'est-ce… Qu'est-ce que c'est ? murmura-t-elle. N'est-ce pas un peu tard pour donner une fête ?

— Votre Majesté, dit le seigneur Bayar, ses yeux bleus étincelant sous la lueur des bougies. Vous devriez peut-être lui expliquer.

— Raisa, dit la reine Marianna. Tu sais que nous avons déjà parlé… tiré des plans… afin de décider de la meilleure alliance pour toi, maintenant que tu es en âge de te marier.

Raisa regarda sa mère, puis Gavan Bayar.

— Qui en a parlé ? Vous et moi, ou vous et eux ?

— Nous tous, bien entendu. Tu te souviens, nous sommes tombées d'accord sur le fait qu'un prince du Sud ne serait pas le meilleur choix pour toi, avec tous les troubles actuels en Arden et en Tamron.

— Je ne me souviens pas d'avoir dit que j'étais d'accord, dit Raisa. La guerre se terminera forcément bientôt, et alors nous aurons plus de possibilités, dit-elle, pensant au prince Liam. Une alliance entre Tamron et les Fells pourrait suffire à empêcher toute invasion par Arden, si nous la concluons au bon moment.

Marianna regarda Raisa comme si sa fille avait acquis une deuxième tête munie d'une bouche désagréablement loquace.

— Il n'est pas forcément dans notre intérêt d'empêcher une guerre entre Arden et Tamron, Votre Altesse, dit le seigneur Bayar d'un ton condescendant. Une telle guerre épuiserait les ressources d'Arden, et l'empêcherait de penser à nous attaquer.

— Et si Arden l'emporte, il représentera une menace plus grande que jamais, dit Raisa, se souvenant de sa conversation avec Gerard Montaigne.

— Et il n'y a personne dans la royauté des clans qui pourrait représenter une alliance convenable pour toi, l'interrompit Marianna. Averill est ton père. La Matriarche du camp Marisa n'est pas mariée et a seulement un fils bâtard.

— Il y a des cousins au camp Demonai qui pourraient convenir, dit Raisa, pensant à Reid. Quand père reviendra, nous verrons ce qu'il en dit.

— L'opinion de ton père pourrait être… intéressante, mais pas particulièrement importante, dit la reine Marianna, semblant contrariée par le manque de coopération de Raisa. Nous devons aussi penser au rôle que les magiciens pourraient jouer dans un éventuel conflit, et à ce que nous devrions faire pour cimenter plus étroitement nos intérêts communs.

— Le Haut Magicien est lié par magie à la reine des Fells, dit Raisa. Donc, nos intérêts coïncident déjà. De plus, qu'est-ce que notre relation avec les magiciens a à voir avec mon mariage ?

Si elle n'avait pas été si fatiguée, elle aurait peut-être vu les choses arriver. Quand elle y réfléchit, plus tard, elle conclut qu'elle avait été extraordinairement stupide.

La reine Marianna se redressa de toute sa hauteur, comme elle le faisait généralement quand elle s'attendait à de l'obstination de la part de Raisa.

— Raisa, nous avons choisi une alliance pour toi, pour le bien du royaume et de la lignée des reines. Tu épouseras Micah *sul*'Bayar.

L'espace d'un instant, Raisa pensa qu'elle avait mal entendu. Ou que sa mère plaisantait, malgré son air sérieux. Que c'était un test de ses connaissances sur l'engagement connu sous le nom de Naéming.

Qu'une telle chose ne pouvait pas être vraie.

Puis elle regarda Micah et lut la vérité sur son visage. Voilà ce qu'il avait voulu dire dans la bibliothèque, quand il avait affirmé : « Aucun de nous deux n'a le choix. »

— Mais… Mais c'est impossible, murmura Raisa. Je ne peux pas épouser un magicien. C'est interdit.

— Interdit par qui ? demanda la reine. Je suis la reine des Fells. Je suis la souveraine de ce royaume.

— C'est interdit par le Naéming, depuis mille ans, dit Raisa. Vous le savez. Aucun magicien n'a épousé de reine des Fells depuis Hanalea. Et vous savez ce qui est arrivé alors.

— Ma chère petite, pensez aux occasions perdues, à la richesse des possibilités, dit le seigneur Bayar. L'union du sang royal et de la magie fera de nouveau de nous l'État le plus puissant des Sept Royaumes. Pourquoi les actes d'un unique magicien dévoyé devraient-ils fermer cette porte à tout jamais ?

« Nous », pensa Raisa. *Nous les magiciens ? Il faudra me tuer d'abord !*

— Je ne suis pas votre « chère petite », dit Raisa, le souffle court. Je suis la princesse héritière du royaume des Fells, et je vous remercierais de vous en souvenir. Et ce n'étaient pas les actes d'un unique fou qui ont conduit au Naéming. C'étaient les abus de pouvoir exercés par une dynastie de magiciens qui avait envahi et conquis les Fells et asservi ses reines de sang.

— C'est une façon de voir les choses, dit le seigneur Bayar d'un ton mielleux. D'autres appellent cette époque un âge d'or, où les Sept Royaumes payaient un tribut aux Fells. Une époque où les richesses affluaient chez nous, venues de tous les royaumes. Où les récoltes des champs fertiles d'Arden emplissaient nos greniers et fournissaient les fonds pour construire cette cité légendaire.

— La cité a été construite bien avant que les magiciens arrivent ici, dit Raisa.

— Qui vous a raconté ces balivernes ? demanda le seigneur Bayar. Votre père ? Elena Demonai ? Les jours des clans sont comptés.

Raisa se détourna du seigneur Bayar et fit face à la reine.

— Mère, vous savez que cela n'est pas bien. Vous ne pouvez pas me marier à un magicien. Les clans se rebelleront si vous faites ça, vous le savez. Voulez-vous une guerre civile ici, comme en Arden ? Avez-vous idée de la manière dont cela nous affaiblirait ?

— Les arcs et les flèches ne nous protégeront pas contre les machines de guerre d'Arden, dit Marianna. Nous avons besoin de la sorcellerie de notre côté.

— Nous l'avons déjà, ou nous devrions l'avoir, dit Raisa, foudroyant Bayar du regard. Le Haut Magicien est censé être lié à vous, et soumis à votre volonté. Qu'est-il arrivé ? Ce lien a-t-il été brisé, endommagé, ou… ?

— Micah, dit le seigneur Bayar, calme ton épouse afin que nous puissions mener cette affaire à bien. Soit, elle est nerveuse à l'idée de se marier, mais il se fait tard, et nous devons retourner à la Dame Grise avant le matin.

Micah s'approcha de Raisa, les mains tendues, comme s'il essayait de coincer un félin sauvage acculé.

— Allons, Raisa, dit-il d'une voix presque suppliante. Il faut qu'on en finisse.

Je serais presque désolée pour Micah, pensa Raisa. Elle regarda autour d'elle pour voir si elle pouvait s'enfuir. Son regard tomba sur FougèreRouge, qui semblait tristement déplacé en ce lieu, et soudain elle comprit tout.

— Un moment. Vous avez l'intention de nous marier cette nuit ?

— Oui, dit Bayar, impatiemment. Nous renverrons les princes du Sud chez eux avec la nouvelle. Ça arrêtera net toute proposition d'alliance.

—Mère, dit Raisa, le cœur battant sous la soie couleur crème (une robe de mariée! bien sûr!), ne faites pas ça. Je ne veux épouser personne, pour le moment.

—Nous, reines des Fells, nous nous marions pour le bien du royaume, dit doucement la reine Marianna. Comme l'a fait Hanalea. Comme je l'ai fait.

—Mais cela n'est pas bon pour nous, insista Raisa, tournant autour d'une table, Micah sur ses talons.

—Ne me dis pas ce qui est bon pour nous! (La reine Marianna se tourna dans un bruissement de satin et saisit un verre de vin.) Je reste éveillée toutes les nuits en me demandant ce que nous allons devenir, avec la guerre dans le Sud, les conflits dans le royaume et les pirates sur l'océan, sans compter les espions du Sud et les assassins dans tous les couloirs dérobés. (Elle frissonna, et des gouttes de vin éclaboussèrent le sol, rouges comme du sang.) Je m'inquiète pour toi, Raisa, sans personne pour te protéger.

—Nous avons des gens pour nous protéger! dit Raisa, sidérée. (Qu'arrivait-il à sa mère? Elle avait l'air paniquée, désespérée.) Nous avons le capitaine Byrne et la Garde de la reine.

—Le capitaine Byrne ne peut pas être partout, dit la reine.

—Très juste, dit Raisa. Par exemple, où est-il en ce moment? Et où est mon père? Quand je me marierai, il faudra qu'il soit présent.

En parlant, elle regardait Gavan Bayar, et vit une ombre passer sur son visage. Il savait quelque chose au sujet de l'absence de son père, elle en était sûre.

Averill et le capitaine Byrne avaient tous deux été envoyés au loin juste avant son jour de naissance, au moment où elle serait officiellement désignée comme héritière du trône, et serait en âge de se marier. Comme si une pierre glaciale pesait dans sa poitrine, elle comprit que, si la reine et le seigneur Bayar l'avaient décidé, elle serait mariée avant la fin de la nuit.

—Orateur FougèreRouge! dit-elle, même si elle avait peu d'espoir de recevoir de l'aide de sa part. Vous êtes le représentant du temple et le gardien des traditions. Vous savez que je ne peux pas épouser un magicien. Dites-le-leur.

Elle marcha vers l'orateur, qui recula, levant son verre de vin comme un bouclier.

—Pas du tout, pas du tout! Cela ne serait pas un empêchement à votre mariage, Votre Altesse. J'ai délivré une diche… une dispense.

Pendant que Raisa était distraite par l'orateur, Micah se jeta sur elle, sautant par-dessus un sofa, et il l'enveloppa de ses bras. Puis il sortit de sous sa chemise une amulette pendue autour de son cou pendant que Raisa essayait de se dégager.

Où avez-vous trouvé ça ? aurait voulu demander Raisa. *Vous êtes trop jeune. Vous n'êtes pas encore allé au Gué-d'Oden. Vous n'avez pas le droit de posséder une amulette.*

Voilà l'erreur qu'elle avait faite, de penser que les magiciens joueraient franc-jeu.

Micah marmonna quelques mots en langue du Nord, tout près de son oreille. Elle sentit la magie crépiter dans les mains du jeune homme. Et se déverser en elle, traverser son bras gauche et ne laisser rien sur son passage, excepté des picotements et un vague désir de faire plaisir à Micah.

Puis elle se souvint qu'elle portait la bague d'Elena à la main gauche. « La bague est ce que nous appelons un talisman, avait dit Elena. Il offre une certaine protection contre les enchantements des magiciens. »

C'était sa seule chance, si elle pouvait utiliser le talisman à son avantage. Elle ne devait pas leur laisser voir qu'elle avait la bague, car, s'ils se doutaient de quelque chose, ils la lui enlèveraient en un instant. Elle devait jouer le jeu, leur faire croire que Micah avait réussi son coup.

Quel enchantement aurait-il utilisé sur elle ? « Calme ton épouse », avait dit le seigneur Bayar.

Elle leva la tête et regarda Micah, qui étudiait son visage pour voir si son sort avait fonctionné.

Elle écarquilla les yeux et prit un air absent.

— Je suis désolée, dit-elle. Je sais que je me comporte bêtement. Mais tout ça est si soudain ! (Elle baissa les yeux, craignant que Micah y lise la fureur qui grondait en elle.) J'avais toujours rêvé que nous soyons ensemble, mais j'avais supposé que c'était impossible.

Elle entendit un soupir de soulagement général autour d'elle.

— Moi aussi, dit Micah d'un ton un peu méfiant, comme s'il n'y croyait pas tout à fait. (Il relâcha légèrement sa prise.) Je ne peux vous dire combien c'était frustrant… de soupirer après quelque chose que je ne pourrais jamais avoir.

Il se pencha vers elle et frôla ses lèvres des siennes. Elle sentit de nouveau le picotement de sa magie. Elle résista à l'envie de se détourner.

Quels arguments pourraient infléchir la décision de sa mère ? En supposant qu'il soit possible de l'atteindre…

— Mais voilà, j'ai toujours rêvé d'un grand mariage, maman, dit Raisa en regardant la reine. Je voulais que tout le monde soit là, ma grand-mère Elena, mon père, les clans avec toutes leurs couleurs, les dirigeants des Sept Royaumes. Je voulais quatre demoiselles d'honneur pour porter ma traîne, et je voulais marcher vers l'autel sur un tapis de pétales de roses.

— Bien entendu, ma chérie, dit la reine, l'air un peu surprise. C'est ce dont rêve toute jeune fille.

Excepté, jusqu'à cet instant, sa fille Raisa.

— Vous avez eu tout ça, maman, dit Raisa d'un ton de reproche. Il y avait cinq cents personnes dans le temple, et il a fallu aux couturières un an pour coudre toutes les perles de votre robe. Il y a eu des feux de joie sur toutes les collines pour fêter l'événement. Les festivités ont duré six jours, et les cadeaux de mariage ont rempli trois entrepôts !

La reine s'empourpra.

— Je sais, ma chérie. C'est quelque chose que je n'oublierai jamais, mais...

— Mais je vais devoir me marier à la sauvette, devant un unique prêtre, comme si j'étais une servante engrossée ! Les gens jaseront à mon sujet, maman. Vous le savez. Ils se demanderont même si je suis réellement mariée.

— Ils n'oseront pas, dit la reine en lissant nerveusement ses jupes. Je l'interdirai.

— Cela pourrait affecter la succession, continua Raisa, très consciente de la présence de Micah à côté d'elle. Si nous avons des enfants, leur légitimité sera peut-être mise en question. (Elle se tourna et saisit les mains de Micah.) Et ça, je ne le supporterais pas !

— Votre Majesté, dit Bayar, continuons la cérémonie. Elle est un peu nerveuse, c'est tout.

Il foudroya son fils du regard, comme pour lui dire : « Essaie quelque chose de plus efficace. »

— Je sais que je dois servir le royaume, maman, dit Raisa, mais pourquoi cela devrait-il être au détriment de mes rêves ?

— J'ignorais totalement que tu avais ces désirs, dit la reine, troublée, comme toujours, par les conflits.

Raisa poussa son avantage.

— Vous êtes la reine. Proclamez que Micah et moi nous marierons à l'automne. Cela nous donnera le temps de préparer la cérémonie. (Elle passa les bras autour de la taille de Micah et posa sa tête contre la poitrine du jeune homme.) Je veux que tout soit parfait.

— Votre Majesté, nous ne pouvons pas prendre le risque d'attendre, dit le seigneur Bayar. (Il rejoignit la reine et lui prit les mains.) N'importe quoi pourrait arriver d'ici là. Nous pourrions être envahis. La princesse héritière pourrait être enlevée. Les clans pourraient se révolter. Elle a besoin d'un époux doué de magie pour la protéger.

Raisa les regarda du coin de l'œil. Bayar déversait de la magie dans sa mère, comme Micah l'avait fait pour elle. Elle savait déjà que le magicien avait une influence excessive sur la reine. Et elle ignorait si sa mère serait capable d'y résister.

Elle se souvint de la conversation qu'elle avait eue avec Elena dans le jardin, des mois auparavant. Et de l'avertissement que sa grand-mère lui avait donné.

La reine Marianna se tourna vers Raisa, les yeux embués de larmes.

— Oh ! ma chérie, nous ne pouvons pas courir le risque d'attendre. Je trouverai un moyen de rattraper les choses. Nous donnerons une réception comme personne n'en a jamais vu. Nous inviterons tout le monde. Tu verras.

À ce moment-là, Raisa se mit aussi à pleurer, des larmes de fureur et de déception. Elle était vraiment seule contre tous.

Qu'aurait fait Hanalea ?

— Tout va bien, Raisa, murmura Micah en lui tapotant le dos maladroitement.

Elle eut du mal à résister au désir de se tourner et de flanquer un bon coup de poing dans son nez parfait.

— Où… Où irions-nous, après ? demanda Raisa, pensant qu'il existait peut-être un moyen de s'en sortir, d'éviter que le mariage soit consommé. Nous pourrions retourner à mes appartements, et…

— Nous vous accueillerons à la Maison du Nid d'Aigle, dit le seigneur Bayar. Nous avons fait préparer un appartement pour vous. Nous enverrons des serviteurs prendre vos affaires. Comme cela, tous les deux, vous pourrez avoir un peu de tranquillité.

Il esquissa son sourire de prédateur.

— D'accord, dit Raisa, si vous pensez que c'est mieux comme ça. Mais… (elle renifla et s'essuya le visage sur sa manche pour faire disparaître ses larmes de rage)… puisque père ne peut pas être là, je me sentirais tellement mieux si je pouvais porter le collier avec les roses qu'il m'a offert. Comme ça, ce serait un peu… un peu comme s'il était là, avec moi. Je vais aller le chercher. Ça prendra seulement quelques minutes.

— Oh ! ça suffit ! cria le seigneur Bayar, se laissant gagner par son impatience. L'orateur FougèreRouge attend depuis deux heures ! Allons-y et, si quelqu'un le demande, nous lui dirons que vous aviez le collier. Vous avez le reste de votre vie pour porter ce truc !

— Non, dit la reine Marianna, recouvrant miraculeusement un peu d'aplomb. La princesse héritière portera le collier de son père, si ça lui fait plaisir. C'est le moins que nous puissions faire. Elle a fait assez de sacrifices à son devoir pour aujourd'hui.

Elle avait parlé d'un ton qui ne supportait aucune contradiction.

Bayar se maîtrisa avec difficulté. Le magicien avait vraiment oublié quelle était sa place…

— Bien entendu, Votre Majesté. Nous allons envoyer un garde le chercher.

— Merci, seigneur Bayar, dit Raisa, mais ce sera plus rapide si j'y vais moi-même. Je ne me souviens pas exactement de l'endroit où je l'ai laissé, et je n'ai pas envie que des soldats tripotent mes bijoux. Je reviens tout de suite.

Elle essaya de se dégager de la poigne de Micah.

— Micah, va avec la princesse héritière et ramène-la saine et sauve, dit le seigneur Bayar. Je sais que tu ne la laisseras pas partir.

Il sourit, mais ses yeux bleus étaient aussi froids et aussi durs que des saphirs.

Ils se retrouvèrent dans les couloirs qui menaient à ses appartements, la main de Micah sur son poignet. Il envoya davantage de magie en elle, comme pour renforcer ses précédents efforts.

Cette fois, elle décida de lui montrer qu'elle avait compris.

— J'ignorais que vous pouviez pratiquer la magie, Micah, dit-elle. Où avez-vous appris tout ça ? Et où avez-vous trouvé une amulette ?

Il sursauta comme si elle avait déchiffré quelque code secret.

— Ma foi, je n'en sais pas beaucoup. Nous possédons quelques… objets de famille magiques.

— Pas étonnant que maman veuille que nous nous mariions, dit Raisa. Cela vous donne un avantage sur les autres Maisons de magiciens, non ? le fait de ne pas avoir à mendier vos amulettes auprès des clans ?

— Oui. Ces temps-ci, les seules amulettes qu'on peut obtenir des clans sont temporaires. Elles perdent leur efficacité, avec le temps. Il faut donc retourner sans arrêt auprès des clans pour les réactiver, ou en obtenir de nouvelles. Les clans se servent de ça pour contrôler ceux qui ont le don.

— Et les vôtres ne s'usent pas ? demanda Raisa.

— Je n'ai pas dit ça, marmonna Micah en regardant autour de lui comme s'il craignait qu'on l'entende.

Hélas, les couloirs étaient déserts. Il était trop tard pour les fêtards nocturnes, et trop tôt pour les lève-tôt.

— Voulez-vous vraiment m'épouser, Micah ?

La question l'intriguait réellement. Il avait dit qu'ils n'avaient pas le choix. Peut-être, s'il voyait une façon d'y échapper…

Il parut choisir soigneusement ses mots.

— Qui ne voudrait pas épouser la princesse héritière des Fells ?

— Est-ce tout ce que je suis pour vous ? un titre ?

Il réfléchit un moment et, quand il parla, elle estima qu'il disait la vérité.

— Vous m'avez toujours fasciné, Raisa. J'ai toujours pu avoir n'importe quelle fille, sauf vous. Et vous ne laissez jamais rien passer. Vous dites toujours ce que vous pensez. (Il eut un demi-sourire.) Je préfère vous embrasser que coucher avec n'importe quelle autre fille de la cour.

Bizarre, comme compliment, pensa-t-elle.

— Je pense que nous pourrions bien nous entendre, tous les deux, une fois que tout ça sera terminé, dit-il.

« Nous pourrions bien nous entendre. » Pas exactement une protestation d'amour éternel. Ni même une promesse d'abandonner sa vie dissolue.

L'ironie était qu'elle aurait pu réfléchir sérieusement à cette proposition, si elle ne lui avait pas été imposée.

Ils grimpèrent le grand escalier, réveillant un chat qui dormait sur la marche du haut, et tournèrent à droite. Ils dépassèrent la chambre de Mellony pour gagner l'appartement de Raisa.

Le garde râblé que Raisa avait déjà vu était appuyé contre le mur, près de sa porte. Quand il les vit arriver, il se redressa et posa la main sur la poignée de son épée, les regardant l'un et l'autre, l'air troublé.

— Attendez là, dit Raisa à Micah. Je n'en ai que pour quelques minutes.

Elle ouvrit la porte.

Après une seconde d'hésitation, Micah fit mine de la suivre, mais le garde s'interposa.

— Vous avez entendu Son Altesse, dit-il. Attendez ici.

Et, par bonheur, il ferma la porte.

Micah avait dû sortir son amulette, car elle entendit une épée sortir de son fourreau.

—Lâchez ce truc, dit la voix du garde.

Elle les entendit échanger des paroles coléreuses. Elle se dit qu'elle avait un peu de temps. Micah ne s'inquiéterait pas tout de suite. À sa connaissance, il y avait seulement une porte pour entrer et sortir de ses appartements. Elle ne pouvait pas sauter par la fenêtre, qui était très haute et donnait sur la rivière. Et elle n'avait rien dit qui pourrait lui faire penser qu'elle aimerait mieux se suicider que de l'épouser. Pour le moment, en tout cas.

—Votre Altesse ? (Magret la regarda de son fauteuil près du feu, l'air somnolente. Elle s'était endormie en l'attendant.) Quelle heure est-il donc ? Je sais que c'est votre jour de naissance et tout ça, mais…

—Magret, est-ce que tu m'aimes ? demanda Raisa, hors d'haleine.

—Quel genre de question est-ce là, ma dame ? dit Magret, sidérée. Bien entendu, je…

—Alors, emballe-moi quelques vêtements de cheval, dit Raisa. Des vêtements des clans, dans des sacs de selle, pour plusieurs jours. Rien de fantaisie. Vite !

En parlant, elle enleva la robe crème qui aurait dû être sa robe de mariée, et qui ne le serait pas, si elle pouvait l'empêcher. Elle la laissa en tas dans un coin, puis elle enleva ses chaussons et ses bas, et enfila un pantalon posé sur une chaise.

—Que se passe-t-il ? demanda Magret, maintenant totalement réveillée.

Elle était occupée à fourrer dans deux sacs les vêtements qu'elle prenait dans différents tiroirs. Elle s'arrêta soudain.

—Vous n'allez pas vous enfuir avec votre amoureux, non ?

—L'inverse. Les Bayar veulent m'obliger à épouser Micah Bayar.

Elle ne mentionna pas le fait que la reine était de la conspiration.

—Vous dites n'importe quoi, dit Magret, reprenant les préparatifs frénétiques. Vous ne pouvez pas épouser un magicien. Ils le savent.

—Ils le savent, mais ils veulent quand même le faire. Ils ont un orateur avec eux, tout ce qu'il faut, et après ils ont l'intention de m'emmener à la Maison du Nid d'Aigle.

—Quoi ? dit Magret, élevant la voix.

—Chut ! dit Raisa d'un ton urgent. Micah est juste derrière la porte. Il m'attend.

Magret regarda la porte. Dans le couloir, la dispute continuait.

—Je n'aime pas les magiciens, dit Magret. Je ne les ai jamais aimés. (Magret, qui avait du sang des clans, partageait leur méfiance innée à l'encontre des magiciens.) Vous n'avez pas l'intention de partir avec lui, n'est-ce pas ?

— Non. Je pars. J'ai besoin que tu l'empêches d'entrer aussi longtemps que possible, afin de me donner un peu d'avance.

— Votre Altesse, je n'aime pas du tout l'idée que vous descendiez par votre balcon, vraiment pas ! Vous vous briserez le cou.

— Il y a un autre chemin. Par le placard. Tu verras.

Raisa ouvrit le placard, prit ses bottes, s'assit par terre et les enfila.

— Par là ? (Magret regarda dans le placard.) Un tunnel, donc ?

— Oui.

— J'ai toujours entendu dire qu'il y en avait un quelque part, dans cette partie du château.

— Il débouche dans la serre du toit, dit Raisa.

Les yeux de Magret s'illuminèrent de fierté.

— Vous êtes tout à fait comme elle, dit-elle.

— Comme qui ?

— Comme la reine Hanalea en personne.

Magret remonta timidement sa manche pour dévoiler l'intérieur de son bras. Il portait le tatouage d'un loup hurlant à la lune.

— Tu es une Damoiselle ?

Raisa parla plus fort qu'elle en avait eu l'intention, et Magret à son tour lui fit signe de baisser la voix. Le loup hurlant était l'emblème des Damoiselles d'Hanalea, une mystérieuse organisation de femmes dédiées à la mémoire de la reine guerrière.

— Oui, dit Magret. On voulait obliger Hanalea à épouser un magicien, et elle ne voulait pas en entendre parler. Elle disait qu'il valait mieux rester fille qu'épouser un démon.

Eh bien, pensa Raisa, *je n'aurais jamais cru ça de Magret.*

— Où irez-vous, Votre Altesse ? La reine doit être informée.

— Elle le sera, ne t'en fais pas. (Elle hésita un instant.) Je crains que le seigneur Bayar ait ensorcelé ma mère. Elle a donné son accord pour ce mariage.

— Par le sang et les os des reines ! jura Magret. Le scélérat ! Je n'ai jamais aimé ce qui se passait, pour sûr. J'ai toujours dit que votre père devrait passer plus de temps avec sa femme.

Des larmes montèrent aux yeux de Raisa. Elle était touchée que sa nourrice la croie, qu'elle soit de son côté. Elle avait commencé à penser qu'elle perdait l'esprit.

— Aurez-vous besoin d'argent ? demanda Magret. J'ai quelques économies, vous savez.

Raisa embrassa sa formidable nourrice sur la joue.

— Je m'en sortirai, dit-elle. (Elle souleva son matelas et en sortit une petite bourse en velours.) Mes fonds de secours, dit-elle.

C'était l'argent qu'elle avait gagné sur les marchés pendant l'été. Les princesses n'étant pas censées gagner d'argent, elle l'avait mis de côté pour éviter les disputes. Elle glissa sa dague à sa ceinture et accrocha les sacs sur ses épaules.

Quelqu'un tambourina à la porte.

— Dépêchez-vous, Rai… Votre Altesse, cria Micah. Tout le monde attend.

— Du calme, jeune Bayar, répondit Magret d'une voix forte. Ne criez pas dans les couloirs comme un marin amoureux. La princesse sera prête quand elle le sera.

Avant longtemps, tout le monde sera réveillé, pensa Raisa.

— Merci, Magret. Je pars. Dis à Micah que nous cherchons toujours mon collier, s'il frappe de nouveau. Quand il entrera de force, dis-lui que je suis partie par le balcon.

Magret arracha les rideaux qui entouraient le lit de Raisa et entreprit de les déchirer en bandes.

— Je vais faire une échelle de tissu, ça le mettra sur la mauvaise piste, dit-elle d'un air grave.

Raisa saisit la torche d'une applique et entra dans le placard. Elle se fraya un chemin entre les robes de soie et de velours. Elle poussa le panneau sur le côté, entra dans le couloir de pierre humide, et referma derrière elle. Elle pria pour qu'Amon l'attende dans le jardin. Avec sa chance, il avait peut-être abandonné sa surveillance et était allé se coucher.

Elle courut aussi vite que possible, se cognant les coudes contre les parois de pierre aux tournants, guettant les éventuels bruits de poursuite. Combien de temps Magret espérait-elle retarder Micah ? Se laisserait-il berner par la ruse du balcon ? Elle frissonna à l'idée d'être poursuivie à travers ces étroits couloirs.

L'escalade de l'échelle jusqu'au jardin fut effrayante, comme toujours, surtout avec le fardeau supplémentaire des sacs qui cognaient contre ses flancs. Elle arriva enfin au sommet et poussa la plaque de métal.

À son grand soulagement, quelqu'un tira le cache par le dessus et le jeta sur le côté. Puis le visage d'Amon apparut dans l'ouverture, tendu et sévère.

— Où étiez-vous ? demanda-t-il. Je commençais à croire que vous étiez allée vous coucher sans me prévenir.

Mais vous avez quand même attendu, pensa Raisa, envahie par la gratitude. Que la Créatrice soit remerciée pour l'existence d'Amon Byrne !

Amon lui prit les mains et la hissa par l'ouverture, puis la déposa près de lui sur le sol du jardin.

— J'étais fou d'inquiétude, ici ! J'avais le sentiment que… (Il déglutit.) Bref, peu importe. Que se passe-t-il ?

Raisa ouvrit la bouche et les mots en sortirent, désordonnés, comme un flot irrésistible.

— Le seigneur Bayar a ensorcelé la reine, j'ignore comment. Comme si le lien entre eux ne marchait plus. Ils ont une réserve d'objets magiques qui datent d'avant la Rupture.

— « Ensorcelé » ? dit Amon. Que veut-il… ?

— Il veut me marier à Micah et le nommer roi, dit Raisa. Ils ont un prêtre et tout est prêt. Ma mère est d'accord. Je serais déjà mariée si je n'avais pas insisté pour revenir d'abord chercher un collier dans ma chambre. Ils s'apercevront bientôt que j'ai disparu. (Elle lui prit la main comme pour l'entraîner à sa suite.) Nous devons partir. Immédiatement.

— Mais… ?

— Je sais. Je n'ai pas le droit d'épouser un magicien. Mais les Bayar se fichent des anciennes règles. Ils les trouvent trop rigides. Je vais devoir quitter la cité jusqu'à ce que nous puissions régler ce problème.

Pas seulement la cité, pensa Raisa. *Le royaume.* Elle ne pouvait pas se réfugier auprès des clans, au risque de déclencher une guerre entre ses parents et de rendre les Fells vulnérables à une invasion par le sud.

Amon prit ses sacs de selle et les cala sur son épaule.

— Allons-y. Nous devons passer le pont-levis avant qu'ils sonnent l'alerte générale.

Ils descendirent les volées d'escaliers, dans un bruit incroyable par rapport au calme du petit matin. Ils rencontrèrent quelques serviteurs ensommeillés. Chaque fois, Raisa détourna la tête, espérant qu'on ne la reconnaîtrait pas. Les gens jaseraient s'ils s'apercevaient que la princesse héritière se faufilait dans les couloirs dérobés avec un soldat, le matin suivant sa fête de jour de naissance. Et il ne faudrait pas longtemps avant que les Bayar apprennent qu'elle n'était pas partie par le balcon, et qu'elle avait été vue avec Amon Byrne. Elle n'avait pas envie qu'Amon se retrouve avec les Bayar comme ennemis, mais elle était heureuse de l'avoir à son côté.

Ce n'était pas la peine qu'elle s'inquiète. Comme la dernière fois, personne ne reconnut la princesse héritière en braies et en tunique.

Au rez-de-chaussée, les couloirs étaient plus larges et il y avait davantage de monde. Ils se forcèrent à marcher, pour ne pas attirer l'attention, même si Raisa avait les nerfs à vif. Ils dépassèrent la Grande Salle, où les requérants se réunissaient déjà, dans l'espoir d'obtenir un entretien avec la reine.

Ils traversèrent la grande arche qui menait au pont-levis et passèrent sous la herse. Raisa mit un peu d'espace entre Amon et elle pour qu'ils n'aient pas l'air d'être ensemble. Elle pourrait être une femme des clans sur le chemin du retour, après avoir livré des marchandises au château. Amon pourrait être un soldat en route pour son poste.

Ils étaient à mi-chemin de la rivière quand elle entendit une clameur de cloches, et les officiers de service s'appelèrent les uns les autres. Avec un grincement métallique, la herse descendit et s'écrasa contre le sol.

Ils savent que je suis partie, pensa Raisa.

Les gardes postés à l'autre extrémité du pont levèrent la tête, intrigués.

— Caporal Byrne ! dit l'un d'eux. Que se passe-t-il ?

— Un pauvre type a probablement volé une miche de pain lors de la fête de la princesse, dit Amon, levant les yeux au ciel.

Le soldat éclata de rire.

— Ils ont l'air dans tous leurs états, dit-il en regardant vers le château.

— Sans doute pour impressionner les princes du Sud, dit Amon sans s'arrêter. Je m'en vais pour ne pas avoir à astiquer les cuivres !

Une fois passé le pont, Amon attira Raisa sur le côté, vers les baraquements des gardes et les écuries installés près du pont.

— Allons aux écuries, dit-il. Nous aurons besoin de chevaux.

Ils traversaient la cour de l'écurie quand Raisa entendit un bruit de sabots sur les pavés, un cheval qui arrivait à une allure démentielle. Amon poussa Raisa derrière lui et sortit son épée.

Deux cavaliers arrivèrent en trombe et firent stopper leurs montures devant les portes de l'écurie.

— Raisa ?

Un des cavaliers bondit sur le sol. Il était en sueur et ses vêtements étaient tachés de sang. Il avait un bras en écharpe et une barbe de trois jours. Il attira Raisa dans ses bras.

— Raisa, que la Créatrice soit remerciée !

C'était son père.

La joie se mêla à la surprise et à l'inquiétude chez Raisa, qui crut que son cœur allait éclater.

— Père ! vous êtes blessé ! Qu'est-il arrivé ? Où étiez-vous ?

— Grâce au capitaine Byrne, ça n'a pas été trop grave, dit Averill, regardant l'autre cavalier. Nous sommes tombés dans une embuscade, à l'ouest des Falaises-de-Craie. Dix hommes armés. Ils ont fait de leur mieux pour nous tuer, mais le capitaine Byrne doit avoir un troisième œil. Il a repéré l'embuscade avant que les types nous aient complètement encerclés.

Byrne remit son cheval au garçon d'écurie. Le capitaine aussi était en piteux état. Du sang avait coulé sur son visage, d'une blessure au-dessus de l'œil, et il boitait de la jambe droite.

— Ils étaient masqués, mais ils montaient des chevaux militaires, Votre Altesse, dit Byrne d'un air grave. Les mêmes que nous utilisons dans la Garde. Je pense qu'ils avaient été formés par la Garde.

— Donc, la Garde a été compromise, dit franchement Raisa.

Byrne hésita, puis avoua :

— Oui.

— Je suis désolé, Raisa, dit son père, je voulais être là pour ta cérémonie. Il semble que quelqu'un avait une autre idée.

— Gavan Bayar, affirma Raisa. Ça ne pouvait être que lui.

Byrne et Averill la regardèrent d'un air interrogateur, mais, avant qu'elle ait le temps de leur expliquer, un bruit de chaînes résonna et attira l'attention de Raisa vers le château.

— Par les ossements sanglants ! dit-elle. Ils lèvent le pont-levis. Nous devons partir avant qu'ils finissent de fouiller le château et comprennent que je suis partie.

— Que se passe-t-il ? demanda le capitaine Byrne.

En quelques phrases rapides, Amon expliqua la situation.

Byrne appela le garçon d'écurie, qui ressortit dans la cour, l'air à moitié endormi.

— Préparez quatre montures fraîches, dit Byrne. Deux sellées, et deux avec des brides de guidage. Et emballez des sacs de couchage et des provisions. Et pas pour la semaine prochaine ! Immédiatement ! rugit-il comme le garçon d'écurie ne réagissait pas tout de suite.

Le jeune homme partit d'un pas pressé.

— Irez-vous au camp Marisa ? demanda Averill. C'est le plus près.

— Nous pouvons y aller cette nuit, mais nous ne resterons pas longtemps. C'est encore dans le royaume. Si la reine exige mon retour, les clans refuseront, mais elle ne l'acceptera pas. Elle ne peut pas. Je dois quitter les Fells jusqu'à ce que les choses soient réglées.

— Je n'aime pas ça, grogna le capitaine Byrne. Aucun endroit n'est sûr. L'Arden est plongé dans le chaos, le Bruinswallow et le We'enhaven risquent d'être attirés dans la tourmente, même si vous parveniez à les rejoindre. Et Tamron ne serait pas un endroit adéquat pour la princesse, même s'il n'était pas à trois jours de marche forcée d'Arden. Il y a des pirates sur l'Indio qui n'hésiteraient pas à vous enlever pour une rançon si vous alliez par là, et…

— Capitaine ! et le Gué-d'Oden ? demanda Amon. Personne n'oserait l'ennuyer là-bas. Surtout si tout le monde ignore sa véritable identité.

Les deux hommes regardèrent Amon un long moment.

— Ce garçon vient d'avoir une bonne idée, dit enfin Averill.

— Comment fera-t-elle pour s'y rendre ? dit Byrne, l'air moins enthousiaste. Ils attendront pour l'intercepter au col du camp Marisa.

— Oui, dit Amon. C'est là qu'ils s'attendront à la trouver, parce que c'est le plus près. Mais elle pourrait aller à l'est, vers Demonai, et y prendre des provisions, des vêtements et des chevaux frais. (Il regarda Averill, qui lui fit un signe d'assentiment.) Ensuite, elle traverserait à la porte de l'Ouest puis descendrait en traversant les Marécages Frissonnants jusqu'en Tamron, avant de prendre à l'est vers le Gué-d'Oden.

— Les Marécages ? dit le capitaine Byrne, sourcils froncés. C'est un trajet difficile. Ils sont presque impossibles à traverser, à cette période de l'année. Et j'ai entendu dire qu'il y avait des problèmes avec les Marcheurs d'Eau.

— Il existe un chemin, dit Amon. La route n'est pas trop mauvaise en ce moment, si on sait par où passer.

— Il vaut mieux que Raisa reste hors d'Arden, dit Averill, hochant la tête. Le pays est plongé dans le chaos, et il y a trop de risques qu'elle soit capturée ou tuée. Au moins, les Marcheurs d'Eau respectent la lignée d'Hanalea. En Arden, ils qualifient nos reines de « sorcières ».

Qui sont les Marcheurs d'Eau ? se demanda Raisa, regardant tour à tour Byrne et Averill. *Je suis de la lignée d'Hanalea, et je suis – encore ! – la dernière informée !*

— Seigneur Demonai, avec le respect que je vous dois, je ne peux pas envoyer la princesse héritière toute seule dans les Marécages, sans protection, dit le capitaine Byrne. La reine aurait raison si elle décidait de me faire couper la tête.

Amon se racla la gorge.

— Papa. Capitaine. Nous pourrions escorter Raisa au Gué-d'Oden, dit Amon. Les Loups Gris, je veux dire. De toute manière, le moment est presque arrivé pour nous de retourner à la Maison Wien. Tous les cadets de quatrième année sont censés repartir ensemble. Cela n'attirera pas l'attention. Je connais les Marécages. Vous connaissez la famille du seigneur Cadri, et je leur ai déjà rendu visite auparavant. La princesse peut voyager avec mon triple en tant que cadette de première année.

— Vous n'êtes que des cadets de quatrième année, dit Byrne, l'air peu convaincu. Des gamins ! C'est trop dangereux pour tous ceux qui sont impliqués.

Averill posa la main sur le bras du capitaine Byrne.

— Edon, je crois que l'idée de votre fils est bonne. Pour deux raisons. D'abord, la meilleure protection pour ma fille est de partir sans se faire remarquer. J'ai voyagé dans le Sud en tant que marchand, ne l'oubliez pas. Nous pourrions envoyer une tripotée de gardes avec elle, mais ils risqueraient quand même d'être vaincus par une force plus importante. Des armées de mercenaires rassemblant des centaines d'hommes écument la campagne.

» Deuxièmement, la reine ne doit pas savoir que nous avons participé à cela, surtout vous. Si vous envoyez des gardes de la reine avec la princesse, Marianna saura que vous étiez impliqué dans l'affaire. Elle considérera cela comme de la trahison. Vous ne pourrez pas protéger efficacement Marianna si vous êtes en prison. Et elle a besoin de votre protection, plus que jamais !

Byrne se tourna vers Raisa, comme s'il attendait qu'elle le soutienne.

— Qu'en sera-t-il de vos perspectives de mariage, Votre Altesse, si on vous découvre voyageant seule avec une troupe de soldats ? demanda-t-il sans ambages.

— Si je reste ici, je me retrouverai mariée à un magicien, dit Raisa tout aussi franchement. Qu'en sera-t-il alors de mes perspectives ?

Byrne se tourna vers Averill, comme s'il préférait en discuter avec lui plutôt qu'avec la princesse.

— Où demeurera-t-elle, au Gué-d'Oden ? Elle ne peut pas vivre dans les baraquements. Elle a besoin d'un endroit sûr jusqu'à ce que nous puissions régler ces problèmes.

— Pourquoi ne pourrais-je pas rester dans les baraquements ? intervint Raisa. En tant que nouvelle cadette.

Byrne grimaça.

— Votre Altesse, c'est impossible ! La princesse héritière, vivant avec une troupe de soldats !

— Hanalea était une reine guerrière, dit Raisa. Elle a tué le Roi Démon et a conduit une armée contre l'usurpateur alors qu'elle n'était guère plus âgée que moi.

— C'était il y a très longtemps, dit Byrne. De nos jours, les reines sont… moins belliqueuses. (Il regarda Amon.) Penses-tu que neuf cadets pourraient garder un tel secret pendant tout le trajet jusqu'au Gué-d'Oden ?

— Ils ne peuvent pas révéler ce qu'ils ignorent, dit Amon. Nous dirons qu'elle est la fille d'un noble des Falaises-de-Craie. Ils la connaissent déjà sous le nom de Rebecca Morley. Nous dirons que son père a demandé si elle pouvait voyager avec nous pour étudier dans la Maison des Guérisseurs du Gué-d'Oden. Cela devrait lui apporter une certaine protection.

— Il y a un temple au Gué-d'Oden, dit Averill. La princesse pourrait y habiter en tant que nouvelle Consacrée. Tout cela est peut-être pour le mieux, au fond. Le Gué-d'Oden est un endroit qui brasse les idées nouvelles. Elle pourrait y apprendre beaucoup de choses pendant son séjour.

— Elle serait une proie facile pour les chasseurs de fortune et les fils cadets, sans compter qu'on risquerait de l'enlever, dit Byrne.

— Pas si personne ne sait qui elle est, répondit Averill. De plus, la Paix du Gué-d'Oden la protégera. Même avec la guerre qui fait rage tout autour, la trêve se maintient depuis plus de mille ans.

— Elle ne peut pas rester au loin trop longtemps, dit Byrne. Il y a toujours le risque que Bayar convainque Marianna de nommer Mellony héritière.

— Nous débattrons de tout ça plus tard, dit Raisa en regardant vers le château, toujours hermétiquement fermé. Une fois qu'ils auront fouillé le château, ils traverseront le pont. Capitaine Byrne, je vous prie, dites aux autres cadets de retrouver leur caporal au camp Demonai. Le caporal Byrne et moi partons immédiatement.

Byrne la regarda, puis inclina la tête, un léger sourire aux lèvres.

— Compris, Votre Altesse. (Il se tourna vers Amon.) Caporal, je dois vous parler.

Byrne s'éloigna avec son fils et les deux hommes eurent une conversation brève et grave qui se termina par une accolade.

Pendant qu'ils parlaient, le garçon d'écurie avait amené les chevaux. Byrne le renvoya au lit.

Raisa choisit une petite jument et détacha ses rênes de la rambarde. Elle se tourna vers Amon.

— Aidez-moi à monter, je vous prie.

Amon la souleva et l'installa sur la selle, réglant les étriers pour sa petite stature.

Byrne saisit le bras d'Amon à deux mains, à la manière des soldats.

— Garde-la en sécurité, dit-il en le regardant dans les yeux, et ramène-la dès que possible.

Amon hocha la tête et grimpa en selle.

— Bon voyage, ma fille, dit Averill, les larmes lui montant aux yeux puis coulant le long de ses joues.

Byrne lui flanqua une claque amicale sur le dos.

— Regagnons le château, seigneur Demonai, dit-il en souriant. Je veux voir la tête que fera Gavan Bayar quand il nous verra arriver vivants.

Les deux hommes se détournèrent. Raisa enfonça les talons dans les flancs de la jument, et ils partirent sur la route des Reines, conduisant par la bride leurs deux chevaux de rechange. Quand ils passèrent les portes de la cité, Raisa regarda le château de la Marche scintillant sous le soleil matinal. Elle le quittait de nouveau, bien plus tôt qu'elle l'aurait cru possible.

25

La fin des temps

Quand Han revint à l'écurie après être allé au marché, la fièvre de Mari avait de nouveau augmenté. Elle semblait littéralement consumer sa chair. Son visage était creusé, et sa peau était devenue d'un jaune cireux. Il avait déjà vu ça, et ce n'était jamais bon signe.

Il alla donc voir le guérisseur de l'allée Catgut et le fit venir en lui promettant de le payer double dans un jour ou deux. L'homme vint, en sueur et les yeux fuyants, certainement conscient de la réputation de sanguinaire de Gourmettes, et inquiet de ce qui lui arriverait s'il échouait. Le guérisseur fit boire à Mari des potions malodorantes et brûla un encens bizarre qui libéra de la fumée jaune et puante dans la pièce. Après une heure, Han conclut que c'était un charlatan, mais Mam affirma que Mari semblait un peu mieux et respirait plus facilement.

Le matin suivant, désespéré, Han quitta la cité et retourna au camp Marisa, avec l'intention d'en ramener Saule pour s'occuper de Mari. Mais, en arrivant, il apprit qu'elle s'était rendue dans la montagne Althea pour aider une femme à accoucher. Oiseau était partie avec les Demonai, et Danseur avait accompagné Saule. Un voyage pour rien. Il dormit quelques heures dans le Pavillon de la Matriarche, puis retourna à la Marche en laissant un message à Saule pour qu'elle vienne le plus vite possible.

De retour dans la cité, il alla directement au marché du Pont-Sud, dans le magasin de Taz. Il était tard, mais Han savait que le marchand dormait à l'arrière de son échoppe pour ne pas laisser ses marchandises de valeur sans surveillance. Han avait besoin d'argent rapidement, et il ne faudrait pas longtemps avant que la Garde lui retombe sur le dos, l'obligeant à quitter la ville pour de bon.

Quand Han regarda par la vitrine, il vit le marchand debout derrière son bureau, occupé à fourrer fébrilement des papiers dans un sac de cuir, comme s'il se préparait à partir.

Taz renversa sa tasse de thé quand la cloche de la porte annonça l'arrivée de Han. Quand il vit que c'était lui, le marchand se fendit d'un sourire gêné.

— Gourmettes ! vous voilà ! (Le gros homme épongea furieusement les papiers sur son bureau avec un chiffon.) Où étiez-vous ? J'ai trouvé un acheteur pour le bijou que vous m'avez montré. Il a hâte de le voir.

Taz appelait toujours ce type de marchandises des « bijoux » ou des « objets d'art ». Il ne reconnaissait jamais le fait qu'elles étaient à la fois illégales et magiques.

— Vraiment ? dit Han. (Était-ce son imagination, ou Taz était-il inhabituellement nerveux ?) Il est d'accord pour mon prix minimal, alors ?

— Oui, oui, ça lui convient. Bien entendu, il veut d'abord voir l'objet en personne. Vous l'avez avec vous ? dit-il en regardant Han comme s'il pouvait voir l'amulette briller à travers ses vêtements.

— Non, mais je peux aller le chercher.

Il se tourna vers la porte.

— Non, non, dit Taz rapidement. En fait, l'acheteur est en train d'arriver. Heureuse coïncidence, non ? Que vous soyez là, et qu'il soit en route pour ici ?

Il passa sa langue sur ses lèvres.

— Ça ne sert à rien si je n'ai pas l'objet avec moi, dit Han, troublé.

— Mon client a très envie de vous rencontrer. Il a quelques questions au sujet de l'objet. Je prendrai ma commission, et vous pourrez l'emmener avec vous pour finaliser la transaction.

— Je préfère conduire mes affaires ici. (Han connaissait les risques de la vente de marchandises dans les allées reculées.) Je peux rentrer chez moi et revenir en un rien de temps.

— Donc, l'objet était chez vous depuis le début ?

Quelque chose dans la voix de Taz déclencha une sonnette d'alarme dans l'esprit de Han. Il n'avait pas vécu si longtemps en ignorant ses instincts.

— Que voulez-vous dire ? Pourquoi cette question ? demanda-t-il.

— Pour rien, pour rien, dit le marchand en s'épongeant le front avec le chiffon qu'il avait utilisé pour nettoyer son bureau. Je me demandais seulement où vous l'aviez caché, c'est tout.

Avant que Taz puisse faire un geste, Han le poussa contre le mur, son couteau sur la gorge.

— Qu'avez-vous dit à l'acheteur, Taz ? demanda-t-il doucement.

— R… Rien, j'ai seulement décrit l'objet, et il m'a dit que c'était quelque chose qu'il aimerait sans doute acheter. C'est tout. Je le jure par le sang et les ossements de nos saintes reines.

— Lui avez-vous dit où j'habitais ?

— Non, je vous le jure, balbutia Taz. Il l'a découvert par un autre moyen.

— Qui est l'acheteur ? murmura Han, sentant la peur lui hérisser les poils de la nuque.

— Un homme riche, un magicien, couina Taz. Vous ne pouvez pas le connaître.

— Qui ? dit Han en enfonçant davantage la pointe du couteau dans la peau du marchand.

À cet instant, la cloche de la porte retentit. Surpris, Han tourna la tête au moment où la porte s'ouvrait.

Il y avait un homme dans l'entrée. À voir ses vêtements coûteux et son port arrogant, Han devina qu'il était riche. Sa longue étole et l'amulette pendue à son cou indiquaient qu'il était magicien. Sa crinière de cheveux argent était striée de couleurs magiques.

Taz vit sa chance et la saisit. Il se jeta sur le côté pour esquiver le couteau de Han et rampa à quatre pattes vers son arrière-boutique et la porte de secours. Le magicien tendit une main paresseusement, toucha l'amulette à son cou et prononça un mot.

Des flammes jaillirent de ses doigts et engloutirent Taz Mackney. Le corps du marchand se tortilla et fut parcouru de soubresauts un moment, puis il s'immobilisa dans un nuage de fumée. La puanteur de la chair brûlée piqua le nez de Han, qui lutta contre l'envie de vomir.

— Vous devez être Gourmettes Alister, dit le magicien, crachant son nom comme s'il avait mauvais goût. Je vous cherche depuis un certain temps. Vous êtes étonnamment insaisissable.

Han déglutit péniblement et essaya de ne pas regarder Taz.

— Je ne vous connais pas, dit-il.

Et je n'ai pas envie de vous connaître, pensa-t-il.

Pourtant, il y avait quelque chose de familier dans le visage aux traits fins et les faucons qui ornaient son étole.

— Exact, dit le magicien. Nous ne nous sommes jamais rencontrés. Mais vous avez quelque chose que je veux. Quelque chose qui m'a été volé.

— Vous me confondez avec quelqu'un d'autre, dit Han. Je n'ai rien qui vous appartienne.

— Il y a eu une certaine confusion au début. On m'a dit qu'un garçon du nom de Shiv avait volé l'amulette. Imaginez ma déception quand, après de considérables efforts de persuasion de ma part, et beaucoup de douleur de la sienne, j'ai appris que Shiv, en réalité, ne savait rien. Qu'on m'avait trompé.

Le cœur de Han s'emballa.

— Vous avez envoyé les démons, murmura-t-il. Ceux qui ont tué les Sudistes.

Le magicien examina ses mains, qui étincelaient de pouvoir.

— Des assassins magiciens, en fait, déguisés et légèrement… améliorés. L'hystérie peut être une arme très utile pour obliger une communauté à trahir les siens.

Pourquoi le magicien avait-il pourchassé Shiv ? Qu'avait-il fait pour attirer l'attention de ce monstre ?

Puis le souvenir revint, comme du gaz remontant d'une mare de boue. Le jour où il avait rencontré Micah Bayar sur Hanalea, le jour où Han avait pris l'amulette. Quand Bayar lui avait demandé qui il était, Han avait dit : « On m'appelle Shiv. Le seigneur de la rue du Pont-Sud. »

Un mensonge sans conséquence, avait-il pensé alors. Même si certains pourraient penser qu'il s'agissait d'une vengeance après des années d'amère compétition pour quelques mauvais pâtés de maisons.

Il n'avait pas voulu ça, n'est-ce pas ?

Horrifié, Han se souvint de sa dernière rencontre avec Shiv, quand le seigneur de la rue lui avait offert son allégeance et l'avait supplié : « Rappelle-les. »

Han était parti. Et le cadavre torturé, battu et ensanglanté de Shiv avait été retrouvé deux jours plus tard. Han comprit qu'il était, en réalité, responsable de tous ces morts. Les Sudistes avaient été assassinés à cause de son mensonge.

Han évalua la distance jusqu'à la porte de derrière. Aucun moyen de s'enfuir sans se faire carboniser, comme Taz.

— Qui êtes-vous, en fait ? demanda-t-il, de plus en plus soupçonneux.

— Je suis Gavan Bayar. Le seigneur Bayar, pour vous.

Par l'enfer ! pensa Han, luttant pour ne rien montrer sur son visage. Pas seulement un magicien, mais le Haut Magicien en personne, le plus puissant des Fells. Le père de Micah Bayar.

— Eh bien, voilà, dit Han, la gorge sèche, je serais vraiment un imbécile de vous voler quelque chose.

— Exactement. C'est pourquoi j'avais envie de vous rencontrer, pensant qu'il ne fallait peut-être pas se fier aux apparences à votre sujet. (Bayar examina Han des pieds à la tête, ne semblant pas impressionné par ce qu'il voyait.) Feu M. Mackney m'a dit que vous étiez… comment a-t-il dit, déjà ? le *seigneur* de la rue des Chiffonniers. Vous n'êtes pas un magicien, mais vous pouvez, de toute évidence, manipuler une amulette très puissante sans qu'elle vous fasse de mal. (Il soupira.) C'est dommage que mon fils ait décidé de faire ses petites expériences avec celle-là en particulier.

Il va me tuer, pensa Han. *Sinon, il ne me dirait pas tout ça.*

— Écoutez, dit Han, je ne suis qu'un gars des rues. Je ne connais rien à la magie. J'ai jeté ce truc dans une allée après être venu voir Taz. Le médaillon ne cessait de crépiter et de scintiller, et j'avais peur qu'il me fasse exploser. (Han fit deux pas vers la porte.) Je peux vous montrer à peu près à quel endroit je l'ai jeté, si vous voulez.

Une fois dans la rue, il aurait peut-être une possibilité de s'enfuir.

Bayar leva la main pour interrompre le flot de mensonges.

— J'ai déjà envoyé la Garde chercher l'amulette. En attendant, je vous ramène au donjon de la Maison du Nid d'Aigle. Je veux tout savoir sur vos rapports avec les clans, et ce qu'ils savent sur l'amulette. Bientôt, ça n'aura plus d'importance mais, pour le moment, je préférerais qu'ils en sachent le moins possible sur les articles magiques dont nous disposons. Une fois que j'aurai extrait de vous tout ce que vous savez, je vous tuerai, dit le magicien sur le ton de la conversation. Vous m'avez causé beaucoup de problèmes, et j'ai l'intention de prendre mon temps.

Mais Han avait noté une chose importante dans le discours de Bayar.

— Un moment. Vous dites que vous avez envoyé la Garde chercher l'amulette. Vous l'avez envoyée où ?

— Eh bien, chez vous. Vous vivez au-dessus d'une écurie, non ? dit Bayar d'une voix dégoulinante de mépris.

L'estomac de Han se noua.

— Elle n'est pas là-bas. Rappelez-la. Je l'ai cachée ailleurs. Je peux vous montrer où.

— Si c'est le cas, je suis sûr que vous me le direz, dit Bayar. Ma voiture est dehors. Ce serait plus civilisé si vous me suiviez sans faire d'histoires, mais j'userai de la force si nécessaire.

Bayar sourit, le visage aussi froid et aussi dur que du marbre, et Han comprit le message. Il n'était rien, et il avait été un sacré imbécile de s'opposer à quelqu'un comme Bayar et de voler une amulette à son fils. Ça lui coûterait sa famille et sa vie. On parlerait de sa fin dans tout le Marché-des-Chiffonniers et le Pont-Sud, un bel exemple pour quiconque aurait envie de contrarier les Bayar, à l'avenir.

Il est comme tous ceux qui sont riches et puissants, pensa Han. *Il fait ce qu'il veut, invente ses propres règles, viole la loi chaque fois que ça lui convient, et ne passe jamais un jour en prison.*

Shiv était mort à cause de lui, ainsi que huit Sudistes, et probablement des tas d'autres gens. Shiv était l'ennemi de Han, mais sa vie aurait dû avoir plus d'importance que ça, malgré tout.

Et voilà que le danger se dirigeait vers Mam et Mari. Il devait s'enfuir !

Il avait toujours son couteau à la main. Il avança en traînant les pieds, tête baissée, l'image de la résignation. Quand il passa à côté de Bayar, il se tourna et plongea la lame dans le flanc du magicien, juste sous les côtes, et tira vers le haut. Il entendit le métal racler contre les os.

Du sang chaud jaillit sur la main de Han. Bayar hurla et pivota, lui arrachant le couteau.

Han fonça vers la porte. Derrière lui, Bayar lança une incantation d'une voix haletante. Des flammes jaillirent autour des épaules de Han et descendirent le long de ses bras. Elles chauffèrent au rouge les bracelets autour de ses poignets, puis se dissipèrent soudain. Une fois de plus, les bracelets semblaient avoir absorbé la magie.

Dehors, Han heurta presque une voiture noire portant l'emblème du Faucon Plongeant. Des chevaux noirs hennirent et roulèrent des yeux.

Han traversa le marché à toute allure, tournant entre les échoppes et les tentes, sautant par-dessus de petits obstacles, bousculant la foule sur son passage, en direction du pont.

Le Pont-Sud et le Marché-des-Chiffonniers ne lui avaient jamais semblé si éloignés. On aurait dit un de ces rêves où l'on a les pieds collés dans la boue et où l'on essaie d'échapper à un monstre. Mais, dans son cas, les monstres se trouvaient à la fois devant et derrière lui.

Quand il traversa le pont, il dut éviter des groupes de soldats. Ils semblaient occupés à une recherche quelconque, mais ce n'était pas lui qui les intéressait, car il était visiblement en train de fuir quelque chose et personne ne l'arrêta.

Il était encore à une lieue de la rue des Pavés quand il vit la lueur dans les ténèbres, devant lui. Il renifla l'air. Quelque chose brûlait, quelque chose de gros qui envoyait des flammes haut dans les airs.

Quand il déboucha dans la rue des Pavés, il vit l'incendie. L'écurie flambait, totalement enveloppée par les flammes. La chaleur avait forcé les habitants à sortir. Ils étaient au bout de la rue, regardant, désespérés, le bâtiment se consumer.

Un cercle de Vestes Bleues entourait l'écurie, empêchant les héros potentiels d'intervenir. Mais personne n'aurait pu approcher, de toute façon. La chaleur des flammes était intense, même depuis l'endroit où se trouvait Han.

Certains des spectateurs avaient réuni une brigade d'incendie et apportaient dans des seaux de l'eau prise au puits du bout de la rue, une remarquable organisation pour un quartier comme celui-là. Mais ils arrivaient seulement à humidifier les bâtiments qui jouxtaient l'écurie, pour empêcher le feu de se propager.

Han saisit le bras d'un spectateur.

— Qu'est-il arrivé ?

— Ce sont elles. Ces maudits Vestes Bleues ! (Il désigna de la tête les soldats qui entouraient l'étable en flammes.) Quelqu'un a dit qu'ils cherchaient Gourmettes Alister, même si on ne l'a pas vu dans le quartier depuis des semaines. J'ai entendu dire qu'il était mort. Bref, ils ont dit qu'il habitait là, et qu'il y avait enterré son trésor. Ils sont entrés, ils ont fouillé partout, même dans les bâtiments alentour. Ils ont tout retourné, ils ont carrément creusé dans le sol. Puis ils ont mis le feu. Ça a pris comme du petit bois.

Han serra le bras de l'homme.

— Les gardes ont-ils emmené des gens ? Les habitants sont-ils sortis ?

L'homme se dégagea.

— J'ai vu personne, mais je n'étais pas là quand ça a commencé. J'ignore s'il y avait des gens, dedans. On a entendu les chevaux hennir tout ce qu'ils pouvaient, et ruer dans leurs stalles. Mais c'était déjà trop tard pour les faire sortir.

Han fit le tour du bâtiment et essaya de gagner l'écurie par l'arrière, mais il y avait des Vestes Bleues partout, et il fut repoussé par la chaleur et la fumée. Il mouilla sa chemise à la pompe et s'en enveloppa la tête, décidé à entrer dans le bâtiment coûte que coûte.

Il venait de dépasser l'entrée de l'allée des Bouchers quand quelqu'un s'interposa.

C'était Cat, le visage couvert de suie, un foulard des Chiffonniers autour du cou.

— C'est pas la peine, Gourmettes, dit-elle. Elles sont mortes. Tu ne peux plus les aider. Tu te ferais seulement attraper par la Garde, ou tu brûlerais vif.

— Je m'en fiche, dit Han, essayant de la contourner.

Quelqu'un le saisit par-derrière, lui tint les bras et lui prit ses couteaux.

— Laisse tomber, mon gars, dit Flinn par-dessus son épaule.

Ses propres Chiffonniers se retournaient contre lui !

— Lâche-moi, Flinn, dit-il en se débattant. Si c'étaient ta mam et ta sœur, tu irais, toi aussi !

— J'ai déjà essayé, dit Cat d'une voix brisée. (Elle avait l'air frénétique.) Nous avons tous essayé. Nous sommes même passés par les toits avant que le feu devienne trop fort. Je suis vraiment désolée, murmura-t-elle. Si tu savais à quel point.

— Je sais où elles sont, dit Han. Je peux arriver jusqu'à elles. Je le sais !

Mari devait être allongée sur sa paillasse près de la cheminée, Mam à côté d'elle. Mam était intelligente. Elle avait dû les envelopper dans des couvertures mouillées. Elles seraient effrayées, c'était sûr, mais…

— On va pas te laisser te tuer, dit Cat. Il y a eu assez de morts pour cette nuit.

Cat désigna du menton le fond de l'allée, et les Chiffonniers l'emmenèrent loin du feu. Han donnait des coups de pied et de poing, jurait et hurlait. Ils le traînèrent une bonne partie du chemin jusqu'à l'entrepôt où ils avaient établi leur quartier général, avant qu'il cesse de se débattre. Ils l'installèrent dans un coin avec Flinn et Jonas pour le surveiller, pendant que Cat et Sarie parlaient à voix basse dans un autre coin.

Où est Velours ? se demanda Han.

Han frissonna tout le reste de la nuit, tantôt glacé, tantôt couvert de sueur. Il pensa que c'était le choc, ou la rage, ou un effet de la magie de Gavan Bayar, mais, au matin, il comprit qu'il avait attrapé la fièvre de Mari.

Qu'on me laisse mourir, pensa-t-il, presque satisfait.

Il délira pendant un moment, des heures ou des jours, il l'ignorait. Quand il se réveilla, il vit le visage de Saule qui le regardait d'un air tellement désolé qu'il eut envie d'essayer de lui remonter le moral.

Elle le prit dans ses bras, le berça, lui donna de l'écorce de saule et du thé de la Matriarche à boire, ce qui devait être efficace contre la fièvre d'été, car elle tomba peu après.

Sans savoir comment, il était revenu au temple du Pont-Sud, dans une des chambres qui donnaient sur la cour. Il fallut une semaine pour qu'il puisse se lever et, à ce moment-là, Flinn lui annonça que les Vestes Bleues avaient perdu tout intérêt pour les restes de l'écurie, et qu'ils étaient partis commettre d'autres meurtres ailleurs.

Cat et les Chiffonniers avaient surveillé le site et empêché les résidants de piller les ruines. Craignant ce qu'il allait trouver, mais ne redoutant plus d'être surveillé, Han fouilla les décombres de son foyer jusqu'à ce qu'il les découvre. Deux cadavres, un grand et un petit, blottis l'un contre l'autre à côté de la cheminée, trop carbonisés pour être reconnaissables, ou pour savoir ce qu'on leur avait fait avant leur mort.

— La fumée a dû leur faire perdre connaissance, Chasse-Seul, dit Saule. (Elle ne l'avait quasiment pas quitté depuis les sept derniers jours.) Elles n'ont probablement pas eu le temps de souffrir.

Probablement. *Probablement.* Ce n'était pas suffisant.

Han trouva le médaillon de Mam, qui avait appartenu à sa mère à elle. Il était à demi fondu par la chaleur. Il récupéra aussi le livre carbonisé de Mari, celui qu'elle avait voulu lui lire quand il avait été trop pressé pour écouter. Il les mit dans son sac. Au matin, Saule alla au marché acheter de la nourriture pour le trajet. Han en profita pour sortir l'amulette de sa cachette dans la forge, et la mit aussi dans son sac. Il avait sacrifié trop de choses pour cet objet. Il ne le laisserait pas derrière lui.

Sans un dernier regard pour la rue des Pavés, il rejoignit la planque dans l'entrepôt, où il savait que Cat serait pendant la journée. Il vit Sarie et Flinn jouer aux osselets, et Sweets et Jonas s'amuser avec des chats tigrés, auxquels ils lançaient des bouts de ficelle. La mandoline de Cat était posée contre le mur, mais la jeune fille était absente, et Velours aussi.

Sarie se leva quand Han entra, l'air sur ses gardes.

— Salut, dit-elle.

Han ne perdit pas de temps en politesses.

— Où est Cat ?

— Je sais pas. Je l'ai pas vue depuis des jours. Ni Velours. Je croyais qu'elle était peut-être avec toi.

— Non. J'ai été malade, dit Han. Quand elle reviendra, dis-lui qu'elle peut avoir la cachette de l'allée Pilfer.

Sarie le regarda d'un air étonné, puis lui prit le bras et l'attira à l'écart.

— Pourquoi ? Tu ne restes pas ?

Il haussa les épaules.

— Je m'en vais pour un certain temps.

— Mais… plus tard, tu en auras besoin. Non ?

— Non.

Elle lui serra le bras plus fort.

— Tu ne vas pas faire une bêtise, dis-moi ?

— Mais non.

Sarie se racla la gorge et regarda le mur fixement.

— On croyait que peut-être tu reviendrais, que tu serais notre seigneur de la rue, de nouveau. Comme ta famille a disparu… Nous aurions tous juré de te suivre, Gourmettes.

— Vous avez un seigneur de la rue. Cat reviendra.

Mais Han avait un mauvais pressentiment. Les seigneurs de la rue ne vivaient pas très longtemps, au Marché-des-Chiffonniers. Les Sudistes l'auraient-ils coincée seule, quelque part ? En supposant qu'il reste des Sudistes…

Une fois de plus, il sentit la culpabilité le poignarder. On aurait dit qu'il était le seul survivant d'une terrible épidémie. Pourquoi avait-il mérité de vivre alors que tout le monde autour de lui était mort ?

Il regarda Sarie, qui attendait toujours, espérant peut-être une réponse différente.

— Si Cat ne revient pas, tu peux peut-être devenir seigneur de la rue, dit-il. Mais reste loin de moi. J'ai toujours des magiciens à mes trousses. Je ne veux pas que quelqu'un d'autre se fasse tuer.

Sarie se mordilla la lèvre inférieure. Han comprit qu'elle avait autre chose à dire, mais elle n'avait jamais été très douée pour la conversation.

— Écoute, Gourmettes, dit enfin Sarie. Je suis vraiment désolée pour ce qui est arrivé à ta mam et à ta sœur. (Elle défit le foulard autour de son cou et l'attacha à celui de Han.) Bon, tu sais ce qu'on dit. Quand on a été un Chiffonnier…

Il n'y avait rien à ajouter. Han partit.

Plus tard, Saule le trouva debout sous la pluie, au Pont-Sud, regardant vers la Dame Grise enveloppée de ses nuages.

Saule l'installa sur un cheval et ils retournèrent au camp Marisa. Il s'allongea sur une couchette dans le Pavillon de la Matriarche et dormit trois jours d'affilée.

26

Des secrets révélés

Danseur resta avec lui la plupart du temps, sans rien dire. Le chagrin les rapprochait, faisant d'eux des frères, car chacun portait de grands deuils, et chacun souffrait d'une forme d'exil. Mais, au moins, Danseur avait une petite idée de ce que son avenir lui réservait, même s'il n'en était pas ravi. Et lui n'avait pas besoin de se sentir coupable de la mort de sa famille et d'avoir ruiné son propre avenir.

Han aurait voulu accuser Oiseau, pour l'avoir découragé de la suivre au camp Demonai. Peut-être que, si elle l'avait laissé faire, il n'aurait pas été assez désespéré pour tenter de vendre l'amulette. Il voulait être furieux contre elle, mais le cœur n'y était pas, et, quand elle le serra dans ses bras, au moins, il apprécia la distraction.

Les Demonai resteraient jusqu'au départ de Danseur, qui approchait à grands pas. Ensuite, Oiseau partirait avec les autres guerriers. Han n'avait aucune idée de ce qu'il ferait, il n'avait aucune perspective.

Saule, qui était d'habitude si sereine, semblait nerveuse et troublée. Han attribuait son attitude au proche départ de Danseur, et au comportement de son ami. Et peut-être était-ce aussi dû à la situation de Han, parce qu'elle le traitait différemment, presque comme s'il avait été fragile, ou comme s'il risquait d'exploser si elle le regardait un peu de travers.

Et, certains jours, l'idée d'exploser lui semblait possible. Le mélange de la douleur, du chagrin, de la culpabilité et de la frustration bouillonnait en lui. Mam et Mari n'avaient représenté aucun danger pour le seigneur Bayar, pour Micah Bayar ou pour les maudites reines des Fells.

Han pouvait toujours s'imaginer qu'il avait été un puissant seigneur de la rue, mais, en réalité, le peu de choses qu'il avait réussi à voler aux riches n'étaient que des miettes tombées de leurs tables, si insignifiantes qu'ils les avaient à peine remarquées. Et, pour cela, il avait été battu dans les rues, jeté en prison, pourchassé toute sa vie.

Il avait pensé que Shiv était son ennemi, mais Shiv était seulement une autre victime de la reine, du Conseil des Magiciens et de tous les autres. Les seigneurs de la rue passaient leur temps à se battre entre eux, alors qu'ils auraient dû combattre ceux qui détenaient le véritable pouvoir.

Ça leur ferait les pieds, s'il prenait son arc, son carquois et ses couteaux, et grimpait en haut de la Dame Grise, jusqu'au domaine des Bayar, pour leur montrer l'effet que ça faisait d'être pourchassé.

Mais il était probable qu'il échouerait, là aussi. Il n'aurait aucune chance de s'approcher assez près de ses véritables ennemis, ceux qui tiraient les ficelles. Au mieux, il pourrait tuer quelques gardes du corps et quelques serviteurs.

Saule avait de longues réunions avec les aînés dans le Pavillon des Visiteurs, ce qui était étonnant, parce que, normalement, ce type de réunions se tenait dans le Pavillon de la Matriarche. Peut-être, se dit Han, ne voulaient-ils pas que Danseur et lui écoutent leurs délibérations.

Il pouvait rester avec Saule et apprendre le métier de guérisseur. En tant qu'apprenti, il gagnerait un peu d'argent, et il pourrait voir Oiseau de temps en temps, quand elle viendrait au camp Marisa. Si, au bout d'un an, il voulait partir, il utiliserait l'argent qu'il aurait économisé pour payer l'école de guerriers du Gué-d'Oden. C'était ça, ou retourner dans les rues. D'une manière ou d'une autre, il n'aurait probablement pas besoin de se soucier de ses vieux jours.

Finalement, une nuit, alors que Danseur devait partir une semaine plus tard, Saule convoqua une réunion dans son pavillon.

Han et Oiseau revinrent de leur cachette près de la rivière, où ils avaient passé l'après-midi à se baigner pour éliminer la moiteur de la journée. Han avait mis des jambières du clan que Saule lui avait faites, et une chemise d'été en coton. Pour une fois, Oiseau n'avait pas revêtu son attirail de guerrière. Elle portait un gilet en daim brodé, sans chemise, et des jupes longues de marchande. Elle avait noué autour de sa cheville droite un petit bracelet de perles que Han lui avait offert, et il ne pouvait s'empêcher d'admirer ses jambes bronzées et musclées quand elles apparaissaient entre les plis colorés de ses jupes. Il se regarda, et se demanda si Oiseau le voyait de la même manière qu'il la voyait, elle.

Quand Han et Oiseau entrèrent dans le pavillon, il fut étonné de voir qu'il était bondé, et qu'il y avait beaucoup de gens qu'il ne connaissait pas. Les clans savaient s'y prendre pour organiser des réunions. Han et Oiseau trouvèrent une place sur un banc près de la porte et s'assirent, les mains serrées, leurs hanches l'une contre l'autre. Han fut content qu'elle ait choisi de s'asseoir avec lui plutôt que de s'installer autour du feu avec les autres guerriers demonai.

Saule prit la parole.

— Merci d'être venus, aussi bien nos frères du camp Marisa que ceux qui ont voyagé depuis le camp Demonai, le camp Rissa et le camp de la Falaise.

Han et Oiseau bavardaient à voix basse, mais Han leva la tête, surpris. Cette réunion devait être importante pour que le camp Rissa et le camp de la Falaise aient envoyé des représentants.

— Je vous en prie, partagez notre feu et tout ce que nous avons, dit Saule.

Il y eut un murmure de remerciements de la part des visiteurs.

Han vit le seigneur Averill et Elena Demonai, debout derrière Saule. Une fois de plus, Han se demanda si Averill se souviendrait de lui, après l'incident du temple du Pont-Sud. Et, en effet, les yeux d'Averill s'attardèrent un long moment sur lui, comme s'il l'évaluait.

Mais, ce soir-là, Averill avait d'autres soucis en tête.

— Le seigneur Demonai nous a apporté des nouvelles du Val, dit Saule.

Le seigneur Demonai regarda autour de lui, et le murmure des conversations cessa. Le Patriarche avait l'air plus vieux et plus fatigué que la dernière fois où Han l'avait vu. Et il semblait aussi s'être battu, ce qui lui parut si déplacé que Han ne put s'empêcher de prêter attention à ce qu'il disait.

— J'apporte des nouvelles troublantes, comme Saule l'a dit. Le pouvoir du Haut Magicien grandit de jour en jour. Le seigneur Bayar exerce une influence importante sur la reine. Si importante, en fait, que la reine Marianna a l'intention de marier notre fille, Raisa, la princesse héritière, au fils de Bayar, le jeune Micah.

Cette annonce fut accueillie par un tollé de protestations, et par des exclamations d'incrédulité et d'inquiétude.

À côté de Han, Oiseau se pencha en avant, tendue, la lueur des torches soulignant d'or les contours durs de son visage.

— Une telle chose n'est pas possible, murmura-t-elle.

Bah ! ils sont dignes l'un de l'autre, pensa Han.

— J'accepte le blâme pour cet état de fait, dit le seigneur Demonai. Je dois avouer que je n'ai pas vu les choses arriver. Le capitaine Byrne et moi avons été attaqués et presque assassinés sur notre chemin du retour des Falaises-de-Craie, le jour de naissance de Raisa *ana*'Marianna.

Un autre grondement de rage jaillit de l'assemblée. Han regarda les guerriers demonai. Ils ne hurlaient pas comme les autres, mais restaient immobiles et silencieux, ce qui leur donnait l'air encore plus dangereux.

— Je ne peux pas croire que Sa Majesté ait approuvé notre assassinat, dit sarcastiquement le seigneur Demonai. Mais nous ne devons pas sous-estimer le penchant du seigneur Bayar pour la trahison. Ils avaient l'intention de marier la princesse héritière et le jeune Bayar pour son jour de naissance, pendant que le capitaine Byrne et moi étions… occupés ailleurs. (Il marqua une pause.) Heureusement, la princesse Raisa s'est échappée et partira en exil.

Han entendit des cris variés : « Que la Créatrice soit remerciée ! », « Où est-elle ? », « Notre fille Raisa devrait se réfugier ici, avec sa famille, dans les camps. »

Elena Demonai avança alors, son visage ridé portant les traces de son inquiétude.

— Ma petite-fille est en sûreté pour le moment. Nous pensons qu'il vaut mieux qu'elle ne reste pas ici, avec nous, mais qu'elle se rende dans un endroit neutre, en dehors du royaume. Garder la princesse ici, contre la volonté de la reine, serait une trop grande provocation. J'espère qu'il reste encore une chance de sauver Marianna. Je n'ai pas envie d'entrer en guerre contre elle.

Apparemment, les guerriers demonai, y compris Oiseau, ne voyaient pas, eux, d'inconvénient à entrer en guerre contre la reine. Sur ce point, Han était d'accord. Il les détestait tous : la reine, les magiciens, et la princesse héritière par-dessus le marché. C'était la Garde de la reine qui avait brûlé l'écurie et tué Mam et Mari, probablement sur les ordres du Haut Magicien. En ce qui le concernait, ils pouvaient tous aller rejoindre le Destructeur !

— Toutefois, nous devons être réalistes et nous préparer à ce que nous aimerions pourtant éviter, dit Elena. S'ils ont trouvé un moyen de rompre le lien magique entre le Haut Magicien et la reine, il est probable que les Bayar détiennent des armes magiques datant d'avant la Rupture. Nous ignorons s'ils les possèdent depuis toujours, ou s'ils les ont seulement acquises récemment.

Mal à l'aise, Han se pencha vers Oiseau et demanda :

— Pourquoi cette question est-elle importante ?

— Les clans fabriquent toujours les amulettes nécessaires pour canaliser la magie, mais maintenant elles ont une durée de vie limitée. Elles doivent être rechargées ou remplacées par un Maître des clans ou par une Matriarche. Cela nous donne un certain contrôle sur le Conseil des Magiciens. Les amulettes fabriquées avant la Rupture étaient très puissantes. Une fois données, il est impossible de les reprendre. C'était une des conditions primordiales du Naéming que tous les objets de ce type soient rendus aux clans.

Han pensa à l'amulette cachée sous sa couchette. Se pouvait-il qu'elle fasse partie de ces objets spéciaux ? Était-ce pour cela que les Bayar voulaient tellement la récupérer ?

Il aurait dû la jeter dans le ravin, comme Danseur le lui avait suggéré, le jour où ils l'avaient trouvée.

— Pour le moment, dit Averill, nous avons demandé à tous les marchands des clans d'observer un moratoire sur le commerce des amulettes, talismans et autres objets magiques. Nous ne pouvons pas autoriser le Conseil des Magiciens à accumuler un arsenal magique encore plus important que celui dont il dispose déjà. (Il se massa le front avec la main.) Je sais que cela ne sera pas facile pour tous ceux d'entre nous qui vivent de ce commerce.

— Le Conseil des Magiciens considérera ça comme une provocation, murmura Oiseau à Han. Surtout avec la guerre dans le Sud qui continue. Ils diront qu'ils ont besoin d'un approvisionnement régulier en amulettes pour former leurs jeunes et défendre les Fells contre les puissances du Sud. Si les magiciens parviennent à convaincre la reine que c'est vrai, qu'arrivera-t-il aux gens des clans qui travaillent ou commercent dans la cité ?

Il y eut d'autres discussions, car il fallait trouver des moyens de défense contre la violence possible dans le Val, et des solutions de rechange pour ceux qui vivaient du commerce des amulettes.

— Je continuerai à travailler de l'intérieur, à la cour, et exercerai toute l'influence possible pour détourner les magiciens de ce chemin, dit Averill.

— Je m'inquiète pour vous, Averill, dit Saule. Il y a déjà eu une tentative d'assassinat à votre encontre.

Le marchand haussa les épaules.

— La vie est aussi courte ou aussi longue qu'elle doit l'être, dit-il. La Créatrice me rappellera quand elle sera prête.

— Si nous pouvions persuader Marianna de venir au camp Marisa, nous pourrions peut-être la débarrasser des enchantements qui lui ont été imposés, dit Saule.

— Il est peu probable qu'on puisse la convaincre, avec Bayar qui lui susurre à l'oreille, dit Elena d'un ton aigre.

Reid Demonai parla pour la première fois.

— Nous pourrions nous emparer de la reine, et l'amener ici.

La troupe de guerriers murmura son approbation.

Reid regarda autour de lui comme s'il évaluait le courage de l'audience, puis il ajouta :

— Si quelque chose arrivait à Marianna, nous pourrions couronner la princesse héritière.

— Non, Reid, dit Elena. Nous ne sommes pas des faiseurs de reines. Marianna *ana*'Rissa est la reine des Fells, la descendante légitime d'Hanalea. Toute attaque contre elle n'apporterait que du malheur à notre clan.

Reid haussa les épaules, mais Han vit qu'il n'avait pas pour autant abandonné cette idée.

Le conseil se termina, et les gens sortirent par groupes de deux ou trois. Han savait que les maisons d'invités seraient bondées, et que les gens parleraient autour des feux jusqu'à tard dans la nuit. Conscient qu'il ne leur restait plus beaucoup de temps à passer ensemble, Han se pencha vers Oiseau.

— Retournons au bord de la rivière, murmura-t-il.

Mais Saule lui posa une main sur l'épaule. Il sursauta, ne l'ayant pas entendue approcher.

— Reste encore un peu, Chasse-Seul. Nous devons te parler.

— D'accord, dit-il, se demandant *qui* voulait lui parler.

Oiseau se leva, et Han demanda :

— Oiseau peut rester ?

Saule secoua la tête.

Intrigué et un peu exaspéré, Han dit à Oiseau :

— Attends-moi dehors, d'accord ? Ça ne devrait pas être long.

— Je n'attendrai pas éternellement, Chasse-les-Oiseaux, dit-elle en souriant.

Elle sortit dans une envolée de jupes.

Une fois tout le monde sorti, Averill, Elena, Danseur et Saule s'assirent autour du foyer. Danseur avait l'air aussi sidéré que Han.

Han commença à se sentir inquiet. L'expression de Saule indiquait qu'elle avait des nouvelles pour lui – de mauvaises nouvelles. Il connaissait mal Averill et Elena, et il avait toujours eu un peu peur d'eux. Peut-être Saule allait-elle retirer son offre de faire de lui son apprenti. Ou les aînés allaient-ils le bannir parce qu'il avait continué à voir Oiseau en dépit des avertissements de Saule. Averill voulait peut-être lui poser des questions sur la gamine qu'il avait enlevée au Pont-Sud. Ou alors, ils avaient découvert l'amulette cachée sous son lit.

Trop de possibilités, et aucune n'était réjouissante.

À cet instant, la porte du pavillon s'ouvrit, et Lucius Frowsley entra, ce qui était sans doute la chose la plus surprenante qui pouvait arriver. Lucius commerçait avec les clans, mais Han ne l'avait jamais vu se rendre dans un de leurs camps.

Le vieil homme avait l'air moins déglingué que d'habitude. Même si ses braies et sa chemise étaient usées, elles étaient propres et de bonne facture, et il avait essayé d'arranger au mieux ses cheveux et sa barbe. Ses yeux voilés étaient plus clairs qu'à l'accoutumée, et il s'appuyait sur un bâton de marche au manche délicatement sculpté. Et Han aurait même pu jurer qu'il était à jeun !

Ce qui était, en soi, terrifiant.

Han se leva.

— Lucius ! qu'est-ce que vous faites ici ?

— Tu comprendras bien assez tôt, petit, dit Lucius.

Le vieil homme avait l'air presque suffisant. Han lui prit le bras et le conduisit vers un des bancs. Lucius s'assit avec les autres.

Saule se leva et se plaça au centre du demi-cercle. De toute évidence, elle était responsable de l'animation de cette assemblée.

— Chasse-Seul, je veux commencer en te demandant de me pardonner, dit-elle.

Han la regarda un long moment, ne sachant quoi dire.

— Pourquoi ? Vous pardonner quoi ? Si vous parlez de Mam et de Mari, ce n'était pas votre faute.

— D'une certaine manière, si, c'était ma faute, dit-elle en détournant le regard et en se tordant nerveusement les mains.

Cela ne lui ressemblait pas. Normalement, Saule était une personne très directe. Mais elle semblait avoir du mal à exprimer ce qu'elle voulait dire.

— Non, dit-il. Je suis responsable. C'est moi qui ai mis la Garde sur leur dos. J'aurais dû rester loin de la cité.

Il ne parla pas de l'amulette. Danseur était au courant, ainsi que Lucius, mais aucun d'eux ne savait ce qui était arrivé après, et ils ignoraient aussi qu'il l'avait toujours en sa possession.

Han avait honte de l'avoir gardée, honte d'avoir essayé de la vendre. Et ça, c'était quelque chose que *lui* avait du mal à avouer…

— Nous avons gardé un secret te concernant, depuis toutes ces années, dit Saule. Pour de nombreuses raisons. En partie pour te protéger, mais surtout pour protéger tous les autres. Mais maintenant, là encore pour de nombreuses raisons, nous avons décidé de te dire la vérité.

Han attendit sans rien dire, le cœur battant la chamade.

Saule se leva et tendit à Han un pichet de thé et une tasse. Il les regarda d'un air stupide, puis se tourna vers Saule.

— Bois-en un peu, dit-elle. Ça t'apaisera.

Il avait donc besoin d'être apaisé avant d'entendre cette nouvelle ? Il se servit, puis goûta le breuvage à l'aspect boueux. Son odeur était familière, mais il n'en avait jamais bu.

Du mascou. Une protection contre la magie et les mauvais sorts. Pensaient-ils que quelqu'un l'avait ensorcelé ? Étaient-ils inquiets au sujet de la magie que le seigneur Bayar avait utilisée contre lui ? Surpris, il observa Saule, mais elle évita de nouveau son regard.

Han avala encore un peu de thé. Peut-être le mascou avait-il des propriétés calmantes dont il n'avait jamais entendu parler ? Les plantes médicinales avaient souvent de multiples usages.

À l'étonnement de Han, ce fut Lucius qui prit la parole.

— Mon garçon, tu te souviens de l'histoire que je t'ai racontée, près du ruisseau ? au sujet d'Hanalea et Alger Waterlow ? Celle que tu n'as pas aimée ?

Han hocha la tête, puis, se souvenant que Lucius ne pouvait pas le voir, il dit :

— Oui.

— Eh bien, elle était vraie. Chaque détail. Mais ce que je ne t'ai pas dit, c'est que, à la mort de Waterlow, Hanalea attendait un enfant. Des enfants, en fait. Des jumeaux.

— Quoi ?

Cela contredisait complètement tous les anciens récits. Hanalea était pratiquement une sainte. Elle avait sauvé son peuple. Et les légendes ne s'étaient jamais attardées sur ce qui avait pu arriver entre Hanalea et le Roi Démon, après que celui-ci l'eut enlevée.

— Je n'ai jamais entendu parler de ça, dit Han.

— Peu de gens le savent. Après la mort de Waterlow, tout le monde a été occupé par la Rupture, à essayer de sauver le monde et tout ce qui s'ensuit. Quand Hanalea a eu fini de négocier le Naéming, elle s'est retirée du monde. C'est sûr, personne n'allait la déranger, après tout ce qu'elle avait subi. À ce moment-là, elle s'est mariée discrètement, et les bébés sont nés, un garçon et une fille. Tout le monde a pensé qu'ils étaient issus de son mariage.

Le visage de Lucius se crispa de chagrin.

— Ils ont été ses seuls enfants. Comme si elle avait refusé d'en avoir d'autres qui ne seraient pas de Waterlow. Leur fille, Alyssa, a été la première de la nouvelle lignée de reines. Heureusement, elle ne montrait aucun signe de magie, mais on dit que le don de prophétie qui existe toujours dans la lignée d'Hanalea pourrait venir de Waterlow.

— Vous dites que la lignée des reines descend du sang du Roi Démon ? murmura Han.

— Oui, dit Elena d'un ton presque défensif. Son sang était peut-être souillé, mais la pureté du sang d'Hanalea a été la plus forte. (Elle fit une pause et se mordilla la lèvre inférieure.) Alyssa a été sa seule fille. Depuis, le sang du démon a été dilué de nombreuses fois.

Pas étonnant que cette histoire ait été gardée sous le boisseau. Si elle était vraie, la lignée des reines était fondée sur un mensonge.

— Et le garçon ? demanda Han.

Lucius rit doucement.

— Le garçon était un problème, parce qu'il ne faisait aucun doute qu'il avait le don. Le peu de gens qui étaient au courant furent informés que le bébé était mort peu après sa naissance et avait été enterré dans une tombe anonyme. Mais je sais que le bébé a survécu.

— Pourquoi l'a-t-on laissé vivre ? demanda Han.

Après tout ce que le démon avait fait, ne craignaient-ils pas que son fils aussi tourne mal ?

— Les guerriers demonai voulaient le tuer. Ils l'ont donné à une Matriarche des clans et lui ont demandé de le jeter du haut d'une falaise. Se voir confier une telle tâche était considéré comme un grand honneur, à cette époque.

Han regarda Elena. Elle était penchée en avant, son visage figé dans une expression de défi.

Lucius se tourna vers Han, comme s'il percevait sa place dans la salle.

— Mais Hanalea est intervenue. Habillée en marchande, elle est venue voir la Matriarche et lui a proposé un marché. Elle offrait de renoncer à tout jamais à son enfant à condition que sa vie soit épargnée.

Soudain, une image revint à l'esprit de Han. Une statue de marbre dans le jardin du temple du Pont-Sud. Elle était très ancienne, usée par les intempéries. Jemson lui avait dit qu'elle avait été sculptée à peu près à l'époque de la Rupture, et qu'elle avait été apportée au temple depuis un autre endroit. La statue représentait Hanalea en tenue de marchande, ce qui était inhabituel. La reine guerrière portait un bébé dans un bras et brandissait une épée de l'autre, comme pour repousser un adversaire invisible. Elle s'appelait *Hanalea défendant les enfants*. Han avait toujours considéré cette scène comme un symbole. Il n'avait jamais imaginé qu'elle pouvait se rapporter à un événement réel.

Lucius continua son récit.

— Les clans ne pouvaient pas refuser la requête d'Hanalea, surtout après tout ce qu'elle avait fait et tout ce qu'elle avait subi. Mais la Matriarche ne voulait pas laisser l'enfant rejoindre le monde seul et grandir sans supervision. Elle réunit donc un petit conseil secret pour déterminer ce qu'il convenait de faire.

Han avait la tête qui tournait. Encore une histoire qui contredisait tout ce qu'il avait entendu avant. Comment savoir ce qu'il devait croire ? Il regarda Danseur pour évaluer sa réaction. Il était assis, absorbé par le récit, jouant machinalement avec les franges de ses jambières. Danseur n'avait jamais entendu Lucius raconter une histoire. Il ignorait à quel point le vieil homme pouvait captiver son auditoire.

— Comment est-ce que vous savez tout ça? demanda Han, pensant : *Avez-vous trouvé cette histoire dans le fond d'une bouteille de votre cru ?*

— J'ai été celui qu'Hanalea a épousé après la mort d'Alger, dit Lucius.

— Vous ? dit Han, plus fort qu'il en avait eu l'intention.

Il regarda autour de lui et lut la vérité sur tous les visages, comme si Danseur et lui étaient les seuls à ignorer ce secret-là.

Ce vieil homme qui se lavait, au mieux, une fois par mois, avait été marié à une reine ? Et pas seulement *une* reine, mais *la* reine qui avait sauvé le monde. Une beauté légendaire perpétuée par d'innombrables statues, gravures et tableaux.

— C'est impossible, dit Han d'une voix sans timbre. Sans vouloir vous offenser, Lucius… mais… vous auriez au moins mille ans !

— Oui, j'ai plus de mille ans, mais j'ai cessé de compter il y a déjà longtemps, dit Lucius en souriant, révélant ses dents irrégulières. Regarde-moi bien, et tu verras sur mon visage la marque de chacune de ces années. J'étais un magicien autrefois, le meilleur ami d'Alger Waterlow. J'ai perdu la vue pendant la Rupture, et mon don a été entièrement consumé.

Sa voix changea, et il parla comme un sang-bleu.

— Le conseil qui a rédigé le Naéming m'a choisi pour garder le souvenir de cette époque, pour le rappeler à Hanalea, au cas où sa mémoire faillirait. J'ai été ensorcelé et condamné à connaître la vérité, et à avoir la compulsion de la raconter. C'est ce qui me garde en vie. Ainsi, peu importe si tout le monde veut oublier, il existe quelqu'un qui se souvient de tout, aussi clairement que si c'était arrivé hier.

Han ne put s'empêcher de penser qu'il n'aurait pas choisi un vieil ivrogne négligé pour cette tâche, si elle était si importante. Qu'il dise la vérité ou pas, qui l'écouterait ?

Puis une idée le frappa : ce devait être un lourd fardeau de connaître une vérité que personne ne voulait entendre, et c'était peut-être ce qui avait fait de Lucius un vieil ivrogne négligé.

Un souvenir revint à la mémoire de Han. Cet après-midi sur les berges du ruisseau de la Vieille, quand Lucius lui avait raconté l'histoire d'Hanalea et Alger Waterlow.

« Elle s'est donc inclinée pour le bien de tous, et elle a épousé quelqu'un qu'elle n'aimait pas. » Lui-même. Han frissonna et se sentit désolé pour Lucius. Pour le bien que ça lui ferait…

— Qu'est-ce que tout ça a à voir avec Danseur et moi ? demanda Han, pensant à Oiseau qui l'attendait impatiemment dehors, à moins qu'elle ait déjà renoncé.

Le monde était plein de secrets, apparemment, mais il n'avait peut-être pas besoin de les connaître tous.

— Vous verrez, dit Elena. (Il était impossible d'abréger une histoire des clans.) Comme vous pouvez l'imaginer, il y a eu d'amers désaccords sur ce qu'il convenait de faire de l'enfant doué de magie du démon, qui risquait de devenir un magicien très puissant.

» Les guerriers demonai soutenaient toujours que l'enfant devait être tué, quoi qu'en pense Hanalea. Mais le garçon avait hérité du charme d'Alger. Il y avait quelque chose de spécial chez les Waterlow… une façon d'être…

Voilà encore quelqu'un qui parlait du Roi Démon comme s'il avait été beau, attirant, quelqu'un dont une reine pouvait tomber amoureuse, et non un monstre sans cœur.

— En plus d'Hanalea, ce fut le consort d'Hanalea, Lucius Frowsley, qui défendit le plus ardemment le droit de vivre de l'enfant, dit Elena, regardant Lucius.

Ces deux-là ne s'aiment pas beaucoup, pensa Han.

— Parce que cet enfant était le frère de la princesse héritière, et qu'il était magicien, les gens craignaient qu'il se joigne au Conseil des Magiciens. Ou qu'il tente d'établir une lignée de rois magiciens qui serait une menace pour celle des reines en place, dit Averill.

— Finalement, le conseil des aînés choisit la solution de miséricorde. La décision fut prise de laisser l'enfant vivre, mais de le retirer à Hanalea, et de lier et contrôler son don magique afin qu'il ne soit pas apparent. La vérité sur son origine fut cachée au garçon et à son entourage afin que personne ne tente d'utiliser sa lignée à de mauvaises fins. Depuis, nous surveillons les descendants de ce garçon afin de nous assurer qu'ils ne représentent aucune menace pour la reine.

Averill haussa les épaules.

— Était-ce une bonne décision ? Mille années se sont écoulées, et nous l'ignorons toujours. Mais des événements récents nous ont obligés à reconsidérer la question. Au regard de la menace que représente Arden, une guerre qui s'éterniserait entre les magiciens et les clans pourrait bien signifier la fin du royaume.

— Pendant des générations, le conseil des aînés a gardé la trace des descendants du Roi Démon, dit Elena. Les caractéristiques magiques sont restées virulentes quand elles se manifestent, mais elles apparaissent de moins en moins souvent, probablement modérées par les mariages avec des personnes non magiques. À ce jour, nous connaissons seulement un descendant vivant doué de magie. Un enfant mâle.

— Et alors ? Vous allez le pourchasser et le tuer ? À cause de qui était son ancêtre ? demanda Han. Parce qu'il pourrait se joindre au Conseil des Magiciens et menacer la reine ?

Était-ce la raison de sa présence et de celle de Danseur ? S'attendaient-ils que tous deux les aident dans cette tâche ?

La question sembla surprendre Averill.

— Ah ! non.

Il regarda Elena, qui semblait toujours répondre aux questions les plus difficiles.

— Le conseil originel a pensé qu'il pourrait être intéressant d'avoir une lignée de magiciens appartenant à la famille de la reine, qui pourrait soutenir le trône en cas de conflit. Particulièrement dans le cas d'un conflit avec les autres magiciens, ajouta Elena. L'expérience nous a malheureusement appris que la magie verte avait ses limites.

J'imagine que les guerriers demonai adorent cette idée, pensa Han.

— Donc, nous avons exigé que tous les descendants doués de magie du Roi Démon soient accueillis dans les camps, pour que nous puissions leur apprendre les mœurs des clans, et, nous l'espérons, lier leur destin et leur cœur aux nôtres. Pendant des générations, nous avons continué, le secret se transmettant entre les aînés des clans. Nous n'avons jamais eu besoin de le révéler, jusqu'à ce jour. C'est la raison pour laquelle nous avons réuni ce conseil.

Elle désigna de la main les autres personnes présentes dans le pavillon.

Et Han comprit enfin la vérité, qui aurait dû être évidente depuis le début, malgré la manière détournée dont les clans racontaient les histoires.

Ce mystérieux descendant doué de magie était Danseur. Ça ne pouvait être que lui. Danseur de Feu. Un nom adéquat pour le rejeton d'un magicien. Danseur avait le don et, désormais, la magie qui avait été cachée si longtemps se manifestait.

Han regarda son ami, qui semblait perdu dans ses pensées, inconscient de la révélation que venait d'avoir Han. Danseur était-il au courant ? S'en doutait-il ? Était-il réellement l'enfant de Saule, ou était-ce une astuce pour qu'il soit élevé par la Matriarche, la femme la plus sage du camp Marisa ?

Eh bien, s'ils voulaient s'en prendre à Danseur, Han le soutiendrait, même s'il se demandait quelle aide il pourrait bien apporter à un magicien.

Han était tellement plongé dans ses pensées qu'il ne suivit pas le fil de la conversation quand Elena reprit la parole, à la manière richement cadencée d'une Matriarche.

— Ce conseil appelle devant lui Chasse-Seul, dont le nom du Val est Hanson Alister.

Il y eut un long silence, pendant que Han attendait que quelqu'un d'autre réagisse.

— Quoi ? dit-il stupidement. Qu'avez-vous dit ?

— C'est toi, Chasse-Seul, dit Saule en lui prenant les mains. Tu es le seul descendant vivant doué de magie d'Alger Waterlow.

27

Le don

— Non ! cria Han en se dégageant. De quoi vous parlez ? Je n'ai pas le don ! C'est Danseur qu'il vous faut.

Il regarda son ami, mais Danseur avait la même expression de méfiance mêlée d'espoir que les autres.

— Si, tu as le don, dit Saule. À ta naissance, ta magie s'est manifestée si fortement que ta mère a failli mourir en couches. Je me suis occupée de vous deux, et j'ai appelé Elena *Cennestre.*

Han, secouant la tête, recula jusqu'à buter contre la couchette. Elena le rejoignit et se tint devant lui. Il se sentit pris au piège, alors qu'il était bien plus grand qu'elle.

— J'ai fabriqué tes bracelets, dit-elle en touchant les gourmettes en argent. Ils absorbent la magie, la tienne aussi bien que celle qui serait utilisée contre toi. Ils te protègent, et t'empêchent également d'utiliser la magie, par accident ou volontairement. Ils t'empêchent d'irradier l'aura de magie autour de toi, ou de la transférer dans une amulette. Tous les descendants d'Alger Waterlow qui ont reçu le don les ont portés, depuis l'enfant d'Alger. (Elle marqua une pause.) Il s'appelait Alister.

Han leva les mains et regarda ses bracelets comme s'il ne les avait jamais vus. Il se souvint du moment où Gavan Bayar lui avait jeté un sort, et où les flammes s'étaient dirigées vers ses bracelets avant de disparaître. Il se souvint que les démons du Pont-Sud l'avaient attaqué avec leur magie, et qu'elle avait semblé glisser sur lui. Et, en dépit de l'avertissement de Micah Bayar, il avait pu ramasser l'amulette au serpent sans être blessé, et sentir son pouvoir. La même amulette qui avait expédié les Sudistes contre le mur.

Han Alister, le seigneur de la rue des Chiffonniers, un petit voleur avec du sang sur les mains, du ressentiment au cœur, et trop d'ennemis pour pouvoir les compter, était aussi un magicien qui pouvait lancer des flammes avec ses doigts, jeter des sorts et plier les autres à sa volonté.

Han Alister était le descendant d'un fou qui avait séduit et enlevé une reine et qui avait brisé le monde. Ou bien il était le dernier représentant d'un amour qui avait défié les conventions sociales, et de ceux qui avaient payé le prix fort pour cet amour.

Les paroles de Shiv lui revinrent en mémoire : « Qu'est-ce que tu as de spécial ? Les gens ne cessent de parler de toi. Ils racontent des histoires. Gourmettes Alister par-ci, Gourmettes Alister par-là. On dirait que tu es fait d'or pur ! »

Mais Han n'était pas issu d'une lignée royale. Il était le fils d'une blanchisseuse et d'un soldat.

— Ton grand-père aussi a porté les bracelets, dit Elena, comme si elle lisait dans son esprit. Il a été élevé en partie au camp de la Falaise. (Elle marqua une pause, et une lueur dans ses yeux indiqua qu'elle dissimulait un secret.) Le don ne s'est pas manifesté chez ton père. Il est mort sans avoir jamais rien su de sa lignée.

— Qu'avez-vous dit à ma mère ? demanda Han. Est-ce qu'elle savait à quoi les bracelets servaient ?

— Non. Nous lui avons dit que tu avais été possédé par un démon quand tu étais encore dans son ventre, et que les bracelets te protégeraient. Qu'elle ne devait pas te dire la vérité, parce que ça te rendrait vulnérable au mal.

La Matriarche ne montra aucune trace de remords en lui disant cela.

Han la regarda, horrifié. Pas étonnant que Mam ait toujours semblé convaincue qu'il succomberait à l'appel de la rue. Même quand il avait renoncé à sa vie de chef de bande, elle avait toujours mis sa décision en doute, elle n'avait jamais cru réellement qu'il s'était réformé. Ce mensonge avait été une barrière entre eux. Il se souvint d'une de leurs dernières conversations. « Tu es maudit, Han Alister, et tu finiras mal », avait-elle dit.

— Nous avons fait en sorte que tu sois accueilli au camp Marisa tous les étés, continua Elena. Nous avons payé un petit dédommagement à ta mère.

— Alors… vous avez payé ma mère pour qu'elle vous laisse m'emmener ? dit Han d'une voix choquée. Elle… n'a jamais posé de questions ?

Est-ce que Mam ne s'était pas demandé pourquoi les clans s'intéressaient à son fils ?

Non, pensa Han, *pas si ça rapportait un peu d'argent.* Les gens qui n'ont rien n'ont pas le luxe de pouvoir poser des questions.

— Ta mère espérait que ça te ferait du bien de quitter la ville de temps en temps, dit Saule. Elle espérait que ça t'empêcherait de fréquenter les bandes des rues, et que tu apprendrais un métier correct. Que ça te protégerait des dégâts provoqués... avant ta naissance.

Han se sentait assiégé comme jamais dans sa vie, et surtout pas dans les camps. Ils avaient toujours été un refuge, un endroit où il se sentait en sécurité. Mais tout ça n'avait été que faux-semblants. Saule et Elena et les autres n'étaient que des escrocs vêtus des vêtements des clans.

On s'était moqué de lui pendant toutes ces années.

— Si je comprends bien... vous m'avez pris avec vous parce que vous pensiez que je risquais de devenir cinglé et de briser le monde, comme l'avait fait Alger Waterlow ?

Han voulait donner l'impression d'être froid et indifférent, mais il avait du mal à empêcher sa voix de trembler.

— Alger Waterlow n'était pas fou, grogna Lucius, ce qui fit sursauter Han, qui avait oublié sa présence. (Lucius jeta un regard torve autour de lui.) Et je me fiche bien de ce que vous dites tous.

Ah ! pensa Han amèrement, *je devrais être rassuré, parce que Lucius Frowsley, qui est un peu dingue, affirme que mon ancêtre ne l'était pas ?*

— Chasse-Seul, dit Saule, tu es comme un fils pour moi. Tout a peut-être commencé comme une obligation, mais maintenant...

— Vous n'êtes pas ma mère, dit Han, poussé par un désir glacial de lui faire du mal. J'avais une mère, et elle est morte.

Averill, au moins, eut la délicatesse d'avoir l'air gêné.

— Je suis désolé. Je sais que ça fait trop de choses à assimiler en même temps.

— Alors, de quoi s'agit-il? demanda Han, qui avait hâte de terminer cette conversation et de se retrouver seul pour réfléchir à tout ça. (Il commençait à craindre que son visage impassible de seigneur de la rue l'abandonne.) Pourquoi me dire tout ça maintenant, après tout ce temps ?

— Nous pensons que cette époque est la plus dangereuse depuis la Rupture, dit Saule. Gavan Bayar est une menace considérable pour la reine et la lignée royale. Le pouvoir du Conseil des Magiciens grandit, et ils ont presque réussi à marier l'un d'entre eux à la princesse héritière.

— Qu'est-ce que ça a à voir avec moi ? demanda Han.

— Nous t'avons tout raconté parce que tu as un choix à faire, dit Elena. Nous pouvons te laisser les bracelets, et pour toi les choses continueront globalement comme avant. Si tu le souhaites, tu resteras au camp Marisa et Saule t'apprendra l'art du guérisseur.

— Et le camp Demonai ? Pourrai-je y aller ? demanda Han, sachant qu'il mettait la patience d'Elena à rude épreuve.

— Cela dépend, dit-elle en regardant Danseur, de la manière dont ce secret peut être gardé. Si tu es connu comme étant un magicien, ta vie sera en danger à Demonai, même si tu portes les bracelets. Et, par-dessus tout, personne ne doit connaître l'origine du sang qui circule dans tes veines.

Han regarda son visage dur de guerrière et se demanda : *De quel sang parle-t-elle ? Celui du Roi Démon, ou celui d'Hanalea ?*

— Donc, les guerriers demonai ne savent rien, à mon sujet ? demanda Han, pensant à Oiseau et surtout à Reid Demonai.

— Personne ne sait, excepté le seigneur Demonai et moi. Si tu décides de garder les bracelets, il vaut mieux qu'ils ignorent tout.

Han se massa le front. Sa tasse de thé avait refroidi.

— Vous avez dit que j'avais un choix à faire.

Elena le regarda dans les yeux.

— Nous t'enlèverons les bracelets, Chasse-Seul, à condition que tu ailles à la Maison Mystwerk, au Gué-d'Oden, avec Danseur de Feu, et que tu apprennes à contrôler et à utiliser le don que la Créatrice t'a fait. Nous te parrainerons, nous te fournirons ton amulette et nous paierons les honoraires de tes maîtres ainsi que ta pension. Quand tu auras terminé tes études, tu reviendras ici et tu mettras tes capacités au service des clans et de la lignée véritable des reines de sang.

Han la regarda, sidéré.

— Alors, les magiciens ne posent pas de problème s'ils travaillent pour vous ?

Apparemment pas, pensa-t-il, puisque tout le monde haussa les épaules et détourna le regard.

— Pourquoi moi ? demanda Han. Pourquoi pas Danseur ? Il est magicien, et il ne risque pas de se retourner contre vous ou de perdre la tête.

À cet instant, l'idée de perdre la tête ou de casser quelque chose lui parut une excellente façon de se tirer de tout ça.

— Pour briser le lien qui lui a été imposé quand il est devenu Haut Magicien, Gavan Bayar a dû utiliser de la magie ancienne, dit Averill.

Nous nous demandons ce que les Bayar possèdent dans leurs cachettes. S'ils ont accès à d'anciennes amulettes, ils peuvent s'en servir pour gagner d'autres magiciens à leur cause. Nous aurons besoin de quelqu'un de très puissant pour s'opposer à eux. Plus puissant que Danseur.

— Qu'est-ce qui vous fait penser que je suis aussi puissant que ça ? demanda Han. Je n'ai jamais rien fait de magique.

— Je t'ai mis les bracelets quand tu étais encore un bébé, dit Elena. (Son expression indiquait que c'était une expérience qu'elle n'aurait pas aimé répéter.) Je sais de quoi tu es capable.

Lucius éclata d'un rire aigu et un peu essoufflé.

— En fait, mon garçon, tout le monde sait ce qu'Alger Waterlow pouvait faire. Ils espèrent que tu tiendras de ton aïeul. À part pour le côté « je détruis le monde ». Là, ils espèrent te serrer davantage la vis.

— Donc, dit Han, vous avez besoin d'une sorte de magicien à vendre ? d'un mercenaire !

Elena Demonai secoua la tête.

— Nous avons besoin d'un champion. Quelqu'un qui soutiendra les camps contre le Conseil des Magiciens, si la nécessité s'en fait sentir. Nous ne pouvons pas attendre de voir quels sont les plans des Bayar. Tu as besoin de formation, et ça prend du temps.

— Et, si je refuse, vous enverrez Danseur affronter seul le Conseil des Magiciens.

— Oui, dit Elena. Nous n'aurons pas le choix.

Les aînés des clans étaient concentrés sur Han, décidés à le persuader. Ils parlaient de Danseur comme s'il n'était pas là, ce qui irrita Han.

Et s'ils lui retiraient les bracelets, et que les pouvoirs de Han se révèlent n'être qu'une pâle étincelle qui se consume presque tout de suite ? Il aurait les mêmes problèmes qu'avant, et il aurait perdu la protection que les bracelets lui procuraient. La prochaine fois que Gavan Bayar essaierait de le carboniser, il y laisserait sa peau.

De plus, il n'allait pas conclure un marché sans avoir tous les détails.

— Et si vous m'enlevez les bracelets et que je refuse de remplir ma part du marché ? demanda Han. Comment savez-vous que j'irai au Gué-d'Oden ? Comment savez-vous que je me rangerai à votre côté contre les magiciens, si les choses en arrivent là ?

— Chasse-Seul, dit Saule avec précipitation, bien entendu que tu tiendras ta parole.

Le seigneur Averill leva la main.

— Non. Ce garçon doit connaître la vérité. (Le Patriarche se tourna vers Han.) Si nous t'enlevons les bracelets et que tu ne tiennes pas ta promesse, nous te pourchasserons et nous te tuerons.

Et je parie que cette mission sera confiée à Reid Demonai, pensa Han, sentant la chair de poule sur son cou. Même s'il avait été pourchassé toute sa vie, il avait toujours pu se réfugier dans les camps quand ça chauffait un peu trop pour lui. Cette fois, ce sanctuaire lui serait refusé.

La Matriarche demonai approcha de Han, ses yeux profondément enfoncés rivés sur lui, comme si elle pensait qu'il pourrait hésiter.

— Saule nous a dit que tu avais perdu ta famille à cause du seigneur Bayar, dit-elle. Cela pourrait être l'occasion pour toi de te venger.

— Elena *Cennestre*, dit Saule, la vengeance ne satisfait jamais de la manière dont nous l'espérons. Vous le savez.

Han ne détourna pas le regard du visage d'Elena.

— Et si je change d'avis ? pourrez-vous me remettre les bracelets ?

— Non. Ç'a déjà été difficile la première fois. Et tu es bien plus puissant maintenant que tu l'étais à l'époque. Je ne serais pas capable de neutraliser de nouveau ta magie.

— Prends quelques jours de réflexion, conseilla Saule. Tu peux venir parler avec n'importe lequel d'entre nous si tu as besoin d'un conseil.

Comme si les aînés, excepté Saule, allaient essayer de le décourager ! Han fut obligé de reconnaître que les clans n'avaient pas volé leur réputation de commerçants avisés.

Il savait ce que Mam aurait dit : « Garde les bracelets, reste avec Saule, apprends un métier et gagne honnêtement ta vie. Reste hors du chemin des Bayar. Choisis la sécurité. »

Mais que risquait-il, en réalité ? Mam et Mari avaient déjà payé le prix de ses stupides erreurs. Il avait tout gâché, et il ne pouvait pas revenir en arrière.

Pourtant, il n'était pas le seul à blâmer. Le Haut Magicien, la reine et sa Garde avaient joué un rôle non négligeable. Son seul moyen de leur faire regretter ce qu'ils avaient fait, de les faire réfléchir au prix d'une vie, et d'imprimer une marque assez profonde sur le monde pour qu'elle attire leur attention, était de courir le risque d'accepter la proposition du clan.

À cet instant précis, il se souciait peu de ce qui lui arriverait. Ce qui était une bonne chose, car, en y réfléchissant, il ne voyait pas comment il pourrait gagner ce combat.

Il tendit les mains à Elena.

— J'ai pris ma décision. Enlevez-moi ces trucs.

En parlant, il regarda Danseur, et vit un mélange de soulagement, de chagrin et de regret se peindre sur le visage de son ami.

— Chasse-Seul, attends ! dit Saule. (Elle se tourna vers les autres aînés.) Ce garçon vient de perdre tragiquement sa mère et sa sœur. Il est encore en deuil, et il a besoin de temps pour guérir. Nous ne devrions pas le forcer à prendre une décision immédiatement.

— Nous n'avons pas beaucoup de temps, dit Elena. Danseur doit partir après-demain pour le Gué-d'Oden, et ce serait plus prudent qu'ils voyagent ensemble. Les classes commencent dans un mois, et il leur faudra du temps pour arriver, même s'ils ne rencontrent pas de problèmes en route.

— Je voudrais seulement qu'il ne prenne pas une décision qu'il regrettera plus tard, dit Saule.

— Tout va bien. J'ai pris ma décision, dit Han, d'une voix plus forte. Qui se charge de le faire ?

Il regarda Elena, puis Averill.

— Assieds-toi, dit Elena abruptement, sans regarder Saule. (Han s'assit sur une des couchettes. Elena apporta son sac et s'assit à côté de lui.) Approchez les torches, dit-elle.

Danseur et Averill obéirent. La fumée âcre piqua le nez de Han.

Elena plongea la main dans sa bourse en daim et sortit un petit paquet. Elle défit l'emballage en cuir, qui révéla un jeu d'outils délicats, qui servaient à travailler l'argent. Elle prit un marteau et un burin, posa le bras de Han sur ses genoux et fit signe à Saule d'approcher. Saule s'agenouilla près de Han et saisit sa main droite d'une poigne ferme pour la maintenir immobile. Elle le regarda dans les yeux. Il lui rendit son regard, luttant pour garder un visage impassible.

Avec le marteau et le burin, Elena tapota le long d'une ligne gravée dans l'argent. Des craquelures apparurent le long de la ligne, et s'élargirent quand elle continua à travailler, en marmonnant à mi-voix.

La main de Han commença à picoter, et il n'aurait su dire si c'était dû à l'impact des coups de marteau, ou à la magie qui commençait à sourdre. Saule écarquilla les yeux. Peut-être le sentait-elle aussi.

Elena s'interrompit, prit son autre main et recommença le travail sur le second bracelet.

— C'est important qu'ils se brisent tous les deux en même temps. Sinon, le déséquilibre risque de te tuer.

Han se souvint des nombreuses fois où il avait demandé à des joailliers du marché d'essayer de les lui enlever, et il frissonna.

— Ne bouge pas, dit sèchement Elena.

Peu après, le bracelet droit fut dans le même état que le gauche.

— Maintenant, dit Elena en inspirant à fond, nous allons briser les bracelets. Es-tu prêt, Chasse-Seul ?

C'était aussi simple que ça, se dit Han. Il hocha la tête, soudain inquiet. Sa bouche s'assécha et de la sueur mouilla la paume de ses mains. Et si ça le tuait ? Son cœur s'accéléra, comme pour exécuter autant de battements que possible avant d'être contraint de s'arrêter.

— Attends, dit Saule. (Elle lui apporta la tasse de thé de mascou.) Bois ça. Au cas où.

Han vida la tasse et la posa. Saule la remplit à plusieurs reprises, comme si elle avait décidé de noyer Han dans le breuvage, jusqu'à ce qu'Elena lui fasse impatiemment signe de reculer.

Elena glissa ses pouces sous les deux bracelets. D'un mouvement rapide, elle les arracha et les laissa tomber sur le sol. Han regarda ses bras. La peau de ses poignets était pâle comme le ventre d'un poisson, là où les bracelets avaient bloqué le soleil.

Puis une chaleur intense le parcourut, naissant à l'intérieur de lui et s'infiltrant dans tout son corps jusque dans ses doigts et ses orteils. S'il avait eu des doutes sur ce qu'on lui avait dit, ils s'évanouirent en un instant.

Cela rappela à Han le jour où, à cause d'un pari, il avait avalé d'un trait un verre entier du produit de Lucius. Des images criardes traversèrent son esprit et tourbillonnèrent violemment derrière ses yeux. Ses cheveux se dressèrent, et des flammes coururent le long de son corps. Des étincelles jaillirent de sa peau, laissant des traces de brûlure sur sa chemise et ses jambières. Il étira ses bras, se disant qu'il devait ressembler à un des bonshommes de paille qu'on brûlait lors de la fête de la moisson. Et s'il mettait le feu au pavillon ? Le bâtiment était en bois, après tout.

Paniqué, il se leva d'un bond et gagna la porte en titubant pour sortir dans l'air frais de la nuit.

Han entendit Elena crier :

— Danseur de Feu, va avec lui. Aide-le !

Han se sentait incandescent, illuminé, plus léger qu'il l'avait jamais été. Il était une flamme dans une lampe, et cette lampe n'était autre que son corps qui menaçait de se dissoudre à tout moment. Il tendit les mains, et elles brillèrent dans l'obscurité. Il vit ses os se dessiner sous la chair.

Puis Danseur lui saisit le bras, le pouvoir coula entre eux, et cela le stabilisa.

— Par le sang et les os ! dit Danseur, tu ne peux pas libérer le pouvoir comme ça ! Calme-toi, ou tu flanqueras le feu à tout le camp ! (Il lui mit quelque chose dans la main, un objet dur et froid.) Tiens, essaie ça. Libère le pouvoir lentement, et cet objet l'absorbera.

C'était l'amulette que Danseur avait reçue pour sa cérémonie d'attribution du nom d'adulte, qui représentait un danseur des clans entouré de flammes.

Han inspira à fond, souffla, et se concentra sur l'amulette. La magie sembla couler dans la sculpture à travers ses mains, et les ruisselets de flammes sous sa peau diminuèrent d'intensité. En quelques minutes, il se sentit vidé, et moins enclin à faire tout flamber autour de lui.

— Merci, murmura Han, rendant l'amulette à Danseur.

— J'ai appris quelques petites choses, en faisant des essais et en commettant des erreurs, dit Danseur. On peut stocker de la magie dans ces talismans, et l'utiliser plus tard.

— Est-ce que ça sera un problème ? Ma magie… ton amulette ?

Danseur haussa les épaules.

— Pas la moindre idée. Je travaille à contrôler ça depuis plus d'un an, mais je n'ai pas reçu de véritable formation. (Danseur esquissa un sourire, le premier que Han voyait depuis la cérémonie d'attribution du nom d'adulte.) Je pense que les aînés ont raison : tu es bien plus puissant que moi. C'est ça, ou alors c'est l'effet d'accumulation de la magie refoulée depuis le temps où tu étais bébé.

Égoïstement, Han était content que Danseur ait le même problème que lui, content d'avoir quelqu'un pour l'accompagner au Gué-d'Oden, content de ne pas être obligé de comprendre seul comment tout ça marchait.

— Tu devras parler de ton amulette avec Elena, dit Danseur. Elle fabriquera quelque chose de spécial pour toi.

Que fabriquera-t-elle pour moi ? se demanda Han. *Est-ce que j'aurai mon mot à dire ?* Il tendit la main et regarda, fasciné, de petites flammes jouer sur sa peau.

Puis un léger halètement dans les ombres lui fit tourner la tête. Sous les arbres, Oiseau le regardait, figée, l'expression horrifiée. À côté d'elle, Reid Demonai, son beau visage dur et méfiant, semblait avoir découvert une vipère dans un tas de bois et se demander comment faire pour la tuer.

Puis Han se souvint : il avait dit à Oiseau de l'attendre pour qu'ils aillent ensemble à la rivière, après la réunion. Elle avait dû le voir enveloppé de flammes, et avait dû entendre la conversation entre Danseur et lui.

— Oiseau ! cria Han quand elle se détourna. (Il avança vers elle.) Attends !

Mais Oiseau disparut silencieusement entre les arbres. Reid regarda Han un long moment, puis la suivit.

Plus tard, cette nuit-là, Han était étendu sur sa couchette, dans le Pavillon de la Matriarche, incapable de trouver le sommeil. Elena lui avait donné une petite amulette représentant un blaireau, qu'il devrait utiliser jusqu'à ce qu'elle lui fasse la sienne. Elle était posée sur sa poitrine, sous sa chemise, mais il n'y prêtait pas beaucoup d'attention.

Il était terriblement conscient de la présence de l'amulette du Roi Démon cachée sous son lit. On aurait dit que quelqu'un avait allumé un feu sous son matelas, et qu'il lui brûlait la peau, quelle que soit la position qu'il adoptait. Finalement, il glissa sa main sous la paillasse et la ferma sur le porte-poisse. La magie coula de ses doigts et entra dans la sculpture, ce qui le soulagea. Était-ce ainsi que ça se passerait ? Allait-il en permanence laisser filtrer de la magie hors de lui, et devrait-il sans cesse trouver un endroit où la stocker ?

Des images étranges tourbillonnèrent dans son esprit : des flammes illuminant un champ de bataille, des soldats qui s'affrontaient, du sang coulant sur le sol. Une très belle femme, les mains tendues, qui pleurait et appelait « Alger ». Et de la douleur, une douleur aveuglante.

Han lâcha l'amulette et s'assit. Il pouvait se passer de ce genre de rêves !

Saule était toujours dehors, probablement occupée à planifier son avenir avec Averill et Elena. Danseur dormait. Han entendait son souffle régulier de l'autre côté du pavillon.

Quand il entendit un bruit de pas, dehors, il crut que c'était Saule qui revenait. Mais l'intrus marchait furtivement, s'arrêtant sans cesse, et, quand une silhouette se découpa dans l'entrée, Han avait déjà son couteau à la main, mais le cœur plein d'espoir.

— Oiseau ? demanda-t-il.

Peut-être était-elle revenue ? Peut-être pourraient-ils s'expliquer ? Peut-être…

Une voix étouffée lui répondit. Celle de Lucius.

— Je suis là, dit Han en remettant son couteau sous son oreiller.

— Je pensais que tu ne dormirais peut-être pas, dit Lucius en promenant son bâton devant lui jusqu'à atteindre la couchette. Il s'assit au bord, à côté de Han.

— Que voulez-vous ? marmonna Han. Il est tard.

— J'imagine que tu as beaucoup de choses auxquelles réfléchir.

— En effet.

Il y eut un silence, puis Lucius murmura :

— Tu es puissant, mon garçon. Je le sens. Tu me rappelles Alger.

Il tendit la main, prudemment, comme s'il risquait de se brûler, et toucha le bras de Han.

— Je ne suis pas Alger, dit Han en se dégageant.

Il avait cru que Lucius était son ami. Mais tout le monde autour de lui, y compris le vieil homme, lui avait caché la vérité.

— Tu as toujours l'amulette que tu as prise au jeune Bayar ? demanda Lucius. (Le vieil homme essayait de garder un ton désinvolte, mais ses mains tremblotaient comme elles le faisaient quand il était nerveux.) Tu ne l'as pas perdue dans l'incendie, n'est-ce pas ?

— Je l'ai toujours, dit Han. Et alors ?

— Tu devrais apprendre à l'utiliser, voilà tout.

— Je devrais la jeter dans une mare de boue, dit Han. Je n'ai eu que des problèmes depuis que je l'ai prise.

— Les problèmes continueront de te tomber dessus, quoi qu'il arrive, dit Lucius. Autant que tu aies le pouvoir de te défendre !

— Elena va me faire une amulette, dit Han. Pourquoi n'utiliserais-je pas celle-ci ?

— Elena veut te contrôler, comme tous les autres. Toute amulette qu'elle te remettra servira à te tenir en laisse. Celle que tu as prise est à toi de droit.

— Ouais. Et peut-être qu'elle fera de moi un démon, comme elle l'a fait pour Alger Waterlow. Elle me donnera peut-être des illusions de grandeur.

Han provoquait délibérément le vieil homme, mais il ignorait pourquoi.

Lucius cracha sur le sol.

— En quoi ce problème vous concerne-t-il ? demanda Han. Je n'aime peut-être pas beaucoup le marché que m'a proposé le seigneur Demonai mais, au moins, il m'apporte quelque chose. Que vous rapporte-t-il, à vous ?

— Alger Waterlow était mon ami, dit Lucius. Tu es de son sang. Les clans ne révéleront à personne qui tu es en réalité. Et toi, garde le silence aussi, pour le moment. Je n'ai pas envie que tu sois trahi et assassiné comme il l'a été.

Sur ce, le vieil homme se leva et partit.

Une semaine plus tard, Raisa *ana*'Marianna, princesse héritière des Fells, quitta le camp Demonai sur le dos de sa nouvelle jument, à laquelle elle avait donné le nom de Friponne, comme l'ancienne. Raisa portait la tenue sévère, marron et vert, des éclaireurs de la Garde de la reine, et ses cheveux étaient retenus par une simple tresse. Avec elle chevauchaient Amon Byrne, son foulard d'officier noué autour du cou, et les autres cadets de quatrième année qui se donnaient le nom de Loups Gris. Ils formaient un triple, soit neuf personnes, plus une.

La Meute de Loups entourait Raisa comme des abeilles industrieuses, les mains sur leurs armes, foudroyant les sous-bois du regard comme si ça suffisait à éviter une embuscade. On leur avait dit qu'elle était la fille d'un duc des Fells qui voyageait sous leur protection, et ils prenaient leur rôle très au sérieux. Raisa espéra qu'ils se détendraient un peu avant d'atteindre les plaines.

Le palais était dans un état de désarroi tranquille, si une telle chose était possible. Une fois de plus, la nouvelle de la disparition de Raisa fut dissimulée, cette fois par la reine, sa Garde et son cabinet. La reine Marianna avait probablement peu envie d'annoncer qu'elle avait tenté de marier la princesse héritière à un magicien et que cette dernière l'avait planté là au pied de l'autel.

La Garde écuma la ville et la campagne pour retrouver la princesse disparue. Pendant une réunion de son cabinet, la reine Marianna avoua qu'elle s'inquiétait beaucoup, et craignait que les mêmes brigands qui avaient attaqué Averill et Edon Byrne aient enlevé sa fille. Selon les rapports d'Averill, la reine était désemparée, et Mellony était inconsolable. Raisa se sentait un peu coupable, mais l'idée qu'elle aurait pu se retrouver mariée à Micah Bayar diminuait considérablement ses remords. Elle fut ravie d'apprendre que Gavan Bayar avait l'air de vouloir incinérer quelqu'un. Heureusement, il n'avait pas la bonne cible !

L'automne arrivait tôt dans les montagnes des Esprits. Un certain piquant dans l'air annonçait que l'hiver n'était plus très loin. Les feuilles des trembles frissonnaient sous la brise du nord et étincelaient comme de l'or, remontant le moral de Raisa. Depuis son retour à la cour, elle s'était sentie comme un mouton poussé sur une pente étroite vers un endroit où il n'avait jamais eu envie d'aller.

Et voila qu'elle quittait les Fells pour la première fois, et descendait vers les étranges plaines au-delà de la frontière. Elle avait conscience de la gravité de la situation, et savait qu'elle prenait un risque, mais elle avait quand même très envie d'échapper à la vie confinée de la cour. Elle apprendrait davantage de choses au Gué-d'Oden que dans la cage dorée du palais. Elle se lançait de nouveau dans une aventure avec Amon, mais c'était un nouvel Amon, plus fascinant que l'ancien, et qui représentait un risque d'une nature différente.

Tout peut arriver, se disait-elle. Et cette idée lui plaisait.

Amon avait été étrangement distant pendant la durée de leur séjour au camp Demonai. Ils avaient passé beaucoup de temps en réunions avec Elena et Averill. Quand ils n'étaient pas en réunion, il lui apprenait à manier l'épée, puisque cette arme n'était pas utilisée dans les camps des hauts plateaux. Il tirait sur ses épaules et lui creusait la taille pour améliorer sa position. Il glissait ses bras autour d'elle et lui saisissait le coude et le poignet pour corriger ses mouvements, mais il était aussi chaleureux que s'il s'était occupé de dresser un cheval.

Certains jours, il semblait aussi austère, aussi retenu et contrôlé que son père.

Raisa transpira pendant l'entraînement difficile avec la Meute de Loups, pendant qu'Amon aboyait :

— Remontez-la ! Remontez la pointe de l'épée ! Ne le laissez pas passer votre garde ! Bougez-vous ! Déplacez vos pieds !

Ce n'était pas sa faute si tout le monde avait plus d'allonge qu'elle ! Elle travaillait jusqu'à ne plus pouvoir soulever son épée, puis s'effondrait, épuisée, dans son lit.

L'épuisement n'était pas le seul obstacle à une éventuelle histoire d'amour entre eux. On aurait dit qu'Amon évitait de se retrouver seul avec elle. Mais Raisa était, de nature, une personne optimiste et pleine d'espoir. Ils ne s'étaient plus embrassés, mais ça ne voulait pas dire que ça n'arriverait pas de nouveau, un jour ou l'autre.

Comme s'il avait été appelé par ses pensées, Amon conduisit son cheval à côté de la jument de Raisa, sa chevelure noire ébouriffée par la brise.

— J'ai l'intention de continuer jusqu'à ce que nous soyons bien avancés sur le chemin du camp de l'Embranchement Nord, au crépuscule. Nous mangerons le repas de midi en selle. Je ne veux pas attirer l'attention sur nous en arrivant en pleine nuit.

— Oui, caporal, dit Raisa, essayant de s'habituer à s'adresser à lui comme à son supérieur.

Pour sa part, Amon semblait prendre un malin plaisir à lui donner des ordres.

La porte de l'Ouest serait le premier test de son déguisement. La Garde devait la chercher à la frontière des Marécages. Cette idée était excitante et effrayante à la fois.

Elle se pencha sur le cou de sa monture et poussa Friponne au petit galop.

Presque au même instant, à des centaines de lieues à l'est, Han Alister et Danseur de Feu quittèrent le camp des Pins Marisa, sur les solides poneys de montagne que les clans préféraient. Ils partirent furtivement, à un moment connu seulement par ceux qui s'occupaient de Han dans le camp. Ils auraient pu prendre à l'ouest, traverser les Marécages Frissonnants et se diriger au sud vers Tamron, mais cela leur aurait fait longer le camp Demonai, et les guerriers qui désapprouvaient énergiquement leur mission.

Ils avaient donc décidé d'aller vers le sud, préférant affronter les bandits errants et la guerre en Arden que les guerriers demonai sur leur propre terrain. C'était plus prudent.

Pourtant, Han éprouvait un regret lancinant, le fardeau des paroles qui n'avaient pas été dites. Oiseau était partie pour le camp Demonai la nuit de la réunion entre les camps. Il ignorait totalement quand il la reverrait.

Le clan avait été généreux avec son nouveau champion. Le poney, la selle et l'équipement, ainsi qu'une dague faite par les clans, l'épée et l'arc, étaient des cadeaux. Han portait un beau manteau neuf pour se protéger de la pluie, et de l'argent tintait dans la bourse attachée à sa ceinture.

Danseur avait été aussi bien équipé. Il était de bonne humeur, ce qui était rare. Il riait et plaisantait, inventant de nouveaux noms pour Han, qui correspondaient à son nouveau statut. Des noms comme « Chasseur de Magiciens » ou « Fléau des Magiciens », ou encore « M. Hanson Porte-Poisse, Sauveur des Clans ».

Danseur, pour sa part, semblait content de laisser derrière lui le camp Marisa et ses rumeurs. Peut-être une fois loin de chez lui lui serait-il plus facile de prétendre que rien n'avait changé.

L'amulette d'Elena était pendue à une chaîne en argent autour du cou de Han. C'était un chasseur armé d'un arc, sculpté en jaspe et en jade. Il l'arborait pour que tout le monde la voie. Mais, sous sa tunique, l'amulette à l'œil de rubis crépitait contre sa peau, absorbant en permanence sa magie et la conservant dans ses profondeurs.

Le chagrin de la mort de sa famille était toujours comme une lame dans le cœur de Han, mais il s'était émoussé avec le temps au point qu'il le remarquait à peine. Sa culpabilité était une autre affaire, mais il avait appris à vivre avec.

Derrière lui s'étendait la Marche-des-Fells, une cité qui l'avait mâché et recraché comme un noyau de pêche. Il abandonnait aussi les camps des hauts plateaux où il avait passé presque tous les étés depuis son enfance, et il laissait derrière lui la trahison des clans qui lui avaient dissimulé le secret de son héritage.

Devant lui s'étendaient les plaines étrangères du Sud, le Gué-d'Oden, et les professeurs qui détenaient les clés du pouvoir qui était resté si longtemps en hibernation au fond de lui-même.

Il était sûr d'une chose : il en avait assez d'être sans pouvoir, incapable de se défendre ou de défendre ceux qu'il aimait contre les magiciens et les sang-bleu qui gouvernaient le Val. Il avait l'intention de changer tout ça. C'était son objectif, et, pour le moment, il coïncidait avec celui des clans.

Pour la première fois depuis longtemps, il avait un but, un chemin vers l'avenir et quelque chose sur quoi concentrer son énergie et son impatience.

— Viens, Danseur, dit-il, se sentant optimiste pour la première fois depuis des jours. Voyons si ces poneys peuvent nous emmener au camp des Voyageurs avant la tombée de la nuit.

CPi
AUBIN IMPRIMEUR

Achevé d'imprimer en octobre 2010
N° d'impression L 74058
Dépôt légal, novembre 2010
Imprimé en France
35294440-1